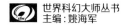

世界科幻大师丛书

主编：姚海军

万物之主

Herr Aller Dinge

（上）

[德]安德烈亚斯·埃什巴赫　著

陈梦鸽　译

四川科学技术出版社

图书在版编目（CIP）数据

万物之主：上，下 /（德）安德烈亚斯·埃什巴赫 著；陈梦鸽 译.
--成都：四川科学技术出版社，2023.10
（世界科幻大师丛书 / 姚海军 主编）
ISBN 978-7-5727-1077-3

Ⅰ.①万… Ⅱ.①安…②陈… Ⅲ.①幻想小说 – 德国 – 现代
Ⅳ.①I516.45

中国国家版本馆 CIP 数据核字（2023）第 144396 号
图进字号：21-2021-334

世界科幻大师丛书

万物之主（上，下）

SHIJIE KEHUAN DASHI CONGSHU
WANWU ZHI ZHU（SHANG , XIA）

丛书主编　姚海军
著　　者　［德］安德烈亚斯·埃什巴赫
译　　者　陈梦鸽

出 品 人　程佳月
责任编辑　张浩浩　王　娇　姚海军
特约编辑　钟睿一
封面绘画　兰世韬
封面设计　姚　佳
版面设计　姚　佳
责任出版　欧晓春
出　　版　四川科学技术出版社
　　　　　成都市锦江区三色路238号　邮政编码 610023
　　　　　官方微博：http://weibo.com/sckjcbs
　　　　　官方微信公众号：sckjcbs
　　　　　传真：028-86361756
成品尺寸　140mm×203mm　　印　张　22.75
字　　数　420千　　　　　　插　页　2
印　　刷　四川南方印务有限公司
版　　次　2023年10月第1版
印　　次　2023年10月第1次印刷
定　　价　85.00元（全两册）

ISBN 978-7-5727-1077-3

邮　购：成都市锦江区三色路238号新华之星A座25层　邮政编码：610023
电　话：028-86361770

Herr Aller 目录 Dinge

序　幕

"我现在终于知道,怎么才能够让所有人变得富有了。"弘司说。

"胡说!"夏洛特说,"这是不可能的事。"

"当然可能。"弘司坚持道。

"还是荡秋千吧!"夏洛特说。弘司坐上秋千,锁链发出一阵刺耳的声音,惹得她心烦意乱。夏洛特荡下来,又荡上去。"来,看看谁荡得更高!"

今晚的天空仿佛一块神秘莫测的巨大深蓝色玻璃,没有一丝云彩,仅有一颗星星兴奋地眨着眼睛,仿佛是在向地上的人发出邀约。要是能飞过去该多好啊!

夏天的味道弥漫在空气中,混合着奇异的香料味以及新鲜修剪过的草坪的气味。

"你荡呀!"夏洛特喊道,"我反正不相信。"

"你会看到的。"

"我知道你想出了什么办法。你是不是觉得,只要不断印刷钞票,人们就都变得富有了?"夏洛特一边喊,一边上下摆荡,风掀动着她的裙摆,"行不通的。我爸爸跟我讲过,这样只会让所有东西都变得更贵,因为东西没有增加,钞票却变多了!"

"这我也知道。"弘司喊着,向她翻了个白眼。

"那好吧。你倒是荡呀!看谁敢从秋千上跳下来!"夏洛特欢呼着说道。她觉得自己今天能够做到,她会荡得很高很高,然后松开手,飞起来!

"你会看到的!"弘司又重复了一遍。接着他也荡起秋千,双腿用力把自己推起来,身体后仰,努力追上她。"等我长大了,我就去做这事。"

"什么事?"

"让所有人富有,真正的富有!每个人都可以拥有他想要的任何东西,而且要多少有多少!"

夏洛特用尽全力向高处荡去,同时思索着弘司到底想要干什么。秋千嘎吱作响,原本应该埋在混凝土中的一只脚有些松动,限制了摆动的幅度。"那你打算怎么做?"

"不告诉你。"

"因为你自己也不知道对吧!你就是在吹牛!"

夏洛特知道,就算她这么说,弘司也不会在意。他总是对自己说出的一切相当自信。

　　"等着瞧吧。"他叫道,朝着天空摆动双腿,现在他荡得比她还高了。

　　夏洛特兴奋地喘着气,"如果你说的是真的,你就从秋千上跳下去!"

　　"好!"弘司快速地来回荡,仿佛要把铁链缠到秋千上面的横梁上一样,"但你知道我在想什么吗?"

　　"什么?"

　　"为什么在我之前从来没人想到过!"弘司喊着,"明明就那么简单。"

　　说话间,他松开了手,整个人像炮弹一样飞到空中。有那么一瞬间,他似乎飘浮了起来,仿佛要一直飞到天际、飞向太空,但紧接着,他便大喊着滚落到草地上,笑了起来。

　　夏洛特嫉妒地望着他。她已经不再摆动双腿,而是紧紧抓着铁链,等着秋千慢慢地停下来。在她本可以松开手的时候,她却没有那么做。这很奇怪,她原本那么想从秋千上飞出去的。

　　夏洛特·玛尔露比其他人都更了解过去,但她却不了解未来。

　　她这年只有十岁,还不懂得这是命运何等的恩典。

圣徒之岛

1

弘司和母亲住在法国大使馆对面一栋房子的三楼,母亲在使馆做洗衣工。他们的住所有两个房间和一个浴室。母亲睡在其中较小的一间,另一间当作厨房、餐厅以及客厅,在一扇屏风后面是弘司的床和他放东西的架子。床的上方有一扇由三块玻璃组成的小窗户,可以倾斜着打开,方便新鲜空气流通——如果有的话。

这里是东京的市中心,新鲜空气非常少见。夏日的夜晚闷热得让弘司常常睡不着,就算下雨也并不能缓解丝毫。

就在这样的夜晚,他第一次见到了那个女孩。

那是一个雨夜,细密的银色雨滴从天空飘落,反射着月亮和城市的微光,仿佛一块奇妙的帷幕。

屋子里能闻到晚餐的味噌汤味道,还挂着一排没晾干的衣物。弘司睡不着,起身将手伸出窗外,想着也许外面稍微凉快一些,但并没有。他保持这个姿势,望向楼下那座巨大而漆黑的使馆花园,等待睡意来临。最后他还是躺回床上,毕竟除此之外无事可做。

当他第三次起身朝窗外望去时,看到花园的中央站了一个小女孩。

她就那么张开双臂站着,望着天空。女孩黑色长发及腰,只穿着一件被雨淋湿贴在身上的睡衣。

弘司闭上双眼数到十,然后重新睁开。女孩仍然在楼下,站在草坪中央,在温暖的细雨中像做梦一样缓慢地来回摇摆。

弘司没注意自己是否因为惊讶发出了什么声音,但他听到了滑门的响声,随后母亲走了进来。"怎么回事?"她问,"你该睡觉了。"

"花园里有个小女孩。"弘司答道。

母亲缓缓地走到更大的一扇窗子前,静静地看了一会儿楼下的场景,若有所思地说道:"就是这么开始的,有钱人早晚都会发疯。"

"她为什么那样做?"弘司问道。

"新来了一位大使,那可能是他的女儿。有人说他有个女儿。"

"她浑身都湿透啦。"

"去睡觉。"母亲说。

"我睡不着,太热了。"

"你必须睡,不然明天上学该犯困了。至少得躺回去,闭眼休息。"

弘司没有动,他还在琢磨,那个女孩看起来好像是在对着月亮祈祷;又或者是不是有什么东西从天上掉下来,她得接住。

"那她呢?她肯定也得上学呀。"

"她做什么事,跟你有什么关系,"母亲的语气听起来似乎有些恼了,"他们是有钱人,跟我们从来都没关系。"

"他们为什么有钱?"

"没有为什么,他们就是有钱。快睡觉去。"母亲说着,然后离开了。

这似乎是世界上最大的问题:一些人很富有,剩下的人则相反。母亲常常说这些事情。

这时,女孩放下了双臂,回头望向使馆别墅,似乎那里有人在叫她。弘司隔着雨声什么也听不清,但他看到女孩动了,极不情愿地穿过草地,朝一扇敞开的门走去。

弘司等她消失在视野里才重新躺回床上。这回他终于睡着,自然也梦到了那个女孩。

从那之后他一直在等待。每天下午放学他都急忙赶回家,守在窗边。他已经习惯了在那儿做作业,如果可以的话,他甚至想在窗边吃饭,但母亲不让。

"怎么回事?"母亲责怪道,"你在那儿干吗?"

"什么也没干。"弘司说。

他其实没说谎:大多数时候他只是盯着楼下的使馆花园,等待着,但说不清到底在等什么。那个小女孩?当然。可是为什么要等她呢?就算再次看见她又怎样?

他自己也不知道。

他只知道,自己每次都忍不住要站在窗边好几个小时,尽管只能看到远处使馆别墅的玻璃窗上偶尔出现的一个苍白的小点,可能是一张脸,也可能不是;有时还有一个移动着的影子。

问题在于,从他住所的角度只能看到使馆花园很小的一部分。弘司知道这个花园相当大,周围的建筑物和花园里的植物阻碍了视线。他知道花园中央有一个游泳池,但由于树木的遮挡,从这里完全看不见。

他倒是常常能见到园丁高木先生,虽然只是远远望见。弘司曾经跟母亲讲,高木先生会用法国人常用的手法来修建草坪和灌木。

除此之外,窗外就没什么特别的了。树枝上的鸟儿上下追逐嬉戏,弘司望着树影,估算着现在是几点。窗边很热,让人难受,但只要站在这里,他就很难离开。

暑假开始之前,弘司收到了成绩单。母亲看着他的成绩训斥道:"你哪怕再努力一丁点儿,成绩都能比现在好得多。只要专心学习,这些课程对你来说轻而易举,但是你根本没有上心!你觉得学校和考试不重要对吧?但你的将来就靠这个。要在一家好公司里找到一份好工作,你必须上一所好的高中。前提是,你得先有个好成绩。"

"只要考上就行了啊。"弘司反驳道。

"你很清楚,成绩太差根本通不过考试。"

"也对。"弘司不得不承认。

老是同样的一套牢骚。可以肯定的是,弘司确实对学校没多大兴趣。可这也不全是他的错。学校里从来不教有趣的东西,比如机器人是如何运作的;只有无聊的数学、日语、地理……你得被这些科目折磨很多年才能学一些好玩的,比如物理学。

不过至少他现在放假了,也就是说,可以整天守在窗边了。

当然母亲看不惯他这样。"你就不能像其他孩子一样做点正常的事吗?"每次她下班回家都这样说,"之前你非要我给你买DIY套盒,结果现在放在角落里落灰。"

"我会用到它的!"弘司答道。他很久没有收到过像DIY套盒这样的大礼了,原本也是准备好好利用的。

"别的小孩都去学校组织的社团,做些运动,踢踢足球什么的。"

"没兴趣。"弘司说。

踢足球?不知有意还是无心,母亲并没有发现弘司比班级里其他的孩子都要瘦弱、矮小,没有机会进体育社团。体育课上他永远是球队里最后一名替补,得分最少,也最没用。

除此之外,他还被其他男孩排挤,老师不在的时候,他们叫他小杂种,因为他爸爸是美国人,而他甚至没办法反驳。

"要么你就去游泳,"母亲说,"你去一趟学校的秘书处,就能拿到游泳池的节假日打折卡,总比整天坐在这里热着要好。"

"也没那么热。"弘司答。事实上确实很热,晚上他经常热得睡不着。

"好吧,"母亲妥协道,"不过等我们去水俣湾的时候,你怎么都得离开窗户了。"

弘司低下了头。又去水俣湾!"什么时候去?"他问道。

"和往常一样,盂兰盆节的时候。"

弘司算了一下日子,盂兰盆节是8月13号。"那还有一阵子呢。"他说。

"就是先跟你说一声。"

几天之后,他不得不穿上自己最好的裤子。事实上这条裤子现在已经太短了。尽管他一直是班里最矮的一个,但还是长高了。

"这里无所谓,"母亲跪坐在弘司身前,拉扯着他的裤腿,"但别的地方太紧了。我们得在上飞机之前再给你买一条新裤子。"

"飞机?"

"是呀。希太太帮忙订的机票,她认识人。我们得早起,五点五十起飞,票价比新干线便宜得多。你不高兴吗? 你不是挺喜欢坐飞机的吗?"

"高兴。"弘司说,他前年才第一次坐飞机。

但是说实话,弘司有点怕去看望水俣湾的亲戚。尽管外公外婆对他很友善,但总觉得没那么亲近,不知道是不是因为他是半个"外国人";但最主要还是怕母亲的姐姐——久美子阿姨。和那个地区的很多居民一样,因为年轻的时候汞中毒,如今她只能静静地躺在床上,四肢不自然地扭曲着,只剩下眼球还能动。医生们都说她能活到现在简直不可思议,很多得了这种病的人都已经过世了。

不过幸好她不再像之前那样尖叫或者抽搐了。

水俣湾的盂兰盆节总是一成不变,亲戚们假装他们是一个相亲相爱、幸福美满的大家庭。但每次在弘司和母亲回去的几周里,他们又会抱怨环境污染、汽车尾气和噪声。母亲害怕水依然有毒,会买大量的瓶装水,而弘司得把这些水都拖到楼上去。

弘司决定不去想这些事了,继续坐在窗边等待,不知他如此的坚守会不会有回报。

所有窗帘再一次拉上,所有房间变得一片漆黑,仿佛有人死了一样。夏洛特在公寓里寻找着母亲,努力不发出任何声音。

找到了。她躺在客厅的沙发上,一只手遮住脸,似乎睡着了。

"妈妈?"夏洛特知道,母亲的头疼又犯了。她经常头疼。

哀号从沙发的方向传过来。"什么事? 我头疼!"又是一声哀号。

"我们今天不是要……"夏洛特说了一半就中断了。尽管她已经不抱期望,但起码要说一下吧?

"是啊。"母亲沉重地呼吸着,过了一会儿才说,"下次吧。"

"为什么从来不让我出去?"

"你可以出去啊。"

"不是花园,我是说去街上!"

母亲艰难地说道:"想都别想,外面太危险。"

夏洛特感到愤怒。生气和失望的情绪酝酿了一会儿,终于爆发出来:"我更喜欢德里,为什么在这里我就不能去上国际学校了?"

"我不希望你去一所整天只讲英语的学校。"母亲半死不活地回答道。

"说英语又怎么了?"

母亲深深地叹了口气,"小孩子不要反驳母亲。去干点儿别的事吧,让我安静一会儿,我头疼。"

于是夏洛特一言不发地走开。这个地方太无聊了! 她走到露台上,坐在墙边的阴影下,望着园丁在泳池旁浇花。她其实可以去游泳的,但是之前经常游,现在已经没兴趣了。

过了一会儿,她又蹑手蹑脚地回到沙发边上。

"由美子可以陪我去博物馆。"她小心翼翼地建议道。

母亲被她的声音吓了一跳,"我的天! 你怎么总是提到博物馆,哪有正常的小孩老爱去博物馆?"

母亲至少没有一口否决,她知道要想今天过得有意思点,就看现在了,"不过,由美子确实可以的。她熟悉东京,也能照顾我。"

沉默,令人难受的沉默。

"雇一个日本保姆可能就是错误。"母亲含糊不清地喃喃道。

"由美子很好啊。"夏洛特辩驳道,大多时候她和由美子相处得还不错。

"她就是个蠢丫头!"母亲大声说,她突然坐了起来,朝房间的角落扔了一个枕头,接着又扔了第二个,"你没看到我现在很难受吗!让我一个人待会儿行不行?你没有作业要做吗?你就没什么要学的吗?该死的!"

看来今天没希望了,夏洛特一言不发离开了。

她再次穿过巨大的黑黢黢的公寓,躲回自己的房间。作业?就算她不用去学校,而是跟着家庭教师上课,现在也没什么作业要做,因为是假期。所以她才无聊。

夏洛特从床脚拿起一个娃娃。她把所有不知道该如何归类的东西都放在这儿。娃娃是爸爸在他们从德里搬到东京的时候送给她的。夏洛特甚至不知道该叫它什么。它金色长发的发带上写着"丹尼斯",但夏洛特觉得,对娃娃来说,这名字听起来很蠢。

"告诉我,你现在想干什么?"夏洛特问道。她盯着娃娃,按下它后背的按钮。

"我想跳舞。"娃娃说道。

"跳舞?我们不能出门,想都别想!"

"来,我们开个派对吧。"娃娃又说道。

"开派对?"夏洛特生气地摇晃着娃娃,它尖锐的声音很讨厌,

"你疯了吗？我们必须保持安静,因为妈妈在头疼！我们甚至都不能去博物馆！"

"生活太美好了,不是吗?"

这一瞬间,夏洛特积攒已久的失望和愤怒终于爆发了,她用力把娃娃扔出房间,哭了出来,"你真是个蠢丫头！你什么都不懂！"

下一秒,她后悔了,但为时已晚:娃娃的头耷拉下来,露出电线;一片头发和一只胳膊也掉了下来。

"你现在明白了吧,"夏洛特念叨着,"小孩子不能反驳母亲的话。"

这个没有名字的娃娃被摔坏了,但夏洛特什么也做不了。她环顾四周,不知道该如何处理娃娃的残骸。不能就这么扔在那儿,不然妈妈晚上过来亲吻她道晚安时肯定会看到并骂她几句。

但如果娃娃直接消失,妈妈就不会注意到了,毕竟她有那么多娃娃。于是她找了一个塑料袋装起残骸,匆匆走出房间,从楼梯下到侧门,那里有家里的垃圾箱。

又是那个女孩！弘司屏住了呼吸。

她从那晚进去的那扇门里走出来,拿着一个橙色的大荣超市的塑料袋。她鬼鬼祟祟地环顾四周,似乎在偷偷合计着什么事。

她没有朝他的方向看。

弘司凝视着她。她的皮肤很白,长发乌黑发亮。就算是白天,她看起来也像个天使。她叫什么名字？她都在屋子里面做什么？

她开始动了，像闪电一样迅速地走向房子和滑门之间的角落里的垃圾桶，提起其中一个盖子，把塑料袋扔了进去。下一刻，她又进房子里不见了。

弘司失望极了。时间太短，他甚至还没有看清她的脸，因为她一直在左顾右盼。

袋子里到底有什么，让她鬼鬼祟祟的？

他只要胆子大一点儿，就能知道答案了。现在这样守在这里肯定是不行的。于是他跳了起来，穿上鞋子，跑了出去。

他熟悉这周围的一砖一瓦，已经数不清绕着大使馆转过多少圈了。正门是一扇顶部有尖刺的巨大绿色卷帘门，后面伫立着旗杆，上面飘着法国国旗。从那里向右走，原本是人行道，如今变成了一条通往目黑线的小路，窄得就算只有一辆汽车也得费点力气才能通过。路的一侧是一些带小花园的洋楼，另一边则是使馆老旧的围墙，上面有铁栅栏，防止有人翻墙而入。

不过，为了避让一棵大树，围墙有一处向内凹了进去。如果在树干和墙壁之间攀爬，很容易就能蹭到墙头，不会有人注意到。而且这个位置的铁栅栏也由于挨着大树常年潮湿而生了锈，其中一根已经断掉。只要足够瘦小，就能钻过去。弘司的身形刚好合适。

尽管他知道不该这么干，但要进入使馆，必须得有许可，还得携带证件。他母亲就有这样一张证件，上面用法日双语写明了持证人能够进入的区域,比如洗衣房和杂物间。

但他并不打算到楼里去,只想进院子,看看那个女孩到底扔了什么东西就好。

好吧,其实他早就偷偷来过很多次了。他心里老惦记着这个地方,一点一点地探索了整座建筑。这对弘司来说不算难事。作为一个孩子,他可以轻易地隐藏在遍布的树丛和灌木之中,只要不被监控探头拍到就行。

母亲要是知道这事,肯定又要气得暴跳如雷。

最难的是翻过高墙并且平稳落地——得有一根能系在铁栅栏上的绳子,以便回来的时候爬上去。

就快到了。弘司蹑手蹑脚地穿过外墙和一个看起来连着供暖设备的墙体之间的夹缝,这里有许多刷了白漆的管道。接着是一片灌木丛。终于到了女孩曾在雨中站的那一块草坪的边缘。

他抬头望向使馆楼的窗户。不知道有没有人在窗前,反正他没看到。他快速穿过草坪和使馆楼前铺着白色小碎石子的狭窄过道,提起右数第二个垃圾桶的盖子,从里面拎出那个带有橙色超市标志的塑料袋,带着他的"猎物"重新钻回灌木丛。整个过程花了不到二十秒。

弘司好奇地打开袋子—— 一个娃娃?准确地说,是一个坏了的娃娃。

真怪。弘司还以为女孩们特别爱惜她们的娃娃呢。她反倒把娃娃弄坏了,这对他是个新鲜事。

弘司看着这些残骸,把它们归拢到一块,开始思考,娃娃的头被折断了,不过说不定可以再粘上? 这是一个会说话的娃娃,但显然已经不能用了。弘司突然想起他那个来之不易的DIY套盒,里面有一些工具,说不定能把娃娃修好。

他要把这个娃娃带走。

修好娃娃花了三天时间。

当然是偷偷进行的。每天母亲上班离开家后,他都会花一整天时间来修娃娃。母亲回到家,发现弘司不再坐在窗边发呆,而是摆弄他的材料包做手工,于是对他的态度越发和蔼了。但她看不出弘司在忙些什么,因为他总是会及时收拾好"战场"。

第三天是个星期五,差不多十点钟的时候,弘司终于弄完了。他觉得修得很成功,娃娃几乎看不出损坏的痕迹,跟新的一样,并且又能说话了。只要按下背后的按钮,它就会用一种奇怪却悠扬的语调说一些句子。

现在他该拿这个娃娃怎么办? 得还给那个女孩。可对他来说,这比修复娃娃难得多。因为这意味着,他必须拿着娃娃走出家门。

万一正好碰见班里的同学,那可就太丢人了。光是想象一下都让弘司十分难受。

干脆扔了吧,那个女孩不是也把它扔了吗? 说不定她并不想拿回这个娃娃,因为她根本不喜欢它。

弘司重新坐回窗边,低头望着使馆花园的方向,回想着他之前长时间的等待,以及女孩站在花园中的那个雨夜。不,他不想扔掉。他要把娃娃装回那个塑料袋送回去。

他可以直接交到使馆的大门口,那离家并不远,让门口的警卫们处理。

于是弘司动了身。他拿着塑料袋走出家门,外面太热了,他开始不停地流汗。视线所及之处没有人路过,不必像之前那样匆匆忙忙。但是不知何故,弘司想要尽快摆脱掉这个娃娃。说不定哪里有一个邮筒,只需要把娃娃扔进去就行了?

当然没有。在使馆外面溜达过那么多次,他自己也心知肚明。没办法,只好去按警卫亭的门铃了。

一个男人出现在岗亭厚厚的玻璃后面,不是日本人,他说了一些什么,弘司没听懂,大概是在尝试用并不标准的日语问弘司想干什么。

弘司先礼貌地鞠了一躬,就像面对其他陌生大人的时候一样。"下午好,先生。"他说着,举起手中的袋子,"我捡到了这个东西,属于大使的女儿。要是您不介意的话,我可以交到您这里,再由您交还给她吗?"

男人不耐烦地望着弘司,很明显,他一个字也没听懂。

"你说……什……么?"他问道,至少听起来,他是在问弘司到底说了什么。

弘司又重复了一遍,还没等他说完,男人就回头召唤屋里的人。很快,另一名警卫出来了,这次是个日本人,跟刚才的男人交换了位置。

"什么事?你来做什么?"这个日本警卫十分不友好,"这不是小孩子玩耍的地方,快走开。"

听到这儿,弘司皱起了眉头。这是他的习惯,学校有太多的事情令他皱眉了。"是关于大使女儿的。"他说道。

警卫怀疑地望着他,"什么意思?"

"她丢了一个娃娃,被我捡到了。"他表现得很无辜,接着打开袋子,把娃娃露出来一部分,好让警卫明白他在说什么,接着又赶紧收回袋子里,"我猜,她应该想拿回它。"

警卫的脸上满是痤疮愈合后遗留的瘢痕,显得面目狰狞。"你从哪儿拿到这个娃娃的?"

"捡到的。"弘司伸出手,含糊不清地指了指女孩所住的房子,"在那边。"

"你怎么知道这个娃娃是她的?"

"我在我家窗前看到了,住在那所房子里的女孩弄丢了这个娃娃。"弘司指着使馆楼的方向,从大门口只能望到房子的一部分屋顶。

"这说不通。大使先生的女儿极少出门,就算出来,也没有带着任何娃娃。"警卫不假思索地说道。

这个话题令警卫也很尴尬，弘司差点笑出来了。

"就是一个女孩，跟我差不多年纪。"他说道，"一个黑色长发的白人小姑娘，我之前看见她站在使馆别墅前的草坪上。"

警卫思考了一下，"好吧。"他按了一个按钮，打开弘司面前的铁门，"你进来吧。"

弘司走进门时强忍着不适感。一个障碍物将空间隔开，必须通过金属探测器才能到达另一边，就像机场一样，还有一台X光透视仪。

警卫走到弘司面前，伸出手，"拿给我看看。"

弘司把袋子递给他。警卫把手伸进去，提起娃娃，检查是否塞了其他东西，但又没有完全把娃娃从袋子里拿出来。从这一系列动作可以看出他有多讨厌这件事，他嫌弃地拎起袋子，好像里面装着什么恶心的东西。

"我得用X光检查一遍。"男人说道，严厉地看着弘司，"真的是你捡到的？不是什么人给你，让你带到这里来？"

"不是，是我捡到的。"这是实话。

"你叫什么？"

糟糕。弘司没想到会被问到姓名。但是他别无选择，只能老实回答。

"加藤弘司。"他说，"我母亲在大使馆的洗衣房工作。"反正他们说不定也能查出来。

"你母亲叫什么？"

"加藤美夕。"

警卫回身在他的电脑上查了一下。"我知道了。"他点着头说，"洗衣房的加藤太太，我认识她。"尽管如此，他还是记下了名字，然后将袋子放进X光设备里。

弘司好奇地看着，想知道这种机器是如何运转的。他读过的那些书里没有介绍这方面知识的。它显然应用了X射线，但X射线怎么就能确定一个东西是否包含爆炸物？或许等学校终于开了物理课才能学到。

警卫没在娃娃里发现爆炸物或其他可疑物品，他穿过金属探测器，将袋子从传送带上拿下来，放在一张桌子上，"我会帮你转交给她的。"

尽管语气听起来就好像只要弘司一转身，他就会把袋子扔进垃圾桶，但弘司已经不在乎了。

"夏洛特！"是母亲的声音，语气严肃，听着不是什么好事。

夏洛特关上电视，坐了一会儿。可以假装没听见吗？应该不行。她轻轻站起来，踮着脚尖循着喊声走去。

"夏洛特·玛尔露！"母亲再一次喊道，"过来！"

"来了！"夏洛特一边喊，一边穿过被称为"黄厅"的房间的门，然而母亲并不在这儿。她又打开了另一扇门，原来母亲在门厅。

夏洛特吓了一跳，母亲正拿着那个没有名字的金发娃娃。

但它看起来似乎完好无损。

"我并没有允许你到街上去。"母亲严厉地说道。

夏洛特不解地眨了眨眼，"什么？我没去街上呀！"

母亲举起洋娃娃，"一个小男孩看见你弄丢它了，把它送交到了大门口。"

"什么？"这是怎么回事？夏洛特摇着头，"可是我并没有出去啊！"

"不许撒谎。"

"我没撒谎！"

母亲走近夏洛特，严厉地低头看着她，把洋娃娃拿到她面前。"但这确实是你的洋娃娃，对吧？我记得是你父亲从巴黎带给你的。"巴黎——她这么说，好像那个愚蠢的洋娃娃就因此有什么特别一样。

夏洛特伸出手，但母亲却迅速将娃娃拿开了，"要是你没去外面，那个男孩是怎么捡到它的？"

"我也不知道。"她犹豫地坦白道，"这个娃娃坏掉了。"

"坏掉了？什么叫坏掉了？"

"我失手摔坏了。"现在她撒谎了。不，只是没说出来全部事实而已，这和撒谎不一样。"娃娃的脑袋掉了，不能说话了，我就把它放在花园里了。"这么说其实也没有错,毕竟,垃圾箱可以算是在花园里的。

母亲研究着娃娃。她或许在想,是园丁捡到了洋娃娃,然后把它和垃圾一起拿出去了。娃娃可能是落在了街上,恰巧被那个男孩捡到了。

"嗯……"母亲伸出食指沿着娃娃的脖子摸索,"肯定是有人修好了它,你看,这儿有一个黏合的断口。"她按下娃娃背面的按钮,娃娃说道:"我不漂亮吗?"

夏洛特再次伸手,这次母亲将娃娃交给了她。她把它抱在怀里,闭上眼睛回想片刻,然后说道:"是那个男孩修好了娃娃。他老是在他家窗前看我。"

"你说什么?"母亲震惊地问道,"你怎么现在才告诉我?"

门铃响起的时候,弘司和母亲正坐在桌前准备吃晚饭。

弘司走过去开门,来人是井元先生——母亲的老板。他的公司承包各种各样的清洁业务,已经为法国大使馆工作了很久了。

"你好,弘司。"他说道,"我需要跟你母亲说些事情。"

弘司不喜欢井元先生,因为他又细又长像蜘蛛腿一样的手指,还有那张肿胀的胖脸。最主要的是他老盯着弘司看,好像在怀疑他做了什么似的。很显然,井元先生也不怎么喜欢小孩。

母亲过来了。弘司回到房间,坐到桌前等着。他隐约听见走廊传来的对话,井元先生似乎十分恼火,但由于声音太小了,弘司听不真切。

"……说她把洋娃娃留在花园里了。但园丁并不知道。那它是怎么到街上去的……?"

母亲小声说着什么。

"我非常清楚地告诉过你,小孩子不能进入使馆区。"井元先生警告道。

"是的,"弘司听见母亲说道,"您是跟我说过,我也跟这孩子说了,他是知道的。"

"你要理解,不是使馆不待见他,这完全是出于安全考虑。每个地方都有规矩。"

"这是当然的。"

每次听到母亲这种卑微的语气,弘司都会生气。像井元这样满脑子只想着钱的人,人们却必须奉承着,只因为他有钱。

"顺便说一句,他付给你的钱太少了。"当母亲极其恭敬地结束谈话并回到桌子旁时,弘司说道,"他向使馆收的钱是你薪水的两倍!"

母亲像往常一样,压根儿没有搭茬儿,而是向他询问起那个娃娃的事。

"我刚捡到它。"弘司执拗地说,"然后就把它送回去了,怎么了?"

"你在哪捡到它的？"

母亲和井元先生交谈的时候，弘司已经想出了答案，当然不能承认自己去过使馆花园，"就在那扇小门旁边。"

至少这也不完全是假话，只不过没说在那扇门的哪一侧而已。但是谁能证明他的话呢？母亲知道他指的是对着小巷的那扇狭窄的刷着灰色油漆的铁门。通常在周二下午，使馆的垃圾箱会立在门后，从这里运出去。的确可能有东西在这里掉出来了，对吧？

"小门前放着个娃娃？"她怀疑地看着他，"我怎么没看到？这是什么时候的事？"

"周二的时候，那娃娃装在一个大荣超市的塑料袋里。"

"那你为什么今天才送回去？"

弘司耸了耸肩，"没有为什么。"

"那你怎么又到外面去了，你不是一直都坐在窗户前吗？"

"我刚才还出去了呢。你不是也经常说嘛，我得出去转转。"

母亲思考了一下，筷子握在手里却一动也没动，饭菜已经冷掉了。就因为这个蠢娃娃！他当时就该把它丢掉！

"井元先生说，有人修好了娃娃。"母亲又开始盘问，"是你吗？"

弘司犹豫了一下，接着又耸耸肩，"娃娃的头掉了，我就把它重新接回去了，免得让别人以为是我弄坏的。"

"那你早就知道娃娃是那个小女孩的？"

"我看见她玩过。""玩过"可能不准确，除非扔掉也算是"玩"。

但这无关紧要。

母亲忧伤地摇了摇头，"所以你整日坐在窗边就为了看这个女孩。为什么？这样不好，你还太小了。"

弘司沉默着。他就是想看啊，还能是为什么呢？要是母亲不理解，他也无话可说。

母亲从装着泡菜的碗里夹起一块白萝卜，"我不想因为你惹的祸而失业。这份工作很好，能让我们吃饱穿暖，在高档街区住上漂亮的公寓。你会害我们失去一切的。"

弘司依旧不知道该说些什么。他当然也不想失去一切，不想搬到水俣湾与外公外婆和久美子阿姨住在一起。

但是为什么？就因为他修好了一个洋娃娃并还了回去，母亲就会丢掉工作？

"不管怎样，"母亲边吃东西边说，"你明早得跟我去一趟使馆，大使夫人要见见你。"

2

看他们的表现，旁人还以为他们要去觐见天皇。母亲一遍又一遍地掏出门禁卡，反复回答一路上每一个警卫的询问。

是的，尊敬的大使夫人要接见他们。今天，就现在。这个回答令每个警卫都皱起眉毛打电话确认。每当他们听完电话后，都会向着母子二人弯腰鞠躬，挂断电话并挥手致意。

"今晚大使先生要举行一场招待会，"其中一个警卫告知他们，"在这个时候接见你们很不同寻常。"

他们穿过一个金属探测门，接着又穿过另外一个。母亲不断叮嘱弘司要好好表现，只有被问话的时候才可以讲话，讲完之后要鞠躬致意。"把她想象成天皇就好了。"

他到底闯了多大祸啊？弘司发现，每多前进一米，手掌就会多出一层汗。他很可能会一直保持沉默，不管有没有人问话。大使的妻子究竟为什么要见他？他一整夜都在想这个问题：颁给他一块奖章,因为他救了女儿宝贵的洋娃娃?或者她会指控他偷了娃娃?

不知不觉走到了光秃秃的灰色走廊的尽头,他们被人带进一个宏伟的会客厅。空气中弥漫着浓烈的鲜花和香水味道。精致的窗帘一直垂坠到地板上,就像美国老电影里看到的一样。墙上到处都挂着镶嵌在金色画框里的巨幅油画。

有一瞬间,弘司恍惚了,仿佛身在梦里。

一个高挑的女人走过来,浅金色微卷的头发,一袭同样金光闪闪的衣服。这是一个十分美丽的女人,有着瓷白色的皮肤和深棕的眼睛。不过她看起来很意外,仿佛没想到弘司和母亲会出现在这里一样。这一定就是要接见他们的大使夫人了吧?但从她的表情里,弘司既没觉得她在生气,也没有感觉到友善……她似乎很困惑。是的,她好像现在才想起眼前这对母子为什么而来。

"快鞠躬!"弘司听见母亲小声地对他说。多亏提醒,不然他差点忘了进门之前母亲的叮嘱了。

他立马照做,像个听话的好孩子,哪怕只是为了取悦他的母亲。弘司深深地鞠了一躬,挺直腰背,双手整齐地放在腿侧,然后保持着这个姿势,直到收到母亲的"信号"为止。

女人说了些什么,过了一会儿,弘司才意识到她是在用日语说"你好"。因为发音不标准,听起来更像是"泥嚎",有点好笑。

他直起身子,但头依然低着,礼貌地回以问候,然后规规矩矩地等待着。

女人似乎因为一些事有些不高兴。她不断地回头朝房间后面某处用法语喊着什么,听起来像在唱歌一样。弘司听见她一直在重复着一个听起来像是"taradoko-têr"的词,尽管他并不知道那到底是什么意思。

"你会说英语吗?"女人终于回过身,用英语问道。

弘司把头垂得更低了。"会的,夫人。"他用英语回答。这么说有些自大。母亲一直要求他在学校好好学英语,因为那是他父亲的母语。母亲的英语很好,时不时会抽考弘司,绝对不允许他学不好。但是事实上,尽管弘司的阅读没什么问题,能够在网上查找并阅读资料,但对自己的发音却并不自信。他甚至强烈怀疑自己的口语除了能引起外国人发笑以外,并没有别的用处。

不过当大使夫人再开口时,弘司发现她的英语竟然比班上的小茂还要差,他一个词也没听懂!要知道,小茂的英语常常让英语老师松场先生也感到绝望。

弘司求助地望向母亲,而母亲竟然也错愕地望着他。她也没听懂。

这位夫人到底想干吗?她似乎是在等一个回答。但是他应该怎么说?总不能说自己没听懂吧,太不礼貌了。

大使夫人再次转头朝身后喊了一声"taradoko-têr",听起来有些生气了。

弘司不知所措,只好一直低着头,感觉随时都有汗水从手上滴落在地毯上。

这时，他的余光注意到有人进了房间，于是稍稍把头转过去了一点。

是那个女孩，她就站在那里。尽管弘司知道自己不应该，却还是忍不住抬起了头。

女孩用无可挑剔的日语对他说："我母亲感谢你找到并归还了我的娃娃，然后她想知道，你是在哪里找到它的。"

听说母亲叫来了那个修好娃娃并把它送回来的男孩，夏洛特忍不住躲在一旁偷听。她好奇究竟是什么样的男孩能做出这样的事。

母亲今天的心情很好，每当举行招待会，她都会一下子振奋起来，也不再头疼了。不过，现在她的好心情似乎受了影响。因为直到大门口的警卫通知她那对母子已经进来了，她才想起忘了通知翻译。于是她快速穿过房子，跑到秘书面前，一把拽起夏达尔小姐，命令她立即叫翻译过来，并且表示自己不希望听到"星期六早上东京交通繁忙，不能按时过来"之类的借口。

有人打开房门，母亲听到声音吓了一跳。"这就到了，"她喃喃地说着，"糟糕。"但她紧接着便挺直了身子，换上最好的笑容去了门厅。

夏洛特匆匆穿过黄厅，藏在另一扇门边的壁橱旁，以便能看一眼门厅里的访客。

这位太太她认得。夏洛特曾见到她提着洗衣篮穿过花园。她仿佛以前没做过这活儿，还给人一种奇怪的感觉：她在这儿干活是为了躲避什么人。这位太太年轻的时候一定很漂亮，事实上，如果她不是老穿着那些宽松破旧的灰衣裳，稍微打扮一下，应该依然很漂亮。

母亲用她所学不多的日语问候了两位访客，显然他们一个词也没听懂。不过没关系，反正母亲也不会说其他日语，也谅无法继续交流了。

"翻译在哪儿？"母亲又一次回头问站在门边的夏达尔小姐，后者无奈地耸耸肩并举起手中的电话，表示依然联系不上翻译和他的代理人。

夏洛特之前没见过那个男孩。他看着应该和她差不多年纪，个子很矮。尽管一直保持着鞠躬的姿势，夏洛特却能从他身上感觉到一些执拗，就像是弹簧钢的芯一样。

母亲又试着用英语和他们说话。尽管她会英语，法国口音却很重，两位访客依然不知道如何回答。

夏洛特内心十分挣扎。要是过去帮忙，妈妈就知道她在偷听了，而这是被明令禁止的。但她又不能就这么看着妈妈因为笨拙的外语水平而陷入尴尬。

终于，她放弃偷听，走进门厅，翻译了男孩的回答：他是在运出垃圾桶的那扇门旁边的街上捡到娃娃的。

"谁教你的日语?"母亲惊讶地问。

"由美子教我的。"夏洛特回答。这么说不太准确,虽然由美子有很多优点,但是教学能力实在很一般。不过,这么向母亲解释最方便。

母亲听了连连摇头。"好吧,这可真……意外。"她清了清嗓子,"那你告诉他们,我……不,你……不,我们对这件事十分重视并且感到非常高兴。嗯,是的,我们应该以某种方式表示感谢,虽然我也不确定该做些什么。你问一下那个男孩,他想要什么回报。"

"好。"夏洛特转向男孩,"你为什么要这么做?"

他眨了眨眼,"做什么?"

"修好我的娃娃。"

他耸了耸肩,"我也不知道,难道不是应该的吗?"

夏洛特咬着下嘴唇,她不知道怎么回答。"是我把它弄坏的。"她最终开口说道。

"这样啊。"他点头道,好像一点不惊讶。

"你想不想看看我的房间?"

"好啊。"

"行,那你跟着我。"接着,夏洛特转向母亲,"我们谈好了,一起玩就行了。我带他去看看我的房间和我的东西。"

"这可不行!"母亲睁大了眼睛,"我的意思是给他个小礼物之类的……"

"但是他不想要呀。"夏洛特说。她自己都为此刻的勇气感到震惊。但这个男孩看起来确实不错,说不定他们可以做朋友。

"那也不能是今天! 今天有招待会……"

"那也是晚上的事,现在还早呢。"她知道,得尽快结束这场争论。于是她动了动,并示意男孩跟上。男孩随即跟着她走了。他的母亲在身后喊他,问他要去哪里。"她想给我看看她的房间。"他侧过肩膀喊道。

走得越远,弘司越不敢相信自己身处的竟然是一处居所。谁能拿这么大的房子来住? 这些数不清的大房间都要拿来干吗? 这地方更像是一个艺术博物馆,所有房间都填满了昂贵而古老的东西。

"你叫什么名字?"女孩问道。

"弘司。"他一边回答一边犹豫要不要跟她聊第一次见到她时的样子。他很想知道为什么当时她会穿着睡衣站在雨里。

"我叫夏——洛——特,"女孩说,"带 r 和 l 的。你能念出来吗?"

当他们踏上一段宽阔的楼梯台阶时,他试了一下。"茶……露特。"他发出了声音,却引得她发笑。他再次尝试,"茶……罗特?"

她停下脚步,张开嘴,向他示范如何发出"l"的音来:"舌尖抵在上牙后面,你看到了吗?"这是一张漂亮的嘴:十分精致,薄唇贝齿。

"我知道了!"他回应道。在学校的英语课上他学过这样的发音,母亲也会让他练习。"夏……洛特。"嘴里面感觉很奇怪,不过显然这次发对了音,因为她笑着点了点头,继续朝楼上走去。

"由美子跟我讲过,"她边走边说道,"对日本人来说,r和l听起来差不多。"

"由美子是谁?"他问。

"是我的保姆,人特别好,有时候会带我出去看些东西。"她回答道。

"看什么?"

"嗯,就是东京这座城市呀。我不能自己出门,老实说,我甚至都不怎么认识日语字。"

说话间,他们已经到达了楼梯的顶端,面前长长的走廊向左右伸展,墙上挂着更多带画框的图和厚厚的有花纹的地毯——确实像一座博物馆。

"可是我妈妈一点都不喜欢。"夏洛特走向走廊右侧,"她不喜欢我出门。按她的想法,我得一直待在屋子里,要么就是花园。"

"那肯定很无聊。"弘司表示道。

"没错。"夏洛特打开一扇门,"这就是我的房间。"

房间很大,架子和橱柜里整齐地放着各式各样的玩具:娃娃、毛绒玩具、蜡笔、书籍和模型车。房间的一角是一张巨大的四柱床,窗前写字桌上放着一些练习本和文具。

看到这一切,弘司随即就知道自己猜对了:这就是那个他偶尔会透过窗户遥望到人影的房间。刚才穿过这所房子时,他就注意到他们正在朝这个方向移动。

"那是游乐场。"夏洛特把他拉到窗前往外看,一个秋千和一个攀爬架立在树下,"我们搬过来时本来还有一个沙坑,但妈妈把它清理掉了,因为我长大了,不能玩那个。"

弘司早就知道这个游乐场,但并没有表现出来。从他的窗前看不见那里,他是上次秘密潜入使馆时发现的,"你们的花园可真大。"

"我们之前在德里有一所房子,那个花园更大。"夏洛特说,"不过不如这里维护得好。可是那里有猴子!你能想象吗,有一次有只猴子竟然从窗户进到我的房间偷了作业本!"

"猴子?"弘司很惊讶。不过他不知道这个德里在哪,好像是在印度?但无论如何,这个女孩差不多已经走遍了世界,这让他有点嫉妒。"在这儿就不会有这种事儿发生了。"

"嗯,其实挺好笑的,它偷了我的数学作业本,没什么可遗憾的。"她笑着说。弘司喜欢看她笑。

"你上哪所学校?"他问道。她不会读日语,上的不是普通学校。

这个问题让她的笑容消失了。她叹了口气,"哪所学校都没去。我有一位来自巴黎的家庭教师。我妈妈说这是为了让我能够学到和在国内一样的东西。但我宁愿能有些同学。"

弘司知道,她来自欧洲一个叫作法国的国家。他看过世界地图,知道这个国家大致在哪里,但很难想象那里是什么样,住在那里是什么感觉。

接着他想起了自己班上的同学。因为他个子矮小,经常被他们欺负。"有同学也并不一定是好事。"

夏洛特说:"我在德里念的是国际学校,在那里我有一个好朋友,叫布兰达。"她停顿了一下,弘司发觉她看起来有些伤心,"我们说好了要互相写信,但她从来没回过我的信。"

"太遗憾了。"他说。

她点点头道:"我父亲是驻外大使,每隔几年就要搬到另一个国家,而我们必须和他一起去。我去过印度、刚果,很小的时候,我们还住过旧金山。你父亲是做什么工作的?"

弘司耸了耸肩,"不知道,我甚至都没见过他,只知道他是个美国人。"

"从来没见过?"

"没有。"

"至少有他的照片吧?"

弘司点点头,"家里有。"

"有机会的话记得让我看看。"她从书桌上拿起一张带相框的照片,是她的全家福:她父亲的头发是浅棕色,稍微有些自然卷,笑容似乎带着一丝讥讽。"这是在我们德里的房子前拍的。"她指着背景,可以看到棕榈树和一些不知名的灰色的树,树枝缠绕在一起,"这里是花园。可惜从照片里看不到猴子。"

"相比这里,你好像更喜欢德里。"弘司说。

"我只是不喜欢老是自己一个人待着。"她匆匆走到书架前，从一堆玩具里拿出那个被弘司修理过的洋娃娃，"你是怎么修好它的？它本来彻底坏掉了。"

弘司耸了耸肩膀说道："我有一些工具，就拿来试了试。"

"真正的工具？"

"对。每次过生日，我想要的生日礼物都是工具，圣诞礼物也是。相比买东西，我更喜欢自己手工做。"不知何故，他不想告诉她主要是因为没有钱。

夏洛特若有所思地看着娃娃。"真有趣，从前我一点都不喜欢洋娃娃，但现在我觉得这个娃娃很特别。从现在起，我就叫它瓦莱丽吧。"她重复了这个名字，就好像舌头上有些细腻的、正在融化的东西一样，"瓦莱丽。对，这就是它的名字。"

她又走到书架前，小心翼翼地把洋娃娃放回原本的位置上。

"可惜我父母今晚要举行招待会，所以今天我们不能好好玩了。"她说道，"我也必须出席。我还得洗个澡，把头发整理好什么的。这些事太费时间了。"

"这样啊……"弘司不知道招待会意味着什么，不过可以肯定的是，那是有钱人的活动，"太可惜了。"

"不过你可以来看我啊，"她建议道，"只要你愿意，就可以过来和我一起玩儿，在外面花园里也行。"

弘司点头答应，"好啊。"

"明天下午？三点钟怎么样？"

"没问题。"弘司回答。

"不管怎样，今天过得还挺好。"傍晚，夏洛特对自己说。不算准备工作的话，招待会也是一件不错的事。尽管长达数小时的梳头、造型和似乎永无止境的试装让人烦躁，但招待会本身总是很棒的：每个人都穿着高雅，有礼貌地交谈，坐在隆重装饰过的餐桌旁，还有很多好吃的。

当一个十岁的女孩表现得像个真正的淑女时，客人们就会十分高兴。注意到这点后，夏洛特总是暗暗发笑——好像这件事有多难一样！其实只要聪明一点儿就可以了，说很多"请""谢谢"和"真有意思"；知道何时使用哪种餐具（很简单：餐具的顺序总是从外侧向内侧用的）；不洒落任何食物。基本上就是这样了。当然了，还得像成年人一样安静地长时间坐在椅子上——这实际上是最让人筋疲力尽的部分。

夏洛特今晚表现得十分乖巧，因为她知道母亲会因此很高兴。她希望母亲开心，这样她也会好过一些。能得到一个新朋友完全归功于母亲，多亏她邀请弘司和他的母亲。

她旁边是一位年长的日本绅士，他很高兴能够用日语和她说话。原来他是日本的教育大臣。夏洛特对他说，她想去一所真正的学校上学，有同学的那种，而不是家庭教师的私人授课，但她别无选择。

她的另一侧是一位年轻的俄罗斯女士。她发现这位女士与现在叫作瓦莱丽的那个娃娃惊人地相似,不过她的名字不是瓦莱丽而是欧科萨娜。她不会说日语,只会说英语,还说得不怎么好。夏洛特求她教自己一些俄语单词和短语,然后她发现自己挺喜欢这种语言。

"说不定爸爸之后会去俄罗斯任职,"她说,"这样我就可以学俄语了。"

欧科萨娜笑了,"我想你肯定学得很快。"旁边的教育大臣听了频频点头。

晚餐过后,人们移步到黄厅。房间被分割成了两部分:男人们聚在其中一半,一边吸烟,一边喝着威士忌或者茴香酒;另一半则是女人们的,她们舒服地坐在一起,小口抿着利口酒闲聊。

夏洛特还不用上床睡觉:这是她和母亲谈的条件之一。如果她的举止得体,那么在这样一个晚上,她可以想几点睡就几点睡。在熬夜这方面她已经经验丰富了。

唯一让她有些不满的是,大人们希望她留在女士区。可她觉得男人聊的东西更加有趣:他们更愿意讨论"社会发展",尽管夏洛特不知道那是什么,但听着是件值得担忧的事;再比如,他们会聊在某个地方举办过什么盛大展览的画家。今晚他们聊的是一部美国作家迈克尔·克莱顿的小说,显然这本书在日本的反响不佳。每个人都认为写这样的小说是不合适的。夏洛特不明白的是,既然不合适,为什么人们还要谈论?

她溜到沙龙中间的吧台,又要了一杯可乐。她发现只要多喝点可乐,熬夜简直轻而易举。

父亲就站在离吧台不远处,同当晚的贵宾俄罗斯大使兴奋地交谈着什么。米哈伊尔·安德烈耶维奇·叶戈洛夫的法语很流利,带有迷人的俄罗斯口音,听起来像音乐。他正在生动地给父亲讲述一个被他称为"魔鬼之岛"的岛屿。

听起来太有意思了! 夏洛特决定无视大人们的安排,跑到那边去听一听。

母亲一整天都没说什么,弘同感觉到她心里有事。不难猜测,肯定与使馆发生的事情有关。

晚饭的时候,母亲终于开口了。她认为,他应该离那个女孩远一点,因为这对他没有任何好处。他们是有钱人,应该远离有钱人。

"为什么?"弘司不解。

母亲并没有看向他。她盯着一处发呆,似乎是在回想什么。弘司知道她回忆的肯定不是什么好事情。

"我们对他们来说一无是处,"最后母亲苦涩地说道,"他们不在乎像我们这样的人,他们不会也不需要考虑我们的感受。"

弘司思索了一下,又想起了那个女孩。夏——洛——特,他没有发出声音,却在嘴里练习了"r"和"l"的发音。

"我觉得她人挺好的啊。"弘司直接说道。

母亲终于看向了他，就像看着一个陌生人，过了一会儿才说："你早晚会懂的，相信我。"

夏洛特一靠近，俄罗斯大使便中断了他的故事，并且热情洋溢地向她鞠了一躬，说道："啊，有位年轻的女士走过来了！荣幸之至，夏洛特小姐！"

她挺喜欢他用俄语的大舌音来念自己名字里那个"r"的发音。"希望我没有打扰到您。"她礼貌地说。母亲教过她，淑女应该这样说话。

叶戈洛夫再次站直，大笑起来，"不，你不会打扰到我们，我们欢迎你还来不及呢！告诉我，你觉得日本怎么样？"

"挺好的。"她回答道。她其实想抱怨，除了使馆周围的几条街和几家百货公司外，她几乎没见过日本，所以她没什么感觉。但在一个大家都礼貌得体的招待会上，这些话不能说出口。人们只说些让人愉快的话，这就是外交的艺术。因此她继续说："我们接着会参观一个名叫'圣徒之岛'的博物馆。我很期待，应该会很有意思。"

俄罗斯大使挑起了他浓密的眉毛，"是吗？真好。我得承认，我从未听说过这个博物馆。"

"其实算不上博物馆，"父亲在旁解释道，"是东京以北的一个神社，每月向游客开放一次。其实所谓的'岛'只是湖心一座小型建筑,占地面积非常小,还没有一张桌子大。不过应该挺漂亮的,典型的日式风格。"

"知识永远学不完啊!"叶戈洛夫感慨道,"我以为我把这儿的旅行指南研究透了。"

父亲笑了,"您也用不着责怪自己。我相信就算是大多数日本人也从来没听说过这座神社。夏洛特的保姆来自这个地方,我们也是从她那里听说的,名字叫'Seitou-Jinjiya.'"

"Jinjiya是神社,Seitou是神圣的岛屿,或者圣徒之岛的意思。"夏洛特补充道。

"你看我说什么来着。"叶戈洛夫慈祥地点点头,"那里有什么值得看的吗?"

"旧东西!"夏洛特脱口而出。下一秒,她却屏住了呼吸。虽然兴奋,但她本不该表现得如此无礼的。

"旧东西? 你感兴趣?"

"是的,特别感兴趣!"

"这个神社里有一些文物,据说是日本最古老的,比如开国皇帝的佩刀之类的。"父亲笑道,"当然,人们总是会对这样的断言存疑。我反正是不知道这位第一任皇帝到底有多少把刀,但如果到现在还能留下很多的话,那他原本肯定有更多。"

俄国大使笑了起来,肚子在燕尾服下一颤一颤的。"没错,在俄罗斯也是这样,有些圣人可能有二十根手指和一百颗牙齿。"他低头看着夏洛特,"所以你想去看那把刀吗?"

夏洛特点头,"是的,和我的新朋友一起去。"

俄罗斯大使对她眨了眨眼,"你这么快已经交到朋友了? 他叫什么啊?"

"弘司。"夏洛特随口说道,"他母亲在我们的洗衣房工作,他……捡到了我的洋娃娃。"

她兴奋得几乎要跳起来,不过及时控制了自己——要成为淑女,自制力很重要。母亲已经教过她了,要时刻控制自己的情绪,更重要的是,始终要仔细考虑什么该说什么不该说。

深夜,招待会结束之后,让·阿诺德·玛尔露——法国大使、荣誉军团军官兼几本关于法国在世界上所扮演角色的书的作者——同他的妻子塞西尔·玛尔露一同在浴室洗漱。他对妻子说道:"我们的女儿总能迅速又轻巧地学会一门外语,真让我惊讶。你听见她和日本教育大臣交谈了吗? 直到告别的时候,教育大臣还为她会讲日语而惊喜不已。"

妻子正用浸湿的化妆棉卸着脸颊上的妆,"夏洛特并不是在学习语言,语言对她来说就像吸入空气一样容易。我不知道她是从哪里得来的这种天赋,肯定不是我遗传的。"

大使在一旁梳头。这个睡前活动毫无意义,但他养成了习惯。"好吧。也许没那么神秘,本来学习语言这件事对孩子来说就更容易,这是天性。只不过亲眼见到还是会惊讶。"他看了一会儿留在梳子上的头发丝,有些不悦地把它们摘下来,扔进水槽下面的小垃圾箱,"不过你听到她跟叶戈洛夫说的话了吗? 她有了个朋友。"

"我倒是见证了她交到朋友的整个过程,你想知道吗?"

"真的吗,到底怎么回事?"

妻子把化妆棉放到一旁,从纸巾盒中抽出一张纸巾。"今天早上的事,就是那个把她的洋娃娃送回来的男孩,是家政部一个雇员的儿子。"

"你不能放任夏洛特在这里交到太要好的朋友。"大使拿起牙刷和牙膏,"我随时都有可能被召回,之后怎么办? 你也知道,当时在德里一起玩的那个小女孩让她多伤心,那个红色卷发的英国小姑娘,她叫什么来着?"

"布兰达,"他的妻子说道,"布兰达·吉拉姆。她来自苏格兰。"

"那个医学教授的女儿?"

"没错。"

"我们不能再次强迫她与朋友分离。"大使将牙刷放在水龙头下用温水冲着。妻子从镜子里望着他问道:"你已经知道我们接着要去哪里了吗?"

"有可能是美洲,那边目前有些职位,比如智利、阿根廷或者危地马拉……"

"阿根廷!"妻子兴奋道,"希望是阿根廷。"她年轻时曾在布宜诺斯艾利斯待过一年半。那段日子她学会了探戈，时常参加派对彻夜玩耍，每个月都会爱上一个新的热情如火的少年……那是她一生中唯一无拘无束的时光，令她怀念至今。

"这要看伯纳德什么时候康复。"她的丈夫泼冷水道，"或者至少能够重新工作。说不定他好不了了……"伯纳德·博古是原本的法国驻日本大使，让·阿诺德·玛尔露只是暂代他。博古得了癌症，在回巴黎接受治疗之前，他明确宣布了自己将结束生命，或至少是结束在日本的职业生涯的打算。

"越早越好。"玛尔露太太重新拿了一片化妆棉，将它浸泡在一种散发着难闻的化学气味的液体中。这操作着实让男人费解。"这就说不准了。他不想回来，一定是因为这里的气候，或者城市，或者随时可能地震的风险——正常人怎么受得了天天担心这种事！"

3

第二天下午不到三点钟,弘司就到了使馆门口,但警卫拒绝让他进去。

"可是我有个约会!"弘司抗议道。

"已经被取消了。"警卫指着他字迹潦草的记事本上的一处说道,"这儿写了。"

"为什么?"

"那我就不知道了,这些事上级也不会告诉我们。"他带着歉意地看着弘司,"很遗憾。不过,你最好还是走吧。"

弘司望着面前的男人、他身后的铁门,以及再远处垂在旗杆上一动不动的旗帜。天气很热,没有风。显然,他在这里什么也做不了。于是他干巴巴地感谢了警卫,然后离开了。

他们不在乎我们这样的人,他们不必也不会考虑我们的感受。

这绝对是误会,肯定的! 夏洛特邀请了他,三点钟,就是今天。不管门口那个人怎么说,这都是说好了的事!

你早晚有一天会懂的。

他本来有个约会。他不会让任何事阻止他去赴约。

弘司绕着使馆转了一圈,溜到了栅栏上有缺口的那棵树后面。他取出上次留在树上节孔中的绳索,从栅栏豁口处挤了过去,攀着绳子轻手轻脚地在院内着陆。接着,他选择了与星期二同样的路线。一路上没有遇到任何人,就连必经的停车场里也没有车,可能因为今天是星期日。

垃圾桶旁通往屋内的门没有锁,弘司溜了进去。这个房间十分简陋,不过有一扇门通往前一天他和夏洛特经过的那条装饰着昂贵裱框油画和厚厚地毯的走廊。他匆匆穿过走廊,爬上楼梯,敲响了她房间的门。

她立马就开了门,"你总算来啦!我还以为你不会来了呢。"

"他们不让我进来,"弘司回应道,"大门口那些人。"

"为什么不让你进?我特意跟他们交代过的。"

"那个警卫特意强调,说约会被取消了,然后就把我打发了。"

她眨了眨眼睛,"那你现在又是怎么进来的?"

弘司犹豫着说道:"我有一条秘密通道。不然我怎么把你的娃娃从垃圾桶里拿出去?"

"原来如此!"她露出好奇而向往的神情,"带我去看看!"

他们下楼去了花园,弘司带她看了密道。借着垂下来的绳索,他们爬到了围墙栅栏上。从那上面望下去，只能看到路旁的树以及树后人行道的一小部分，但夏洛特依然很激动。"我们现在能下去看看这座城市了。"

"那当然。"弘司开始思考他们能去哪儿转一转。这附近其实没什么特别有趣的地方，不过如果她愿意的话，他可以带她去看看他的学校。

然而夏洛特却犹豫了。"嗯……还是下次再说吧。"说完，她就重新跳回墙内。

弘司暗自松了一口气。比起城市里的各处，他其实更喜欢这个花园。

他们往回走的时候，夏洛特指着弘司和母亲住的那栋楼问道："你住在那儿，是不是？"

"是的。"弘司答道。

她举起纤细白皙的胳膊，又朝边上偏移了一点，食指正好对准弘司床上方的那扇窗户，"就是从那里，你看到我站在雨中的。"

他惊讶地看着她，"你怎么知道？"

"我就是知道。"夏洛特俏皮地答道。她把胳膊环在胸前，看起来仿佛有点冷似的，接着说道："我有的时候会做点儿疯狂的事，单纯因为有趣，我也管不住自己。还有的时候，完全正常的事情我都没勇气去做了。"

"什么是正常的事？"

她耸了耸肩。在弘司看来,这一瞬间,她看上去有点像一只翅膀受伤的小鸟。很小的时候,他捡到过一只受伤的小鸟,但是母亲不允许他带回家。

"就是正常的事情。"她说,"比如给人打电话,出门,或者穿特定的衣服什么的。"

"穿上特定的衣服之后会怎么样?"弘司好奇地问。

"不会怎么样。"夏洛特说道。

弘司拿不准自己是否理解了她的意思。其实他并没有懂,不过这不重要。

"有什么你不敢做的事吗?"夏洛特问道。

弘司想了一下,"学校有一群大孩子经常欺负我。但我不够强壮,无力反击,根本就没有反抗的可能。而且就算告诉老师,老师也不相信你。"

能和别人说这件事的感觉真好,即便这并不能改变什么。他母亲不想听,也不同意他为了更好地保护自己而去学空手道,因为他们负担不起。

夏洛特说道:"这没什么,换作我的话,我也会跟你一样。"

下一瞬间,她似乎忘记了这个话题。"快来,"她跑了起来,"我们去荡秋千!"

弘司跟在后面,与她同时跑到了秋千旁。他们能够独享一整个游乐场!他在此前从未经历过,甚至想都不敢想,这太奢侈了。在幼儿园时,他得和许多孩子共享一个游乐场。他其实从来没有好好荡过一次秋千,因为每次刚开始,他就会被一个更高更壮的孩子赶下去。而仅仅因为他是一群孩子里年纪最大的,即便个子矮小,还是会被幼儿园老师要求谦让,照顾其他小孩。

有钱可真好啊!

他在秋千上前后摆动,享受着越来越高的摇摆,感受回落瞬间的失重,下一刻再被惯性更重地压在座位上……荡到最高点时,他松开了手,从座位上飞出去,飞向空中。这感觉简直太好了!

"太厉害了!"夏洛特喊道。

但是当弘司再次从草坪上爬起来时,他看到夏洛特的母亲穿过草坪朝他们走来,姿势、表情甚至走路的方式都表明他们俩有大麻烦了。于是弘司只能站在原地,等待着。

大使夫人却压根儿没有看他一眼。她朝坐在秋千上正低头回避她的女儿走去,厉声对她说了些什么。弘司没听懂,但他知道,夏洛特的母亲十分生气。

当她的母亲终于不再骂她之后,夏洛特从秋千上下来,垂头丧气地走向弘司,"她说你必须得走了。"

"啊,"弘司失望地说,尽管这在他的意料之中,"为什么?"

"我也不知道。"

她跟着他往外走了几步,直到一名警卫出现,抓住弘司的手臂把他带走。一路上,他被问了好几次到底是怎么进来的,但弘司没有回答。他紧闭嘴,沉默着任由自己被带走。走到门口时,大门刚刚敞开,一辆货车即将驶入。趁着警卫分神的工夫,弘司挣脱开他的手,跑掉了。

当天傍晚,弘司的母亲当然听说了这件事,责骂了他。她也想知道他到底是如何进到使馆的,毕竟他明知道这是被禁止的。不过弘司也没有告诉他。

母亲继续对他撒气,"要是我因为这事丢了工作,我们就得搬家,责任全在你。"

弘司的头垂得更低了,从背后几乎看不见他的脖子,"你怎么会因为这事丢了工作呢?"

"他们是有钱人,而我们是穷人。你懂吗?最好就是离他们远远的。"

"为什么会这样?"

"你说什么?"

"为什么世界上会有富人和穷人?"

母亲抬起双手,说道:"你竟然还问问题!反正自古以来一直都是这样,有人赚了很多钱就成了有钱人,而其他人就是穷人。"

"这样不公平啊。"

"抱怨并不会改变任何事。"

第二天弘司自然没有再去使馆。

夏洛特几乎不知道该怎么面对盛怒的母亲。母亲甚至都不允许她说话，因为她又开始头疼了，在房子的某一处躺着。夏洛特别无选择，只好回到自己的房间，发泄般地把置物架上的东西扫到地上，直到玩具散落到地板各处为止。

这么做之后，她感觉心情稍微好了点。过了一会儿，她开始重新整理地上的玩具，将每个洋娃娃和毛绒玩具放回原处，捡起从盒子里掉出来散了一地的所有小棋子、骰子和卡片。她没有办法忍受东西乱放，如果没有恢复原状，或许她会更加生气。

收拾妥当之后，她坐在窗边朝外望去，暗自下定决心，下一次在父母的招待会上她不会再扮演举止得体的淑女了，以此作为对母亲的惩罚。她本来就不该任由大人摆布！下一次她会拒绝和反抗，她甚至不会让理发师靠近，不梳头、不洗脸，把自己锁在房间里，任凭母亲威逼利诱也不会挪一步，反正等到客人们到楼下了，母亲就不得不下楼去招待，没空管她了。

夏洛特叹了口气。她自己心里也清楚，当客人在客厅里享用晚餐的时候躲进房间不能解决任何问题。

何况这也算不上什么好主意，说不定她能想出更好的办法向母亲示威。

一阵奇怪的响声引起了夏洛特的注意，好像有人在敲她的门。然而当她打开门时，门外并没有人，更别提弘司了。

弘司！这让她突然有了新的主意——一个会让人停下来屏住呼吸，并仔细考虑是否真的想这样做的主意。当她再次呼吸时，她做了决定。

她急忙走进花园，来到弘司向她展示栏杆豁口的地方。绳子还在。她抓着绳子往上爬，从豁口处挤了过去，然后顺着树和墙之间的缝隙爬下去，这并不难。现在，她在外面了！太棒了！她想欢呼一声，但还是努力保持安静。

胡同里一个人也没有。她走去了弘司住的公寓楼，却停在楼下的门铃前不知所措，因为所有的门铃上都是用日语写的名字。现在该怎么办？

她想着是不是可以把所有的门铃都按一遍，大不了再给他们道歉说自己按错了，反正说不定大多数人都没在家。

这时候她听到了公寓大门后有些响声，门被推开了，开门的竟然就是弘司！

"我刚才看见你了。"弘司解释说。

夏洛特盯着他，他似乎比之前长高了点。"我想着我也可以过来找你玩，如果你方便的话。"

"当然方便。"弘司说着，又把门开大了一些，"进来吧。"

他们上了楼梯。楼道里很暗，出奇地狭窄。原来真正的日式住宅是这样的。

他们接下来进到的公寓同样很小，甚至不比夏洛特自己的房间大多少。透过公寓里一扇半开着的推拉门,夏洛特瞄到了一个小房间,房间的地面铺着一层薄薄的床垫,一侧的壁橱上堆满了箱子啊被子啊之类的东西,一直顶到天花板。他们身处起居室前半部分。一张需要跪坐的日式矮桌、一台电视和一个小小的烹饪台占据了整个空间。接着是一扇黑木框覆着白纸的屏风作为隔断,这后面就是属于弘司的小天地了:墙上贴着电影海报,海报下面是狭窄的书架,上面放着几个盒子,其中一个敞开着,里面是做手工用的工具和材料,窗台上放着个物件,看着像是一台被拆开的收音机。

“我想试试看修好它,”弘司解释说,“不过并不简单,缺少了一些关键的零件。”

夏洛特环顾四周。窗户对面的墙上靠着一个架子,底部的隔断里有一张卷起的床垫,上面是同样折叠好的羽绒被。“你每天早上都得把床这样收起来吗?”她问道。

“是的。”对弘司而言,这是再正常不过的事,“这样白天能有更多活动空间。上学时我偶尔不会收拾床铺,不过现在是假期,我常常待在家,所以每天都会收起来。”

“你们能放多久的假?”

“到八月末为止。我记得是二十四号开学,反正是个星期二。”

夏洛特轻轻拂过一些家具,感受着不同的触感,“那你假期都干什么?”

“也没什么特别的,做手工,看书,发呆。”弘司叹了口气,“我母亲有时会骂我,因为我不想和其他人一样参加学校的社团。我真的不感兴趣。"

"社团? 那是什么?"

"嗯,一些人聚在一起活动,足球啊,篮球啊,空手道啊之类的。还有些人会一起补习功课。"

"那你在学校里成绩好吗?"

弘司耸耸肩,"一般。"

"你都看什么书?"

"大多数是一些科技类的书,介绍东西如何运转之类的。这些书我都是从书店里借来的。"

这时候,夏洛特才注意到弘司贴在墙上的电影海报有个共同点:每一张都有一个机器人。其中一张是《星球大战》里的金色机器人;另一幅画中,一个小机器站在高高的悬崖上,一道闪电从阴云密布的天上击中了它。

"你喜欢研究各种东西的运转方式,对吧?"夏洛特问。

"是的。"弘司指着那张星战海报,"你知道它吗?"

"当然了,这是 C-3PO。"她是从布兰达那听说的。当时布兰达在家看了电影,给她细细讲过整个故事。

"没错,第三代礼仪机器人。但是事实上它只是一个化了特型妆效的演员。"弘司又介绍起另一张海报,"这是 '五号',比 C-3PO 更有意思。它不是人扮演的,原本是军用机器人,但自从被闪电击中之后,它就开始热爱和平了,这就是他们追捕它的原因。它能做很多厉害的事,比如一分钟之内看完一本书,就像这样——"弘司边说边快速翻动书页,"就能把书里所有的内容记下来了。"

"大人们不让我看这些电影,"夏洛特说,"我妈妈说我还太小了。"

"我还是去电影院看的呢,"弘司说,"我英语拿了好成绩的时候,妈妈偶尔就会带我去品川区对面的那个放英文原声电影的电影院,特别有意思。"

他蹲在书架前,在一摞书本纸张中翻找一阵,把一本商品宣传册举到她眼前,上面除了彩色的日语字符,还印着一个笨拙的玩具机器人,头部是半球形的,两条机械手臂很粗。

"我也想要一个这样的多功能机器人,它会提东西、倒饮料之类的。不过要五万日元,我买不起。"

"那你想用它来做什么?"夏洛特好奇道。

"我当然想改造它,让它有更多功能,能做更多事,成为一个真正的机械仆人。"

这个想法显然令他着迷,夏洛特却觉得奇怪,不过男孩子都挺奇怪的。"你可以给我弄点喝的东西,"她说,"当一位女士拜访你的时候,你就该这么做。"

"好的!"弘司说着,急忙跑去冰箱拿了一罐可乐递给夏洛特,"请。"

夏洛特其实并不口渴,也不是很喜欢喝可乐,不过现在她没办法拒绝了。她接过来小小地抿了一口,环视屋子。这儿的一切都好小!屋子里还有另一扇推拉门,不知道通往哪里,可能是浴室。

"我们可以商量一个暗号。"她建议道。

"什么暗号?"

"好让你知道我妈妈不在家。她有时候下午会出去。"

"你父亲呢?"

"他老是在工作。就算知道你来了,我觉得他也不会怎么在意。"夏洛特走到窗前,"你能看到我房间的窗户吧?有黄色窗帘的那扇。要是一切安全,我就把你修理过的娃娃放到窗前。"

"好的。"弘司应声道。

她将还剩了大半罐的可乐还给他,"我现在得走了,得在没人发现我溜出来之前赶回去。"

两天后,夏洛特的母亲问她想不想和自己去市区逛街,吃个冰激凌什么的。"你也该买条夏天穿的裙子了。"

"那我们会去博物馆吗?"夏洛特问。

母亲翻了个白眼,"不会,绝对不去。我们要去一座新开张的购物中心。"

"那我不想去。"

过了一会儿,夏洛特从顶层的一扇窗户望着母亲与秘书夏达尔小姐以及一名翻译一起进了车里,出了大门。等到车消失在视野,她立马转身跑回房间,把瓦莱丽放在窗前。

不到一刻钟,弘司就过来了。

"我想到了个主意。"他边说边从口袋里掏出一块深色的、看上去很沉的金属。竟然是一块磁铁,磁力很强,可以隔着夏洛特写字台的桌板吸住桌上的长尾夹。"我今天在一本书里读到,人的血液中含有铁元素。你知道吗? 是因为一种叫血红蛋白的东西。因为含铁,所以血液才是红的。"

"真的吗?"夏洛特惊讶地看着双手,"有铁?"

"是的,当然量很少,不然这块磁铁就该吸到你身上了。不过我觉得要是把磁铁放在血管上,大概能阻碍血红蛋白流动。"他将左臂搭在写字台上,手腕内侧朝上,以便看清静脉血管,接着把磁铁放了上去,"过一会儿血管应该就会变暗。"

夏洛特听着觉得很怪,但又说不出的感兴趣。于是他们等待着,视线停在他的手臂上。弘司不时抬起磁铁,看看下面的血管。

"也可能因为我皮肤太黑了。"过了一会儿,弘司说道。

夏洛特并不觉得,起码她在德里的同学皮肤更黑。不过确实她要比他白一些。她抬起小臂,也放在写字台上,"用我的试试。"

磁铁贴在手腕皮肤上,感觉沉重而冰凉。她想象着血红蛋白正在皮肤下面积聚,那画面更奇怪了。不过,小臂上看不出任何变化。

"会不会有害健康啊?"夏洛特问,"比如晕倒之类的。"

"你要是晕了,我会托住你。"弘司说。

他们又等了一会儿,渐渐觉得有些无聊了。

"说不定就是因为这里的血液太少了。"夏洛特开始思考身体哪个位置的皮肤更薄并且血液更多。

她跳了起来,跑去拉开衣柜门,站在里面的穿衣镜前。"脖子!脖子上有主动脉。就是这儿,看到了吗?"她仰起头,露出脖子侧面,"把磁铁放在这儿!"

弘司走过去,把磁铁贴在她的颈动脉上。接下来两人静静观察。他们站了很久,至少在她看来简直有几个小时。

"根本行不通。"夏洛特最后总结道。

他点点头将磁铁拿开,放回口袋,"你说得对。看来书里说的东西也不能全信。"

"走,我们去荡秋千吧。"夏洛特说。

过了差不多三天,洋娃娃才再次出现在夏洛特的窗台上。弘司放下还没修好的收音机,跑出了门。

夏洛特手里拿了两个大手电筒迎接他。她想去地下室探险,想知道在那里能发现什么,但又不敢一个人去。她的好奇心感染了弘司。于是,两人沿着楼梯间下到通向地下室的铁门前。

里面很冷,尤其是有室外的酷暑做对比。他们发现的第一样东西是一台暖气,旁边一扇钢门连着一个房间,几乎被一个巨大的油箱占满了。接下来的几间放着一些旧的打字机、计算器和装了很多表格的盒子。然后,他们来到一个较大的房间,里面全是放满了文件的金属架子。

"哎呀,全是旧文件!我不喜欢这东西。"夏洛特摇摇头,"来,我们接着走走。"

弘司不懂为什么旧文件这么惹人烦。不过他对这东西也没兴趣,于是便跟着她继续走。

最后他们找到了一个藏着很多奇怪东西的储藏室:奇怪的落地灯,落满尘土的家具,花园用的小矮人雕塑,布料包裹、连着电线的加热板,一些装裱好的城堡、冰山和轮船的照片,装满枯萎花茎的花瓶,生锈的锯子,缺了一个轮子的三轮车……

"快看这个!"夏洛特举起一个密封的玻璃瓶,瓶子里有一条死去的蛇,在黄色的液体中缩成一团。

弘司这边发现了更棒的东西:一个大型的金属套件工具箱。"不可思议。"他呼了一口气,打开盖子,里面有穿了孔的钢条、轴承、轮子、齿轮和底板。一个小盒子里装着数百个螺栓和螺母,另外三个盒子装有发动机和电线。"这些东西差不多能做出一个机器人了!"

他把工具箱放在地板上,跪在它前面,开始组装起来。他只是随手拼一拼,为了看到齿轮啮合和轴承的转动。

夏洛特蹲在他身边,拿起一个大齿轮,皱了皱眉,又放回去。她伸手拿起另一个零件,一个有很多螺孔的底板,但又马上放下了。

她说:"你不应该玩儿这个。"

弘司抬头望着她,"为什么?"

"这个工具箱的主人,一个男孩,他自杀了。"

"真的吗?"

"他爱上了一个并不喜欢他的女孩。他威胁女孩说,如果两人不能在一起,他就会自杀。即便这样,女孩还是拒绝了他。于是男孩决定从女孩住的房子屋顶跳下去,让她透过窗户就能看到他摔在人行道上。"夏洛特毫无情绪地讲着,"他是这么想的,最后也这么做了。"

弘司陶醉地看着箱子里漂亮的零件,不知道怎么办。故事挺吓人,但要放弃这个工具箱又让他难过。

"要是我爱上了什么人,我才不会自杀呢。"他说道。

"那要是她不爱你呢?"夏洛特问。

弘司摇了摇头,"那我就坚持一直追求,直到她改变心意为止。"

晚餐时,弘司向母亲打听那个曾经住在大使馆、后来在一个女孩家门外自杀的男孩。不过,他既没有透露任何关于工具箱的事,也没有提男孩摔在了女孩房间下方正对着的人行道上。

母亲惊讶地望着他,"你从哪里听来的?"

"有人跟我说的。"弘司回答。

母亲伸手将米饭和泡菜盛在碗里,"确实有这么一回事,是园丁的儿子。但那是很久以前了,那时候我还没来这儿呢,是一位老厨师告诉我的。"她把碗放在桌上,接着说道,"他想对同班的一个女孩恶作剧,在她的窗前用绳子挂上什么东西吓唬她,结果不小心掉下去了。"她严厉地看着弘司,"你也要吸取教训,别搞恶作剧。"

再一次见到夏洛特的时候,弘司向她质问了这件事。哪怕她住在一所带花园的大房子里,也并不代表她就可以随意编造故事来戏弄他。

他十分生气。

她沉默地听着他的指责,等他说完,她辩驳道:"我没撒谎。你母亲根本不知道实情。"

"那你就知道了? 我该信你的对吗?"弘司反击道,"你才来这里几个月,而我母亲已经在这儿工作很久了,久到和我的年龄一样!"

夏洛特没理他,只是低头看着地面。

他们就站在弘司第一次看见夏洛特的那块草坪上。她把娃娃放到窗前,之后一直在等他。天气很热,灌溉花园的水管早晨被园丁用过后就卷起来放在地上。鸟儿穿梭在灌木丛中寻找食物,树叶沙沙作响。远处依稀传来车辆轰鸣的嗡嗡声。电话铃响起,声音从一扇打开的窗户里传出来。

夏洛特问弘司:"要是我跟你说一个秘密,你能保证不说出去吗?"

弘司看向她，她今天把头发扎成了马尾辫。他发现自己没办法一直生她的气。

"你说。"他说道。

她坐在草地上，等着弘司也坐下来。

"我有一个天赋，"她认真地说，"我曾经以为所有人都能做到，但是现在我发现我可能是唯一的一个。"

弘司皱起了眉头，现在她又要开始编另一个故事了吗？"天赋？什么天赋？"

"每次我触摸一件东西，我就知道它们曾经发生过什么。我知道它们的年头，它们属于谁以及物主都是什么样的人，经历过什么，害怕什么，等。"说着，她把手覆到了草坪上，"这草很新，它不属于任何人，没有记忆。但是如果我触摸花园的水管，像这样，"她向前挪了一点，伸出手放在盘绕的软管上，"那么我会感觉到园丁。我能感觉到他担心他妻子，她生病了，但医生诊断不出病因。"

弘司思索了一下。他回忆了自己读过的所有书——图书管理员总是说，这些书对他这个年纪来说太难了。他试图理解这种天赋背后的原理。但就他所知，这是不可能的。他从未听说过物件会存储人们的思想。

于是他说道："我不信。"

"当我摸到那个工具箱里的零件时，我就感受到了那个男孩的想法，知道他为什么会自杀。这些想法围绕着整个盒子，好像在发光一样,因为他曾经频繁地使用这个工具箱。"夏洛特解释道,"当我把修好的玩偶拿回去时,我感受到了你那个时候在观察雨中的我,以及之后你老是会望着我。所以我才知道你住在哪里。"

"我觉得,你就是看见过我坐在窗前才知道的。"

"不,我没有。"她难过地摇了摇头,"这件事我从来没和人说起过。我母亲总是觉得奇怪,为什么我这么喜欢去博物馆。其实我只喜欢那些允许触摸展品的博物馆。"她抬起头,突然眼睛发亮,"摸到非常古老的事物时,我感觉就像是每秒读一千本书。有时会一下子感觉到数百人,对他们过去的生活、恐惧和梦想逐一了解……"

弘司半信半疑地盯着她,"我还是觉得不可信。"

两人沉默了片刻。弘司不知道现在应该怎么办,夏洛特说不定觉得被冒犯到了。但是他又不能说相信她,这个谎言会带来麻烦。

"我有办法了!"夏洛特突然看向弘司说道,"下次,给我带些属于你父亲的东西吧!"

4

一件属于他父亲的东西？这其实并不简单。

离开前，夏洛特具体解释了她需要的东西：与他父亲有长时间接触的——"最好是眼镜之类的。"她说道。

"可我父亲不戴眼镜。"弘司说。

"那或者手表、衣服，再不就是他每天都会坐的椅子。"

在日本，人们基本不会坐椅子，这是西方的习惯，他们都坐在地上。他的母亲应该也没有他父亲的衣服，至少现在已经没有了。至于手表，母亲的确保留着一块表，声称这是他父亲准备的礼物，要等弘司毕业后再送给他，所以，他父亲自己并没有戴过这只手表。

他倒是有些照片，不过可能也不太合适。照片上确实拍的是他父亲，但父亲本人是否碰过这些照片却不好说。

弘司无奈地看着其中一张，是他父亲年轻时的样子。背景可以看到用平假名写的路牌，因此一定是在日本拍的。父亲的脸窄而精致,看上去很帅。弘司最喜欢他浓密的深金色卷发,遗憾的是,弘司并没有遗传到。

还有照片上父亲的笑容。有时候,弘司觉得父亲拍这张照片时一定很开心;但有时又觉得笑容里透着哀伤。这就是弘司老是翻来覆去看这张照片的原因,这个笑容让他感觉很奇怪。

母亲很少提起父亲,仅仅是在弘司小的时候给他讲过几件事,从那以后这个话题在母亲那里就相当于结束了。弘司只知道父亲从美国来到东京学习,和母亲在这里相识。她曾经和他一起去了美国,但是她不喜欢那儿。后来,父亲突然间病得很重,他的家人却让母亲离开。于是母亲便怀着弘司回到了日本,从此再也没有见过他父亲、听闻过他父亲的任何消息。

每次想到这里,弘司便有些难过。他记得小时候,自己时常会想象父亲是个忙着拯救世界的大人物,也许是美国总统的顾问,又或者是一位伟大的科学家。在想象中,父亲会在某一天回来,把手放在他的肩膀上说:这就是我儿子啊。然后所有事都会好起来。

他突然想到个主意,把照片放到一边,窜到窗户下的架子前。架子下部的隔层放着一个锡制盒子,里面装着他的私人珍藏:跟夏洛特讲过的那部机器人电影的电影票;一只小时候捡到的白手套——它当时被扔在长凳的靠背上,仿佛戴着它的人突然间变成了烟雾凭空消失了,这种想象让弘司深深着迷,于是他便把它留了下来;一本印着《宇宙的巨人》主角希曼和反派骷髅怪的笔记本,那是他用第一笔零花钱买的,但是却不知道该写什么,从此就一直放在盒子里;一只蓝色的塑料小狗;他和母亲在某个已经记不得名字的海滩上捡到的贝壳;还有一把属于他父亲的便携小折刀。

这是一把红色外壳的多功能折叠刀,上面刻着白色十字的徽章。它可以展开成十一种不同的工具,比如小刀、螺丝起子、开瓶器、剪刀等。弘司小时候曾在玩耍时因为刀片突然合拢,被深深割伤了手指。从那以后,他再也没有碰过这把刀,差不多已经忘了它。

但这把刀是他父亲留下的,父亲曾经长年把它带在身上——至少母亲是这么跟弘司说的。

弘司犹豫了。他不确定自己是否希望从夏洛特那得知有关父亲的任何事情,即便只是她编出来的谎言。说不定她会对他说些他父亲的坏话,而他可能不乐意听。

他得好好想想。

一天又一天过去了,他一直没看到洋娃娃。等到它终于再次现身的时候,弘司只稍稍犹豫了片刻,便抓起小折刀塞进了口袋,跑出门去。

"你带了东西过来吗?"夏洛特一见到他就立马问道,看到弘司点头,她便说道,"那拿出来吧。"

之后他们一起出了屋走去花园。"我还以为我妈妈再也不会出门了呢。"穿过草地时,夏洛特解释道,"她平时总会去见她的朋友,好像是意大利大使的妻子,但那个朋友最近没在东京。不过今天她得去趟理发店,估计至少要花三个小时吧。"

"我们为什么要到花园来?"弘司不解。

"在自然环境中感受的效果会更好些。"夏洛特解释说。她越过草坪的边缘,钻进一个茂密的灌木丛中。

树木间充斥着灌木丛。身处其中,看不到外面的建筑物,皮肤和衣服也容易被划破。不过夏洛特却似乎轻车熟路。她走到一小块空地,坐下来,朝弘司伸出手,"好了,把东西给我吧。"

弘司掏出小折刀,将信将疑地放在夏洛特手中。她握住小折刀,闭上双眼,接着微微一笑,"你当时真是被吓了一跳吧。"

"什么?"弘司不解。

"这把小折刀突然合拢的时候。"

弘司惊讶得倒吸了一口气。她是怎么知道的? 这件事他没和任何人讲过,包括他母亲!

夏洛特沉默了一会儿,但仍然闭着眼睛,紧紧握着小刀。"你父亲来自得克萨斯州,"她终于又接着说道,"他来自一个富裕的家庭,非常富裕。他的父母希望他能够留在家族公司,但他不感兴趣。他是个日本迷,收集了一切关于日本的东西。之后,尽管家人反对,他还是来了日本,并在这里学习。"

弘司难以置信地看着她,他脑子一片空白。

她继续说:"他一开始住在学生宿舍,不过他并不喜欢,因为那里全是外国人,美国人最多。于是他开始在市区寻找能出租给学生的房子。他找到了一处,但不太满意,房东是一对夫妇,那里采光很差,布置也不怎么样。但是当他想回绝的那一刻,一个女孩走了进来,他对她一见钟情。所以最后他还是租下了那个地方。"

"那个女孩是谁?"弘司好奇地问道。

"就是你的母亲。"

"噢!"

"突如其来的爱情占据了他的心,让他无心继续学习。他去了你母亲工作的旅行社,在那里假装碰巧遇见她,但其实,他悄悄跟踪了她。"

弘司不由得笑了。他想到了父亲的那张照片,并想象着他穿梭在东京的街道和小巷中。以他的形象简直太显眼了!

"他在想如何才能和你母亲说上话。她很害羞,但英语说得很好。终于,他想到了个办法:让她帮忙辅导日语并纠正他的发音。这很困难,因为她必须先征求父母的同意。之后他们就开始坐在客厅里上课。"夏洛特停顿了一下,咯咯地笑了起来。

"怎么了?"

"你父亲很机灵。几周之后,你的外祖父母就允许他们单独待着了。你父亲让她辅导一堂课上的句子,例如'我爱你'和'你很漂亮'等,这些内容其实都是他自己想出来的。"夏洛特笑得更厉害了,"他请大学里的人帮忙写下那些句子,并伪造了一份看起来像模像样的课程材料。他故意发错音,所以你的母亲不得不一遍又一遍地纠正他。她脸都红了,不过还是坚持纠正他……"夏洛特顿了一下,不再发出笑声,笑意却仍在脸上,"最后,他们接吻了。"

弘司有些不自在地看着她。他觉得亲吻令人恶心,但他在学校听说,女孩都喜欢这些东西。他想到很快会见到外公外婆,被他们亲吻,他就觉得很难受。不过早晚有一天,他还是不得不吻一个女孩,不然他就没法结婚了。

"他想和你的母亲结婚,但没得到父母的同意他不敢这么做。于是他想带你母亲去美国,说了三次之后,你母亲终于同意了。然而你父亲不太开心,他十分担心家人会反对。"说完,夏洛特睁开了眼,把小折刀还给弘司。

"然后呢?"弘司追问。

"没有然后了,那之后他就不再带着这把小刀了。"

弘司把小刀塞回口袋,"我对父亲的了解很少,我不知道他来自一个富裕家庭。实际上,我甚至都不知道他是否还活着。"

"他肯定还活着。"夏洛特说。

"你这么觉得吗?"

"当然,"她说着,站了起来掸了掸衣服上的灰尘,"要是他过世了,那你应该会继承一些东西。"

这天晚上,母亲下班回家的时候腰酸背疼,不得不先躺下来休息。"今天我们洗了两间大厅里的窗帘,又把新的挂上去,简直累死人了。"

"要我帮你拿止痛片吗?"弘司提议道。

"没事,不用。"她用一只手拍了拍身旁的蒲团,"你过来陪我坐一会儿就好,来跟我说说你今天做什么了。"

弘司有些不情愿地走过去,"我要是跟你讲些科学技术什么的,你肯定没兴趣。"

母亲扯了一下嘴角,却没笑出来,"我就是想让你帮我分散一下注意力。"

他想了一下,摸到还揣在口袋里的小折刀,于是坐下来,拿出小刀放在母亲的面前,"这确实是我父亲的吗?"

母亲疲惫地抬头看了一眼,"你把它拿出来了啊。"

"是你之前给我的。"

"啊,是的。"她又躺了回去,发出一声呻吟,"没错,是你父亲的。"

"那后来怎么留在了这儿?"

"当时我们飞往美国的时候,他落下了一条裤子忘记打包带走,小刀就在裤子口袋里。你外公外婆没动我们的东西,我回来时发现了它。"她望着天花板,语气难过,脸上却带着一丝笑容,"约翰当时很生气,他以为自己在出租车上把小刀弄丢了。"

"跟我讲讲他吧。"弘司央求道。他把小折刀放回口袋——这东西很实用,有些功能能派上大用场,比如拧螺丝。

"没什么好讲的。就那么些事,你已经知道了啊。再说,我们刚才不是说好你来给我讲的吗?"

"不不,这是为了分散你的注意力。"弘司说。

他的母亲难受地动了动肩膀,左右微微转着脖子,"每次我不舒服的时候,内山医生都在度假。"

"你爱他吗?"

她叹了口气,看向弘司,"你父亲吗?当然,我非常爱他。我那时候年轻又天真,而他是一个英俊的男人……"她顿了一下,眨了眨眼,眼睛闪闪发亮。

接着她开始给弘司讲述:有一天她回到家,碰见他正站在她父母的客厅里;她从窗户偷偷看他来来去去的身影;她不敢跟他说话,因为担心自己的英语不好,或者听不懂他说的日语;之后不久,他碰巧出现在她当时工作的旅行社,而他们正在做澳大利亚的业务……

不过她没给弘司讲他们第一次的吻。

母亲不说话了,弘司却分明感觉到她在叹气。长久的停顿后,她终于开口道:"他特别想带我去美国见他的父母。我其实并不想去,但他说服了我。他是那种让人没办法拒绝的人,起码我做不到,所以最后我们还是飞去了美国。"

她的语气却听起来仿佛在讲述一场处决。

"美国的一切都让我感到陌生。街道好像没有尽头,土地很多。还有里克府,也就是你父亲家的房子——应该说那是个庄园。他们非常富有,住在一座有一百多个房间,有仆人,还有游泳池的建筑里;地下车库停着十几辆汽车,还有马匹、保龄球馆和自己的家庭影院…… 一开始,这一切让我不知所措。"

弘司试着通过母亲的叙述来想象——这么对比的话,甚至法国大使馆都要小得多了。

"他的家人非常友好地迎接了我们,至少一开始看起来是这样。在那之前,除了你父亲,我不认识任何美国人。我不知道他们其实对每个人都很友好。实际上,他的父母和兄弟姐妹完全不赞同我们交往。约翰的祖父参加过对日战争。有一天我单独碰见了他,他跟我说他讨厌日本人,家里所有人都不同意约翰和我之间的婚姻。如果约翰坚持要娶我,那么他将被剥夺继承权,而他自己并没有什么谋生手段,所以我们会饿死。"

"这都能说出口!"弘司感叹道。

"没错,他们就是这样。那次交谈之后,我意识到尽管他们的语气亲切友好,说的话实际上却字字如刀。奇怪的是,我反而松了一口气,因为我终于知道,为什么我总觉得自己不受欢迎、被忽视了。"

"你们俩为什么不直接一走了之?"

"本来是那么打算的。但约翰想先咨询律师,了解按照得克萨斯州的法律,他的家人是否真的可以剥夺他的继承权。我们需要考虑去哪里、做什么来谋生。但这个时候,我们俩同时觉得身体不适,首先是我,他们并没有叫医生,但第二天约翰也觉得不舒服,医生自然就来了。"她说着,开始按摩身体两侧,似乎想舒展放松一下,"我记得医生长得像那个美国演员约翰·韦恩,他穿着沉重的皮靴,头上戴着牛仔帽,脖子上戴着听诊器。他没有听里克家的指示,而是先来诊断了我。'恭喜您,您怀孕了。'他这么跟我说。然后他去看了约翰,之后站起身说:'立即去医院。'后来医院查出,约翰长了脑瘤,并且发展得很快。"

弘司吸了口气,这些事她之前从未跟他说过。这可能意味着,父亲已经不在人世了。

"当天他就进行了手术。手术漫长而艰难,而且进展不如他们希望的那样顺利。我们坐在医院里,过了午夜,终于出来一位医生来告诉我们情况。他说,肿瘤位于一个非常敏感的区域,约翰的病情非常危急,即使他活下来,也不会恢复到和之前一样了。哪怕是最好的情况,约翰也需要长年护理,很可能是一辈子。"说话间,母亲用手捂住了脸,"第二天,他依旧昏迷着,而医生在为他的生命而奋战,没人知道他是否能撑过下一天,甚至下一个小时。在这段时间里,约翰的父亲一直敦促我去做流产手术。他说一切都准备就绪了,医生、所有东西,我只需要走出门,坐上车。要是当时那么做,现在就不会有你了。"

弘司不舒服地揉了揉脖子。不会出生,这个想法真特别。

"一开始,我想不通为什么他要我那么做,或者说,为什么这么着急。不过,一阵子之后我明白了,要是约翰没挺过去的话,他不希望其他孩子在继承遗产时有任何意外。他只关心钱和他们的家产。就因为这种担忧,他想要杀掉你。"她深深吸了一口气,仿佛快窒息了一样,"那是我这辈子最糟糕的一天。我到现在都忘不了,那个肥胖的男人坐在那里,汗流浃背,试图说服我杀死我的孩子。还有所有他的帮凶——医生、司机,他们全都参与了,只是因为那个男人很富有,会付给他们钱。你和我对他来说都不值一提,他唯一在乎的,只有他的钱。"

"你后来是怎么办的?"听到母亲的讲述,弘司惊呆了。

"我逃走了。"她的呼吸都在颤抖,不得不将手放在胸前,认真呼吸了几次,继续讲下去,"约翰在那之前给了我很多钱,大概有几百美元,而且我还有回程的机票。约翰的父亲因为一个生意上的电话暂时离开,我趁机迅速跑回我的客房,把必需品塞进一个挎包,然后就像身后有魔鬼在追赶一样从后门跑了出去。幸运的是刚出去我就碰见了一个日本男人,我跟他讲,他们强迫我杀死我的孩子,我必须逃走,于是他就直接带着我走了。他是一个超市的送货司机,每周都会来里克家的庄园送食材什么的。我躲在他的车里,没人发现我。他帮我把返程机票改签到了另外一个机场,最重要的是用了另一种方式拼写我在机票上的名字,这样如果里克家的人想抓我,就会有点难度了。我就这样回到了东京。当我下飞机的时候,我身上剩下的钱只够回家的车费。"

"哇!"弘司感叹了一声,他简直就像在听故事。没想到他的母亲经历过这样的冒险。

母亲似乎已经忘了弘司还在身边,她还在继续讲,但声音轻得像耳语一样:"我和父母一起躲了起来。我生了你,之后仍然一直躲着。这么多年来,我一直担心约翰的父亲会派人追踪我,然后对你做些什么。这就是为什么我会在井元先生这儿工作,我猜那些找我的人一定会去查一些需要良好英语水平的公司,而像洗衣房这样的低等工作应该很安全。希望他们不会找到我,也不会找到你。"

弘司想了一下,"可是那些人会找到外公外婆啊,他们知道你住在哪儿。"

"所以我才说服外公外婆搬得远远的,我觉得水俣湾应该足够远了。"

弘司愕然地坐在那里。难怪上幼儿园的时候,他哪怕只比平时晚了十分钟回家,她也会那么惊慌,肯定是怕有人把他绑走了。

"你觉得他们现在还在找我们吗?"他问道。

"嗯……不过,说不定他们根本从来就没找过我们。可是我还是担心你会有事。"

弘司点点头,他能理解母亲的心情,"所以从那之后你就讨厌有钱人了。"

"是的,没错。"她伸出手,摸了摸他的头,"我年轻时很羡慕有钱人。他们来到旅行社,穿着优雅、举止得体,一点不在意旅行花费……那是我一直梦想的生活:碰到喜欢的东西不必担心钱的问题,能够轻易拥有、体验。老实说,其实我现在多少还是这么想的。生活首先应该是美的,而不是从早到晚不停地做一些了无生趣的工作。但这只有富人能做到……可如果为了富裕而变得铁石心肠,为了从别人手中得到自己想要的东西而不择手段,甚至因此想要杀人,那付出的代价就太高了。以这种方式得到好的生活,并不是真正的好,你懂吗?"

弘司点头道:"我想我懂的。"他犹豫了一下,然后问道,"那你知不知道我父亲后来怎么样了?"

"不知道。"母亲答道。

"那你觉得呢?"

"有时候我会想,他也许还活着。但如果真是那样,那他肯定是忘记我了。"她的眼睛泛起泪光,"你看看久美子阿姨就知道了,一个先前聪明又活泼的人,患病卧床之后甚至想不起自己的名字。"

弘司低头看着地板,试图想象那个他只在照片中见过的人卧床不起、像久美子阿姨一样不能自理,需要人照顾。然而他做不到,也不想做到。这个故事太让人难过了。

他似乎想到了什么,又问道:"那个帮了你的日本男人,你知道他的名字吗?"

母亲犹豫了一下,说道:"他的名字和你一样,弘司。"

"你是用他的名字给我取名的吗?"

"他救了你的命,这是我唯一能做的。"

弘司需要几天时间来消化这些事。最近夏洛特的窗前空空的,他有的是时间。只是盂兰盆节快到了,他们的水俣湾之行也临近了。每年这个时候母亲都会紧张起来。她会从衣柜顶上拖出行李箱,打包,重新整理,又全部翻出来重新打包一次。她给外公外婆打电话的时长和频率也与日俱增,每天都在和他们商量到达的时间、碰面的细节等。她还兑现了之前的"威胁",把弘司拖到市中心去买了一条新裤子。弘司并不乐意,他担心错过与夏洛特碰面的机会。

"要是由着你,你得把衣服穿到支离破碎。"看到弘司磨蹭着不肯进试衣间,母亲不高兴地说。

弘司反驳道:"要是由着我,那衣服绝不会破,还会跟着我一起长大。"

"等你发明出来再说吧。不过在那之前,无论你喜欢不喜欢都得再试几条裤子。"母亲说着,又递了三条裤子给他。在弘司看来,它们和他刚才试的那条没什么区别。

终于闲下来之后,他陷入思考,关于他的父亲,关于富人和穷人。要是没有了富人,世界会变得更好吗?还是应该盼着所有人都一样贫穷?可无论是哪种想法,好像都不怎么对劲。

"其实我们也没那么穷吧。"有天早饭的时候,弘司跟母亲聊道,

"毕竟我们什么都有,不是吗?"说完他就想起了那个多功能机器人,他想拥有它,却负担不起昂贵的价格。于是他又补充道,"至少一切生活必需的我们都有。"

母亲点点头,"是的,但这是因为我在工作。要是我失业,我们下个月就会饿肚子,再下一个月就连房子也没得住了。"

"那些有钱人呢? 他们不用工作吗?"

"不用,使唤别人做事就可以了。因为他们很富有,而其他人需要他们的钱。他们让别人为他们工作,以此让自己保持富有。"

母亲的话启发了弘司,他终于明白了一个非常浅显的道理:"富人需要穷人来做事!"

"就是这样的。"母亲说完看了看表,"所以现在我得出门去工作了。"

母亲走后,弘司在餐桌旁发了好一会儿呆,突然想通了。人们都觉得是否富有和金钱有关,但其实真正的区别是谁做工、谁享受。

这领悟让弘司醍醐灌顶,但同时也让他沮丧。这意味着永远没办法让所有人都富裕,因为要是人人都富了,就没人去做那些必须完成的工作。

清理完桌面后,弘司在窗前望着大使馆的别墅和大花园,站了好一会儿,回忆着别墅内部的样子。哪怕他其实并不想住在那里,却仍然希望有一天自己也能够拥有那样的一个花园和那么大的活动空间。

不过他听母亲说，维护这样的房子要花很多工夫。大使馆雇用了专门负责维护花园的园丁，还有厨师、侍应、清洁女工、司机、警卫，等等，这样才能让大使和他的家人们无须操心那些琐事。为了使这三个人富有，许多人不得不为他们工作。然而没有人再为这些工人工作，因此工作就和他们绑在一起。

弘司耷拉着头，额头贴在冰凉的玻璃窗上。老实说，他并不喜欢工作，不想被迫做一些自己并不想做的事。看看母亲就知道了，她可不是出于热爱才去做洗衣工的。

甚至他都不怎么喜欢上学。尽管弘司不得不承认，在学校时不时会学到一些有趣的东西，但是大多数时候他觉得不过是在浪费时间。如果他能把这些时间都花在图书馆里，说不定能学到更多更有趣的东西。

再之后的生活会怎么样？必须努力在学校取得一个好成绩，以此去读一所好大学，然后再以良好成绩毕业，接着获得一个好公司的好职位——这就是大人们灌输给他的观念，包括他母亲在内。但是他却没办法具体想象这样的生活，或者说，至少在他看来，这并不值得期待，所以他没兴趣去想。

相比之下，他更乐意去想象变得富有——富有并且自由，这才让他心生愉悦。但他不想因此而变成坏人，不想像他在得克萨斯州的祖父那样铁石心肠，为了保护自己的钱而试图杀死他。他也不希望迫使其他人放弃好的生活，只为了让他自己生活得更好，那样的话,他还是会成为自私冷漠的人。

无论从哪种角度来看,好像都没有一个完美的解决办法。尽管如此,弘司还是忍不住去想这件事,这让他脑袋里嗡嗡作响,好像随时都会有什么东西融化一样。

他没法停下。他吃饭、喝水,然后接着思考。他躺在床上一直琢磨,直到睡着。早上醒来,弘司感觉他的脑子似乎转了一整夜。刷牙的时候,坐在马桶上的时候,穿衣服的时候,看电视的时候……每时每刻他都在想这个问题,感觉大脑就像一座巨大的石磨,不停地运转,把那些想法都碾压成碎末。

终于,他想要忘记这件事。他拿出玩具和工具,第一千次翻开那本描述多功能机器人的小册子,然后又尝试了一次修理那个坏掉的收音机,尽管他清楚在没找到损坏零件的替换件之前是没办法修好的,但他还是再次检查了一遍所有线路,反正也没什么坏处。

到了晚上,就在入睡之前,他突然有了个主意。他兴奋地坐起来,打开墙上的阅读灯,一次又一次梳理他的想法,没有发现任何错误——那就没有行不通的理由了:一定要有穷人才有富人,这句话在逻辑上完全是错的!其实人人都可以富有,都可以拥有他们想要的一切,没人会为此而变得铁石心肠或者道德败坏。并且,最棒的是,这件事简直太容易了,幼儿园孩子都能做到!

而最令人惊讶的是,在他之前,竟然没有人提出过这个显而易见的办法。

他现在睡不着了,于是从架子上拿出一个记事本,掏出圆珠笔,记下全部想法。这个事情很重要,他绝对不能忘记。

他也不会忘记。恰恰相反,他写得越多,思考的时间就越长、内容就越仔细,他就越确定自己找到了解决方案,一个与贫富、金钱和工作等所有问题息息相关的方案。

弘司花了很长时间,把所有必要的东西都写下来,接着把笔记本放在枕头旁,关灯。入睡前他的最后一个念头是:下次见面时,他一定要告诉夏洛特。

第二天一早下了场雨,在这个季节有些不寻常,惬意的细雨似乎在落地之前就消散在了空气中。雨停后,空气被洗刷得十分清爽,这样的天气让人心情变好。下午晚些时候,夏洛特的窗户上出现了洋娃娃。

"我出去一下!"弘司对刚下班进到家门的母亲说道。

"去哪儿?"她问。说话间,他已经穿上了鞋子,走到门前,"我和夏洛特约好了!"他喊道,在听到反对的声音之前跑走了。

夏洛特非常兴奋地迎接了他。"我还以为他们再也不会出门了呢,简直太难受了! 快进来吧!"说着,她拉着弘司的袖子,把他带到房间里的写字台旁。写字台上放了一个托盘,上面有各种各样的小点心:裹了面包屑的炸肉块、混合沙拉、浅色内馅的火腿卷,还有一些弘司从没见过的食物。"我跟厨师要了些昨天晚餐剩的东西,这样你一会儿就不用急着回家吃饭了。吃吧! 我也陪你吃点,不过只是出于礼貌，我其实已经吃饱了。"

"你父母去哪儿了？"他坐下时有些疑惑。

"他们去了别的大使馆的招待会，不知道是阿根廷还是智利。来，你要从这里开始吃。"她把盘子推向他，上面放着一份沙拉、去了皮切成薄片的橙子、一片深色的火腿以及淡红色的酱汁。

乍一尝有点奇怪，不过竟然出人意料的好吃。他一口接着一口，吃饱了还是舍不得停下。与此同时，弘司的心里却萦绕着一种阴暗压抑的感觉，他没有意识到那就是嫉妒——纯粹、简单的嫉妒。夏洛特每天晚上可以吃得这么好，他却不行。他也想每天晚上都有这么可口的饭菜。

接着他突然想起今日不同往日，他现在知道怎么让每个人都变得富有，当然也包括他自己。这使他顿时又充满自信。不知道一会儿和夏洛特说起这件事，她会有什么表情。

"你要是吃饱了，我们可以出去荡秋千。"弘司还在思考措辞的时候，她建议道，"今天天气特别好。"

"好啊。"弘司把空盘子推到一边，又拿过另一个盘子，"我马上吃饱。"

最后，弘司把所有东西都吃光了，他实在是没忍住，因为太好吃了。之后，他疲惫地坐在秋千上，看着她的秋千越荡越高。他试了试向她解释他的想法，但她几乎没有听，只想让他也荡起来。她还不知道他到底想出了什么，却立即直接说："让所有人都富有是不可能的。"

他理解她的想法,因为在昨天之前,他也是这么认为的。但事无绝对,办法是有的,他也是昨天那一刻灵光一闪才想到,而他正要告诉她:他的主意超级简单。如果他跟夏洛特说了,她就会讲给别人,比如她的父亲,她父亲肯定还会跟其他人讲,再之后呢?相比一个十岁的日本男孩,一位大使的话肯定更能让人信服。人们会口口相传,到时候没人知道或想到,一开始想到这个主意的是弘司。

这么想着,弘司突然意识到自己必须独自实现它,并且在成功之前保持沉默。

奇怪的是,就在他刚刚这么决定之后,夏洛特却突然来了兴趣。"你打算怎么做?"她在秋千摆向地面时朝他喊道。

"我不告诉你。"弘司回道。

"因为你自己也不知道对吧!你就是在吹牛!"

弘司坐在秋千上,上半身向后仰,为了荡得更高而双脚抬起。她不知道,没有人知道,只有他自己知道。

"看着!"他喊道,准备往下跳。跳下秋千、放开手、飞到空中永远是荡秋千里最有意思的部分。

这晚剩下的时间,他不再谈论他的主意,夏洛特也没再问他。天黑之后,他回家忍受了母亲的一通唠叨,拿出《宇宙的巨人》笔记本,这一次,他终于知道自己该写些什么了。

5

夏洛特确定消息后做的第一件事,就是跑进她的房间,把瓦莱丽放在窗前。然后她径直跑去花园,来到弘司发现的栅栏豁口处。过了大约一刻钟,他的脑袋就出现在墙头。"你竟然在这儿!"看到她时,他惊讶地说道。

"明天我们要去博物馆!"她兴奋地说,"你无论如何也要跟着去。"

他皱了皱眉,"哪个博物馆?"

"Seitou-Jinjiya,圣徒之岛,明天是今年最后一天开放,我妈妈不想去,所以由美子会和我一起,这样你也就可以和我们一起去了。"

弘司犹豫了。"不知道行不行,两天后我就要去外祖家了,可能在那之前我不能出门。"

"两天!"夏洛特总觉得弘司想太多。他想让每个人都富有,却拿不准能不能去博物馆这样的小问题。她说:"明天九点在大门口见。"

第二天一早夏洛特和由美子出门时,弘司已经等在门口了。夏洛特说服了她的母亲,允许他们乘坐轨道交通而不是无聊的轿车。这也多亏她父亲帮忙说话,他说,东京总体来说是一个安全的城市,夏洛特和由美子不会被绑架。而且作为大使,他也有责任对日本执法机构表示信任。

这简直太棒了。夏洛特从没乘坐过东京的公共交通,也没去过离家那么远的地方。说到地铁之类的交通设施,她其实只见过巴黎的地铁。在德里时,政府一度说要建造地铁,可到最后,唯一的公共交通还是颠簸得让人晕车恶心的公共汽车,夏洛特并没有兴趣去尝试。

他们进了地铁站,这一站叫"广尾",这里比巴黎的地铁站干净整洁得多。一条黄色的线与站台平行延伸,一边有很多条纹凸起。由美子非常严肃地说,一定要站在黄线后面等车。

一列有红色条纹装饰的银色列车进站了。与巴黎不同,列车大门是自动的。很多人上下车,车上座位都坐满了。"你们俩扶好扶手。"由美子说。很多坐在座位上的人都在睡觉,甚至有些人差点倒向了邻座。列车驶入下一个车站时,有人惊醒,匆匆站起来下车,一系列动作熟练得好像他们每天都会这么做。

他们改乘了两次才重新回到地面上,接着继续乘坐一辆绿色的公交车,座位上画满了奇怪的卡通人物。他们要从后门上车,从一个机器上取出票并拿好,在下车时再付款。

　　车程还很长。公交车先是穿过一些狭窄的街道，与使馆周围的街道看起来差不多，然后在高速公路上行驶了一段。不知什么时候，路边开始出现花园、树木和草地。

　　终于到站了。他们穿过一扇木门，门两侧有两只张嘴作吼叫状的灰色石狮。灌木丛和树木之间，沿山坡修了一条平缓的阶梯。他们拾级而上来到一个开阔的地方，这里站了许多人，让人想起节日庆典。入口是一扇大门，他们必须在门前深深鞠躬，然后来到一个水池边，先洗左手，再洗右手，接着漱了漱口。

　　意外的是，圣徒之岛只占整座神社建筑群极小的一部分。两排深色木头柱子支撑着一个看起来有些笨重的屋顶，下方是一个人造的矩形湖，不比一间儿童房大多少，湖中央是一个覆盖着细小白色碎石的小岛。站在湖边，视线能越过岛屿望见一个不许游客进入的花园。里面有长着青苔的石头、浅绿色的竹子和一些小树，风不断地吹着它们，构成一幅迷人的景观。稍稍眯起眼睛，就可以想象自己是一个巨人，正低头看一个荒无人烟的世界。

　　有人用岛上的砾石铺成了平滑的纹路，看起来就像小岛正前方的小祭坛里涌出了波浪。祭坛是用一种淡棕色的木头制造的——可能是竹子，表面几乎不反光——已经有数百年的历史了。祭坛上放着一些东西，其中有一把漆黑的锯齿状的刀散发出危险的气息。

　　这把刀吸引了夏洛特。

　　"那是什么？"她问由美子。

由美子温和地笑了，"这是圣徒之岛。据说一千年前，两位创造过神迹的圣人就埋在这个岛上。"

"不，我是问那把刀！"夏洛特拉着由美子的袖子，把她带到一块木牌前。木牌上写了些东西，似乎是介绍，不过只有日语。"读读看，上面有讲那把刀吗？"

由美子研究了一番，"嗯……那是一把黑曜石佩刀，属于第一任皇帝神武天皇，大约三千年前在本州制造。"

夏洛特盯着那把刀，"什么是黑曜石？"她听不懂日语的"黑曜石"。当然就算用法语说出来，她照样不知道。

"是一种特殊的石头。"由美子犹豫地解释道，"我觉得应该跟大理石差不多，不过只有黑色的。"

夏洛特又看了一眼那把刀，觉得这介绍令人失望。东西如此有意思，介绍却太无聊了。自从发现了祭坛上的刀，她就被它完全吸引住了，对其他东西都提不起兴趣，走着走着就不自觉地绕回这里，仿佛这是整个神社中唯一值得一看的地方。

她被由美子拖着朝别的地方走，但还是一直回头望，思考着他们此时所在的碎石庭院和祭坛之间的水面有多宽、多深，以及是否能够穿过去。

"你看见什么了？"弘司好奇地问。然而夏洛特不知道该如何解释。只好不说。每当她回头看时，那把泛着黑光的佩刀都仿佛在回应着她的目光，就好像水那边的佩刀是动物园里的一只动物。

终于，机会来了。由美子要去入口处的卫生间，嘱咐弘司和夏洛特在原地等她。

"我们去小岛前面等你吧?"夏洛特立马建议道，"那里风景更好看。"

"好吧，那就在小岛前。"由美子果然让步，她一向很好说话，说完便匆匆走掉了。

夏洛特立刻转向弘司，小声说："快，帮我。我要摸摸那把刀!"

弘司疑惑地看着她，说："什么刀?"

"跟我来!"夏洛特抓着他的手，带他回到圣徒之岛面前，隔水正对着祭坛。

奇怪的是，尽管神社里参观的游客众多，这里却门可罗雀，几乎看不到人。

"抓紧我。"她走到水边，朝着弘司伸出手，"这样我就可以探出身去够到它了。"

弘司抓住了她的左手，双脚稳稳卡在水边只有一英寸①高的路缘石上。夏洛特兴奋地伸脚一点点朝前探，直到脚尖碰到了水面。她的身体向前倾斜，左手被弘司拉住，右手努力向前伸。她的心脏像鼓一样剧烈跳动。不知道为什么，她就是想摸到这把放在圣徒之岛祭坛上令人着魔的刀。

但是，尽管她伸直了手臂，而且尽可能地伸出手指，但还是差

---

①1英寸约为2.54厘米。

了一截。

"继续!"她不甘心地命令道,"帮我再往下一点!"

弘司喘着粗气,手上已经渐渐没了力气,他喊道:"不行,我快要抓不住你了!"

夏洛特盯着佩刀,她的指尖离它只差几厘米了。

"加油!"她喊道,"只差一点了!"

当弘司向母亲说起想要和夏洛特一起去博物馆,母亲自然因为偏见误会了夏洛特的用意,告诫道:"你看到了没?她现在已经开始命令你了。"

尽管弘司也隐约有这种感觉,却仍然反驳道:"她才没有,她只是希望我能陪她一起去,因为除了我,她在东京就没朋友了。"

于是母亲不说话了,但脸上依旧不满。

"另外,"弘司继续说道,"等我长大了,一切都会是另一种模样。我已经知道接下来该怎么做,以后我们不会有穷人和富人之分了。到时候人人都富有,没人能够命令或歧视其他人。"

母亲叹了口气,"你又在胡说些什么?"

"你会明白的。"此时,弘司无比确信自己会改变世界。所以哪怕多被夏洛特命令几次也无所谓。

第二天,他第一次见到了时常被夏洛特提及的保姆由美子。她的双腿粗壮结实,走路的时候看起来有点摇晃,不过人很友善。她背了一个黑色的挎包,里面装满了出行所需的一切东西:喝的、吃的、手绢、地图等。

夏洛特格外兴奋,仿佛他们要去丛林里探险一样。哪怕只是简单的上地铁,她也激动不已,让人感觉她之前似乎从没坐过轨道交通。他们在"赤羽站"换乘了公交车,夏洛特透过车窗看着这座城市里无尽的房屋、街道和屋顶,把脸贴在窗户上,不时指着窗外某处,询问某些建筑。

在神社里,她基本上触摸了所有允许接触的事物,弘司就在一旁入迷地观察她:她半闭眼睛,手越过栏杆,抚摸石像、灯笼或者沿路的木雕。她情不自禁地微笑,不时又惊讶地扬起眉毛,就像脑海里正在播放一部其他人看不到的电影。

"所以,"他轻声问她,"你看到什么了?"

她停下来,对着空气发了一会儿呆,然后无奈地眨了眨眼,说道:"我也不知道,我完全看不懂,但是……很厉害!"

突然间,似乎脑海里有个声音在指引她去触摸放在祭坛上的黑色配刀——不是雕花的角梳,不是抛光的银镜,不是那些各式各样的护身符,也不是周围的其他东西,就是那把古老的石头刀。

弘司想过从背后抱住她,让她能更容易地往前探。当她差一点就能摸到那把刀时,他几乎要抓不住她的另一只手了,无比担心两人会一起失去平衡掉进水里去。

但是她竟然还想再往前一点!

"好吧。"弘司试着将右脚一点点挪到路堤边缘,想象着自己是希曼,或者铁钳人,或者《宇宙的巨人》里的其他超级英雄:不会松手,也不会失去平衡,只要他愿意,就能一直抓紧夏洛特。但前提是没有路人过来干扰,特别是神官。

弘司看着夏洛特的指尖,看着她奋力向前伸出最后一厘米,遗憾的是,从这个角度看不到她的脸,他本来想看看她够到佩刀那一刻的笑容的。

然而,夏洛特并没有笑,她尖叫起来。

碰到刀的那一刻,她的尖叫吓得弘司差点儿松了手。尽管他并没有松开,但夏洛特接着却身体瘫软,朝水里栽去。

他猜佩刀上可能以某种方式通了电,用来防盗。但弘司依旧紧紧抓着夏洛特,一秒都没有松开。他将夏洛特从水里拽了出来,拖到岸边的碎石路上。她浑身颤抖,胸腔像风箱一样剧烈地上下起伏。但如果刀上通了电的话,他一定多少感觉得到电击。更让弘司想不通的是,那把刀是石头做的,并非金属,如何能够导电呢?

"夏洛特,醒醒,跟我说话!"他俯身在她耳边说道,并摇了摇她。

人群被夏洛特的尖叫声引了过来,围住他们,有人弯下腰来询问发生了什么,为什么女孩会尖叫。

"她掉进水里了。"弘司无奈地回答道,"不小心脚滑了一下。"他又补充了一句。

由美子回来了。不过她并没有大惊小怪,局面很快缓和了下来。"就不能让你们单独待上超过五分钟,是不是?"她开玩笑地说道,接着从包里拿出一条小毛巾,帮夏洛特擦拭身上的水。

夏洛特这时候终于回过神来,低声说:"我想回家了。"

"这样再好不过。"由美子应道,"你浑身湿着,没办法在城里到处跑。"

就这样,游览被迫中断了。值得庆幸的是,正当夏洛特浑身发抖、牙齿打战的时候,一辆公交车就开了过来。车上有很多空位,但夏洛特身上太湿,由美子只好把毛巾垫在座位上。

这个小意外并没有影响到由美子的心情,她兴高采烈地讲述着她小时候在这里的时光,回忆着她和邻居小孩们用喷泉、湖里或者水桶里的水互相泼洒嬉戏,似乎没注意到弘司对此没什么兴趣,而夏洛特也只是盯着远处发呆。

这时一个女人上了车,由美子大声打了个招呼,显然和她早就认识。说不定小时候一起打过水仗。总之她们像多年老友一样叽叽喳喳聊起天来,直接忽略了弘司和夏洛特。到后来,弘司受不了了,他靠近夏洛特,轻声问她:"这是怎么回事?"

接下来的一幕,弘司毕生难忘:夏洛特转过头看向他,眼睛深邃而空洞,仿佛通向未知的黑洞,她用一种让他脊背发凉的声音说:"它实在是太古老了!"

弘司想问她指的是什么,是不是那把刀,但她的声音却吓得他一句话也说不出来。

回程这一路,夏洛特再没有说过一句话。她只是茫然地对着前方发呆,任由由美子牵着她的手。当他们终于到家的时候,弘司说:"明天我们就要飞去水俣湾了,要去一周。"夏洛特点点头表示知道了,却依旧没说话。弘司看着夏洛特和由美子走进使馆大门,身影消失在门后,便转头回家。他隐约感觉自己做错了什么,但具体又说不上来。

第二天,为了赶飞往水俣湾的航班,弘司和母亲不得不很早起床。看望外公外婆并不是值得期待的事,盂兰盆节对他也没什么吸引力,真正让他兴奋的,是坐飞机这件事本身。

不过弘司不喜欢早起。他迷迷糊糊地穿好衣服,出了家门,外面一片寂静,街灯在头顶上闪烁着黄色的光,他打了个冷战,清醒了一些。没想到这个时间路上已经有车了,虽然只有寥寥几辆。也许他们也是要去机场的?

清晨的地铁也是前所未有的空旷。

登上飞机时,弘司注意到有一个区域的座位比其他地方宽敞,起飞后拉上帘子,与后面的客舱隔开。

"那边是干什么的?"弘司问道。

"那是头等舱。"母亲告诉他。

他们的座位相当靠前,弘司可以透过帘子的缝隙偷瞄。他发现那边的旅客拿到的食物比他们的更好,盘子也更大。

"那是有钱人旅行的方式，"他的母亲继续说，"头等舱的机票贵得多。想想看，我们飞的都是同一条路线，即便多付钱他们也不会提早落地，是不是很傻？"她不以为然地摇了摇头，"但他们太自负了，甚至不能忍受和普通人一起待上两个小时。"

他们于十点整降落在鹿儿岛机场，接着乘火车前往水俣湾，外公外婆在车站等着他们。弘司这时候依然在回味飞机上看到的景象：无边无际的云层环绕在身边，俯瞰下去则是微缩的街景。他太入迷了，都没有留意到大人们见面后寒暄，亲吻他并且夸他又长高了多少。或许，这些事情没有想象中那么难受。

晚饭时铃木医生也来了，他给久美子阿姨看了很多年的病，几乎已经成为家庭的一分子。他喝了很多清酒，一遍又一遍地强调着久美子阿姨能坚持这么久有多厉害，特别是在她的病情相当严重的情况下。弘司缩在椅子上，专心吃着面前的食物。医生的话他并不认同，他不懂病了一辈子哪里厉害，躺在床上吃喝拉撒，呻吟声像是被一千个恶魔追赶一样。想到世界上最小的物质单位——原子——能对人造成如此大的伤害，他就不寒而栗。久美子阿姨之所以变成今天这样，是因为她太喜欢吃鱼了，而她吃的鱼里恰巧多了一些汞原子。只要在错误的地方出现几个错误的原子，就会让人身体抽搐、失去记忆，旁人无能为力。还有什么能比这更可怕呢？原子太小了，小到肉眼没办法看见，他读过很多这方面的书，人们甚至可能会毫无察觉地吸入汞。危险的原子还有很多，比如镉、钚、砷、钠、氯等。

第二天，他强忍着恐惧去了久美子阿姨的房间。她没有再尖叫，只是躺在那里。当他走近床边，她做了一件很久没做过的事：她转动了头部，好像想看他一样，但目光却移到了其他地方。也许这只是一个偶然的举动。弘司一直没动，等毛骨悚然的感觉慢慢消退之后，他开始为她感到难过。

之后，他蹑手蹑脚地溜出外公外婆家，到附近闲逛，想找到小时候放假时他曾经玩耍过的地方。这个城市变化太大了，大部分的地方他都不再认识，就算地方找到了，也都不再适合小孩子玩耍。这里有一条小溪，他曾经和邻居家的一个男孩用泥巴在上面盖过一个小水坝。如今小溪被填平，上面盖了一座超市，令人伤感。

他又想起了夏洛特，想到了她在神社里的那声尖叫。那一刻，她的声音让人想起过去的久美子阿姨，让人害怕，就好像她们看到了一个满是恶魔的深渊。弘司很想知道当时是怎么回事，夏洛特摸到那把黑曜石的佩刀时到底看见了什么。但也许她有些难言之隐，不知道怎么和别人讲吧，这就是她沉默的原因。弘司的心头闪过一丝不安，担心夏洛特可能最后会变得像久美子阿姨一样。但他很快又想到了别的东西。

接下来的几天，所有人都在忙着盂兰盆节的事。像往年一样，弘司的任务是为祖先写灵牌。盘子摆得满屋子都是，女人们在厨房里忙碌，准备各色食物——都是他们记忆中祖先们爱吃的。人们将食物分在各个盘子里,以欢迎归来的鬼魂。房子里充满了食物的香气,弘司也在这期间听到了很多以前从未听过的故事。

之后,他们去街上看了盆踊表演,那是一种让先人安息的舞蹈。到了晚上,所有人漫步到河边,把放着小灯笼的纸船送进河里,据说是引导流浪的灵魂重新回到阴间。所有柔和的火光随着水波渐渐聚在一起,在河面上形成一个发着光的巨大图案,之后慢慢地漂走,消失在远方。

弘司试着粗略地估算,假设所有去世的人都生活在阴间,那么那地方的人口……算出来的数字简直让他头晕目眩。如果这些灵魂不愿意待在阴间会发生什么?就没人想过这个问题吗?或者,要是有一天阴间被灵魂挤满了,又会怎么样?

但就他所观察到的来说,如今似乎没人真的相信鬼魂会在盂兰盆节回到阳间。这只是一个传统,一个让家人团聚的机会。

"真好,你们这次能待久一点。"第二天早上,外公跟他们说。

母亲解释说,他们也实在是不得已。

"是啊,"外婆插嘴道,"每到盂兰盆节,所有东西早就被预订光了,整个日本的人都在旅行。"

所有人都觉得他们多留几天没什么不好的,除了弘司,只有他迫切想要回家。不过他咬紧了嘴唇,什么也没说。

终于回到家的时候,夏洛特却已经不在这儿住了。听说,大使突然被紧急召回,他们一家人在头一天连夜收拾东西离开了。

97

前后只差一天,他们就错过了彼此。

当母亲告诉他使馆的消息时,弘司震惊地愣在了原地:前任驻日大使伯纳德·博古下周会回来就任,让·阿诺德·玛尔露只是在他生病期间临时接替。

夏洛特走了! 她甚至都没留下一封告别信。

"现在懂了吧,你对她来说和一个玩具没什么两样。有钱人就是这样的。"母亲苦涩中带着几分满意,仿佛她的话终于得到了印证。

弘司对自己说,也许夏洛特只是没办法给他写信,尽管她会说日语,却不会写。肯定是这样,只是不走运而已。

但最终他意识到,夏洛特可以用英语给他写信。她之前生活在印度,肯定是会英语的。她也知道弘司有上英语课、看英文电影,即便他口语不好,但也是能读懂的。

要是夏洛特真的有心,无论如何她都能给弘司留下张字条什么的。然而却什么都没有。他不得不接受这个事实。

"谁知道是怎么回事呢。"一天晚上,母亲带着些许深意地对他说。

弘司安慰自己说,无论如何,起码夏洛特给了他启发,让他有了那个了不起的想法。

他会专注于此,忘记夏洛特。这样等他长大了,就能够把它变成现实。当然前提在于,要先取得好成绩。

从那时开始,弘司成了一名模范生。

旅　途

转眼，弘司已经十四岁了。

这天晚上，他结束了控制论兴趣小组的活动，回到家里，发现一个男人坐在桌旁。

男人个子很高，是个白人，身材笨拙且臃肿，看起来很丑。他双腿叉开坐在桌子边，似乎已经坐了很久，一直在和母亲说话，而母亲不知为何眼睛湿润着。

"弘司，这是你父亲。"母亲轻声对弘司说。

"真的假的。"弘司应道。但其实他心里清楚，母亲说的当然是真的。一瞬间弘司脑海里闪过了些事情，那些夏洛特当年触摸了小折刀之后跟他讲的关于父亲的事。不知为何，尽管从来没见过，但这个男人感觉很熟悉。

然而眼下的情景着实有些怪异：本以为早就过世了的父亲意外出现在餐桌旁，整个人看起来仿佛经历了一场失败的医学实验。这让弘司不知所措。

弘司试探着握了握男人的手，用英语说："你好，很高兴认识你。"这时候，他第一次觉得要是多花一点精力在英语课上就好了，哪怕只有上物理和信息技术课一半的认真，也不至于这么尴尬。

他父亲尝试用日语和弘司交流，但说得很费力，弘司基本没听懂。他以前的日语应该还不错的，只可惜……母亲打断了他，说道："约翰，你用英语跟他说吧，这样他就会明白为什么我一直要求他好好学英语了。"

约翰·梅纳德·里克松了一口气，换成了自己的母语，给弘司讲他这些年到底发生了什么。

他告诉弘司，经过一系列脑部手术，他最终康复了，连医生都没有料到他能恢复得这么好。这几年来，他一度瘫痪在床，需要人照顾。多亏了一位优秀的治疗师，他才能再度生活自理。他离开家独自生活，和家里人没了瓜葛。后来，他的父亲过世了，兄弟姐妹们为了完全掌管公司，从他手中买走了属于他的那些股份。

"我本来也不想再和公司扯上什么关系，"他轻蔑地挥了挥手，却差点把桌子上的水杯打翻，"他们愿意当亿万富翁，就让他们去操心好了，反正我没什么兴趣。他们觉得这笔买卖划算得很，不过我也得到了我需要的一切。事实上，我觉得我才是赚到的那个。"

他继续说，他现在仍然需要巩固治疗，必须服药、接受康复训练等。但至少，他总算能承受来日本的长途旅行了，对此他感到特别骄傲。看到父亲说起这趟日本之旅时喜形于色,弘司第一次对这个高大臃肿的男人产生了一些好感。父亲告诉弘司,自己的面部肿胀是药物的副作用,大型脑部手术也在他的头上留下了很深的瘢痕……如果不考虑这些因素,再稍做努力,便能依稀看出当年照片上那个男人的影子。

"所以我这次来日本,"父亲看着弘司的母亲,似乎接下来的话她也没听过,"是想问问弘司,是否愿意跟我回美国,接受更好的教育。"

母亲的脸拉了下来,"他在这里接受的教育有什么不妥吗?"

父亲轻轻地摇了摇头,"我说的是以后的学业,他可以去读麻省理工学院、斯坦福大学、耶鲁大学、加州理工学院等世界顶尖大学。"

弘司喘着粗气,却说不出一个字。这种感觉仿佛站在一扇即将打开的大门前,而门后的世界无边无垠,让他难以想象……

"何必呢?"他的母亲尖锐地反驳,"日本也有很多优秀的大学,只要弘司努力,他绝对进得去。"

"没错,他当然可以。"父亲宽慰道,并举起双手表示自己无意冒犯,"但你这么想想,我已经在我儿子的成长过程中缺席了,要是能帮他读一所好大学,那我的钱多少也算派上用场了。"他上身朝母亲的方向探了探,"并且,就像我所说的,最好是你们两个都能跟我回去。"

显然,在弘司到家之前,他们已经谈论过这件事,因为母亲立马强烈地反对道:"不可能! 我还要跟你说多少次? 那种事,对我来说就已经足够了!"

"不会再像当年那样了,绝对不会!"

"我属于这里。那时我还不知道,但现在我知道了。"

直到这时,弘司才发现父亲的突然造访有些奇怪。他插嘴问道:"母亲,他是怎么找到我们的?"

原来,他父亲委托了一个大型国际侦探社帮忙,查这点事情对他们来说易如反掌。母亲还告诉弘司,得到他们的地址后,他父亲起初只是给她写了一封长信,在信中告诉她,弘司的爷爷——那个曾想杀死弘司的人——已经去世了。母亲回了信,附上了弘司的照片,并告诉了他弘司的名字、兴趣爱好和他过去几年的成绩,等等。

"你怎么没跟我提过?"弘司问母亲。

母亲叹了口气,"我想先看看他会不会回信,是不是对你感兴趣。我不想先给了你希望,最后又让你失望。"她无奈地举起双手,接着又放了下去,"谁能料到,他就这么直接过来了。"

三个人各有所思,陷入了沉默。

"你好好考虑一下吧。"弘司的父亲最终打破沉默,看了看手表,"我得走了。"他有些艰难地站了起来,从口袋里拿出一张字条递给母亲,"这是我酒店的电话。或者我明天可以再过来一趟。"

母亲接过字条,一句话也没说。父亲欲言又止地站在那里,他太高了,把公寓衬托得比平时还要小。最后,他迈着缓慢而沉重的脚步离开了,走得很慢,即便房门已经关上了半晌,还是能听到楼道里传来的脚步声。

日本和美国的学制有所不同,在日本,四月份学期就结束了,而美国则要等到暑假之后才会开学,这让弘司有差不多五个月的时间来安顿并适应新生活。

在机场告别时,母亲没有哭,只对弘司说:"属于你的新时代要开始了。"最后她还是接受了弘司父亲补偿给她的钱,并且辞去了大使馆的工作。她计划着先去长途旅行,去北海道看樱花,再乘船去冲绳。之后,她也许会去井元先生的办公室工作,这样她的英语就又有用武之地了,不过现在还不着急决定。

"但井元老是欺压你。"弘司说。

"总不能待在家什么也不干吧,"母亲说,"特别是现在只剩我一个人了,我不能让自己闲着。"

弘司的航班下午三点钟左右起飞,这是他目前为止最远的一次旅行。他第一次体验了人们口中的时差:起初他从熟睡中醒来,感觉应该是半夜了,但外面却是正午。降落在亚特兰大后,他又在机场浑浑噩噩地等了四个小时,才换乘了一架小型飞机,前往路易斯安那州的亚历山大市,路程不到两个小时。再次着陆后,弘司以为应该是早晨了,但这里的夜幕刚刚降临。

父亲就在海关闸口外等他,很明显弘司的到来让他格外高兴。

他不停地跟弘司说话,询问他一路上怎么样,飞行是否顺利(要是不顺利,弘司也不会出现在这里了),弘司走了他母亲什么反应(他称呼母亲为"美夕",这让弘司很不适应),等等。当他们走出机场时,父亲指着航站楼屋顶上硕大的发光字母灯牌对弘司说:"这是在吹牛,尽管这里叫亚历山大国际机场,实际上却一个国际航班都没有,哪怕是去周边国家的都没有。"

接着他们坐进了一辆豪华轿车,一辆有一艘小船那么大的雪佛兰。弘司的父亲格外缓慢小心地开车。弘司起初还没担心,直到他发现,父亲竟然被一辆突然超车到他们前面的车吓到,他意识到做过脑部手术后,父亲已经不是个好司机了。之后,他就对父亲的驾驶技术不那么放心了。

他们去了一家装修十分高级的餐厅,但令弘司惊讶的是,菜单上只有汉堡——分量很大,面包、肉饼和其他配菜分散着放在一个大盘子上,食客要自己加上番茄酱、蛋黄酱和其他不知道名字的调味料,再把它们混到一起。

父亲说:"你有足够的时间来适应新环境,高中要一直到秋天才会开学。"

"我知道。"弘司盯着杯子回应道。他点了中杯的可乐,结果没想到这里的中杯竟然比半升还多。如此看来,他的确是需要点时间来适应这个国家。

父亲住在一条安静的小街上,房子看上去不起眼,但内部相当大。他为弘司准备的卧室比他和母亲在东京的公寓还要大，然而却是整座房子里唯一一间没有日式家具、水墨画或者宣纸屏风的房间。墙上贴着些照片，有牛仔们骑着野马，有大都市的天际线，有穿梭在夜色中的航天飞机。一旁的架子上放着一个蓝绿色的篮球、一只棒球手套和配套的球棒，以及其他一些与运动有关的东西，不过弘司眼下还搞不清具体用途。

"这些是为了让你更好地适应这里准备的。"父亲说道。

另外亟待弘司适应的是那张软得难以置信的床。他从出生起就一直睡在榻榻米上，这张床让他感觉整个身体都要陷进去了。辗转反侧到半夜，他仍然没法睡着，于是裹着被子躺到地板上。从抵达美国开始，直到这一刻，他才终于睡着。

接下来的几天里，只要他们出门，弘司就会到处观察，留心那些和东京不太一样的地方。这里的街道宽得多，行人的外貌也让他觉得陌生，但这些都不是最让他惊讶的。

弘司花了一些时间才终于弄明白到底是哪里奇怪：这里是美国路易斯安那州的亚历山大市，算是大城市了，然而当他在城里走动的时候，却总有一种身处超大露营营地的感觉。这并不是说这里的建筑都像移动房车一样带着轮子（虽然其中一些真的有轮子），而是它们看上去就像匆忙中临时搭建的一样，没有经过悉心规划，仿佛只要来一场暴风雨，所有房子就都会被刮走，只剩下柏油路，然后居民们就可以再建新房子了。

还有一件让他困惑的事,这些房屋都是联排的,连屋前的草坪都无缝衔接。这对于像弘司这样在东京市区长大的人来说非常稀奇。在东京一切都是小而拥挤的,即便公寓里有阳台,从阳台伸出手去也能轻易够到隔壁建筑的墙。

他还看到了一些用栅栏围起来、被精心照料的花园,虽然他和父亲所居住的街区里并没有。而在东京,只要把野草拔掉,随便换上一块草坪,就算是一个花园了。

"这是一个不错的社区,"有一天,当弘司跟父亲说起他这些天来的观察时,父亲说道,"尽管土地很便宜,但邻居都是很好的人。我不想把钱浪费在什么时髦地段的房子上。"

父亲并不工作,多数时间都在看医生,他可以使用残疾人士专用停车位,除此之外,他主要忙于收集有关古代日本的书籍。偶尔,他会接到邀请,为一些本地或者外地举办日本主题展览的画廊和博物馆当顾问,例如平安时代、室町时代的浮世绘和插画手卷等。父亲保留了参与过的所有活动的宣传册、海报和目录,其中一些甚至还印有他的名字,令他格外骄傲。

他请弘司帮他巩固日语写作。为此,很多个晚上他们都会坐在一起,用昂贵的毛笔在纸上写写画画,直到深夜。弘司此前从未用过毛笔,和别人一样,他基本只用圆珠笔写字。也正因为这样,弘司注意到了父亲在记忆新事物、总结规律、模仿动作等方面的问题。尽管这么说不太好,但的确很迟钝,也很笨拙。

不过,他对弘司一直很亲切,而据弘司观察,几乎没有一个日本父亲会对儿子这样。尽管这有些与众不同,弘司却觉得又舒心又感动,所以,对于父亲的缺陷他也格外包容,不会觉得厌烦。

然而弘司却发现自己并不适合当老师。很多父亲想要了解的东西,他自己也不是很清楚:比如什么时候用汉字,什么时候用平假名,什么时候用片假名,为什么要用这个词而不是那个词,他也不知道。他只能说,这是习惯用语,就是这么说的。每次想总结出一些规律,下一刻总会碰到例外。

在弘司看来,那些他现在不得不每天接触的拉丁字母相比之下要合乎逻辑得多。亚洲语言的文字都是从象形文字演化来的,字与字之间没有特殊的关联,并且如今已经简化得十分抽象了,人们从文字的构造上很难看出它的含义。西方的语言结构则恰恰相反,每个词都由字母构成,就像用原子构成物质一样,完全符合构造原理。

他更喜欢计算机呈现信息的方式:计算机语言甚至只需要两个指令,比如0或1,开或关,高或低,仅此而已。这是人类能想象到的最简洁的设定,却同时也是最强大的,能完整地表达事物的设定——不只是文字,还有声音、图像、影片,等等。

弘司逐渐认识了他们所住街道上的邻居们。父亲每次都骄傲地向邻居介绍:"这是我儿子。"有趣的是,他总想表现得谦虚些,却一次也没成功过。

为什么他要搬到这里? 一天晚上用毛笔练字的时候,弘司问父亲,亚历山大市有什么特别之处吗?

父亲慢慢地点点头,小心地放下毛笔,思考了一会儿才答道:"做完手术后,我身体没怎么见好,健康状况依旧很差。我父亲叫我'花椰菜',医生们也差不多放弃我了。"他把手放在大腿上,盯着桌子正中的一点,"但是有一位治疗师始终没有放弃我,每天都来花很长时间给我做康复训练,到最后我终于有了些进步。"

弘司手里仍然握着毛笔,他看着他问:"什么样的进步?"

"再度吐字清晰地与人交谈,伸手接住别人给我的东西之类的。"

"这样啊。"弘司有些惊讶。

父亲歪着嘴笑了,"说实话,很多事情都是治疗师后来告诉我,我才知道的。我花了很久才恢复记忆,多亏了她的帮助,我的生活才有了起色。就在我感到可以重新振作的时候,她充满歉意地告诉我她要搬走,去另一个城市结婚。"

"这样啊。"弘司再一次说道,"那然后呢?"

"我问她要搬到哪儿,她说去亚历山大市,因为她的未婚夫在那里工作,于是我就跟着搬。"父亲看着弘司,耸了耸肩,"所以我就到这儿来了。"

"但你都能搬到一个新城市了,身体应该恢复了很多吧?"

"并不是。起初的两年,我还是需要看护来照顾,接着又过了两年,我才像现在这样能够自理。"他满足地叹了口气,"这样挺好,能离开家我就很高兴了。"

弘司一边点头，一边打了个寒战，"母亲跟我说过当年发生的事，说你父亲……"说到这里，他停了下来，因为他第一次意识到，那个人是他的爷爷。

在与祖父母的关系上，他着实没有什么好运气。

"现在那里还是一样可怕，"父亲说，"我很少回去。他们觉得我是个傻子，但是我跟你说，其实他们才是傻子。我的兄弟姐妹有一辈子都花不完的钱，但是每次我一过去，他们就当着我的面一直抱怨：某某公司想欺骗他们，抢走他们的市场份额，降低他们的股价之类的。看着他们大呼小叫的样子，你甚至以为他们生活在战争年代。要是像他们这样每天都不开心，当上亿万富翁又怎样。"

听到这里，弘司又想起了他那了不起的构想。父亲口中那些叔叔和姑姑（姑且这么称呼，尽管弘司从来没见过他们）似乎格外恐惧会失去财富。

弘司思考了一阵子，得出结论：之所以恐惧，是因为世界上还有很多穷人。要是所有人都有钱了，那富有就会成为一种常态，再也没有人会害怕损失财产，甚至连"损失"这个概念都会消失。这就像呼吸一样，每个人都有足够呼吸一辈子的空气，所以没人会担心有一天可能空气短缺。如果所有人都富裕了，与财富相关的恐惧和与之相关的焦虑都会消失。

弘司能轻松听懂英语，这归功于他在电影院看过许多英文原声电影，也常看美国电影的DVD。但他的发音仍旧有很大问题。来美国一个月后，父亲仍然没发现他在发音上有任何进步，于是说道："我们得解决一下这件事。"

"我会学的。"弘司反对道，"只是还需要时间。"

"随着时间的推移，你那些错误的发音只会根深蒂固，我不会让你就这样蒙混过关的。"

于是父亲拖着弘司去找了那位让他生活重回正轨的治疗师。她叫希尔薇，看上去并没有父亲描述的那样神奇。实际上，她又矮又胖，有着浅棕色的头发和一个突兀的大鼻子。起初，她如弘司所愿地拒绝了父亲的无理要求，因为那并非她的专长。

"总归试一下吧，希尔薇。"父亲用一种让弘司不适的近乎耍赖的方式说道。

从那天起，弘司每周要去见希尔薇四次，每次花上四十五分钟去重复无意义的音节，由她纠正那些细微的发音错误，按照音律来朗诵英文句子，在喉咙里发出咳嗽、漱口似的声音，再大声喊出来。这对弘司来说很难熬，但一段时间之后他便飞速进步：那个夏天的某一天，弘司去了市立图书馆，一位兼职图书管理员对他说，她打赌他来自西雅图或者周边地区，她能听出那里的口音。

"我的确来自西雅图，"当弘司告诉希尔薇这件事情的时候，她笑着说，"这意味着我们的训练可以告一段落了。"

父亲想知道，弘司是怎么回答图书管理员的。

“刚开始我差一点就说是了，”弘司说，“但最后没说出口。”

“这么做很对，”父亲说道，“你不需要否认自己的出身。”

等到弘司终于上了高中，他便意识到父亲坚持矫正他的发音是对的。美国几乎混合了来自全世界的种族——他的同学一半是白人，另一半是黑人和亚裔，弘司在其中并不显眼。由于种族的多样性，谁的英语好谁在学校就会更吃香。在这种情况下，那些来自墨西哥移民家庭的孩子很吃亏，他们的英语水平相对较差。

课程本身并不难，对弘司来说不费吹灰之力，从一开始他的成绩就名列前茅。他唯一低于平均水平的科目是体育课。因为一来他本身不喜欢运动，二来他依旧比同龄的男孩子更矮小瘦弱。尽管他的柔韧性很好，但并不强壮，跑得比别人慢，跳高时总是第一个刮倒横杆。他也用不着操心自己会不会入选橄榄球队。

不过这些都不重要。事实证明，加藤弘司是亚历山大高中有史以来最好的棒球捕手：高中四年，他接住了每个投手投出的每一个球，从无遗漏。

弘司的反应很快。上高中前的那个夏天，父亲经常花几个小时和他练习投球接球，就像其他的美国父子一样。不过父亲扔的球一点没有挑战性，所以肯定不是在那个时候训练出来的。

学校没有人知道，弘司自己制造了一台计算机控制、马达运转的棒球投掷机，能够以所有可能的曲线和速度连续投掷二百个球。他用这台机器反复练习，直到他看到发球就能立即判断出接球方式。最终,他能在一个晚上打完五个回合,没有一个球落在他身后的网中。

尽管如此,他并不擅长直接的身体对抗,例如在封锁本垒板的时候,他的移动速度总是不够快,无法进行夹杀,甚至都来不及跑到一垒。因此,教练总是一方面夸奖他接球的本事,同时又告诫他不要梦想成为职业球员。

弘司跟教练保证,他没有想那么远。

总之,尽管弘司成绩出色,在学校里人缘也还行,却没有关系特别好的朋友,也很少参加其他人组织的周末娱乐活动。至于女孩,他几乎不会多看她们一眼。相比之下,女孩们对他的兴趣反而大得多。在这一点上,学校里没有第二个像他这样的。

早在上高中之前,弘司就对他的房间越来越不满意,他请求父亲允许他撤掉房间里的一些东西。

"你想怎样都行,"父亲立马说道,"这是你的房间。"于是,弘司摘下了墙上的所有照片,将带有运动器材的架子搬到了地下室,刮掉了印着碎花的墙纸。在父亲的协助下,他把墙面刷成了简洁的白色。

父亲想知道他为什么这么做。

"我也不知道,"弘司想了想,"可能之前的风格太美国了吧。"

父亲借此向弘司讲述了他对于日本文化的了解。弘司没想到,他从父亲这里了解到的有关日本的知识,比他在东京上学的那几年还要多。

有一天,弘司的一个同学开玩笑地说,如果他接下来的考试不及格的话,他可能会去"腹切"。弘司讲给父亲听,父亲却给他解释说,"腹切"这个词其实并不是日本的传统用语,而是英国人发明出来的贬义词,仅仅是直接翻译了"割肚皮",表达的是对武士自杀仪式的一种蔑视。"正确的词应该是'切腹',一个因失职而蒙羞的日本武士,可以通过正确的'切腹'使家族恢复荣誉。"

他从书架上取下几本书,给弘司看日本短刀的样子—— 一种微微弯曲、边缘锋利的匕首,刀刃长约一英尺①——并向弘司展示了它与"肋差"的不同之处。后者的刀刃几乎是前者的两倍长。这两种刀都是用于切腹仪式的。"武士会穿上白色的和服象征纯洁,在自裁前写下一首辞世诗。"

弘司既害怕又着迷地听着父亲的讲解。这些知识从他父亲、一个美国人口中讲出来,感觉很奇怪。在东京上学的时候,他自然也是听说过的,不过只是同学之间开的愚蠢玩笑而已。

"这个人'正坐'着,你知道'正坐'吗?"

弘司点点头,"当然知道,就是人们坐在地上时的常规坐姿。"

"好吧,这在日本确实是常规,不过在西方看来坐在椅子上才是正常的。"父子二人这时坐在地板上,双膝应并拢着地,臀部压足,挺

---

①1英尺约为0.305米。

直了背部,"现在,这个男人露出了上半身。然后,他拿起刀子,将其刺入所谓的'丹田',一个位于肚脐下方约六厘米的点,被认为是人体的中心和灵魂的所在地。他从左至右切开腹部,最后向上划开,以便能够让腹中的器官露出来。这种动作通常首先会切断腹部的主动脉,从而导致血压立即下降并迅速失去知觉。这很关键,因为评判切腹最重要的标准就是,武士脸上不可以出现一点恐惧和疼痛的神情,更不能呻吟。在死者的身上,不允许有一丁点痛苦的迹象,不然就不算是切腹。"

弘司在脑海里想象了一下那个画面说道:"听起来太吓人了。"

父亲笑了,"没错,你可以这么说。通常切腹不会在室内进行,不过一旦有例外,屋内会铺满带有白色绳边的特制榻榻米。当然,事后人们会把它们丢掉。"

从一开始父亲和母亲就达成了协议,弘司每年会飞回东京一次去看望母亲。母亲接受了井元先生办公室里的工作,主要负责对澳大利亚的业务,为那里的店铺供应日本的食品杂货。母亲说,井元先生不再像以前那样训斥她了,也许是因为他年纪大了,不过依旧只发给她少得可怜的薪水。不过如今母亲也不在意,反正也不需要什么钱。她没有结识其他男人,倒是有了几个新的女性朋友,偶尔一起短途旅行,每周聚一次,在一起打牌或者下五子棋。

奇怪的是,当弘司回到东京,却发现自己在亚历山大比在这里更有归属感。附近的街道和小巷如今看起来更窄了,狭小的公寓更是让他感觉自己像一只被塞到笼子里的小鸡。但看望母亲是儿子的义务,他还是会回东京来。

高中最后一学年的时候,久美子阿姨去世了。弘司比以往早了两个月飞回日本,不是飞到东京,而是直接飞往水俣湾参加葬礼。葬礼结束后,所有人都觉得,死亡对久美子阿姨来说反而是解脱,就连铃木医生也这样说。

"你不必仅仅出于责任回来看望我,"返回美国前,母亲对他说道,"孩子早晚会离开。只要你能偶尔给我打个电话,或者写封信,告诉我你的近况就行了。等你真心想要回来的时候,你再回来吧。"

"好吧。"弘司应道,之后很多年都没回过日本。

返回到亚历山大时,一封印有麻省理工学院印章的信正等着他。机器打印的信上写着,学校审核了他的申请,决定录取他。

福音岛

1

"我去能干吗?"弘司问道。

罗德尼无奈地举起双手,"当然是派对该干的事! 尽情享受,遇见新朋友,玩开心。"

"我每天都会遇见很多人,我也挺开心的。"弘司盯着眼前的电脑屏幕说道,"通常情况下。"当然也有烦人的事,比如这个傻不拉几的作业题目。

"这可是一年一度最重要的派对! 美国大学优等生荣誉协会新会所的落成典礼! 你非参加不可。"

"谁规定的?"弘司小声嘀咕道。窗外,一辆巨大的垃圾车正试图掉头,但像往常一样,停车场里塞满了车。十分钟过去了,这个大家伙还在来来回回调整方向。

弘司想，或许他也该像这辆车一样一步一步地思考。不过，除了日常生活所需之外，他不想和那些过时的美国协会组织扯上什么关系。

"他们说到时候会来很多贵宾和社会名流，都是优等生荣誉协会的成员，"罗德尼不死心地劝道，"前总统布什、克林顿……"

"哇哦。"弘司敷衍道。

"无论如何，我们得趁着还有票的时候赶紧买到票。"

"竟然还要票？这到底是什么奇怪的派对！"

这时，垃圾车倒车撞到了人行道上一棵饱经风霜的白桦树上，一股垃圾房的味道顺着敞开的窗户飘进屋里。

罗德尼坐到了弘司的写字台上，让弘司不得不看着他。"听着，兄弟，你还年轻，我也还年轻，我们还在读大学，等往后我们成了一把老骨头，会热泪盈眶地回忆起如今的日子。时不时地去参加几个派对也是其中的一部分，对吧？干点蠢事，抽几管叶子，把鼻子凑到姑娘们的胸脯上……"

弘司瞥了一眼他的好友兼室友，接着目光就落到了窗外，楼下的垃圾处理工大汗淋漓。

罗德尼看起来也差不多了，他为了说服弘司磨破了嘴皮子。"我并不是说你必须喝得酩酊大醉，第二天早上醒来发现躺在阴沟里，或者一个从未见过的姑娘旁边，或者不一定是姑娘……也用不着闹事或者砸别人的车之类的。就单纯地跟我去,然后好好享受就行了。"

垃圾车肯定是掉不了头了。如果他们有一定的空间感,早就该意识到从几何角度上来看他们的车根本没办法掉头,因为有车跟在他们后面开了进来,停在了最挡路的位置上。

"你应该在你的车被刮花之前出去挪个车,"弘司指着窗外对罗德尼说,"你的车就挡在他们前面。"

"哦,该死!"罗德尼飞速跑走了,弘司的注意力回到了他毫无意义的作业上。

这篇论文要评估机器人加入自动化生产后对社会的影响。弘司很清楚德鲁什教授期望看到什么样的论点:由于机器人取代了原本属于人类的工作岗位,所以那些使用它们的公司应该为此支付社会福利金。

恰恰因为弘司太清楚这位教授想要什么,他提出了与之相反的论点:机器人就应该取代人类的工作,它们就是为了这个目的而被发明、制造出来的,而为此投入使用机器人本身已经是一种对社会有利的行为。举例来说,试想一个负责将金属板放到液压机中的工人,每天必须重复同样枯燥的动作八个小时,他会因为感到无聊而产生疏忽,因此双手随时都有被碾碎的危险。如果换成每天工作二十四个小时、不会无聊也不会失误的机器人,工人的生活质量不仅不会下降,反而更有安全保障。

这么写无疑是在给自己找麻烦，但弘司已经习惯了。

他看向窗外，罗德尼打着手势，向垃圾处理工说着什么。他们没有吵起来，而是有说有笑的。罗德尼走到哪里都能轻易讨人喜欢，弘司想不通他究竟是如何做到的。

弘司和罗德尼是在入学注册的时候相识的。作为大一新生他们被分配到了贝克楼宿舍的一个双人间。那栋宿舍几乎都是学建筑和设计的学生，每年四月底把一架钢琴从屋顶上扔下去是这栋楼雷打不动的传统之一。然而他们俩对此并不怎么感冒，于是第二年一有机会，就搬到了麦格雷戈大厦两个相邻的单人公寓。这里的房间不像宣传册里描述的那样，能看到查尔斯河的壮丽景色，而是正对着布里格斯球场，那是沿岸一排宿舍楼后面一个相当难看的运动场。从弘司的房间甚至只能看到内院停车场的入口。

这对弘司来说没什么大不了，反正他思考的时候也会忽略周围的一切，而这种时候非常多。

"好吧，其实没必要多说了。"罗德尼一回到房间就继续了之前的话题，"反正我肯定要去这个派对的，是朋友就跟我一起去，"他笑着说，"这是一个你无法拒绝的邀请。"

弘司靠在椅背上，用双手按摩鼻梁，"那就又回到了我最开始的问题：我去能干吗，当个交际花？你要是那么想的话，还是趁早别做梦了。"

"我可以把你介绍给伯恩斯坦教授。"

弘司眨了眨眼道："越听越怪了,你确定这真是个派对吗? 不但得买票,还会有教授在场……"

罗德尼的表情缓和下来,表现得格外耐心,"这种聚会就是这样的。前辈们会西装革履,彬彬有礼地坐在一起,在炉火旁讨论学术话题。等这些老家伙起身离开,真正的派对才会开始。"

"所以等他们走了,所有人就失控了是吗? 伯恩斯坦教授又是谁?"

罗德尼伸出手指数了数,"首先,他是哈佛大学的数学教授,我碰巧知道他对你那篇关于自动机理论的论文非常认可。"

弘司不以为然地耸了下肩膀,"然后呢?"

"第二,他是瑞秋·沃登博士的哥哥,而沃登是我主修课的讲师,我得给她交一篇论文。"

"第三?"

"第三,这人是个十足的《星际迷航》粉丝。"

这下弘司终于明白了。他翻了个白眼,双手推了一下桌子,坐在转椅上滑到房间中央。"罗德尼,"他叹道,"不是吧! 你到底什么时候才能明白,你永远不会……"

"怎么不会?"罗德尼兴奋地打断了他,"德雷克方程式已经很清楚地证明了,宇宙里必然还存在着智慧生命,所以……"

"德雷克方程式!"弘司摇了摇头,"那东西什么都证明不了,整个方程式里没有一个变量有精确定义。用它计算出来的结果上到数十亿,下到零点几都有可能。"

"是的,我知道。你要是能在这方面提出些新的反驳,说不定我还能用得上。"

"要是想出来,肯定第一个告诉你,我保证。"

罗德尼开始在房间里来回踱步,仿佛他正在大礼堂与至少六位诺贝尔奖获得者讨论。"即便如此,只要不使用最极端的数值作为因子,就会得出一个结论:宇宙里存在很多和人类相似的智慧生命。这就产生了另外一个问题……"

"为什么我们甚至连外星人的电视信号都捕捉不到。"弘司点头道。这是罗德尼最为热衷的话题:如果真的存在其他智慧生命,为什么地球人从来没发现过。

"没错。在这种情况下,《星际迷航》提供了一个通俗易懂、流传甚广的文学隐喻:严格禁止对前曲速文明的发展做出干预。从这个角度来看,我们可能只是因为欠发达而被其他文明隔离开了。这种观点很有道理。接触到其他高等文明的前提,就是他们拥有星际旅行的技术。与这种等级的文明相比,我们的确还太弱了,因此我们正处于宇宙的隔离区。他们想保护我们,在技术上和道德上更高级的文明会确保我们独立发展,不受干扰。"

"循环论证不算证据,这是逻辑学课堂上典型的谬误案例。"

罗德尼做了个鬼脸,"嘿,我又不是想拿诺贝尔奖,我只是觉得拿来当硕士论文的内容应该挺有意思的。"

弘司将双臂交叉放在胸前,"行吧。我来总结一下,看我理解得对不对:你想让我把你介绍给这位伯恩斯坦教授……"

"不,不。我是想把你介绍给他认识,跟他聊聊你的论文什么的,客套一下,再把我推荐给他。"

"然后跟他说,你想写一篇关于星际舰队最高指导原则的论文,作为天文学硕士的毕业论文。你觉得他会为此兴奋到威胁他妹妹,如果不同意让你写这篇论文就和她断绝关系?"

"差不多是这样,没错。"

"你可真是疯了。"

"你说对啦!"

弘司双手交叉放在肚子上,最后叹了口气,妥协道:"好吧,算我服了。我跟你一起去派对。"

罗德尼脸上堆满了满意的笑容,"你还真是块难啃的硬骨头。"

"这也没什么不好的。"弘司说着,又把椅子滑回电脑前。

罗德尼走出房门前问道:"我用不用给多萝茜也留张票?顺便说一句,她今天早上给你打电话了,好像是关于郊游的事。"

"我知道。"弘司揉了揉太阳穴,又开始琢磨那愚蠢透顶的作业,刚才聊天时他脑子里闪过了几个点子,"你过来之前,我听过她在电话答录机上的留言了。"

"所以要弄三张票吗?"

弘司转过头看向罗德尼,"这种聚会带女朋友是不是不太好?"

"老实说，"罗德尼笑着答道，"确实是不太好。"

"那还是两张票吧。"

詹姆斯·迈克尔·贝内特三世眼睁睁看着球飞了出去，在白线的另一侧扬起一片红色的灰尘。每个人都看到了，然而裁判却并没有提出异议。这个球意味着他们输了比赛。

"真是扯淡。"贝内特的搭档托德沮丧地说，差点儿把网球拍砸了出去，"那家伙怕不是瞎了！"

"等出了球场，随便你怎么骂！"贝内特应道。

"贝内特，那个球出界了。要是裁判能判，我们本来可以扭转局面的。"

贝内特擦了擦额头上的汗水，"但他没有判，所以不算数，这就是游戏规则。"

托德哼了一声。他的脸涨得通红，好像随时都会气炸一样。"贝内特，你父亲在俱乐部里那么有影响力，就不能让他们开除那个裁判吗？"

贝内特盯着眼前的同伴，"托德，这就是游戏规则，不按规矩来不如别玩。否则，就算赢了又有什么意思？"

他的话似乎起了作用，托德若有所思，最后喃喃道："好吧。"他们一起走向球网处，与获胜选手握手。

"下回一定让你们输到满地打滚。"贝内特狞笑着向对手保证。

对面两个人也跟着笑了,他们以为贝内特在开玩笑,尽管他并没有。詹姆斯·迈克尔·贝内特三世坚信,他和托德早晚会赢了他们,毕竟那两个人里有一个是黑人。

更衣室里水雾弥漫,充斥着高档古龙香水和沐浴露的味道。淋浴的时候,托德问贝内特,是否打算去参加优等生荣誉协会新会所的落成典礼。

"我不会和我女朋友参加同一个派对的,伙计。"贝内特闭着眼睛在温暖的淋浴中扬起脸,努力不去想即将参加的另一个派对:伊普西隆-欧米茄联谊会。虽然不是大型派对,但人要疯得多。最重要的是,会有很多女性新生,要是派对结束前没能勾搭上至少两个姑娘,那就算失败。所以冲澡的时候他可不敢想得太多,不然小兄弟当场就得抬头。

洗完澡出去,他不慌不忙地赤裸着抹润肤油,心里清楚自己看起来棒极了。他知道许多人都在羡慕地偷瞄着他,他很享受这样的目光。

随着"砰"的一声,"疯鸟"莱斯特从另一侧的储物柜跳到贝内特上方,居高临下地嚷道:"听说你要伤了所有姑娘们的心?"

贝内特好笑地抬起头看向他,"你说什么?"

莱斯特继续大声说道:"他们说,波士顿的桥上挤满了绝望的姑娘们,抢着要自尽。"他一下子就成了焦点,所有人的注意力现在都在他身上。"没错,这事现在很严重。"莱斯特继续道,"甚至有可靠的消息用了一个可怕的词……"他刻意压低了声音,但仍然能让每个人都听到,"订婚!"

"没那么快。"贝内特伸手拿了浴巾,围在腰部,"你们都知道我的座右铭——你不可能睡遍全世界每一个姑娘……"

莱斯特挺起胸膛,双手兴奋地敲在储物柜的铁皮上。"大家一起说!"他大喊。

于是男生们一齐喊出后半句:"……但不能因为这样就不去尝试!"

在震耳欲聋的欢呼声里,贝内特再一次成了当天的主角。

"是真的吗?"穿过停车场时,托德问,"你们打算订婚?"

贝内特在他的捷豹车前停下脚步,反问道:"为什么不呢?"他笑着把健身包扔在后座上,"她早晚要习惯,已婚的国王总会有情妇。"

小树林旁有一片盛开着芬芳小花的草地,多萝茜·戈尔丁把车停在草地旁边,松了一口气。她提着野餐篮,弘司拿着野餐垫跟在后面。弘司是彻头彻尾的城里人,要让他走到户外去亲近大自然很难。不过她这次成功做到了。

多萝茜为这次郊游绞尽脑汁:找到这个浪漫又僻静的地方本就不容易,更别提她还要装作只是碰巧发现这个地方的。她准备了三明治,以及她吃过最好吃的意大利面和土豆沙拉,甜点是弘司非常喜欢的马斯卡彭乳酪,装在她特意买的可密封小塑料罐里。

"好吃吗?"她问弘司。这时候他们终于舒服地坐在阳光斜照的斑驳树荫下,面对宽阔的草地,树叶在头顶随风轻柔地沙沙作响。

"我喜欢,"弘司咂咂嘴回答道,"味道很棒。"

她有些不相信地看着他。他的确是就在她身边,但就像往常一样,多萝茜老觉得他的心思并不在这里,而是沉浸在自己的思想世界里。

这里的确很美,是一对恋人说话的好地方,比如"我爱你"之类的,甚至也适合求婚……不过她没有指望这些,想让弘司主动做那些事,得付出更多努力才行。

要是他的心思能全部放在她这里就好了……

野餐过后,他们慵懒且心满意足地躺在草地上,对着几乎没有一丝云彩的天空发着呆,没有说话。多萝茜回忆着她在厨房里度过的时光,她很想照顾弘司,养育他的孩子,料理家务,成为他的妻子、爱人。显而易见,弘司将来一定会有所成就,会赚很多钱,他们将拥有一切,并幸福美满地生活下去。

弘司用一只胳膊撑起身子看着她,笑着说:"这里真不错。"显然他很满意。

多萝茜也笑了,却并没有说话,而是静静地等着。她猜想,他说不定有什么重要的话想对她说。

弘司翻了个身趴着,手指拂过草地。"看这个。"他说道。

她于是也翻了个身,凑近了他身边。原来,他想让她看的是一只孤独的蚂蚁,正挣扎着拖动一根比它身体长至少五倍的松针。

"是啊,"她说,"太自不量力了对吗?"

"它一定迷路了。"弘司低下头观察蚂蚁,"难以置信,你不觉得吗? 这么小的身体、腿和触角,却能搬动比它大那么多的东西。"

"没错,只要注意看眼前的事物,就会发现世界充满了奇迹。"希望他能好好看看。

弘司又往下趴了一些,用合拢的双手撑着下巴,若有所思道:"光靠一只蚂蚁其实做不成任何事,重要的是合作,群体智能。"

多萝茜紧张地听着,他会不会因此觉得,两个人一起比独自生活要好呢?

"这是个微不足道的机制。"弘司继续说,"微小又简单,几乎不需要费脑子。连你也造得出来,也许体积要大些,但是肯定可行。蚂蚁和机器人之间有区别吗? 我反正觉得没有。"

多萝茜失望地转过身去。机器人! 弘司满脑子只想着这些!

"嘿,"她说,用脚趾轻轻蹭过他的小腿,"我碰巧也在这里呢,而且我不是机器人。"

他先是有些疑惑地看着她,接着像个孩子一样大笑起来,"是的,没错!"他抛开蚂蚁,朝着她凑过去,把头枕在了她的肚子上。

"问你个问题。"他认真地说道。

"你说吧。"

"你有没有试过在野外做爱?"

多萝茜轻轻地叹了口气。这就是他跟她在一起的原因？为了做爱？或许吧。

"没，"她坦白道，"还没试过。"

弘司把脸埋在她胸前，接着又吻了她，"想试试看吗？"他环顾四周，"我猜在这里不会被人看到，你觉得呢？"

早在挑选地点的时候多萝茜就考虑到了这种情况，从外面的大路看不到这里，周围也没有可供散步的小径，他们不会被任何人打扰到，甚至她还带了避孕套以防万一。

即便如此，她还是说："我也不知道……"

她故作犹豫，这样一来，他起码就得花力气来说服她，让自己显得矜贵些。不过只要他坚持，她肯定会妥协，甚至在出发的时候她就已经打算好了，说不定体验会很棒。弘司是个不错的恋人，差不多可以成为"持久"的代名词。

洁白干净的教室仿佛实验室般散发着消毒剂味道，二十五名学生正在等德鲁什教授。空调进气口上的一块金属板松动了，发出微弱的咔嗒声。

弘司的手机响起提示音，多萝茜发来短信："刚刚想起昨天的郊游，真是太棒了！"

弘司笑了。有不知名的小虫子叮咬了他的后背，回家的路上他们还不得不中途停车，从多萝茜的头发里抓出二十多只蚂蚁。不过除此之外,在树下做爱的确很刺激。

"是啊,"弘司回复,"找机会再去一次。"

刚发出短信,一个一头红发、满脸青春痘的脑袋就凑了过来,是一个同学,好像叫帕特里克。

"嘿,"他低声说,"听说'魔法棒'是你发明的,就是所有五金商店都有卖的那个,是真的吗?"

弘司点点头,"是啊。"那是他在麻省理工学院第一学年快结束的时候发明的。其实没什么特别。不过是两台数码相机,配了距离固定的鱼眼镜头,用来拍摄可供编辑和操作的模拟真实视角的照片。唯一有些棘手的是视觉识别软件,花了他几个星期时间通宵编程。解决了这点之后整个装置就顺利运行了。只需要把它举起来,按两三次按键,然后用USB连到电脑上,就能得到所处位置周围环境精确的三维模型,甚至还包括屋子里家具的具体尺寸和位置,而这些信息可以加载到任何建模程序之中。

"你太牛了。"帕特里克说,"我爸爸有一家室内装潢的公司,他买了几十个。他说,这是自切片吐司问世之后最棒的发明了!"

"切片吐司?"弘司不由得笑了,"这话倒是还没人说过。"

在学校的帮助下,他申请了专利并获得了发明许可。从那时起,即便没有父亲的资助,他的钱也够支付学费和生活费了。

"你是怎么想到的?"帕特里克好奇地问道。

弘司耸了耸肩说道:"这没什么,只不过是机器人技术的一个简单应用罢了,借助光学传感器在空间中定位。另外,我那时候正好需要重新给房间贴墙纸,要测量所有墙壁的尺寸太烦人了。"这时他的手机又响了,"不好意思啊。"

"你先忙。"说完,帕特里克又消失了。

还是多萝茜的短信:"简和鲍里斯想邀请我们星期六晚上过去。"

弘司做了个鬼脸。简是多萝茜从高中以来的好友,她的男朋友鲍里斯是投资银行家,一个十足的讨厌鬼。更别提,罗德尼还要拉着他去参加星期六的派对呢。

"星期六我没时间。"他回复。然后他脑海里闪过了郊游的画面,阳光穿过树叶在多萝茜的胸口投下影子,于是又补充道,"对不起。"

发完短信他便关掉了手机。正在这时,德鲁什教授也刚好走进教室,新一轮的"控制论与社会"讨论课开始了。不得不承认,把这门课规定为跨学科必修课绝对是明智之举,不然估计没有一个人会甘愿在这上面浪费时间。

德鲁什看起来不像一个典型的大学教授,而更像一个伐木工。他留着灰白的山羊胡,带着一副细框眼镜。他的手指细长,关节上却长满了汗毛,让弘司觉得有点恶心。

这次课的内容就是讨论学生们通过邮件交上去的论文作业。从德鲁什看到弘司便眼前一亮的神态,弘司猜到应该就是讨论他的论文。

德鲁什像往常一样搭坐在讲台边上,他掂量了一下手里拿着的论文打印稿,目光环视了一圈,最后落到弘司身上,说道:"我们就从加藤先生这篇非常值得讨论的论文开始吧。有意思的是,他认为,机器人取代人类工作,让所有人都失业将是一件好事。"说完,他眼神犀利地凝视着弘司。

"是的,"弘司回答道,"这是所有技术发展的最终目的。"

弘司话音刚落,就听见剩下二十四个学生倒吸了一口气,还从来没人敢这样挑战德鲁什教授。

"有意思。"教授语气里带着有些危险的讽刺,"能跟我们具体分享一下吗?"

弘司无所谓地耸了耸肩,"这很明显。最晚从工业化开始,我们工作中的一切例行流程都在不断地被检验、被分离、被完善,以便最后能够用机器自行完成,将人力解放出来。要是一台机器能够和人类一样、甚至比人类更好地执行某项工作的话,那这个工作就不再值得人类浪费时间了。"

"那如果有人为此而失业,你会怎么解决?"

"我会让他再去找一份工作。"弘司径直答道。

听到这里,德鲁什咧着嘴笑得像鲨鱼一样,"哦,是吗? 那按照你的逻辑,能做的工作也会越来越少了。"

"接下来肯定还会有新的工作机会。一百年前,全世界三分之一的人口都在务农,而今天,这个比例降到了百分之三,可如今也并没有大量失业的农民啊。"

"观点不错。"像往常一样,德鲁什身体微微前倾,这代表着接下来他准备给对手致命一击。他带着胜利的口吻继续说道:"那么,怎么帮助那些因为被机器人取代而失业、跑到大街上找工作的人呢?"

教室里鸦雀无声,静得甚至能听到天花板上的白炽灯通电的嗡嗡声,当然还有空调没完没了的咔嗒声。

"准确地说,"弘司从容地答道,"这样的人需要的并不是工作,而是钱。换句话说,他需要以某种方式来获得生存的必需品,这才是关键的问题所在。"

"这就涉及社会保障体系。"德鲁什透过眼镜框上方的空隙凝视弘司,"但你有没有想过,有人就是愿意工作? 他们把工作视为自身存在意义的一部分,而不仅仅是一种谋生手段?"

"当然相信,你就是这样的人。"弘司面无表情地回应道,"但我母亲曾是一个洗衣工,有好几年的时间,她每天都要不断地清洗、烘干、熨烫毛巾、桌布和大量的衣物。她并不会因此获得身份认同感,一有机会,她马上就辞职了。"

德鲁什有些懊恼地眨了眨眼睛,他知道自己已经不占上风了,显然他并不喜欢这样。"可是,你母亲有选择的机会,"他尖锐地反驳道,"工厂的工人却未必,这才是本质区别,对吗?"

弘司深吸了一口气,说道:"不,我并不这么认为。在计算机被发明出来之前,曾有一个职业叫作计算员,当时保险公司和银行的大厅里到处都是这样的人,他们的工作就是将一列列数字相加。为了减少误差,计算结果还会由另一个部门重新检查一遍。按照你的逻辑,如果这样的工作仍然存在,我们实际上会过得更好。这正是我不赞同的。在我看来,工作应该是没有必要就无须去做的事,这样,一个全员失业的社会才是所有技术发展的伟大愿景。在我们的理想世界中,所有人都只需做自己想做的事。"

弘司的话打动了其他人,甚至有人不自觉地频频点头。德鲁什知道自己输定了,所以最好结束这场讨论。

"这个观点很有意思,"他咬牙切齿地说,"但由于时间关系,恐怕我们只能讨论到这里了,得给其他文章留些时间。"

在这节课剩下的时间里,德鲁什再也没邀请弘司发过言。毫无疑问,他会给弘司一个令他难忘的分数。

三个人坐在古老的韦德纳图书馆的阅览室里,无精打采地翻着书。贝内特已经不是第一次意识到,主修人类学其实不是什么好主意。他以为这个学科很有趣,结果研究的都是些枯燥乏味的东西,就连导师也是一个无趣的老太婆。她不仅对他的魅力无动于衷,还对他父亲是波士顿最富有的人之一、哈佛大学的主要赞助人之一,也没什么特别的反应。换句话说,想取得好成绩,除了用功之外别无他法。

"用功"这个词简直太惹人烦了。

今天他实在不在状态,另外,劳伦斯·凯利是小组里的新成员,所以贝内特要给他好好上一课。

"你知道吗?"贝内特低声对他说道,"我手里这本《百位世界历史上最具影响力的人物》,里面大多数都是英国人,我都不敢相信自己的眼睛!"他确信这样能让新人拜服,因为在他家,除了极少数的例外,几乎完整地保留了英国血统。

"这本书肯定是个英国人写的。"劳伦斯低声回应道,看起来也没有专心读书。

"那你猜错了,这书是个美国历史学家写的。他将穆罕默德放在了首位,将艾萨克·牛顿排在第二位,接着才是耶稣基督,你敢相信吗?"

"穆罕默德是全世界历史上最有影响力的人?"劳伦斯若有所思地说,"好吧,我确实不懂。"

"当然他说的不一定对,但无论如何……嘿,你干吗呢?"贝内特转向托德问道。

一直忙于做笔记的托德·沃尔顿这时候抬起头,回答道:"我在整理一份考试前的复习待办清单,总得有人来做这事。"

贝内特本打算说点儿俏皮话,但这时他发现阅览室另一边的柱子中间闪过一根晃动的辫子,有点眼熟。他把椅子向后倾斜了一些,以便能看得更真切,为了避免摔倒还抓着桌沿。他的猜测是对的：特里·米勒正朝着他们走过来。

"不好意思，兄弟们，我看到了一个我待办清单上的人。"贝内特说完，急忙追踪"猎物"去了。

托德看着他走开的背影，告诉劳伦斯："他指的是待'睡'清单。"

"真的假的？"劳伦斯不解地说道，"可我听说他很快就要订婚了啊。"

托德扬起了眉毛，"我猜这就是他这么着急的原因。"

贝内特在借书处追上了特里·米勒，她刚把三本书装在一个大樱桃形状的挎包里，正准备离开。

"嗨！特里。"他挡住了她的路。

"嗨。"她疑惑地看着他，但至少站住了。

"有件事想问你，"他迅速说道，"我刚看见你就想问问，有没有兴趣在星期六和我一起去个很棒的派对？我有邀请函，可以带一个人。这是一个内部聚会，不是什么人都能参加的。"他脸上洋溢着志在必得的笑容，散发着百分之百的魅力，"怎么样？"

她不置可否地淡淡笑着回应道："你能想到邀请我真是太好了，不过星期六我已经答应别人一起去荣誉协会的派对了，你知道，几乎所有人都会去的。"说完，她挎起樱桃包，"我只能祝你玩得开心了。"

她绕过他走开了，留贝内特一个人有些难以置信地愣在原地。他可是詹姆斯·迈克尔·贝内特三世，校队的四分卫、贝内特财团的继承人、年级发言人,以及两次"校园最佳着装男士"的获得者,她竟敢拒绝他?!

贝内特看着她走远的背影,裤子包裹着她紧致的蜜桃臀,曲线十分诱人,他甚至有咬一口的冲动。她把金色的头发扎成了一个马尾辫,如今很少有人会扎这样的辫子了,这也是他对她感兴趣的原因:他不禁想象着从背后抱住她时,马尾辫随着他的用力有节奏地来回摆动……

他回到了其他人那里。

"怎么样?"劳伦斯问,"被拒绝了?"

贝内特不高兴地看着他,这小子显然还没搞清楚这里谁是老大。"她给了我一个挑战。"他冷冷地纠正道,"我喜欢挑战。"

暮色笼罩了城市。

进入哈佛校园寻找停车位时,昏黄的路灯亮起,给一切涂上了温暖的色彩。夕阳的残晖照在屋顶上,闪着红色的光泽,让人不禁想起这里几个世纪的悠久历史。天空中出现了零星几颗星星,空气里弥漫着属于夏天的味道。

罗德尼突然说道:"这种时候,这里看起来的确像一个福音岛。"

弘司被吓了一跳,"你说什么?"

"福音岛。这里的人就是这么称呼哈佛校园的。"

弘司望向车窗外,眨着眼睛,"哦,是吗?"这个名字让他隐约想起了什么。

哈佛大学！弘司想起，当他得知世界上最著名的两所大学——著名的哈佛大学和同样著名的麻省理工学院竟然在同一城市，甚至仅隔几英里①之遥时，他有多么惊奇。尽管这对现实生活并没有太大影响：可想而知，麻省理工学院的学生对哈佛大学的学生不屑一顾，觉得他们愚昧、落伍；同样的，哈佛大学的学生认为麻省理工学院的人庸俗又傲慢，同样不值一提——从某种程度上来说，他们倒是十分了解彼此。

弘司很好奇接下来会发生什么，并不是说他很期待这场派对，派对在他眼里除了浪费时间之外别无他用，他答应过来只是因为罗德尼。然而，他把这件事看作是一次冒险，一项人类学的实地研究，从这个角度来看，就有趣多了。另外，他也不反对喝一些优质啤酒。

罗德尼仍在开车绕圈，这时候他们已经在老园区、拉德克利夫研究所和法学院之间的绿地来回绕了三四圈。这里就像摇滚演唱会现场一样热闹，不时有音乐声传来，穿着考究的人们沿草坪穿过树下，全都朝着一幢大房子走去。这座房子的建造风格与哈佛校园里的大多数建筑一样，红砖墙、高高的窗户、巨大的门脸。明亮的光线从两个屋顶露台照射出来，上面站着拥挤的人群。

没人确切知道究竟是谁捐赠了这栋协会建筑，可以肯定的是来自一位属于优等生荣誉协会的哈佛毕业生，有人传言是一位低调的

①1英里约为1.609千米。

匿名互联网亿万富翁。还有人说,哈佛的董事会对这栋建筑很震惊,学校的本意是希望学生们低调行事,不要通过无谓的联谊来搞人际关系,因为在哈佛上学本身已经够有面子了。但现在,最有影响力的美国荣誉协会竟然在校园正中间建了一栋华丽的会所。

终于,他们跟着指引找到了一个车位,下了车,加入拥向会所的人群,经过一群穿着防弹衣、佩戴对讲机、表情严肃的专业安保人员。门口检查请柬的是一个穿着得体西装、打着整齐领带的大一新生,他挥手示意他们可以进去了。

进到室内,弘司感觉就像是走进了晚高峰时段的东京地铁。房间、大厅、楼梯、过道,到处都挤满了人,他们手中拿着玻璃杯,叽叽喳喳地彼此闲聊着——根本没办法绕过或者穿过这些人群,要是不推开或者撞到一些人,几乎是寸步难行。

这里和东京地铁最大的区别是到处都充斥着音乐:主厅里有人在用钢琴弹奏格什温的曲子,露台上则是一支三人蓝调乐队正在演奏,地下室传来黑胶唱片放出的爵士乐,而楼上正经历着电子设备中的流行乐和摇滚乐轮番轰炸。明智的做法是最好不要留在楼梯或者走廊过道处,因为那里各种声音混杂在一起,只能被称作噪声。

总的来说,这个派对似乎已经分裂成两个极端:楼下属于那些前辈,他们穿着燕尾服和晚礼服,占据了大厅、图书馆和会议室;楼上则是属于年轻人的国度。

当他们努力挤到其中一个露台上时,弘司和罗德尼遇到了熟悉的面孔——麻省理工学院的同学,他们对于弘司的出现简直惊讶到了极点。

"加藤,要是你来这儿是因为有人告诉你过来上课,"一个满脸青春痘名叫大卫的金发男生对他喊道,"那你就上当了!"他嗓门很大,足以盖过U2乐队震耳欲聋的吉他声。

"没人告诉我来上课,"弘司淡淡地回答道,"不过我听说这里应该有一个研究小组,研究酗酒之类的问题。"

他们互相看了一下笑了。"是的,"另一个人喊道,"这么说也没毛病!"

"那你要加入我们吗?"大卫问弘司。

弘司耸耸肩,"我先观望一下,我还不知道我能不能满足录取条件呢!"

这话惹得大家都笑了起来,不管怎么说,听起来他们十分欢迎弘司的加入。

弘司向下望去才发现,后院的草坪用绳子隔了出来,草坪上搭了些白色的帐篷,提供饮料和小吃。

他对罗德尼说:"来吧,去找找你的伯恩斯坦教授。"

在穿过各个房间的途中,他们经过了一个小吧台,在那里他们用门票附送的优惠券兑换了起泡酒。来参加派对的的确有很多名人、著名作家、音乐家、宇航员、足球运动员等,尽管并没有美国总统。唯一没看见的就是他们正在寻找的伯恩斯坦教授。

"伯恩斯坦？没听说过。"当他们向一些看着像是哈佛大学的人问话时，基本上得到的都是相同的答案。

一位有着银灰色卷发的女士听到后则是眨了眨眼说："哦？他也想来吗？"另一个系着波洛领带的高个子男人笑着说："伯恩斯坦？来这儿？老实说，他要是真的来了我才觉得奇怪呢。"

弘司二人向他们道了谢，继续找寻着这位教授。

"我不明白！"罗德尼悲叹道，"有人告诉我，说他从来不会错过任何派对，特别是荣誉协会的派对。"

"我们接着找就是了。"弘司说道，"看在外星人的面子上。"这样起码他们在这里也算有事可做，当他有事可忙的时候，总感觉会好一些。

在口琴的伴奏下，一位爵士乐歌手饱经风霜的歌声在露台上回荡，听起来悲伤且孤独。这里也没有伯恩斯坦教授，不过有一个人突然抓住了弘司的胳膊，"嘿！你是加藤弘司吗？"

"没错。"弘司点头承认。眼前是一个瘦削的男生，戴着一副眼镜，喉结在他说话的时候上下抖动。

"我是比尔·亚当森①。"男生自我介绍道，并握了握弘司的手，"我也是麻省理工的，几年前我们应该在学校里碰见过。"他冷冷地说道，仿佛在责备弘司不认识他。

"嗯，"弘司说，"或许吧。"

---

①即后文的威廉·亚当森，"比尔"是"威廉"的昵称。

弘司当然听过比尔·亚当森这个名字，每个麻省理工的学生都知道他。几年前，威廉·休斯·亚当森领导的一个研究小组开发出了一款机器人，能以前所未有的精确度在建筑物内部活动，这在当时引起了不小的轰动。而靠着亚当森的推广，现在所有的专业文献都把它称作"亚当森机器人"。这款机器人可以用于公司内部收发邮件，或者在医院的货架上整理医疗用品。不过没有人实践过，因为到目前为止，它的用途还是太少了，而造价昂贵。

不过，它还可以用于追踪并开枪射击在建筑物中藏身的恐怖分子。对于比尔·亚当森涉足的领域来说，成本从来都不是个问题：在完成麻省理工学院的博士学位后，他就进入了美国国防部高级研究计划局任职，那是个五角大楼的研究机构。人们普遍认为，亚当森将是未来机器人技术领域的领军人物。他小心谨慎地维护着他的声誉，不过，正如罗德尼所听说到的，如今他感受到了来自弘司的威胁。

"我最近拆解了一根你发明的'魔法棒'，"亚当森用食指戳着弘司的胸口，"然后你猜我发现了什么？你只是简单地把我们机器人上的空间定位系统稍加修改了！"话音落下，尽管现在是温暖的夏夜，针锋相对的二人周围却仿佛瞬间结了一层冰。

"比那要烦琐得多，"弘司面不改色道，"你可以看看我的专利说明书，上面白纸黑字清楚地写了。"比尔·亚当森不会蠢到指责他剽窃知识产权吧？毫无疑问，与亚当森机器人的定位系统相比，"魔法棒"系统的改良达到了能够申请独立专利的程度。麻省理工学院有

专门的法律办公室,以帮助学生在提交专利申请之前仔细审核这类
事情。

亚当森的手指继续戳着他,"这样的东西我们本来也能做出来。"

"当然,"弘司说道,"然而你们并没有,就差那么一点。我倒是
很惊讶,你们自己竟然没有想到去改进,于是我就做了。"

比尔·亚当森笑了,结冰一般的气氛也融化了。"好吧,你赢了。"
他说道,然后摇了摇头,"伙计,你发明的那东西现在真是随处可
见!我有个在欧洲的表哥,他说那边都有得卖了。你现在肯定是个
百万富翁了,是不是?"

"还算过得去。"弘司回答道,他回忆了一下上个季度的报表,才
七千多美元,是到目前为止最少的一次季度分红。"可能因为这波热
潮已经过去了。"

"我听说,那个生产商……叫什么名字来着? Soho 还是 Solo?"

"Sollo 电子。"

"对,就是那个名字。他们正在收购最大的竞争对手库克-霍兰
德。不过,据说他们做得太过了……是这样吗?"话音未落,一个下
颚突出的女孩抓住了他的胳膊,问他是不是看见贝蒂。他指着人
群向她说了些什么,但完全被电吉他淹没了。

弘司与罗德尼对视了一眼,罗德尼什么也没说,但是弘司很清
楚他在想什么——每次收到生产商季度结算的支票他都会说同样
的话:"兄弟,他们是在忽悠你!"或许是吧,不过弘司不太在意,他并

不想发大财,只想做自己想要做的事。

"听着,我想跟你聊点正事儿。"那个厚嘴唇姑娘离开后,亚当森继续对弘司说道,"我正在做一个项目,是一个国家级研究小组,成员来自加州理工学院、NASA①、卡耐基梅隆大学等,叫作'机器人21',我们正在为机器人技术的未来发展制订战略性计划,比如制定应该遵守的基本原则。虽然没有阿西莫夫的'机器人三定律'那么简单,不过大方向一样。反正你也在研究类似的东西,有没有兴趣加入?"这个人很聪明,他并没有说这个项目的成果最后会变成"亚当森机器人定律",不过这是显而易见的事。

"老实说,没兴趣。"弘司回答道。

"啊?为什么?"

"我听说过这个研究小组,我读过你发表在网上的论文。"弘司轻笑道,"不过,很遗憾,你们完全走错路了。你们认为的机器人技术的未来,实际上却是它的过去。"

他的话仿佛给了比尔·亚当森一记重拳。

"你这话是什么意思?"空气又开始结冰了。

"你只管看着我怎么做,就明白我的意思了。"弘司有些大言不惭地说,"我很清楚未来的发展方向。这么多年来我一直在想,为什么其他人都没有想到。"说完,他举起空杯子,"我得再去倒杯酒了,和你聊天很愉快。"

---

①NASA(National Aeronautics and Space Administration)美国国家航空航天局。

弘司转身离开，他几乎能感觉到亚当森的目光正恶狠狠地瞪着他的背影。

"兄弟，"罗德尼凑过来，"怎么回事？你是在示范'如何成为一个人的死对头'吗？"

弘司说："如果他真的像人们说的那样有本事，那就让他证明这一点。"

如果想找一个沉沦堕落的地方，那伊普西隆-欧米茄的会馆是一个不错的选择。每当贝内特对他周围那些奢华的排场和做作的谈吐感到厌恶，他就会来这里。伊普西隆-欧米茄社团并不热衷于向成员灌输终生自豪感，它没有从往届成员那里得到过捐赠，也没有自成体系的关系网，是专为那些被其他地方拒绝却仍需要一个栖身之处来互相抄作业的人设立的。社团成员的道德标准和入会门槛一样低。因此，这里的派对上发生的事是其他地方无法想象的：贝内特在这里曾经同时睡了三个姑娘，这是他唯一的一次；还有一回，化学专业的学生给在场的人分发了一种化合物，贝内特从来没见过那么疯狂的药效。

社团的会馆是位于郊区的一栋简陋小楼，离所有的教学楼和报告厅都远得离谱。不过挺好，没有邻居会投诉噪声扰民。这里的人们偏爱古怪的配色：大多数房间都被涂成了黑色和紫色，即便破损也没人来修理。贝内特去年发现正门上方的窗户上有一个破洞，如今它依然在。

　　然而贝内特对今晚的收获却并不那么满意。在地下室里，一个姑娘就着摩托头乐队和金属乐队的音乐节奏给他口了一次，但技术一般。她吃了些药丸，像疯了一样不停地咯咯笑。而且，她不许他脱掉自己的内裤，连伸手进去都不让。她的胸部很丰满，不过也不让他碰。

　　在捕到"猎物"之前他是不会回家的，这是惯例。于是这会儿他又搭讪了另一个女生，尽管派对提供的特制饮料让人有些难以集中注意力。

　　"我刚才说到哪儿了？"贝内特问道，并用胳膊搂住了女生的脖子。

　　"你说到，你为什么要学人类学。"女生默许了他的动作。

　　他们躺在吧台后面用旧沙袋改造成的沙发上，即便是清醒状态也很难从那上面起身，并且这个角落光线昏暗。伊普西隆-欧米茄的人把这里叫作"处女陷阱"。

　　"啊，没错，人类学，研究人类的学问。"说话间，他打量着眼前的姑娘，她发型前卫，像狮子的鬃毛，这可能是为了转移注意力，因为她很瘦，几乎没有胸。不过他今晚不再在乎胸部大小了，只要她的秘密花园肯为他开放就够了。

　　"你知道学人类学这个专业最不可思议的是什么吗？"只要还能说出"人类学"这三个字，就证明他还没喝醉，"就是我们真正掌握的东西其实少得可怜。我这么说，作为外行你可能很难理解。当然，人们研究出了一大堆理论，但那仅仅是理论。真正能够被证实、甚至作为呈堂证供的东西，太少了。"

"真的吗？"她说道。有一瞬间，贝内特怀疑自己是不是让她觉得无聊了，但转念一想，他又觉得自己肯定是搞错了。只要和詹姆斯·迈克尔·贝内特三世在一起，姑娘们就绝对不会无聊。

他看了看她，她叫什么名字来着？对，贝琳达，一个好听又罕见的名字。

"贝琳达，"他深情地凝视着她的眼睛，暧昧地在她耳边低语道，"这名字可真好听，你知道吗？很少见。"

"你已经说过三遍了。"

他愣住了。真的吗？他现在有点恍惚自己之前都说过什么了。无所谓了，这不重要。

"这话我能说一整晚。"他试着把话圆回来，"正是因为这个名字那么不寻常。贝——琳——达，就像是有东西融化在舌头上了一样。"他舔了一下嘴唇，想要给她一些暗示。

她笑了，"好吧。你之所以学习人类学，是因为其实并不需要学什么东西，我说对了吗？"

"不，不。"她怎么会产生这么荒谬的想法？说真的，如果有什么事情是女人不该做的，那就是用逻辑去思考。

"因为我们知道的仍然太少了，"他一本正经道，"这意味着，还有很多东西需要去研究,不是吗? 我们还在最基础的阶段,所以一切皆有可能。"他靠近了她,把嘴凑到她的脸旁,她闻起来很香,"另外,还有一件事,不过我得悄悄在你耳边说,因为它在政治上是高度错误的。"

这是一场游戏。音乐声充斥着整个房间,来自某个英国乐队,听起来像是在用圆锯切割铁路枕木。就算他们俩大喊大叫,也没人会注意到。但女人喜欢耳鬓厮磨的低语,这让她们心跳,显然平胸贝琳达就很受用。

她咯咯地笑了,"好痒!"

"我亲爱的贝琳达,真理都是不民主的。真理只关乎事实、发现和可靠的证据,以及能否跟随提出的问题找到正确答案。"他又朝她的耳朵靠近了一些,让她能感到他的呼吸,"白色人种是由克罗马农人进化而来的,这是一个共识。但我却有一个绝对不符合当今观念的强烈怀疑:克罗马农人并非是直立人的后代,而是来自一个更加古老的血统。直立人只是其他人种的祖先。"他咯咯地笑了,"白色人种,听着跟三K党①似的,是不是? 不是你想的那样,我不是种族主义者,而是一个学者。这么说吧,高加索人也代表了同样的意思,但是我们却可以说出来,这个世界真是没有道理可言,对吧? 禁忌无处不在,难怪我们无法取得什么进展。"

在贝琳达身上取得进展也同样困难。他明明什么都还没做,她

---

①美国最早的恐怖组织之一。1866 年 5 月在田纳西州成立。主要活动是鼓吹种族主义,使用私刑、绑架、集体屠杀等手段迫害黑人和进步人士。

怎么就紧张了？除了搂着她的脖子，他甚至都没有碰她。

"只要看一下世界历史，"他继续说道，"你就会发现一个事实，许多伟大的事物都是白种人制造的：技术，科学，帝国，登月……"

"还有两次世界大战，"贝琳达补充道，"环境污染、原子弹、气候变暖。"

"我可没说道德上的事，"贝内特反驳道，"我说的是伟大的成就。"

"那中国的长城你怎么说？"她说，"还有埃及金字塔呢？马丘比丘呢？"

她懂他在说什么。只要女人对男人能表现出理解，那就有戏了。尽管她的例子有些奇怪，一时间让他无法反驳，但是这些都不重要。

"伟大的成就。"他再一次重复道，"没错，白种人更关注规模大小，而其他种族……或者我们换个词，族群……其他族群往往更向往自然、简单的生活。我并不是说这是一件坏事，我只是说有区别。这种差异必须被解释出来，这就是科学的意义所在了。"

他看向她，她闪闪发亮的眼睛里流露出一种渴望，这正是他希望看到的。

"而我，亲爱的贝琳达，我也有一些伟大的东西，并且我推测，是由你引起的。"他说着，拉着她的手搭在了自己的裤子上，"我觉得我们可以针对这件事进行一下学术研究。要不上楼去看看有没有实验室空着？"

亲爱的贝琳达笑了，对他轻声说道："我得走了，赶着去某个地方。"

他看着她离开的背影，裤子拉链不禁又动了一下。从背后看她的身材还算不错，几乎弥补了她的平胸。

他伸手去拿杯子，一口气把酒全部倒进了喉咙。真够劲儿，并且价格还便宜得离谱。

接着他就断片了。等到再恢复意识，是感觉到有人在摇晃他。睁眼时，光线明亮得让他感觉不适，一个声音对他说："哥们儿，早上好，该回家了。"

最后弘司和罗德尼二人还是放弃找寻伯恩斯坦教授，加入到了派对人群中，和熟人或陌生人站在一起喝酒，聊一些有的没的。对弘司来说，这是一次有趣的体验。但他还是谨慎地回绝了烈酒，坚持只喝啤酒，毕竟喝醉出洋相就不有趣了。另外，他也不太理解为什么有人喜欢喝威士忌。

快到午夜的时候，他和一群人站在屋顶上，目送那些德高望重的前辈们离开。其中一些人已经上了年纪，带着醉意走下屋前的大楼梯，脚步虚浮，却仍然在闲聊或者大笑。一排豪华轿车停在前面，几个新生走上前为他们打开车门，把大衣和其他个人物品递过去，确保这些绅士们有序离开。

　　罗德尼终于找到了一个愿意听他讲费米悖论的姑娘。两人坐在屋顶露台一角的软垫长椅上，没有留意楼下发生的事。

　　"恩里科·费米，"罗德尼边说边挥舞着双手，"是一名从纳粹手中逃往美国的意大利核物理学家。他得了诺贝尔奖，所以算得上是公认的聪明了。而早在五十多年前，他就已经在思考关于外星人的问题了！所以，这起码说明外星人并非无稽之谈，对吧？"

　　姑娘讨喜地咯咯笑了起来。弘司在一旁观察了一会儿。他以为罗德尼的理论已经让全波士顿的人不胜其烦了。但看来他猜错了，这个姑娘是个例外。

　　这是一个身材微胖的姑娘，头发看起来像个拖布头，相比她穿的紧身牛仔裤和紧身上衣，一件宽松的印度长袍可能更适合她。尽管如此，弘司还是觉得她很可爱，和罗德尼挺般配。

　　"正如费米所说，宇宙那么大，有上千亿个星系，每个星系中又都有数十亿颗可能拥有行星的恒星，光是从统计学的角度来看，肯定有其他像我们一样的智慧生命存在。但是，他进一步提出了问题，如果外星人真的存在，为什么不来地球呢？"

　　"他们离地球太远了，不是吗？"女孩睁大了眼睛说道。

　　楼下还有五辆车在等着，白发苍苍的客人站在敞开的大门口，不舍地道别。与此同时，协会的一群人把架子鼓抬上了楼，扬声器、电缆、麦克风架也搬进了大厅里。

　　"真正的派对开始了！"弘司旁边的一个人兴奋地说。

弘司很好奇"真正的"派对是什么样,他对此没有概念。难道每个人都会脱光衣服纵情狂欢吗?还是有人会拿出成箱的药丸?他觉得自己就像一个到地球考察人类学的外星人。

在灯光摇曳的暗处,他听到罗德尼笑出了声,"是的,他们当然住得很远,但这就是重点。费米是这么猜想的:假如外星人与我们一样,那么有一天他们也会发展出太空旅行。要是这样的话,就必须进一步考虑,原则上哪些事情是可行的,哪些不可行……"

"就像《星际迷航》里那样?靠曲速发动机航行?"姑娘问道。

"嗯,这个也许没办法实现,人类不能超越光速。但我们依然有可能飞往其他星球,只不过乘坐的不是电影里的那种飞船。或许我们能挖空一颗小星星,把它变成一艘代际飞船,开启一段长达几个世纪的旅程。说不定最终离开太阳系的会是某个宗教团体、未来神学之类的,谁知道呢?"

"这样啊,这个费米认为外星人也会做同样的事吗?"

"是的。然后他计算出了从一个恒星到另一个恒星所需的速度,这个结果很有意思,有机会我给你仔细说说。总之他计算出哪怕要花费几个世纪的时间,与地球的年龄为参照,人类仍然可以在很短时间内殖民到整个银河系。他说,如果外星人在十万年前就达到我们如今的科技水平,那么现在他们就应该无处不在。"罗德尼指向天空,露台上挂满了灯笼和灯带,但仍然能隐约望到星星闪烁,"可事实却恰恰相反:一片寂静,只有沉默。我们发出去的信号从来没得到过回应。"

弘司也抬起了头，真是一个晴朗的夜晚。他不禁打了个哆嗦。

"我得再去拿杯啤酒。"他嘟哝道，拿着空杯子转身下了楼。来到露台后，他的心情已经完全变了，更兴奋、更激动、充满期待，仿佛什么事情都有可能发生。他不清楚自己到底在期待什么，但就是说不出地兴奋。

"吧台挪位置了，"一个有着滑稽山羊胡子和显眼的灰色眼睛的男生告诉弘司，伸出手指了指，"在后边的长廊里，最后一间屋子。"

弘司挤过拥吻的情侣和大笑的人群朝着那个方向走去。这片区域他之前应该是没来过。在通往吧台的长廊里，人越来越多，像挤在东京的地铁里。唯一的区别在于，这里每个人手里都拿了酒。

快要走到的时候，面前有两个穿着垫肩皮夹克的男生挡住了他的去路。他轻拍了下他们的肩膀，"能借过一下吗？"

接下来一切似乎都变成了慢放的电影，而他只记住了一个画面：

两个男生给他让开了路，有人在某处大声地笑，白色的窗帘被风吹起。

在他正前方，站着夏洛特。

2

多萝茜习惯在星期天睡懒觉,因为她星期六有时很晚才回家,而且,这也是她享受星期天的方式。要是早上十点前就醒了,那就醒得太早了。

不过现在她已经醒了,外面的天还是黑的,仅有一些微弱的光线,让人能够辨认出轮廓和阴影,却看不真切颜色。所以现在不只是早,而是相当早。

她先是想到了弘司,如果他躺在身边就好了,那样她就可以依偎着他,跟他说说话,在星期天早上温暖又放松地缠绵,然后再打个盹,睡饱了之后一起起床吃早餐。这是她能想象到最美好的度过周末的方式。

门铃响了。多萝茜反应过来门铃之前就响过,就是第一次的门铃声把她吵醒的。声音很大,尤其是在这样寂静的清晨,何况学生宿舍的墙很薄。她赶紧跳下床,匆忙跑到门口的对讲机面前。

是弘司。"我有非常重要的事情告诉你。"他说,声音在听筒里有些不真切,噼啪作响。

"星期天一大早?"她惊讶地问,转头看了一眼床头柜收音机上的电子表,"五点十二?"

她没想到自己会这么说。他像变魔术一样地出现了,仿佛听见了她的心声,她应该高兴才对啊?但她并没有,因为显然事情不太对劲。

"是急事。"弘司坚持道。一旦他坚持什么事,就没人能够阻止。

"好吧。"多萝茜按了大门的开关让他进来。外面很冷,她环顾四周,犹豫着是不是该穿件衣服,比如浴袍,如果来得及找的话。但她又觉得自己穿着单薄睡衣的样子十分撩人。谁知道呢,说不定这就是她想象中的那个美好星期日?

房门外的楼梯间已经能听到弘司的脚步声,多萝茜脑中突然响起他刚才说的话:我有非常重要的事情告诉你……

会是什么事情呢?说不定是她期待已久的那三个字?她几乎不敢想了。

接着,弘司站在了门口。衣服有些凌乱,浑身散发着烟味和酒气,眼睛发红,好像熬了一整晚没有睡。

多萝茜关上了他身后的房门,"嗯……你去参加荣誉协会的派对了?"

"是的。"弘司声音嘶哑地说。

"没带我?"

这让她很受伤。怎么他突然就决定去参加派对了?她一直在努力说服弘司和她参加哪怕一场派对,但他都拒绝了,更别提其他社交活动了。

然而弘司甚至都没有向她解释,只是握着她的手,将她拉向了床边。

多萝茜迟疑了一下,和一个满身烟酒气的男人做爱可不是美好星期日的一部分。在他去洗澡之前,她甚至都不会让他吻她。

但弘司并没有试图亲吻她,只是坐了下来,"出了点事。"

多萝茜感觉后脑勺的头发都要竖起来了,听着他的语气,好像在说"我杀了个人"一样。

他开始讲些什么,但仿佛是在说某种外语,又或者是她耳朵出了毛病?总之她几乎听不懂,也不想听懂:他小时候认识了一个女孩,如今又再次见到了她;他讲他爬过的篱笆墙、修理过的洋娃娃;再后来又说到坐着飞机去看生病的阿姨……最后他说,他终于把事情想通了,想了好几遍。有重要的事情发生了,他觉得这就是命运,所以还是和她说清楚比较好。

最后他说出了那句像一根烧红的钉子般直插入她心里的话:"我意识到,我并不爱你。"

听到这句话,多萝茜感觉心仿佛被撕成了两半。

"我以为自己是爱你的。"弘司认真地看着她,黑色的眼睛反射着黎明的微光有些闪闪发亮,"但并非如此。我今晚才意识到,我爱的是夏洛特,不是你。"

"明白了。"多萝茜听见自己说。这一刻,仿佛她身体里的某些部分,某种类似自动驾驶一类的应激机制掌控着她,而其他部分已经在突如其来的痛苦中崩溃了。

这一刻,她多么希望一切都只是一场噩梦。但最糟糕的是,自从和弘司在一起,这是她第一次感觉到他对她完全坦诚、毫无保留——只不过是为了告诉她他不爱她,从来没有!

"所以,我觉得我们还是分手吧。"

"好。"

"我很抱歉。"

"我也是。"

"你值得一个更好的人,一个真正爱你的人。"

"嗯。"

他们之后是否还说了些什么,她已经记不清了。她只记得,她尽力把他送到了门口而没让自己摔倒,之后爬回床上,用被子盖住头,尖叫着,哭号着,直到力竭再次睡着。

"你说你干吗了?"罗德尼难以置信地盯着弘司,连拿着锅铲的手都静止在了半空。

弘司指着平底锅，"看着点！烧煳了！"罗德尼正在熬制他的独门醒酒汤：一种包含了所有墨西哥菜辛辣食材的混合物。整个走廊都弥漫着番茄、大蒜、辣椒和可可的味道，"没你想象的那么糟，她出奇的镇定。"

"镇定？"罗德尼重复着他的话，锅里的洋葱已经烧焦变黑了。"你不会真的这么想吧？如果我是你的话，我更会担心她会不会做什么傻事。"

他望着罗德尼，感觉很不舒服，眼睛火辣辣的。虽然补了几个小时的觉，但他睡得并不踏实，所以依旧还是有些迷迷糊糊的。"别瞎想了。"他有些心虚地低声说道。

罗德尼把锅从灶台上拿开，然后跑出厨房，很快又拿着自己的手机回来了："她电话号码多少？"

弘司拿过手机，按下了多萝茜的号码，接着罗德尼便拿着手机走去了走廊。

"嗨，多萝茜，我是罗德尼。"弘司听到罗德尼立马打了过去，"我那个脑子有问题的室友跟我说了你们俩的事，我就想看看你还好吗……是……是，明白……"

接着是很长时间的停顿。弘司叹了口气，现在，他心里的大石头落地了，似乎她状态还好。

"是的，没错。"罗德尼的声音再一次响起，"他就是个傻子。我也这么觉得。一个大傻子，绝对的，一个超级大傻子……"

他们用这种数落弘司的方式聊了好一会儿。等罗德尼终于讲完电话,回到厨房时,他脸上阴云密布,一言不发地走到炉子前,再次把平底锅放了回去,加上了香料和西红柿,开始发泄般地疯狂搅拌锅里的东西。

"好吧,"弘司坦白道,"她可能没有像我想象的那么镇定。我之所以会那么觉得,也许只是那时候时间还早,多萝茜没有早起的习惯,尤其是星期天。"

罗德尼继续翻拌着锅里的东西,显然相当生弘司的气。"你真是疯了,你知道吗?"他爆发出来了,"怎么能够因为喝多了的一时兴起就把多萝茜那样的女孩抛弃了?"

"我没有一时兴起,这是命中注定的。"

"扯淡!"

"我们俩的关系继续下去,对她来说才是更不公平的。就是这么简单,我也没有别的选择。"

"你现在说话就像个高深莫测的小日本。"

"那你就像一个热血冲昏了脑子的墨西哥人。"

罗德尼"砰"的一声盖上了锅盖,把火调小,摔摔打打地把冻硬的墨西哥玉米饼扔进烤箱。弘司一言不发,他负责煮浓咖啡,现在已经弄好了。

罗德尼前一天晚上和那个"拖布头"姑娘一起消失了。他声称有找过弘司,但最后没找到。奇怪的是,他和夏洛特哪儿都没去,一直坐在露台上聊天，一直到派对散场最后有人把他们赶出去为止。他们去夏洛特家接着聊天，之后弘司就打车离开了。罗德尼则搭了和他一起的姑娘的便车，这就意味着，他的车仍旧停在哈佛校园里。

罗德尼说，他和那个姑娘分别的时候接了吻，但是还需要再观察一下。罗德尼有一种令人羡慕的天赋，他知道怎样和姑娘们聊天来赢得芳心，但对待感情却非常谨慎，一旦姑娘表现出想立马和他上床，那在罗德尼这里就已经出局了。不过他和"拖布头"定好了下次的约会，这就说明她还有机会。

"多萝茜真的很爱你！"罗德尼嘟囔着，打破了沉默，"她愿意为了你做任何事，任何事！兄弟！"

"我知道。"弘司说道，"可是我并不爱她。也是直到今天，我才意识到这件事。"

"那你所谓的真命天女究竟是谁？"

弘司清了清嗓子："她叫夏洛特·玛尔露——"

"你说谁？"罗德尼吃惊地打断了他。

"夏洛特·玛尔露，"弘司又重复了一遍，"她是法国人，一个大使的女儿，并且——"

"告诉我这不是真的！"罗德尼一屁股坐在离他最近的餐椅上，目瞪口呆。即便这一早上已经听了这么多让他吃惊的事，他之前的表情也没有此时夸张。

"怎么了？"弘司疑惑地问，"你认识她吗？"

罗德尼眯起双眼,用力揉着自己的太阳穴,说道:"我的天!兄弟,你可真是比我想象的还要疯!"接着,他抬起了头,苦笑道,"其实我也不知道该怎么跟你说,不过从昨天晚上到今天早上接触下来,你觉得你成功的机会有多高?这可是夏洛特·玛尔露啊,哈佛大学近十年来公认的最受欢迎的姑娘。要是把女生从1到10打个分,那夏洛特·玛尔露得有12分!她甚至连妆都用不着化就可以去当杂志模特!你猜波士顿有多少男生惦记她?要我说的话,答案是所有人,这还是保守估计。"

弘司惊讶地眨了眨眼。他一点都没注意到这些。好吧,他承认她很漂亮,但也不至于那么夸张吧?

也有可能,因为晚上灯光太暗了没看得太清楚。

"另外,"罗德尼无情地继续说道,"除你之外所有人都知道,夏洛特·玛尔露在跟詹姆斯·迈克尔·贝内特三世谈恋爱。从名字你就能看出来,这人来自上流社会,波士顿历史最悠久的财阀家族。'贝内特工业'这个名字你总归听说过吧?没错,他就是继承人。除了有钱,他本人条件也不差,长得帅,还擅长六种不同的运动——他是哈佛橄榄球队的四分卫,多次赢得了哈佛高尔夫球赛的冠军,还是马球队的前锋。"罗德尼深深地叹了口气,"我很抱歉这么说,但是就我知道的这些条件,你没有竞争力。"

"我不这么觉得。"弘司说道。

"但女生们就是这么觉得的。"

"应该不是所有女生吧。"

"你可真是个梦想家!"罗德尼无奈地感叹道。

弘司点点头,"我的确是。所有伟大事业都始于一个看似不切实际的梦想,自古以来就是这样的。"

"伙计,这姑娘的男朋友可是未来的亿万富翁,还可能是未来的参议员、州长,甚至总统!你也不要指望那家伙的床技不如我们这帮凡夫俗子,据我所知,他可是个花丛老手。你觉得世界上真会有女人因为遇见青梅竹马就放弃这样的男人?"他摇了摇头,"不,说实话,你最后只会为自己抛弃了多萝茜而感到后悔。"

弘司越听越愤懑,童年时代的那种对世界不公的愤怒再次升起,就好像这愤怒他从未遗忘过。他大喊道:"从小人们就不停地告诉我,你应该这么这么做,不然你就会后悔,等着瞧吧。我跟你说,这种话我已经听腻了!"

罗德尼神情怪异地看着他。下一刻,烤箱的计时器响起,玉米饼烤好了。

"我们吃饭吧。"罗德尼尝试着转移话题,"你煮好的咖啡呢?"

醒来后,夏洛特在床上躺了好一会儿,凝视着天花板,直到她确定自己已经清醒了,能够分得清梦境和现实。

与弘司的再次相逢并不是做梦。他们聊了一整晚,甚至说着她已经很久没有讲过的日语,这些都不是在做梦。她用手指梳理着头发，却发现发丝已经缠作一团。她今天凌晨睡下之前洗了个澡，但因为筋疲力尽，没有彻底吹干头发就躺下了。

她想到詹姆斯，不知道他去了哪里，接着她想起来，他说过今天要去探望父母。他不想参加昨天的派对，理由是"我们俩之中肯定会有人吃醋"。他自己另有安排，于是她和几个女同学约好去了，不过她整晚都没找到她们几个。

神奇的是，如果其中任何一个环节被改变，她和弘司就不会重逢了。

奇怪的是，他们在波士顿住了这么多年，却从来没有遇见过。而且最神奇的是，虽然在东京那会儿他们还是孩子，但时隔这么多年，他们依然一眼就认出了彼此。

夏洛特在床上翻了个身，看着床头柜上放着的三个娃娃。当她告诉弘司，自己还留着他当年从垃圾桶里拣出来修好的娃娃时，弘司很感动。不过那个叫瓦莱丽的娃娃如今并不在美国，而是留在巴黎她父母的住处，其实他们几乎并没有在那里住过。她父亲近来终于在莫斯科得到了他渴望已久的职位，开始努力学习俄语，这让周围的人既惊讶又惭愧。现在夏洛特身边的这三个娃娃是她从南波士顿的一个艺术市集上淘到的。

在他们突然搬去阿根廷后，夏洛特曾用英文给弘司写了一封长信，她花了很大的工夫写信，小心翼翼地让字迹清晰可辨。但母亲几年前才向她坦白，那封信其实没有寄出去，因为夏洛特应该忘记

"那个男孩"。她当年还因为没有收到回信沮丧难过了很久。

母亲跟她说了实情之后，夏洛特又尝试了寄信过去。但是那个时候弘司的母亲已经辞掉了大使馆的工作，找不到她新的地址。再之后，她就真的忘记了弘司。

起码她以为自己忘掉了。

没想到原来他们之间还有那么多话聊。事实上，她发现这就是这次邂逅的奇怪之处。

胡思乱想了一阵之后，她掀开被子跳下床，脱下睡衣，冲了个热水澡。洗完澡后，她裹上浴袍，再一次回到床上，打电话给她最好的朋友布兰达。夏洛特什么事都跟她讲。

听完来龙去脉，布兰达在电话另一端笑着说："这么看来，你在哈佛仿佛就是为了把以前认识过的人一个一个找回来一样。"

"没错，"夏洛特赞同道，"我也觉得是这样。"当年她和布兰达·吉拉姆在德里成了朋友，后来失去了联系。等夏洛特来哈佛大学念书，布兰达的父亲碰巧正在哈佛的医学院任教，她们俩就重逢了。

但或许生活中其实并没有想象中那么多的巧合。

夏洛特目光落在书架上一张裱在相框里的照片上，那是她和詹姆斯在一个花园晚宴上的合照。她第一次对自己产生了质疑，为什么会把这张照片摆出来。"所以现在的问题就是，我该拿他怎么办。"

"没什么好纠结的。"布兰达不假思索地说，"从哪里断开的，就从哪里继续好了，就好像当时我们重逢一样。"

"万一行不通呢?"

"那你也就知道,是时候真正结束了。"布兰达在这类问题上总是能提出相当靠谱的建议,甚至可以出一本指南了,"要是实在不知道怎么办,下周六就把他一起带过来,反正搬家也需要强壮的劳动力。"

夏洛特突然发现,自己正紧紧地抓着听筒。她放开手掌,深深地吸了一口气。每当聊到布兰达马上搬家的话题,夏洛特总有种焦虑感挥之不去,仿佛是她自己要搬家了一样。

进入哈佛大学的第一学年必须入住老校区的学生宿舍,这对夏洛特来说就是一场噩梦。她知道如此安排是为了让学生们共同生活,由此建立团队精神,对学习交流、结交朋友都有帮助。但她仍然觉得和人分享一个房间太难了。双人宿舍几乎没有独处时间,这让她感到紧张、无助、脆弱,更不用提在这种情况下结交什么新朋友了。哪怕有前副总统阿尔·戈尔和演员汤米·李·琼斯在哈佛就是室友这样的先例,她也觉得自己做不到。

于是,第二年她在城里租了一间单人公寓,从此一直住在距哈佛约两英里的萨默维尔。尽管多付了很多租金,但能够随意放置个人物品的宽敞空间以及后来添置的一些家具让她如释重负。在这里过日子比在霍尔沃斯礼堂学生宿舍安逸多了。至于交朋友——除了布兰达,也许弘司也算得上一个。或许和其他人相比,她不过是结交朋友的方式有些不同罢了。

"嗯,老实说,弘司其实属于很瘦的类型。"夏洛特说。

"那也把他带过来吧。"

"到时候看吧。"

她试着想象詹姆斯和弘司见了面,两人的反应。詹姆斯对布兰达有点屈尊降贵的意思,他老是喊她胖丫头,这话分明夸张了。他答应了会过来帮忙,不过他说话不一定算数。在他那里,夏洛特永远都得不到百分之百肯定的答案,他总是喜欢突发奇想地临时做些决定。

也许让他们俩见个面也不坏。"他要是再打电话给我,我会问他的。"夏洛特说道。

"好吧,他肯定会再打给你的是不是?"布兰达问。

"等他打来电话再说。"

他当然会再联系她。那晚过后,夏洛特对自己说,她要尽一切努力防止弘司爱上她。

醒来的瞬间詹姆斯·贝内特感觉既疲惫又难受,他有些发蒙,不知道自己身在何处,过了好久才意识到他正躺在自己的床上,终于放下心来。

但他也喜欢在一张陌生的床上、一位不知姓名的姑娘身侧醒来,因为这样的冒险很刺激。不过,今天不适合这么做。

之所以这么难受,肯定和前一天晚上有关。他渐渐回忆起了大部分事情：他在天空泛白的凌晨回家，城市的轮廓从墨蓝色中逐渐显露。他很不舒服，感觉糟糕透了，这个状态下开车简直是在找死。都怪伊普西隆-欧米伽酒吧里那些该死的饮料，天知道他们在里面加了什么。回到家，他在大厅里碰见了管家乔治。管家陪他上了楼，给他拿了一些药片和一杯温水。詹姆斯不记得他是否吃了药，即便是吃了，显然也没起什么作用。

他终于从床上起身，摇摇晃晃地进了浴室。洗过澡后，他清醒了一些，起码开始考虑是否要先吃早餐，或者现在应该叫作午餐？到底几点了？好吧，下午一点半。或许可以先去游泳池游几圈，或者去公园慢跑？

算了，还是先吃早餐吧。他扔下毛巾，浑身赤裸着回到此时阳光普照的宽大卧室。乔治已经按照他喜好的那样把干净的衣服和一封星期六寄来的邮件放在一个银色托盘上。厚厚的信封看着像是从英国寄过来的。他立马拿起信封，看了一眼发件人地址，确认它来自伦敦的系谱和纹章学家，他前阵子雇了这位专家来研究贝内特家族的起源。他立刻期待地撕开了信封。

他先是浏览了一遍随研究报告寄来的信。沉重的信纸开端是一个庄严的徽章，上面是金色的浮雕字母，但下面的文字却是"深表遗憾"，以及"找不到与英国贵族有联系的痕迹"。接下来信中还写道，"尽管付出了极大的努力去调查，但还是有些分支的记录由于种种原因不能完全查清。但根据我的专业经验，这些分支多半与贵族的关系也不大。"信上的最后一句话是:"请注意所附的费用说明。"

　　詹姆斯粗略地翻了一下研究报告:血统、家谱、旁系分支的姓名列表,基本上和其他专家的报告没什么区别。家族的先人们被证明是箍桶匠、掘墓人、水手或者制鞋商,仅此而已。没有公爵,没有伯爵,也没有子爵,甚至连寒酸的男爵也没有一个!

　　他猛地拉开抽屉,把报告塞了进去。有人给他推荐了这位伦敦的专家,说他是这个专业领域的佼佼者。但目前为止,他的工作显然并没有比其他人出色。

　　他穿好衣服,走下楼去了厨房。玛德琳守在那里,看上去似乎一直在等他。她问他早餐想吃什么。

　　"给我做一份火腿配炒蛋,还有芝士三明治。"詹姆斯从架子上拿起星期六的报纸,他昨天没时间看体育报道,"咖啡尽可能浓一些。还要橙汁,最好来上一整壶。"

　　"好的,贝内特少爷。"玛德琳应声道,"马上就好。"玛德琳来自路易斯安那,最大的优点就是她时刻记着佣人的本分。不过糟糕的是,她就快退休了,找到合适的人接班不太容易。

　　她立即拿过来一大玻璃壶新鲜橙汁。詹姆斯扫着报纸上的棒球版,倒了一杯出来。他的头依然很痛。

　　等到咖啡端上来时,他终于留意到了屋子里的拥挤和喧嚣。

　　"今天有什么事吗?"当玛德琳把盛着炒鸡蛋和火腿的盘子放在他面前时,他问道。

她的头歪向一侧回答道："近日点会议。水星会在下星期一到达近日点。"

"原来如此。"詹姆斯揉着自己的太阳穴。

"近日点"是他父亲和一群爱好天文学的朋友不知什么时候想出的荒谬主意：在最接近几大行星（地球除外）近日点的星期日碰头开会。近日点又是什么呢？要是他没记错的话，是行星运行到最接近太阳的点，他不能完全确定，但无所谓。会议的规则是，每个人都必须独立算出近日点的日子然后自行前来，没有任何邀请或通知，算错的人则必须向所谓的"迷失太空盒"缴纳一定数额的罚款，或者在所有成员面前演唱大卫·鲍伊的歌曲《太空怪谈》。

詹姆斯对这事没什么好感。首先，这种碰面规则本身就很蠢——有时这些人很久都不会见面，有时又一连几个周末都聚在一起。据詹姆斯了解，水星的近日点是最频繁的，每87天就有一次。而有些行星的近日点却要相隔多年，比如天王星的下一个近日点在2050年的3月。

其次，他父亲挑选朋友非常没有原则。对詹姆斯·迈克尔·贝内特二世来说，无论是当年的哈佛室友，还是一起打过比赛的人，都会被他视为终生朋友，无论这个人的成就如何。于是，腰缠万贯的律师会坐在长发图书馆员旁边，成功的企业家坐在蓝领工人旁边，著名的作家坐在疯狂的嬉皮士旁边。这还不算完，他在俱乐部里总是对冠军和傻瓜一视同仁，仿佛这样就能表现出他推崇的理念一样。

他甚至还在自己的办公室里挂了昂贵的《独立宣言》拓本，上面写着"人人生而平等"之类的。他结交各种肤色的人。白种人、黑种人、黄种人对他来说都一样；墨西哥人、俄罗斯人、犹太人都是他的朋友。如果詹姆斯表现出任何反对，父亲就会给这位长子上一堂关于世界主义、全球思维和启蒙运动的课。

"我们得谈谈。"母亲的声音打断了他的思绪，他坐直身子。听她的语气，仿佛接下来要说的是"有个怀孕的女孩子声称孩子是你的"。

"早上好。"他故作镇定地说道，然后等待着。

"我不管你几点钟起床，"母亲坐到了他对面，"但拜托你不要在下午两点钟跟我说'早上好'。"

她的皮肤晒成了很深的小麦色，让她天生的金发看上去像染的一样。而事实上，她几乎连口红都不涂。

"我尽量。"詹姆斯应道。或许她要谈别的什么事吧，毕竟到目前为止他运气一直很好，或者说，避孕套的质量一直很好。

"你的订婚仪式。"母亲终于说到了重点，"得着手安排了，你不能一直拖着。定日子，发邀请函，这一切都需要安排，需要时间。宴会厅足够大的好餐馆通常提前几个月就会被预订一空。"说着，她打开了手边的文件夹。

"我知道了。"詹姆斯说道，努力克制着翻白眼的冲动。非要今天吗？尤其是在他状态这么不好的时候。

但他了解母亲，既然她开口了，那这事就必须提上日程。

弘司一整天都陷在一种奇怪的安静中。它并非来自外界，而是感觉就像是他的耳道被堵住了，或者有人用几米厚的棉布包裹了他一样。他很疲惫，喉咙发痒，似乎是要感冒，过量酒精和劣质食物让他腹部绞痛。即便如此，他内心仍充斥着一种温暖和舒适的感觉。

是的，"充斥"是唯一能够粗略描述他内心感觉的词。他惊讶于发生在自己身上的事，仿佛看到自己的一生展开在眼前，看到自己走过的路，以及它们如何指引他走到了如今。突然，一切都变得有意义了。能够如此意外地以一种近乎不可能的方式与夏洛特重逢，似乎也证实了命运掌控着一切。有些东西是注定的。

他们花了一整夜讲述各自在分别之后的生活。夏洛特和父母一起去了阿根廷的布宜诺斯艾利斯。后来她父亲又被派到了非洲，塞内加尔的达喀尔，夏洛特在那里学会了沃洛夫语、朱拉语和富拉语之类的语言。尽管胃肠道疾病一直无法痊愈，也不太能耐受预防疟疾的药物，但总体上，她还是非常喜欢那里。

她聊到了一个叫格雷岛奴隶城堡的地方，那是塞内加尔沿海一个叫格雷的小岛上的博物馆。据说，格雷岛曾经是非洲和美国之间奴隶贸易的主要枢纽。但其实根本感觉不出来，夏洛特说，那里只是一个用来买卖黄金和象牙的交易场所，建于很多年之后，也从来没有囚犯被关在地下室里所谓的地牢中。整个博物馆只是复制了其他地方奴隶买卖的场景,然后借着这个名头来吸引参观者。

因此弘司想知道,她如今是否还是有感知事物过去的能力。她点点头,但又说她的能力正在变弱。除了因喜欢、愤怒或兴奋而受到刺激,她几乎感应不到了,或者至少无法理解她所感应到的东西。不过她仍然不太喜欢去图书馆,那些经手了几百次的旧书让她难以忍受,连靠近它们都困难。

"那你不用去图书馆找文献、写论文什么的吗?"弘司问道,"我还以为学人类学就应该天天泡在图书馆呢。"

她回答说:"我主要是想以后去挖掘文物。"

"你选择这个专业,就是为了把你的能力用起来?"

她给了他一个神秘的眼神,说那不是主要原因,但是现在没法跟他解释,总有一天他会懂的。

弘司甩了甩头,中断了思绪。第一次见她时,她穿着白色的睡衣站在深夜的雨中,那是很久以前的事了。有时候他会恍惚,仿佛是自己做了一场梦,但它却又真实发生过,难以置信。

想到这里,他突然跳下床,从床底下翻出一个盒子,拿起来吹走盖子上的灰尘,然后打开。盒子里是那个《宇宙的巨人》的笔记本,上面写着他十几岁时那个伟大计划的所有细节。

笔记本几乎每一页都写满了,只有最后三页还空着。弘司翻看着,每一页的边缘都画满了示意图。他重新读了一遍自己写下的那些了不起的想法,以及对想法的二次修订和注释……许多地方惹得他不禁发笑，尤其是第一页上那个最初的天真的想法。那时候，他所认识的世界远比现在简单。

不过，即便是现在看来，笔记本上的很多内容也非常聪明、深刻，他在十三四岁的年纪到底是怎么想出来的？

弘司抬起头望向窗外，凝视着格外湛蓝的天空，回想起那时的生活，回想起他泡在书本中度过的学生时代，以及自己多年来所从事的科学研习……他意识到小时候第一次想出那个计划时，曾表现出现在的他难以企及的自信。而如今他又在干吗呢？做一些微不足道的试验，提出一些模棱两可的理论，研究那些实际上一无所知的人所写的论文，并小心做到事事严谨，以免别人找到可以攻击他的角度。

他继续翻着那些色彩鲜艳、沙沙作响的书页。手里握着的是一个完整细致、将彻底改变整个世界的计划，却被塞进抽屉里放了好多年。而在此期间他做了些什么？发明了一个小装置，帮工匠们省去了测量房间尺寸的麻烦，为一堂与成绩无关的讨论课写了篇大胆挑衅教授权威的文章……

他低估了自己的能耐。

他重新合上了盒子，将它推回原位，然后拿着旧笔记本坐到写字台前，再次从头到尾仔细读了一遍，边读边努力回忆自己关于这个伟大计划的所有构想，把它们重新牢牢刻在脑子里。

阅读笔记的过程仿佛一场回到过去的旅程，几乎比与夏洛特的团聚更有意义。几个小时过去了,他时而放声大笑,时而嘴角微扬,时而惊讶地扬起眉毛:这上面的很多东西真的可行!虽然和十四岁的他的设想不完全一样,但理论上能行。他意识到自己手中还握了一支笔,开始兴奋地继续写起来。

他起初遗憾自己平白浪费了这么多年的宝贵时间,而这种感觉却在这一刻变成了庆幸,现在找到这个笔记本恰恰是最正确的时间。幸好它被丢在一旁这么久——因为有些东西需要时间才能成熟,最好是在一个被遗忘的角落;也因为,所有发生过的事,正在发生的事,以及即将发生的事,都是命运一早安排好了的。

弘司终于合上了已经显得有些破旧的本子,封面上的希曼和骷髅怪盯着他,让他有一种久违了的信心。他拿起手机,在电话簿里翻了一下,找到了夏洛特昨晚留给他的电话号码。

他必须再见她一面,这是合情合理的下一步。

詹姆斯终于在下午四点钟左右打来了电话,情绪十分高涨,"我们要出去一趟,你做好准备,我七点钟左右过去接你!"说完就挂断了电话,夏洛特甚至没有回绝的机会。不过这对她来说没什么大不了,她一边这么想着一边放下了电话。正好今天不用做饭了,不知道为什么,她今天一点做饭的兴致都没有。

詹姆斯来得不是太早就是太晚,反正从来不会准时,今天也一样,他六点半就到了。夏洛特看到他那辆捷豹呼啸着穿街而过停到车库门前时,她正梳着头发。她放下梳子,打开了门。詹姆斯三步并作两步上了楼,张开双臂搂住她,猛地吻了她,动作热烈,好像他们好几个星期没见面了一样。

"詹姆斯……"夏洛特喘着气说道,她开始担心起她的衣裳。

"我控制不住自己,"他喃喃地说着,鼻息喷在她的脖子上,"都怪你太迷人了。"

他的赞美并没有什么新意,但他说话的方式会让人感觉他说出来的每一个字都是真诚的,何况他长得那么帅,身材强壮,从里到外散发着雄性荷尔蒙。夏洛特闭上双眼,任由他亲吻,并感觉到了他的兴奋。夏洛特当然猜到了他们今天会上床,不过看起来他完全忘记了出去吃饭的事。算了,反正也不是第一次了。

而就在这一刻,他突然又松开了她,变魔术般不知从哪里拿出来一个透明的盒子,里面放着一枚精致的玉兰花胸针。"送给世界上最美丽的女士。"他把盒子递给了她。

虽然有点老土,不过夏洛特还是很吃这一套。她手指有些颤抖地把胸针别在衣服上,它散发出一种浓郁的、令人陶醉的香气。夏洛特的第一感觉是,自己变成了一只蚁后,正向外散发着费洛蒙吸引雄性,为的是在交配之后把它们吃掉。

"今天是什么特别日子吗?"她一般不会忘记纪念日和生日。

詹姆斯深情地注视着她,"和你在一起的每一天都是特别的。我们今晚要去'牵牛星'。"

夏洛特疑惑地眨了眨眼,这个名字有些熟悉,"'牵牛星'?"

"那家'发国'餐厅!"詹姆斯叫着说。

就像往常一样,当他刻意展示自己一团糟的法语时,夏洛特打了个寒战,"怎么突然想到要去那里?"

"去试试菜。我妈妈觉得我们可以在那里办我们的订婚宴。"

"啊。"她再次觉得,自己好像落下了一些重要的事情。他母亲觉得?这是什么意思?听起来好像他们已经开始准备订婚宴了,而作为当事人的她却刚刚得知——他们俩从来没聊过这件事。他只是问了一句"你愿意吗?",她应了,他就把一枚戒指套在了她手上。戒指上镶嵌了一颗钻石,是南非的一位工人发现的,他的女儿生病了,他却请不起医生。她之后从来没有戴过这枚戒指,令詹姆斯很失望。不知道为什么,夏洛特只是觉得现在还没到坦白自己惊人天赋的时候。

之后他们出了门。夏洛特坐到副驾驶柔软温暖的皮革座椅上,詹姆斯说了几句无关痛痒的话,却被关车门的声音掩盖了,好像在说他喜欢皮革内饰?对此夏洛特只能尴尬地微笑。想到今晚要和詹姆斯上床,她反常地没有感到兴奋,宁愿吃完饭后立马回家睡觉。她甚至觉得,只要自己闭上眼睛超过十秒,就能够当场睡着。

昨晚的时间似乎太短暂了。

詹姆斯开车的风格和他在床上的表现如出一辙,目的明确、迅猛有力,再加上车子坚固的结构,让夏洛特坐在副驾驶上十分有安全感。对于这辆捷豹，唯一让她有些不满的，是尽管她能透过车窗看到外面，但车里噪声太大，除了马达的轰鸣和自己的呼吸声以外什么都听不见，哪怕是在拥挤的车流当中。每次向外看时，她都感觉自己像是与整个世界隔绝开了，仿佛窗外的建筑、汽车和行人都只是一部无声电影。

"顺便说一下，我妈妈已经约好了杰弗里斯小姐。"詹姆斯说，"她负责'牵牛星'承办所有的活动。我们得去和她谈谈，看看她有什么想法和建议，敲定订婚宴的流程之类的。时间是下周四早上九点半。我跟他们说了你星期四上午有空。你确实有空的吧？"

"我约好了去剪头发。"

詹姆斯没说话。

"没关系，"她叹了口气，继续说道，"我去取消预约。"

他看向她，"老实说，我不理解你怎么能舍得剪掉你的头发，我喜欢它现在的样子。"

"要保持这种长度，就必须定期修剪。要是没有理发师，我就会变成脑袋上顶了个拖把，相信你肯定不会喜欢那样的发型。"

他愉快地笑了，"你说得对。"

夏洛特摆弄着胸前的玉兰花，叹了口气。她这是怎么了？跟突然冒出来的订婚宴有关吗？不知为何，她觉得有些心悸。难道是自己还没做好走向下一步的准备？前几天她和母亲打电话聊到了这些事，母亲提醒夏洛特，自己像她这么大的时候，不仅结婚了，甚至都已经马上要生她了。

此时夏洛特的脑海里又跳出了布兰达常说的那句话:你必须要百分之百地确定。你要假设,自己已经老得走不动了,躺在临终的床上回首一辈子。你能不能肯定地说,没错,我选择了对的人过完了这一生?

夏洛特真的无法想象自己会有一天老得走不动,想到那个画面,她只是笑了笑。不过她还是觉得自己相当确定。在现在的情况下,进入人生的下一个阶段让人害怕也很正常,不是吗?

好像他能感应到她的想法似的,詹姆斯在这一刻打断了她的思绪,"哦,顺便说一下,星期六帮你朋友布兰达搬家……"

"怎么了?"

他叹了口气,"我去不了了,要去打网球。我父亲让我陪他跟两个生意伙伴双打……这对公司来说很重要,集团战略上的,我没办法拒绝。"

夏洛特看着他,有些怀疑他是不是在说谎。这绝对是他一早就想好了的借口,很明显詹姆斯并不怎么喜欢布兰达。实际上,他对她所有的朋友和熟人都颇有微词。他曾经说过,他希望夏洛特只属于他一个人。

"那太遗憾了。"她说。

"牵牛星"有代客泊车服务,他们只需要下车,把车钥匙交给穿着灰蓝色制服门童便可以了。"这个头开得不错。"詹姆斯满意地说,沿着餐厅门前厚实的灰蓝色地毯走向大门。

在他们身后,夕阳还悬挂在地平线上方,夕阳照射在餐厅的窗户上,宛若一个发光的火球,把室内都点燃了一般。不知为何,夏洛特在这一刻却想起了弘司,她坚信他一定会再打电话过来,不过最好不是今晚。想到这里,她从包里拿出手机关掉了。

刚刚落山的太阳把天空染成了镶着金边的血红色,对面公寓的窗户反射过来的光芒刺得弘司几乎睁不开眼。

他却并不在意窗外的景象,而是坐在那里,手里握着电话,半闭着眼睛,沉浸在自己的世界里。手机屏幕停留在夏洛特电话号码的页面上,他的食指正徘徊在拨号键的上方。只需要按下按键就行了,可为什么他在犹豫?害羞?害怕被拒绝?还是因为自己太过平庸而不自信?

或许这些都不是,只是没到对的时机而已。他想着,把手机关掉丢在了一边。

3

有传言说,谢尔顿·鲍尔斯教授之所以把他的办公时间定在星期一的一大早,是因为他希望来找他的学生越少越好,只有极其自律或者迫切需要他帮助的学生才能成功见到他,为此他们必须在周末放弃喝酒、早早上床睡觉。

弘司恰恰就是这样一个自律的人。这天早上,教授来上班的时候,弘司已经等在了办公室门口。

鲍尔斯身材结实,光秃秃的脑袋泛着亮光,沉重的黑框眼镜架在一个引人注意的鹰钩鼻上。据说他只穿有机棉的衣服,是个素食主义者,还喜欢对美国各州劣质的自来水滔滔不绝。他的研究领域是复杂技术的工程系统。

"好吧,好吧。"他一瞧见弘司就嘟囔道,"什么事火急火燎的?"

"和我的学期论文有关。"弘司说道。

"我猜也是。"鲍尔斯从夹克外套口袋里掏出钥匙串,"让我猜猜，你快写不完了，所以想缩减内容，是不是？"

"恰恰相反，"弘司说道，"我想扩展它。"

鲍尔斯停下了动作，浅灰色的眼睛饶有兴趣地看着弘司，"这我倒是没想到，看来这一周会很有意思啊。"说着他转动钥匙，打开办公室的门，"进来吧。"

这间办公室里放着一些风格不搭的家具，书架在书籍、文件夹和设备的重压之下似乎随时都会坍塌，一旁的植物由于长期缺水而格外干枯。这是一间典型的MIT[①]教授办公室。鲍尔斯朝着弘司指了指椅子，把他的公文包扔在桌子旁边的一堆文件上，然后在另外一张扶手椅上坐了下来。弘司把修改过的项目描述递给鲍尔斯，他从昨晚一直写到了今天凌晨三点半。彻夜未睡的疲惫让他感觉自己随时会从椅子上栽倒，但他必须这么做，没有多余的时间可以浪费了。

鲍尔斯教授一言不发地接过文件夹，飞快地扫了一眼，然后"嗯"了一声。接着又翻到开头，仔细从头读起。

弘司在一旁耐心地等待着。

"所以你不想用计算机模拟你的构想，而是直接制造出来，我理解得对吗？"

"没错，"弘司说，"这是关键。"

"为什么？你对计算机失去信任了？"

---

①MIT（Massachusetts Institute of Technology）麻省理工学院。

"并没有。只不过反正下一步也要实际制造这种装置。"

"你是想一次性进行两个步骤？"

"我希望能一蹴而就，不想慢慢来。"

项目的内容是一种新型的机器人定位系统，能够让机器人像蜂群一样相互协同工作——昨天读旧笔记时他惊讶地发现，自己十三岁就已经有了这样的想法，只不过他不记得了。

基本理念并非构建一个复杂的单一机器人，并使用某种信号系统进行空间定位，而是建造一组通过相互参照而达到协同工作的简单的机器人。小组里的一些机器人会先移动到预定义的位置，以便周围其他的机器人能够以其为原点进行定位，攀缘连接成脚手架来完成工作。工作完成后，机器人们会有条不紊地彼此分离，整个蜂群再统一移动到下一个预设的任务点。

目前还不知道这项技术能够有什么实际应用，但这并不重要。一个科研项目能否得到MIT的支持和资助，关键在于通过它能否提供新的研究方向和思路。

"计算机宏的模拟，"尽管论文里已经写得很明确了，弘司还是向教授解释道，"可以用来演示这种蜂群的基本工作原理，比如支架和机械手是如何协同工作的。但有一点，就是不能演示出重力、曲度和扭力等因素对测量误差的影响，这些变量并不会通过一个简单的计算机模拟展示出来。如果要元素X去占据Y的位置，模拟中几行代码就能完成。但是在现实中，手臂伸出去抓取物体的过程可能会弯曲,而这类微小的测量误差会随着距离的增大而增加,以至齿轮啮合不精准等。一个基本模型并不能模拟出这些不可控因素。在我最初的构想里,为了模拟出这些变量,必须构建更为精细的网格化仿真建模,将所有单个机器人都作为有限元模型。而我预估出了这么做的花费——您可以在附录B中看到——将大大超过实际制造设备所需的实验室成本。"

"明白了,明白了。"鲍尔斯教授摘下眼睛,研究着一页公式,"是的,你应该是对的。但问题是试验的成本依旧很高。我不能就这么批准,何况你的原始项目还没有通过审批呢。"

弘司依然坐着一动不动,"您上次说过,那就是走个形式而已。"

"是的。但一旦将预算增加十倍,那就不光是走个形式了。"鲍尔斯教授重新戴上眼镜,把弘司的项目描述放在桌上,双手叠在文件夹上,"我会把这个转交上去的,你等消息吧。"

"玛尔露小姐?"托马斯·威克沙姆博士在星期二研讨课下课叫住了夏洛特,"我能和你谈谈吗?"

夏洛特停了下来,忍住没有叹气。事情果然就像她担心的那样发生了。她候在一旁,等着所有人走出教室。有些人向她投来意味深长的目光,也有些人因为她现在的尴尬境地而幸灾乐祸。

威克沙姆博士的双眼清明、充满善意,留着尖尖的胡须,尽管他还年轻,发际线却已经退到了头顶,但却似乎并不为此烦恼。他作为古人类学家享有盛誉,在近东地区做过大量的考察研究,掌握了数量惊人的当地语言,还在最负盛名的杂志上发表文章。他的研讨课总是很吸引人,这要归功于他有把课讲得生动有趣又极为清晰的能力。

不过最近几乎所有学生都留意到了,威克沙姆博士似乎对夏洛特有意思。

"我想问你件事。"教室的门仍然开着,等所有人都走光了,他开口说道,"我要是不跟你说的话,我可能永远都不会原谅我自己。所以我跟自己说,好吧,只要一有机会,我就会跟你说的。当然,无论你的回答如何,对你的成绩或任何与这门课相关的事情,乃至你在哈佛的学业都不会有任何影响。"

夏洛特有些不悦地看着他,"什么事?"

"你要是乐意的话,能和我约会吗?"他仿佛突然意识到自己的行为多么唐突,急忙又补充道,"我对你了解得很少,玛尔露小姐。我只知道你父亲是一名法国外交官,你从小就周游了世界……我觉得你的生活一定十分特别,我想了解得更多一点,所以想约你一起出去吃个饭。"

他站在讲桌的另一侧,离她至少四米远。即便如此,他还是冒着相当大的风险。在哈佛,教职员工和学生之间的任何越界关系都是被禁止的,特别是针对性骚扰的处罚十分严重,在夏洛特看来简直有些偏执。因此,男教授们总是小心翼翼,从不和女学生单独相处。要是夏洛特在走廊里尖叫,声称威克沙姆博士骚扰了她或者碰了她,他的职业生涯直接就完了。

"威克沙姆博士,"夏洛特小心地说道,"很感谢您的邀约,不过我马上就要订婚了,所以我不知道——"

他咽了口唾沫,急忙摇了摇头,"啊,那就更要抓紧时间了!请相信我,这真的只是一次……一次谈话,作为朋友之间随意聊聊天……"他深吸了一口气,"我可以预订星期六晚上'八号云'的位子,可能不如你在法国吃惯了的那些高级料理,不过也算得上是波士顿最好吃的菜了,你觉得呢?"

夏洛特知道那家餐厅,她和詹姆斯去过几次,菜单上没有低于二十美元的开胃菜,酒单贵得离谱,哪怕她父亲本人来了都要瞠目结舌。

现在她不得不叹息了,"星期六我得帮一个朋友搬家,恐怕到了晚上就没力气再聊天了,所以我不知道……真的,我很感激您的邀请,只是……"

"要是我不请自来的话,是不是太厚脸皮了?"他突然问。

"不请自来?去哪儿?"

"去帮你朋友搬家啊。照我的经验来看,搬家永远都不嫌多出一只手,嗯,或者说两只手。"

听完这话,夏洛特恍惚以为自己在做梦。"那当然太好了。"夏洛特回答道,"碰巧有人放了鸽子。"这是真的吗?她的古人类学教授主动提出帮她最好的朋友搬家?

"那就这么说定了。"威克沙姆博士高兴地说,然后拿出他的记事簿,"告诉我时间和地点,我到时候过去。"说完,他似乎是发现了夏洛特的惊讶,又笑着解释道,"我上学的时候搬过十九次家,那时候很多人帮过我的忙,所以如今我也应该把这个传统传递下去。人们常说投桃报李,别人帮了我,我就该去帮更多人。除此之外,活动活动筋骨也不是什么坏事,何况还能认识些有趣的人。"他挑了挑眉毛,"不过搬完家之后要是不坐下来吃点比萨之类的,我可不答应。"

夏洛特忍不住笑,无奈地说道:"好吧,尽管感觉有点怪,不过……当然可以。很高兴您愿意来帮忙。"她告诉了他布兰达的地址,看着他写在记事簿上。望着他纤细修长的手指,夏洛特脑子里却冒出了个念头:不知道被这样的手紧紧抱住、充满欲望地爱抚会是什么样的感觉?

她感到自己脸红了。她这到底是怎么了?

星期三一早詹姆斯的手就被车门夹了,不是很严重,但还是不舒服;午餐时他又把番茄酱溅到了衬衫上;接着又在一节关于制陶历史的课上出尽了洋相:他忘记了应该在课前读一篇关于仰韶文化的文章,早在公元前八千年中国人就开始烧制陶器了,而当厄本博士向他们展示那些碎片的时候,他却说那是希腊人做的。不知为什么,詹姆斯这一天倒霉透顶。

在他下定决心要好好读书、前往图书馆的路上，情况似乎开始好转了。他的余光看到一个熟悉的身影正站在布告栏前，从上面抄写着什么东西，那是特里·米勒。到底是什么事吸引了马尾辫特里的注意力，让她如此专心致志？詹姆斯悄悄地走到她的身后，这是一张宣传海报，一个叫肯尼·希金斯的人为学生提供优惠价格的高尔夫入门课。

这回你可是主动撞到猫的陷阱里了，"小老鼠"。詹姆斯高兴地想着。

他走到她旁边，确保她看到了他，然后才说："嗨，特里。你好吗？"

"嗨，JB。"她应了一声，却没有停下抄写信息的手。

"你会打高尔夫球？看来我要担心我的冠军头衔不保了。"

她笑了，"起码在几个月之内你大可放心。"

他指了指宣传海报，"不过我希望你没打算把钱浪费在这个家伙身上。"

"那可能要让你失望了。"特里说着，啪的一声合上笔记本，套上松紧绳，塞回包里，今天的包换成了一朵巨大的向日葵，"他也是为了谋生而已。"

"当然，不过怎么都不该用这种劝退初学者的方式。"他双臂交叉在胸前，关切地看着她，"嗯，我不是针对肯尼，这家伙人挺好的，但如何打高尔夫球……他连该用哪支球杆都搞不清楚，真不知道怎么敢开班教课。更别提他的挥杆发球了……这么跟你说吧,他还有很大的进步空间。"

当然他纯属虚张声势,他甚至都不认识那个人。也正是这样他才敢胡说八道,因为大多数优秀高尔夫球手的名字他都熟悉。

不过显然他的话奏效了,扎着马尾辫的小老鼠特里皱起了她漂亮的眉头。

"你在开玩笑对吧?"她问道。

是时候收网了。他摊开双手,耸了耸肩,"我说的都是真的,我可不忍心看你一开始就被肯尼带歪了。看在我们是朋友的分上,我有个更好的提议,我们可以一起去高尔夫球场,我教给你一些基础知识。在那之后你可以接着考虑是不是要找肯尼,这样你也能有一个比较。"

她难以置信地睁大了眼睛,"你愿意这么做?"

"我必须这么做,"他无比认真地说,"高尔夫是一项伟大的运动,不能就这么让一些笨手笨脚的教练把你教坏了。"最重要的是这是个接近她的好机会。很快她就会知道,到底能有多近了。

"好啊,既然你这么说,那我也没理由拒绝。"她笑着说,全然不知自己已经上了詹姆斯的套。

"好的。那你什么时候有空?明天?"趁热打铁,他现在由衷地赞同这句话,毕竟机会只有一次。

"嗯,要是你也有时间的话。"

他给了她一个温柔的微笑，说道："看看我你就知道什么叫作'闲人'了，我的时间完全自己说了算。就这么决定吧，明天早上九点左右你去银道高尔夫球场，在接待处找查尔斯·豪瑟。这是我朋友，我会跟他说，让他给你准备所有需要的东西。之后我们就开始，看看能不能一杆进洞。"

"有什么服装要求吗?"

"小老鼠"，你当然是穿得越少越好。詹姆斯这么想着，嘴上却说道："没什么特别要求。短裙或者短裤，T恤和运动鞋。要是太阳太晒，可以再戴一顶遮阳帽。"

"好的。"她满脸笑容地说，"那我们明天九点见。"

"明天九点见。"

他目送着特里走远，看着她的马尾辫来回摆动的样子，怎么都看不够。他拿出手机打给查尔斯，让他帮忙安排这件事。

接着，他突然想到自己星期四早上已经有安排了:要去"牵牛星"研究订婚宴。见鬼了!

好吧，那他只能取消掉这个安排了，反正本来事情也没那么急，尽管他已经想象到母亲会怎么责骂他了。最好先给夏洛特打个电话，于是他一边摆弄着手机，一边思索一个说得通的借口。

反正不管怎样，今天是去不成图书馆了。

打通夏洛特的电话要比弘司想象中的难。

星期一早上和鲍尔斯谈完话后，他回家一头栽到床上，一直睡到了天黑。醒来之后他第一次试着打给夏洛特，却只听到自动语音对他说"您所拨打的用户暂时无法接听，请在提示音后留言。"他没有留言，之后又打了三次，但结果都一样。

星期二下午，他终于给她留了一条语音消息，也没什么特别的，只是说想再见她一面，让她听到消息后打给她。

到了星期三下午，最后一堂研讨课结束后，他的语音信箱终于有了一条未读信息。他满心期待地收听，却并不是夏洛特，而是一个声音非常低沉且平静的男人，他自称詹斯·拉斯穆森，是一个投资人，几天前买下了Sollo电子，而这家公司与加藤弘司有商业合作关系，因此他想和弘司见面谈一谈。

Sollo电子被收购了？这让弘司有些惊讶。不过转念一想，他本身对公司运作之类的也不怎么了解，所以这也就不足为奇了。

但这个詹斯·拉斯穆森是什么人？

一回到家，弘司就立马坐在电脑前搜索。在一个美国亿万富翁的榜单上，他的确看到一个叫作詹斯·拉斯穆森的人。他有林业和企业管理的双学位，给杂志写专栏，业余时间喜欢阅读历史书籍，还赞助了美国沿海的红杉树研究。他管理着一家投资基金公司，一家商业杂志的文章称，他出了名的喜欢参与收购公司的业务。

好吧，看来他应该给这个人回个电话。

一位听起来年纪挺大的秘书接了电话，立即帮他转接给了詹斯·拉斯穆森。

当然是关于他的发明。"你把它卖得太便宜了，"那人平静地向他解释道，"这可不行。既然我收购了这家公司，现在我想重新和你谈谈合作的事。"

弘司皱起了眉头说："我卖得便宜，您得到的好处才更多吧？还是我有什么地方理解错了？"

"通常来说是这样的，在商业上很常见，不过这样太短视了。我有不同的观点，就我过去三十年的成功经验来看，我的观点没错。商业的关键在于资源置换，不是吗？得到一些东西的同时也要给出一些东西，就像生物系统的循环一样。为了得到回报，你会付出。一味地付出尽管是无私的，却会耗尽自己的资源，到最后一无所有，再没有东西可以付出，对这个世界也就没有价值了。自我牺牲对所有人来说都是损失，起码现在的情况是这样。当然战争、自然灾害等另当别论。"

弘司清了清嗓子，想插进这个人的话真不容易。"嗯，我本来也是想用'魔法棒'来赚钱的，"他说道，"我从来没想过要自我牺牲。"

"这就对了。不过你没有关注到付出和回报之间应有的平衡。"

"我让MIT的知识产权部门帮我检查过合同……"

"合同没有问题。听着，加藤先生，我们开门见山吧。碰巧星期六我会在波士顿，要是你愿意的话，我们可以当面谈一谈这件事。"

弘司想了一下，星期六没什么要紧的事，并且这个人的话也值得一听。"星期六我有空，几点？约在哪里？"

"下午四点左右，"拉斯穆森立即说道，"我很乐意去你家。我不喜欢装腔作势的商务午餐，我想看看我的商业伙伴的生活环境。你住在麦格雷戈大厦对吧？"

"没错。"说话间弘司环视了一下自己的房间。老天，这回得大扫除了。

"好的，我知道那个地方。当然，之后我也会回请你来我家，到时候我们可以吃点东西喝点酒。你不需要提前做什么准备，尤其用不着额外打扫房间。我读书的时候也住在宿舍，我知道那些小房间是什么样。"电话那端传来了啪的一声，似乎是一本厚厚的皮制日程本被合上了，"那我们说好了，星期六下午四点见。"

"好的。"弘司说。可以确定的是，这个男人不会浪费一丁点儿自己的时间。

这次会面似乎是临时安排进日程表里的，弘司有点吃惊。但不知为何他对这个人还挺有好感的，他觉得自己需要这样不会浪费时间的人。

夏洛特的余光注意到有什么东西很晃眼。原来是对面的屋顶上，有什么金属制品正反射着阳光，她只好将窗帘拉过去一些。一只灰色的小狗沿着街道一路小跑，嗅了嗅树上其他狗留下的记号，然后不停地环顾四周,好像在等什么人或指令。

她盯着面前屏幕上闪烁的光标。她刚泡好一杯茶,坐下来打算写论文时,詹姆斯就打电话取消了明天早上的安排。原本她已经想到思路了,被他这么一打断现在全忘掉了。

她叹了口气,有时她很受不了詹姆斯的临时起意。就好比现在,他又"不得不"去参加一次特殊训练。他那语气,仿佛詹姆斯·迈克尔·贝内特三世做的所有事都身不由己一样,而凭借着自己的魅力,他总能轻易得到别人的谅解。按他自己的话说,得到原谅比得到许可容易得多,所以他从不提前征求意见,只做他想做的,等到你事后生气,他就睁大眼睛无辜地看着你,一直到你再也绷不住脸为止。

比如他擅自把东西搬进她的衣橱这件事。有一天,他突然带着一个包出现在她面前,解释说,鉴于对两个人关系的认真考虑,他觉得有必要把自己的一些行李放在她这儿。还说为了自己的名声,他绝对不允许自己有一半的时间都穿着前一天已经穿过的、皱巴巴的衬衫到处跑。最后,她当然在衣橱里腾出了空间,让自己的衣服挤在一起,有些还只能塞进箱子里或者丢掉。即便如此,她也没有抗议——恰恰相反,最近她洗衣服的时候会把他留下的衣物一起洗了,甚至还帮他熨衬衫。

现在他又要"特殊训练"了,也不知道训练的是什么,反正她不太想和餐厅的人碰面,对于订婚宴她兴趣寥寥。

只是……没错,詹姆斯总是给她的生活添乱。

她突然想起了弘司。他打过几次电话,最后在语音信箱里给她留了言,问是不是能和她再见一面。她想见他,却迟疑着没给他回电话。为什么不呢? 多亏了詹姆斯,她根本不知道未来几天或几周会有什么安排,更不敢和别人约定什么事。也许,是时候要学着对抗詹姆斯了。

她合上电脑,拿出一张波士顿及周边地区的地图,然后翻出针线盒,拿出一卷白线,穿到针上,开始摆弄起来。当她知道自己要干什么了之后,又给詹姆斯打了个电话,说:"你得帮我个忙。"

"什么忙?"他有些惊讶地问。

"你明天下午得过来接我,三点钟。"

嗯,这个要求好像有点太过了。"听着,我不知道训练要多久,到时候能不能结束……"

"你总会有办法的,"她打断了他,拿起了地图,"仔细听着,我告诉你到时候去哪里接我……"

当电话再次响起时,弘司以为还是拉斯穆森,可能有什么事他忘了说,然而打来的是夏洛特。

"哦。"他说。刹那间,他感觉心脏被一种莫名的恐惧攫住了,几乎让他窒息。这一刻,他似乎看见了一个深渊,感到了对失败无比的恐惧,恐惧自己不够优秀,无论怎么努力也没用。他稳住心神,等着恐惧消退,就像从来不曾存在过一样,深渊也随之闭合了。

"你好啊,夏洛特。我们可算是通上电话了。"

她没有接茬。她的语气听起来像是被什么东西惹恼了,正在极力分散注意力。

"你之前问我为什么学人类学。"她说

"是啊。"弘司回答道。

"我当时说,为了让你理解,我得展示给你看。"

"没错。"

"你明天有时间吗?"

当然没有。多年来,他每一天的行程都是提前安排好的。如果有事,就只能想办法挤出时间。

"当然有!"他说。他可以不参加明天的研讨会,让H-5的威尔·伯顿转告他会议内容就行了。原本,他打算在自己的项目获批后与组内技术人员开个会,不过可以推迟;明天需要交一篇关于计算机分布式系统架构的论文,但他可以今晚赶出来。

"你有背包吗?"夏洛特问道。

这是打算做什么?"有的。"

"徒步鞋呢?"

"我只有运动鞋,"弘司说,"不过很结实。"

她想了一下说:"好吧,应该也行。那么,我们明早六点在约翰·哈佛的雕像前见。"

4

清晨这个时间,哈佛大学里空无一人。尽管没什么必要,弘司
还是踮着脚尖,尽可能不发出声音,免得惊扰别人。

出于习惯,弘司到得比约定的时间早一些。他环顾了四周,冷
得有些发抖。在一扇白色窗框的窗子后面,他隐约看到了人影,但
也可能仅仅是一只鸟飞过去留下的倒影。据他所知,这些红砖建筑
都是新生的宿舍,这个时间他们肯定都还在睡觉。

一阵突如其来的响声吓了他一跳。一个穿着连体工装裤的男
人打开了一栋大楼底层的金属门,在一堆乱七八糟的园艺工具中翻
找着,全然不顾噪声。

约翰·哈佛的雕像矗立在大学礼堂前,这是一尊历史悠久、由白
色花岗岩建造的巨型雕塑,青铜底座上雕刻着一个悠闲靠坐在扶手
椅上的男人,右侧大腿上放着一本打开的书,他却并没有看书,而是
将目光投向面前的空地。作为一所大学的创办者,人们会期待一位

留着长长山羊胡的年迈学者,但他看起来非常年轻。弘司前一天晚上查了一下这位约翰·哈佛,发现他三十岁就去世了,就在刚刚移民美国几个月之后。

雕像左脚的鞋尖已经被磨得发亮,因为据说在考试前摸一下它就会有好运气。弘司向后退了一步,看着底座上的碑文,上面写着:"约翰·哈佛,建校于1638年。"

"组织参观校园的导游把它叫作'三谎雕像'。"夏洛特的声音从身后传了过来。

他迅速转过身,看到她穿着徒步旅行装备,背着一个背包,仿佛不知道从哪里突然冒出来的。或许是那个穿工装裤男人弄出来的声音掩盖住了她的脚步声。

"你好啊!"他说。

她苦笑了一下,眼神里似乎还遗留着昨天电话里的那种愤怒。"第一个谎言,"她没有回应他打的招呼,而是接着介绍起来,"约翰·哈佛并不是创始人,只是第一个捐赠者——他在遗嘱里把自己的三百二十卷藏书和一半的资产都留给了大学。这所学校其实是由一个叫纳撒尼尔·伊顿的人创立的,但并不是在1638年,而是1636年,这是第二个谎言。第三个谎言,约翰·哈佛并不是雕像上的样子,当时的雕塑家只是找了个学生当模特而已。"

弘司望着她,他承认,夏洛特的确非常美丽:乌黑的长发顺滑地披在肩上,皮肤洁白无瑕仿佛瓷器一样,五官精致生动,所以看起来并不像个洋娃娃。她身材匀称苗条,散发着活力与朝气。

但这不是她如此吸引他的原因。确切地说,弘司强烈地感觉到他们之间有某种联系,他也不清楚具体是什么。他只知道上周六见面的时候,他感到自己像一个不安的流浪者终于找到了回家的路,而现在,他又有了同样的感觉。

这种感觉把他推向了她,却也同时让他震惊。

"约在这里见面不是只为了聊这位约翰·哈佛吧?"他问道。

她咯咯地露齿一笑,"不,这只是个例子。有些我们以为正确的事,事实上只是一厢情愿的想法。我们就是这样混淆视听,把一无所知的东西描绘出来。就算约翰·哈佛的画像早就不存在了,这个校园依然有他的雕像。讽刺的是,哈佛的校训却是'veritas',也就是真理。"

弘司重新审视这尊雕像。知道这些事实后,它的模样有了些不同。"真怪。"他说道。

夏洛特放下背包,打开来,从里面拿出一个水瓶和一个装满了东西的塑料袋递给他,"都是给你的,你得自己背着。"

弘司接过来,掂了掂袋子的重量,"真专业。我们要去徒步吗?"

"这很容易猜到啊,毕竟我问你有没有徒步鞋。"夏洛特说。

"是,我一早猜到了。"弘司放下自己的背包,把夏洛特给他的午餐袋和水都装了起来。他还带了几根能量棒,在漫长的编程之夜他就是靠这些来保持清醒的,所以家里总是有些存货,之后还可以分给她一些。"我们去哪儿?"

"回到过去。"夏洛特说道。

她再次背上书包,转身面向约翰斯顿门,那里是校园的主要入口。接着她抬起右脚,向前迈了一步,"这就是一百年了。"她停了下来,向后倾了一下身子,指着自己左脚前面的一点说,"大概在那个时间,我们都出生了。"随后,她的手猛地向前,指向半步远的地方,"这是第二次世界大战,那边是第一次世界大战,"她指着右脚鞋跟前的某个地方,"目前为止你都听懂了吗?"

"嗯。"弘司点点头。

夏洛特迈出第二步,"工业革命,拿破仑王朝,法国大革命。"第三步,"太阳王路易十四。"第四步,"欧洲三十年战争。"第五步,"宗教改革。"第六步,"哥白尼。"第七步,"欧洲的黑死病。"第八步,"成吉思汗和马可·波罗。"第九步,"十字军东征。整个欧洲都成了基督徒。"第十步,"诺曼人占领了英格兰,现在我们已经在一千年前了。"

"好的。"弘司一边说,一边怀疑地跟在她旁边。她这是要给他补习历史吗?

夏洛特又走了十步,站在大学礼堂前一块贫瘠的草坪中间。"拿撒勒的耶稣。罗马帝国。"继续走十步,"现在到了公元前一千年,也就是三千年前。这是铁器时代,法老统治的时代,也就是图坦卡蒙和拉美西斯。"

又走了二十步,现在他们来到了宽阔的大路上。"公元前三千年,古埃及王朝出现了。这个时候,吉萨金字塔还没有被建造出来。"弘司跟着她一起数,她已经走了五十步了。

接下来,她继续走了五十步,"公元前八千年,新石器时代中期,中国在这个时候已经有农业了。"

又走了三十步,现在他们到了约翰斯顿门的正下方,再往前就是哈佛的老园区。"公元前一万一千年,"夏洛特伸出手指向地面,"美索不达米亚平原已经有了种植谷物的迹象。杰夫阿玛遗迹和哥贝克力石阵就是这一时期的建筑,人类已知最古老的寺庙建筑。"

弘司回望了一下他们从约翰·哈佛雕像走过来的路途,若有所思地点点头,"所以到这里历史就结束了。"

"哦,开玩笑,"夏洛特说,"这才刚刚开始。"

她转过身,穿过大门走到街上。马路的另一侧是一个小公园,后面矗立着一座有着奇特尖顶的教堂塔楼。夏洛特指着右边,"我们继续回到过去,现在进入维尔姆冰期。"

詹姆斯把越野车开进俱乐部正门旁的停车场,查尔斯一如既往地帮他留好了位置,上面甚至还标了他的名字。希望特里也注意到了这一点。

他心情愉悦地跳下车,把高尔夫球袋从后备厢里拎出来。正如计划的一样,他故意迟到了十五分钟,他可不希望自己看起来像一个对女生分外殷勤的愣头青。只要他想,随时都可以和夏洛特或者电话簿里其他几十个姑娘上床。不过狩猎的感觉让他更加兴奋：先观察、包围猎物，再围追堵截，最后纳入囊中。他喜欢这样有些阻力的挑战。

"早上好，贝内特先生。"詹姆斯走进会所时，门卫威尔说。威尔是个年轻的黑人，不如上一任那么毕恭毕敬，不过也还过得去，

"早上好，威尔。"他回答。詹姆斯自然是有会员卡的，但他坚信自己并不需要，只要刷个脸，所有的大门都会为他打开。

特里已经到了。他一走到球场就看见了她：天哪，她可真性感，一如他所期望的那样，她穿了一身红色，露出大片的肌肤，简直太诱人了！

她和查尔斯站在一辆高尔夫球车旁边，查尔斯正向她讲解展示各种球杆。隔着一百英尺的距离，已经能看到好色的老查理为了窥探她领口而故意高举着球杆。

詹姆斯把两根手指放进嘴里吹了个口哨，打断了查尔斯的行动。看到詹姆斯，特里像个啦啦队长一样开心地跳了起来，看着他走过来，她丢下球杆，兴奋地朝他挥手。

她很兴奋啊！詹姆斯笑了，非常好，这说明他已经胜利一半了。

走近了看，特里更诱人了。她穿着一条鲜红色的紧身短裤，臀部的曲线暴露无遗，前面还有一块让人浮想联翩……她穿了内裤吗？看来似乎没有。

她穿着短裤和一双红色的运动鞋，和头上戴的棒球帽很搭。马

尾辫从帽子后面伸出来,金子一样在阳光下闪闪发亮。整个造型唯一的败笔是上衣,上面满是看起来很廉价的亮片,不过无所谓,只要领子的开口足够大,就足以让男人们为之疯狂了。

真是个好日子!晴空万里,郁郁葱葱的草坪上成群的鸟儿互相追逐嬉戏。虽然还是早上,但已经可以预感到今天会很热了。生活可真是太美妙了!

在去开第一杆的路上,詹姆斯问特里对高尔夫球了解多少。看起来她已经做了功课:差点、标准杆、得分、一杆进洞、柏忌[1],这些术语她都知道。

"你是学什么专业的来着?"他接着问道。

"艺术史,"她甩了一下头,马尾辫随风摆动,"我喜欢生活中美好的东西。"

"那可太巧了,我也喜欢。"詹姆斯笑着说道。的确,所有性感的姑娘都会避开科学,选择艺术史。当然,夏洛特是个罕见的例外。不过,这时候想起她显然没意义。

"那你的老家是哪里?"他继续问。

"俄亥俄州。"

"俄亥俄州可大了,你得说具体点。"

她叹了口气,说:"一个无足轻重的小镇,你肯定没听说过。"

"好吧,"詹姆斯说,反正她从哪里来的对他无关紧要,"那你有

---

①击球杆数比标准杆数多一杆称为柏忌。

兄弟姐妹吗?"

"有个哥哥。不过老实说,我不愿意聊我家的事情。"

"关系这么糟糕?"

她噘起嘴巴,本意是想表达不满,却让她看起来更可爱了。"我不想和他们说话,他们眼界太窄,我的那些'自由派'观点他们理解不了。我想享受生活,他们也理解不了。"

渴望自由,享受生活,好主意,特里小老鼠,你马上就能如愿以偿了。

"所以你是一群白色绵羊中间的黑羊,"詹姆斯说着,把高尔夫球车停在发球点旁边,"或者应该说'红羊'。"说着,他又上下打量了她一番。

她咯咯地笑,做了一个俏皮的动作,饱满的胸部诱人地摆动了一下。"一只羊? 你想不出别的东西来形容我吗?"

他故作思考,"那,小羊羔? 小绵羊?"

"那你是大灰狼吗?"

"竟然被你发现了,"他一边调侃她,一边挑选球杆,"我吃过早餐了,不过拿你当作一顿丰盛的午餐似乎也不错。只是我得先让你出点汗,这样的羊羔吃起来口感更好。"

她又咯咯地笑了,"我不知道你原来这么幽默。"

"关于我你知道得还太少了。"他最后决定选经典的"一号木"球杆,"好了,注意,现在我要挥第一杆了,你只管看着就好。"他把球放在球座上,然后集中注意力,摆好了姿势。这第一杆很重要,必须要打好。

挥杆,击球——他满意地望着球沿着弧线飞了出去,落在前面不远处。之所以没有打远,第一是不想打消她的积极性,第二他也并不着急。

"现在轮到你了,不用击球,挥杆就行。"

"这样?"

"你先挥杆,然后我会纠正你的动作,你再接着打。"他指着她的高尔夫球车说道,"我要看到你流汗。"

她花了好半天才认出了哪支是发球杆。在空球座前就位的姿势还不错,但第一杆打得太差了,要是球座上有球,她的球杆根本碰不到。

他向她解释她的错误:要把球杆放低,摆动幅度再大一些,别握得那么紧。再来一次,把屁股再扭过来一点,小宝贝,再来一次。

在第十次尝试之后,她叫了起来:"哎呀!我可能永远都学不会了!"

对詹姆斯来说,这个信号意味着是时候更进一步了。"你肯定能学得会的,我保证。只要学会掌控球杆就行。看着,"他说着,走到她身后,伸出双臂搂着她,"像这样,现在挥杆,慢慢来,做一个慢动作。"

他牵引着她的手臂,有一瞬间,他似乎忘了她,忘了眼前的一切,只记得要纠正她错误的挥杆姿势,对于初学者来说,一旦养成坏习惯就很难改正了。但一股甜美却又廉价的香水味从她的脖子幽幽地钻进他的鼻子,混合着沐浴后的体香,像是麝香和紫罗兰混合的气味。他立刻记起了原本的目的,她是他的猎物。

他低头看着她的脖子,动脉血管正在皮肤下跳动。她允许他的身体接触是为了纠正动作,他可以清楚地感觉到,她其实不是那么情愿。想到训练结束后他真正渴望得到的"一杆进洞",詹姆斯顿时有些难以自持。

弘司和夏洛特沿着马萨诸塞大道走了一阵子,然后拐到花园街铺着棕色鹅卵石的宽阔人行道上。这里人很多,不时有慢跑者气喘吁吁地从他们身边跑过。他们走过一座比之前更高大的教堂塔楼和一家喜来登酒店。从这里开始,林荫道两旁的树木消失,取而代之的是红砖砌成的围墙,同样是红砖屋顶的酒店大门口,一个年纪有点大的门童怀疑地看向他们。

再继续走,两旁的树木又回来了,但人行道却变成了残破不堪的混凝土板,街边是一栋栋深红色的砖砌小楼。人行道变窄了,树变高了,树荫遮蔽着道路。接着往前,房屋渐渐向后退去,掩映在灌木丛和树木之后,几乎看不见了。

夏洛特终于在一个十字路口停下来。"这是第一个冰河时代结束的地方,"她说,"或者说是最后一个,因为我们是在回溯历史。不过这不是结束,而是开始。"她带着一丝询问地看向他,"我表达得够清楚吗?"

"不够,"弘司笑着说,"不过我明白你的意思。"他们走了大概一刻钟、大约一千米的路,根据夏洛特的算法,已经走过了大约十万年的历史。在那时,世界大部分地方都被冰层覆盖着,真是难以想象。

"好吧,"夏洛特说,"记住这个位置。"

弘司抬头看了一眼路标,旁边这条路叫帕克街,路的两侧是参天大树,根本看不到树后面有什么,也许是个居民区。

再之后他们走到了康科德大道。夏洛特沿着这条路走了大概一百五十米,再次停在一个公交车站附近。

"在这里,"弘司追上她之后,她说道,"是维尔姆冰期和里斯冰河期之间的间冰期。你发现了什么没有?"

人行道一侧是一道铁丝网围成的栅栏,里面是一个被树木和灌木丛覆盖住的小山坡。街对面是一个学校或者幼儿园之类的,一小块绿地上立着一尊做着祈祷手势的男人雕像,也许是个天使?弘司不确定,他不太了解宗教相关的东西。

他回望着从帕克街一路走过来的路线,"已经比学校里学到的最久远的历史还要久了。"

"没错,"夏洛特说,"事实上我们对这个时期几乎一无所知。"

弘司扬起了眉毛。"真是太神奇了,"他说,"这个时期已经有人类了,肯定也存在战争之类的。"

"记得圣徒之岛吗?"夏洛特问他,"我那个时候很想摸那把祭坛上的刀。"

"当然记得。"

夏洛特指着前方,"那把刀更古老。"

打进第一个球花了他们很长时间。特里把球打出了球道,打进了排水、沙坑甚至水里,就是没有进过洞。这也就意味着,他有很多的机会来纠正她、搂她、触摸她、嗅她的味道、蹭她的胸部、戳她的屁股。

"这里要放松一些。"詹姆斯再一次说道,把手放在她的臀部,轻轻地拍着,"再来一次。"

虽然总算把球打上了果岭,但推杆才是更大的挑战。一开始,她击球的力度太大,让球越过旗子又落回了球道;接着她又打得太轻,导致球软绵绵地落到草地上。她燃起了斗志,耸肩和噘嘴的动作愈发可爱,这可不是坏事。

"你先放松,"詹姆斯说道,然后走到她身后,稍微纠正了一下她的姿势,"双腿分开,对,就是这样。现在看着球,想象一下它将如何着陆,很轻松地飞起来,然后毫不费力地滑进洞里。想一想,这个感觉很美妙。"他听到她在深呼吸,看到她有些微微颤抖。也许她想到的不只是高尔夫球。非常好,看来过不了多久他就能得手了,"好,现在挥杆击球。"

这次她的力道刚刚好,球在空中划出了一道线,落到草地上滑行了一段,顺利地掉进洞里。

"嗯,"他称赞道,"你做得很好。"

"多亏有一个好老师。"她调皮地看了他一眼。

"这倒是真的,"詹姆斯说着,拍了拍自己的肩膀,"我也做得很好。"

终于,他们来到了第二个球洞,他一直盼着这一刻。球道边缘的草长得很旺盛,一年只修剪一次,旁边还有一小片树林、一片杂草丛生的灌木丛和许多滚进去找不到的高尔夫球。球场留下这么一片很奇怪,但当时买下这块地皮时,市政府就要求保护这片自然环境。很多球员对此怨声载道,而聪明如詹姆斯的人则想到了这片地方的用处:他和特里肯定不是第一对钻进灌木丛的。

"这回能让我开球吗?"特里问他。

詹姆斯大度地点了点头,构思着自己的计划。他得把球打到灌木丛里,然后假装不高兴,责怪她性感的衣服让自己分散了注意力……她会喜欢的,女人喜欢把这种责备当作另一种形式的赞美。之后,如果他提出让她帮忙一起找球,她肯定不会拒绝的……

构思只需要一瞬间,特里开球的时候他已经想好了。

"哎呀!"她突然叫道。击出的球在他们的注视下,飞了一个长长的弧线,飞向了灌木丛,消失在树梢之间。

"是我影响你了吗?"詹姆斯揶揄地问道。

"好像是的。"特里有些不好意思地说。

"那我帮你一起找球吧。"

"你真是太好了。"

钻进灌木丛的时候,詹姆斯偷偷摸了摸装在裤子口袋里的避孕套。它就在那里,即用即取。非常好,现在"小老鼠"差不多已经快落网了。

树枝张牙舞爪地拉扯着他们的衣服,划伤了他们的皮肤。周围不时传来沙沙响声和跑动声,是他们惊扰到了这里的小动物。天气很热,两人汗流浃背,很快就有一群兴奋的蚊子蜂拥而至。

"球要怎么找啊?"特里终于说道,"根本找不到。"

她当然不必找球,球袋里的备用球就是为这种情况准备的。严格地说,规则只允许用最多五分钟来搜寻丢失的球,要在这么短的时间里在树林里找到一个小小的球,只能靠运气。不过现在,詹姆斯并不关心什么规则。

"站着别动。"詹姆斯突然说。

她停下脚步,转过头,用大大的眼睛望着他。她浑身都被汗水打湿了。他们现在身处的是一个难得的好地方,树丛里有一片小小的空地,光线穿过树枝的缝隙错落地照射进来,地上覆盖着青苔和小白花,散发着诱人的甜美香气。

"一只小羊羔,"他说着,顺势把她搂在怀里,"是不应该和大灰狼一起在森林里独处的。"她全身瘫软,没有丝毫反抗,"尤其是这种浑身湿淋淋的情况下……"他低下头,吻上她的脖子,手攀上了她的腰侧,随后又探进她鲜红色的短裤里……

　　弘司和夏洛特加快了步伐,现在他们不再沿着人行道前进,而是已经走上了机动车道,路过的司机惊讶不已。他们经过了一片湖、一片大型建筑群、一座加油站、一排排狭窄的住宅楼。不过还是没有走完康科德大道。

　　这条路就跟没有尽头一样。

　　弘司问起那把刀的事,以及她当时到底从刀上面感应到了什么,但她不想聊这件事。他们又走了两千米,康科德大道在这里被一条精心修剪过的绿化带从中间分割开。他们刚刚路过了一座令人印象深刻的犹太教堂。夏洛特解释说,已知最古老的现代智人化石可以追溯到这个时候,那些骨头是在埃塞俄比亚西南部的奥莫河上挖掘出来的。

　　他们继续徒步。"能够发现化石是非常罕见的,"她边走边说,"通常尸体会整体腐烂,包括骷髅。骨头需要满足非常特殊的条件才能保存下来形成化石,所以大多数地方根本没有化石。正常情况下,土壤会分解掉一切。"

　　弘司从来没有认真考虑过这个问题,不过现在他明白了。"如果不是这样,死去生物的骨骼就会在土壤中越积越多,它们体内所含的钙就不能参与物质循环了。"

夏洛特点点头，"古人类学研讨课一开始，威克沙姆博士就告诉我们，把迄今为止发现的所有人类骨骼化石都搜集到一处，可以很轻松地装到一辆卡车上。"这是所有关于史前人类研究的根本问题：可供参考的证据实在是太少了，根本没办法用它们来证明任何推论。但是，迄今存在的研究理论——当然有人研究——普遍都被认为是无可争议的，不仅外行，连学者也都这么想。

旅程继续，弘司第一次发现波士顿竟然是一个绿树环绕的城市。太阳升得越来越高，天气越来越热，幸好路旁不时就会出现一片宜人的树荫。

这么徒步让人筋疲力尽，弘司很不习惯，但他还是很享受这一切。有时他们都不说话，默契地保持着沉默；有时交谈两句，聊分别之后各自的生活，依旧很默契。

他们穿过了一条地下通道，走上一个时而陡峭、时而平缓的斜坡，这让徒步变得更加艰难了。这里是一个颇具规模的庄园，一幢巨大的房子独自矗立在一大片几乎望不到边的土地上，掩映在灌木丛和树木之后。看起来是片富人区。

九点钟过后，他们终于走到了康科德大道的尽头。最后的几千米没有铺路，他们只能沿着草地的边缘地带行进，最后走到的地方，是康科德大道与春天街交界的十字路口。

"这里有什么特别的吗？"弘司有些喘气地问道。

"我们现在大约在一百三十万年前了，"夏洛特说道，"这个时候直立人已经生活在非洲了。他们能够生火,体毛基本退化完毕,进化出了黑皮肤。他们能长到差不多170厘米,外观上与现代人几乎没有差别。"她指了指右侧,"我们走这边。"

四十分钟后,他们又走了三千米,站在一条通往高速公路的车道前。

"现在我们到了奥杜威时期的中期。我们发现了石器,以及大象被吃掉的痕迹。这个时候非洲还没有出现直立人。"她指向之后要前进的方向,"再往前三千米,就是格鲁吉亚人生活的时期了,听名字就知道,这些化石是在格鲁吉亚被发现的,是在非洲以外地区发现的最古老的人类。"

特里却不乐意。天哪,詹姆斯还从来没碰见过如此抗拒他的姑娘!她尖叫着,挣扎着,推开他的手,嘴里不停地叫嚷,"进展太快了。""不,停下来。""别毛手毛脚。"

说好的"享受生活"和"喜欢美好的东西"呢?

她说,是这样的,不过不是以这种方式,他们可以先约会,吃个饭,看个电影之类的,再看进展……

最终,他沮丧地放开了她。这不可能是真的,对吧?他蹲坐下来,喘着粗气,浑身都是汗和蚊虫叮咬留下的痕迹。他的裤子正支着一个帐篷,显眼的突起在朦胧的光线下泛着金色的光芒。该死,他都这样了,她还是不为所动。

他快被她弄疯了。她近乎赤裸地躺在他面前的青苔上,周围是一片被他们踩倒的白色小花。汗水使她的肌肤看起来像涂了油一般闪闪发亮。鲜红的短裤挂在左脚踝上,上衣也被推到了胸部上方,他甚至能够隐约看到她挺立的乳头……我的天,他知道她不是真的抗拒,她甚至浑身都在滴水。但她还是拒绝了,即便她也想进一步,即便此情此景下两人都欲火焚身。

但她还是拒绝了。

他有些头晕。现在该怎么办?总不能硬来吧,那可算不上是胜利。

她慢慢穿上衣服,把撕得有点变形的短裤拉起来,却几乎盖不住她的臀部。

詹姆斯感觉自己几乎喘不过气来。他全身颤抖着,有些纳闷地瞥了一眼特里消失的方向,这算怎么回事?这绝对算得上是他最奇怪的性经历了。

他咽了口唾沫,嘴里似乎尝到了蚊子的味道,肯定是刚才飞进他嘴里的。妈的,胜利的滋味可不是这样。

中午时分,夏洛特终于停下脚步开始歇息。他们刚刚经过零星几栋散落在森林里的房子,眼前是宁静的湖面,遮蔽在一片树木之中,这是一个停下休息的好地方。他们脱下鞋子,卷起裤腿,把脚泡进湖水中。

树荫下很凉快,用冷水泡脚也十分舒服。弘司从记事起,从来没走过这么远的路。被汗水浸湿的衣服黏在身上,摩擦着皮肤。他身上沾满灰尘,格外渴望洗一个长长的热水澡。明早肯定会因为肌肉酸痛起不来床。脱袜子的时候,他发现脚上已经磨起了不止一个水泡。

当然,他不在意这些。如果夏洛特计划要走一整天,那他就会跟一整天。如果脚会磨出血,那就出血好了,反正早晚都会痊愈。

他们吃起了带来的三明治。这是弘司迄今吃过的最美味的三明治,但很可能只是因为太饿了。一个是涂了蛋黄酱、夹着精心调味过的薄片蔬菜的火腿三明治,另一个加了鱼肉泥。夏洛特说都是自己按照她祖母的菜谱做的,真好吃!

瓶子里有些温热的水喝起来也很甜美。

渐渐地,弘司觉得力气恢复了。他抬头望着天空,听着鸟儿大声地叽叽喳喳,突然想起了多萝茜。他肯定伤害了她,毫无疑问,她一定对他失望了。他承认自己分手的方式有些过分,虽然必须结束这段关系,但或许可以找到更好的方式?算了,他也不知道怎么做才算更好。

夏洛特催着继续赶路了。

"我们现在走了多远了?"弘司一边仔细地擦干双脚,一边问她。

"两百五十万年。"她回答。

"那你准备再走多远?一直到宇宙大爆炸吗?"

夏洛特调整了一下背包的位置，说："花不了太久，大概一个小时左右。"

于是他们继续前行，比之前走得更慢也更沉默。树木往身后退去，太阳在头顶炙烤。偶尔有汽车疾驰而过，司机向他们挥手，按响喇叭以示鼓励。

最后，夏洛特终于停下来，"是时候向你解释为什么我要学人类学了，为什么一定要是人类学。"

弘司现在特别想要一根可以支撑身体的拐杖。"就是一个问题而已，"他喘着气说道，"要是我早知道你会用这种方式回答我，我就不问了。"

夏洛特没理他，指向路边的某个地方，那里有一处已经辨认不清的动物的残骸，可能是一只猫，或者其他类似大小的动物。"我们现在走了将近二十英里，"她说，"也就是三十二千米，三百二十万年的历史。三百二十万年前，有一个女人生活在现在的埃塞俄比亚——或者更确切地说，是一具雌性阿法种南方古猿，最早的人类物种之一。她的骨骼在死后保存了下来，在1974年被挖掘出土，从那之后人们就叫她'露西'。这个发现的惊人之处在于，骨骼碎片残存了许多，大约有整体的百分之四十。从这些碎片中人们推断出，露西大部分的时间是直立行走的。"

夏洛特转过身，面对着来时的方向，"现在想象一下，如果我们用同样的方式再往回走——别担心，现在不走，只是想象一下。从已知最早的人类祖先露西开始,回顾整个进化史:数以百万计的人出生、繁衍和死亡,从冰河时代、瘟疫和其他灾难中幸存下来,度过漫长的岁月。他们在地球上迁徙,从非洲到欧洲,再到亚洲,最后来到美洲和大洋洲。想想这条路多么遥远,再想想约翰·哈佛雕像前那最初也是最后的五十步,那是有文字记载的人类文明史,而在那之前,存在另一种人类文明的可能性有多大呢?三十千米!想想看这里面有多少个五十步!在这期间所有更古老的文明,我们都无从得知。"

弘司也跟着她转过身,望着他们走过来的路,回想这一段距离。从数学层面上讲,她是对的:五十步,现在来看简直不值一提。就是平时找一家吃午饭的餐馆,要走的路也远远超过五十步。然而,这五十步却代表了自法老时代至今的全部历史。

"但是为什么我们没发现那些'更古老'的文明呢?"他问,"不可能从来没留下过痕迹吧?"

夏洛特擦了擦额头上的汗水,"也许留下了,只是我们不认识而已。拿一张CD做比方,假设它被埋在一堆垃圾中,在我们的文明瓦解的一万年之后,也许会有人再次把它挖出来。但是他们会拿它做什么呢?可能把它当成镜子,也可能以为它是一件珠宝。尽管里面存储着数据,但他从何知晓呢?根本没办法读取这些数据。这张光碟有可能是圣桑创作的钢琴协奏曲,也有可能是某种文字处理软件,但没人能播放出来,也不知道该如何使用软件。"

"我想的其实是……建筑之类的,它们的规模足够大,不会轻易消失,分析解读起来也不难。"

"建筑物的确有可能保留数个世纪。但如果时间跨度是上千年,那就难说了。如果这些……嗯,我们称他们为第一代人类……如果他们生活在最后一个冰河时代之前,也许一切都会被销蚀,任何建筑都无法幸免。"

弘司想了想,"那要如何证明他们曾经存在呢?"

"我还不知道。但是,起码要相信这件事的可能性,就算目前还没能发现任何痕迹。"夏洛特双手放在腰上,"有无数关于过去黄金时代的传说——亚特兰蒂斯、雷姆利亚大陆、伊苏城……也许这些传说都是真的呢?也许它们源自早在我们之前的某种文明的记忆,只不过后来没落了?"

"或者它们就只是传说而已。"

她不服气地扬起头,"当初人们也告诉海因里希·施里曼《荷马史诗》是虚构的,不过他最后还是发掘出了特洛伊城。"

弘司看着她,心头涌过一阵暖意。是的,他为她感到骄傲。她有勇气去质疑一切,甚至反驳整个世界。他喜欢这种特质。

他看着来时的路,回想起从早上开始的漫长旅程。她的话并非完全没有可能,他愿意相信她是对的。

不仅如此,他发现自己根本不愿意相信她会出错。

夏洛特筋疲力尽。远足比她预想的辛苦得多，一方面因为天气炎热，另外，疲惫感也让走路比平时更加费力。她之前从未徒步超过二十千米，而现在她已经走了三十二千米了。她感到自己累得半死，也许詹姆斯会很失望，因为今天剩下的时间里，她除了休息之外什么都不想做。

幸好她的装备足够专业，徒步鞋来自一个加拿大品牌，帆布背包和透气的衣服都是她能承受的价格内最好的，这些都是对挖掘考古工作的提前投资。现在它们派上了用场。

而弘司仿佛不知疲倦，一直像机器人一样顽强地前进着，所以她也不想在他面前示弱，另外，她也不得不加紧步伐，以便准时到达和詹姆斯约好的地点。现在快迟到了，只希望他会等一等。

前提是他真的会过来接她。

尽管如此，她还是很高兴。现在用不着再走多远了，而这一切都是值得的。弘司似乎已经明白了她学人类学的原因。此前她试图向别人解释她的想法，而其他人似乎并不理解。也许她得拖着他们来一次这样的徒步。她很久以前就想过以这种物理的方式来感受人类进化史的巨大时间跨度，但只有弘司激起了她付诸实践的动力。他身上好像有些什么东西，会激发出她的科研精神。

这时，弘司又提起了当年"圣徒之岛"上那把令她着迷的刀。他想知道她到底看到了什么，那把刀究竟有多古老，以及之后她有没有试过再去发掘一些关于那把刀的事情。

"我看到了什么?"夏洛特努力想了想,并没有放慢脚步。该怎么解释呢?"不能算是看到,更像是一种感觉,就像你站在下水道井盖上,就知道下面的管道至少有一百米深,因为你能听到特别深的地方传过来的回音。这么来描述我的感觉应该比较恰当。"

不,事实并非如此,根本没办法用言语来描述那种感觉。

"那天我在神社里摸了很多相当古老的东西,"她继续道,"我以为那把刀也来自差不多的年代,不过更有趣一些,因为它是用来战斗的,说不定杀过人……"说到这里,她顿了一下,可以信任他吗?她快速地看了弘司一眼,这些事她之前从来没跟任何人讲过,但她却觉得,也许弘司能够理解她。"小的时候,我特别着迷于杀过人的凶器,戟、剑、匕首等,这些东西很吸引我,并不是因为能够感受别人的死亡,而是我认为这些物品可以打开通往彼岸的门,起码是能划开一道裂缝。我觉得通过这种方式,说不定可以看到人死后的世界。"

弘司只是严肃地点了点头,"这个想法很有趣,我从来没想过还有这种可能。"他用幽幽的黑眼睛望着她,"然后呢? 有人曾经死在那把刀下吗?"

她叹了口气说道:"我不知道。在那之前,我要是摸到了很古老的东西,那感觉就像是我被推下路缘,下坠了几英寸然后再站起来。但是,当我触摸那把刀时……就像是掉下悬崖,跌入了无底深渊。"

"所以当时你尖叫了。"

"没错。"

他点点头，若有所思，"其实你也不知道那把刀究竟有多古老？"

夏洛特思索着该如何组织语言，"在某个时间点，我……就断开了联系。我不想继续跌落，而在断开的那个点，我估计已经有十万年了……"神社那天的记忆纷纷涌现出来，她清楚地回忆起了那种恐怖，以及从那以后一直驱使着她前进的动力。"一把黑曜石刀，带有人工加工的痕迹，你想想看！如果能证明那个时代就有人存在，并且能制造出这样的东西，一定会颠覆我们对人类历史的认知。"

"你没想过用科学的方法检测一下那把刀吗？"

"哦，本来是打算这么做的。我问了一位艺术史教授，他打电话给一位日本同事，让他帮忙联系了神社……但是那把刀已经不在了。神庙说，它被卖给了一位英国收藏家，不过弄丢了他的地址。那个日本学者说，他们只是不想承认那把刀被人偷走了。"

"太可惜了。"弘司思索着。不知为何，每次他开始用脑子，脚步节奏就会变，"我经常梦到那个时候。"过了一会儿他说道，听起来好像经历了一番挣扎才承认的，"你尖叫的那个瞬间。在梦里，有时你尖叫是因为我松开了手，有时是因为你摔了下去。有时有个怪物浮出水面想要吃掉你，而我在最后一刻把你从它嘴边拉回来。"他犹豫地说，"那个瞬间我就像被闪电击中了，有什么东西烧进了心里。"

"没错，"夏洛特不禁说道，"我也会做这样的梦！"

他看着她，夏洛特从没见过他如此坦诚、如此脆弱的样子。"我觉得从那以后，我们一直都有某种联系。"他说，"我这些年一直不知道，但是再次见到你的时候，我便感应到了。我们能再次相遇绝对不是巧合。"

夏洛特生出一丝退缩的想法，必须阻止他继续说下去。她屏住呼吸，但却什么也没说出口。

弘司打量着她，"你有同样的感觉吗？就是我们之间有种特殊的联系？"

这正是她所担心的。"弘司，"她努力斟酌着字眼，"我要订婚了，你不该对我有其他想法。"

弘司没有说话，也没有任何表情，一副高深莫测的日本人样子。又往前走了十步，他终于开了口："你还没有回答我的问题。"

她叹了口气，道："联系是有的，是童年时代的美好友谊。这的确很特别，往后的人生里不会再碰见了，所以我想好好珍惜它。"

他想问的也不是这个。他保持沉默，而她静静地等着他开口。思考了一阵子之后，他又问："只是这样吗？"

她停下来，面向他，认真地看着他，就像在玩一个儿童游戏，谁先移开视线谁就输了。她曾和弘司玩过这个游戏吗？她不记得了，他们之间的氛围总是很严肃。"是的，"她接着说，"我的感觉就只是这样。"

但她心里清楚，自己并没有说实话。他们之间有些别的东西，不过她不想承认。

她望向他的眼睛,那里面写满了执着,仿佛在说:我会继续探寻,决不放弃。

弘司意识到自己还要继续努力,花很长时间等待夏洛特。他对夏洛特的心意还要经受更多考验。

何况,之所以抱有期待,是因为他相信命运之手操控一切。发生了什么、没有发生什么,背后都有它的意义,但人不一定立刻能理解。所以他必须要有耐心,要像他父亲教他的那样慢慢呼吸,气沉丹田。他的美国父亲如今在精神上越来越像个武士时代的人了。

他们走到停车场,一辆炫目的越野车正停在那里。这种车的耗油量比载重十二吨的卡车还要大。车上涂了迷彩色的涂层,好像马上就要去野外作战一样,但又清洗得很干净,擦得闪闪发亮,让弘司怀疑这辆车可能从来没有"越野"过。

双臂交叉靠在挡泥板上的家伙一定就是詹姆斯·迈克尔·贝内特三世了,夏洛特的未婚夫,亿万富翁的儿子。

弘司当然做了功课,只要借用随便一个哈佛学生的密码,就可以在学生内网中找到他需要的内容。詹姆斯·迈克尔·贝内特三世同样学人类学专业,参加了许多体育活动,让人纳闷他哪有多余的时间拿来学习。

网上也能搜索到很多关于他的信息:他是波士顿喷气式飞机队

的一员,将继承一家价值数十亿美元的公司,这些噱头足够报纸争相报道他的冠军头衔、他参加的晚宴和其他社交活动。即便是在报道随附的照片里,他依然魅力惊人、光彩四射。

然而见到真人,詹姆斯看起来却并不像他预想中的那个神仙人物。相反,他看上去很紧张,脸色苍白,有些心不在焉。至少目前看来,弘司没发现他作为市值数十亿美元公司的继承者,身上有什么过人之处。

詹姆斯有些敷衍地亲吻了夏洛特,用怀疑的眼神打量着站在一旁的弘司,脸上写满了不信任,似乎急于知道他们这一天在一起干什么了,他在担心。不知道夏洛特到底看上了这家伙什么,弘司猜不出来。照片中无比俊美的长相,近看却觉得有些做作,似乎是刻意修饰过的。弘司怀疑他是不是做过整容手术。

但是贝内特很有钱。即使事先不知道,也能轻易看出来。

她爱他是因为他有钱吗?还是说,她爱的是那种无忧无虑的奢靡生活:住在配备巨大泳池的豪华大房子里,有成群的仆人,有私人飞机和昂贵的珠宝,可以去高端酒店度假?

这个想法让弘司心情乱七八糟的。他庆幸自己因为一整天的徒步而筋疲力尽,就算带着负面情绪,别人也看不出来。

詹姆斯向他伸出手,所有美国人的正常礼节。他会用力捏碎我的手吗?弘司试探性地和他握了握,没有,他没那么野蛮。然而这让弘司更鄙视他了。

"嗨,"握手的同时,詹姆斯说道,"我是JB。"

"弘司,和被扔了原子弹的广岛一个发音。"这个笑话很蠢,不过通常能帮助别人记住他的名字。他只是习惯性地顺嘴说了,说完却有些后悔,因为这听着就像他很健谈、急于交朋友一样。

他当然不想,詹姆斯是他的竞争对手,他的情敌。

松开手后,詹姆斯没有再看他,而是转头用一种责备的语气跟夏洛特说:"我还以为你压根儿不会来了。"

"我跟你说过,可能会稍微晚一点。"她为自己辩护道。

他打开了驾驶室的车门,"独自在森林里待几个小时可不是什么好玩的事。"接着他握住了方向盘,"现在去哪里?"

"回市区。我们得先把弘司送回去,然后……"她转向弘司,"我忘记你宿舍的名字了。"

弘司说:"麦格雷戈大厦。"他有一种奇怪的感觉,他感到自己像个局外人,正在旁观一场戏。

詹姆斯问道:"就是河边新建的那排楼,对吧?"

"是的。"

"好的。"他简单地点了点头。

两人上了车,夏洛特坐在副驾驶,弘司坐到后座。对于一辆外表像是马上要去参战的车来说,它简直豪华得可笑:内饰全是淡奶油色的绒面革,所有开关和配件都镀了金。这让弘司对自己全身的汗水和灰尘有些内疚。

"你的'特殊训练'进展得怎么样?"夏洛特问道。

詹姆斯正在设置GPS导航,听到这话不由得做了个鬼脸,"就那么回事吧,老实讲,不太好。"

他开动汽车。发动机很响,弘司听不清他们在说什么,所幸他们没有聊太多,詹姆斯看上去像是那种喜欢独自生闷气的人。

反正弘司不在乎,只需要坐着就好了,他喜欢这种不用自己动手就能操控机器的感觉。他感到脚上的神经都在呻吟,皮肤发痒,迫切需要洗个热水澡。可惜,美国大学宿舍的热水供应须做得不是太好。

有那么一会儿,他觉得浑身乏力、疲惫不堪。但当他看到坐在前面座位上的姑娘,继而又想到他们之间可能存在的联系时,又精神焕发起来。

他要有耐心,他还有很长的路要走。

5

星期六一早,夏洛特穿着最旧的衣服来到布兰达的父母家中,搬家首先要从这里开始。他们会先把布兰达需要带走的家具搬到新公寓,再把她留在旧宿舍的零碎东西搬过去。布兰达曾经的宿舍位于联邦大街的沃伦大厦B塔,如她所说,她早就受够了那栋楼里无处不在的吵闹和混乱。

这天是这星期以来的第一次阴天,但气温依旧不低。这也就意味着他们一定会大汗淋漓。夏洛特对自己说,适量的活动对自己有好处。

星期五一整天,她都在忙着写一篇下星期要交的论文,最终却连十行字都没写出来。她完全没办法集中注意力,思绪总是到处乱跑。她怀疑自己是不是要来例假了,但还没有到日子,而且之前也没有类似的症状。通常,来例假的时候她会有轻微的痛经,她会抱着热水袋坐在电视前,看一部悲伤的爱情电影。

那么这种心神不宁就是和詹姆斯有关了。

这是显而易见的。星期四那天晚上,他破天荒地硬不起来,这让他心烦意乱。对他来说,没有比这更尴尬的场面了。洗完澡后,他们躺在床上依偎在一起,夏洛特心头突然涌起一股无法抑制地想和他做爱的渴望,令她自己都感到惊讶。意外就在这时候发生了,于是她不得不安慰他没关系,又说了一些客套话。而他一定是感受到了她的敷衍,因为其实她想失望地大喊大叫。

转天到了星期五,对于陌生男人的性幻想让她十分困扰。那天早上去超市买东西的时候,她盯男人臀部的次数比以往任何时候都多。在收银机前排队的时候,她在想如果一个女人主动和男人搭讪会发生什么;而只要有一个男人过来和她搭讪,她说不定会毫不犹豫地跟他回家。但事实上,除了像往常一样的羞怯眼神外,她什么也没有遇到。

"嗨,夏洛特。"布兰达的哥哥伊恩朝她打了招呼,他正打算将一辆租来的卡车倒入车道。货箱上用鲜红色的字母写着"租我!"。

她也跟他打了个招呼。伊恩比布兰达大三岁,在德里,这样的兄妹年龄差算是很大的。他现在读教堂音乐专业,很少有人能从他金红色的卷发和肌肉发达的身材猜到这一点。

他走出来,握了握她的手,"我以为你会带着詹姆斯一起来。"

"詹姆斯来不了了,"夏洛特坦白道,"他……得去给他父亲帮忙。"真是个让人挑不出毛病的教科书级别的借口,她心想。

伊恩扬起眉毛,"原来如此。"布兰达告诉过夏洛特,她哥哥不怎么喜欢詹姆斯。他曾说,就算是价值十亿美元的瓶子也只是个瓶子而已。

这时布兰达过来了,她伸出双臂搂住夏洛特,把她从需要进一步为詹姆斯辩解的尴尬中解救出来。"我的天,我简直太兴奋了!"她说,"想想看,等今天晚上把你们送走之后关上门,我就能开始人生第一次独居了!我到现在都不敢相信!"

"好吧,"夏洛特说,"除了苏珊。"苏珊是住在布兰达楼上的房客的名字。

"她这个周末不在,所以我才这么兴奋!"说完,她走过去迎接刚到的其他人,"嗨,格温!胡安妮塔!亲爱的,你们能来真是太好了!"

格温是个胖女孩——其实胖得挺厉害。她有着栗色的螺旋卷发,笑起来听着像是喘不过气。她来自缅因州,对每一个新认识的人讲的第一件事就是,她父母和斯蒂芬·金住在同一条街上。她和布兰达一起学习设计。

胡安妮塔则与格温恰恰相反,身材修长,长相有些严肃,一副典型的图书管理员形象。事实上,她正在修读美国文学,似乎总是准备着从包里掏出一本待办事项清单,然后开始勾选已完成的工作。

布兰达的父母也过来了,他们与帮手们一一握手。布兰达的父亲说:"真是美好的一天,我终于能建一个台球室了!"这是个不怎么好笑的英式笑话。布兰达告诉夏洛特,如今两个孩子都搬出去独立生活,她父母其实有些难受。

伊恩打开了货厢,在里面安装好了固定行李的毯子和松紧绳,接着跳下车厢,大步走过来,对妹妹说:"你没想过把你的衣柜从楼上弄下来有多费劲儿吗? 得要两个很强壮的男人,楼梯太窄了容不下更多人。"

布兰达看上去有些惊讶,"要不,我去问问爸爸……"

"别做梦了,"伊恩打断道,"我可不想看到他重蹈覆辙,像去年一样弄伤腰椎。"

夏洛特在一旁思考着如何告诉他们,其实可能还会有一个男人过来帮忙。就在这时,托马斯·彼得·威克沙姆博士穿着破旧的工作服穿过草坪走了过来,手里拿着一副工作手套,头上戴着波士顿红袜队的棒球帽。

他外表看起来并不差,甚至有点帅。她为什么要拒绝他的晚餐邀请? 现在想起来,夏洛特懊悔得想踢自己一脚,继而眨了眨眼。她这是怎么了? 竟然会有这种想法?

他先走到布兰达父亲面前,"您是吉拉姆教授?"

"是我。"布兰达的父亲说。

"我开车过来的时候还在想,这个地址就在学校园区里……"说着,他伸出手,"托马斯·威克沙姆,我教古人类学。"

"约翰·吉拉姆,医学。这是我太太伊丽莎白……"布兰达的父亲顿了一下，"您是过来帮我们女儿搬家的吗？"

威克沙姆环顾了一下四周，指着夏洛特说："那位年轻女士把我引到了这里，她说这里有些文物挖掘工作要做。"

吉拉姆教授大声地笑了，"差不多。我很好奇您之后会得出什么结论。"

威克沙姆又与其他人握了手，轮到布兰达时，他说道："原来就是你要搬家啊？很高兴认识你。"

"我真不敢相信，"布兰达叫着，"夏洛特竟然能说服她的教授来帮忙！"

威克沙姆纠正道："说实话，我是自愿的，出于完全利己的动机。"

"完全利己？这您可得给我好好讲讲！"

"算是我之前欠下的债吧，我起码得帮人搬十二次家才能抵消掉，趁我还没老到动不了之前。"他抬起头，"我希望有很多东西可以让我搬，有的时候学生的东西太少了，顶多只能算是搬了半次家。"

"别担心，"伊恩说，"我们可以从最繁重的部分开始。"

"那太好了，"威克沙姆说，"要搬什么东西？一架钢琴吗？"

布兰达只能无奈地咯咯笑。

"一个我们祖父亲手打造的衣柜，"伊恩解释说，"几乎没办法拆分，不过倒是可以先把屋里的门拆下来。说实话，我还没想到到底怎么把那东西弄到一楼来。"

"说不定这座房子都是围着它盖起来的呢。"威克沙姆开玩笑地说道。

"要是不记得我们是怎么搬进来的,估计我也会这么以为。"

"所以这是一个几何难题了,"威克沙姆戴上手套,"有意思,我们现在就开始吧!"

说干就干。两人一步一步把这个硕大的传家宝抬下了楼。终于把它搬上了卡车时,伊恩和威克沙姆欢呼雀跃、互相击掌,仿佛他们因此成了患难与共的挚友。同时,夏洛特、格温和布兰达也把一箱箱的衣服、一袋袋的被褥、一盏盏落地灯、布伦达斯的吉他和各种厨房用具等东西都搬到卡车上,胡安妮塔站在货厢里,把所有东西叠放整齐,以尽可能地节省空间。

接下来还有一张扶手椅,以及别的大物件。布兰达的东西源源不断地搬出来,似乎没有尽头一样。"都怪我对于打折的东西完全没有抵抗力。"布兰达一脸绝望地承认道。

终于所有东西都装车固定好了。威克沙姆让布兰达跟着他的车一起走,以便给他指路。夏洛特认识路,于是她载着格温和胡安妮塔一起,伊恩则独自开着装满家具的卡车。布兰达拥抱亲吻了父母和他们告别,仿佛再也不见他们了。一切就绪后,搬家的车队出发了。

布兰达经过长时间的精挑细选才租下这座房子。乍一看,新家似乎并没什么特别之处,坐落在一条安静的街道上,有一个长满老果树的大花园,外墙是刷成蓝色的木板。进到里面才会发现这是一块宝地,通风极好,房间大小规划十分合理,摆放着古老工艺精心制作的家具。偶尔可以嗅到来自大西洋海风的味道。

楼上住着一个比布兰达大十岁左右的女租客,是一个程序员。在波士顿暂时工作了两年,预计之后会返回芝加哥,到时候布兰达可以考虑是不是要把整个房子租下来。

伊恩和夏洛特他们先到,伊恩手上有备用的钥匙,便里里外外忙了起来。威克沙姆和布兰达到的相当晚,下车时笑得很开心,似乎这一路上聊得不错。

夏洛特心里升起一种莫名其妙的嫉妒。威克沙姆对她先有好感的!怎么能和她的好朋友相处得这么开心?

她不得不暂时闭上眼睛。她这到底是怎么了?疯了吗?

把拉斯穆森口中"不需要额外打扫"当作借口心安理得地拖延了近一周之后,弘司最后还是在星期六早上整理起了房间。他伴着旧钟控收音机里微弱的音乐声收纳物品、整理书架,用吸尘器打扫灰尘,心里琢磨着这个拉斯穆森到底想从他这里得到什么。为什么要面谈?不是解雇人的时候才需要面谈吗?拉斯穆森说的"重新谈合作"就是这个意思吗?

如果不是想解约的话,找他又有什么事呢?"魔法棒"就是他随手的一个小发明,只是想看看靠这种方式能不能赚到钱。现在证明是可以的,即便赚得不算多。哪怕拉斯穆森对此很满意,弘司也并不打算为这些公司发明电子设备，以此谋生。他的目标不在于此，他有比这个大得多的理想和计划。

所以这次会面不会有什么进展。

不过，他倒是对这位投资人本身很感兴趣。在麻省理工学院，这些投资人被视作神话般的存在：想出一个天才的点子，找到一个投资人，然后就可以把这个点子变成现实，借此名利双收……可以说，弘司认识的人中有一大半人都是这个梦想。

要是早点开始打扫就好了。临近中午，肚子因为没吃早饭开始咕咕叫起来。他坐在那里，沮丧地环视着房间，如今这里混合了清洁剂的人造柠檬味、灰尘味和吸尘器马达过热运转的味道，比打扫前还要糟糕。

他沮丧地发现，自己根本没办法用一上午的时间做完几个月甚至几年来积攒下来的清洁工作。光是从床底下带出来的灰尘就很可观了！这些脏东西到处都是，它们到底是从哪里来的？

他怎么会有这么多的破烂？这才是问题的根源所在，因为灰尘喜欢聚集在裂缝和孔隙之中。吸尘器太大了，根本塞不进那些边边角角。说不定有什么新的发明来解决这个问题？他之后可以好好研究一下。

让人想不通的是，当年飞来美国的时候，他只有一个行李箱和一个挎包；而如今，光是想想有一天搬家，要把这些东西全部装箱、打包，再到新家拆开重新整理，他就觉得头大。

他凝视着地上的箱子,里面是一些他准备扔掉的东西,没有堆太多。尴尬的是,有些东西你可能暂时用不着,但总有一天会用,可在那之前,它们只能放着。对于这么小的房间来说,无论你把它们放到哪里,都会碍手碍脚。弘司辛辛苦苦忙碌了一整个上午,把这些东西拿起来,又放到别处去。最后房间看上去还是和之前一样,到处都塞满了东西。

这让他很尴尬。明明心怀改变整个世界的计划,却连自己的房间都整理不好。

房门突然打开,罗德尼好奇地从走廊探头进来,"你在这儿搞什么反自然的东西呢?"

反自然?罗德尼这么说也没错,弘司感觉自己现在整个人就是一块抹布。

"清洁打扫的问题在于,"他向罗德尼分享了自己刚刚想出来的哲学观点,"无法达到彻底的干净,人们只能把污垢减少到一个可接受的水平。另一方面,这也算不上问题,因为实际上并不存在污垢。污垢只是放错了位置的物质而已。"

"这个理论很独特,但你并不是第一个想到的。"罗德尼小心翼翼地走进弘司的房间,在一堆旧杂志和几堆被扫到一起的垃圾中间寻找着一条能走的路。显然他被眼前的混乱震惊了,"你不是说今天有个访客吗?"

"不然你觉得我为什么要费这个力气?"弘司也跟着罗德尼的

目光一起环视起自己的房间,自己也吓了一跳。地上散落着他从来没用过的游戏机,还有他收藏的所有杂志——每一本都只有一两篇有趣的文章,但他没时间把它们剪出来。除此之外,还有各种试验装置的配件、松动的螺丝、装满电线的箱子,以及到处都是的圆珠笔,其中大部分已经坏掉了。

"哇!"罗德尼突然叫道,"《宇宙的巨人》!日本原来也有这个吗?"他伸手想去拿那个笔记本,但弘司的动作更快——在罗德尼翻开封面之前,他飞快地从椅子上跳了起来,把手按在笔记本上。

"个人隐私?"罗德尼猜道。

"而且特别隐私。"弘司肯定地补充道。

"知道啦。"罗德尼点点头,指了指封面的图片,"我曾经有一本差不多的,不过是很久以前了。"他环顾了一下四周,"你说到底怎样才能做一个'宇宙的巨人'呢?万物的主宰吗?那可真是个超级英雄了!"

"万物的主宰?"弘司重复道。

罗德尼咧嘴一笑,走向门口,"我还是让你接着打扫房间吧。"说完就溜走了。

弘司低头看着他的旧笔记本,觉得自己刚才的反应有些过度了,反正罗德尼一个字也看不懂,因为他是用日语写的。他翻开笔记本,看着那些或潦草或认真写下的平假名。万物的主宰,听着很傻,但不知为何,他脑海里一直挥之不去。成为万物的主宰,这才是重点,而眼下,东西才是主人,它们控制了他,让他清洁、维护、携带……他买了这些东西,但这些东西却不属于他,恰恰相反,他属于它们。

唉,想些什么乱七八糟的呢。他曾经只带着一个行李箱就从一个大陆搬到了另一个大陆,如今却不能那么洒脱了,为什么会这样?都是因为他自己。他随时都可以改变。只要下定决心,他就能成为万物之主。

而现在是时候了。

他把床上所有东西都扫到地上,腾出来大概能放下两个箱子的位置。比当年要多些,不过也可以接受。接着他穿过散落一地的东西,挑了一些塞进箱子。为此,他做了一些艰难的决定,甚至是非常残酷的决定。

最后,床上放了一小摞好衣服、几本书、几个纪念品,当然还有他的电脑和一些别的小物件。

其他一切都可以丢掉了!

弘司不再多想,直接抻开垃圾袋,把所有还留在地上的东西塞进去。东西太多了,垃圾袋不够用,他还用上了几个纸箱,又从地下室取出手推车,把打包好的东西拖到楼下,扔进院子里的垃圾箱。

现在再来打扫房间就格外轻松了。

中午时分,所有东西都整理完毕,房间看起来终于像个家了。

布兰达变魔术般地拿出一锅东西放在炉子上加热,不久之后厨房里便散发出一股诱人的咖喱肉汤的味道。她把装着碗的包裹打开,迅速地冲洗了一下分给大家。汤匙叮当作响,格温叫道:"天哪,这到底是什么?"胡安妮塔则评价:"还不错。"这时他们才知道,布兰达和威克沙姆博士之所以晚了,是因为在来的路上去买了新鲜面包。

夏洛特嘴里也满是口水。她已经很久没喝过这种汤了。黄色汤汁很浓郁,里面有切成小块的蔬菜、鸡肉、剁碎的腰果,搭配上米饭,好吃得要命。

众人的话题自然聊到了她们在德里的童年。

威克沙姆得知后大为惊讶:她们俩小时候都在印度住过?夏洛特作为外交官的女儿很好理解,但布兰达怎么会去那里?布兰达立刻讲起了在德里的轶事。比如有一位老人守卫着她和父母住的房子的大门,整天待在一个像笼子一样的小木棚里,晚上在一个生锈的旧毂罩里生火,布兰达一直担心房子早晚会被烧掉。

夏洛特又讲起了那只进她卧室偷走数学书的猴子。"我看见它爬回了树上,本来是想找个地方好好看看自己偷了什么,但是被同伴发现了,纷纷过来争抢,最后除了一堆碎纸什么都没剩下。"回忆到这里,她不由得笑了,"我到花园里把剩下的纸屑都搜集起来,就为了第二天拿给老师看。我还担心她不相信我的话呢。"

曾经的别墅和那个巨大的花园又浮现在脑海中。对了,还有很多忙碌的仆人! 回想起来,她觉得差不多有上百人。因此根本没有人努力干活。她想起了成群的妇女，老是拿着树枝做成的简易扫帚弯腰清扫院子里小路，常常弄得尘土飞扬，那些路却并没有因此而变得干净。

"那你们在那里平时都做些什么？"威克沙姆好奇道。

布兰达和夏洛特交换了一下眼神。布兰达说："写完作业后，我们总会去你家，一起泡在游泳池里，是吧？"

夏洛特不记得了，"我们不是老待在内院吗？那个有镂空石头墙的地方？"

"哦，没错！你们家的孔雀有时候会在那里攻击我们，特别的野蛮。"

"我同意。它叫什么来着？杰罗姆！最好的办法就是离它远远的。"

每当想到或者讲起在德里的日子，她们就会感觉格外放松。那时候的生活真是简单轻松。

午餐后，众人又开始了第二轮搬家：清空布兰达在沃伦大厦的房间。他们提前申报了搬家，因此能够进入宿舍最底下两层的停车库。管理员过来帮他们设置好了电梯，以便在布兰达房间所在的楼层和停车场之间直接上下。

原本很快就能弄完的，但胡安妮塔每拿一本书都要停下来看一下，不愿意直接打包装进盒子。没办法，每本书她都要翻看，要是没读过，就会继续阅读封底的简介，要是读过，就会直接评论起来。

"胡!"布兰达喊道,"之后住这里的女孩下周就要搬进来了! 我们动作要快点。"

胡安妮塔正专心研究着约瑟夫·康拉德的《黑暗之心》的平装本。"你知道非洲人讨厌这本书吗?"她问。

房间里不断有人来来往往,不停地有邻居过来和布兰达含泪道别,就好像她要移民海外似的,其实下周一他们就会在学校见面。

布兰达终于要从宿舍搬出去这件事让夏洛特很高兴。这里的混凝土走廊看起来就像地下室,每次她过来都能闻到难闻的味道,今天闻起来像是没洗过的臭袜子。

"这里可真热闹。"威克沙姆对布兰达说道,"你不喜欢这样吗?"

"我喜欢热闹。"布兰达递给他放在书箱上的一个枕头,让他帮忙拿下去,"只不过我对隐私的理解和他们不太一样。在这里,当你疲惫不堪地回来,迎接你的可能是一个别人的聚会,或者有人正在翻看你的日记本。这些我不太喜欢。"

在新房子里整理行李相比之下就安静多了。夏洛特悠闲地把叠好的毛巾放在浴室的架子上,享受着沃伦大厦的喧嚣之后难得的安宁。

"夏洛特?"布兰达在门口探进了头,"你原来在这儿。说说看……"她走了进来,随手把门关上,"你今天看起来无精打采。和詹姆斯有关吗? 你们是不是吵架了?"

夏洛特深吸一口气,"没,"她边说边摇了摇头,"我们没吵架。"

詹姆斯依旧没恢复过来。星期五晚上他突然出现,然后扑倒了夏洛特。这一次他们成功上了床,但是时间太短了,起码对她来说。不过一切还算正常。

"那是因为什么?"布兰达关切地看着她。

"我和詹姆斯之间挺好的,"夏洛特说着,心头涌上一种奇怪的感觉,就像一颗因为孕育珍珠而疼痛着的牡蛎,"真的,再好不过了。我挺高兴的,是的。你知道吗,我们在研究日子,打算秋天先订婚,明年夏天办婚礼。"她胸口发闷,深吸了一口气,"到时候,我就是詹姆斯·贝内特的太太了。我可能因为这个有些心神不宁,不过没关系,我会适应的,真没事。"

她说着这些话,真诚得几乎连自己都要信了。

拉斯穆森看上去和弘司想象的不太一样。提到投资人,往往会想到像电影《华尔街》里的戈登·盖柯那样的人,穿着昂贵的西装,散发着高档古龙香水的味道,头发涂了发胶梳得一丝不苟,态度傲慢不用正眼看人……但拉斯穆森却意外地穿着浅色的亚麻长裤、运动衫和薄夹克,还带来了新鲜的巧克力甜甜圈和咖啡。"以防万一,"他说,"我喜欢在下午吃甜甜圈。"

他环顾了四周,赞赏地说道:"哇,这是我见过的最整齐的学生寝室,简直有点禅意了,真厉害。"

弘司请他坐下,屋里现在有足够的空间,"你要是需要的话,我这里也有冷饮。"

拉斯穆森谢绝了，"先吃甜甜圈吧，之后再说。"

落座之后，他开始跟弘司讲起 Sollo 电子尝试收购规模比自身大十倍的竞争对手 Cook & Holland，他旁观了整个过程，"他们用了一个老把戏。用银行贷款买入那家公司的股票，打算收购成功之后再用 Cook & Holland 的资金偿还贷款。愚蠢的是，他们没料到会出现竞争者，导致股价飙升。在这种情况下，Sollo 的管理层本该明智地立刻卖掉股票，把收益变现，但他们却不退反进，到处借贷，疯狂地继续买入，最后负债累累，无力支付供应商欠款。碰巧我的两家公司就是他们的供应商之一，这时候我已经发现了事有蹊跷。再之后，他们连员工的工资都付不出来了，于是消息不胫而走，Sollo 的股价随之直线下跌。"

弘司认真地听着，但不是很明白这个人为什么要跟他讲这些。从外表上很难判断出拉斯穆森的年纪。他的脸饱经风霜，似乎他大部分时间都在户外；头发剪得很短，几乎没法判断他的发色，也许是灰色吧；他还有一对冰蓝色的眼睛，目光坚定有神。

"您说这些是想告诉我什么？"弘司问道，"是之后不再继续生产‘魔法棒’了吗？"想到他的发明或许在他拿到学位之前就被迫下架，弘司有些沮丧。

拉斯穆森举起了双手，"慢着，我还没讲完。正因为之前所说的，所以我便仔细研究了这家公司，评估了它的真实价值——市场价值不算数。然后我发现，这家公司的前景十分广阔，可惜管理层都是些狂妄的傻瓜。所以，我以很低的价格收购了Sollo电子，也承担了他们的债务，解雇了很多管理层的人。现在债务已经还清，可以把我所看到的前景变成现实了。"他指着弘司，"而你，加藤先生，你就是这个广阔前景里的一部分。"

弘司不置可否地耸耸肩，"我不过是发明了一个小玩意儿。"

"我的嗅觉告诉我，"拉姆慕斯一边说着一边点了点他的大鼻子，"你的本事可不止这点儿，你还会发明更多东西。"

弘司迟疑着说："或许吧。"

"我问了很多工厂，每一家都在用你的'魔法棒'，对你的发明好评如潮。"

"嗯，那挺好。"可是这对他又有什么好处呢？

拉斯穆森用纸巾擦了擦手指上甜甜圈留下的巧克力碎屑。"我看过报表了。你其实对售卖专利所赚的那笔钱并不是特别满意，是不是？"

弘司又耸耸肩，"还行吧，说不上满不满意……我靠它支付了学费，所以还好，反正我做这个只是为了了解一下整个流程是如何运作的，申请专利、授权啊这些。"

"那你知道，其实'魔法棒'现在已经卖到全世界去了吗？"

"我听说过一点儿。"

"就算是这样，他们给你这么少的钱，你就没觉得不合理吗？"

"每年三四万美元算少吗？"他问出口的同时立马想到，对拉斯穆森这样的人来说的确很少。

拉斯穆森身体前倾，双手合在一起，"你看，这就回到了我们在电话里说到的：资源置换。一棵树不能光是释放氧气，它还必须得吸收养分。为了发展，给予和付出必须要保持适当的平衡。你却不在意这一点，只是把你的发明带到这个世界，之后就放任不管了。原谅我这么说，但这是一种很不负责任的行为。不仅仅是损害了你的利益，也会损害其他人的。"

"那我该得到些什么呢？"

"实际情况就是，"拉斯穆森眼睛里闪着奇异的光芒，"Sollo高层在筹集收购资金的时候，首先欺诈了他们的专利持有者。第一年他们付给你四万美元是正常的，但是别忘了，'魔法棒'是当年九月才上市的，那时候市场还没有铺开。第二年这个钱无论如何都应该更多，然而没有，反而变少了，起码给你的报表上是这样的。"说完，他从夹克内袋里拿出一张纸递给弘司，"这是你实际上应该拿到的金额，包括违约利息。"

弘司看着手里的纸，心脏猛烈地跳动起来，这是一张三百万美金的支票。

"我其实想过，"弘司听到耳边有人在讲话，巨大的震惊令他过了一会儿才意识到，这话是自己说的，"是否可以将'魔法棒'与能发出编码光脉冲的激光指示器结合起来，摄像机会直接采集数据并转换成坐标,这样一来,就能绘制出实际空间里的隔断墙之类的了。如果再连接上一副数据眼镜,所有更改就能三维可视化,用户甚至可以通过虚拟图像更加直观地对空间进行规划。"

"看见了吗?"拉斯穆森微笑,"一旦我们找到了正确的平衡,你的点子就会源源不断地涌出来。这才是像样的运作方式。"

弘司拿起支票,"三百万? 这可太像样了!"

他有些发蒙,他预想了所有事情的可能性,唯独没想到会是这样。三百万……这意味着他也成为一个有钱人了,相当富有的有钱人。但这一刻他感到,很多事情比钱更重要,比如他的未来,比如他对人生的期望以及他想去的地方。

他不得不向拉斯穆森坦白,"我现在很懵。我……好吧……首先,当然要感谢您所做的一切……"

拉斯穆森说:"这是你应得的,你甚至有权以欺诈罪起诉Sollo电子的前任经理。"

弘司有些疑惑地看着他,"啊,是的。那起诉会有什么结果?"反正他现在已经拿到钱了。

"滥用信任就要受到惩罚。再次是资源置换的问题。你可能已经注意到了,这是我最喜欢的话题。我已经提起了几起诉讼,你要是愿意的话,也可以加入进来。"拉斯穆森不屑地挥了挥手,"这事儿目前不重要,不过你可以考虑一下。"

弘司看着手中的那张惊人的纸,上面有美国银行的标志以及拉斯穆森龙飞凤舞的签名。"我最想知道的是,您为什么要来见我? 我差点以为您……想让我签个合同之类的。"

"为什么要签合同?"拉斯穆森摇了摇头,"合同不过是书面记录商量好的承诺,而现在不需要什么新的承诺。我想见你,是因为我相信面对面是任何通信手段都无法取代的、最直接的交流。我想让你知道,我对你本身和你接下来要做的事都非常感兴趣,希望你能有更多的想法,更多的突破性项目。我也想让你知道,无论你有什么想法,我都乐于倾听,无论你是想将一个点子付诸实践,还是需要出售,我都可以帮你。"说着,他从胸前的口袋里拿出一张名片,又在背面匆匆写下一个手机号码,"这个号码只有极少数人知道,不要透露出去。拿着,你可以随时联系到我。"

弘司接过名片,向他道谢:"谢谢您。"

"我刚才说的话,无论是下周还是十年之后,都会有效。"拉斯穆森补充道,"别有压力。"

"好的。"弘司应道。

这位投资人说完就离开了。弘司现在都不敢相信,像詹斯·拉斯穆森这样的人——拥有私人飞机、游艇,每年还向一个森林保护组织捐款五百万美元——能到这里来。但是手里的支票还在,证明他不是在做梦。

他抬头望向窗外,海面升起的雾气正朝着这边滚滚而来,对现在这个季节来说有些不寻常。

不过相比之下，这不是今天最不寻常的事。

弘司把支票夹进《宇宙的巨人》笔记本里，坐在那儿，感受到了许久未曾感受过的迷茫。他不知道现在该做些什么。

他打开了电脑，但随着屏幕变亮，他发现自己完全没心情检查电子邮件，或者做些其他类似的事。他再次关上了电脑，把它推到一边。

外面的雾越来越浓，麦格雷戈大厦的高塔现在只剩下模糊的轮廓。尽管房间格外整洁，弘司却突然感觉这里显得又小又空。

他是忘了什么约会吗？上次有这种感觉就是因为这样。但他看向日程表，却发现一切正常。

即便这样，他还是得出门去！他穿上一件夹克——现在根本无须挑选，因为他只剩了这一件——穿上鞋子，然后出去了。走廊里没人，星期六晚上的大楼从没如此空旷过。

他走出宿舍楼，大门在他身后吱呀关上。雾笼罩了一切：纪念大道上车很少，只有几盏昏暗的车头灯在灰蒙蒙的雾中缓慢移动。原本宽敞的绿化带上，树木仿佛潜伏在暗处伺机而动的怪物。河水也被雾气遮盖得严严实实，根本看不清楚。

弘司过马路，来到查尔斯河沿岸的自行车道上。只要他想，就可以沿着这里一直走下去，直到走不动，或者心神安定下来为止。

他不是唯一一个走在这条道上的人。他看到有一个似乎有些熟悉的身影站在路边的一棵树旁，于是慢慢地走了过去。

"是你!"他惊讶地大叫,这是今天第二次,他不敢相信自己的眼睛。

终于,布兰达安排其他人帮忙收拾的东西也都归位了,正在这时,外卖比萨到了。这是一大份比萨,还附送了沙拉和意大利红酒。众人聚到桌边,气氛非常融洽,就连胡安妮塔也会时不时笑出声来,不再执着于聊些关于书的话题。

夏洛特早早地找借口离开了,她不想扫了大家的兴。"我还有别的事,"她说,"你们好好玩。"

"谢谢你能过来帮忙。"布兰达把她送到门口,抱了抱她。

夏洛特有些疲惫地笑道:"这是你独居的第一个晚上,祝你一切顺利。"

驶离布兰达家时,路上已经起了雾,并且以惊人的速度变得越来越浓,夏洛特有些迷失方向。终于找到路的时候,她已经在市区了,刚刚驶过八号云餐厅。不知为何,她的眼睛突然灼痛起来……她到底怎么了?

终于,她回到了家,把汗湿的衣服扔进洗衣篮,接着站在热水下淋浴,希望能洗掉灰尘和汗水,以及她内心挥之不去的不安。

从浴室出来、用毛巾擦拭头发的时候,电话响了。她低头看了眼屏幕,是詹姆斯。她伸出手,手指悬在电话上方,却没有接听。电话响了五声就停了,因为第六声就会转接到语音信箱。

詹姆斯只是想知道她在不在家。

夏洛特突然感觉,那种她以为已经随着热水澡退去的不安感又回来了。穿衣服的时候,她意识到自己并不想整晚等待,看詹姆斯是不是会过来。可以给他回个电话,她在吹头发的时候跟自己说。但最后她没有那么做,反而穿上外套,出了门,走进此时已经相当浓郁的大雾中。

这种天气不适合开车,也不适合观光。但不管怎样,今晚、此刻,她就是不想待在家里。她开着车,速度很慢,反正没什么急事,毕竟她连自己要去哪里都不知道。

但事实似乎并非如此。每到一个路口,她都清楚知道自己应该直行还是转弯,仿佛冥冥之中有某种指引一般。或许就像候鸟一样,她只是在遵循自己的本能。

她沿着麦格拉斯高速公路行驶,这是一条高架路,平时能俯瞰大多数房屋的屋顶,也可以透过二楼的窗户看见屋里的人在看电视。但今天什么也看不见,没有轮廓的灰色雾气包裹着路上的车辆,仿佛她和另外两三辆汽车都飘浮在无形之中,飘浮在宇宙诞生前的虚空之中。

想到这里,她有些不寒而栗,最后下了高速,发现自己在查尔斯河边。MIT的学生宿舍就在旁边。她找到一个车位停了车,下车步行。空气里混合着盐味、海藻味和尾气的味道。她在麦格雷戈大厦前停了下来,抬头望向楼上模糊的窗户,屋里射出的光线在雾气中只剩下看起来有些阴森的光亮,不知道其中哪一个是弘司的房间。在东京那会儿,她很清楚哪个窗户是弘司的。但那已经是很久以前的事了。

她转身过了马路,走去河边,完成这一系列动作几乎只能靠听觉,浓雾让人看不清任何东西。这里有一条狭窄的柏油自行车道,后边便是河堤了,她能听到水拍打着石头的声音。这让她想起了当年那个神社里的祭坛。在她的记忆里,她似乎也是这样被困在一片迷雾之中。

身后传来脚步声,吓了她一跳。她转过身去,是弘司。

"是你?"他显然和她一样惊讶。

"你好啊,"她说着,把胳膊环抱在胸前,"真巧。"

他走到她面前停下,"你真的还是这么想吗?"他问,似乎难以置信,"你真的觉得我们只是碰巧遇到?"

她看向他,望着那张既陌生又熟悉的脸。他的眉毛细细的,深黑色的头发反着光。她看见的依旧是那个她曾经认识的男孩,那个把她从时间的深渊中拉出来的男孩。

她坦白道:"我也不知道自己为什么到了这里。我就是今晚不想待在家里,所以开车随处游荡……然后就到了这里。"

他慢慢地点头,"今天的确是有些不寻常。这是我第一次漫无目的地外出。"他没有再多说什么,没必要,她肯定能理解他。能够在这样一个几乎没有人出门的夜晚同时出来,又不经意地来到一个他们通常不会去的地方,这绝对不是巧合。

雾气似乎将他们包围起来,让他们与外界隔离开来。在这种时候,人很容易相信命运和缘分。

一直萦绕在她心头的那种不安似乎消失了。这是几天来的第一次,她觉得自己就应该在这里。

她渐渐感觉有些冷。"你有没有收集邮票之类的东西?"她问他。

"什么? 没有……"

"或者其他你能给我看看的东西?"

他思索了一下,似乎没太明白她的意思,"我的房间?"

"好,"夏洛特说,"那就带我去看看你的房间吧。"

6

第二天早上醒来的时候,弘司感觉似乎有什么东西不一样了。他花了好一会儿才弄清楚到底怎么回事:他很幸福。

因为夏洛特。他小心地转过头,有些不敢相信她正睡在他身边。今天天气很好,灿烂的阳光照亮了整个房间。她蓬松的黑发像瀑布一般从枕头上倾泻而下。她还在熟睡,表情完全放松,看起来比以往任何时候都更美丽,就像一个被困在他床上的天使。

想到她昨晚的热情,想到她在他耳边沉重的呼吸声以及那些喃喃低语,一切都像梦境一样。

是的,他很幸福。他这辈子第一次发现,一切都是他期望的样子。他从来没指望过,但如今他明白了,这种感觉就是幸福。

幸福感一直持续到夏洛特睁开眼睛的那一刻。起初,她睡眼惺忪,仍然有些困惑,随后环顾四周,看向了他。让弘司感到恐惧的是,他从她的眼睛里读到了犹豫,不,比那还要糟糕,是后悔!就好像这一切不该发生一样。

"现在几点了?"夏洛特声音沙哑地问他。

"不知道。"

"我得穿衣服了。"说完,她掀开被子。一股浓郁的味道飘散出来,那是两个人激情后留下的味道。这让弘司不知所措,只能无奈地看着她从地板上捡起散落的衣物,这可能是所有MIT宿舍里最干净的地板了。她赤裸着,看上去美极了。

"过了昨晚,你就没别的什么想说的吗?"他终于忍不住问道。

夏洛特停顿了一下,有些恼怒地看着他,"要不然呢? 我和你睡了,这就是你想要的,不是吗?"

"什么?"弘司简直不敢相信自己的耳朵,"你怎么会这么想?"

她迅速系好了自己的内衣,"你敢说你不想吗?"

"我当然想,但这不是全部! 我想要的不只是……"他有些绝望,却还在拼命组织语言,解释自己的想法,"我想要的是你,你懂吗? 我想知道一个答案。世界上有几十亿人,有数百万个地方,而就算是相同的地方,时间也有可能错位。有太多可能性让我们错过彼此,然而我们却相遇了,这只能意味着一切都是命运的安排,我们是命中注定的那个人。就是这样。"

她本来手里正拿着内裤,想要翻到正面,听到这话,她放下了手,抬起头环顾整个房间,看着几乎空了的书架、光秃秃的墙壁、桌上的电脑和剩下的几本书。

"这样行不通。"她说。

"为什么?"

"因为就是行不通。"她有些不耐烦,匆匆穿好内裤站了起来,又捡起了T恤,看着弘司,"我就要和詹姆斯结婚了,你得接受这个事实。"

弘司感觉自己的脸像石头一样僵硬。他毫无保留地向她表明了自己的心迹,她却狠狠地一脚踩在他心上。

"就算嫁给他也没关系。"他知道说这种话毫无意义,改变不了任何事,但他还是要说,"命运就是命运,没有人能够逃开。"

她穿上了裤子和上衣,把外套拿在手上。"我还是现在就走比较好。"她说着,用手指梳理了一下头发,然后坐在床边穿起鞋子。

弘司坐了起来,"你爱他吗?"

"不然我为什么和他在一起?"她头也不抬地答道。

"为什么不直接说'是的'?"

她抬起头,眼神闪烁,"好吧,是的,我爱他。现在满意了吗?"

为什么她的态度突然变成了这样?明明前一天晚上她还热切得近乎狂热地扑向他,过了一晚却表现得像是他强奸了她似的?醒来时那种非凡的幸福感已经荡然无存,只剩下一些模糊的记忆。

"你怎么能确定你爱他?"弘司固执地追问道,"不是那种对宠物之类的爱,而是……"她已经系好鞋带站起身来。弘司笨嘴拙舌,感觉自己快发疯了,"看见他的时候,你的心里会充满快乐吗?和他在一起,会让你的生活更多彩吗?你确定他就是命运为你选定的那个人?你确定你们是从洪荒时代起就注定的天生一对吗?"

她停下了动作,有些难以置信地看着他,"你不觉得,你太浪漫主义了吗?"

他抬头望向她,他觉得自己可以盯着她的眼睛看上一千年,"你就是这么想的?"

她哼了一声,咬牙说:"你对洪荒时代一无所知。"

说完,她便离开了。

夏洛特走出麦格雷戈大厦时,花了好一会儿工夫来辨别方向。大街上阳光灿烂,和前一天晚上被雾气笼罩着阴森森的模样完全不同。她快步走向自己的车,坐上去,砰的一声关上了车门,发动发动机驶向大路。她脑子一片空白,没有发现有人正盯着她。

她本该发现的。实际上,麦格雷戈大厦的窗户上,有七双眼睛在盯着她;而隔壁的伯顿–康纳大厦的窗户上也趴着十三个男生。另外,还有八个人知道她的车在宿舍区的停车场停了一整夜。在随后的几个小时里,夏洛特·玛尔露在麦格雷戈大厦过夜的消息不胫而走,三百多个学生绞尽脑汁地想了一整天,她到底和谁过夜了。

没过多久,事情就传到了哈佛校园,传到了贝内特财团的继承人詹姆斯·迈克尔·贝内特三世的耳朵里。

星期一早上第一节研讨课开始之前,他来到装着壁板的昏暗走廊,这里仍然弥漫着昔日的味道,在过去,高年级的学生常常在课前凑在一起抽雪茄。

"你听谁说的?"他板着脸问道。

劳伦斯·凯利有些局促,"那个,就听别人说的呗。一个跟我住一层楼的同学,从住在伯顿-康纳大厦的某个人那听说的,那个人又是听住麦格雷戈大厦的人说的……总之,现在所有人都知道了。只不过没人知道她是和谁一起过的夜。"

但詹姆斯心知肚明。他一开始就猜到了,他早就知道这件事比她告诉他的复杂得多。一个儿时认识的老朋友?放屁。

"我觉得,"劳伦斯接着说,"理论上她也可能是跟个女生在一块……"

"不是女生。"詹姆斯嘀咕着。

现在估计哈佛大学里一半的人都在嘲笑他了。但他的愤怒不止于此。因为愚蠢的搬家,他整个星期六都没见到夏洛特,星期天更是没能联系上她,所以他就把精力放在了搞定特里·米勒上。他甚至提议和她一起坐父亲的私人飞机去夏威夷旅行——要知道这事并不好安排——但即便这样也没能让他更进一步。

是时候把他的愤怒发泄在罪有应得的人身上了。

"跟我来。"他命令道,将手重重地放在劳伦斯的肩膀上,是时候让他表现自己的忠诚了,"有人马上就会知道,他勾搭了不该勾搭的人。"

　　"无尽长廊"是一条贯穿麻省理工学院所有主要建筑的走廊。每到上课的时候都挤满了学生,因为这里是校园东西走向最短的路线。走廊是直的,所以在一年中某些特定的时间里——一月底和十一月初——西斜的夕阳会洒满整个走廊。弘司不知道这个走廊里到底贴了多少课程公告、俱乐部传单和其他广告,可以肯定的是,数清楚绝对要花不小的力气。

　　这天一大早,他又因为项目申请的事过来找鲍尔斯教授,教授无奈地跟他说:"有消息我会立马发邮件通知你,你真的不必每个星期一都来我这里报道,这解决不了任何事。"

　　刚结束系统优化的研讨课、正要前往罗杰斯大楼的图书馆时,突然有一个肩宽背阔的身影不知道从哪儿冒出来,挡住了弘司的路。他退后一步,才认出来人正是夏洛特所爱的那个詹姆斯。詹姆斯看起来非常愤怒,原因并不难猜测。

　　"我们得谈谈。"这句话从他嘴里说出来,让弘司感觉就像火山喷发前山体发出的隆隆声。

　　弘司垂下了肩膀,想表现得放松一点,"谈什么?"

　　"别跟我装傻,眯眼怪!"詹姆斯咆哮道,"原因你清楚!"他身旁的两个同伴竭力表现得义愤填膺,但实际上,他们看起来更多的是担心,就像医护人员在监护着一个随时可能会发狂的病人一样,不太放心。

"你还是说清楚吧。"弘司说,"要是我猜错了就不好了……"

詹姆斯握紧了拳头,像金刚一般猛地附身凑到弘司的面前,"好,"他朝着弘司的脸上啐了一口,"我直接告诉你:别碰我的未婚妻,不然我会揍到你下半辈子只能吃流食度日。"

弘司动了一下,将右腿分开与肩同宽,不着痕迹地摆出了柔术的基础起式。现在他有些后悔自己只上过初级班了。

"据我所知,"他回应道,"这种事应该让女人自己来选择,现在是二十一世纪。"

"要是你没听懂我的话,小日本!"詹姆斯咆哮着,"我可以把它文在你的黄皮上,你的脏手最好离——"话没说完,他就试图揍弘司一拳,几乎是无缝衔接,不过还不够完美。弘司并不擅长打人,但他擅长躲避,他的上半身灵活地倾斜到一侧,让詹姆斯扑了个空。

"懦夫!"詹姆斯恼怒地叫道。

"垃圾!"弘司也不示弱。

周围的学生自然也看到了,在MIT校园打架几乎闻所未闻,所以大多数人都绕路躲开。尽管有很多人晚上会坐在显示器前,拿着虚拟武器在电子迷宫里横冲直撞、血腥地屠杀对手,但对于现实中的暴力行为他们通常是抵触的。没有躲开的人也保持了距离,似乎在詹姆斯和弘司周围围成了一个竞技场。

詹姆斯继续挥拳,这次他更用力了,弘司不禁出了一身冷汗。眨眼间,詹姆斯的拳头就擦过了他的肩膀,打到了他的下巴。尽管只是轻微的擦伤，但疼痛像闪电一样刺穿了弘司，这让他意识到，如果这场不平等的战斗不尽快结束，等待他的将是什么。

就在这时，走过来一位身材精瘦、头发发白的教授。走近了他们才发现，他竟然比詹姆斯·迈克尔·贝内特三世还要高出一个头。长得与詹姆斯的父亲颇为相似，当然弘司并不知道这一点。

"我能问一下这里怎么回事吗？"教授打断了他们。

詹姆斯停在了原地，和弘司互相看了一眼，然后一起看向教授，只好停战。

不，这只是暂时的。詹姆斯向后退了一步，放开了拳头，活动了一下双臂。"好吧，加藤，"他说，"今天算你侥幸。但别以为这就算完了，我还有很多方法对付你。"

弘司没有说话，只是盯着他的对手，他被这个亿万富翁的儿子野兽般的怒气吓到了。夏洛特怎么会嫁给这样的家伙？她到底看上了他什么？

"你知道的，"詹姆斯带着狞笑继续说，"人生无处不相逢，我们还会再见的。下次见！"说完便转身走了。

但詹姆斯·迈克尔·贝内特三世错了，他们在MIT"相逢"过了，但自此之后，他和弘司再也不会见面。

一整个星期天夏洛特都待在家里，蜷缩在她最喜欢的沙发上，凝视着天空发呆。她听见电话铃声响起，却没有理会。她就那么坐着,蜷起双腿,双臂抱膝,努力不去想前一天晚上的事:她是怎么忘乎所以、完全失控,和弘司融为一体的。她从来没经历过这样的事,这让她恐惧,所以只好逃离。

幸好她的肚子咕咕叫起来,中断了她的发呆。她走进厨房,为自己煮咖啡、烤面包。她手里握着杯子,凝视着窗外明媚的阳光,树叶被照得闪闪发光。一切看起来都那么平和,充满了生命力。

奇怪的是,她并不担心詹姆斯知道之后的反应。他似乎与这一切无关,这是她和弘司之间的事。又或者,这只是她自己的事?

她开始焦躁地在公寓里踱步,看着电脑,仿佛从来不认识这东西,而旁边的书架仿佛是个害虫窝。尽管并没有心情,她还是决定开始写论文,她跟自己说,这能分散注意力。

事实的确如此。她一头扎进书堆,研究那些发生在几十万年前的事,陷入一种忘我的状态。当詹姆斯的车停到门前时,她没有反应;当他按响门铃时,她也没有应答。

到了星期一,她还是待在家里没出门。她不能就这样若无其事地跑到学校里,当作一切都和以前一样。她谁都不想见,也不想和人说话。那种美国式的笑容和热情会让她更加神经紧张。她的内心饱受煎熬,哪怕是一句正常的笑嘻嘻的"嗨"或者"太好了",都能引得她放声尖叫起来。

星期六晚上仿佛是另外一个人的回忆。到底是什么动力驱使着她找到弘司、向他投怀送抱?现在他们的友谊被彻底摧毁了,无法挽回。

她坐在电脑前，却无法集中精力。她望向墙上的时钟，想着假如没有发生那件事，她现在会在哪里，会做什么。

电话响了，这次她接了起来。是布兰达，问她星期六是否安全到了家以及周末过得如何。夏洛特含糊地说了些话，好让布兰达明白她现在不想谈关于周末的事。

"我想问你一件事。"于是布兰达转移了话题，"关于托马斯的……我是说，威克沙姆博士。"

夏洛特扬起了眉毛，托马斯？"怎么了？"

"他昨天打给我，说想约我出去。所以我想问问你这个人怎么样？"

她并没有问"该不该和他约会"。布兰达不是那种需要征求别人意见来做决定的人，她很清楚自己的想法。

威克沙姆人怎么样？他为人正派，尽职尽责，相当可靠。之所以一直是单身，是因为作为古人类学家，时常要外出做野外调查。他讲课很有趣，课堂氛围很好，但同时对教学又十分严谨，很重视他的专业和他的学生。而且他很廉洁，夏洛特甚至没办法想象会有人尝试贿赂他。

夏洛特突然痛苦地意识到，威克沙姆拥有的品质，都是詹姆斯不具备的。

"嗯，威克沙姆挺好的。"她忍着想要哭出来的冲动说道，"布兰达,他非常不错。"

直到回到公寓,弘司才开始颤抖。他瘫在转椅上至少一刻钟,浑身是汗。他这辈子从未遇到过如此有针对性的攻击……不,是如此坚决的毁灭欲!当然,他可以不断告诉自己詹姆斯是个白痴,是空心脑袋的原始人、狂妄自大的土财主——但这并没有改变自己目前很危险的事实,只要有机会,詹姆斯肯定会对他出手。

并且,詹姆斯知道他的钱能保护他,所以会更加肆无忌惮。就算他动手了,也不会有任何麻烦,因为他很有钱,负担得起最好的律师,而且不怕被罚款。

弘司盯着他的床,从星期天早上开始,他无数次回想他和夏洛特一起度过的那个深夜。他本来想了解——真正地了解——她是如何看待詹姆斯的。她声称自己爱他,但这可能只是她的错觉。她早晚会发现自己错了,而他会一直等他,最后他们还是会在一起的。只要这么想,他就安心很多。凭着这个信念,他会一直坚持下去。

弘司意识到身体渐渐平静了,颤抖不那么厉害了。他深吸一口气,然后开始担心詹姆斯是否会拿夏洛特出气,或许应该给她打个电话提个醒。这么想着,他便从口袋里掏出了手机。

电话自然再一次转到了语音信箱。这代表了无数种可能,可能只是她不想和他说话。无所谓。他留了一条语音,把她最爱的人做的事说了一遍，一直说到计时结束。

但如果最坏的情况真的发生了，这条留言对她又有什么帮助？或者他应该直接去找她、保护她？转念一想，他又担心就算去了也于事无补。或许他应该报警，但警察又能拿这个城市的顶级富二代怎么办？局面相当棘手。

他突然想起了一个名字，在他和夏洛特重逢的那个晚上她提到过的，她的朋友布兰达，姓什么来着……对，吉拉姆，布兰达·吉拉姆！她们在德里就认识了，后来在波士顿重逢，和他一样。她父亲是哈佛的教授，教医学的。找到她的地址应该很容易。

弘司打开电脑，等待系统启动时，他感到很口渴，像是被烤干了一样，于是一跃而起，下楼去大厅的自动售货机买了一罐冰镇苹果汽水。拉开拉环的时候，他的手依旧在颤抖，看来还是没有完全缓过来。

花了不到五分钟的时间，他就找到了约翰·吉拉姆教授位于剑桥市的地址和电话。他打电话过去，介绍说自己是夏洛特·玛尔露的儿时朋友。幸运的是，接电话的正是吉拉姆太太，她知道这个名字。为了避免给夏洛特惹上不必要的麻烦，他有所保留地讲了事情的经过，让吉拉姆太太以为，詹姆斯完全是为了谣言而大发雷霆。她答应会立即通知女儿，可惜布兰达周末就已经搬出去了，不过她知道该怎么做。

打完电话后，弘司发了一会儿呆，要是参加了学校里所有武术课程就好了。哪怕能有一点胜算,他都会毫不犹豫地和詹姆斯较量一番,把他揍得魂飞魄散。他的眼神落到邮件提醒上,是鲍尔斯教授的邮件。他迅速点开,却又怔住了:他的申请被拒绝了。不只是拟议的扩展部分,而是整个项目。鲍尔斯的邮件里写道,评审委员会认为他的项目不值得资助,对此他很抱歉。

弘司几乎喘不过气来。是詹姆斯!他临走之前威胁他什么来着?"我还有很多方法对付你",这句话在弘司耳边回荡。

毫无疑问,肯定是詹姆斯·贝内特在背后搞的鬼。他父亲是波士顿所有大学最主要的赞助人之一。詹姆斯这样的人,只要他愿意,就可以为所欲为。对他来说,破坏某个无关紧要的外国学生的项目提案简直是小菜一碟。

弘司又读了一遍邮件,不愿接受自己看到的内容。他感到愤怒在心中升起,一种疯狂的、血淋淋的愤怒,让他几乎精神崩溃。好,詹姆斯·迈克尔·贝内特三世,想宣战是吗?那就来吧。他,加藤弘司,不会退缩。他会战斗到只剩最后一滴血,他会——

等等!弘司突然笑了出来,他差点儿忘了,他用不着再指望他们的钱。他跳起来,拿出《宇宙的巨人》笔记本,翻开它。那张三百万美元的支票!有了它,就算没有大学资助他一样负担得起试验!

拿着拉斯穆森的支票时,他突然看清了整件事,突然的清醒就像闪电一样击中他,照亮混沌中的一切。他现在明白了这些事情发生的用意,明白了命运运转的方式,以及自己在其中的作用。

星期天早上就是至关重要的一个节点。假如事情按他预想的发展，那么他和夏洛特现在应该在一起了，他会非常幸福，以至于忘记了他的理想。他会安于为拉斯穆森发明一些这样那样的小装置，过上富足的生活，在夏洛特身边幸福地过完一生。但命运对他另有安排。夏洛特会属于他，但要付出代价才行。

他一直想不通，为什么夏洛特选择了詹姆斯而不是自己。现在他明白了，原因很老套，因为他有钱。夏洛特同样出身于富裕的家庭，她习惯了"人以群分"的观念，从来没想过要去质疑。詹姆斯很富有，是一个很好的对象。这对她来说就够了，足以使她相信自己爱的就是他。

他现在想通了。只有当他完成了所有计划，实现他的理想，创造出一个不再有贫富之分、人人富有的世界，他才能赢得夏洛特。想到这个计划，绝不是为了把它写在积满灰尘的旧笔记本上发霉的。命运希望他能够实现它，如果他不愿意，命运之手就会加以干预，迫使他去完成。

他要走的路已经明确了，最好是沿着这条路继续走下去，不要偏离轨道。项目初稿非常保守，只是试探性的一步，第二次提案也没能扩展太多，就算自掏腰包完成了试验，也仍然是浪费时间。

不。既然开始了，就必须走下去。他拿起手机，给拉斯穆森打了个电话。

"我有一个项目，"他告诉拉斯穆森，"但是比我们周六谈过的要高几个层次。我需要些帮助才能实现它。"

"有什么字面上我能读的东西吗?"拉斯穆森问。

"基本已经写好了。"他撒了个谎,因为到目前为止,他的项目计划只有一百页用日语手写的幼稚涂鸦。

"好的。我还在波士顿,住在公园广场酒店。或许明天吃早餐的时候可以见个面? 七点钟?"

"七点钟,没问题。"弘司确认道。他还有十八个小时把东西梳理出来。

这一次,詹姆斯没有再被拒之门外。当夏洛特过来开门时,他一把把门拉开挤了进去,把她推进屋里。是的,他很愤怒,不过现在已经控制住了。控制力对他来说很重要,控制意味着制定规则——他的朋友们都忠诚地相信,他才是制定规则的那个人,别人说了都不算,即使是他的妻子也不例外。夏洛特·玛尔露是时候学会这一点了。

"有传言说你和那个小日本睡了,"进到房间里之后,他吼了起来,"那个你所谓的儿时朋友!"

"是吗?"她不为所动,"谣言已经传开了?"

"对。我想听你亲口说说,到底是怎么回事?"

夏洛特冷静地看着他,"我不知道你竟然这么在乎忠诚。"

"什么?"詹姆斯简直不敢相信自己的耳朵,"那还用说吗! 你到底是怎么想的！我会不在乎我未来的妻子是否和别人上床吗？"

"我不是那个意思，"她说着，转身走去了衣橱，"我说的是你的所作所为。"她拉开柜门，他的衣服就挂在那里。她拿出了一件他的衬衫，摸了摸，然后举到他面前，"你和教育学研讨课上认识的小威诺娜鬼混的时候就穿了这件衣服，在她的车上，因为你觉得她不值得你花酒店的钱。"她把衬衫扔给他，又拿起下一件，"上周四，你穿着这件衣服去勾搭了艺术史专业的特里·米勒。嗯……差一点就得手了，是吧？"

詹姆斯接过衣服，原地愣住了。见鬼，她是怎么知道的？她看见了？还是她雇了侦探监视他？

不，她不可能知道的。星期四，他和特里在灌木丛里独处，不可能有人看见。应该都是她的猜测，她一定是在虚张声势。

"什么？"现在他得咬死不认，"你在说什么？都是传言啊！"

"詹姆斯！你我都心知肚明。'你不可能睡遍全世界每一个姑娘……但不能因为这样就不去尝试。'这不是你的座右铭吗？"她的声音听起来出奇的平静，就好像在讲别人的事情一样。她从衣柜里又拿出一条他最喜欢的裤子，"你带我去八号云之后两天，就搞上了一个那里的服务生，就是给我们服务的那个金发女孩，腰很细，名叫金伯利·沃茨。你……等等……你和你父亲办公室里的每个秘书都睡过，其中有两个还是在你认识我之后才被雇用的。"说完，她把裤子扔给他，"还要我继续讲下去吗？"

詹姆斯目瞪口呆,"你是怎么知道的?"

"我就是知道。"

"听着……"该死。他现在唯一能做的就是拼命挽回了,如果她想听实话,那他就坦白,"好吧,我承认,我有的时候的确挺渣。但是不影响任何事。这只是……一种习惯,从认识你之前就有了。当然,只要我们订了婚,我就会完全收心。"

夏洛特轻轻地摇了摇头,有些心不在焉。"不,"她说,"我不会和你订婚了。"

波士顿公园广场酒店的早餐餐厅此时还没什么人。粗壮的柱子支撑着拱形天花板,枝形吊灯的光线与外面清晨的灰蓝色交织在一起,厚厚的地毯掩盖了所有脚步声。

拉斯穆森选了一个靠窗的僻静角落,旁边摆着一盆绿色植物。他的早餐是一壶茶和一盘水果沙拉。他问弘司想吃什么,但弘司只是从包里掏出项目计划,递给拉斯穆森。"您还是先看看这个吧。"

"在我看的时候,你可以吃点儿东西。"拉斯穆森说。

"我现在一口都吃不下。"

"这里的煎饼做得不错,你务必得尝尝看。"

弘司还是摇头,拉斯穆森只得耸了耸肩,"好吧,起码我劝过你了。"他靠向椅背,打开文件夹,读了起来。

弘司在一旁默默观察。起初,这位投资人还偶尔会呷一口茶,或者吃一片水果,但很快他就把叉子和杯子放在一边,全神贯注,越往下读,眉头就皱得越紧。

终于,他抬起了头,左右看了一下,确定周围没人后,开口说:"这个……我不知道用什么词形容了,跨时代?如果你的构思真的可行的话,那么这将是一个转折点,一个千年难遇的项目,我能想到可以与之相提并论的大概只有人类取火了。你可以靠它改变整个世界!"

没错,弘司想着,这正是我的目的。"我想尝试一下,"他说道,"但我需要您的帮助。您已经看到了所需工具的清单。"

"嗯。"拉斯穆森把文件夹放到桌上,伸手拿餐巾擦了擦嘴。"我知道有个人会疯狂地支持这样的事。"沉思了一会儿之后他又说,"你可能得亲自去找他,当面跟他解释一下你的构想。"

"没问题。"弘司说。

"他住得很远。"

"那也没问题。"

"好吧。"拉斯穆森从外套口袋里掏出手机,"那你什么时候可以启程?"

弘司耸耸肩,"需要的话,现在就可以。"

夏洛特在宿舍楼下的门铃上寻找着弘司的名字,这让她想起当年在东京第一次去他家,她也是这样无奈地站在门铃前。啊,找到了。她按了写着"加藤"的门铃。

没人应答。她在想什么呢？这个时候，他当然应该是在学校搞研究。她拿出笔记本和钢笔，打算给他留张字条。

正当她把笔记本按在砖墙上时，有人经过，是一个高高瘦瘦的男生，长了一张墨西哥特色的脸。他本来是匆匆经过的，但下一刻她听到他停了下来。

"夏洛特·玛尔露？"他问道。

她转过身来，"什么事？"

他睁大了眼睛，好像看到了什么了不得的事，"你不是碰巧过来找加藤弘司吧？"

"是的。"她承认，"你知道他在哪里吗？"

他半天没说话，看起来有些泄气似的。"这不是真的吧……"他嘟囔着，然后叹了口气，说道，"你刚好错过了，一个小时左右之前他刚走。"

夏洛特拿起笔记本，"对，我正想给他留张字条放到信箱里。你知道他什么时候回来吗？"

他摇了摇头。"他不回来了。那个浑蛋搬出去了，特别急，就在今天早上。我住他隔壁，我们是朋友……至少在我看来。他把钥匙和一张支票塞给我…… 一笔不小的数目，让我通过物业管理处帮他处理后续的事。他说，他必须走，要去实现他的理想什么的。"他向她伸出了右手，"顺便说一句，我叫罗德尼。"

她心不在焉地和他握了手,接着问:"那他有说要去哪里吗?"

罗德尼表情有些为难,"没说。"

她在车里坐了很长时间,却没有发动车子。昨晚的一幕幕像电影一样闪过她的脑海:詹姆斯一遍又一遍地叫喊、哭诉、恳求,最后甚至咒骂她。他终于离开之后,布兰达过来了,告诉她,弘司打给了她母亲,说詹姆斯在MIT校园里堵他,要揍他,所以他担心詹姆斯会对夏洛特不利。

她不愿相信这一切,于是在詹姆斯下一次打来电话的时候向他求证。他立即承认了,不仅如此,他甚至为此自豪,说一个男人必须为自己爱的女人而战之类的。夏洛特一句话也没说就挂断了电话,拔掉了电话线。

整个晚上,同样的念头又开始在她的脑海里翻来覆去,就像磨盘一样。也许她应该再给弘司一个机会,但万一最后没结果呢?她被他吸引住了,同时却又害怕被他吸引。这一定与她母亲有关,因为她看到了母亲的婚姻并不幸福。可是,她也不想一个人孤零零的。

她就这样翻来覆去想了一整夜。

今天早上,她终于决定要和弘司好好聊聊,看他是什么想法。但她没打通他的电话,所以就开着车过来了。

弘司如此坚信的"命运",如今又在哪里,会如何把他们带到一起?毫无疑问,弘司是一个浪漫的人,但命运……或许只是巧合吧。有时是让人高兴的巧合,有时是让人难过的巧合,就这么简单而已。比如,只差了一个小时,他们就错过了彼此,这是一个让人难过的巧合。

夏洛特俯身转动钥匙点着了火。实际上,或许这样更好。她和弘司不会有什么未来的,甚至还不如和詹姆斯在一起。所以,留下一段美好的回忆就够了。

她发动汽车,开车走了。

起初,弘司只能看到大片的云,云层之下隐约有陆地的影子;之后出现了蜿蜒的海岸、岛屿、奔流的入海口;再之后是一幢幢令人难以置信的摩天大楼,在空中俯瞰下去就像是一些奇怪的晶体结构;最后,飞机降落在独占一整个岛屿的机场上。他从客舱的窗户望出去,这里是新加坡。

他推着放了两个手提箱的推车走出海关,正如之前约好的,他看到有人举着写了他名字的牌子。那个人又高又壮,像个摔跤手,自我介绍的时候,严肃的脸又令人生畏。

"我叫古忠。"男人的英语很流利,带一点轻微的口音,"我是顾先生的私人助理。您是想先到酒店休息,还是马上和顾先生谈一谈呢?"

尽管弘司刚刚经历了二十五个小时的长途飞行,但他还是想立马和拉瑞·顾聊一聊。拉斯穆森讲起这位神秘的亿万富翁时说,他已经81岁了,让医生困惑不解的是,按照各项体检数据,他其实早就该过世了。"要是方便的话,我想马上和顾先生谈谈。"

古忠面无表情地点了点头。"这也是顾先生希望的,我现在就带您去他的办公室。"他伸手指了指似乎是出口的方向,"请您移步跟我上车。"

一辆加长的豪华轿车,带有深色的窗户,就像电影里演的一样。弘司本来以为会由古忠来开车,但车里已经有一个司机等着。司机为他们打开车门,把弘司的行李收到后备厢,然后就出发了。

他们离开机场,穿过一条六排车道的大桥,驶向摩天大楼建筑群所在的方向。一路上交通很顺畅,除了他们,似乎只有出租车、货车和公共汽车。古忠认真地询问了他一路的飞行。弘司回答说还好,并感谢了他。然后古忠打了个电话,在剩下的车程里一直用语速飞快的粤语责骂电话对面的人,弘司一个字也听不懂。

两旁出现了玻璃和钢铁构成的摩天大楼森林,豪华轿车驶向其中一座,开进弘司见过的最豪华的地下停车场。电梯已经等在那里了,门开着。"请。"古忠说道。

他们下了车,走进电梯,眨眼就升了上去。

从电梯出来,是很多个灯火通明的房间,由深黑色大理石制成的隔板和铬合金制成的圆柱隔开。他们一路走过,经过的男女都向他们鞠躬致意。走廊尽头是一道很高的双开门,连大象都进得去。

"顾先生的办公室到了。"古忠说着,将一张门卡举到读卡器前刷了一下。"我就在这里等您。"大门无声地打开。

弘司站在门口往里看,这里根本不像办公室,更像一座大教堂。光线太暗,天花板太高。对面的一整面墙都是玻璃,市中心的夜景尽收眼底。窗户前有一张深色书桌,擦得锃亮,上面几乎空无一物,看上去简直有网球场那么大。

而在桌子的后面,一个光头、白胡须的干瘪男人坐在装饰着金红色皮革的巨大扶手椅上,看上去年事已高,貌不惊人,散发出来的气场却充斥着整个房间。

"你好,加藤先生。"他轻声说,声音听起来像是从一根绷直的电线里发出来的,"请进。"

弘司深吸了一口气,跨过了门槛,门在他身后关上了。

旅　途

波士顿出现在视野下方。俯瞰下去，这座城市似乎没怎么改变。这是过了多久了？三年多吧。秋天的颜色浸染了这座城市，这应该是冬天来临前最后的好天气了。

夏洛特突然有些迫不及待，把额头贴在窗户上。尽管她也知道不可能，但还是试着寻找萨默维尔宿舍和她曾经住过的房子。那间小小的乱糟糟的学生公寓！现在是谁住在那儿？他或她有没有在阳台上种植物？她留下的那株芙蓉还活着吗？她很想知道。

自从逃跑之后——是的，她逃离了詹姆斯和他的花言巧语，逃离了所有的回忆，以及突然之间变得毫无意义的学业。之后她一直住在父母在巴黎的公寓里，那里塞满了全是灰尘的家具和许多传家宝，向她展示着悠久的家族历史，让她很有压迫感。不过即便如此，她还是住在了那里，因为巴黎的房租贵得吓人。

两个人在出口等着她，是喜形于色的布兰达，和在她旁边微笑着的托马斯。

"那个小不点儿呢?"当布兰达拥抱她的时候,夏洛特问道。

"我妈在照顾他。我妈简直有魔力,他在那边哭得少多了!"

布兰达看起来状态不错,笑得就像一朵绽开的花儿。她做了头发,看起来总算像个大人了,也终于放弃了对鲜艳宽松衣服的偏执热爱。

托马斯也走过来拥抱了她,还是一如既往地害羞和笨拙。他看上去胖了一些,倒不是说他真的胖了,是整个人更加圆润,也许是因为布兰达的好厨艺吧。他有了一些白头发,再加上越来越秃的前额,看上去要比实际年龄老许多。

"谢谢你邀请我。"夏洛特说。

"你可是我们的伴娘。"托马斯笑着说,"让你来见证这一切再合适不过了。"

他们仍然住在布兰达那座偶尔能闻到大西洋味道的蓝色的房子里。走到门前,夏洛特感觉仿佛昨天才离开波士顿一样。她停下脚步。不,花园变了一些,树木长高了,一切都经过精心照顾,比记忆里的繁茂得多。真是一方小小的伊甸园,而且很快就会充满孩子们明媚的笑声。

想到这里,夏洛特不由自主地把手放在肚子上。是否要孩子,直到现在,她都在回避这个问题,她总是说"以后再说"。但最近,她有些理解所谓"生物钟"的说法了,以前的她向来对此嗤之以鼻。

不过怀孕对她来说还是无法想象。在她看来,这意味着自由的终结,也意味着她将变得和她母亲一样。这让她感到害怕。

吉拉姆太太打开门,脸上带着身为祖母幸福的笑。"他睡着了!"她小声说,仿佛声音稍大一点就会把孩子吵醒一样。

布兰达挽着夏洛特的胳膊,带她去了明亮又通风的儿童房,这里原本是她自己的房间,小宝宝躺在婴儿床上,看起来就像天使。夏洛特弯下腰,想看清楚些。看着他在睡梦中嘟着嘴,挥舞着小拳头,时而喘着粗气喷着鼻息,仿佛在梦里很激动,夏洛特感觉自己的心都要化了。

她抬起头,"为什么给他取名叫杰森?"

"天意。"布兰达说,"我们花了好几个星期看取名字的书,列了一个清单,反正所有你能想到的工夫我们都做了,但还是没决定。直到有一天,我们俩突然同时想到了这个名字。这不是命运的安排又是什么呢?"

命运。听到这个词,夏洛特心头一紧,"那万一生的是个女孩呢?"

"那可能我们就要吵架了。"布兰达有些嗔怪地哼了一声,"你知道托马斯想给女孩起什么名字吗?奥莉薇亚!我的天,我拜托他了!"

"奥莉薇亚·威克沙姆?"夏洛特念叨了一下,"这名字怎么了?我没觉得那里不好呀?"

这话让她的胳膊挨了布兰达一拳，"喂！你到底是谁的朋友？"

也许是因为听到她们的谈话，杰森醒了，有些不高兴地喘了几下，然后张开嘴哭了起来。布兰达把他从婴儿床里抱出来，"我猜他可能是饿了。"她宠溺地看着他，亲昵地说，"是不是妈妈去机场太久了？嗯？怎么能走那么久扔下我不管呢，是不是？"

看看一个婴儿能让大人们变成什么样！听着布兰达对婴儿说话，夏洛特不由得笑了起来。布兰达抱着孩子坐到窗边的老藤椅上，方便给他喂奶。夏洛特悄悄走开去了厨房，留下母子独处。

吉拉姆太太刚好也在厨房，忙着煮咖啡。她问夏洛特旅途是否顺利。

"挺好的。"夏洛特说。厨房的桌子上放着一个诱人的英式水果蛋糕，对这个季节来说再合适不过了。"开始的时候有些颠簸，之后就平稳了。我旁边的座位空着，所以还算舒服。"

"是啊，"吉拉姆太太说着，递给她一杯咖啡，"如今这些交通工具空间都太小了，不是吗？"夏洛特坐下时，在窗台上发现了几本西班牙语教材，便问是谁在学西班牙语。

"是我。"刚走进门的托马斯闻言回答道。他刚刚把一些婴儿用品拿去了车上。"我收到了布宜诺斯艾利斯大学的邀请，明年五月要过去做一系列简短的讲座。"

"用西班牙语？"夏洛特好奇地问。

"当然用英语，我可没有那么自大。但我也想借此去了解一下那座城市,听听那里的人都说些什么……"托马斯说着,耸了耸肩,"反正学一下也没坏处。"

夏洛特翻开其中一本,上面写满了注释,画满了五颜六色的记号,显然他是真的在用功。挺好,他会说阿拉伯语、土耳其语和波斯语,学西班牙语对他来说应该也没什么难度。

"讲座是关于什么的?"她问,"古人类学吗?"

他咧嘴笑了,"当然不是。这在南美洲没什么可说的。"经典的理论认为,人类出现在南美洲的时间大约是一万五到两万年前,"他们想深入研究古印第安文化,需要我讲一讲现代发掘技术。"

"那挺有意思的。"她说完,把注意力转移到了手中的咖啡,往杯里加糖。

他侧目看向她,"我不明白,你对研究史前文明不再有兴趣了吗?"

她没有抬头,"起码目前是这样。"

"那你现在都在做什么?"

"什么也没做。"这么说没错,事实上她的确什么都没做,整天在博物馆和古董店闲逛,无视男人们的目光和搭讪,除此之外就是购物、做饭、吃饭、睡觉等日常活动。如果天气好,她会去公园坐一坐,或者开车出城去亲近自然。就这样,三年的时间一晃就过去了。偶尔她也会考虑是不是要找份工作,但是——"我在尽力享受生活。"

"听起来好像不太靠谱。"

"但事实就是这样。"

布兰达带着杰森进来了,杰森已经醒了,高兴地趴在布兰达的肩头。"你们聊什么呢?"她问道,"托马斯问你有关布宜诺斯艾利斯的事了吗? 你能想象吗,他要丢下我们母子整整六个星期。"

夏洛特有些勉强地笑了。背后的事实又是怎样的? 托马斯会不会把这次讲座当作一个逃离家庭的机会,就像当初她的父亲一样?"布宜诺斯艾利斯……那是很久以前的事了。我能给你讲的东西,说不定早就过时了。"

布宜诺斯艾利斯的话题一直进行到了晚餐:整座城市都被探戈忧郁的旋律包围着,人们会在广场上一起跳舞;那里的夏天又湿又热,让人无法忍受;屋子里的东西经常会坏掉,有时是冰箱,有时是空调,有时是热水器或者电话;阿根廷人非常友善,但有时候喜欢欺负外国人,她曾被扒手偷过三次,其中一个还是个男孩,比那时候的她大不了多少。

见她打了个哈欠,布兰达说:"好吧,我们已经问了她很多问题了。夏洛特,你得去睡觉倒时差了。你路上飞了多久? 七八个小时吗?"

"我也不知道。"夏洛特承认道。她跟着布兰达上楼去了客房。这是她第一次来这里。上一次来布兰达家的时候,那个女程序员还住在楼上,见到有人来除了"你好"就不再说别的了。

房间很漂亮,装修成了很有品位的绿、白相间的色调。窗前有一棵树,树枝刮蹭着玻璃。布兰达跟她道了晚安。她从已经放到房间的行李箱中拿出睡衣和牙刷,是谁帮她把行李箱拿上来的? 之后的事她就完全没印象了,一直到第二天一早醒来。

窗户开着,她听到了鸟叫声,天色还不太亮,整栋房子十分安静。现在几点了? 她想看一下手表,却怎么都没找到。反正应该还很早。因为时差的缘故,她现在完全清醒,再也无法入睡了。

于是她从床上坐了起来,环顾四周,试探性地将手放在床后面的嵌板上,这块木板看起来很旧,一定在这里很久了。她闭上眼睛,感应着上面记载的历史。她安静地等待了很久,直到第一串图像出现,那是一些回忆和感受:她感应到了孤独,以及强烈地思念着一个在芝加哥的人——男朋友? 还是丈夫? 都不是——是另一个女人。这让夏洛特感到惊讶。这个女程序员爱上了另一个女人。这是个秘密吗? 或者是暗恋? 她却没有感知到。

她叹了口气,把手从木板上拿开,影像也随之消失。放在以前,触摸物体感觉就像走进了一场音乐会,而现在只剩下一些遥远的、难以理解的声音和感觉。要是在小时候,她或许能从这些墙壁上读到那个沉默寡言的女人的一生——尽管其中的大多数的内容她都看不懂。

随着生活阅历的增加,她那神秘的天赋却随之减弱了。

夏洛特一边打开手提箱将一些必需品放到抽屉里和架子上,一边想这也许是她成长过程中慢慢形成的一种保护机制。小时候,那些陌生的情感、回忆和图像时常如泉涌般让她难受。尽管她性格外向，却也被这些东西弄得敏感脆弱。

可另一方面，她又热衷于参观博物馆、纪念馆之类的地方，对她来说，那就相当于乘坐幽灵列车。或许不仅仅是因为有趣，可能是她潜意识中不自觉地引导自己做一些联系，掌控自己的天赋。

她坐在床上，将手放在绣花的毯子上，感受着已经做了母亲的布兰达是如何专注地把它缝制出来的。夏洛特又回忆了一下自己的婴儿时期，几乎什么都想不起。母亲常说她生下来就很奇怪，家里也没人反对这个说法。她的回忆模糊而混乱，只有一些零星的片段。逝者和活人混在一起，让她时常无法区分哪些东西是她感受到的，哪些又是幻想出来的。

这是她三年前离开波士顿的另一个原因：她对这个地方有太多的痛苦回忆。对她而言，要比对普通人来说更加难受，她没法继续留在这里。

但终究，她不可能每一次发生不快之后就逃开。这样下去，早晚地球上将无处可去，到时候怎么办？

或许，天赋的减弱和消失是一件好事。

杰森的受洗日在众人的忙碌中一天天临近。夏洛特不但在厨房里帮忙，还帮着装饰了餐厅、洗了衣服。她喜欢这种一整个家庭一起忙碌的感觉。不停有客人造访，有些人只是打个招呼、看一下宝宝就回酒店了;有些则坐在露台上聊了几个小时。咖啡机一整天都没停过。

夏洛特正是在这个露台上遇到了阿德里安·卡扎尔,他是布兰达在波士顿大学的校友,不过专业是气象学,和布兰达是在一个网页设计课上认识的,后来共同开发了一个有关全球变暖的网站:她负责设计,他负责内容。

"嗯,去年巴黎的冬天冷得不可思议,让人觉得这雪根本停不下来。"夏洛特心里有种想要跟他对着干的冲动,"就算是夏天,我也冻坏了。我都怀疑全球变暖是不是根本只是一个传说。"

阿德里安却并没有被惹恼,"因为洋流的原因,全球变暖对欧洲的影响确实不太一样。世界其他地方都被热坏了,欧洲反而会进入一个冰期。"

阿德里安很帅,是个皮肤黑黑的男生,让她想起曾经演过一些海盗电影的那个有些疯疯癫癫的主角,但演员的名字想不起来了。

"冰期?"她还是想逗他,"你在胡说吧。"

阿德里安咧嘴一笑,用他乌黑的眼睛看着她,"不,是真的。单独一个寒冷的冬天或一个炎热的夏天说明不了任何问题,气温的起伏一直都存在,并将继续存在。问题在于气温的平均值正在上升,尽管缓慢但势不可挡。就目前而言,这种情况在极端气候区,比如北极圈、沙漠和干旱地区尤为明显。那里的自然环境正发生着不可逆转的变化。"突然,一阵风吹落了几片黄褐色的叶子,好像要证明阿德里安说的没错。

"是我们的原因引起的吗？因为排放尾气之类的？"

"有可能。"阿德里安说，"我们所排放的温室气体能够解释温度的升高，但解释不了为什么早在人类文明出现很久以前，地球就已经经历过温暖期了。所以，人类活动是否真的对全球气候变化产生影响，一直都存在很大的争议，很可能只是我们的臆想。"

夏洛特再次想起了那把祭坛上的刀，想起她为此掉入的时间深渊。从那时起，她心里就奇怪地坚信着，史前还有另外一种人类文明曾经存在过，至少一种。逗弄阿德里安的欲望消失了，她认真听起他去极地岛考察升温影响的计划。

"当然之前也有过类似的研究，"他说，"但关注点始终都在于，如果春天来得越来越早、最高温度越来越高，现有的动植物将受到什么影响。而我感兴趣的是别的东西。我想去一个已经被冰雪覆盖数十万年的小岛，由于全球变暖的影响，这个小岛正在失去冰原。那里会发生什么呢？大自然如何重新征服这样的环境？会有什么样的植物和动物迁移过去？"他喝了一口咖啡，发现冷掉了，做了个鬼脸，"这可以给我们提供一个有趣的视角，关于冰河时代末期到底发生了什么。"

"真有意思！"夏洛特说。她突然也想参加一次这样的探险。这才是她一直想做的，可她却在哈佛大学布满灰尘的研讨室里度过了多年。"你什么时候动身？"

　　阿德里安苦笑了一下，"噢！你根本想不到这样的探险需要什么样的准备，太复杂了。要与赞助者一遍又一遍交谈，有成堆的文书工作，还要打成千上万个电话——其中大部分还没有结果……我甚至还没有确定到底哪个岛符合条件。"

　　"要是你想要一个古人类学家随行，好吧，是'差一点成为古人类学家'的人，"夏洛特说道，"记得告诉我一声。"

　　他似乎在认真思考她的话。"你先把你的电子邮箱地址告诉我。"他提议道。

　　洗礼后的第二天，布兰达把夏洛特送到机场，这一次托马斯没来，只有她们两个老朋友。空气中有薄雾，并不影响航班起飞，却影响到了夏洛特。雾气蒙蒙的波士顿总让她想到弘司。

　　"托马斯去布宜诺斯艾利斯，你就不担心吗？"她问布兰达。

　　布兰达笑了笑，"没有啊，我还逗他呢，毕竟他单身了那么长时间，得时不时温习一下，尽管有了婚姻和孩子，但他仍然是一个自由的人。"

　　机场非常繁忙，广播里不断播送着通知，要一个叫施瓦茨的先生到服务台去。

　　"但六个星期也太久了吧。"

　　"这样他才能意识到，有我在身边的日子有多幸福。除此之外——"布兰达似乎突然被什么吓了一跳，拉着夏洛特的胳膊，把她拖向另一个方向，"来，我们往这边走。"

但是为时已晚，夏洛特已经看到了那本杂志，有五本列在前方售货亭的陈列架上。

封面人物是詹姆斯，被警察带出一栋楼。

"天哪！"夏洛特嘀咕了一句，恍惚地走到架子前翻开其中一本：詹姆斯戴着手铐，他的妻子特里满脸怒气，一只眼睛有明显的瘀青，旁边站着律师。

布兰达叹了口气，坦白道："我真希望你不会看到这些。我让全家人都回避这个话题，扔掉了房子里的所有杂志……"

"怎么回事？"夏洛特麻木地问，随手翻了翻杂志上的其他内容。看起来是一本波士顿地方杂志，上面都是些活动公告、饭店和夜总会广告以及有关波士顿喷气式飞机队的报道。

"嗯，怎么说呢，他和这个特里·米勒的婚姻就是个错误。两人现在已经结婚，嗯，差不多两年了。从一年半之前开始，两人一直剑拔弩张，全城的人都在看笑话。"

"我的天哪……"夏洛特近距离看着照片，他怎么沦落成了这副模样！臃肿、衰老，一脸倒霉相。

布兰达伸出胳膊搂住她的肩膀，"这不是你的错，夏洛特，这跟你一点关系也没有。是钱让他变成现在这样的，没别的，就是那些钱。"

莫斯科在这个时节竟然没有下雪，而是还在下雨，倾盆大雨，这让夏洛特有些惊讶。来机场接她的母亲跟她解释道："这是气候变化。"母亲用她的外交护照帮她省去了冗长的入境手续，"如今所有人都在谈论气候变化。在西伯利亚，已经冻结了数百年的土壤正在融化，建筑物都沉到了泥浆里——管道、街道、房屋，等等。如今是个大麻烦。"走出机场时，她把大衣的兜帽拉到头上，"我真是受够这种下雨天了，你要是夏天过来就好了。"

"可你的生日在十一月呀。"夏洛特提醒她。

"那你也可以夏天过来。"

夏洛特挑了挑眉毛，"我可没那么喜欢莫斯科。"她倒觉得雨天没什么，起码目前她不讨厌。

"顺便说一下，我们还有一位法国来的访客。"车子从谢列梅捷沃机场驶向莫斯科市中心的M-10联邦公路，母亲说道，"是你的远房堂兄，名叫安德烈·福柯。他是皮埃尔·福柯的儿子，而皮埃尔·福柯则是玛丽·克莱尔·巴拉特的儿子，她……等等……是你曾祖父的妹妹的女儿。没错。"

"安德烈·福柯？"怎么听都像是母亲精心安排的又一次相亲，"我认识他吗？"

"嗯，你以前见过他的，在索菲阿姨的婚礼上。"

"妈妈！那时候我才五岁！"夏洛特叫道。

"是的，安德烈那时候应该就是七岁。"母亲继续滔滔不绝地向夏洛特介绍这位安德烈,"他在斯特拉斯堡的国立行政学院上学,之后可能会入职最高行政法院,他是他们那届最优秀的学生。不但如此,他本人长得也很招人喜欢。真是让人不敢相信。"

"哦,我相信。"夏洛特顺着她的话说道。

"我相信你们俩能相处得很好。"母亲高兴地说。

事实证明,他们的确永远不会吵架,因为他们找不到吵架的原因。安德烈是一个整洁的年轻人,喉结突出,举止活像个候补军官,他喜欢谈论他的学业和棘手的法律案件。无论夏洛特说什么,他都会仔细听,然后赞成她说的每一个字。她本想告诉他,她说的话还有言外之意,但他似乎理解不了。

除此之外,母亲的生日聚会一切都很和谐。夏洛特的父亲也全天作陪,好像忘记了他那些"重要的日程"和"无法推迟的任务"。

第二天,他们应邀参加了一场法国青年艺术家作品的小型展,据组织者说,他们都是二十一世纪的代表人物。夏洛特的父亲赞助了这个展览,所以所有人都要参加,去给父亲的演讲捧场。父亲演讲之后,俄罗斯负责文化交流事务的部长也上台发表了讲话。一切都显得官味十足,参展的艺术家们局促地站在一边,看上去有些格格不入。

令夏洛特惊讶的是,这位俄罗斯部长正是前任俄罗斯驻东京大使米哈伊尔·叶戈洛夫。"米哈伊尔!"讲话结束后,自助餐会开始时,她走到部长身边说,"您还认识我吗?"

他还记得她，"夏洛特？当然！我刚才还在想，那不是我老朋友可爱的女儿吗？现在你的俄语说得真好！"

"就会这么一点儿。"她谦虚地说。事实上，如今再学一门新的语言对她来说已经不像小时候那么容易了。

"你们认识吗？"夏洛特父亲拿着两杯香槟走过来，好奇地问。

"在东京的一次招待会上认识的。"夏洛特切换到法语跟父亲说。说完，她又看向了叶戈洛夫："要是记得没错的话，您当时聊起了一个魔鬼岛。"

叶戈洛夫若有所思地皱了皱眉。"是的，没错。"他将食指指向夏洛特的父亲，"你女儿过来的时候，我正给你讲我祖父母的事儿，而且……你也说了关于一个什么小岛的事，是吗？"

夏洛特点点头，"圣徒之岛，一座神社。"

父亲有些不好意思地笑了，显然他不记得。他把一杯香槟递给叶戈洛夫，另一杯给夏洛特。"我再去拿一杯酒。"说罢，他又消失在人群中了。

叶戈洛夫和夏洛特碰了碰杯，"我祖父以前驻扎在海边。就在新地岛原子弹试验场以南的阿姆杰尔玛基地，也就是世界的尽头。他以前是驾驶图波列夫拦截机的，任务就是时刻警惕北约侵略者的攻击。我去那里看望过他一次，但那时他已经不是战斗机飞行员了，他成了一名教练。我只记得那里光秃秃的岩石，到处都是冰，还有汹涌的大海，除此之外什么都没有。那里再往上就是北极苔原了。天气冷得要命,时常有暴风雪,住宿地十分实用地紧挨在一起。机场只有一条石头跑道。士兵们没有烟草的时候,就会从岩石上刮擦、熏制地衣来顶替。"他笑着说,"显然,光荣的苏联武装部队不欢迎孬种。"

"真是个糟糕的地方。"夏洛特看着这位前任大使,他已经老了,浓密的眉毛由棕色变成了灰色,几乎快白了,整个人看上去很瘦弱。

他点点头,依旧沉浸在回忆里,"是的,很糟糕。而且我还是夏天去的,无法想象冬天得是什么样。"他喝了一口酒,接着说道,"我常常惊叹,人类真是在任何地方都能安家,任何地方!如果造出了飞往其他行星的飞船,我跟你说,夏洛特,那么宇宙就要当心了。我们人类任何地方都能去,任何地方都能住下……"

夏洛特不禁笑了,"您可真是个哲学家,米哈伊尔·安德烈耶维奇!"

他摆了摆手,不过明显对这个夸奖很受用。"我祖父是个沉默的人,但看得出来他很有思想,没有什么事会让他轻易动摇,总是一副从容的样子,除了讲到萨拉德科夫岛的时候,就是魔鬼岛。"

"听起来真吓人。"

"有一回,涡轮发动机损坏了,他不得不紧急迫降。在那种情况下降落喷气式飞机已经够困难了,但他还经历了一些别的差点把他吓死的事。我不知道究竟,他从来没跟我讲过。不过可以肯定的是,他不是唯一的经历者,许多在北冰洋航行的水手都发誓说那个岛不对劲。岛上有个诅咒，他们说，魔鬼就睡在那儿，埋在冰里。"叶戈洛夫若有所思地看着他手中的玻璃杯，看着杯中细小的上升的气泡，"有趣的是，有一个古老的西伯利亚民间传说，讲一场天与人之间毁灭性的战争。有一天，天上的万军之首、一位黑天使失足跌倒，被冰吞噬了。传说如果冰雪融化，黑天使将再次醒来，战争将再次爆发。这就是地球这部分总是很冷的原因，因为冬天是来拯救人类的。"他耸了耸肩，"这个故事非常古老，几乎刻进了我们的基因。我觉得，这是个能帮助人们面对命运和无尽的寒冷的故事。"

"难怪他们会害怕。"夏洛特说。

叶戈洛夫仔细环顾四周，好像害怕被别人偷听似的，然后俯身凑近，压着声音用法语继续说："但是，跟你说一件不可思议的事。一位在航天局工作的朋友给我看了最近用雷达之类的东西拍摄的萨拉德科夫岛的卫星图像，能看出冰里真的有东西！好吧，可能不是黑天使，而是含铁的陨石之类的。但是有东西存在于永恒的冰块之中。并且，这些冰其实不再永恒了，马上就快融化了。挺悬乎的是不是？不知道冰下面会出现什么。"

夏洛特的父亲又出现了，叶戈洛夫显然不想在他面前继续谈论这个话题。父亲一手拿着酒杯，一手拿着一盘自助小点心，"你们快点，二十一世纪法国的艺术家们看样子等不及和你聊天了。"

这天晚上，夏洛特打开电脑给阿德里安·卡扎尔写了封邮件，告诉他如果他还在寻找一个符合条件的岛的话，应该去俄罗斯北极地区的萨拉德科夫看看。

第二天,安德烈就离开了,他只是临时跟学校请了个短假。很难猜出他对夏洛特是否感到失望。毕竟,他对她向来彬彬有礼,甚至表现得有些过于老成。

不过毫无疑问,夏洛特的母亲对于撮合失败十分失望。"你要明白,夏洛特。"送走安德烈后,从机场往回走的路上,她对夏洛特说,"女人是有保质期的,一旦过期,就算美丽也救不了你。所有的美丽都会随着时间而消逝。"

"我宁愿过期,也不想无聊地过一辈子。"夏洛特反驳道。她想到了布兰达——她做得就很好,不在乎别人怎么说,只做自己想做的事。

剩下的车程母亲没有再说话。但夏洛特知道,这并不代表她认可,只是放弃说服她了。

到家之后,夏洛特想出去透透气。现在不像小时候,出个门都需要据理力争。简单地挥挥手,她就在雨停的时候出门了。

一直下雨对夏洛特来说也没关系,只要她愿意,她可以在地铁里坐上一整天——莫斯科的地铁本身就是一个景点。夏洛特在长长的自动扶梯上来来回回,惊叹于车站里那些奢华的装饰细节。乘客们川流不息,从她身边经过,有人神色匆忙,有人嬉闹,有人低头沉思。有时她不得不问路,因为读不太懂西里尔字母。对她来说,学一门语言更多是靠听会的。

　　偶尔她会从地铁站上到地面,在陌生的街道上徘徊,观赏那些或新或旧的建筑。她给了一位穿着灰白相间破旧外套的街头画家五十卢布。这个画家只有一张简陋的塑料篷布来保护自己和画作免受雨淋,却不懈地创作着。之后她又躲开了一只狂吠不止的狗,继续沉浸在自己的世界里。

　　再一次上到地面的时候,下起了倾盆大雨,她只好跑到最近的一家商店里躲雨。打开门的时候伴随着叮叮咚咚的响声,她因为奔跑而有些气喘,裤子已经湿透了。她站在店里,雨水打在窗户上,模糊了窗外的世界,汽车在雨中缓慢地前行,车灯闪着氤氲迷离的光。

　　她环绕四周,发现这是一家古董店。店里摆满了旧家具、装裱好的巨幅油画、褪色的蕾丝桌布、精细打磨的玻璃制品、书籍,以及纯银的餐具,等。历史的气息扑面而来。这些待售的物件让她感到了恐惧、悲伤和困境,好一会儿才缓过神来,这才意识到,有人在店铺的深处讲话,一个带着英国口音的人正磕磕巴巴地讲着蹩脚的俄语。

　　她循声往里走,一个单独隔开的小房间里摆满了乐器,一个满面愁容的老人站在那里,显然是这家店的主人。他正在和一个背对着门口的男人说话,男人一头杂乱的卷发,穿着一件和之前那个街头艺人差不多的灰白相间的大衣。

　　"我能帮上什么忙吗?"夏洛特用英语问道。

男人闻声转过来,这是一张面色红润、长满雀斑的圆脸,有着浅蓝色的眼睛和微微上翘的嘴唇。"什么?"男人说道,"哦!你会说俄语是吗?"

"会一点。"夏洛特发现男人手里拿着一本辞典,"你想问什么?"

男人指着面前一件像是钢琴的乐器说道:"我想跟他说,我需要一份文件,证明这架大键琴是1741年由克里斯蒂安·泽尔制造的。如果是他本人制造的我就买。"他叹了口气,"他一直在说要听音色,还想卖给我一些乐谱,但这些不重要。说到音色,这架琴完全走调了,得马上修理。"

夏洛特看着这架大键琴,它的样子和三角钢琴类似,但小得多,看起来非常朴素,完全由涂成深棕色的木头制成,仅装饰了薄薄一层金漆。

她把手放在琴上感受了一下,一切昭然若揭,"他骗了你,这架琴是1960年左右制造的。"

男人瞪大了眼睛,"你确定吗?"

"是的,并且当时就是作为赝品制造的。"

这时候,店铺老板完全听懂了英语,他涨红了脸,咒骂起来。夏洛特吓得后退了一步,这个一头卷发的男人抓着她的胳膊说:"来吧,我们离开这里!"

他们跑出店门,逃到大雨中,穿过水坑和水沟,边跑边笑,好像老板拿着一杆步枪在后面追赶一样。

"前面拐角处有一家麦当劳，"男人说着，他看起来三十岁出头，"我能请你喝杯或许不怎么样的咖啡吗？"

快餐店里人满为患，他们只能靠在柜台边。这个身穿灰白相间大衣的男人名叫盖瑞·麦克格雷，来自苏格兰，阿伯丁附近。他的工作就是在世界各地搜寻古董键盘乐器，尤其是大键琴——收购、修复，然后转手卖给收藏家、博物馆和音乐家。这个买卖耗时耗力，也没有多少收入。最大的问题就是赝品，如果听信了卖家的花言巧语，花高价买了一件赝品，就不得不再赔本卖掉。长此以往，他就濒临破产了。

他们聊了很久。这天剩下的时间里，两人一直靠着柜台聊天，没注意时间的流逝。晚上回家时，夏洛特立刻向父母宣布："我恋爱了！"

向来都是同样的程序：新任局长接手一个机构时，首先会召集所有分管领导来报告，这合情合理；而每一个分管领导的报告都不可能几句话就结束，如果新任主管有疑问，还需要及时解答。所以威廉·休斯·亚当森已经在前台等了一个多小时。他坐在那里，除了盯着对面的墙发呆什么也做不了。他的膝盖上放着厚厚的皮制公文包，里面是电脑和其他一些文件。

虽然知道是正常的，但并不代表他能习惯。他很讨厌这种无谓的等待。

终于,秘书桌上的对讲装置响了。"好的,雅各布斯女士。"秘书应道,按了一个按钮,然后朝着他淡淡地微笑道,"亚当森先生,您可以进去了。"

他又瞥了一眼墙上的钟,已经过去了一个小时十一分钟。

美国国防部高级研究计划局(简称DARPA)的局长办公室宽敞气派,亚当森早就知道。这里的视野极佳,可以俯瞰整个阿灵顿县,还能看到正对面一座巨大的棕色公寓楼的几百个阳台。有个人正在其中一个阳台上浇花,其他阳台都空着。

罗伯塔·雅各布斯是DARPA的首位女局长,真人看起来和照片上一样年轻。尽管如此,亚当森见到本人的时候还是惊讶了一下:太年轻了!而且散发着女性魅力。她很漂亮,亚当森觉得甚至可以用性感来形容。她留着红棕色的童花头,刘海随着握手的动作轻轻摆动。她用纤细的手指了指一旁的扶手椅示意他坐下,旁边是一杯咖啡,一条给他电脑准备的视频连接线。调试连接线的时候,她那双引人注目、灵动而敏锐的淡蓝色眼睛仔细地注视着他的每一个动作。

这个报告他闭着眼都能完成,唯一要做的就是做图表、选择照片和剪辑影片。他简要介绍了一下"未来作战系统",至于更详细的,她事先应该了解过了。接下来他展示了一些"大狗机器人"进一步改进的绝密录像。这是一种四条腿的机器人,其运动模型是从狗身上复制而来,投入到"自动战斗机器人项目"以供研究的。

他又介绍了"城市作业跳跃者"，这是一款利用弹跳功能穿越超过自身高度的障碍的机器人，能在城市战斗中将物品运送到指定地点，为军队提供物资补给。讲到这里，他播放了一小段视频。一个机器人在大厅里跳来跳去，这本身看起来就很滑稽。一个穿着白大褂的男人向这台机器人扔了各种东西：纸板箱、木块、石头、沙袋，等，全被它灵巧地躲开了。

"看起来不错。"女局长说道，"遇到什么难题了吗？"

"定位系统还不够完善，计算机目前只能运算有限的跳跃和落地，放置到一个稍微复杂点的环境中就无法准确定位目标。"

接下来，他详细报告了自主动力战术机器人EATR的进展。这台机器人能将任何生物质转化为燃料，以便随时运行；还有用于侦察目标的昆虫大小的机器人，以及尚且停留在理论阶段的化学机器人——

"我对这个很感兴趣，"罗伯塔·雅各布斯说道，"能具体说说吗？"

亚当森清了清嗓子。她的双臂交叉在丰满的胸前，专心地看着他。她穿着一袭深蓝色的职业套装，与发色形成了鲜明的对比，非常和谐。如上所说，她看起来很漂亮，可能会被错认成一位成功的酒店经理之类的。但相反，她指挥着世界上最强大的国家中最秘密的军械库。人不可貌相。

"我们叫它ChemBots。"亚当森说，"我们希望开发一种全新的机器人,柔软、灵活,能钻进比其自身还小的开口,然后恢复形状和功能并执行预定操作。"他调出相关图表,"研究重点是将机器人技术和材料化学联系起来。"他解释道,"目前正在研究凝胶态和固态之间的转化、物质一般状态下的变形和流动特性,以及在电磁影响下的几何转变、可逆的化学键和断键。"

"我想要最新的预算计划和迄今为止的详细结果报表。"她打断了亚当森的话。

"明天一早送到您桌上。"亚当森说道。其实他只需要整合资料并打印出来,不过这么说听起来更专业。这是他从MIT刚来这里时学到的第一个沟通技巧。

"很好,谢谢你今天的汇报。"她说,"很抱歉让你等了这么久。"

"没关系的。"亚当森关上了他的电脑,拔掉连接投影仪的电线时又补充道,"如果可以的话,我想借此机会提个建议,嗯,准确说是推荐一个人,是我在麻省理工学院的一位校友,名叫加藤弘司。"

她明亮的淡蓝色眼睛突然变冷了,"他们有提醒我你会说到这件事,据说你对此很执着。"

亚当森将连接线塞进手提包,"我知道肯定有人跟您提过。您知道布莱克威尔博士吗?"西蒙·布莱克威尔是上上一任局长,亚当森加入DARPA的时候与他共事过。

她低下了头,什么也没说。

"我们的看法不太一致。"亚当森坦白道,他在会议上常常直言不讳,让布莱克威尔很看不惯,"布莱克威尔博士挺记仇的。"他还不到六十岁,就在这间办公室里死于心脏病发作,大概这就是原因吧。

罗伯塔·雅各布斯稍微俯身,将双手合拢放在面前的桌子上,"给你五分钟时间。"

"好的。"亚当森从公文包里拿出文件,找出其中一页纸递给她,"这就是加藤弘司,现在应该,嗯,二十七岁。母亲是日本人,父亲是美国人,他有日本国籍,原本在MIT上学,比我小几届,在读期间发表了许多非常出色的论文。大概五年前,他毫无征兆地突然辍学,从此消失。"

雅各布斯看着那一页纸上的照片,来自MIT的年鉴,"继续说。"

亚当森重新坐下,"局长,如果我不了解这个人的潜力,我就不会说这些了。加藤弘司是机器人技术方面的天才,但他这个人有些孤僻,活在自己的世界里。我曾经跟他提议,邀请他加入'机器人21'团队,您可能也听说过……"

"亚当森机器人定律。"雅各布斯点了点头。

他谦虚地笑了笑,"嗯,这有点夸张,我都不知道这个名字到底是怎么传开的……"他当然知道,之所以如此拼命工作,不就是为了这个吗,一个自我推销的成功典型。"说回加藤,"他继续说,"怎么说都劝不动他。我甚至——"他犹豫了一下,"就在加藤无礼地拒绝我后不久,我被任命审查他的学术项目申请。我当时建议委员会拒绝他的申请,不是他的项目不好,而是我希望之后可以和他做个交易。我不想让他孤军奋战,您明白吗? 诚然,这么做不太道德,但我本意是好的。可惜他几乎在申请结果公布的同一天就人间蒸发了。一想到他很可能从那之后就一直在为外国势力效力,我就寝食难安。"

雅各布斯仔细地看了一下那张纸,上面总结了他能搜集到的一切关于加藤弘司的信息。"你的提议是?"她问道。

"应该找到他,把他带回来为美国效力。"她定期会和中央情报局局长共进午餐,只需要几句闲聊,这事就成了。

从表情上看不出她到底是怎么想的,她只说:"我会考虑的。"说完便站起来,很明显,这意味着他的五分钟时间到了。

"谢谢您。"亚当森说。不管怎样,比起前任局长,至少她给了他五分钟。

回到办公室,他又翻了一遍关于加藤弘司的文件。他从头到尾读过无数遍,或许那些人说他"执着"不无道理。可那又如何呢? 历史上所有名垂青史的人物或多或少都有他们执着的东西。这是取得成功的特质,没有这份执着,只能沦为普通人。

此时翻到的是弘司的项目陈述和补充申请。读到弘司陈述的理由时,他心里清楚地知道,这仅仅只是拼图的一小块。他怎么也想不出弘司的整个构想究竟是什么。他很想知道,付出任何代价都可以。这个项目是他整个计划里的第一步,弘司在谋划着什么惊人的东西。但到底是什么呢? 这是亚当森目前最想知道的事。

总有一天他会知道的，无论代价是什么。

盖瑞浪漫、温柔，还有点疯狂。当他们第一次赤裸相见的时候，他流下了幸福的眼泪。他向她发誓，只要自己还有一口气，就会一直在她身边。他们忘我地做爱，这是夏洛特在其他男人身上从没体验过的感受。

他们相爱时，笑声不断，有说不完的话。世界好像突然变了，她的生活再次有了色彩。在此之前发生的一切，仿佛都是为了遇见他而准备的。

夏洛特的天赋变得比以往任何时候都更加灵敏，有时她甚至不需要触碰物体，世界就像读一本敞开的书，而她可以轻易阅读全部的历史。带着这种感觉，他们离开了莫斯科，前往华沙，最后又去了柏林。在那里，他们找到了一架由普莱耶尔公司制造的传奇大键琴，曾属于著名的大键琴演奏家旺达·兰多芙斯卡。自从她1940年逃离欧洲后，人们一直以为这架琴丢失了。这个发现引起了轰动，盖瑞也为此登上了新闻头条。

之后他们继续前往阿伯丁，最后到了苏格兰北部一个名为贝尔凯恩的小镇，这里是盖瑞的老家。盖瑞的家在旧城区，有一间小公寓、一个巨大的作坊和一个杂草丛生的花园。房子的天花板和窗户都很矮，一切都歪歪斜斜的，看着摇摇欲坠，也没有什么取暖设施。即便如此，夏洛特还是很喜欢这里。

白天,盖瑞一如既往在作坊里工作,她便拾掇起这间不讨人喜欢且年久失修的单身汉住宅。她把屋子从里到外打扫干净、重新粉刷,添置了窗帘、植物、新的床单和衣橱,把这里改造成了一个舒适的家。漫长的冬天一过,她又开始收拾花园。时不时地,两人还会一起出去打猎。

盖瑞经营着一个关于古董键盘乐器修复的网站。这个网站不仅给他带来了收益,也能收到线索,告诉他哪里才能找得到这些非凡的乐器。循着线索去寻找失落的乐器不只是工作旅行,更是一场充满惊奇的冒险。要追踪消息来源、与人交谈、甄别信息,最重要的是,不能走漏风声:一旦人们知道那件被他们遗忘在家中阁楼几十年、几乎烂掉的旧乐器竟然是一件古董,一经修复就会价值连城,他们就会狮子大开口,开出一个让人冒冷汗的价格。

在距离威尼斯不远的一个葡萄园里,他们找到了一架真正的钢片琴,保存完好,只需要清理上面厚厚的一层鸽子粪即可。但琴的主人——一个有些多疑的农民——却不愿意把它卖掉。在日内瓦的一家乐器店里,他们发现了一架标着"1955年制造"的钢琴,但经过夏洛特感知,它实际上可以追溯到1840年,简直是捡到了大便宜。

在鹿特丹,他们在一户人家的阁楼上发现了一架德国阿尔弗雷德·阿诺德公司制造的班德琴。盖瑞的激动之情溢于言表。"这东西非常罕见,"他说,"这家公司1948年就倒闭了,原始的设计图也随之丢失了，人们再也无法完全重现出完全一样的声音。"

夏洛特则惊讶于键盘乐器竟然有如此之多的分类。盖瑞让她了解了斯皮内琴和低音大键琴的区别、自动演奏钢琴如何自动弹奏出旋律，以及他格外喜欢的一种名为特珀迪恩的自动簧键盘风琴。他对1819年建造的阿波罗自动管风琴赞不绝口。

她渐渐知道了什么是方形钢琴、竖钢琴、里拉钢琴、奥菲卡钢琴、小竖琴和折琴。她还了解到，音叉琴所产生的环形音并不是通过琴弦，而是通过敲击音叉产生的，因此永远不会走调。她对火焰琴的原理感到惊讶，因为它是一种用气焰代替空气来发声的风琴，正因为这种特性，在十九世纪时，它在音乐会上不时就会爆炸，炸伤乐师。

一年就这样过去了。夏洛特感觉自己仿佛生活在云端，生活美好又简单：当她做饭、烘焙、洗衣服或者打扫卫生的时候，总有乐声从作坊传来，在屋子里回荡。偶尔她会沿着绿油油的田野间狭窄的乡间小路骑车，只遗憾附近没有直接售卖新鲜牛奶的农舍，也没有其他天然的食材。晚上，当盖瑞关上作坊的灯，他们便一起吃饭、聊天，最后用做爱来结束这一天。生活如此美好，又如此轻松。

但过了一段时间，问题就暴露出来：盖瑞单身的时候，他挣的钱也仅仅够自己勉强维生，如今有两个人，他的工作方式却没有任何变化。其实他们早就入不敷出，之所以过了这么久才注意到，是因为在柏林发现的那架历史悠久的大键琴带来了十分可观的利润，但如今那笔钱已经花光了。

夏洛特和盖瑞都不懂理财，更别提管理家庭开销了。夏洛特从小就习惯了不缺钱的生活，购物时只考虑自己想要什么，很少看价格。当然，她也尝试着关注价格，制定并控制每周的预算，尽可能省钱，但基本上没什么效果。盖瑞在衣食住行上没什么要求，但在特殊工具和配件之类的东西上却格外舍得花钱。

"不能把账户里的钱都花光，"终于意识到处境艰难的时候，盖瑞恳切地对夏洛特说，"我还要留些钱去收购乐器，不然就只能关门大吉了。"

夏洛特吃惊地盯着银行对账单和记账的本子，财政状况很不乐观，"你要不试试多接一些修复乐器的活儿？"

"我试过了，赚得很少，因为那些推荐客人到我这里来的经销商还要抽佣，而且这个地方也没有多少顾客。得在大城市才能行得通，但那样的话租一间像样的工作室就太贵了。"

解决办法只有一个：他们不能再一起旅行了。否则所有的开销就都是原来的两倍，赚到的钱却没有增加。他们只好无奈地决定，盖瑞之后还是单独出行，只有当他找到一件不错的乐器，需要确定它的出处时，夏洛特再过去。

盖瑞离开之后，她开始感到无聊。她在这里谁也不认识，和低地苏格兰人交流也不容易。最主要的是，她觉得不公平——在一起之后，盖瑞还是一如既往地整天做他喜欢的事，修理古董乐器。对他来说唯一的不同,就是如今有了一个女人为他操持家务,为他暖床。而对夏洛特来说,她从这段关系里得到了什么呢? 除了家务什么都没有。

盖瑞前往伊斯坦布尔寻找一架十六世纪的斯皮内琴的时候,夏洛特去了阿伯丁,发泄般地买了她并不需要的小玩意儿。之后又给布兰达打了一个昂贵的长途电话,想和她研究一下自己到底是哪里做错了。

接着盖瑞打给她,让她坐最便宜的航班飞往伊斯坦布尔。那架斯皮内琴事实上是1578年的。当运输公司过来打包的时候,他就已经算好了预计从中能获得的利润。他说,在伊斯坦布尔多待一天也没有问题。他们参观了圣索菲亚大教堂和托普卡匹皇宫,还在加拉塔大桥下的一家餐厅里欣赏了日落。夏洛特闭上了眼睛,听着她周围嘈杂的人声,听出了土耳其语的基本结构。所有的孤独感都被她遗忘了,生活再次变得美好起来。

然而回到家后,盖瑞发现夏洛特接受了她父母的救济。两人开始了迄今为止最严重的一次争吵。他的男性自尊心受到了伤害,即便她被他吓得发誓没有第二次,他依然没办法平静下来。"你背着我这么做!"他朝她吼道,"我们在一起,就要有福同享有难同当。如果你拿着父母的钱袋子当退路,在我看来就意味着,你根本不在乎我们的生活是否顺利,因为你随时都可以爬上你的救生艇拍拍屁股走人,而我却不行!"

这话她不太理解,但被他如此暴躁的一面吓到了。糟糕的是,争吵还没平息,盖瑞就必须立刻出发——在伊斯坦布尔那会儿,信箱里来了一封来自西班牙的信,说是一架1770年的大键琴即将出售,而这架琴属于伟大的安东尼奥·索勒。

剩下夏洛特闷闷不乐地待在家里,她把房间从里到外打扫了一遍,想让自己平静下来,然后等着盖瑞的电话。可他没有打来,而是两天后直接就回来了,并告诉她,他买下了那架琴,因为卖家给他看了相关文件。"专家出具了可靠的鉴定书,"他说,"要是你也去了巴塞罗那,那纯粹是浪费钱。"

但事实证明,买下这架琴才是浪费钱。

"这不是1770年的。"盖瑞刚把琴从包装箱中取出来,夏洛特立马说道。她走过去,把手放着琴上,闭上了眼,她感觉到了制造这架琴的男人的烦躁。事与愿违,"这琴是意大利的,1955年造的。"

盖瑞狠狠地瞪了她一眼,"你这么说就是为了报复我吧,因为我没跟你说就直接买了。"

夏洛特缩回手,往后退了一步,"看看就知道了。这个做琴的人用错了螺丝。"

盖瑞沉默了,埋头进了作坊,一整天都没有出来。那天晚上,他终于出来了,悲痛欲绝,"是机械支架上的内六角螺丝。螺母在另一侧的锚定方式是1911年才发明出来的,我取下了前面板才发现。"

夏洛特看着他的模样,心都要碎了。热汤的蒸汽飘散在他们之间，她仿佛身处房子被烧毁后的废墟上。"这是什么意思？"

"就是说，我又赤字了，过去五年的努力全打了水漂。"

"真的这么糟糕吗？"

"我把所有的钱都投到了这架琴上，我真是疯了。"他语气里有些埋怨，仿佛他的鲁莽都是她的错一样。

第二天，盖瑞打了一整天的电话，终于找到了一个解决办法：他要去伦敦一家大型乐器拍卖行做修复工，每隔两周回家待一周，来忙自己的作坊工作。为了省钱，他在伦敦会住在哈克尼区的一间六人合租公寓里。

"一定要这样吗？"夏洛特小心翼翼地问，"我的意思是，撇开螺丝的事，那架大键琴本身应该也不差……"

"那也赔了很多钱，所以现在只能这样了。"盖瑞摇了摇头，他已经拿定了主意，"我不会那么做的，不能昧着良心把它卖出去。"

于是夏洛特独自留在贝尔凯恩，每天在电视机前一待就是好几个小时。她能感觉到自己的脑细胞正在死亡，却无法说服自己去做任何事。偶尔，她终于愿意动了，就会去田野间长时间散步。但随着冬天的来临，雨天越来越多，她也就不再出门了。

有一次她走进盖瑞的作坊，在不同的乐器间徘徊，看着闪闪发光的紧绷着的琴弦，抚摸着涂了清漆的木头，随意按着叮咚作响的键盘，她在这其中感受到了琴的历史：以拥有它们而自豪的前任主人、百无聊赖练着琴的孩子，还有当它们终于被遗忘在某个角落之后,那些漫长、空虚、死气沉沉的岁月。

除了这些,她还感受到了一些新的东西——盖瑞在这些乐器上倾注的热爱,以及这份工作带给他的充实感。

这却让她伤心。这个世界似乎出了点问题,盖瑞如此擅长这些,甚至把所有的心思都投入进来,为什么却不能靠它谋生?她见过很多讨厌自己工作的人,做事马马虎虎敷衍了事,但还是能赚到钱。那些人给世界带来的价值远不如盖瑞,却在金钱中游刃有余。

为什么会这样?为什么钱这么重要?为什么金钱可以摧毁一段爱情?为什么人们对此放任不管?

接下来的一个晚上,电话铃声突然响起,打破了满屋沉闷的安静。夏洛特连忙拿起电话,心想一定是盖瑞打来的。

"是我。"电话那端却是一个久违了的声音,"弘司。"

夏洛特坐了下来,"你?"

"我曾经跟你说过,我有办法让所有人都变得富有,你还记得吗?"他的声音在电话里听起来忽远忽近,还有一些奇怪的回音。

"嗯,"她说,"我记得。"

"你还想知道到底是什么办法吗?"

夏洛特伸出一只手摸着额头,就好像他感受到了她之前的想法似的,现在恰恰是时候!不过,他是从哪里得到这个号码的?

"是的,"她说,"我还想知道。"

"好。"弘司说,"现在我准备好展示给你看了。"

弘司之岛

1

坐飞机的时候夏洛特通常都会睡着，但这一次飞往马尼拉的航班上，她一刻也没有闭眼，脑子乱糟糟的，想着时隔多年再一次见到弘司会发生什么，以及她对于波士顿和哈佛大学的回忆。

当然还想到了盖瑞。

他们吵了一架，然后分开了。她始终想不明白他们到底为什么要吵架。接到弘司电话的那天晚上，她想了整整一夜，最终决定接受他的邀请。于是她给盖瑞打了电话。他在电话里听起来很反常，所以等到他回到家，她又跟他解释了一遍。没想到他变得很暴躁，和她大吵，各种不着边际的指责脱口而出。为什么？因为吃醋吗？她向他保证，她爱的是他，他根本无须担心，他似乎并不买账。

"盖瑞,"她终于说道,"我不懂,为什么我不能过去。你总是丢下我一个人出去,这次也该轮到我了。而且最近我们吵得越来越多,我甚至都不知道原因。我觉得,或许我们应该冷静一下。"

"冷静一下?"盖瑞从牙缝里挤出来几个字,"你知道这会有什么后果。"

"你什么意思?"她真的不懂。盖瑞最近的一些转变也困扰着她。他变得偏执、占有欲极强,这是她在他身上从没见过的一面,也不喜欢。她不确定自己是否能接受、甚至习惯这样的转变。

飞机降落的时候,菲律宾正是阳光明媚的下午。下一个换乘的航班是一架小型螺旋桨飞机,十二个座位都坐满了。一个矮胖的妇女把一整箱西红柿放进头顶的行李架上;一个长得像渔夫一样饱经风霜、满手老茧的男人整个飞行过程中都在读一本美国的计算机杂志。太平洋的海面闪耀着深蓝色的光芒,但随着他们飞得越来越远,海的颜色也变得越来越不真实。

就在夏洛特刚闭上眼准备打个盹的时候,飞机降落在了一个小岛上。这时已经是黄昏了。她原本知道这个小岛叫什么,这会儿却突然想不起来了。航站楼的屋顶很有意思,看起来就像三个并排立着的蓝色帐篷。

舷梯下有一个棕色皮肤的年轻人正等着她,他穿着制服,长相俊朗,上嘴唇的胡子刮得很干净。"玛尔露小姐?"尽管她点头了,但他还是要求她出示护照,之后带她走到机场尽头的一架蓝、银相间的直升机前。直升机的侧面用英文写着"顾氏企业",下面是同样的汉字,上面是一个抽象的龙首。

两位飞行员话不多,其中一个递给她两个用蜡制成的奇怪小球,指着他的耳朵说:"声音会很吵。"所以这是耳塞。她乖乖地将它们塞到耳朵里,上了飞机,在飞行员指定的座位上坐下,系好安全带。与此同时另一位飞行员放好了她的行李。

原来乘坐直升机是这种感觉,她之前一直想体验。机器轰鸣着运转起来,向前倾斜着起飞,飞入暮色之中。小岛很快消失在他们身后。他们飞得似乎很着急。很好,夏洛特想,越早着陆越好。

大约过了一个小时,她依稀看到下面出现了另一座岛,形状不知怎的让她联想到了Y染色体。夏洛特俯身向前,想看得更清楚些。那是什么东西?岛的一部分被一种奇怪的黄色泡沫覆盖。天色太暗了,看不太清,但可以肯定的是,绝对不是正常的热带植被。

岛上狭长的一端灯火通明,她看到了写着大"H"的停机坪,旁边有一个码头延伸到海里,码头上停泊着两艘船。停机坪的另一侧,是一片帐篷区。

有一个人站在停机坪边缘,她知道那个人肯定是弘司。

直升机摇摇晃晃地下降,让夏洛特有些晕眩。终于,它降落到了大"H"的正中央。发动机的轰鸣慢慢变成了小声的呜咽。她解开安全带,突然理解了为什么有些人会亲吻机场的停机坪。

飞行员为她打开舱门,弘司已经等在外边,扶她下了飞机。"可算来了!"弘司朝她喊道。

"不是所有人都能一拍脑门就飞走的!"她叫着应道,本能地躲闪了一下。螺旋桨还在继续转动,像刽子手的刀一样从她头上扫过去,"我总得先告诉盖瑞一声。"

弘司愣一下,然后反应过来,笑着说:"不! 我不是那个意思。我是想到了以前,我第一次跟你说我想到这个办法的时候,那是在你们家的花园里。"

夏洛特点点头,"那时我们在荡秋千。准确地说,是我在荡秋千,你只是在秋千上坐着,跟我说些莫名其妙的话。"她看了一眼周围,想知道她留在直升机上的行李怎么办。哦,在那里,一名飞行员把行李和一些形状各异贴着中文标签的纸箱一起装到了手推车上。"我说我不相信你的话,你跟我说等着瞧。"

"那是多久之前的事了? 差不多二十年了。"弘司眼睛里闪着光,"现在我终于做到了! 所以我刚才说'可算来了',早一点晚一点都不行。"

他们离开了停机坪,穿过直升机排出的油性废气,走上通向她在空中看到的帐篷区的小路。沿途低垂着许多照明灯泡。除此之外,还能依稀分辨出远处树木、灌木丛和岩石的深色轮廓。他们离直升机越远,两侧太平洋的声音就越响。那是海浪拍打着海岸的声音,低沉而有力。一阵轻柔的夜风吹过,空气中弥漫着海盐、奇异的花朵以及热带岛屿的味道,偶尔还有一股刺鼻的难闻气味,像是什么东西腐烂或者发霉了。夏洛特却奇怪地感觉这味道似曾相识。

"所以你一直都待在这里，"她说，"一个偏僻的南太平洋小岛，还不错。"

"准确地说，我们才来到这里六周。"他纠正道，"不过之前几年我也都在不同的小岛上生活，那些小岛不止偏僻，可以说是与世隔绝。"

她打量着他，惊讶极了。上一次他们像这样聊天仿佛还没过多久似的，但其实已经过去五年了——可能更久，大概五年半。但她却根本不觉得奇怪。有那么一瞬间，夏洛特甚至恍惚了，怀疑自己是不是记忆出现了偏差。

但弘司确实有了明显变化，变得更成熟了。他似乎更严肃了，比以前还要严肃。他穿着普通的短裤、凉鞋和一件没有任何印花的灰色T恤，完全没有麻省理工学院毕业生的样子。当然他并没有毕业，他消失得很突然，就在发生了那件事之后……

记忆回来了，她想起了他们是如何相互吸引的。她知道，弘司一直在等她，而她只需要向他伸出手。但那样就背叛了盖瑞，所以她不会那么做。过去的事就留给过去吧，她和弘司如今只是老朋友——童年好友。

"你从哪儿知道我的电话号码的？"她突然问道。这是她一路上满脑子疑问中的一个。

"从你母亲那里。"弘司答道，仿佛这再自然不过了。

"从我……你说什么?"她停下了脚步,花了片刻理清思路。当然,这没什么难度,毕竟法国驻世界各地的大使一共也没多少。

她开始想象弘司是如何和英语一直说不好的母亲交谈的。一个骨瘦如柴、戴着厚瓶底眼镜的男人从一个帐篷朝他们跑过来。到了跟前,他向夏洛特眨眨眼,嘟哝着打了个招呼,便开始和弘司滔滔不绝地说起一些关于相机和镜头角度的事。他拿了一块剪贴板递到弘司眼前,上面画着一张图。弘司简单地看了看,点点头,"好,就这么做。十五号放在这里朝向西南,九号放在山崖上。"

"好的。"男人又对着夏洛特羞涩地笑了笑,转身跑走了。

"那是米洛斯拉夫,"弘司解释道,"我的得力助手,相当于我的右手,再加上左手的两根手指。"

"你们这里没有所谓的下班时间吗?"

"没有,"弘司干巴巴地说,"我只雇那些能一直工作到筋疲力尽的人。"

他们到了营地,这里都是最新的高科技帐篷,有着雪白的穹顶,就像科幻小说里的布景,似乎很容易就能搭起来,同时又能轻松抵挡热带风暴。

弘司带着她来到一个较大的帐篷前,拉开入口两侧的帆布,做了一个请的姿势,"请进。这里是我工作、睡觉和生活的地方。离开波士顿之后,我的居住环境其实没多少改变。"

夏洛特犹豫了一下,"我还没拿我的行李。"

"不用担心，你的帐篷在那边。"他指了指三个并排的小帐篷的方向，"他们会把你的东西拿过去的。"他满脸期待地笑着，"不过在那之前，我想先告诉你十岁的弘司到底想到了什么主意。"

距离比尔·亚当森上次走进这间办公室已经过去两年多了，但感觉好像还是昨天的事。这两年里，他只在大型会议或走廊上碰见过局长罗伯塔·雅各布斯，除了简单地打招呼之外没有其他交流。

如今他又坐在这间办公室里了，而她还戴着和两年前一样的天青石项链，也丝毫没有变老。罗伯塔·雅各布斯是那种让人仅凭外表很难猜出年龄的女人。

比尔·亚当森靠在椅背上，感到既平静又有些困惑。似乎自己昨天才到这里交过进度报告一样，但还有一些别的，他说不上来的奇怪感觉。

"叫你来是因为你朋友的事。"这位女局长开口道，双手交叉放在一个厚厚的文件夹上，"加藤弘司。"

"啊。"亚当森扬起了眉毛，他没想到是因为这件事，"我明白。"

"我必须承认，我起初是怀疑的。"她面无表情地看着他说，"我把你给我的那张纸收了起来，但不知为什么，我总会想起它。碰巧在一次国家安全委员会的会议上，CIA[1]的负责人就坐在我旁边。好吧，你知道，休息时间总得聊些什么，所以我就跟他说了你朋友的

---

[1] CIAC（Central Intelligence Agency）美国中央情报局。

事,他记下了那个名字,说他会查查看。"

亚当森缓缓地点头。是的,就是要这样才奏效。在DARPA任职期间,他至少认清了一个事实:美国庞大的情报机构网络,并非好莱坞电影里一样高效、专注,以维护国家利益和人民福祉为己任。

罗伯塔·雅各布斯拍了拍她面前的文件夹,"所以,结果都在这里了。詹姆斯派了几个人去查这件事,他们找到了加藤先生,在新加坡。"

亚当森无法抑制内心的狂喜,他猜对了。这肯定已经给好几个部门敲响了警钟,甚至可能在最高层引起轰动。这样很好,他现在要做的就是,确保没人忘记是他把国防部的注意力引到这个线索上来的。他要让自己的名字广为人知。

"新加坡。"女局长重复了一遍。她快速扫了一眼文件夹上的一张纸条,继续说道,"加藤弘司过去几年一直在为一家名为'顾氏企业'的公司工作。这是一家总部位于新加坡的跨国公司,主要生产电子产品,向美国市场销售经营电视、廉价的MP3播放器之类的东西。创始人叫作拉瑞·顾,出生于马来西亚,现在已经年逾古稀,但依旧还在继续经营公司。他最开始是做走私生意和其他灰色产业的,后来在房地产上发了大财,本可以选择移民到澳大利亚,但是他似乎和马来西亚政府达成了什么协议。总之,CIA很留意他,因为他资助了一些情报机构的商业间谍活动。"

"我明白了。"亚当森说,"这么说加藤弘司是在为马来西亚工作。"

"起码从资本角度讲是这样的。"女局长翻开文件夹,"加藤过去五年都待在各种严密保护的实验室中,领导多达一百人的研究小组。中央情报局从中弄到了一些文件。"她拿出几张蓝图递给亚当森,"都在这里了。我希望你看看,然后向我解释一下你的朋友加藤到底在建造什么。"

亚当森努力忍住想从她手里直接抢过文件夹的冲动。他接过蓝图的时候手指都在发抖,"什么时候需要分析报告?"

雅各布斯淡蓝色的眼睛里闪过一丝不耐烦,"我不需要你写报告,我想要你现在就看这些蓝图,然后直接告诉我你看到了什么。当场。"

"哦。"亚当森背后出了一层汗。这可不容易,希望自己不会下不来台……他小心翼翼地展开最上面的一张蓝图,好像稍微用力它就会破了似的。蓝图当然没有那么脆弱,他只是想借此稍微拖延一些时间,好让自己能集中注意力。

突然之间,他发现了这间办公室和上次相比发生了什么变化:所有的植物都消失了。两个种着无花果树的大花盆,还有一排排放在窗户下面灰色小架子上的多肉盆栽,甚至打印机旁边的小仙人掌,全都消失了。不知为何,亚当森对这个发现有些惶恐。相比之下,在状态不佳的早上突然接到上司扔来的难题似乎不算什么了。

但无论怎么样,他都得硬着头皮过这一关。他展开这份印有CIA印章和"最高机密"字样的蓝图,研究上面那些让人迷惑的线条。一旁标注的文字说明不光有英文,还有中文,而在标注下方,写着那个他念念不忘的名字:加藤弘司。

弘司的帐篷很大,里面的家具和他在MIT的宿舍一样少,所以显得空间更大了:一张折叠床,一张写字台,一张配了几把椅子的桌子。乍一看,这就是全部家具了。不过他应该还有一个冰箱,因为他在夏洛特面前放了一杯水和一罐起雾的冰可乐,还是当年在东京时的那个牌子。

"好了,"夏洛特说,"现在终于能跟我说了吧。"

弘司拿了一把折叠椅坐到她对面。他身体前倾,胳膊支在膝盖上,专心地看着她,仿佛他是一个昆虫学家,而她是他发现的某种不寻常的昆虫,需要努力辨识。换到往常,夏洛特会觉得不舒服,但她意外地发现自己喜欢被他注视。这让她想起了他们小时候在东京的经历。那时,弘司也是用同样的方式看着她,一样的专注,好像渴望了解她的每个原子一样。除了他以外,从没有人这样看过她,她的父母没有,生命中的其他男人也没有。

一阵风吹来,把帐篷的屋顶吹得哗哗作响。这声音打断了弘司的注视。他低头看着地面,似乎想组织一下语言,来向她讲述这个他多年来一直在脑海里反复思考、又不断补充完善的伟大计划。

"你得理解,我那时候才十岁。"他开口说道,"在那个年龄,会把一些事想得比较简单,又把另一些事情想得过于复杂。不过,有件事我在那时候就想明白了,现在看来依然是对的:当我们谈论财富时,我们谈论的其实不是钱,而是工作。如果财富仅仅意味着拥有大量的金钱,那么使每个人都富起来就很容易了——印出足够的钱,分给每个人。但那显然是行不通的,因为钱只是印刷出来的纸。所以跟钱没关系,而是跟工作有关系。财富意味着,能够让别人为你工作。"

现在轮到她静静地盯着他了。他眼角的细纹很明显,显得整个人很疲惫。过去的几年中,他一定花了太多时间盯着电脑屏幕,熬夜工作,睡得太少了。毫无疑问的是,对于工作这件事,他肯定是有些心得的。

"嗯。"她想让他知道自己在听。同时她又不太明白为什么这件事对他如此重要,让他这么执着。

"财富事实上意味着,"弘司继续说道,"比其他人占有得更多,多到别人没有选择,只能从你这里获取他们所需的东西,而作为交换,他们就要工作,这就是原理。而从这个原理出发,"他举起食指,"让所有人都富有在理论上是不可能的,因为不可能让每个人都拥有比别人更多的东西。这就像不可能每个人都长得比平均标准高、头脑比平均标准聪明一样。"

夏洛特眨了眨眼睛,她刚刚一直瞪大眼睛盯着弘司,这会儿眼睛有些疲劳了。她有一种奇怪的不真实感,仿佛在做梦。"但是你说过的,是不是?你说你想到了办法,让所有人都变得富有。你甚至还说，这件事其实很简单。"

弘司微笑地点点头，"没错。如果按照上面那个原理，也就是富人拥有更多的东西，所以能支使别人为他工作，那这件事就行不通了。关键就在这儿，应该把问题颠倒过来，只看工作这一件事——那些有钱人生活中必不可少的工作岗位，比如园丁、厨师，或者其他的奢侈——把重点放在这些工作上，如何让每个人都能拥有为自己工作的人？答案就是，制造出能完成这些工作的机器就可以了，也就是机器人。'机器人'这个词源自捷克语'robota'，本身就是工作的意思。理想情况下，机器人可以完成人类所有的工作。只要有足够的机器人，所有人就都能过上有钱人的生活了。这才是我想法的关键所在。"

夏洛特喝了一口可乐，不知为什么尝起来满嘴人造香精的味道，令人讨厌。"那样只是把问题转移到另一个层面，"她说，"如果每个人都有这样的机器人，那的确可以。但是，建造这样的机器人并不容易吧。如果造价太高，不是每个人都负担得起，那就又绕回到了现在的状态，存在穷人和富人之分。"

弘司扬起了眉毛，咧嘴笑了，"你知道吗，这是一个思维误区。当年我也花了些时间才想清楚，可能真的只有用十岁的头脑才能看透这个误区。你是对的，建造这样的机器人并不容易。但关键是，只需要造出来一个就够了！"

这话着实让夏洛特惊讶。也许她真的在做梦，也许她仍然窝在飞机座位上浑身酸痛地睡着,只是梦见自己已经到了而已。毕竟,只有梦里的人才会说这么荒唐的话。

"只要一个?"她重复道,"这怎么可能呢? 单个机器人不可能同时为所有人服务,不是吗?"

弘司仍然咧嘴笑着,他的笑容似乎从脸上蔓延到了整个房间。"不,它不必同时为所有人工作。你想想看,一个能够代替一切人类工作的机器人,也一定能建造出一个和它自己一样的机器人,一个完全相同的复制品,这样就有了两个机器人。它们又可以继续复制自己,然后就有四个了。以此类推,增长速度会越来越快。下一轮将有16个机器人,然后是32个,64个⋯⋯这是指数函数。在大约60轮之后,将有足够的机器人为地球上的每个人服务。通过自我复制,机器人想要多少就有多少。"他坐直身子,靠在椅背上,双手捋了捋头发,"这就是十岁的弘司荡秋千时的想法。"

夏洛特感到非常失望。如果这一切不是她的梦,那么她需要重新考虑一下,为了听这么个荒唐的主意就跨越大半个地球是否值得。好吧,对于十岁的孩子来说,这个主意还不错。但是一直坚持到成年就很奇怪了。

她推开玻璃杯,来回晃了晃头,想活动一下颈部肌肉。

"你到这里来就是为了这个吗?"她问道,语气比她想象的还要严厉,"建造这样的机器人?"到这么偏远的一个小岛真是太古怪了,大型工厂或者设备齐全的实验室不是更合适吗?

"不，"弘司说，"这并不是我的计划。因为这件事显然远没有十岁的我想象中那么简单。"

"继续说。"

"就像我之前说的，当你还是个小孩的时候，会把一些事想得比实际容易，而把另一些事情又想得比实际困难。在这件事上，根本的思维误区在于我认为'人可以制造机器人'。这是错的，没人能做到这一点。"

夏洛特再次眨了眨眼，感觉眼睛有些刺痛，"什么？机器人确实是被人造出来的啊，难道不是吗？"

"没错。但是一个单独的人，完全靠自己的话，连一只圆珠笔都造不出来，更别提那种机器人了。要制造物品，就需要各种原材料，以及别人加工过的零部件。实际上，制造出笔、手机、汽车、摩天大楼或者飞机，甚至机器人的，是我们作为整体的技术文明。单个人只是这个功能矩阵的一部分，只能完成一部分任务。只有这部分任务与其他部分任务联结在一起，才最终形成了产品和服务。"

"所以你做不到，我是说，让每个人都富有。"

"当然可以，只不过要调整方式。"

"什么方式？"

弘司低下头，温柔地朝她笑着说："你今天累坏了，夏洛特。这个解释起来要花不少时间，我明天再告诉你。"

亚当森没法坐在办公桌前集中注意力,于是拿着蓝图走到角落里的休息区,放到茶几上摊开,站着仔细地端详。

"还有什么其他的文件吗?"他问道。

"只有这些蓝图。"罗伯塔·雅各布斯答道。

好吧,这意味着他只能靠自己了。也许她只是想看看他如何处理这种情况。

亚当森深呼吸了几下,让自己平静下来。他跟自己说,基本上,这都是他熟悉的领域。如果说他在过去几年中学到了什么的话,那就是,他的才华并非是靠自己想出天才的点子,而是从别人的点子里发掘天才之处。这就是他在麻省理工学院取得成功的秘诀:他拉拢其他人来组建团队,作为组织者敦促团队取得优异的成绩,最后,站在团队前面接受一切殊荣的就是他。他已经做过很多次这样的事了,甚至只要一看到别人的草稿,就能发现其中的独到之处,而且常常赶在原作者意识到自己的天才创意之前。

他并不懊恼自己想不出那些好点子,因为他的角色同样重要。团队协作是一切的关键,能够组织和领导团队的人不可或缺。

那现在放在他面前的到底是什么呢?是一个设备的图纸。亚当森俯身,研究了整体结构的尺寸。他有些惊讶地说道:"不管这是什么东西,尺寸肯定相当小,"他举起了手,"还没有我的手掌大。"

局长赞同地点了点头,走到他旁边,站得离他很近,他能够闻到她身上散发出来的香水味,近到他一伸手就能拥抱她。

他稳了稳心神,让注意力集中到图纸上,上面的零件清单很短。"这台机器需要的零件很少,只有26个,所有零件都经过特别的设计……"

这时候,他忘记了局长站得离他有多近,也忽略了她身上的香气,全神贯注地研究着图纸,看着这些零件是如何成型并组装在一起的。他仿佛能看见它们移动、相互匹配、最后合为一体。他兴奋地意识到,眼前是一种前所未见的复杂精细的结构。并非那种有一些可取之处的巧思,而是彻头彻尾的天才之作。

"看这里,"他的手指在图纸上滑动,突然意识到自己已经跪在放着图纸的茶几前,"这是底盘。这个新月形的东西是电机的一部分,由这个元件产生的简单磁场,靠线性原理驱动电机。还有这个……"像一个可伸缩的机械手,能够精细调整。另一只机械手上带有锋利的刀刃,应该是一把刀。这个机器能够切割、固定或者抓取物体,具体功能取决于它的操作方式。

罗伯塔·雅各布斯站在他旁边俯下身,项链擦过亚当森的肩膀。她指着一片奇怪的凹槽问道:"那是做什么用的?"

"是啊,做什么用的呢?"他好像在哪里看过类似的东西,但一下子想不起来了。他的手指扫过图纸上的一片区域——这里是电源,类似继电器的东西,但是能更精确地调节,更像一个晶体管,不过这应该是他见过形状最奇怪的晶体管。

突然,他发现了一些先前看漏的细节,其实就明晃晃地摆在那里。今天他真的有些不在状态。"这个东西是用来与其他设备连接的。您注意到这个边缘了吗？除非要与另一台相同或者类似的机器连接，不然这个设计没有任何意义。这也就意味着……等等，这些平面是用来传递电脉冲的触点。而这些平面……覆盖着什么东西？硅？"亚当森现在兴奋得身体都有点不受控制了。天哪，他早就知道弘司是个该死的聪明人，但他没想到这个人竟然这么聪明！"这个区域，"他用双手围出一个奇怪的形状，"可以说相当于一个向外翻转的处理器芯片。更准确地说，我觉得可以理解为一个集成电路。我敢打赌，它能够接收其他相邻设备发出的脉冲指令，然后判断是执行还是传递给其他元件。"他突然站起来，差点儿撞到局长身上，"这只是整个未知设备的一部分而已，一个子功能。它本身只是一台简单的机器，可以根据命令完成切割和固定的操作。要知道整个设备的用处，就必须要与其他类似构造的设备连接起来。"

他急忙走向办公桌，拿起下一张蓝图展开，回到茶几前，放在第一张上面，对比它们的相似和不同之处。这一个不是切割装置，而是……啊！可以通过局部的开合来实现移动的元件，就像蛤蜊或者毛毛虫一样。

"这就像一副拼图！"亚当森兴奋地说。他指着一个前一张图上没有的部分，"这里，是一个存储器。你下达指定之后，它可以携带这个指令前往指定位置，再从那里向另外一台与它对接的设备传递指令脉冲。"

只剩下一张图纸。亚当森有些绝望,这意味着,他只能看到弘司这个天才装置的一小部分。他们手上只有三块拼图,而那个未知的整体或许被分成了一百块。仅凭这些,永远无法猜出那个未知的整体是什么样子。

最后一张图纸上的元件比前面的大一些,不过仍然是能放进口袋的大小。"这是个泵,"亚当森研究了一会儿才看出来,"您看到了吗? 这部分是可以动的,就像心包一样,这里这些是瓣膜。有了这些导向装置,它就可以对接到邻近的元件上……"他抬头看着她的眼睛,"真的只拿到这么多图纸吗?"

罗伯塔·雅各布斯点点头,"至少CIA给我的只有这些。"

"有没有什么办法能拿到更多?"

她看着他,有些犹豫。她知道一些事情,却不能告诉他。这很正常,这个行业里每个人都保留了一些对自身更加有利的秘密。

"我不知道。"她终于开口说道,"据我所知,特工能够进入的实验室里只有这三种图纸。我们不知道其他实验室还有什么。CIA能获取的资源有限,坦白说,毕竟这事的优先级不高。"

"太遗憾了。"

她转过身,回到办公桌前,合上文件夹,"是吗? 太遗憾了? 你发现了什么我没有看到的东西吗?"

"天才,"亚当森坦率地说,"加藤显然发明出了一种由大量可变元件组成的机器,其中每个元件都单独拥有有限的功能。只有当我们了解所有元件的用途,完成了这个拼图,才会知道整个机器到底是怎样的,能用来做什么。"

"有的零件能移动,有的能切割,甚至还有像心脏一样跳动的泵,到底是什么机器?"

亚当森耸了耸肩,"我也不知道。但我对天才有所了解。看到这些图纸的时候——"他指着茶几上的蓝图,"这就是天才。我希望一个拥有这般才智的人能够为我们效力,而不是为别的国家。"

"嗯……"雅各布斯凝视着前方沉思了片刻,"我不知道CIA的人是否还在追查这条线,大家对这件事看法不一。"

"如果直接联系他,给他出个价呢?我是指加藤弘司。"

局长又打开了文件夹,仔细地看着其中一页纸,"钱?我不知道。这里写着,加藤发明了一种能在世界各地畅销多年的设备,任何一家五金店都愿意售卖。他下半辈子的钱都赚够了。金钱似乎并不能打动他。"

亚当森遗憾地看着面前的蓝图,"肯定还有其他打动他的方法。"

夏洛特醒了过来,凝视着眼前乏善可陈的一片白色。刚醒过来的一瞬间,她甚至恍惚自己是不是在天堂,但很快意识到那只是帐篷的内侧,一整块没有接缝和其他任何细节的乳白色织物。只有当阳光照射在上面时,才能看到一些网状结构和插在其中起支撑作用的塑料棒。

她没在做梦,她真的跨越了大半个地球来到这个太平洋中间的小岛,只为了看看弘司到底想出了怎样的主意。

到底为什么会做这个决定?她翻了个身,从床上支起身子。以折叠床的标准来说,这张床已经足够舒服了,但依旧不能缓解长途旅行的疲惫。到底是什么吵醒了她?她不确定,但似乎是离帐篷很远的某种声音,像是一种很兴奋的笑声。

好吧,看来这些工作人员在这里过得很开心。但她突然想起来,自己前一天晚上留下的疑问还没有得到解答。

一个能够自行建造其他机器人的机器人。如果光是为了这个,他大可以直接写封信告诉她,在信的开头写上"有趣的童年轶事"。换作其他任何人应该都会这么做的。不过显然,弘司除外。

之所以决定来这里,是因为她想与盖瑞保持距离,冷静一下,仅此而已。跑这么远的确出乎她的意料,不过在这里呼吸一下来自太平洋的空气也不错。尽管……她闻了闻,那种腐烂发霉、仿佛垃圾堆一般的怪异气味不时飘散过来。这里的空气也没有那么好,她暗暗地想,她应该直接去苏格兰高地,找一个小旅馆落脚。

她根本不想知道弘司到底在建造什么东西。不知何故,每次想到这个,她甚至有些害怕去了解更多的详情。

夏洛特下了床,站起身来环顾四周。行李箱敞开着,所有东西都塞在那儿。除此之外,房间里只有一个构造精巧的折叠式盥洗台。弘司没有告诉她哪里可以淋浴。她裹上了一件薄薄的浴袍,抓起洗漱包,穿上凉鞋,从帐篷里探出头。

外面阳光明媚,其中一个看着像是工作研究用的大帐篷里传来忙碌的嘈杂声,后面是一片棕榈树。这些树后面,有些东西在阳光的照射下格外显眼,是一片黄色的造物,就是她昨天从直升机上看到的那些泡沫。也许是试验布置的一部分,又或者是另一个帐篷。不管怎么样,她早晚都会知道的。

淋浴间在她隔壁的一个帐篷里,好在上面明确贴了标识。洗完澡后,她感觉舒服多了,回到自己的帐篷,她竟然还找到了一个可以正常使用的吹风机,这让她的心情终于好了起来。就把这一切当作一次不寻常的度假吧,她想着。也许还有机会和弘司聊聊过去的时光,比如他们的童年。或者如果两人足够勇敢,也可以聊聊大学期间发生的事。

她吹干头发、穿好衣服,再一次出了帐篷。一个染着红色头发的年轻亚洲女孩向她招手,"早餐!"听发音似乎她不太会讲英语。

于是夏洛特去了当作食堂的帐篷。这个帐篷宽敞明亮,通风很好,有七张桌子,总共四十多个座位。在面对海滩的一侧,帐篷的防水布拉到一边,用餐时可以欣赏到太平洋的壮丽景色。"其他人已经吃饱干活儿去了。"女孩一边向她解释,一边在夏洛特面前放了一杯咖啡、一个装有水果的篮子和盛着两个羊角面包的盘子。就算在巴黎,这也算得上一顿不错的早餐了。

不一会儿弘司就过来了,显然那个女孩跟他说了。"怎么样?"他问,"睡得好吗？"

"睡得很沉,连梦都没做。"她回答道。

他坐到了她的对面,"我好像现在才反应过来,有些不敢相信你真的过来了。"

换句话说,他依旧对她余情未了。而她只是低头看着面前的咖啡。究竟是什么把他俩联系在一起的？这一刻她感到自己也许永远都想不通,就像她无法理解弘司一样。没有任何语言能帮你真正地理解另一个人。

"这么说这些年你人间蒸发,就是在没完没了地工作。"她说。

"人间蒸发？只不过你不知道我在哪里而已。虽然也没什么人知道,这也没办法。但这不代表我完全不了解外面的事。"

"你甚至都没告诉你最好的朋友。他叫什么来着？对,罗德尼。我觉得他应该挺受伤的。"

"我之前去找过他,也跟他解释了,"弘司说,"他理解了。嗯,好吧,可能他只是因为心情好而原谅了我,谁知道呢。"

"是吗？因为什么事心情好？"

"他在SETI①得到了梦寐以求的工作,还和一个天文学家结了婚。我估计,他们俩会一直不停地讨论为什么我们找不到外星人。"

夏洛特拨弄着盘子里的牛角面包。结婚,这个词就像一个黑

①SETI 协会是一个非营利性组织,旨在"探索、理解并解释宇宙中生命的起源、特性和传播"。SETI 即 Search for Extra Terrestrial Intelligence——"地外智慧生物搜寻"。

洞。为什么不嫁给盖瑞呢？不知为何她就是感觉不该那么做，但或许她这种感觉本身就是错误的。

"你父母呢？"她问道。她只是随口问的，想转移注意力不让自己乱想，也不想把话题引到自己身上，起码今天不想。"他们身体还好吗？"

弘司的脸上有些垮了下来，"我母亲很好，她有一份自己喜欢的工作，总是和老板吵架，但她乐此不疲……"他叹了口气，"我父亲已经过世了。"

她抬起头，有点难过，尽管根本不认识他，对他的了解仅限于一张照片和弘司的描述——哦，是的，还有那把曾经属于他的折叠小刀。

"对不起。"她说，"因为肿瘤复发吗？"

弘司摇了摇头，"这回不是。他只是去医院做了个例行检查，没什么危险，他每年都会做。但不知道怎么回事，状况一件接着一件，出了些意外。他开始发热，需要紧急治疗，最后还是没能扛过去。"

"太可怕了。他岁数其实没多大，是不是？"

"刚过五十岁。"弘司的眼睛里满是悲伤，"那是两年前的事了。为了参加葬礼，我从隐蔽的海岛辗转飞回了美国。不知为什么，我总觉得他过世有我的责任。也就是那次，我见到了他的家人……"他叹了口气，"我其实不想承认他们也是'我的家人'。无论如何，见到他们第一眼我就说不上来的厌恶。棺材还没有入土，他们就费尽心思防着我,生怕我继承到里克家的任何东西,好像我真的惦记他们的财产似的。对我来说,从他们那里继承了染色体就足够了。"他苦笑了一下,"他们的所作所为都可以作为美国法律的研究案例了。事实上,他们一开始就和我父亲签署协议,在协议里动了些手脚,这样当他去世之后,他们分给他的那些钱就会重新归家族。真的挺有意思的。"

她看着他,那一定让他很受伤,只是极力掩饰着,"这个故事不怎么样。"

他摆了摆手,"所以没有必要,好像继承对我很重要似的。反正我也不想要他们的钱……"

他的话只说了一半,于是夏洛特不禁问道:"那你想要什么?"

他看着她,说道:"我不想要他们的钱,我要毁了他们的世界。"

他不想继续聊这个话题了。当她追问到底发生了什么的时候,他只是说:"这都不重要。"看起来似乎有些后悔讲起了这个话题。

夏洛特对他在这里做的东西产生了兴趣,要求他像承诺的那样,向她透露一些具体内容。弘司问她:"你还记得我昨晚跟你讲的吗?"

夏洛特点点头,"能建造机器人的机器人。"

"没错,不过做起来远没有想象的那么简单。一旦着手做这件事,你很快就会发现,所有机器都要比它们所能制造的东西大得多,也复杂得多。要生产愚蠢的派对塑料小帽子,你得有一台像公共汽车那么大的机器,而要制造公共汽车,则需要像一个街区那么大的工厂,等等。没有一种机器可以直接自我复制。"

夏洛特说:"不过,有一个例外。"她昨晚睡着之前就想到了,她得说出来。

弘司有些意外地看着她,"是什么?"

"女人。"她说道,"女人能够实现自我复制,只需要男人提供一点软件。有些物种的雌性甚至连这个都不需要。"

他笑了,明显能看出松了口气,因为这证明他并没有忽略什么细节。"嗯,好吧。但这是生命体,和物品完全不同。而且制造出来的新生命一开始也都是很小的,只不过能够自行生长。对生物来说这完全没问题,但你能想象一张桌子或者一台数字通用光盘(DVD)播放器这样吗?"

"如果这个例子是你提出来的,那我可就有话说了。拿女人和机器来做比较——"

他摇摇头,"老实说,我这些年来从来都没往这方面想过。或许,我就是单纯地不想让任何生命体来接手人类的工作吧。人类早就尝试过这种模式了,我们都知道会有什么坏处。"

夏洛特喝光了咖啡,"好吧,现在轮到你来讲了,说说你的'弘司模式'。"

他身体向后靠，双手交叉放在胸前，"我是从另一个方向来看这个问题的。什么东西可以简单地生产出来，以及生产它需要什么样的设备？这是我最先考虑的问题。如此一来，它更像一个几何问题。机器最简单的形式是什么？最低标准又是怎样的？我小时候花了好多年来思考这些问题。"

"你小时候就已经想到了？"

"我很早就意识到，要生产出这种能制造机器人的机器人并不容易。"

"确实不那么容易。"

弘司没有应声，似乎还沉浸在回忆中。"小孩对大人们所谓的现实世界知之甚少，其实是有好处的。这意味着，有时候孩子会想到一些成年人绝对不会考虑的事。大人们只会说，'哦，我知道这无论如何都行不通。'所以只会墨守成规，孩子的想象力却可以天马行空。我当年就跟自己说：好吧，或许一个机器人并不能制造出另一个机器人，但至少它能造出来一条手臂吧，要是手臂还不行，手指总归可以吧。然后再有另外一个机器人来负责制造双脚，以此类推，这样等攒够了足够的手指、手臂、脚、脑袋，等，就能组装成一个完整的机器人了。"他摊开双手，紧接着又十指交叉，"当然，这种方法其实也行不通，但这个概念很好：并非直接制造机器人，而是将不同的具有简单功能的元件组合在一起，每个元件可以单独工作，也可以组合起来按照一种方式共同协作。根据不同的组合方式，还可以构建更多的功能元件。我将其命名为'综合体'。"

夏洛特摇摇头,"抱歉,这样的东西我想象不出来。"

他若有所思地看着她,"好吧,你可以这么想:假设你有一台非常简单的机器,由26个零件组成。它只能生产出26种零件中的一种。但如果有另外二十五台机器,每一台制造一种,你就能拥有构造一台新机器的所有零件了,不是吗?"

"没错。"夏洛特想了一下,"但这另外二十五台机器需要用到其他零件,又该怎么办呢?"

"那就需要更多的机器。"

"那如果这些机器同样需要其他零件,不是没完没了了吗?"

弘司扬起眉毛,"所以我说这更像一个几何问题。在设计零件的时候,必须尽可能让它们用途更多,适配性更高。"

"你设计出来了?"

"我小时候挺无聊的,也没什么别的事可做。"

夏洛特想了想,"我还是没办法想象一台由二十六个零件构成的机器,而且还能靠自己制造出其中一个零件来。"

"只是打个比方。现实情况更复杂。必须有材料来制作这些零件,所以需要提取原料,再塑形、车削、钻孔,等。所以我实际上做的就是将工业生产过程,也就是从原子到成品的整个流程,分解成最基本的步骤,然后在这个基础上,针对其中一种或至多两种相关功能开发出尽可能简单的机器。"

"都有些什么样的功能呢？"

他掰着手指一一列举道："比如拆卸、分离、连接、加热、冷却、固定、切割、车削、钻孔、压制……"

夏洛特挥了挥手，"好了，好了，我明白了。"

"并不是所有功能都同样重要。有些功能必须与外界环境互动，比如识别原材料，这由我命名为'探路者'的元件来完成，这些原料又需要另一个元件'矿工'来开采，之后会由'运输员'传送，以便进一步加工。除此之外，还有两个最重要的核心功能：一是能源的提取和分配，这是一切的基础。众所周知，没有能源什么事都做不成；其次就是控制，必须要有一个中控系统，来协调各个元件的工作。要是一个元件被装配到了错误的位置，或者是在错误的时间运行，这个机器就失去了它的意义。"

夏洛特努力思索着弘司的话。她一边思考，一边低头看着面前的杯子。弘司问她是不是想再要一杯咖啡。

"不用了，谢谢。我……"她尝试着捋清脑子里闪过的想法，组织成语言，"所以，从某种意义上说，你造出了一群功能各不相同的小型机器人，它们可以通过共同协作来制造更多这样的小型机器人。而且是一个一个制造出来的，不是批量生产。我理解得对吗？"

"没错！"他看起来很兴奋，"完全正确。就是这样一群被集中控制的小型机器人，通过协作来生产出一个接一个的零件，最终拼装出第二群这样的机器人。这就是我的基本思想。"

夏洛特拿起面前的杯子,"但这样一群机器人要怎么为我煮一杯新鲜的咖啡呢?"她绞尽脑汁也想象不出这个场景。

她是不是有些咄咄逼人了? 好像没有,因为弘司听到这里眼睛都亮了。"好问题!"他面带笑容,"没错,它们暂时还做不到。这其实与咖啡的生产过程有关——必须先种植咖啡树,照料它们、浇水、收获咖啡豆,等,还要对咖啡豆进行加工、烘焙和研磨。要做到这些,还有很长的路要走,得有更多这样的'综合体',也就是我们刚才说的机器人群落,才能分配出足够的机器人投入制作咖啡的流程中去。每一个'综合体'都是一个独立个体,能与其他'综合体'共同协作来完成更高级别的任务,这里就叫作'咖啡综合体'吧。一个由机器人群落构成的更大的群落,专门用来生产咖啡。可以想象一下,之后会有越来越多类似这样的高级'综合体',由初级群落构成的高级和更高级群落。级别越高,群落对集中控制的需求就越低,工作方式会越来越接近群体协作。我们的大脑也差不多是这样运转的。"

"想运输咖啡,就必须有一个'船舶综合体',是吗?"

"不一定。这些综合体的工作方式与人类完全不同。你可以这么想象,一定数量的功能元件在海底铺成一条管道,通过管道就可以将咖啡豆一粒一粒地运送到目的地。"

这个画面一定很壮观。"一条铺在海底的管道? 所需的元件数量是个天文数字吧!"

"那又怎样？我想要多少元件，它们就会生产多少出来。只要我写一个程序，一切都会自动运行。反正程序不怕磨损用坏。"

这一刻，她的大脑一片空白。她试图想象弘司脑海中所展望的画面，但她做不到。不管怎样，那都是一个完全陌生的世界。

"不过，"弘司继续说道，"现在还处于早期阶段。目前为止，我们只实现了元件自我复制所需的功能。第一个大目标是，让第一个'综合体'建造第二个。最大的难点——我们称之为'细胞分裂'：新的控制模块必须能接受第一个控制模块中的软件。为此，必须先制造出非常复杂精细的零件。不过只要突破这个难点，进化就可以开始了。"

"进化？你不是说它们和生命体完全不同吗？"

"没错。认为进化只适用于生命体的这个想法，本身就是一个广为流传的谬论。事实上，进化对科技进程来说同样适用。今天的经济格局完全可以用进化来理解：人力能操控的部分越来越小。这恰恰表明，复杂程度一旦超过某个阈值，中央操控就会失去作用。所以这些'综合体'必须以一种类似进化的方式来实现自我发展，必须有新的元件，来实现更多目前来看不必要的功能。最开始阶段还需要人类的帮助，但等这些'综合体'进化到更高级别之后，就可以独立对人类的需求做出反应，来满足我们的愿望。"

夏洛特看着手上的咖啡杯，研究着上面的图案，"就算这样，我还是没法想象这些小机器人如何给我煮咖啡，如何端到桌上来。"

"我们可以模拟一下这个过程。十年后,巴西会有一个超大型多功能'综合体'负责管理咖啡种植园——"

"你可以跳过这部分,我本来也不知道咖啡种植园是怎么运作的。我了解的只是煮咖啡的过程,如何研磨、萃取,最后倒出一杯咖啡来。"

"好吧,那我们就从咖啡豆通过管道直接运送到名为'破壁机'的元件开始说,这个元件的作用就是把东西磨碎。磨好的咖啡粉会落入一个容器中,由名为'塑形'的元件构成,这个元件的功能就是形成容器。'加热器'元件将'水泵'元件提供的水煮沸……"

"接下来你还要讲制造咖啡过滤纸的元件,对吧?"

"不,咖啡过滤纸是消耗品,它和咖啡豆一样,由其他地方的多功能'综合体'制造再运输过来。"

"通过另一个管道吗? 一个咖啡过滤纸管道?"

"或许每家每户都会有一个通用运输管道,来传送所有需要的东西。"

"然后呢?"

"过滤纸会由'运输'元件直接传送到指定的地方,能让咖啡液流过去。"

夏洛特放下了杯子,"这么听来我倒是很好奇了。"

弘司举起了双手,"也可能只有一台普通的咖啡机,然后有一个像人一样的家务机器人拿着杯子给你端过来。想想看,这些功能元件可以根据需要自行复制。只要数量足够多，它们就可以组成一整个工厂来生产各种各样的东西。"

夏洛特闭了一会儿眼睛，虽然这样不太礼貌。弘司的构想太震撼了，她一直睁着双眼听他的叙述，现在眼睛有点酸痛。

"我想看看实物，"她睁开眼睛说道，"我猜你已经造出了一个这样的机器人群落，对吧？"

"是的，当然。这就是我们在这里的原因，为了测试第一个'综合体'。"

"给我看看！"夏洛特要求道。

他们走进了夏洛特早上就留意到的大帐篷。正如她所猜测的那样，这是一个实验室：靠外的一侧有一些桌子，上面满是工具、电脑和测量设备。再往里走却很空，只有一个银色闪亮的立方体立在帐篷中央，和一个小冰箱差不多大，表面就像钢质的鳞甲一样闪闪发光。

"我们又测试了一遍所有的子程序，"弘司说，他知道夏洛特肯定听得懂，"只要开始运行，'综合体'的工作过程就会被监控摄像头全方位记录下来。运行过程相当复杂，所以预期会有一些错误。这就是我们目前的工作：容错率测试。"

"你确定它基本上能正常运行吗？"

弘司站住了，"这么跟你说吧，我相当有信心。"

"之前应该也做过其他测试吧?"

"嗯,测试过元件的单一功能。这次做的是整合测试。目前还没法测试完整的自我复制过程。"

好吧,反正她本来也不是很关注这些细节。夏洛特双手叉着腰,看向周围。堆满东西的桌子上一片狼藉,显然研究人员一直在高强度工作。如果这些机器人真的能取代人类工作,弘司团队里的这些人一定会感觉很无聊,不知道该怎么打发闲下来的时间。

"其他人去哪儿了?"她问道。

"我想是去游泳了吧。"弘司说。

"游泳?我还以为你只雇用工作狂呢。"

弘司笑了,"是我让他们去游泳的,这样我才有空给你展示这些东西。试验已经准备就绪了,只需要按下按钮。但我想等你来了再进行,让你一起见证。"

那种感觉又来了,他们之间奇怪的紧张感,似乎有什么神秘的东西将他们连在一起。这与感情无关,毫无疑问他们彼此喜欢,也许曾经爱过对方,但连接他们的是别的东西。这种感觉让夏洛特起了鸡皮疙瘩。

她深吸一口气,"为什么要我来一起见证?"

"因为这跟你也有关系,因为你是我的灵感来源。"

"我应该高兴吗?"她喃喃自语,接着活动了一下肩膀,想停止胡思乱想。她看着帐篷中间那个反光的金属块,问道:"这就是那个

'综合体'吗?"

"是的。"

"你能让它做点儿什么吗? 我想看看它是怎么工作的。"

"没问题。"弘司弯腰在一个键盘上键入一串命令,又拿来一根看起来像坏掉的手电筒的深色棍子,"这是我的'魔法棒'的进阶版,附加了激光发射器和蓝牙连接功能。在大多数建材市场售价九十九美元。"他打开这个设备,在距离金属块大概三米的空地上用激光束射出一个红色的小点。

太神奇了。金属块开始解体,分裂成数百个个体。看起来就像有几百只长着钢铁翅膀的昆虫聚起一个立方体,又立刻散开。几秒钟后,所有组件都动了起来,像一堆镀铬的乐高积木一样流过灰褐色的帐篷地板,吱吱作响,仿佛在抱怨它们不得不前往另一个地点。花了不到半分钟,金属块就立在了弘司的激光束指向的地方。在最后一块组件到达它的位置后,重新归于平静。

"哇!"夏洛特感慨道,"简直就像魔法!"

弘司又弯腰在键盘上键入一串新的指令,"我们重复一遍这个过程,这回会慢一点,方便你看清楚它的运行方式。"

一道新的激光束射出去,金属块再次嘎吱作响。这一次可以看出,这些组件并非流动着前进,而是有一定秩序地在行动:最上面一排正方形小方块先从整体分离出来,就像叠罗汉的杂技演员一样一层一层爬下去,然后全部停在地板上,就像一条长长的滚动的舌头,指向新位置的方向。

"这些是'定位'元件，"弘司解说道，"它们构成了一条可以给其他元件指路的交通路线。"

这时候，其他的小方块也跟着过来了。夏洛特看出它们长得各不相同，而且大多数并不是自行移动的，有一些像小型运输平台一样来回滑动的元件运送着它们，在铺设好的交通路线上移动。

"那些就是'运输员'咯？"

立方体刚开始解体时，由一些"定位"元件构成的框架还保持着原本的形状，现在这些元件也一个接一个分离出来，由"运输员"来回往返运送到新位置，以便之后再次构建出整体框架。

不一会儿，所有元件都转移到了新的位置，再次整齐地合体。最后归位的一块"定位"元件，恰恰就是之前最先分离出来的那块。

夏洛特不禁激动起来，"太难以置信了！这个东西还能做什么其他事吗？快让我看看！"

"嗯，我还准备了其他的！"弘司回答道。她喜欢他的发明，这让他非常高兴。他放下"魔法棒"，输入了几条指令，随着又一阵嘎吱声，立方体变成了……别的东西：一架外形古怪的机器，顶部有一个料斗，侧面有一个带着尖刺的附件。

"这是什么？"夏洛特问道。

"稍等一下。"弘司转身在旁边的抽屉里翻找着什么，最后拿出一个红色的大羊毛线球。

他走到变了形的机器前，把羊毛球扔进料斗中。机器嗡嗡作响，竟然开始织毛线了！

夏洛特说："太惊人了！"一条针织的羊毛围巾正从机器的侧面一点点伸出来，迅速变长。

"这其实只是我为了演示而编写的程序，"弘司说，"准确地说，实际上是为了给你演示。剩下的试验里并不需要它。不过它做得不错，是不是？"

"绝对的。"夏洛特鼓起勇气走近轰鸣的机器，向料斗里看去。只见羊毛球快用完了，在料斗里来回跳跃，变得越来越小。等到织好的围巾掉落下来，机器又恢复了平静。

弘司拿起围巾递给她，"留着当个纪念品吧，我听说苏格兰有时候挺冷的。"

"嗯，的确是这样。"她摸着羊毛围巾，蓬松柔软，近乎完美。羊毛的品质也很好，她有些好奇弘司到底从哪里弄到这样的羊毛。

"我最引以为豪的是，这个程序能自行编织羊毛。"弘司解释说，"最困难的其实是找到线头。老实说，其余的工序都是直接从商用针织机上复制过来的，刚好能交给'钳子'元件。"

夏洛特将围巾绕在手上，兴奋极了，"它还能做什么？"

"还可以这样。"弘司输入了新的指令。机器再次变形，随着响声变得更高，伸出了像抓手一样的东西。弘司取来一段截面粗糙的树桩放在它前面。金属抓手立马活了过来。"运输员"元件首先沿着树桩铺设道路,将负责切割工作的元件引导过去,切下来的木块则由其他"运输员"运走。不一会儿,剩余的木材开始向一边倾斜,于是抓手调整了木材的位置,切割元件转移到树桩的另一侧继续工作。几分钟之后,整个树桩都被切割完了。

切割元件被运走,一个有着较长天线的元件接替了它们的位置,开始扫描树桩先前所在的位置。"这是'探路者'。"弘司解释道。检测到没有木头剩余之后,它很快就滑走了。整个机器再次发出嗡嗡声,一些新的"运输员"飞快地跑出来,将做好的不计其数的牙签一个挨一个地放在地上。

"真是难以置信!"夏洛特又一次感叹道。

"这是一个早期的程序,我们将它升级了。现在这个'综合体'还能像这样处理金属。"

"金属?"夏洛特有些吃惊,"那刀刃不会变钝吗?"

"的确会,不过这些元件可以自行给彼此磨刃。"

夏洛特没说话,只是来回看着她手中的围巾和那台怪异的机器。她觉得自己好像站在一个深渊前。这到底是什么机器?既可以针织围巾,又能将树桩切成牙签,如果需要的话,也许还能煮咖啡?一切都有些荒唐,但她还是能感觉到,这并不是游戏,这台机器也不是供人取乐的玩具——这是前所未有的、拥有无限可能性的新发明。

她感觉到了弘司的注视,转头看着他,"你真的想把这个东西推广出去吗?"

"眼下先在这个岛上。"弘司说。

"但谁能保证它不会跑到这个岛以外的地方去呢?"

"每个元件都有一个预设好的牺牲件,使它们遇到盐水就会瓦解。当然,这是人为的限制,以后可以删除掉。目前来说,这是一个能让所有人放心的保障。"

"每个元件? 包括那些后续由机器自己制造出来的?"

"是的。"他歪着头,"除此之外,这个机器的复杂性暂时还不至于让人担忧,依然处在可以中央操控的阶段。还有很长的路要走。"

她转过身看向"综合体",它立在那里,像一只忠诚的等待指令的狗。"不知为什么,听到你这话我有点担心。"

"这是正常的。"弘司说,"如果一切都能按照预想顺利进行,就会出现一个全新的世界。你要是不害怕,那才是不正常的。"

"那你呢? 你害怕吗?"

"不。我相信,新世界会比旧的世界更好。"

帐篷入口的篷布沙沙作响。两个人同时转过身来,发现进来的是昨晚那个年轻人,夏洛特还记得他叫米洛斯拉夫。他只穿着泳裤,头发湿漉漉的,看上去比她印象里还要瘦。

"什么事?"弘司有些不悦地问道,显然不喜欢这时候被打扰。

米洛斯拉夫举起一张纸说道:"新加坡发过来的紧急传真。传真机发出了警报,不然我在海滩上根本听不见。"

"然后呢？说什么了？"弘司朝他伸出手来。

"我们还不能开始试验。"米洛斯拉夫将传真交给他，"顾先生通知了董事会，那些人很关注这件事。他们要你回去开会，决定如何进行下一步。"

弘司接过传真，默不作声地读了一遍，脸色发黑。

"情况最坏会怎么样？"米洛斯拉夫问道。他哆嗦了一下，可能是因为帐篷里比外面凉很多，"这个项目会终止吗？"

弘司抬起头，沉思了一会儿，然后看着他的助手笑道："不会的，这个项目不会中断。因为很遗憾，这封传真在正式试验开始了五分钟之后才到。太可惜了。"

"五分钟之后……？"米洛斯拉夫瞪大了眼睛，"这行不通！传真上印了时间，只要稍微比对一下监控录像就能知道它是在试验开始前到的。"

弘司小心翼翼地折起传真，"没问题，只要把所有计算机上的系统时间往回调一个小时就行了，还有监控设备的时间。我们五十分钟之后开始试验。"

2

人们立马忙开了。

米洛斯拉夫匆匆穿上衬衫和短裤，在电脑前坐下，开始摆弄起来。不一会儿，其他人也都小跑着进来了。这些年轻人来自世界各地，其中多数是亚洲人，头发湿漉漉的，胳膊上还沾着沙粒，皮肤被阳光晒得有些发红。大多数人夏洛特以前都没见过，更别说认识了。他们向她打招呼，有些人漫不经心，有些人好奇又有些害羞。之后所有人都开始忙碌起来，明显能感觉到他们因为终于要进行的试验而格外兴奋。

弘司再次出现在帐篷里。他之前去了趟办公室，安排去香港的行程，还给那边回了消息，不过除了告知他们抵达的时间以外什么都没说。

"进展怎么样？"一回到帐篷他就问米洛斯拉夫。

"就差服务器了。"米洛斯拉夫头也没抬，"然后就可以开始。"

弘司的团队以极大的活力和热情沉浸到工作中,每个人都清楚,他们可能正在改写历史。当年登月控制室里的气氛应该差不多就是这样。

夏洛特则抱着双臂,想起了自己童年的梦想:古人类学。第一个人类。那之后怎样了呢?不,没有之后了。与弘司不同,她不再有梦想,也不想追寻什么愿景。

试验用的工作台在帐篷内围成一个U形,两个女人在开口处拆卸帐篷的防水篷布。夏洛特看着她们小心翼翼地把布卷到左右两侧,将它们绑在支撑杆上。她的目光穿过帐篷敞开的豁口,望向远处。

看到的场景实在太出人意料了,她眨了好几次眼才敢相信。

这座岛是一个垃圾场。

生锈的电器、铁桶和橡胶轮胎散落在棕榈树之间。起伏的山丘上堆满了空罐子、塑料瓶和外卖包装盒。各种各样的污垢和垃圾堆积在一片曾经的草地上。这里原本是热带天堂,如今却更像一场噩梦。

弘司走到她身边,"很吓人,是不是?这就是发达国家所谓的循环回收。对他们来说,分类和回收这些垃圾太费事,直接运到第三世界的成本更低。这些国家常常别无选择,只能通过提供土地来赚钱,允许发达国家在这里倾倒垃圾。"

"太可怕了。"夏洛特环顾四周,再次留意到人们湿漉漉的头发，"那你还让你的人去游泳？"

弘司指了指身后，"前面的码头边有一处非常干净的海滩。这个岛还没被垃圾塞满，不然臭味更大。"他伸出手，指着在直升机上她看到的奇怪黄色泡沫的方向，"那边都是从欧洲运来的，他们把垃圾整齐地装在塑料袋里。"

"真恶心。"夏洛特突然觉得很脏，"你就不能另外找个岛吗？"

弘司摇摇头，"我故意选的这里。第一次听说这个岛时，我就知道我要在这里做试验。"

"为了什么？"

"两个原因：第一，让'综合体'更容易找到新的原材料，不需要我们额外制造开采、挖掘一类的机器人。第二，这项技术有潜力处理目前地球上的过剩垃圾。你知道全世界有多少垃圾填埋场吗？数量绝对超乎想象。也就是说，垃圾的数量更加难以置信，甚至可以轻松地完全覆盖月球表面。我的发明就算除了处理垃圾以外没有任何用处，也足以造福这个世界。"

不知为何，她不禁想到了远在苏格兰贝尔凯恩的房子，想到了盖瑞。她曾经只想和他幸福地一起生活，却由于这样那样的原因未能如愿。

夏洛特吓了一跳，仿佛自己背叛了盖瑞一样。他的房子怎么能和垃圾场比呢？

弘司再次拿起"魔法棒"，一步一步将立方体引出帐篷。他们在帐篷和垃圾堆之间的光秃地面上绘制了一个绿色的坐标系,用特别粗的十字标记了作为试验起点的位置。

"还有多少时间?"弘司喊道。

米洛斯拉夫瞥了一眼挂在一根帐篷杆上的时钟——同样往回拨了一个小时。"三十三分钟。"

"一切都准备好了吗?"

"一切就绪。"

"好的,"弘司说,"不用在意几分钟的误差,反正能在传真到达前半个小时开始就行。最后检查一遍,然后启动程序。"

米洛斯拉夫拿起一个夹着清单的文件夹板,叫道:"打开监控系统!"

"已打开。"一个眼睛小得眯成一条缝的男人应道。

"能源?"

"百分之一百。"一个深褐色卷发的女人答道,她看起来大约四十岁,无疑是团队中年龄最大的。

"起始位置正确吗?"

"完全正确。"弘司说。

米洛斯拉夫起身走向夏洛特,拿出一个看着像遥控器的小黑匣子。"请。"他用被厚实镜片放大的眼睛看着她,"只要按下按钮就可以了。"

夏洛特吓了一跳,"我吗?"

"是的!"弘司喊道。

有必要这样吗?她无权这么做。毕竟她和这个项目完全没关系,这也不是她的梦想……

但她还是接过了装置,似乎也没别的选择。她将手指放在上面唯一的大按钮上,这应该是启动所有程序的开关。有人将摄像机对准她。所有人都满怀期待地笑着,好像只要按下这个按钮,夏洛特就做出了有价值的贡献一样。

她抬头刚好碰上弘司的目光,仿佛两人本来就是配对的两个磁极。他略带恳求地笑着,笑容里却还有难以抑制的骄傲,仿佛他做这一切都是为了她一样。究竟为什么?夏洛特有些想不通。

不要乱想了。夏洛特按下了按钮,帐篷外的立方体随即开始响动。

好了,开始了—— 一个新世界的开端。她将遥控器还给米洛斯拉夫,尽最大的努力回了他一个微笑。周围人都离开自己的位置,跟着机器人走到帐篷外。夏洛特捂住脸,向后拢了拢头发,深吸一口气。好吧,她想,来看看他们到底做了什么。

闪闪发亮的立方体周边围了一大圈人。等到走近,她简直不敢相信自己的眼睛。

早先在弘司给她展示的时候,夏洛特就对这些元件的移动速度和精细程度感到惊讶。但与"综合体"现在的操作相比,那些把戏不值一提。

它展现出了全部的实力。这景象让夏洛特起了一身鸡皮疙瘩。这群巴掌大小的机器人像超音速的蚂蚁一样四处乱窜，整个装置每隔几秒就变换一次形态，发出哗啦啦、嘎吱嘎吱、嗡嗡嗡的声音。机器人向垃圾堆爬去，不断伸出和收回触手，时而舒展、时而收缩，将原材料一块块从自己身边运走，场面十分壮观。机器后面已经堆起了一座小山，金属、塑料、木材等等被精心切割，有序归类。

立方体居然有这么多元件？这些闪着金属光泽的元件在她面前疯狂地跑来跑去，就像乐高积木，比她猜测的数量多了至少一倍。它们还没有开始自我复制吧？应该不可能这么快。

不，现在她看出它们是如何工作的了：小钩子和刀片以及其他各式各样的工具清理、平整地面，然后切割铸模；别的元件蹿上前去，将模子的表面打磨光滑。动作轻柔、流畅、嗡嗡作响，就像席卷小岛的昆虫——一群钢铁蝗虫，只不过它们吃的并非光秃秃的田地，而是成堆的垃圾。

第一块熔化的金属流入其中一个模具，发出嘶嘶声，蒸汽升腾，冒起了烟雾。

夏洛特走到弘司旁边，他正微笑着看着他的作品。"机器运转所需的能源是哪里来的？"她问。

她本以为他全身心沉浸在自己的杰作里，意外的是，他很高兴她能提出这样的问题。"大多数人根本没想过这个问题。"弘司笑着说，"嗯，目前是靠发电机来供电。"他指着实验室大帐篷旁边一个低矮的深绿色帐篷,夏洛特发现从那里伸过来一条细细的电缆,连接到一个大一些的元件上面,不过这个元件还留在帐篷里,所以这个"综合体"自身显然能够存储一定量的电量。"这又是一个简化的初始设置。能源是核心问题,但对于自我复制阶段来说,能源来自哪里并不重要。所以设计元程序的时候我们就决定从发电机获取能源。等有了二十个'综合体',它们就能自行建造太阳能发电厂,后续的能源需求到时就不成问题了。"

她看着他,再一次好奇这人脑子到底是什么构造。她永远没法真正了解他。"二十个'综合体',"她说,"所以你没想过关停这个机器,打算让它们一直工作下去吗?"

他有些神秘地笑了,"早晚有一天,这个机器会没法再关掉。"

一阵并非来自机器活动的声响引起了所有人的注意。大家抬头看去,发现一架直升机正飞向岛屿。

"你可以在这里待多久?"弘司问。

夏洛特眨了眨眼,回想今天是星期几,盖瑞还会在伦敦待多久。"一周?或者两周。"

"好,那跟我一起去新加坡吧。"

他终于不再数他握了多少次手。"拉斯穆森。"他跟所有人说道,"詹斯·拉斯穆森。我代表加藤先生的利益。"

"很高兴见到你,"大多数人都这么说,"但是他本人也会来的,对吧?"

"我相信他会来的。"

拉斯穆森很喜欢新加坡。提到这座城市,大多数人都会想到摩天大楼和狭窄的街道,成群的人在这里疯狂捞金。深入了解这座城市的人会惊奇地发现,其实这座岛上有森林和绿色的河流,可以徒步好几个小时,有无数的地方能欣赏到南亚的海滨美景。还有那些古老的树木,当新加坡还是一个萎靡的小渔村时,它们就已经长在这里了。

可惜这次没有时间欣赏景色。受邀参加董事会会议就像是一场演习。配套服务都是顶级的:高档酒店,负责接送的豪华轿车,会前精致茶点……这一切都是顾先生无所不在的助理古忠安排的。他肩膀宽阔、神情冷峻,对老板忠心耿耿;有时候,以西方的标准来看,他不仅是助理,还像是奴仆。

和往常一样,剩余食物和饮料都被撤走,说明会议要开始了。拉瑞·顾从不在会议桌旁吃喝,也不允许别人这么做。

安保部门的两个男人带着测量设备走过房间,尽管会议室配了最新技术的反间谍屏蔽设备,他们还是会仔细检查每一平方厘米的墙壁和地板。

会议室的大门有些戏剧化地无声打开,这正是顾先生喜欢的。拉斯穆森正了正领带。有人曾说,顾先生将詹姆斯·邦德系列电影中所有涉及会议室、打开的门、活动的墙壁以及其他建筑戏法的场景剪辑成了DVD,一遍又一遍地研究,尤其是当他的商业帝国中的某个地方需要新装修,或者需要盖新楼的时候。

每次见到拉瑞·顾,拉斯穆森都会惊讶,这个年迈的中国人似乎比他印象里还要矮小一些。

拉瑞·顾极其缓慢地走过那扇大得有些夸张的门,似乎还要花上几个小时才能走到五米开外的会议桌。古忠退到一边,但目光一直紧跟着他的老板。顾先生缓慢地攀上扶手椅,人们都屏住了呼吸:这扶手椅太大了,他甚至可以躺进去。这位白胡子老人转向众人,用中文说着"欢迎",向他们致意,语气很随和,就好像他只是碰巧路过打声招呼一样。

整个会议室有电影院那么大,但回音效果好得惊人,拉斯穆森十分好奇他们到底是如何做到的。拉瑞·顾不能容忍在会议室使用麦克风,而他本人的声音又有些尖细。不过,房间里所有的人都能听清他说的每一个字,显然这间会议室的结构有些特殊。

"好了,"他开口说道,"我们长话短说。你们应该都知道,为什么我们要在今天碰面。我想,过去的几天里,你们应该看了我发给你们的文件,并且对此有些想法。"他一边环顾四周,一边将着白色的胡须。

第一个举手的是一个瘦削的荷兰人,名叫皮特·蒂默曼斯,是集团的欧洲总监。顾先生用手势示意他发言。"坦白说,我根本想不通这是如何实现的。"他说,"当然,我尊重顾先生的决定,对加藤先生的技术能力也没有质疑。但在我看来,这件事和科幻小说一样。这个项目的预算是多少?"他透过眼镜瞄了一眼手上的文件,"五千万? 如果你问我的话,我觉得完全可以投给更值得的东西。"

顾先生讳莫如深地笑了,"嗯,那是我的钱,反正我又带不走。"

蒂默曼斯耸了耸肩,"只是我的个人观点。"

这是拉斯穆森向来很佩服顾先生的一点,他对背叛和不忠的惩罚十分严厉。有传言说,他年轻时,有个商业伙伴转投了竞争对手,被他割掉了舌头。他对此不置可否。与此同时,在顾先生的公司中,从来没人因发表观点而惹上麻烦。拉斯穆森反而觉得,这位财团老板更倾向于在身边放些与他意见相左的人。尽管拉斯穆森有时其实不太理解顾先生的用人标准,这几年甚至越来越怀疑,顾先生这样做主要是为了给自己解闷。

美洲总监杰弗瑞·柯德威尔是一个粗犷的南方人,据说他的过去十分坎坷,此时已经焦躁不安了好一阵子。蒂默曼斯比他先举手显然让他有些窝火。"我的担心正好相反。"终于轮到他发言了,他便大声说道,"如果这该死的东西真的管用呢? 一个能制造一切的万能机器,还能自我复制? 老天爷,如果这都算不上疯狂,还有什么算? 我觉得我们对这件事知道得太晚了。距离五年前决定投资,如今已经过去了成千上万个研发工时,像这样的事情需要大家早早讨论。比方说,这台机器生产的东西到底属于谁,有没有人想过这个问题?"

"或者说,机器到底属于谁。"一位叫周强的亚洲总监补充道。

"还有原材料的所有者,"澳大利亚总监布拉德·萨默接着说道,"这也得考虑。"

"看来这是个新的法律领域。"拉瑞·顾狡黠地笑道。能激起总监们这么大反应显然让他有些开心。

柯德威尔拍了拍桌子,"我不理解这背后的商业模式。这机器能拿来干什么? 如果买了它,就永远不需要任何其他东西了。这玩意儿能生产出一切,不是吗? 这个机器的基本概念就是这样。一台万能的机器,什么工作都可以完成,什么东西都能做,而且还是全自动的,无须任何额外费用。"

"没错。"顾先生抚着白胡子肯定道,"现代版的聚宝盆。"

"然后呢? 我们怎么用它来赚钱?"柯德威尔叫道,"我们会用它亲手切断我们的财路。哦,好吧,不仅仅是我们的财路,还有其他各行各业! 这样的机器迟早会摧毁所有行业。如果它真能奏效的话,原子弹的破坏性都不如这东西!"

"这么想是不是有点太夸张?"布拉德·萨默提醒他。

有传言说,柯德威尔和他这位澳洲同事有些不和。他转过头来咆哮道:"你到底读没读过整个方案? 你理解了吗? 这台机器可以自我复制! 它的数量会无限翻倍。只要你稍微读过书就能明白,核爆炸就是这个原理,只需要一眨眼的工夫。而且,很可能第一个购买这玩意儿的人会再复制出副本送给别人。"他摇头坐回座位上,看起来疲惫不堪，"好吧，要我说的话，这事儿实在是欠考虑。"

布拉德·萨默挑起眉毛，他的圆脸像极了一头牛，"我不明白你为什么如此激动，每个人都能得到他们需要的东西，那是一件好事啊。"

"你这么认为吗？"柯德威尔摇了摇头，"好吧，我不知道你们澳大利亚人是怎么做生意的，但是我学到的赚钱方式是，提供人们没有、但需要的东西，这是唯一的游戏方式。以我的女管家为例，"他伸出手，指着也许是美国的方向，"杰西卡·戈麦斯，四十二岁，单身，有两个孩子。她业务优秀，做得一手好墨西哥菜，能让我的房子时刻保持最好的状态。好吧，我为此付了她很多钱，这是应该的。但是，如果有了这样一台万能机器，让她可以填满冰箱，为她的孩子们提供运动鞋和运动衫，你觉得她还会为我做这么多吗？她做这些不是为了打发时间，而是为了钱。要是她有了需要的一切，那我就失去她了。"

"然后你可能就得自己熨衬衫了。"顾先生这时候插话道——他只是想嘲弄一下柯德威尔——接着又指着古忠向他递过来的手机说道，"我非常不愿意打断你们这场精彩的辩论，但我们刚刚收到消息，加藤先生的飞机将在半小时内降落。而且我们还得知，加藤先生带来了另一位客人，一位女士。因此，如果你们想吵架的话，趁现在速战速决。"

弘司被柔和的提示音唤醒。声音不断重复,音量一次比一次大。没错,是闹钟。他伸出手关掉了它。

就算是乘坐公司的私人飞机,飞往新加坡也要将近八个小时。一到新加坡就要立即参加会议,而他必须在会议上保持最佳状态。幸好飞机上还有一张舒适的床,于是他们躺下睡了一路。尽管两人都穿着衣服,对弘司来说,能再次将夏洛特搂在怀里已经很知足了。

他看着她,仔细端详她在睡梦中放松的脸,一如既往的美丽。她是那种一辈子都会很漂亮的女人。

和她在一起的感觉真是太不可思议了。弘司努力不去想几天后她就会离开他,回到那个苏格兰工匠身边。毫无疑问,他们俩在一起完全不合适。

上方的墙上有一个小屏幕,显示了地图和飞行路线。很快他们就要着陆,最多还有半个小时。

弘司移开视线,将脸埋在夏洛特的颈窝里,希望这一刻永远不会结束。但他的动静似乎惊扰到了她,她睁开眼,环顾四周,似乎迷茫了一阵才想起自己在哪里。"呼,"她开口道,"我们已经到了吗?"

"就快了。"弘司有些难过地说。

"挺快的嘛。"她摸了摸床垫,"我不得不承认,飞机上能有一张真正的床,比狭窄的座位可舒服太多了。"

弘司不情愿地坐起来,"得洗漱一下。你愿意的话可以先去洗手间。"

"飞机上的洗手间可不好受。"她嘀咕着,但还是匆忙越过他,钻进了狭小的洗手间。

弘司正好利用这个时间查看邮件。米洛斯拉夫给他发了视频片段,展示新生产出来的一批元件如何组装成"综合体"。夏洛特回来后,他给她看了录像。她刚梳好头发,浑身散发着好闻的香气。

"太疯狂了,"她颇有感触地说道,"这么说它确实做到了。你的'综合体'有了第一个孩子。"

弘司做了个鬼脸。几乎所有人都会用这个比喻,但他并不喜欢,"这不是孩子,这是复制品,是机器。"他抬起头看向她,"不然我们在东帝汶的帕柳克岛上雇用的就是童工了。"

她笑了,似乎没有把他的话当真。"我只是觉得,这种复制方式有点……你做的机器,没有一台长得像……怎么说呢……都不是普通人想象得出来的。我一直想知道,你是怎么想出这些点子的?"

弘司看着她,她长得真美,她是属于他的,即便她不想承认。"你想知道真相吗?"他问。

她挑了下眉毛,"当然想。"

"大多数都是我梦到的。"

"梦到的?"

"是的。从小时候就开始了。那时候我整天都在思考一些问题,而晚上在梦里,我会想到解决方法。"他到现在还清楚记得那些梦,很强烈,色彩斑斓,与其他的梦完全不同。但凡有一丁点儿的宗教信仰他都会相信,是神明在通过梦境与他对话,告诉他所有零件的形状。

"梦见的,"夏洛特重复着,若有所思地摸了摸额头,"真是神奇。"

提示音再一次响起,这一次是飞行员的声音。他们得到了着陆许可,需要乘客系好安全带。弘司关掉电脑,合上盖子收起来。

"你担心他们会说什么吗?"夏洛特问道。他们坐在一起,系好安全带,随着飞机迅速下降感到明显的失重。

"我为什么要担心?"

"因为你无视了他们发来的指示。"

"除了生气之外,他们还能做什么?"

她把脸转过来,以一种独有的方式看着他。他很喜欢这样,这让他感到与她很亲近。"你不怕有一天会走得太远吗?"她问。

听到这话,弘司摇了摇头,"不,我只害怕走得不够远。"

显然她在飞机上睡得不是太好,来到巨大的玻璃大楼入口前时,夏洛特突然感到疲惫,想待在车里,蜷缩在柔软、温暖的皮革后座上闭目养神。"他们会让我进去吗?"她问弘司,心里暗暗希望能被直接送到酒店房间去,这样她就能睡个够了。

站在她对面的弘司看上去状态格外好。"他们没有选择,"他挺直了肩膀说道,"我已经告诉他们你会一起来了。"

夏洛特努力地撑着眼皮,但它们似乎不受控制,越来越沉了。"你怎么跟他们介绍我的?"希望不是未婚妻或类似让她尴尬的身份。

弘司笑了笑,"我的缪斯。"

"我的天!"但无济于事了。司机打开车门,祝他们愉快。身穿精致制服的员工跑上前来接过他们的行李,为他们拉开闪闪发光的大门。进门之后,迎面是一个由玻璃和钢铁构成的巨大空间,电梯有一间学生宿舍那么大,只是没有家具。电梯越升越高,仿佛无穷无尽,几乎让人以为他们会直接升到云端。出了电梯,有保安人员用一个塑料包裹着的扁平探头扫描他们。"以防窃听。"年轻些的那位向他们解释道。

他们来到会议室,面前的会议桌足有停机坪那么大,桌子两旁穿着深色西装的男人们站起来和他们握手寒暄。夏洛特有些发抖,这里的温度有些凉。她现在很想喝杯咖啡,但弘司在来的车上就告诉她,会议期间不能吃喝。弘司介绍她认识了一个身材瘦削的光头男人,这是他的商业伙伴詹斯·拉斯穆森,负责接手他的其他发明。与桌上的其他人相比,他看起来更放松,相比之下更招人喜欢。

最后是公司的老板拉瑞·顾,一位干瘪瘦小的老人,看上去像一只长了白胡子的蝉。他坐在扶手椅上向他们微微鞠躬打了招呼。

终于落了座,夏洛特缩着脖子安慰自己,这个会议总有结束的时候。

"欢迎你们,"老人低声说道,"很高兴结识一位真正的缪斯女神……"人群中有人轻笑,但当老人举起手时——好吧,甚至算不上举手,他只是把手放在桌子上,抬起了一根手指——笑声立马就消失了。不得不承认,他的人的确很有规矩。"加藤先生,在你到来之前,我们总结了一些问题。为了让大家都满意,希望你能够回答一下。我们都认为你的研究成果十分了不起,但它带来的影响还有很大的不确定性,有待我们共同商榷。蒂默曼斯先生,请你先开始。"

一个瘦削的男人闻言抬起头来,看起来有点像一位没什么幽默感的小学校长。"我是皮特·蒂默曼斯,欧洲总监。加藤先生,我研究了你的方案,不得不说,它根本无法说服我。我并不是说你在故意行骗,而是觉得你或许从根本上就错了。如果在五年前看到你的项目提案,我一定会拒绝投资。你设计的那种机器,我无法想象如何运行。"

弘司像一尊雕像一样一动不动地坐着,直直地盯着桌子另一侧的这个男人。一直等蒂默曼斯讲完,他才动了动。"好吧,蒂默曼斯先生,我不想仓促评价你的想象力,"他用一种夏洛特从未听过的、虽然尖锐却依旧礼貌的语气回答道,"但不管怎样你都错了。"

他打开电脑,从桌子下一个夏洛特没注意到的暗格里抽出一条细电缆,接到电脑上。下一刻,众人身后的大屏幕亮起,投射出弘司的电脑屏幕。"降落前不久,我收到了太平洋那边发过来的视频片段。"弘司一边解释,一边点击播放。这段视频他先前和夏洛特在飞机上看过了:机器将自行生产出的单个零件组装成新的元件,新的元件在一阵抖动之后,加入整个族群之中,与其他元件一起继续运转。"你们看,这台机器是可以运行的,完全符合预期。"

蒂默曼斯双唇紧闭,脸色苍白。其他人也面面相觑,露出难以置信的表情。

"加藤先生,"一个坐在老人身边,看上去像是保镖的魁梧中国人说道,"你已经收到了指示,在这次会议之后才能开始试验。"

弘司稍微点了点头,"很遗憾,试验开始后半小时我才收到指示。坦白说,收到指示我很意外,因为根据原始协议,我可以全权处理这个项目。"

男人又说道:"那你也可以在收到指示时中止试验。"

"那样试验数据就无效了,"弘司说,"所以我决定继续下去。"

桌上响起一阵窃窃私语,仿佛波浪拍打着海岸。拉瑞·顾再次举起手指,示意众人安静。"好吧,现在还是可以中止这个项目。"他有气无力地低声说道,"但或许没什么必要。不管怎样,除了理论和想象,我们有了具体的数据。这在我看来是个优势。"

接下来发言的是一个不苟言笑、金发碧眼的美国人,说话时双手紧紧抓着桌面,仿佛这样做是为了防止自己跳起来掐住弘司的脖子一样。他大声地说道:"我想知道的是,你如何看待这些由你的机器生产出来的产品?在我看来,很多事还没解释清楚。比如这些产品的归属权,还有最重要的,这些机器制造出来的复制品又该属于谁?"

弘司拔下电源,关闭了电脑。投影消失,房间再次暗了下来,窗外还是艳阳高照。房间里的昏暗是因为有色玻璃制成的巨大玻璃窗,越往顶部颜色越深。从这里可以俯瞰整个城市——摩天大楼、海岸和海洋,尽管外面肯定充斥着熙熙攘攘的喧嚣,但在这里,无论什么时候望出去,只能看到黄昏一般的景色。

弘司确认道:"你是指所有者?"

"没错。我说的是所有权,财产。这些是核心问题,也是经济生活中最主要的问题。"

"这些话题很快就会过时了。"弘司坚定地说。夏洛特从未见过他这一面,她觉得很有趣。

金发男子的下巴都快掉下来了,这个答案出乎他的意料。

弘司坐直身子,继续说道:"所有权只是一个概念,用来应对物资短缺的情况。或许谈不上是最佳方案,不过也经受住了时间的检验。我们都知道,当一种东西短缺或有可能会短缺时,人们就会匆忙地寻求所有权,避免自己受到供应不足的影响。但如果不缺少任何东西,也永远不会短缺,那么所有权就变得毫无意义了。要它来做什么呢?拿水举个例子吧,先生们,你们拥有多少水?"

"一游泳池。"有人说道。

"那不是饮用水。"弘司应道,"而且,如果水变脏了,你们会毫不犹豫换上新的。为什么？因为至少在发达国家，水永远都有，不会短缺。是不是需要为此付费并不重要，关键在于'没有短缺'这一点。所以，除了几瓶矿泉水之类，大多数人不会储水。"他把手放在电脑上，"我现在所开发的机器，就是要将地球上的所有商品都变成这样，所有人都能够享有。如果一个人所需的任何数量的任何物品都能够随时得到满足，所有权还有什么意义呢？没有。甚至在两代人之后，根本没人能理解这个词。"

美国人喘着粗气，坐在椅子上不自在地扭动，用嘶哑的声音说道："这……这真是太敢想了，这是我这辈子听到过的最他妈疯狂的事。所有权会被废止？你是个嬉皮士吗？所有权很重要，那是我们的一部分，人需要通过它来定义自己！"

"你错了。人们如何定义自己是由社会文化决定的，并随之不断变化。我问你：如果你随时，这么说吧，动动手指就可以有一辆汽车，无论你身在何处，无论你要去哪里，假设一辈子都有这样的待遇，你还会梦想拥有一台汽车吗？你还会乐意去解决随之而来的所有麻烦，包括预约修车行、洗车、保险等问题吗？反正我不会，我敢打赌你也不会。"

"但有些人的骄傲就来源于拥有别人买不起的汽车。"

弘司耸了耸肩，"正如我所说，这种情况今后将不复存在。那种只有少数人买得起的商品，不会存在了。只要想要，任何人都能得到。"

金发男人笑了起来，"我真是快被你搞疯了。商业模式怎么办？你又打算通过什么方式赚钱？"

"不需要赚钱。"弘司面不改色地说，"到时候金钱自然也会消失。如果每个人都能拥有他们想要的一切，钱就没用了。"

美国人难以置信地盯着他，嘴张开又闭上了好几次，就像一条搁浅的鱼，但始终没有发出声音。最终，他坐回椅子，两手一拍，满脸无可奈何地说道："我服了，我放弃。这家伙完全疯了。"

一个头发花白的亚洲人向前探了探身子，双手合十，"我想在这里插一句话，加藤先生。如果我没理解错，你是想凭借这台能够自我复制的机器，使未来所有人都富足，能够随意获得想要的任何东西，是吗？"

"完全正确。"弘司点了点头，"'富足'这个词完全总结了我的整个构想。"

"很好，那我就没理解错。但是，请理解，在这种情况下，我不得不对所需的原材料提出担忧。现在距离这个目标还有很长一段路要走。即使现在，某些原材料也出现了短缺的问题。而人类的数量还在不断增加。你有没有想过，按照你的构想，地球上可用的原材料一眨眼就会耗尽？"

不少人点头附和，显然他们也想到了这一点。夏洛特期待地看着弘司，她从未往这方面想过，但这似乎的确是个关键问题。

弘司面不改色，没有丝毫不安。"不会，"他毫不犹豫地说，"我并不担心这点。实际上,我的预计甚至恰恰相反。请你们想想看,多亏了我的机器,想要多少劳动力、需要多少劳动力,都可以满足。这不仅意味着我们能更加高效地开发现有资源,更重要的是,会有更多的劳动力集中在资源回收上。我认为完全可以实现100%的回收率,也就是说,原材料将取之不尽,因为它们可以一次次重复利用。"他合拢双手继续说道,"如果你们觉得这听起来像天方夜谭,请别忘了,数十亿年来,大自然一直都是这么运转的。你们体内每个原子都有数十亿年的历史,曾经也是恐龙、藻类和单细胞生物的组成部分。在生态环境中,没有什么东西会真正消失,所有东西都在一次又一次地循环使用。既然如此,机器和无生命的产品同样做得到,不是吗?"

一时间,会议室鸦雀无声。显然,他们被说动了。弘司已经在他们竖起的高墙上找到了第一个裂缝,只要再加把劲,就能把这些人全部争取到自己这边。夏洛特突然觉得自己的疲劳感完全消失了;相反,面前的形势让她兴奋——有多少人能有这样的机会,坐在跨国企业的董事会会议桌旁,见证他们做出足以改变世界的决定?她也从来没想过,真的会有像好莱坞电影里那样的会议室。

一个长了张笑脸、身材略胖的男人清了清嗓子,看上去人畜无害——这样的外表无疑是骗人的。无害的人进不了董事会。

"那么,能源呢?"男人说道,"这些机器所做的一切都会消耗能源,这是不可避免的。我甚至认为你的机器会比传统的生产方式消耗更多的能源。你要从哪里获得能源？地球上的能源就快耗尽，无论石油、铀还是其他能够燃烧的东西都快用光了，无法回收再利用，自然界也不会再生。众所周知，我们会迎来宇宙热寂的末日。"

"是的，但那之前还会发生很多事。"弘司点点头，"你说的基本上没错，这些机器会消耗更多能源。这是合乎逻辑的，毕竟它代替了人力。不过，机器也能自行产生所需的能量，所以不必为此担心。"

"是吗？机器如何做到这一点？"

弘司举起手指着天空，"利用以人类的标准来说取之不尽的能源——太阳。"

"那是什么意思？你是想在这些微型机器人上放置太阳能电池吗？我觉得远远不够。"

"的确不够，要大型发电厂才行。"弘司从椅子上站起来，开始围着会议桌踱步，"你们已经看到了动态的'综合体'是如何运转的，也看到了它静止时的照片，看起来和小冰箱差不多大。但请不要误以为这就是最终形态了，也不要认为只是每个家庭都多了一台这样的机器，其他一切都依然照旧。不，这个'综合体'只是一颗种子，一旦它生根发芽，就会出现一个全新的产业结构，万物相互连接，而人力只需要时不时控制运行流程就好。而且，随着机器自身结构越来越复杂，这种需求也会越来越少。可以通过例如群体行为、智能代理和神经网络这类众所周知的信息处理方式来使这个系统实现一定程度的自主。在新的世界,不仅每个厨房里都会有一个神奇的聚宝盆,还会有由'综合体'构成的'综合体',以及更高层次的组合,组合当中的个体还会相互连接,交换材料、信息以及能源。会有专门用来开采或收集能源的'综合体',这是很简单的事,比你们目前所能想象的更简单。"

"这倒是让我有点期待了。"美国人用大家都能听见的声音嘟囔道。

弘司继续道:"当前的全球能源消耗大约是每年15太瓦,也就是一万五千吉瓦,其中包括我们用于取暖、运输人员或货物、工业生产用途所消耗的所有能量。我们通过燃烧煤炭、石油,分裂铀原子和其他一些方法来获得这种能量。"他沿着窗前踱步,透过深色的玻璃墙依稀能看到昏暗的城市轮廓,"但是数十亿年来,每年由太阳送到地球上的能量有18万太瓦,相当于我们现在所需能量的一万两千倍。所以,只要将地球上一万两千分之一的面积变成太阳能发电厂就足够了,完全不需要其他能源。"

"那也是相当大的面积。"

弘司站住了,"放在地球仪上,那就只是你几乎看不见的小点而已。重复一遍,请记住,我们将拥有无限量的劳动力可供支配。只需要编写出这个太阳能发电厂的程序,机器就会自行建造并维护它。"他继续在桌旁走来走去,"你可能会反驳说,最合适建发电厂的区域——比如沙漠地区——都位于政局动荡的国家。这的确没错。但我的理念对那些地方同样适用：我们将创造富足。动荡的主要原因是饥饿、疾病和一切形式的资源匮乏。如果能给人们提供他们所需要的一切，动荡就会消失。"

"但你的机器能够做到这一点吗？让他们摆脱饥饿？"蒂默曼斯插嘴问道，"对他们来说生产粮食是必须的，为此就需要土地，但土地是有限的。"

"没错，"弘司说，"但我们拥有无限的劳动力。相比单一栽种的农田，我们可以建造密集耕种的园区。如果需要，甚至可以单独给每株谷物浇水。还可以开垦沙漠。"

"那可就和在沙漠建太阳能发电站冲突了。"

弘司大声地笑了起来，"这个冲突太好解决了，我们熟知的沙漠有多少，你能想象我们在未来全部用完吗？"

夏洛特看着他围着那张大桌子绕了一周，好像在进行某种魔法仪式。回忆突然涌上来，她又看到了弘司小时候的样子，那个当年就已经与众不同的男孩，似乎什么都不怕，一旦确定了目标就毫不动摇。弘司一点都没变，只是长大了，更成熟了。如果说当年的他是一粒萌芽的种子，如今他已经长成了最完整的形态。

或许人本来就不会改变，就像行星一样，一直坚定地在自己的轨道上运行，只是偶尔反射出不同的光，才会显得不同。

一个之前一直沉默的男人开口发言，他面容严肃，棕色皮肤，一看就是个印度人。"加藤先生，在你设想的这个世界里，人类到底要做什么？"

"任何他们想做的事。"弘司想都没想就回答道。

"这就够了？只做想做的事而已吗？"

弘司站住脚步，看向发问的男人，好像刚刚才发现他在这儿，"做你想做的事，钱德拉先生。"他说道，"现在，此刻，你是否正在做一些如非必要就不会做的事？"

男人若有所思地晃了晃头。夏洛特在德里的时候就对这个奇怪的姿势印象深刻，当印度人表示不认可的时候，他们就会左右摆动脑袋。

"这可不太好回答，"他说，"我是以印度—东非地区总监的身份参加这次会议的。就算没有这个会议，我也会做其他的工作。参加会议是我的职责之一。另一方面，今天的会议非常吸引人，就算没必要，我很可能也会来。总的来说，我很乐意做我的分内事。如果你问我，换成一个不必为了谋生而工作的世界，我是否还会参会，答案是肯定的。我觉得自己正在做一件有意义的事。当然这并不意味着工作里没有我不喜欢的部分，这是完全正常的。"

弘司点了点头，"这样的话，你已经回答了你刚才的问题。画家们未来还会继续画画，但是肯定没有垃圾清理工还愿意继续去处理垃圾。"

"好吧。那服务员呢？还有监狱看守、律师、护士、幼儿园老师呢？还会有厨师吗？还是将来所有人都只会吃机器人做的饭菜？"

弘司犹豫了。其他人可能没有注意到,但夏洛特却发现了。这是第一个他没料到的异议。

"我不知道工作在未来会如何变化。"弘司终于承认道,"没人知道。但肯定会有所改变。一些工作岗位会最先消失。相反的,也有些工作永远无法由机器人替代。我们需要找到除金钱之外的其他激励人们工作的方式,因为金钱不会以如今的形式继续存在了。"

"我认为大部分人会陷入难以忍受的无聊。"荷兰人蒂默曼斯插嘴道,"你的发明将改变世界。到时候,大多数人都会在电视机前耗费大部分时间排解无聊。"

弘司再次踱起步来。"我不这么认为。"他坚定地回答,"我认为无聊是后天学会的。小孩不会感到无聊,至少不是你所谓的那种无聊。孩子们总有计划,想着做点什么。无聊是在学校里学会的,也会在许多工作中学到。一旦习惯了无聊,人们就很难改变,这大概源于某种基本生物学机制,旨在节约能量。"围着桌子绕完一圈后,他回到自己的座位后面,"也许会有一个过渡期,让人们适应和调整。但从长远来看,我们不会在新世界中感到无聊。"他扶着椅背说,"我们将不再做无聊的事,转而投身有趣的事。对此,先生们,我不觉得会有什么坏处,或者任何值得担心的地方。"

这一番话之后,所有人一言不发,全都僵坐在椅子上望着他。拉瑞·顾轻轻拍手打破沉默时,他们身上的咒语才破掉。"谢谢你,加藤先生。"他低声说,声音听起来就像隔壁房间里牙医的电钻,"我们不会反对你继续工作,我想这代表了所有人的意愿。我们对于你所描述的新世界十分惊喜,很期待——"

这时候弘司的手机突然响了。太不是时候了。夏洛特注意到,老人因为自己的话被打断而有些不悦,弘司也被吓了一跳。

"很抱歉。"他说着,迅速从桌子上拿起手机。读完屏幕上的消息时,弘司脸色突然变白了。

弘司这下太失礼了,不用别人说,夏洛特也可以从在座其他人的表情和反应中看出来。毫无疑问,会议之前理应关闭手机,而弘司却忘记或者故意忽略了。

他抬起头,"对此给你们带来的不便,我再次表示歉意。这是来自试验场地的消息,因为是最高优先级,所以提示音响了。我为错误的时机感到抱歉,但恐怕我现在得立即返回帕柳克岛。"

"发生了什么事吗?"拉瑞·顾问道。

弘司犹豫着,一只手拿着手机,"这么跟你说吧:试验的过程中发生了一些意想不到的事,我必须得亲自到场。"

亚当森每晚都很晚下班,这都怪那些该死的蓝图。连门卫都注意到了。"晚上好,亚当森先生。"他打趣道,"你其实根本就不愿意回家,是不是?"

对此他什么也没说,只是坐在那里,凝视着桌上散开的蓝图,仿佛在等待灵光一闪,又像等着他的目光把纸烧穿。

是的,他的确在这些蓝图上发现了一些线索。比如,蓝图所用的纸张上能够闻到类似线香的味道,以及中国人根本不在乎的国际绘图标准,又或者,那个加藤弘司不按照规范做事。

当然,这些都无关紧要。总之,他整晚都盯着图纸,看到双眼充血却依旧无法理解上面的内容,想不通这些子设备所构成的整体到底是什么。为此,他越来越痛恨以加藤弘司为首的所有天才,这些天才能发明他这辈子想都想不到的东西。他却只有亲眼看到完成品,才会意识到这些东西的存在。

他唯一值得一提的才能,就是发掘这些天才并让他们为他所用。但这一点如今在加藤弘司身上也失灵了。

今晚有一些事情引起了他的注意,或许能带来意想不到的进展。天花板上的灯不停闪烁,惹得他心烦意乱,只好把灯关掉,只留一盏台灯,而台灯倾斜着的灯光使他留意到了蓝图顶端的一行印记。

那是一串数字。这张蓝图上应该叠加过其他的纸,有人在上面写了些东西,印记拓到了蓝图上。看起来像一个电话号码。亚当森拉开抽屉,掏出一支软铅笔,在纸面的凹痕上轻轻涂抹,让印记更明显。那是一串以CIA的专属区号703－482开头的电话号码,下面还有一个名字:米奇·詹森。他将蓝图搁到一旁,再次启动计算机,找到内部通信录。中央情报局确实有一个米奇·詹森的人,电话号码也正是他的。

找到突破口了！看来这个人对这件事有所了解。

亚当森之后又思考了两天，终于在两天后的下午拨通了米奇·詹森的电话。

"威廉·亚当森，"在进行过确保通话安全的常规流程后，他自我介绍道，"我是DARPA机器人部门的负责人，我想和你谈谈加藤弘司的事情。"

米奇·詹森在电话那头咳嗽着，好像烟抽多了一样。不知为何，这让詹森听起来不像CIA其他人那么循规蹈矩，"听说你对那个家伙有点走火入魔。"他说着，再次咳嗽起来。

"大家都这么说，"亚当森坦率地承认，"但走火入魔不见得有什么问题，不是吗？就好像被害妄想症真的能让你发现想要害你的人。"

这话让詹森笑了起来，这笑声让亚当森感觉和他也许有得谈。"好吧。你要是碰巧什么时候来兰利市的话，我们可以见面聊聊，喝杯啤酒什么的。"

3

"发生了什么?"回到豪华轿车前往机场的时候,夏洛特问道。

"出了点意外。"弘司只说了这一句,紧接着就和米洛斯拉夫通起了电话。夏洛特在一旁听着,没听出任何实质性内容。弘司一直在说"嗯""是,我知道"还有"该死的"。

司机全力地执行着弘司"越快越好"的指令。他巧妙地穿过车流的每一处缝隙,甚至还超了速。但这又有什么用呢?无论如何,飞行都要花八个小时,相比之下,去机场的路上省下的时间根本不值一提。

夏洛特为弘司感到遗憾。他差一点就胜利了,他几乎把所有人都争取到了他这边。然而一个电话、一个短信却让一切像纸牌屋一样倒塌。并非是因为他的失礼打断了会议,而是弘司收到消息后,大家都看到了他的震惊和沮丧。

他们在混乱中离开了会议室。连从一开始就站在弘司一边的董事长拉瑞·顾都被激怒了。这是他第一次对支持弘司项目的决定产生了怀疑。

夏洛特望向车窗外，看着大街上奔驰的汽车和卡车，就像流淌在血管中的红细胞一样。她试着想象他们离开后会议室里会发生的事，那些董事或许仍旧坐在那里激烈争论。美国人也许会为他的质疑得到印证而得意扬扬，荷兰人则会说他本来接下来就打算那么说的。其他人则会暗自庆幸，这个世界还会以他们习惯的方式维持原状。

她听到发动机的轰鸣声，想到这是由人力控制的，而非那群迷你机器人。也许，哪怕她见过那些匪夷所思的场景，但弘司的想法或许终究太有野心，没法行得通。也许，他只是高估了他自己？

就算那样，真的是坏事一桩吗？她仔细思考了一下，在她看来，失败是可以被谅解的。因为失败也可以是伟大的，毕竟至少曾经尝试过了。

她自己却恰恰相反……她主动逃离了自己的理想，这可算不上伟大。

轿车驶下高架桥，机场近在眼前。"我得挂电话了。"弘司对着电话说道，"听着，米洛，在我回去之前，你得自己想办法解决。飞机上不能打电话，你听到了吗？无论发生什么事。飞机上的电话是通过飞机的无线电系统进行的，公司会监听到所有通话内容。但是，什么时候放出什么消息必须由我来决定，明白吗？"

他们飞速通过安检,乘坐小型敞篷电动汽车赶到停机坪。起风了,夏洛特不得不扎起头发。私人飞机已经停好,但还有至少二十名身穿灰色工作服的技术人员围着飞机忙前忙后。一想到他们的起飞准备是在仓促间进行的,夏洛特心里就不太踏实。

整个飞行过程中,弘司一直在工作。他坐在桌前面打开电脑,埋头阅读、研究、打字、沉思,完全忽略了周围。夏洛特没有打扰他。她能看出他很绝望,尽管他不想让人发现,她还是察觉到了。

她感觉很累,因为这一天的事情,脑子一团乱,无法平静下来。她本来可以看个电影,但不想打扰到弘司,所以虽然知道睡不着,还是只好躺到床上。

她不知不觉睡着了,梦见自己跌入永无止境的深渊。

他眼睁睁看着自己一辈子的事业毁于一旦。这句话突然出现在弘司的脑海中。是从哪本书上读到的?总之,这就是他现在的感觉。

米洛斯拉夫在事情发生后没有再动机器,而是让它维持当时的状态。他检查了一遍监控系统,确保所有经过都被记录下来,以便之后进行分析。

他们一起走过"综合体"活动过的区域,看起来就像一片废墟。地上到处散落着黄色的杆子,用来标记那些与主体断开连接、再也找不到了的元件。但这没什么用,因为不少元件散落在金属废料和污泥中间。不过,至少安全电闸起了作用——控制程序正确评估出情况无法恢复,于是自动关闭了整个设备。日志数据也进行了备份,足够在接下来的几年时间里慢慢分析。

一些元件被海水冲刷到岸边。它们如预期的那样作为牺牲件解体了。"给它拍照,"弘司说,"好让那些人放心。至少这说明没有泄露的危险。"

"已经拍过了。"米洛斯拉夫回答道,"我把所有东西都拍下来了。这应该是有史以来被拍摄最多次的垃圾堆了。"

他们一起研究拍摄的视频。其他人已经看过很多遍,记住了每件事发生的节点。"就是这里,这个元件第一次失去联系。"有人一边说,一边紧张地咬着香烟或吸管之类的东西,"主程序在这里被打断,备份程序立即启动,开始重建……啊!有了!"好像所有人都希望视频会和上次播放时有所不同。

导致错误的最主要原因此时已经显而易见。

所有初始元件都带有UV标记。只要切换到相应视图,就可以在视频中看到它们。通过这种方式,可以精确地追踪哪个元件在什么时间点做了什么。但"综合体"自行建造的元件没有这样的标记,追踪起来有点困难。不过,只要从最后失败的那一刻开始倒放,就可以看出一切问题都是由一个第三代元件引起的,也就是新制造出的元件再次共同作业,制造出的新元件。

"这些元件太不精确了。"弘司的手放在录像的停止键上总结

381

道,"这就是问题所在,我敢肯定。每一次复制都会累积误差,最终导致故障。"

在场的人频频点头,他们也都想到了这一点。

"就像以前的磁带一样。"特蕾莎说道。她是唯一一个年纪大到还记得数字时代之前生活的人,"如果单纯用磁带录东西,放出来的效果完全没问题。但是如果把这盘磁带的内容再复制到另一盘上,就会有些杂音。如果再次复制,噪声就会更大,依此类推,到最后除了噼里啪啦的噪声什么都听不见。"

这是一个恶性循环,这种情况在技术领域时有发生。要制造更精确的零件,这些元件本身就必须更精密,但这又会增加制造难度。这是个恶性循环,就像一个根本无解的悖论。

他眼睁睁地看着自己一辈子的事业毁于一旦。

弘司再次沉浸到蓝图和草稿之中。画图,沉吟,思考……持续了好几个小时。不可能,不可能行不通,肯定会有办法。

他坚信一定会成功,就像他相信每天早晨太阳会升起一样。也许他只是忽略了一些东西。技术上每一个细节都必须考虑周全,每个设计上的决策都会带来不容忽视的结果。

他必须回到最初,回想这个构想的根基,回想这个概念的源头。

回到最开始,关于这一切的梦。

那些梦是那样生动。在梦里,他清楚地看到万物如何运动,环环相扣,像发条一样,可以永远运转下去。他不应该为实际操作问题苦苦挣扎,这不合理,一定有解决办法,因为理论是正确的。

不知何时夏洛特过来了,把手放在他的胳膊上,打断了他的沉思,"你从来都不会放弃,是不是?"

弘司双手覆到脸上,摸到了自己的胡茬,也闻到自己的汗味,感觉到饥饿。他隐约记得自己已经盯着一堆文件看了好几天,中途只是在光秃秃的地板上小睡了一会儿。"我完全没照顾好你,"他有些尴尬地喃喃道,"对不起。事情就是……"他环顾四周,看着那些自己根据梦境画出来的图纸,"我做错了,只是我还不知道错在哪里。"

"我要回去了。"

他眨了眨眼。是的,没错,她当然不能永远留在这里。她要回到她的苏格兰手艺人身边去,那个男人会制作乐器,那些乐器才是真正能用的东西。"我通知人派直升机过来,"他说,"再让人帮你订好回去的机票。"

"米洛斯拉夫已经帮我弄好了,"她苦笑了一下,"我过来只是想和你告个别。"

他这下听见了声音,直升机马上就要到了。

原来这些事并不需要他做。

他眼睁睁地看着自己一辈子的事业毁于一旦。

"你要是不反对的话,起码让我送你到停机坪。"他说着站了起来。

她站在他面前,用胳膊搂住他的脖子,吻了他一下。"我当然不反对,"她在他耳边轻声说道,"但之后你应该去洗个澡。别忘了,阿基米德最著名的浮力定律就是在洗澡时突然悟出来的。"

回程的航班从马尼拉起飞。她没有通知盖瑞,因为他的电话一直关机。她试着说服自己,联系不上他并不是自己的错,但不知为何,她总觉得自己做错了什么。

一路上她都睡不着,她甚至感觉自己永远都不可能再睡着。空姐发了杂志给她,服务十分贴心。夏洛特一页接一页地读着,希望能帮助自己入睡。政治相关的文章一向能很快让她昏昏欲睡,这并不奇怪,毕竟她的父亲是驻外大使。然而这次,连用政治来催眠都不管用了。

突然间,她翻到一篇有关最新考古发现的文章。来自美国和德国的研究人员对埃塞俄比亚出土的、有三百多万年历史的动物骨骼做了研究,发现了早期人造工具的痕迹。这没有完全颠覆古人类学的观点,但至少对那些基本猜想提出了质疑。例如,只有人类才会制造锋利的石刀——但三百万年前地球上还没有人类,这说明南方古猿在那时就已经能使用工具了。由此一来,石器时代的时间不得不再往前倒推将近一百万年。这对史前时代划分是个重大冲击。

夏洛特合上杂志,向后仰头,闭上眼睛,但这篇文章一直留在脑海里,于是她又翻开杂志,看向文章的落款,来源并非专业杂志,但看起来应该可信。

她有些不知所措。她以为自己生命里关于古人类学的这一章已经结束了。她曾经有过理想，但找不到一条明路来验证自己那些奇怪的想法，最终一无所获。多亏了她的母亲，她读了世界上最好的大学之一。这算是母亲对她最为满意的一点。

也许她应该要个孩子。

等待转乘飞往阿伯丁的航班时，她拿出弘司送给她的那条机器编织的红色围巾。奇怪的是，当夏洛特双手捧着它闭上眼睛时，周围嘈杂的说话声和值机柜台扬声器广播的声音全部都像雾气般模糊起来，她能完全把注意力集中到这条围巾上。

她感受到了羊毛的来源，眼前闪过那个把羊毛割下来的牧羊人，是个坚忍而虔诚的澳大利亚男人，他爱上了一个异教徒姑娘，这让他心碎，左右为难；接着，她又看到了加工羊毛的纺纱厂女工，身体隐私部位出现的皮疹令她担忧，她害怕这也许和跟她在一起的男人有关。这便是夏洛特从这条围巾上所能感知到的全部了。对于从羊毛线编织成围巾的过程，她什么都感觉不到，一片空白，仿佛毛线直接变成了围巾。

这是她摸过的最奇特的纺织物。

经过漫长的旅途回到家却没人来接，这让她有些失落。她打了一辆出租，却突然意识到，她又要节衣缩食了。旅行期间她几乎忽略了这件事，如今的感觉就好像原本只是不经意地用舌头舔了一下牙齿，却发现了一个蛀洞。

出租车司机热心友善,以为她是游客,于是给了她一张印有电话号码的名片。"无论白天还是晚上,只要打个电话,我就会到门口接你。"他说道,"这个行业不靠谱的家伙太多了。你跟他定了一早的车,结果他却没起床。要是你需要赶飞机的话,这可就太耽误事儿了,是不是?"

夏洛特很喜欢他积极拉生意的态度,她把名片塞到了口袋里。

到达目的地时,她看到盖瑞的车停在房前。她本该因为他在家而高兴,但是不知为何,她的心里只有一种空荡荡的感觉。她知道自己还需要时间来消化一下在太平洋海岛的疯狂时光。

空气中散发着新鲜青草和烟火的味道。早上好像下雨了,灌木丛和地面还湿着,在灯光下闪闪发亮。夏洛特拖着行李箱走到屋前,打开了房门。

盖瑞正坐在桌前,看到她进来明显很吃惊。他对面坐着一个比夏洛特还年轻、长得不怎么好看的女孩,骨瘦如柴,鼻子很尖,一头棕色卷发。

夏洛特放下行李箱,一句话也说不出来。她很清楚发生了什么事,但这却没有让她震惊。真正让她震惊的是,她竟然在这一刻突然松了一口气。

盖瑞跳了起来,匆忙跑向她,仿佛在努力想办法周旋在她和那个女孩之间。

"跟我出来,"他不好意思地说,"有些事我得跟你解释一下。"

夏洛特摇了摇头。还有什么好解释的？

但是她还是跟着他出去了。

他们站在那栋曾经也可以算作她的家的歪歪扭扭的房子前。盖瑞有些别扭地站着，紧张地用手指抠着墙上的裂缝里的苔藓，犹豫着不知如何开口。

夏洛特移开了视线。她不想记住他现在的样子，"说吧，那个女孩是谁？"

从他颠三倒四的话里得知，女孩名叫莉莉丝，父亲是盖瑞曾经工作过的那家拍卖行的老板，她将来会继承全部财产。夏洛特也不想误会他，但无可否认，和这个女孩在一起，他再也不用四处找活儿、艰难糊口了。

"……而且，我以为你不会回来了。"盖瑞蹩脚地解释道，"你说过我们要冷静一下，大家都明白这是什么意思。何况，我和你本来就不是同一个世界的……"话没说完，他就沉默了，似乎已经交代清楚了。一滴留在屋檐的雨落到他头上，他眨了眨眼，没有再说一句话。

"所以你就跟自己说，既然如此，为什么还要等下去，是不是？"夏洛特看着眼前的这个男人，她和他一起生活了两年多，她曾经很爱他。但她知道，如今一切都结束了。

他没有回答。她拥抱了他，这出乎他的意料，他有些僵硬地想要回应她的拥抱。

"保重,"她轻声说,"我确定地址之后就会通知你,到时候把我剩下的东西寄给我。"

她在那个女孩有些惊恐的注视下提起行李箱,走到街边,拿出名片给刚刚的司机打了电话,他正在返回阿伯丁的路上。

"真快。"他只说了这么一句。

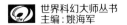

世界科幻大师丛书

主编：姚海军

万物之主

Herr （下）
Aller Dinge

[德]安德烈亚斯·埃什巴赫　著

陈梦鸽　译

四川科学技术出版社

图书在版编目(CIP)数据

万物之主：上，下 / (德) 安德烈亚斯·埃什巴赫 著；陈梦鸽 译.
--成都：四川科学技术出版社，2023.10
(世界科幻大师丛书 / 姚海军 主编)
ISBN 978-7-5727-1077-3

Ⅰ.①万… Ⅱ.①安… ②陈… Ⅲ.①幻想小说 – 德国 – 现代
Ⅳ.①I516.45

中国国家版本馆CIP数据核字(2023)第144396号
图进字号：21-2021-334

世界科幻大师丛书

万物之主（上，下）

SHIJIE KEHUAN DASHI CONGSHU
WANWU ZHI ZHU（SHANG，XIA）

丛书主编	姚海军
著　者	[德] 安德烈亚斯·埃什巴赫
译　者	陈梦鸽

出 品 人	程佳月
责任编辑	张淊淊　王　娇　姚海军
特约编辑	钟睿一
封面绘画	兰世韬
封面设计	姚　佳
版面设计	姚　佳
责任出版	欧晓春
出　版	四川科学技术出版社
	成都市锦江区三色路238号　邮政编码610023
	官方微博:http://weibo.com/sckjcbs
	官方微信公众号:sckjcbs
	传真:028-86361756
成品尺寸	140mm×203mm　　　　印　张　22.75
字　数	420千　　　　　　　　插　页　2
印　刷	四川南方印务有限公司
版　次	2023年10月第1版
印　次	2023年10月第1次印刷
定　价	85.00元(全两册)

ISBN 978-7-5727-1077-3

邮　购:成都市锦江区三色路238号新华之星A座25层　邮政编码:610023
电　话:028-86361770

■ 版权所有·翻印必究 ■

旅　途

　　亚当森怎么都想不通,朗达每天到底是怎么和这对双胞胎相处的。光是努力给米娅梳头发,就已经累得他浑身是汗。与此同时,亚当森还默许姐姐简使用她妈妈昂贵的洗发水,让她暂时有事可做,但很可能她最后还是会弄脏他费尽力气帮她穿好的干净衣服。在他接受的教育里,一次只专注于一项任务是基本常识,然而,对于一个有两个四岁孩子的家庭来说,这就是个笑话。

　　"快闭嘴!"他举起梳子命令道,希望他的威胁能起些作用。

　　"你扯到我头发啦!"米娅睁大眼睛跟他抗议道。

　　他只好放下梳子。没办法,他只能任由自己被两个小女孩摆布。

　　梳子当然会扯到头发,这对双胞胎继承了她们母亲的卷发——朗达每天早晨都要花好长的时间,一边咒骂一边打理头发。光是梳头发一项就比亚当森一整个早晨洗漱的时间还要久。

"简，"他说，"停手，那是妈咪的洗发水，不可以随便拿来玩。快去洗干净你的手。"

众所周知，一心多用其实效率低下，任何炫耀自己可以一心多用的经理都成不了大事。然而，在与孩子打交道时，这是唯一可行的策略。

朗达从浴室门缝探出头来，"你昨天去看医生了吗？"她的脸和围裙上沾了一些灰白色的东西，看起来让人很没有食欲，可能源自她正在尝试的菜谱。

"当然去了，"他说，"另外，你脸上沾了东西。"

朗达翻了个白眼，"我弄得满身都是，等我做完馅饼，可能得拆掉整个厨房，再装一个新的。然后呢，医生说了什么？"

"嗯，他还能说什么？一切正常呗。按他的说法，我明天可以直接去爬个八千米的山，飞去太空或者去深海潜水。"

她抱怨道："这个世界太不公平了，像我们这种每天运动锻炼、尝试各种健康食谱的人，身材反而越来越差。再看看你，一天天坐在椅子上不动，吃得像个庄稼汉一样，却可以一直保持身材。"

"你的身材哪有走形。"他反对道。这几年，他学会了如何讨妻子欢心。

"你在撒谎，比尔·亚当森。"她毫不留情地拆穿了他。

他朝她伸出一只手，"过来，让我把你鼻子上的脏东西擦掉，看着像鸽子屎。"

"比尔！不要在孩子面前说这种词！"朗达怒视着他，上一刻，她还充满爱意地笑着。

"鸽子的排泄物？"

"你真是不可理喻，我要接着去炸厨房了。"说完，她便出了门。

两个女孩目瞪口呆地看着父亲。她们俩穿着蓝色连衣裙，除了乱作一团打着结的头发之外，看起来很招人喜欢。

"妈咪去干什么了？"米娅问道，和简相比她更腼腆些。

"她在尝试新菜谱，"亚当森说道，"因为米奇舅舅今天过生日，他要过来吃晚饭。可能这个菜谱要比妈咪想象的难了些。"说到这里，他突然受到了启发。"不过，如果你们两个可以勇敢一些，让我帮你们把头发梳顺，我们就可以阻止厨房被炸掉了。"

米奇一如既往地迟到了二十分钟才露面，像是匆忙赶过来的一样。与他妹妹越来越趋于丰满不一样，这些年来，这位中央情报局的分析员长得越来越像头饥饿的猛禽。

"有什么新消息吗？"在所有人唱了生日歌、送出生日礼物后，亚当森问道。

"在我的餐桌上不要谈公事！"朗达不满地警告二人。

于是晚饭过后，亚当森和米奇去了露台抽饭后烟。

"你知道拉瑞·顾去世了吗？"米奇问道。

亚当森点点头，"谷歌快讯，我看到了新闻。"

"好吧。"米奇俯身,将胳膊搭在露台栏杆上,深吸了一口夜晚凉爽的空气。"看来马来西亚已经将他的公司没收了。他们并不傻。他们似乎怀疑这家公司藏了东西,想找到它,"米奇嘲弄地朝他看了一眼,"也就是我们那位特殊的朋友研发的机器。"

"原来如此。"亚当森毫不意外。

"但我们也不知道那东西到底在哪里,甚至不知道那机器是用来做什么的。所有跟这个沾边的事儿都让我们的特工头疼不已。"

"那……我们的这位特殊朋友有什么新消息吗?"

米奇摇了摇头,凝视着夜色中的花园。"还是老样子,待在加利福尼亚山上的家中,利用纳米技术领域的发明赚钱,然后把钱捐给寻找外星人的另类组织。而且,最近他还给寻找亚特兰蒂斯的疯子们也捐了钱。"他吸了最后一口烟,把烟蒂扔进夜色,"最让人恼火的是,现在依旧没有得到监听他的许可。"

能再次听到布兰达的声音真是太好了,即使只是通过电话,也足够减轻夏洛特一半的紧张感。

"这里总体挺好的。"不等布兰达问起她在墨西哥的那群神神道道的朋友,她主动说道,"阳光明媚,而我又有机会说西班牙语了。"

"你们开会不是用英语吗?"

"是的,英语自然是研讨会的正式语言。但是我一有空就离开会议中心,尽可能多出去走走。"

米格尔·伊达尔戈会议中心就像一艘紧急迫降在墨西哥城郊的宇宙飞船。因此，这里是举办讨论人类历史另类猜想会的绝佳场所。大会主要关注一些假说，例如早在远古时期人类就已经接触过外星来客，甚至人类完全就是由外太空生物创造之类。

夏洛特靠在画廊栏杆上，低头看着大厅里熙熙攘攘的人群。中央讲台上摆着贴了名牌的椅子。下午这里会有一场座谈，晚上还有极端先锋派乐队的演出。距离下一场活动还有一个多小时，但观众席上已经坐满了人。有的满怀期待地摆弄着摄像机，还有一些在看书或兴奋地聊天。

"至于你问这里怎么样，"夏洛特说，"有很多报告，比如'尼安德特人是否跟外星人有过接触'或者'寻找亚特兰蒂斯'之类的。不过，这些只是为了吸引广泛报道的内容，还是有很多严肃学者参与讨论。"或许她有些过度美化了？整个大会的氛围让人很难相信这里存在真正的科学。科学需要假设、猜想、论证，而不仅仅是宣传那些并不成熟、未经考证的想法。同样，主办这次大会的"开放视野论坛"也不是严谨的学术组织。

"嗯，反正挺有意思的。"她坚持道，"引人深思。等结束后，人们肯定会多出不少谈资。当然，大会上提到的这些内容还需要进一步考证，但这个领域本来就是这样。"

"夏洛特，"布兰达欣慰地说，"只要你玩得开心就好，做点疯事也没关系。"

夏洛特有些哽咽,不管发生什么事,布兰达都坚定地支持着她,是她生命海洋里的一根浮木。

她咽了口唾沫,努力不让自己抽鼻子,"你呢? 一切可好? 杰森的感冒好了吗?"

"他昨晚说,只要明天不让他早起,他就会好起来。"布兰达笑着说,"想让他老老实实去上学可真不容易。不过,我打电话给你是因为别的事。你还记得阿德里安·卡扎尔吗? 杰森受洗日那天他也在,你们还在露台上聊过天。那个气象学家。"

夏洛特模糊地记得那个身材瘦高、长得像约翰尼·德普的男人。"嗯,我记得,"她说,"他怎么了?"

"他找我要你现在的电话号码,我觉得最好问你一下,是不是可以给他。"

夏洛特瘪了瘪嘴,"嗯……他想干吗? 你知道我已经发誓不碰男人了。我现在要一心奉献给古人类学,像修女一样。"

布兰达笑了,"是的,是的。直到下一个男人出现为止。这就和汤姆的口头禅一样,为了减肥,两餐之间要严格禁食。不过,阿德里安有正经事找你,关于他正在计划的什么科学考察。他没说具体细节,只说必须亲自跟你说。"

"这个嘛,我的'非科学的工作'已经够多了,总不能什么都我来做吧。"

"拉倒吧,夏洛特。他是个正经人。起码应该听听他到底想干吗,听完再看拒不拒绝。"

夏洛特叹了口气,"好吧,听你的。等结束后他可以给我打电话。在做完我的报告之前,我没精力应付其他事情。"

"你肯定没问题!"布兰达肯定地说道。她太热情了,她本来想再要几个孩子,却一直没能如愿。经历了三次流产之后,杰森很难再有弟弟妹妹了。

挂断电话后,夏洛特烦躁地走来走去,思考着如何打发报告之前剩下的三个小时。根本不必紧张,反正也没人会来。主办方把她的报告安排在了一个相当不合适的时间,任何脑子正常的人那时都会出去吃饭,何况这里还是最没有吸引力、位置最僻静的报告厅之一。到时候,只要面前的座椅不是空无一人,她就满意了。

尽管她现在有点希望没人会去听她的报告。

重回哈佛后,她不再在意那些学术惯例,也没有再上过那些在她看来没什么意义、只是瞎忙的研讨课。为什么要去拿那种课的学分呢?她在一所警察学院旁听了法医学和常规犯罪侦查学的课,教授认为她很有天赋,问她是不是想从事法医这个职业,她否认了。之后,她开始着手研究奠定当前古人类史架构的所有考古发现,在可能的情况下亲自触摸这些文物。她在构想一个野心勃勃但并非不可能的项目:毕竟,长期以来,古人类学家比出土的发现还要多。

计划的关键在于,将检察官的工作方法应用于古人类学的取证。对于每一例发现,她都会列出哪些结论经得起推敲,哪些结论根本站不住脚,只是未经证实的假设。可以说,她在审讯出土后被认定为史前人类或早期人类的残骸的每一块头骨、每一颗人类的牙齿、每一块髋骨和每一块骨片。

她没有打算交朋友。在学术界,重要的是"谁"说了什么,重点在人而非内容。比起没有学位、头衔和著作清单的无名小卒有理有据的论点,著名学者未经证实的假设更有公信力。许多老牌学者都对夏洛特的研究感到不满。到目前为止,还没有一家主要科学期刊肯登她的文章。

但她还是发表了不少惊人的内容。比如,她找到机会检查了伦敦自然历史博物馆中的"布罗肯希尔头骨"。它被认为是保存完好的罗得西亚人化石,属于海德堡人,是尼安德特人和现代人类的共同祖先,是早期的智人。头骨的年代可以追溯到12.5万到30万年前,大脑体积约1300立方厘米,与现代人相差不大。

最值得注意的却是,这个头骨上有一个弹孔。

大多数公布出来的照片里都能清晰看到这个位于头骨右侧的弹孔。传统学者认为,这个洞是由野兽或坠崖造成的。但如果能在显微镜下观察它,又碰巧像夏洛特一样读了波士顿警察学院的法医入门课程,就会发现这更像是一个枪弹射击所致的创口,至少产生于十三万年前。

夏洛特能确定,创口在头盖骨内侧的开口比外侧要大,周围的骨骼呈现出蜘蛛网状裂纹,即使在化石状态下也可以看到。除此之外，头骨的另一侧有大片缺口，大多数照片都没拍到。对于头骨残骸来说这并不罕见：头骨是中空的，通常上面会压着不少石头，遭到破坏几乎是不可避免的。但夏洛特在另一侧的骨骼断裂边缘发现了几处痕迹，任何刑事专家都能打包票说，这是来自头骨内部的冲击力造成的。比如说，子弹高速射入一侧，以破坏性的方式在大脑中释放动能，又带着大量脑浆从另一侧穿出。也就是说，一枪爆头。

然而，这样的发现根本不可能在有声望的学术期刊上发表。

这仅仅是她过去几年中发现的几十个考古疑点之一。她使用了特殊能力，但没有借此得到任何证据，充其量只能为调查方向提供一些线索。但无论她发现了什么，无论她如何据理力争，她还是无法在学术界站稳脚跟。

于是她就来参加了这次大会。简历上短短的一句"夏洛特·玛尔露，就读于哈佛大学古人类学系"就足以证明她的资质。

她站在一面张贴了当天活动的公告牌前。或许她最好去听听其他讲座，这样在轮到她之前就有事可做。

她看到了来自厄瓜多尔的迭戈·费尔南多·安德拉德教授的讲座。大会头晚的演讲者招待会上，夏洛特和他聊过天。安德拉德教授是位慢条斯理、有些拘谨的老绅士，曾在基多的厄瓜多尔天主教大学任教，活动现场的喧嚣显然让他惊讶不已。他跟她说，他很不适应这种场面，还和她聊了他讲座的内容：基多博物馆收藏中的一套前哥伦布时期的文物，那些奇怪的陶器小人怎么看都像穿着宇航服,历史学家多年来对此百思不得其解——这些小人至少有一千二百年的历史,地球上那时还没人见过宇航服长什么样。小人的一部分照片印在大会官方的活动手册上,看着的确像是现代科幻电影中的设计。

他告诉她,有人猜测这些小人可能来自更古老的民间故事。手册上他的讲座宣传词特别夸张,不了解实情的读者很容易误解,以为他在宣扬古代人类不仅接触过外星人,甚至还参与了银河系的战争,但他要演讲的完全不是这个。"我只希望没有老家的人看到这本小册子,"他忧心忡忡地对她说,"我上司绝对不会允许的。我们不能宣扬任何与天主教教义相悖的东西。"

夏洛特走下宽阔的楼梯进入大厅,犹豫着要不要去听这位教授的讲座。如果她因为安德拉德教授出色的演讲而自卑怎么办?有这个可能性,毕竟这个人受过神学院的教育。众所周知,耶稣会的人都很会说话。

要不去自助餐厅喝一大杯拿铁吧,或者干脆去洗手间待着。

报告厅门前装饰着之前放在大门口的石膏模型,是一块危地马拉碑石的复制品,上面有一只奇怪的喷火生物,似乎也穿着宇航服。第一批听众已经拥入了报告厅,显然对这场讲座充满期待。

夏洛特停下来深吸了一口气。到底要不要去?她看着模型上的注解:复制品,危地马拉圣卢西亚科祖玛尔瓦帕考古区出土的厄尔保乌石碑,大约制造于玛雅时期。

"那么，"有人站在她身边问道，"你怎么看？这只喷火的生物曾经对人类发动了战争？"

夏洛特转过头，"弘司！"

真的是他。他们分别了六年，但他站在这里跟她说话，好像上一次见面就在昨天。

"你好啊，夏洛特。"他说。他的眼睛闪闪发亮，看起来精神不错，可以说很帅气。穿着简单的白色亚麻西装，鼻子上架着一副时髦的太阳镜。

夏洛特难以置信地摇了摇头，"这可真是……坦白说，真是个惊喜。你在这里做什么？"

他抬起眉毛，用拇指擦了擦鼻子，"偷偷告诉你，我给这个活动赞助了一点钱。然后我就想，我可以过来看看他们在用这些钱干吗。"

"你赞助了这个活动？"她知道他赚了些钱，布兰达给过她一篇介绍年轻发明家的杂志剪报，其中一部分提到了加藤弘司。他在加利福尼亚成立了一家相当成功的公司。

他点了点头，"是啊，我时不时会资助一些组织。我还资助了科学遗产基金会，之前还有发现者旅行信托基金会……"

过了一会儿夏洛特才反应过来：他并不是在资助这些组织，他是在资助她！哈佛大学的发现者旅行信托基金会给过她一笔经费，支持她首次对于现有考古发现的研究。那里的人读了她的报告之后,以她的研究方向和目的不符合哈佛的准则为由拒绝了进一步资助。后来,科学遗产基金会也给她提供了一阵子经费,但随后因为学术上的争议也终止了资助。

弘司笑了,显然发现她已经明白过来了。"我也在资助SETI协会的项目,因为罗德尼的缘故。"他补充了一句,"我总得拿我赚的钱做点什么。"

"你可以过来听我的报告,"夏洛特突然想起来,"这样我能保证至少有一个听众了。"

"好啊,要是你不介意的话。"弘司说,"这其实就是我过来的另外一个原因。"

报告比她预想的要成功,来了不少听众,结束的时候她甚至还与听众进行了一场有趣的讨论。因为弘司还要赶当晚的飞机,报告结束之后,他们的时间只够在会场的自助餐厅喝一杯酒。

"讲得很好,"弘司说,"你应该写一本关于这个主题的书。"

"哎呀!"她说,"每个人都这么说!"

"我一点也不意外。"

写一本书,说得简单。为此,她已经整理了一些笔记和几篇专业期刊不太感兴趣的论文,但仍然不确定自己是否真的能写出一本书。最关键的是,她不想重蹈许多同行的覆辙,被一些表面证据所误导,在没有考虑到所有可能性的情况下直接下结论。在她看来,白纸黑字地写成书只会增加风险。不同于演讲或讨论,你没办法直观地通过人们的反应来判断自己是否清楚表述了观点,也没机会随机应变重新组织语言。

她低头看着自己那杯并不可口的白葡萄酒,"这么说,你这些年一直在关注我做的事。"

"也不是一直,时不时吧。"他说。

"那你呢? 你又在做些什么?"

"我觉得你很容易猜到。"

她看向他。是啊,很容易就能猜出来:"你还在忙那个项目是吗? 你不会放弃的。"

他四周看了一下,似乎害怕被窃听,然后俯身向前,用一种像密谋的口吻说道:"我就快要解决了。很快,可能只需要再花几十年。"

"几十年!"

"嗯,也许几百年。"

她笑了,"真有那么严重吗?"

"就像一头鼻子前面挂着萝卜的驴。"他抬起手,用拇指和食指比画出一个最多五毫米的缝隙。"只差这么一点距离,但就是够不着。"他叹了口气,放下了手,"有时候很让人焦虑。"

她抿了一口酒,又放下杯子,决定就那么放着。这么酸的东西,这里的人竟然能当成酒。"当时你那台机器到底是怎么回事?"

他靠在椅背上,"唉,事情很离奇。我们解散了营地,把所有东西运走了。就在运输船到达新加坡之后,我们发现装'综合体'的箱子不见了。"

"有人把它偷走了?"

"起码官方是这么说的。"他微微一笑,"不过,有人认真地宣称,'综合体'里面可能还有仍在执行的程序,导致这些元件在运输途中破坏了箱子,掉进了海里……"

她也笑了起来,"这就叫以讹传讹。"

"是不是很荒谬?"接着他表情又严肃了起来,"不管怎么样,这也算一件好事。不然军方可能会用它来制造武器。制造武器比制造好用的机器容易得多,因为基本上,摧毁比建造容易。"

"除此之外,"夏洛特补充道,"你也不希望有人在你的发明基础上更进一步,甚至可能超越你。"

她的话显然戳中了他的想法。"一个不太愉快的附带影响。"他咳嗽了一下,"如果愿意的话,你可以来看看我,让我给你展示一些东西。"他从口袋里掏出一张名片推向她,"这是我的地址,在城外的山上,远离市区,很清静。但你可以向附近的任何人问路,每个人都知道那幢房子。它曾经属于一位如今仍然很有影响力的乡村歌手。"

"这么说,你现在独自一人住在那幢有名的房子里?"

他面无表情地看着她,"不完全是。我和一个女人住在一起。"

这话有些刺痛了她的心。不过,他当然有权利去找其他人,是她这么多年来一直在逃避，亲手毁掉了他对她的所有希望。可即便如此，听到他亲口说出来，她还是有些难过。

"那不错。"她微笑着点了点头，表情却僵硬得像一张橡胶面具，"真为你高兴。"

阿德里安·卡扎尔晚上打给她时，她答应在波士顿与他碰面，而且会认真考虑是否和他一起前往俄罗斯的极地岛屿探险。

真相是，加藤弘司的确与一个女人住在一起。她叫帕特里夏·斯蒂尔，来自肯塔基州，现年53岁，是他的管家。她住在这幢豪宅附属的一套舒适的三居室公寓里，每天早上她走进主楼的时候都会摇头。这里有6个洗手间、21个房间，其中许多房间像舞厅一样大，每一间都铺设着抛光的黑檀木地板，而且都能透过巨大的落地窗看到落基山脉的壮丽景色。

几乎所有房间都空无一物。其中一间卧室有一个小型体育馆那么大，地板上却只放着一套日式坐垫，上面盖着一条雪白的毯子。

别墅中最大的大厅里孤零零地放着一把柳条编的扶手椅。反光的深黑色木地板衬得它像黑色海水中的孤岛。帕特里夏·斯蒂尔的这位奇怪雇主有时会花上一整天时间坐在这里，一动不动地凝视窗外的山脉和山谷，陷入沉思。这段时间她不可以和他说话，唯一能做的就是把装着食物的托盘放在他身旁的地板上，但通常情况下，到第二天，食物还是原封不动地放在那里。

工作室倒没有那么空。五张长会议桌围成一个巨大的U形,上面有21台计算机在不分昼夜地工作。它们发出的轰鸣声就像一整个编队的直升机正从地平线另一边的某处飞过来。弘司不允许帕特里夏·斯蒂尔在这里使用吸尘器,一个看起来像一大滴水银的小型机器人接手了这个工作,因此她几乎不会进入这个房间。

帕特里夏·斯蒂尔不知道的是,地下还有一个设备精良的实验室。入口很隐蔽,门上配备了高级密码锁,整个实验室没有一扇窗户。

从墨西哥回来后的那几天,加藤弘司都坐在那把扶手椅上。他眺望着远处的山谷,它们曾经带给那位前房主灵感,创造出如今仍在传唱的情歌。但这回他并没有像平时那样思考关于纳米技术的问题,而是思索他自己的事。

他为什么要这么说?为什么要在夏洛特面前假装和某个女人在一起?

他知道她现在又单身了,显然很高兴再次见到他,而且在他面前很放松。他回忆着,在她的报告开始之前,他们如何漫步在那些稀奇古怪的展品之中打发时间。夏洛特当时很紧张,于是他们开始聊天,用"你还记得吗?"开头回忆往事,之后夏洛特逐渐放松下来,越来越自信了。

她很习惯和他待在一起。这本来是一个能够更进一步的机会,让他们俩终于有可能走到一起的机会。

但他搞砸了。他并没有犯蠢，而是故意那么做的。为什么呢？怕自己配不上她吗？并不是。他现在比她的父母更富有，而且是全凭自己的本事赚来的。何况，也不会有人再禁止他们做任何事了。

好吧，也许这并不能说明什么。男女关系不是一件简单的事，在这个领域他也没什么发言权。

但本来是有机会的……

他只是不想而已，这就是原因。他距离解开谜题近在咫尺，距离他理想中的万能机器只有一步之遥，他不想受到任何干扰。一段恋情，无论发展如何，都会分散他的精力。爱情是一场结果未知的冒险，这样的例子随处可见。为了实现自己的使命，他多年来倾尽所有，把全部精力都集中在一个目标上。哪怕一切顺利，恋情也一定会破坏掉这一切，分散他的注意力，阻碍他取得决定性的突破。

他不能冒这个险。从来没有人如此接近于将世界引向一个全新的、更好的方向，而整个世界也从没有像现在这样需要做出巨大的改变。他无须谦虚，因为这就是事实，他绝对不能让自己把这事搞砸。如果孤独是他必须付出的代价，那么他只能承受。

不过并不像他跟夏洛特说的那样，还需要几十年甚至上百年的时间。没人知道到底需要多久，只要他能想出正确办法，或许明天就可以实现。很可能，他只需要再做一个梦就行了。

除此之外，夏洛特曾经拒绝过他好几次，让她切身感受一下被拒绝的滋味也无妨。

"你应该好好考虑一下给现有成果申请专利。"拉斯穆森说道。

"我什么都没有,只有电脑屏幕上的一些图片。"

"你拥有有效的复制算法。"拉斯穆森指向窗外的方向,"外面有无数聪明人发明了与你相同的东西。能够自我复制的纳米机器,这是纳米技术的圣杯。我的天,你知道每一天有多少专利申请吗?每一个新理论,每一项微小的改进,全都会立刻申请专利。你根本不知道这个领域的竞争有多激烈、多残酷。而且,如果有人在你向专利局申请之前就取得了决定性的突破,你知道后果的,弘司,你不得不向别人付钱,好获得使用自己发明的权力!"

弘司靠向椅背,脸上的表情让人猜不透。"他们不会发明出和我一样的东西。"他说道,"他们根本赶不上我。我承认,我不了解专利局的那些事,但我一直都在关注与理论和项目有关的事。我没看到任何人能够摆脱生物学的定式思维。他们都在忙着建造极其复杂的纳米机器,想让它们像生物一样工作,又搞不懂为什么这样行不通。他们可能会同时使用转基因的细菌,但这意味着他们永远都无法跳出碳化合物和蛋白质结构。"

"不要低估那些人。可能事实就像你说的那样,但这并不意味着绝对不会有人想到和你一样的主意。恰恰相反,这随时都有可能发生。这些研究人员随时可能会突然想到,放弃生物学上的自我复制机制,转而研究能够自我复制的'综合体'。"

"那又怎样？就算想到了,最后还是会被困在和我一样的死胡同里。"

拉斯穆森叹了口气,弘司根本没听进去他的话。"那不重要。只要有人为这个想法申请了专利,无论结果如何,这个想法就都属于他了。不但如此,一旦被公开出来,肯定会引起广泛讨论,这个领域所有的佼佼者都会扑向它,比如宾宁、德雷克斯勒或者墨克——那些发明了纳米技术的人！我不想打击你,但如果有许多聪明人集中起来研究这个问题的话,说不定有人会从原子角度解决你的问题。"他合拢双手,继续说道,"而只要你申请了专利,你就稳稳成为获利的一方了。"

"你没明白,"弘司说,"我对专利没有兴趣,不是你想的那样。"他身体前倾,把手放在了屏幕上,"如果这个能成功,詹斯,我将创造出一个全新的世界,到时候专利根本毫无意义。但如果我没成功,那我也不需要什么专利了！"

夏洛特坐在厨房里,漫不经心地听着布兰达和她儿子的争论。

"先写作业,"自从杰森上学之后,她已经这么说过不下上千次了,"你知道的,这是规矩。"

"可我已经和乔治说好了！"杰森嘟囔着。

"换成我的话,就会赶紧做作业。"

"我可以今晚再做,求你了,妈妈,就破这一次例!反正作业也不多!"

关于作业的争论没完没了,有时候夏洛特听了也心烦,但这回她知道,以后她会想念这些。

"没有例外。"布兰达坚持道,"只要你的成绩没有提高就不行。我们之前说好了的,记得吗?"

"可是乔治马上就过来了!"

"没问题,我会给他一块蛋糕,让他舒舒服服地看电视等你。"

"唉!"杰森还是投降了,踏着愤怒的脚步上了楼。

布兰达走进厨房,翻了个白眼,"不知道下个学年会怎样。"她说着,拿起咖啡杯,坐到夏洛特的对面,"等到他不得不用西班牙语做作业的时候,他就知道现在有多幸福了!"

夏洛特震惊地意识到,等她从探险队回来时,这一家人就已经搬走了。今天是她最后一次坐在这间厨房里,也是她最后一次到这里做客。这所舒适、有爱的房子在她的生命中似乎一直是安全的避风港,过去是,她以为未来也依旧是。想到这里,她差点儿哭了出来。

"你们真的想清楚了吗?"她又问了一遍,"布宜诺斯艾利斯!对你们可不容易,何况杰森才刚刚习惯上学。"

"我只是觉得我们还年轻,不能就这么过上退休的生活。"布兰达说,"这对汤姆来说是个好机会。不只是一个教学岗位,而是一整个学部！再加上他能在那里研究新的领域，这是在其他任何地方都得不到的机会。所以，我们就这么打包准备搬家了。我从小就习惯了搬家。"

"我会想念这所房子的，我会想你们的。"

"所以才有人发明了飞机啊。夏洛特，你直接过去看望我们就好了。"

夏洛特悲伤地点了点头。如果布兰达走了，她在波士顿还有谁呢？没了。她在哈佛是个"不受欢迎的外国人"，与盖瑞在一起那几年她也和大多数以前的朋友失去了联系。

"不管怎样，我们一走，我妈会负责你的住处，你不必担心。而且，哦，对了，我要替汤姆谢谢你向安德拉德教授引荐他！他们两个已经通过电话了，听起来安德拉德教授是个有趣的人。汤姆说，那位教授非常高兴，说终于有一个不是研究飞碟的人对他那些陶器感兴趣了，他……哦，乔治来了！"

乔治是个身材瘦长的黑人男孩，一言一行就像个小大人。他称呼布兰达为"威克沙姆小姐"，彬彬有礼地向她询问杰森。布兰达回答，杰森还在做作业，问乔治是否想吃蛋糕。

"好啊！"他眼睛一亮，回答道。

"你已经写完你的作业了吗？"她把蛋糕碟从橱柜里拿出来，随口问道。

"早就写完了。"乔治边说边做了个甩手的手势，"今天的作业很简单。"

夏洛特偷偷观察那个男孩,他正高兴地吃着蛋糕。她与微笑的布兰达交换了个眼神。她很快就会用她的英式蛋糕招待阿根廷的孩子了。那些孩子可真幸运。

"一台能让所有人富有起来的机器?"詹姆斯·贝内特三世想吐个烟圈,不过失败了,"这是我听到过最不靠谱的事儿了。"

南希·柯德威尔依偎在他的胸前,腿轻轻搭在他的大腿上。"我开始也是这么想的,但杰弗瑞说不是这样的。他说,如果这个项目成功了,它的革命性将超越互联网、印刷术和火种。"她开始拨弄他的乳头,"虽然杰弗瑞有他的缺点,但他绝不是一个容易上当受骗的人。"

心理学家应该研究一下,为什么女人总是在上完床后就开始聊自己的前任,詹姆斯暗想。杰弗瑞一定给她留下了相当深刻的印象,他在学生时代就与马来西亚黑社会发生过冲突,并因教唆谋杀罪而多次受审。尽管如此,他后来还是在一家位于新加坡的跨国公司里担任了美洲总监的职位。

詹姆斯按灭了香烟,将烟灰缸放到床头柜上,从她身边抽出身来,下床去看小冰箱里是否还有威士忌。没有,连一瓶够度数的酒都没有,更别提威士忌了。

南希跟着他起身,将丰满的胸部贴到他的背上。换句话说,她想再来第二轮。或者更可能的是,她在迎合他的喜好,扮演一个欲求不满的角色,好让他尽快娶她。

但是,詹姆斯·贝内特三世没想过结婚。对他目前的处境来说最大的好处,或者说唯一的好处就是,他能用"还没有克服离婚所带来的阴影"作为理由,断了其他女人想和他结婚的念想。

不过再来个第二轮还是可以的。

完事之后他累得立马睡着了。再次醒来时,窗外已经天黑了。他梦见了那台机器,但具体的细节记不清了。

"你那个了不起的杰弗瑞有没有跟你说过,那台机器究竟怎么使每个人变得富有的?"他问南希,她现在终于有了些倦意,用睡眼惺忪的勾人眼神望着他,"嗯,他说过。"

"然后呢?"

"想象一下,那是一台万能机器,可以生产你能想到的一切产品。从逻辑上讲,它甚至可以制造出另一台同样的万能机器。这样就有两台了。它们还能再次复制,那么现在就有四台。依此类推,最终会有足够多的万能机器来制造人们所需的一切,这样就没有人需要再去工作了。"

詹姆斯皱了皱眉,一觉过后,他还是感觉累,"万能机器?真的有这样的东西吗?"

"当然,比如电脑就是,不过它只针对数据,而这台机器要更先进一些,反正杰弗瑞是这么跟我说的。"

"嗯。"他这么问原本的意思是,这种骗人玩意儿她也信吗?不过最好还是别问了。他们是在一次艺术展的开幕会上相识的,他代表他父亲在典礼上致辞,她主动投怀送抱。既然她身材、相貌各方面条件都不错,他就跟自己说,为什么不呢?这段关系已经持续好几个星期了,而且仍然很有趣,完全不需要他多操心。

南希懒洋洋地凝视着窗外,"我要是能记住那个发明者的名字就好了!杰弗瑞跟我说过,但那是个日本名字……那个被扔了原子弹的城市叫什么名字来着?跟那个有点像。"

詹姆斯感觉脖子后面的汗毛立了起来。弘司,和"广岛"同一个发音的那个弘司。"不会是加藤弘司吧?"

"就是他!"她佩服地看着他,"你怎么知道的?"

詹姆斯躺了回去,仿佛正面挨了一击。加藤弘司!那个把夏洛特从他身边抢走的日本人,挑拨了他和她之间的关系,使他的生活从美好陷入苦难的始作俑者!由于某种原因,这个使他震惊的名字让他相信……不,担心,那个机器可能真的存在。

这让他感到惶恐。

让每个人都富有的意义是什么?拥有财富的乐趣就是,有些人永远会比其他人富裕,而他就在其中。如果每个人都富了,富人就会消失。到那个时候,谁也不会殷勤地伺候他了。没人会为他端咖啡、整理床铺、做饭、洗衣服,等。

就算有机器接管所有这些工作,没有了财富的加持,哪个女人还会对他感兴趣?

"我认识一个叫这个名字的人,"他喃喃自语道,因为南希正半靠在他身边等着他回答,"但肯定只是巧合。"

他突然急着想结束这次约会。他们终于来到酒店前台时,他掏出自己的万事达金卡支付房费。有生以来他第一次担心这种荣耀可能会离开他。如果这个发明、这台万能机器确实存在,那么必须抢占先机先弄到手!

柜台后面的服务员询问他是否一切满意,脸上有些困惑,因为这对客人入住之后才过了半天就退房了。"是的,满意。"詹姆斯嘟囔着,"因为有急事。总是这样。"

"我们什么时候再见?"出门时,南希·柯德威尔用饱含深情的眼神看着他问道。她爱上了他,以及他的钱。

"我会给你打电话的。"他说着,把她送上了等在一旁的出租车。

他在想如何让他的父亲对这件事感兴趣。但是他紧接着意识到,这种思考根本没意义。在这个星球上所有的企业领导人中,他的父亲绝对是最不可能把这样的发明抢到手、变成有史以来最大的摇钱树的人。想想那些由他支持的慈善、环保组织——其中大多数甚至压根儿没什么人听说过——就知道他肯定会把这个发明奉献给全人类。父亲可能会唠叨起本杰明·富兰克林的那些发明,以及他故意没有申请专利的故事。

不行,他不能跟父亲透露,必须耐心等待时机。

弘司看到有人朝他的房子过来了。当然，一开始他并不知道蜿蜒的山路上那辆红色越野车里坐着的是夏洛特。他突然有种冲动，想跑到别墅顶层塔楼的空房间去，从那里望出去的山景与其他房间的视野截然不同。但是不知为何，他还是留在窗前没有动。就是这个时候，他注意到了那辆车，以及它如何在这种路况下鲁莽地急速行驶。

这一带的道路都很古老，当初建造时并没有考虑到会出现这样的车速。驶过一个U形弯时，弘司屏住了呼吸，因为这个弯后面紧跟着一段有两百米高的陡峭斜坡。他已经开始考虑，如果这辆车发生事故，他该打电话给谁来救援。但到时候救援或许已经没什么意义了。

这辆车驶进了他家，夏洛特走了下来。好吧，那又怎样。弘司看见她在与斯蒂尔夫人说话，大概是解释她是谁，来做什么。斯蒂尔夫人把她请进了屋。他用手指拢了拢头发，下了楼。

见到弘司夏洛特很高兴，但是当她向他打招呼时，她的眼神奇怪地闪烁着。他拉着她的胳膊向她展示这幢房子，她小声对他说："为什么不告诉我，与你住在一起的女人只是你的女管家？"

"我就是喜欢那么说。"弘司坦白道，"目前为止，每次我们见面，你身边一直都有其他人。所以我想，我得扳回一局。"

"你真是个笨蛋。"她说。

他没有反驳她,也许她说得对。

"你家里连件家具都没有吗?"走过第二间空无一物的房间时,她问道。

"那里有个一体式壁橱。"弘司指着一片覆盖着深色木板的墙说道。

她扬起了眉毛,"我怎么没看见?"

"我不怎么喜欢家具。"

"好吧,极简主义也是种时尚。但这也太空了吧。你没什么东西,是不是?"

"只有一些我真正需要的。"

"那你也不需要这么大的房子呀。"

"有其他原因。"他在想,是不是要带她去看看实验室。除了位置偏僻之外,他买下这幢房子最主要的原因是因为它的地下室。那里以前是个私人录音棚,不仅隔音,还可以隔绝外界环境的其他影响,因为那位乡村歌手一辈子都在担心爆发核战争。弘司第一次来看房子的时候,在地下室的一个小房间里发现了足够两年的干粮和军队补给。这些东西现在还在那里,其中一些可能已经过期了。

弘司将数百万美元的设备安置在地下室,希望能在这里逐渐实现自己的计划,但他没想到会卡在那个根本问题上。如今这个实验室基本上闲置着,他已经快一年没下去过了。

他决定下次再带夏洛特看他的实验室。

"连沙发都没有，"走进那间只放着藤编扶手椅的房间时，她说道，"看来你的客人不多。"

"是的。罗德尼来过一次，除此之外……詹斯也时不时过来，看看我有没有做什么他可以拿去卖的新东西。"他意识到她不知道这个名字，又补充了一句，"就是詹斯·拉斯穆森，你在新加坡见过他，那个瘦瘦的秃头。"

她点了点头，"不过，卧室你总该有吧？还是你现在白天晚上都在工作？"

时间仿佛回到了波士顿那个大雾弥漫的晚上。弘司看着她，想知道她是想和他上床，还是单纯好奇，"不，我当然有卧室。你想看看吗？"

"参观房子总要看全了呀。"

他领她去了卧室。他对自己选择的作为卧室的房间感到非常满意。窗外可以看到一片紧挨着房子的茂密松树林，那里有一处天然矿泉。早上醒来时，阳光有时会照到泉水上，闪闪发光，就像有精灵在沐浴。阳光穿过树木之间狭窄的缝隙投下斑驳的光影，仿佛是一张随时都在变换的壁画。

"有张床，这我就放心了。"夏洛特站在门口没有进去，四处张望着。她没有摇头，但心里肯定已经那么做了。

"你真是个怪人，加藤弘司。"

"我只关注重要的事。"

"也就是你的工作咯。这很奇怪,真的,因为你的目标是让人们有朝一日无须再工作。那时候你要怎么办?"

这也是弘司偶尔会问自己的问题。他觉得自己已经尽了最大的努力,几乎达到了极限,总有一天他将为此付出代价。也许摩西那样的事情同样会发生在他身上,据说摩西带领着他的子民来到了应许之地,但他本人只是远远地望着,从未真正地踏上过那片土地。

这个念头很多余。"我不太可能会担心那种事。"他回答道,"来,我带你看看我的工作室。你肯定会喜欢的,因为那里塞满了东西,有两把椅子呢。"

"哇,两把椅子,可真是大手笔。"

"等会我们去餐厅吃午饭的时候,可别吓到你。"弘司说着,关上了卧室的门,"餐桌周围甚至有六把椅子。"

"很好,还好你提前提醒我了。"

她到底是来干吗的?肯定不是单纯过来取笑他的吧?于是他问了她。

"你可以理解为,我就是想来看看你。"但他知道,这并不是真正的原因。正如她自己也知道,这话没有什么说服力,于是又补充道,"我已经同意去参加一项三个月的探险,而且……嗯,我想着走之前可以过来再和你见一面。"她似乎不想深入谈论,这次探险听起来不简单,跟参观保存着早期人类化石的博物馆或研究所不一样。

弘司不知道该怎么接话,这时候他们正好来到了工作室门前,于是他转动把手打开了门，"好了，这就是我的工作室了。"

她站在门口，深深地叹了口气，"啊哈，这儿看着挺……舒服的。"她忍不住笑了出来，双手捂着脸，好像在揉眼睛，"老实说，看起来像是一家高端电脑商店。"

弘司走到桌旁。"这些可不是你能在商店里随处买到的普通电脑，"他说道，"是具有并行处理器的高性能UNIX工作站，也就是所谓的超级计算机。除了NASA、IBM或者用来模拟原子弹爆炸的实验室，再找不到计算能力比它们更高的电脑了。"这么说有点夸张，但他却很自豪，因为自己以相对简单的设备取得了如此成就。而且比起那些装修乏味、放着空调的大厅中那些无聊的计算机集群，这里的环境要好得多。

夏洛特跟着他，好像她必须得说服自己迈过门槛一样。距离传感器被他们的靠近触发，显示屏一个接一个地亮了起来，显示着当前正在运行的模拟进程。

她站在这些显示器之间，双臂交叉，看着屏幕上那些画面，看起来仿佛是在参观一个美术馆。

"那些画面是什么？"她终于问道，"看起来像是分子之类的东西，一些巨大的分子。"

"没错。"弘司回答道。

她愤愤地转过头看向他，"我还以为你发明的东西是机器人呢。"

"你看到的的确是机器人。"

"但你刚才亲口说的,这些是分子。"

他拉了一把椅子放到她旁边,说道:"你先坐下,这需要花点儿时间。"

她听话地坐下,双臂仍然交叉着,视线在弘司和显示屏之间来回扫。

他坐到她的对面,不确定自己能否用一种除了他自己以外,其他人也理解的方式来解释这一切。他没想到夏洛特真的会来看他,而她就在这里,和以前一样美丽。他感到高兴,同时却又有些烦躁,心情很复杂。

"当时在帕柳克岛上,机器人出现了问题,"他开口说道,"这是因为复制不够精确。第一代元件是初始元件的复制品,存在一些误差,做不到绝对精确。第二代就更不精确了。这些误差会一直累积。难免在某个时刻出现一个无法匹配的元件——抓槽太窄或太宽,抓漏了,或者拿错了什么东西——总之会出错,以至于'综合体'内部无法再协同工作。"

夏洛特点了点头,"我记得。从当时的视频中就能看出来。"

"是的。"没错,他忘了她当时也在场,"一切都归咎于制造过程。你也看到那些元件是如何工作的。它们能制作模具、铸造部件,然后再加工,和人类铸件的过程一样。但它们能达到的准确度却是有限的,这是技术上的限制。如果我想让它更精确,就必须把元件造得更大、更复杂。这就意味着必须生产更多的零件来进行复制,还要具有更高的精度,这又会让构造变得更复杂⋯⋯好吧,就是这样。这相当于一场赛跑,一个延伸到无限的几何级数。"

夏洛特似乎对此表示怀疑,也许她现在后悔来了这里。"听起来似乎是不可能完成的任务。"

"是的,我担心了一段时间。但后来想出了另一种方法。不仅可以从一开始就避免这种错误,还开辟了另一种可能性。"

"什么办法?"

"放弃一个零件一个零件地制造新元件,而是一个原子一个原子地制造。"

她瞪大了眼睛,"纳米技术?"

"是的,那是通用说法。这个领域很广,包含各种各样的技术和手段,主要共同点是,它们都是在纳米层面进行的,与我们日常生活中所习惯的自然规律完全不同。"

夏洛特若有所思地皱起眉头。显然她是知道这个概念的,好吧,谁不知道呢? 纳米技术这几年来一直受到追捧,他本人也靠着一些衍生发明在这上面赚了大钱。如今,几乎所有汽车制造商都在供应纳米涂料,据说这种涂料不怕被刮擦,而且能始终保持干净,无须再去洗车。带有纳米涂层的马桶也曾风靡一时,商家宣称它们不用清洗,因为没有任何东西能黏附在经过纳米技术处理的马桶内部,无论是灰尘还是细菌。然而,在分析了这种涂层之后,弘司发现这种说法并不可靠,因为随着时间的流逝,受完全正常的环境影响,例如氧化反应或者紫外线照射之后,涂层会不可避免地逐渐分解,然后,污垢会更加牢固地黏附在上面。自从这件事被曝光之后,纳米涂层马桶的销量一落千丈。

"是不是有点小题大做?"夏洛特问道,"我是说,一个原子一个原子地制造?那得花多少时间啊?真的可行吗?"

"当然可行,否则我们也不会坐在这里。大自然已经这样做了数十亿年,在细胞中就有许多通过操纵单个原子来进行的生产过程。基因是一种高效的数据载体,以单个分子的形式存储信息。蛋白质合成也是一个纳米过程。诸如此类,不胜枚举。所以毫无疑问这是可行的。"

"好吧,但这是细胞呀,又绕回了生物的领域,你之前的方向并不是这个。"

"现在依然不是。"

夏洛特仍然皱着眉头,她看了一眼周围,视线落在桌上的电脑上。"据我所知,日常用到的东西是由相当多的原子组成的。这就是为什么你的家具这么少吗?因为你得一个原子一个原子地组装,花十万年造一张沙发?"她笑了起来,"对不起,很抱歉又扯到这个话题上来,但你真的应该弄一张沙发。"

弘司也笑了,"当然不是因为这个。而且,如果方法正确,也不需要那么久。"

"生一个孩子出来需要九个月,而且出生的时候还相当小。"

"是的,但是生物体内制造物质的过程永远不会以最大的速度进行,至少到目前为止还不会。这类似于大脑中的信息处理:脉冲最多只能达到每秒一百米,而计算机可以更快地计算,是因为它们的脉冲可以达到光速。"

"这么说的话,大自然总是不紧不慢的。"

"它不需要着急,它有的是时间。"

"好吧,"夏洛特看着他,"假设一切都能以最快的速度生产、使用正确的方法完成,那么做一张沙发需要多久?"

弘司考虑了一下,粗略计算了所需要的原子数量和必要的复制步骤,"大概,一秒钟。"

"一秒钟?"

"在最理想的情况下。"弘司补充道,"关键不在于需要多少原子,而在于可用的工作空间。假设制作边长一厘米的钢制立方体需要半秒钟,那么用一层一厘米厚的钢层把整个大厅的地板完全覆盖上也不会花太多时间,因为这些元件可以在任何地方同时工作。"

"哇!"夏洛特感叹道,"这可真快!"

弘司突然想到了什么。"等我一下!"他说完,急忙朝厨房跑去。厨房里,斯蒂尔夫人正忙着准备午餐,飞快地用刀把西葫芦、洋葱和西红柿切成小块。

"你是打算让那位小姐饿着肚子吗?"她有些责备地问弘司,"我自己做主了,你知道的,我从来不进你的工作室。”

“所以我就过来了,我们都有些什么食材?”

弘司很久没考虑过吃什么了。起初,他偶尔会提出要求,想吃汉堡之类的,但斯蒂尔夫人每次都会跟他唠叨这样的饮食有多不健康之类的话,说什么像他这样的人,整天埋头工作,几乎不运动,要维持健康就要吃很多新鲜的有机蔬菜,少碰糖和白面粉。最后,弘司只好让她来安排饮食,只要是放在他面前的东西,他都会顺从地吃掉。到目前为止,他还没发现这样有什么不好。

斯蒂尔夫人打开冰箱,“我可以给你们榨些新鲜果汁或泡点茶,看你们想要什么。”

“要不先来点水吧。”他记得夏洛特不喜欢喝果汁,也不太喜欢茶。向推崇健康饮食的斯蒂尔夫人要可乐就更不现实了。

矮胖的女管家噘着嘴,从冰箱隔层里拿出一个绿色的小瓶子递给他,“这个行吗? 来自奢华谷的天然矿泉水。”

这太荒谬了,弘司暗自想着,他自己的地皮上就有一处矿泉,却还得开车去几百英里外买瓶装水。

“好的。”他说道。

“等等。”斯蒂尔夫人拿出一个托盘,在上面放了两瓶水、两个杯子,还有一盘水果拼盘,里面有葡萄、苹果和一些其他水果,“你是想现在拿走还是等我送过去?”

“我现在拿走,你专心准备午餐就好。”弘司端起托盘,发现水果拼盘相当重,"这里面都有什么?"

"都是有益健康的东西。"她耸了耸肩,"没有名字,我是用冰箱里有的水果做的,肯定够你们吃。"

"库存不够了吗?"

"我得确保一切食材都是新鲜的,尽可能不囤货,免得变质。"她说着,似乎在暗示他,快离开我的厨房。

夏洛特津津有味地吃着葡萄,"说实话,我到现在还不清楚你到底在做什么。"她把葡萄籽吐到手中,指着周围的一圈计算机,"用这里这些东西。"

"我正在模拟纳米机器。"弘司说。

"为什么只是模拟,而不直接造出来呢?"她又往嘴里放了一颗葡萄。

弘司的眼睛有些发痒,于是他揉了揉。"这是一个先有鸡还是先有蛋的问题。"他说道,思考着到底该如何解释。

"先有鸡还是先有蛋?"夏洛特重复了一遍,"我不太明白。"

"我从模拟开始,是因为这样可以没有风险、没有麻烦、没有浪费地做任何事情。当然,需要先自行写出程序,不过不是难事。"

"好吧,那模拟的目的是什么? 你说可以做任何事,除了这些漂亮的图画,你还打算做什么?"

"蓝图。"弘司纠正道,"你可以把它理解为微型机器的设计稿。"他转向其中一台显示器,在那里,一个由大约两千万个原子组成的部件正在成型,每个原子都用小小的球体来表示,球体的不同颜色标明了化学元素,"要记住的是,原子其实不是你看到的这种小球,而是极其复杂、近乎无形的东西。矛盾的地方在于,尽管原子被视为构成物质最小的单位,但它本身的构成很大程度上却是虚空和电场。而每一种原子都不同, 每一种化学元素都具有其他元素所没有的特性。它们具有不同的键合力,与其他原子形成不同的立体角,彼此之间占据不同的距离,诸如此类。你不能像把红色的乐高块换成蓝色一样直接换掉它们。铜原子和铁原子的特性不同,磷原子和氧原子的特性也不同……使用原子来构建结构的时候,每个原子都有自己的几何形状。"他笑着说,"这是个有趣的问题,为什么会有那么多不同的化学元素? 我有时会想,也许就是需要这么多不同的乐高块来构建一个宇宙。"

"所以你把这些都写进了程序? 你的程序能准确知道这些原子的特性吗?"

"差不多是这样。多年来,我已经尝试了很多种方案。"他双手端在胸前,手指向内弯曲,做出一个空心球的手势,"你得把我的系统看成一个套一个的俄罗斯套娃。最中心的是代表原子的程序,把它们放在特定位置上,就能计算出这些原子要如何组合在一起。另有一个程序围绕它旁边,用于改变这些特定位置,有时也会替换元素,用铁代替碳,或者用钠代替锂,等等。"他稍微分开了一点双手,"再往上一层的程序可以尝试各种策略——比如哪些更改最有效,是需要做微调,还是应该定期替换掉一半的原子,又或者将它们全部移到另一个位置等。最后,最高层次是控制程序,用来评估所构成的分子的作用,比如是否适合用作组件。它会将情况是否有所改善的信息传递给下面一层,如果有改善,那么整个系统就会在此基础上继续进行;如果变糟了,那就回到先前的版本。这是一种合成角度上的进化。"他放下双手,"基本原则仍然与帕柳克岛的时候相同。基本上,我还是在制造和当时相同的机器:定位元件、运输元件、探路者、切割机,等,只不过比当初要小一百万倍。"

"但你现在还不知道具体要怎么建造它们。"

"不,"弘司说道,现在他们聊到了问题的核心,"我知道的。"

"那你为什么不造出来呢?"

"因为我首先需要有一台这样的机器,才能来制造出其他的机器。"

她睁大眼睛,大声笑了起来,"这可真是太棘手了!"

弘司从椅子上转过身,手放在一台电脑的键盘上。这台是他最主要的工作电脑,弘司用它来编写其他机器所需的软件。"注意听,我现在要开始解释了。在直接操纵原子的层面上——顺便说一下,人们管这叫纳米组装——有三个主要问题。你已经发现了第一个:数量的问题。如果只能挨个移动原子,那基本上没什么用处。很早之前人们就可以通过扫描隧道显微镜、原子力显微镜做到这一点。要构建出起码肉眼可见的东西,需要移动数万亿个原子。这里的决定性因素在于,是否可以一次性地将百千个或数十亿个原子移动到指定位置上,因为这决定了是需要一秒钟、一年还是十万年来完成构建这个东西。"

"比如说沙发。"夏洛特调笑道。

"是的。"

"还有什么其他问题?"

"另外两个问题,"弘司说,"我们起名叫'胖手指问题'和'粘手指问题'。"

"无论如何,名字起得倒是挺有意思。"夏洛特一边说着,一边打算吃完碗里的葡萄,"不过有点不知所云。"

"'胖手指'是这样的:要以某种方式将原子带到所需位置,就需要一种夹臂,当然也是由原子构成。接着必须在旁边再放置第二个原子,以便两个原子可以成键。但这就需要另一只夹臂——"

"而这些夹臂迟早会相互干扰妨碍。"夏洛特接道。

"是的。我发现,其实可以通过巧妙的设计避免这种情况。但即便如此,还有一个问题在于,被携带的原子要如何脱离夹臂的尖端。原子是通过结合力来固定位置,其中有一大堆的原子键:共价键、离子键、金属键、范德华力、偶极相互作用、氢键,等。因此,仅仅将原子移动到指定位置还不够,还要设法再次将夹臂与原子分离。这就是'粘手指问题'。"

"这个问题你已经解决了,是吗?"她猜道。

"某种程度上算是吧。"

"听起来可不太有说服力。"

他转向电脑，"我来告诉你是哪里出了问题。"他在屏幕上调出了一张图像，这是他花了最多时间研究的图像，几乎已经熟稔于心。他一度目不转睛地盯着它，直到感觉自己快要脑溢血，"这个，我称它为'不可能的分子'。"

他看着这幅由两万多个原子组成的、对纳米技术领域来说却只是沧海一粟的图像。这个结构整体看起来似乎像一把柳叶刀，其中一端越来越窄——并非是人们想象的那样，到末端窄到只剩下单独一个原子的点，而是最后变成了由不同原子交织而成的复杂几何形状。一根管子纵向贯穿了整个结构，原子可以通过它直接到达末端。由于电力的作用，它的腰部被压缩成了沙漏状。

很漂亮，除此之外再找不出其他的形容词。即便对弘司来说是噩梦，是巨大的谜团，是他百思不得其解的一块心病，这个结构看起来还是很漂亮。

"这是迄今为止我发现的唯一能同时解决三个问题的结构。"他解释说，"唯一可以起作用的'手指'。这个分子可以安置原子，不会妨碍其他夹臂。它可以抓取和松开原子，它的传输速度也非常惊人。只不过，目前无法通过任何已知方法来造出这个结构，因为这里面有很多原子的位置是它们本身绝对不会占据，还构成了它们实际上无法形成的角度。"他让图像转了个角度，指着屏幕继续说道，

"比如这里的这组铝原子就完全不可能这样排列。还有后面那一片由碳、氢和硅组成的网状结构，也是不可能的。但如果放弃这些，'手指'就不能用了。"

"所以你得想一个完全不同的方案，否则这条路可能根本行不通。"

"比这还要复杂。"弘司坦言道，"可笑的是，只要我们手里有了这种分子，就可以把它制造出来！如果原子能被放置到这些实际上根本不可能的位置上，它们就会留在那里。你看，"他一边说着，一边播放了一个他制作的动画：屏幕上出现了一个建筑单位。运输单位为其带来了原子，当然是依靠"手指"来抓住并传递的。建筑单位伸出夹臂——尖端也是一根"手指"——取出原子，把它们放置在待组装的指定位置，动作流畅而优美，像蜈蚣的步足。

"就像岛上的那个'综合体'！"过了一会儿，那些"手指"开始自我复制，夏洛特惊叹道，"另外，我还留着当时你的机器织给我的那条围巾呢。"

听到这话，弘司不由得笑了，她竟然没忘记那条围巾。

动画接近尾声时，组装好的"手指"已然清晰可见。这时，夏洛特坐了下来，"好吧，你的确遇到了问题。"

话音未落，房子深处传来铃声。弘司耸了耸肩，"谁能没有问题呢？起码我能靠它来消磨时间。刚才那个声音，意思是可以开饭了。"

　　餐桌上，夏洛特和他讲起她即将参加的那场探险，"由波士顿大学的气象学家阿德里安·卡扎尔带队，他想研究一个受气候变化影响尤为明显的俄罗斯极地岛，人们认为这个岛起码在过去十万年都一直被冰覆盖着。但是卫星图像显示，这几年那里发生了两次冰层滑落，一次大约是在七年前，另一次就在前不久的十月份。嗯，总之，他请我跟他一起去考察。"

　　"作为一个古人类学家，你觉得在那能发现什么呢？"弘司好奇地问道。

　　夏洛特举起叉子，"好问题。我曾经偶然看过一篇关于西伯利亚的游记，那上面提到，西伯利亚的极地岛上发现了至少一万年前的人工制品。不过只是简单地提了一句，可能作者没觉得这有什么了不起的。"

　　"但你恰恰觉得这很重要。"

　　"这给我提了个醒。一万年前？那时候这星球上还没多少人呢。那时候的首要问题是存活下去，而不是人口过剩，也没人患有肥胖症。既然如此，为什么会有人在如此荒凉的地区生活？如果能选择的话，一般人肯定会居住在最适宜生存的地方，不是吗？"她把叉子插回用新鲜香料烤制的蔬菜中，"起码据我所知是这样。从那之后，我一直在研究这个问题。"她指着盘子，补了一句，"另外，这个真的很好吃。"

　　"我会转告斯蒂尔夫人的。"弘司继而又想到了一点，"可你并不确定在这个岛上能不能有所发现,是吧?"

"嗯,我不知道。"夏洛特叹了口气,"现在想来,我跟去可能不太靠谱,可能我在探险队的主要作用就是翻译,因为没有其他人会说俄语。可能因为我父亲是法国驻俄罗斯大使,他们需要我来申请一些许可文件,才能进入那边的军事禁区。也可能——"她还想说些别的,但话到嘴边又吞了回去。

弘司看着她,"也可能什么?"

"啊,没什么。"她挤出了一个微笑,"我还是挺乐观的。在一个即使盛夏也永远不会超过十度的小岛上待三个月!不管怎么说都将是一次难忘的经历。"

夏洛特之岛

1

终于,他们带着必要的装备坐上了前往萨拉德科夫岛的直升机。这是一架俄罗斯空军的飞机,内部看着更像一截火车车厢,充满年代感,仿佛是二战时期的产物。飞行员是一个蒙古长相的男人,满脸不爽,态度不友好,除了嘟哝几句招呼话之外没有再开过口。尽管天气冷得要命,但他上飞机后的第一件事就是脱下飞行夹克,又把衬衫解开一半,这才坐到控制杆后面。透过解开的衬衫,能看到他里面穿了一件印着猫王的T恤。

好在副驾驶是个善于交际的年轻人。事实上,他看起来有些过于年轻,夏洛特甚至觉得他像个高中生,那种听话的乖孩子,让人怀疑他是否真的能驾驶直升机。

不过他热情友好,对探险队的工作很感兴趣,此外英语也不错——作为飞行员来说这也是应该的,夏洛特想。实际上,目前为止,所有与他们打交道的俄罗斯人英语水平都还过得去。他们大多数乐于向美国来的客人展示自己的外语技能,以至于夏洛特越来越觉得自己会俄语有些多余。

她对自己说,这是一次有趣的冒险假期。她把自己包裹在和睡袋一样厚的羽绒服中,但依旧觉得很冷。在极地的小岛待三个月,一辈子能有几次这样的经历呢?

不过她也逐渐明白,北极的岛屿为什么不是度假胜地。

夏洛特之前还觉得,这三个月的大部分时间他们都会花在路上。他们先去了阿姆斯特丹,在那里,荷兰摄影记者莱昂·范·霍恩加入队伍。他曾为各种著名杂志工作,不知道阿德里安如何说服了他,让他来记录这次探险。莱昂比其他人大了至少十岁,已经走遍了世界各地。听他讲述他的经历,让人感觉自己就是一个宅在家里、没什么见识的胆小鬼。但也没那么糟,因为莱昂身材魁梧、训练有素而且充满自信,有这样的人在队伍里很有安全感,起码自从这位记者加入进来,夏洛特感觉好多了。

就算是现在,他在直升机上也像地铁上的巴黎人一样悠闲自在。他坐在夏洛特对面,正扯着嗓门和他旁边的生物学家安吉拉·麦克米伦调情,腿上还放了一本书。

一本书!夏洛特很难理解,在这种情况下能看得进去书。在轰鸣作响、散发着柴油臭味的机舱里，噪声和颠簸恨不得把人的骨头都震碎了。但是安吉拉比莱昂还要酷，这位表情严肃的生物学家头发极短，看起来就像戴了个头盔。她解释说，这样做是因为洗头和梳头很浪费时间。最令人赞叹的是，她总是直截了当地说出自己的想法。"我不知道你在这里干什么。"第一次和夏洛特见面握手之后，她这样说。莱昂·范·霍恩聊起他在南极的经历时，她问他，在这样的条件下如何进行性生活。莱昂笑了，问她为什么想知道这种事儿。"好吧，我有点喜欢你，"安吉拉直率地说，"我就是想让你注意到我。"这话就连见惯了世面的莱昂也无言以对。

不过，到目前为止，就夏洛特所知，他们俩并没有进一步的发展。

一行人从阿姆斯特丹飞往赫尔辛基，因为阿德里安打定主意要趁着这次机会尽可能多看看欧洲。两位女士在赫尔辛基的旅馆同住一个房间，那天晚上，安吉告诉夏洛特，她得先闻闻莱昂的味道。然后给夏洛特讲起了动物世界中各种求偶方式。夏洛特只听懂了一半，让她第一次觉得自己也许来错了地方。

一个淡定的人应该能和安吉拉相处得很好。夏洛特想起她的外交官父亲，他从来不会说出任何真实想法。而安吉拉恰恰就是他的对立面。

他们在赫尔辛基租了一辆车，开车前往圣彼得堡，因为阿德里安坚持要仔细游览这座城市。第二天，他们又乘火车去了摩尔曼斯克,在路上,莫雷生了病。

莫雷·曼和阿德里安一样是气象学家,专长是在计算机上进行气候模拟,整个人看起来可以说完全是莱昂的对立面:一头乱发,瘦弱,缺乏安全感而且十分敏感,能激发出任何人的保护欲。在圣彼得堡,他坚持要在上火车之前先吃点东西。"以防低血糖。"莫雷这样解释。于是他挑了一个看起来毫无食欲的小吃摊,夏洛特甚至连那里的餐巾纸都不想碰。火车刚过了沃尔霍夫河,他就冲进厕所呕吐。

可以预见,莫雷到了极地一定会更难受。

阿德里安悄悄跟夏洛特说,莫雷是自己非要跟过来。说是为了积累经验,实际上或许是为了证明自己是个真男人。总之,是因为他读了一本书,上面建议读者要去做自己害怕的事,他听信了这个建议。

于是他现在整个人完全靠着安全带才能坐稳,脸色苍白,几乎要昏过去了。"你们别担心我。"他有气无力地说,"等到了地方,一切就会好起来。"

他们在摩尔曼斯克取到事先运过来的设备,登上俄罗斯海军的破冰船,前往位于新地岛的军事基地。当然,意料之中地莫雷晕了船。到了基地,所有设备被仔细检查了七次,才允许他们装载到直升机上,紧接着立刻起飞。时间已经到了傍晚,不过影响不大,因为这里位于北极圈内,太阳要十月份才会落到地平线以下。

阿德里安跟副驾驶讲了一些有关这次考察的信息：他们来自波士顿大学，在萨拉德科夫岛上搜集到的数据将用于一个国际研究项目，这个项目会在未来几年内研究一百多处极地岛屿，利用这些数据来改善气候模型。萨拉德科夫岛是其中首个俄罗斯岛屿。这些话他已经跟权威人士、新闻媒体、包括夏洛特在内的其他人说了上百次。听完他的介绍，副驾驶问阿德里安，是否知道萨拉德科夫岛在当地传说里被人们称为"魔鬼岛"。

夏洛特低下头，闭上眼睛，假装没有听他们谈话。她故意没有告诉阿德里安这些传说。

"魔鬼岛？"阿德里安重复了一遍，"为什么叫这个名字？"

副驾驶笑了，"跟你说说我的理解吧。你知道这个岛什么样吗？我是说，从地图上看。"

"当然。"阿德里安答道。他们有一整个文件夹的卫星图像和雷达扫描图。

"那就好。这个岛整体是一个细长的椭圆形，只有两个岬角沿西北偏北方向延伸入海，而在这两个山脊的末端，中间夹了一座冰川。你注意到了吗？"

"我明白你的意思了，两个相当陡峭的岬角。"

"是的。所以，我猜那就是魔鬼的角，而岛的整体轮廓像魔鬼的头，看出来了吗？所以才叫魔鬼岛。"

"嗯，"阿德里安说，"有道理。"

夏洛特不觉得有道理。在她看来,这种解释应该是所有说法中最不靠谱的。毕竟从空中才能看到这座岛屿的形状,所以只有飞行员才会那么想。

她转向一旁,望向左侧舷窗。窗外一成不变,灰蒙蒙、近乎黑色的海洋,海水无力地波动着,越来越多的浮冰漂浮在上面。海洋上方是一片铅灰色的无垠天空。目光所及之处,一片荒凉。

魔鬼岛,她怎么就跑到这儿来了?

小岛终于出现在众人视线中,像搁浅白鲸的后背般浮在海面上。直升机在岛屿上方盘旋了几圈。萨拉德科夫岛大约30平方千米,完全覆盖着冰雪,冰雪之上还有两排光秃岩石构成的平行线,除此之外几乎没有其他东西。只有飞行员正在前往的最南端,海岸边偶尔会出现一些黑褐色的岩石。俯瞰过去,好像他们正要降落到一顶略微压扁的帽子的帽檐上。

夏洛特心想,就算是站在木星的卫星上,估计也不会比这更荒凉了。

"那边就是气象站的小屋。"阿德里安说。

夏洛特随着他的视线望过去,看见斜坡上有一个孤独的小黑点。她眨了眨眼,那儿如果是曾经的气象站,那这个岛要比她想象的大得多,也荒凉得多。

没人知道那座小屋如今状况如何,毕竟几十年都没人来过萨拉德科夫岛了。军方允许他们使用那座简易的小木屋,但也提醒他们为了以防万一，还是要带好帐篷。他们听从了。

着陆颇费了一番工夫。直升机颤抖着左右摇晃，飞行员不得不拉高重新尝试。终于降落时，飞机仿佛一把锤子落在了铁砧上。

飞行员没有熄灭发动机，只是挂上了空挡，显然是担心一旦熄火就无法打燃。从飞机上卸下设备的时候，头顶上直升机的叶片像一把旋转的剑，带着威胁的"唰唰"声不停呼啸而过。

年轻的俄罗斯副驾驶过来帮助他们，听到阿德里安抱怨硬着陆以及他们没有赶上好天气，他笑道："已经是好天气了！如果天气不好，我们立马就会掉头回去。"

听到这话，夏洛特看到阿德里安眼睛睁大了，似乎有些震惊。"谢谢你告诉我。"他苦笑道。

"我听老飞行员说过，六十年代的时候，即便下着暴风雨，也有人把喷气式飞机降落在这座岛上，而且是发动机故障紧急迫降。"副驾驶继续说，"老实讲，我觉得这就是个传说。"

卸货的时候，莫雷一开始还想搭把手，不过他蹒跚得像行尸走肉，之后便渐渐明白自己完全帮不上什么忙。他的脸色从苍白变成了更加不健康的红色，可能是因为凛冽的寒风在不断地摩擦皮肤。

终于，所有东西都卸下来，大家轮番检查了五次，确保机舱里没有遗漏。之前在摩尔曼斯克的货运代理商那里取货的时候，这些东西看起来相当多，装这堆东西的时候感觉就像一座小山。但现在，在这片广袤的荒原上，它们被衬托得只有可怜的一小堆。要靠这些东西来维持五个人长达三个月的生活所需？夏洛特突然觉得，他们一定是算错了。

飞行员做了一个像是打电话的手势。"哦，对了！"副驾驶突然想起来，"在我们离开之前，你们要测试一下无线电设备，这是规定。"

阿德里安拿起那个和公文包差不多大的设备，很结实耐用的样子，带有一个相当大的开关，就算戴着手套也可以操作。天线是一根二十米长的电缆，需要两个人把它像晾衣绳一样抻直。夏洛特想去帮忙抻着电缆的一端，但阿德里安摇摇头，递给她耳机和麦克风。"你负责和他们说话！"

好吧，终于用得着她了！夏洛特按下了通话按钮。"这里是萨拉德科夫科研营地。"她用俄语说道，"呼叫罗加切沃基地。罗加切沃，请回复。"

耳机里传来阵阵沙沙声，接着她听到了一个深沉却有些好笑的声音："萨拉德科夫，这里是新地岛罗加切沃基地。我能听到你的声音，很清晰。那里的天气怎么样？"

夏洛特露出一丝笑容，"太冷了，恐怕不能游泳。"

"真遗憾！不过谁知道呢，说不定夏天会很热。"接着，对讲机里的声音严肃起来，"功能测试成功，祝你们好运。罗加切沃，完毕。"

"谢谢。萨拉德科夫，完毕。"说完，她高兴地摘下耳机，把兜帽重新拉到头上。

抬头时,她刚好对上了副驾驶的目光。他说:"听说你是法国大使的女儿?"

"没错。"夏洛特用俄语回答道。

"你俄语说得太好了。跟我说你是莫斯科人我都信。"

夏洛特站起来,笑着说:"你太过奖了。"

"没有,都是事实。"

飞行员显然收到了无线电线路一切正常的反馈,他朝众人挥了挥手,似乎还想努力挤出一个笑容,夏洛特不确定。不管怎么说,她也朝飞行员挥了挥手。

副驾驶员和大家握手,祝他们好运、一切顺利,之后和他们告别,"三个月后见!"

之后他回到直升机,弯腰上飞机的时候再一次朝他们挥了手。紧接着,发动机轰鸣起来,直升机起飞,后面冒出一团黑烟,带着响声飞向灰色的海面。

人们站在原处注视着直升机,直到再也看不见、听不见。夏洛特想,终于要开始了。五个人在这座荒岛上,与世隔绝,没有电话,没有互联网,没有电视。这三个月,他们只能互相依赖。

但令她自己都感到惊讶的是,即便寒冷已经蔓延到了四肢,她依旧兴奋得想大声喊出来。

他们在冰天雪地中驻足片刻,每个人似乎都在仔细体会这场北冰洋冒险之旅正式开始的一刻。

接着,莱昂·范·霍恩回来了,他刚刚在远处拍下了发生的所有事:和飞行员告别、直升机起飞,甚至在卸货的时候,他也不时地跑开,迅速拍一些照片。"挺凉快啊。"他将相机装回保护套里,"这时候恨不得全球变暖得再加快一点。"

听到这话,两位气象学家一致瞪向了他。"这个笑话不好笑,莱昂。"阿德里安对他说。

莱昂抱歉地举起双手,嬉皮笑脸地说:"好吧,知道了。我前女友也老是说,我不适合讲笑话。"

阿德里安勉强点了点头,看向四周。"好吧,日程第一项:住宿。"他带着些怀疑地望向那座位于山脚下几百米处的废弃小屋,"萨拉德科夫的气象站曾在1949年到1967年间使用。也就是说,那里已经空了四十多年,说不定现在只是一片废墟了。"

"不管怎样都得过去看看。"安吉拉说,"那座小屋是这里唯一的人造景观。"

阿德里安扬起了眉毛,"我们有的是时间观光,但首先得找一个能搭帐篷的地方——尽可能平坦且避风——"他停下来,沿着海岸线看了一眼,发现根本没有避风的地方。"至少得平坦。"他无奈道。

"还是先去看看小屋吧。"莱昂摊开双手,"我就是说说,作为环球旅行者的一点小建议。小屋好歹有坚固的墙壁。暴风雪来的时候,你们就知道墙壁有多重要了。"

夏洛特脑中闪过狂风夹杂着雨雪把帐篷吹翻卷走的画面,尽管这大概率是杞人忧天,因为他们带来的帐篷是可以抵抗风暴的,但想一想还是让她毛骨悚然,于是她恳求地看向阿德里安。

阿德里安不置可否地点了点头,"好吧,我们过去看看,免得你们一直说个不停。"

他们在积雪和粗糙的岩石上跋涉。夏洛特想,这里都可以当外星电影的拍摄布景了:寸草不生,连地衣都没有,只有光秃秃的棕色巨石。

到了近处,小屋看上去并不比从远处看好多少:由已经风化的灰色木头搭成,有一个倾斜的屋顶,上面顶着一个锡制的烟囱;有一扇木板门,每堵墙上还有一个很小的窗户。这里太小了,原本只是为到这里执行任务的一两个人偶然留宿准备的。

"当然比不上住酒店。"众人站到屋前时,阿德里安说道。

"挺好的,还没塌。"安吉拉说道,她对坚固的墙壁很有好感。

"这样的小屋一般都很坚固,何况寒冷可以保存一切。"莱昂说道,"蛀虫和其他生物在这种条件下没法生存。欧内斯特·沙克尔顿和罗伯特·斯科特一百多年前在南极建造的小屋至今还在,依旧可以住人,甚至算得上舒适。"

安吉拉侧头看向他,"你怎么知道的? 你去过?"

莱昂点头,"我大概在……嗯,五年前左右做过一个麦克默多站的专题摄影，也就是美国在罗斯岛的科研中心。我在南极待了五个星期，简直冷死人！相比之下这里挺暖和。"

门上没有锁，只有一个简易的木制门闩。门闩穿过一个插槽，从内部也可以打开。"风肯定会从这里吹进去。"阿德里安一边说一边打开门。

进门之后是一个前厅，苏联时代在这里工作的气象学家们或许在这里放过他们的防护服和靴子。右边的门通向一间存放着一堆柴火和两袋煤的储藏室。"好吧，看起来还不错。"莱昂语气欢快地说。

左边的门后是一个狭小、简陋的厕所，闻不到任何味道。大概严寒冻住了所有排泄物。

安吉拉仔细观察了一下厕所的坑位，"看起来就是个撒了石灰的坑。"

大门正对着的那扇门通往起居室，房间中央放着一个笨重的铸铁炉子。以前的人一定是用它来做饭。

夏洛特原本以为，房间里应该有一股旧衣服、受潮的木头和陈旧的空气混合起来的霉味儿，但这里什么味道都没有。主要因为这里没有挂着的衣服。唯一的纺织品只有横在角落的两张床垫，而木头也都被冻干了。可以看出小屋的建造者花了很多心血，但还是无法完全阻挡强劲的寒风。也正是因此，房间里的空气流通得不错。

"看起来不错，"安吉拉说，"那两张床归我们女生了。"

阿德里安对这里的环境似乎也很满意，"我得承认，比想象中好得多。我以为这里到处都是食物残渣，老鼠在地板上来回乱窜。"他看了一眼挂在墙上的列宁画像，"我们去把设备搬进来吧。"

莫雷蹲在炉子前，拉开炉门，"真简陋，这个怎么用啊？"

"小心，"莱昂说，"在使用炉子之前，必须仔细检查烟囱管道。要是生锈了或者被什么东西堵住了，我们会被一氧化碳毒死。"

"还是把我们带来的炉子先支起来吧。"阿德里安说。他们有一个取暖用的炉子，通过液体燃料加热。"但这里总体依然不错，"他转了一圈，"就像之前的人刚刚离开不久一样。"

"还带走了无线电设备。"莱昂走到用螺丝固定在一面墙前的写字台边，戴着手套的手抚过几处划痕。"看起来之前放在这儿。"他指着墙上空着的卡圈，"这里应该是用来固定天线的。"

"他们一定有台发电机。"莫雷说着，看向天花板，灯座上还吊着一个反射着光线的灯泡，"是的，肯定没错。"

"肯定也一起带走了。"莱昂把手伸到桌面下方，那里有一个抽屉，"哦，看看这个。"他掏出一本厚实的旧笔记本。"我猜这是气象站的工作日志？"他从后往前翻阅，越过空白页，找到最后一个条目。"猜对了。1967年，第二十一次什么什么。"他把笔记本推向夏洛特，"你会俄语，你看看。"

夏洛特看着满篇的西里尔字母，叹了口气，"事实证明，我不是莫斯科人。"

莱昂不解地看着她，"什么意思？"

她看着他，心想，好吧，他肯定没法理解，毕竟她之前和副驾驶都是用俄语交谈的。"我会说俄语，但基本上看不懂，我没法理解另一套字母系统。"

不过，她倒是可以逐个字母拆解单词，然后拼读出来。她按这个方法研究了一下日志上的日期：一个O，一个K……好吧，这个简单。"Oktjabr，是十月。1967年10月21日。"

莱昂依旧困惑地看着她，"看不懂又是怎么学会的？"

"靠耳朵，听别人说的话然后重复。"夏洛特耸了耸肩，"我也不知道具体是怎么回事，每次我到一个新的国家，不知不觉就能听懂当地的语言。"

"哇，我也想要这样的本事。"

阿德里安走到夏洛特身边，从她手里接过日志，翻看起来。显然，这里记录了许多数字：温度、气压、风速和风向，等。他低声说道："这可是宝贝，即使我们看不懂文字，也可以阅读数字，之后肯定用得着。"他翻到一页，上面粘了一张泛黄的黑白照片，"你们看这个。"

所有人弯腰看向日志，照片上是这座小屋，雪埋到了窗户下。两个穿着厚皮夹克的男人在门前咧嘴笑着。

阿德里安指着照片上的日期问道："1962年。夏洛特，你能看出来是几月份吗？"

这个简单，唯一一个只有三个字母的月份，他自己都能猜得出来。"Maj。五月。"

"五月？"莫雷惊叹道，"五月能下这么大的雪？这可太吓人了！"

"看到没有？"阿德里安转向莱昂道，"全球变暖已经很严重了。欧洲的一个寒冬，或者一个多雨的夏季根本无法改变大趋势。"

"我可什么也没说。"莱昂说。

"行吧。"阿德里安仔细查看了一圈四周，接着说道，"床当然留给姑娘们。地上的空间够用吗？"他认真看了看可供他们使用的空间，"有点挤，但应该可以凑合一下。"

夏洛特突然想起她大学一年级那会儿住的宿舍，当时不得不和叫沃尔什的女生共用一个房间。巧的是，那个宿舍的布局和这里相差无几，包括床的摆放，还有她们老是争抢的写字台，都摆得差不多一样。不同的是，大一宿舍还有个橱柜，这里却只有一个架子，外加房间中央的炉子。总体来说还是非常凑巧。

好吧，反正只有三个月，很快就会过去的。

他们取来设备，分发睡袋，将以周为单位分装好的食物箱和燃料罐堆到储藏室里。这个房间没有取暖设备，可以保持低温。燃料是专门为极地开发的特殊液体燃料，零下70摄氏度才会结冰。这里的温度没那么低，夏季在零下10摄氏度到零下2摄氏度之间，七月份的气温甚至可能升到零上2摄氏度。夏洛特一边哆嗦一边想，到时候说不定能穿着短袖T恤出门。

一行人又去看了看那个简易的厕所。"还是不要用它吧,"阿德里安最后决定,"把我们带来的便携厕所放在这里。"他们带了用于南极考察的便携厕所,所有排泄物都会收集在特殊的塑料袋中,注入精确计量的化学制剂。袋子装满后,直接烧掉就可以了。

莫雷尝试点燃屋子中央的炉子,这是阿德里安吩咐的,主要因为他现在看起来疲惫不堪,脸色又开始发白,干不了重活。其次也因为他显然是一群人里的技术高手。莫雷郑重地接受了这项任务。

冷得像冰箱一样的房间和炉火噼啪作响的温暖房间可以说是天差地别。所有东西都归置好之后,夏洛特终于可以脱下厚重的羽绒服挂起来,穿着袜子走在温暖的房间里,简直比过圣诞还开心。

"我要累死了。"安吉拉说。

阿德里安看了一眼手表,"怪不得,现在都半夜两点了。"

太阳不会落山让人不太习惯。夏洛特也很疲倦,但以为只是因为旅途艰辛,又搬了很多行李。她感觉好像才刚刚傍晚,因为外面天还亮着,太阳在地平线上方徘徊,透过铺满天空的灰色云层,形成明亮的光斑。

他们打开标着"第一周"的箱子,热了一份炖牛肉汤,配着难啃的军用压缩干粮吃了起来。味道还不赖。

阿德里安和莱昂出去盛了一大盆雪,放在炉子上融化,准备明早洗漱和煮咖啡的水。条件有限,没办法经常洗澡,但能够刷牙、偶尔用湿毛巾擦拭身体也足够了。下一次淋浴定在9月底。

夏洛特太累了。她顾不上想这些事情，一爬进睡袋，立马就睡着了。

夏洛特是被自己牙齿打战发出的格格声惊醒的。她艰难地动了动，感觉自己就像超市冷冻柜里的一块牛肩肉。她用僵硬的手指摸索着拉开睡袋的拉链。睡袋周围不时有冰晶沙沙作响的声音，看来夜里已经结了一层霜。她眨了眨眼，环顾四周。其他人还在睡，有一个人在打呼，应该是莫雷。窗户上也结了一层冰花。

这一定是一场噩梦，一定是。她不可能在这么冷的地方撑到九月。她会得肺炎死掉，其他人只能把她冻干的尸体带回去。

她又往睡袋里钻得更深，拉上拉链，然后奇迹般地再次睡着了。下次醒来时，是有人在摇她，对她说："起床，咖啡很快就煮好了。"房间已经变得非常温暖，她看到安吉拉正一丝不挂地在房间里走来走去。

炉子已经生起来了，房间一角还挂了一副帘子，她们俩可以在后面洗漱。夏洛特仍然很冷，只草草洗了个脸。她做不到像安吉拉那么自在。

"我们不能一直生着炉子，"阿德里安在早餐桌上对众人说，"没那么多燃料。每天暖和那么一会儿就够了。"

"我的牙膏今天早上冻住了。"安吉拉说道，似乎觉得这事很有趣。

"我的隐形眼镜护理液也是。"莫雷接着说,他看起来就没那么高兴了,怪不得早上一直像鼹鼠一样眯着眼。

"你们得把这些东西放到睡袋里,"莱昂道,"比如我就把相机一直放在身边,为了保护电池。不然一夜过去就冻得没电了。"

夏洛特走了过来,一边听大家说话,一边捧着咖啡杯取暖。他们把一些文件铺在桌上,讨论着如何进行下一步。

安吉拉坚持要先去记录小屋周围区域的生物,莱昂问她理由时,她解释说:"这里的一切都被污染了,本土生物受到了人类活动的影响。但有一点我还是很感兴趣,当冰层消融时,在这样寒冷的气候中,大地上会出现新生命吗?第一批新生命应该是被海水冲上岸的藻类植物,然后是地衣之类。这个过程很有意思。"

阿德里安把日志放在腿上。他向夏洛特解释说,即使在计算机无处不在的今天,研究人员还是更喜欢手写日志。他和莫雷正在研究这座岛的全景卫星图像,讨论绘制冰川图。阿德里安说,运气好的话,他们可能会在夏季目睹一场冰川滑坡。说到这个,他的眼睛都在发亮。

夏洛特对他的想法没多大兴趣,但她告诉自己,理解得没错的话,就算冰川滑坡也不会砸到小屋。岛上两座山中较高的山脊能很好地保护这里。如果发生滑坡,要么朝着西北偏北方向直接落到两个魔鬼犄角之间的海湾,要么就朝着东南偏南方向落去岛的另一端。

她从那堆卫星图像里抽出一幅。这些图像都是由配备雷达的卫星绘制的,显示出冰层下方的岩石地貌。她发现,在小岛中心附近,距离小屋直线距离大概四千米左右的地方有一个很小的黑点。她指着那个黑点,问有没有人知道那是什么。

阿德里安瞥了一眼,"这是雷达图像,所以有可能是一处铁矿。"

夏洛特又拿起另一张,看了看上面的标注的日期,是在前一张图的五年之后拍摄的。她把两张图并排放着,问道:"铁矿会自己移动吗?"

大家都看过来。一对比就会发现,黑点和五年前的位置不一样了。

莫雷不屑地挥了挥手,"这样的话,那肯定是陨石,所以这个点才那么小。通常来说铁矿不长这样。那东西被封在冰里了,所以会随着冰川移动。"

"陨石?"莱昂竖起了耳朵,"这就有意思了。这样的东西会被封在冰层里吗?我根本想象不到。陨石经过大气层,撞击到冰面,肯定会发热、发出红光,照理应该把冰川融化了才对,不是吗?"

莫雷似乎不理解这个话题哪里有意思,"没错,它会撞到冰面,形成一个深坑,然后下沉。具体有多深取决于陨石和冰的比热容数,毕竟水能吸收大量的热。但是,哪怕冰川被融穿,陨石落到最底部,它仍然会随着冰川迁移而移动。"

"能不能过去看看?"夏洛特问。莱昂点头表示赞同,他似乎也很感兴趣。

"看什么?"阿德里安困惑地看着她,"我们谁也不研究陨石,况且,它已经沉到冰层深处了,估计什么也看不到。"

莱昂咧嘴笑着说:"那样的话,能拍出来很棒的照片:探寻永冻冰层中陨石的科研探险队。人们就爱看这种。"

阿德里安皱起鼻子,"那是好莱坞的工作,有他们拍电影就够了。"他转头看着那幅全景卫星图,用笔敲了敲,"好了,回到正题:首先要安置测量仪器,组装好充气船。如果不刮大风的话,就沿着海岸线检查一遍。生物痕迹、冰川状况,这些才是我们要研究的对象。"

所有人立刻投入工作。他们找到一个苏联气象学家留下的小棚子,用来放置测量风速、温度、降水等的气象仪器。莫雷将他们带来的发电机安装在小屋的储藏室里,又给小棚子接上电路,这样就能用灯泡和插座了。与阿德里安不同的是,他一刻也离不开笔记本电脑。他对夏洛特解释说:"这东西我也放在睡袋里,"夏洛特当时正在打扫卫生,因为没其他人做,"人们常说,极客连睡觉都要和电脑一起,看来我是个合格的极客。"

夏洛特微微一笑,"只要插座好用就行。"

"完全没问题。"莫雷说,"苏联插座和现在的欧标插座差不多,我带了转换插头。"

天气没有如他们所愿。狂风抽打着海浪,浪花冰冷刺骨,北方的天空布满浅灰色的乌云。"还是不要用充气船了,"莱昂说,"天气不太妙。"

阿德里安点点头,"气压下降了很多,还是等天气好了再来吧。"他叹了口气,"我们昨天就该行动的。"

于是当天的计划改了:莱昂出去拍照,两位气象学家爬到山脊检查冰盖,安吉拉去鉴定南部沿岸的植被。夏洛特主动提出给她打下手。

每走几步,安吉拉就会蹲下看看地上的东西。当她兴奋欢呼时,夏洛特就得把一个保鲜袋递给她,用来装夹在灰褐色岩石里的植物碎屑或是黏糊糊的藻类。一路上,她给夏洛特讲解了极地地区的动植物群、极地荒漠的地貌。夏洛特还了解到地衣不是植物而是菌类,大约有两万五千种,安吉拉似乎全都认识。

她们沿海岸小心走着。室外天寒地冻,她们在时而凹凸不平、时而光溜溜的岩石上走得很艰难,还得频繁蹲下,打开标本箱。戴着手套是捻不开保鲜袋的,夏洛特感觉手指快冻僵了,而这才零下10摄氏度呢。

"是因为风。"安吉拉说,"阿德里安跟我讲过,风会更快带走身上的温暖,所以零下10摄氏度让人感觉像零下20摄氏度,这个现象叫作'风寒'。"

这解答了夏洛特的疑问,但并没有让她更暖和。当安吉拉请夏洛特帮忙把采集到的样本放回小屋储藏室里时,夏洛特高兴极了。

虽然小屋里现在也不暖和,但至少没有大风,相比之下还是舒服得多。夏洛特短时间内不想再出门,于是待在屋里,翻看以前的日志,费力辨识出一些用俄语写成的文字。

"发电机坏了,我们用备用电池发无线电求助。"这是1963年10月2日的日志。一周之后的一篇又写道:"成功修好了发电机,总算有灯可以看书了!"在这之前,这位不知名的记录者是怎么写字的呢?十月份应该是极夜了吧?夏洛特随手翻了几页,读了另一段文字:"1966年5月9日。开始阅读肖洛霍夫的《静静的顿河》,不愧是诺贝尔奖得主。"

夏洛特翻回到第一页,从内容来看应该不是正式科研日志,尽管每天都会记录几个测量值,但文字更像是一本日记。气象学家写日记,实时天气数据当然会写进去。

也许这本日志值得她通读一遍。当然,可以慢慢读,反正时间多的是。

检查完冰川回来时,莫雷已经变成浑身洁白的雪人,筋疲力尽。他没吃饭,连作业服都没脱就钻进睡袋睡着了。第二天醒来,他抱怨头痛、喉咙痛、肌肉酸痛,还说自己搞砸了,是个彻头彻尾的白痴。大家让他再睡一会儿。快到中午的时候,他精神恢复了。

第二次出门回来的时候,他依旧筋疲力尽,不过没再说丧气话。"抱怨不能一次都说完,我得分配好节奏,可持续发展。"他这样解释道。

随后的几天里,风渐渐停了,海面也平静下来。两位气象学家一致认为这样的天气会持续一段时间,可以乘船出海。于是三个男人打开充气船的包装,用电动泵充好气,推到海岸边。

莱昂是几人当中唯一驾驶过这种船的,负责装好舷外机。莫雷把要用的装备放上了船。阿德里安问夏洛特要不要代替他的位置,因为这艘船最多只能坐三个人,而他之后有的是机会出海。

想到与北冰洋的海水之间只隔了一块薄塑料,夏洛特就哆嗦。如果出了事,就算系好安全带、穿好救生衣也救不了她,到时候怎么办?"不用了,"她果断地说,"谢谢你的好意,我就不去了。"

于是三个男人出发了,坐着小船消失在北边被冰雪覆盖的悬崖后面,两小时后才回来。莫雷尽管晕船,但还是很高兴。"很不寻常的层系构造,"他脸色发青却一脸兴奋地说,"是某种冰帽,被类似冰斗的岩石结构固定住了。也就是说,只有等到温度整体升高,才会产生基底滑动。我们必须勘察悬崖!"

"换句话说,"阿德里安替他向其他人解释道,"如果温度长时间超过一定数值,冰帽可能会整个脱落。"他兴奋地哼了一声,"那可太壮观了!"

莱昂的想法比较务实,"等他俩把船开到冰川面前,我要从陆地上给他们拍些照片。各种冷色——白色、蓝色、灰色——加上明亮的红色小艇,看起来一定很棒。"

随后几天,安吉拉也加入了他们,去一些步行难以抵达的地方采集植物样本。回来之后,莱昂说:"这个女人什么都不怕。"听不出他到底是钦佩她,还是被她吓坏了。

每天晚上,他们必须给小船彻底放气,这比使用安全阀充气复杂得多。放完气后,还要折叠起来放回储藏室,不然哪怕是一场不大的暴风雪也会把它吹飞。

一行人渐渐开始规律作息,这些事也变成了每日例行公事。尽管外面的天一直亮着,他们还是努力维持着正常生物钟。一周之后他们才突然意识到,上次调整手表是在圣彼得堡,与萨拉德科夫的时区完全不同。萨拉德科夫不是莫斯科时间,而是再往东三个时区。不过没必要再调整生物钟了,反正对他们来说也没什么区别。

他们甚至渐渐习惯了寒冷。看到自己的呼吸在冷空气中变成白色的一团,他们会为流失的热量而惋惜,进而坚信吃得越多越好。每次触碰到一些温暖的东西,哪怕只是保温杯里的一杯咖啡,他们也会欣喜若狂。睡觉的时候,夏洛特会套上两件运动服、三双袜子、一顶帽子。尽管所有人都保证她不会挨冻,因为她的睡袋是极地专用的,零下20摄氏度也能保暖,但她不听,睡个好觉比什么道理都重要。

夏洛特自己都没想到的是,她越来越喜欢萨拉德科夫了。原因恰恰是它的荒凉和贫瘠,毫无人类痕迹。这里没有延续几个世纪的风俗习惯,没有养尊处优的上流阶级。一切都很真实、直接、残酷。寒冷摧毁了一切虚伪的社交,狂风吹走了人们脸上的面具,日常生活被压缩到只剩最基本的需求,让她体会到了什么叫返璞归真。

夏洛特感觉这是她有生以来第一次看见现实。这可太荒诞了!在条件恶劣到仿佛对所有生物都充满敌意的北极圈里,这些人第一次意识到怎样才是真正地活着。

她也终于开始自己的专业研究。她翻出带过来的挖掘工具、锤子、刷子和铁锹,还有她自己的挖掘日志,着手在这座岛上寻找早期人类居住的痕迹。莱昂想跟她一起,给她拍些照片,并且好奇她是如何想到在这里来考古的。"世界上被人类遗忘的荒凉地区,这个岛肯定算一个,是吧?"

于是,她跟他科普了前多尔塞特文化。比如,今天的因纽特人或爱斯基摩人的祖先最晚是在公元前三千年左右穿越白令海峡,经阿拉斯加到达格陵兰岛——那时候还没有船,没有雪橇犬,没有稳定的住所,人们只能在冬天的冰面上行走。现代科学家曾经发现一簇四千年前的头发,对它进行了遗传学研究。结果证明这些早期因纽特人与西伯利亚东部、阿留申群岛上的古人类有关,但与更早迁徙到美洲的印第安人没有任何关系。

"不过,从那之后,再没有发现过其他线索。"夏洛特说道。他们并排走在黑褐色的岩石上,她的眼睛一刻不停地搜寻着地面。"唯一可以确定的是,这些早期人类的祖先一定来自非洲。我想不通的是,地球那么大,他们为什么要迁徙到这样荒凉寒冷的地方?"

莱昂也被问住了,"是啊,真奇怪。我从来没往这上面想过。"

"人们估计,一万年前的最后一个冰川期结束时,地球上生活着五百万到一千万人。差不多相当于纽约市的人口,不过散布在世界各地。所以理论上他们有足够大的生存空间。"

莱昂摇了摇头,"我不知道。不过我之前常与游牧民族一起生活,在蒙古、非洲这样的地方。比起农业或工业社会,他们需要更多的土地,对我们来说很难理解。一名驱赶羊群穿越纳米比亚北部的辛巴族人,要是每周遇上的其他牧羊人多于一个,就会感到胸闷气短。这可是库内内①,仔细算下来,人均土地面积大约是两平方千米。"

"好吧。但要是把一千万人分布在整个地球上,每个人可以分到差不多十五平方千米的陆地。"夏洛特停了下来,看着周围毫无生机、一望无垠的荒原,"我还是不明白为什么会有人在这样的地方定居。"

"说不定你在这里根本找不到早期人类生活的线索。"

"或许吧。但在环境跟这里没太大区别的西伯利亚东部,依旧发现了人类群居的遗迹。"她摇了摇头,"我们现在的历史体系不太对劲,但我说不清楚到底哪里不对劲。"

莱昂很英俊,浓密而狂野的灰金色头发打着卷从兜帽下探出

---

① 纳米比亚的一个区。

来,长着一张饱经风霜的脸。夏洛特想象着和这样一个去过很多地方、做过很多有趣的事的人在一起会如何。可以肯定的是,在这样的关系里,她会拥有足够的自由空间,也许还会经历一些别人很难经历到的事……她确实喜欢他这张脸,和安吉拉一样。只不过她永远不会那么坦率地说出来。

不过除了早上赤裸着从他面前走过去,安吉拉还没有采取进一步行动。或者,可能这就是她的"行动"了。

莱昂也在若有所思地看着她,"所以你真的就是为了这个才来这儿的?想在这里找找长矛或石斧?在这个离北极点不到一千千米、面积不足三十平方千米的小破岛上?"他摇了摇头,"我真不敢相信。"

"随你,"夏洛特简洁地回答,继续往前走,"你不信也无所谓。"

但他说对了,她在这里什么也找不到。阿德里安把西伯利亚东部的发现告诉她,就是为了忽悠她过来。她心里清楚,他其实只是想要一名翻译。

但理由不重要,反正都是借口。她之所以来,是因为米哈伊尔·安德烈耶维奇·叶戈洛夫告诉她,萨拉德科夫岛的冰层里有个黑乎乎的东西,所以才叫"魔鬼岛"。

接下来一段日子,天气恶劣。雨夹雪,天空几乎完全变黑了。狂风把岛上的积雪吹起来,透过窗户只能看到白茫茫的一片。一阵阵的风敲打着小屋,仿佛外面有辆挖掘机在拆房子。雪从门闩狭窄的缝隙飞进来,在地上积了厚厚一堆。

这段日子他们都待在小屋里,庆幸当初没有搭帐篷露营。只有阿德里安不时出门去检查仪器参数。每回从几米外的棚子里回来,他看上去都像个雪人。但这种天气似乎让他更有精神了。

还好他们不久前刚刚清理过烟囱,以便使用储藏室里苏联时期库存的木材和煤炭,用不着浪费自己带来的燃料。

他们利用这段被迫休息的时间来整理各自的收获:安吉拉坐在显微镜旁,尝试辨认她带回来的那些样本;阿德里安和莫雷讨论气象学理论,夏洛特一个词都听不懂;莱昂在相机的显示屏上浏览先前拍摄的照片,将它们转到备用的存储卡上,还写出了第一版报道稿件。

夏洛特不想让别人看出她没事干。过去几周的跋涉只不过是为了厘清自己的想法。对她而言,这次探险越来越像一场禅修之旅。她在挖掘日志上草草写了些东西,但仅仅只是她的一些见解,并非挖掘记录。即便这样,后来也没东西可写了。

暴风雪还在继续,于是他们开始打牌消磨时间。莱昂知道很多冷门玩法,并教给了其他人。唯独莫雷不愿意参加。他找出旧的气象站工作日志,打算将其中的天气数据录入笔记本电脑。"这可都是宝贵的对比材料啊!"他说。

夏洛特不时看向莫雷。他坐在那张简陋的桌子前,仔细翻阅着笔记本，一页一页核对着自己记录的每一个数字，完全沉浸在工作中。看着他，她突然心生内疚。因为这一幕提醒了她，她原本下定决心要把气象站的日志通读一遍，破译那些俄语。然而她一拖再拖，哪怕除此之外没有别的事情可做。

"你说，那块陨石会不会是1966年才落下来的？"大家正在玩一个名叫"最后一次机会"的游戏，一旁的莫雷突然说道。

阿德里安正在研究他的牌，有些茫然地抬起头来，"你说什么？"

"这个。"莫雷把那本破旧的日志递给他们。翻开的那一页中间有一幅有些粗糙的草图，画着小岛的轮廓，上面打了一个叉，从打叉的位置又画出两条线向下延伸。"看起来就是这么回事，不是吗？"他又看了看那幅图，"可惜画得太不精确了。要是能根据这个来确定这颗陨石在同一个地方待了四十五年，是最近五年才开始移动的，那就太好了。"

阿德里安把纸牌放到一边，"夏洛特应该可以翻译图旁边的文字。"

莫雷又把日志递给夏洛特。她接过去，所有人的目光都落在她身上，让她很不自在。之前她怎么没看到这幅图呢？日志的纸张已经很旧了，满是灰尘的味道。

"1966年6月13日，星期一，"她有些迟疑地读道，"气温零下2.8摄氏度，强东北风持续了几天，风速达到70到90千米每小时。天空晴朗，没有降水。气压恒定在——"

"这些我都知道了，"莫雷不耐烦道，"有数字的地方很容易猜。"

"好吧。"夏洛特继续向下看去，"下午突然出现一阵响声。是一架喷气式飞机，飞得非常低，似乎想在岛上降落。"

她停了下来，深吸了一口气，这是不是……?

"下一段。"她接着说道。字迹变得潦草起来，像是匆忙写下的，"有人来岛上了。由于发动机故障，彼得·叶戈洛夫中尉不得不在冰层上紧急降落。他吓坏了，说有魔鬼的手指从冰层下面伸出来抓他的飞机。又是这种鬼故事！我们人类何时才能理性起来？不过可以理解，他被吓坏了。他走运碰上了逆风，不然会在海里坠机。当我们发现他时，他连防护服都没有，在附近到处乱走。我们给了他食物和伏特加，让他上床睡觉，他发热了。帕维尔尝试与当局联系，但无线电罕见地受到了强烈的干扰。我不知道消息到底能不能发出去。"

"所以图上那个叉就是飞机的着陆点，"莫雷说，"那两条线表示滑行的方向。"听起来他很失望。

"然后怎么样了?"莱昂问。

"1966年6月14日，星期二，"夏洛特继续念道，"温度……好吧，这部分跳过。与前一天基本相同，只是风有所减弱。"她默默拼读接下来几个词，明白意思之后翻译出来，"叶戈洛夫中尉的状况好了一些，但是他还在发热。他请求我们去一趟飞机驾驶舱，带一些东西给他，如果没理解错的话，是一个存放着重要文件的文件夹。天气情况稳定,我们决定在午餐后过去。"

接下来的一段,夏洛特反复读了好几遍。她犹豫了,她肯定是理解错了吧? 不然不可能……

"接下来呢?"阿德里安问,"真是越来越有意思了。"

夏洛特清了清嗓子,"我不确定……嗯,这里有一条横线,后面写的是:我们回来了。无法解释发生的事,飞机不见了。"

2

莱昂轻声吹了个口哨,把纸牌放到一边,"也就是说,卫星图像上的黑点根本不是陨石,而是飞机,它沉到冰川里去了。"他突然两眼发光。

阿德里安不太赞同摄影师的话,"这可不好说,我从来没听说飞机会沉到冰川里去。"

一时间,空气中弥漫着一种奇怪的紧张气氛,仿佛寻宝者偶然找到了标着藏宝位置的旧羊皮纸地图一样。

莫雷抬起手晃了晃,好引起众人的注意,"我想说一种课本上找不到的现象。有一次我和一位冰川学家聊天……好吧,是在一起喝酒,喝完最后一瓶啤酒之前,他就已经醉醺醺的了。他告诉我的传闻倒是符合这个情景,有点类似流沙效应,不过是在冰层中。这是一个由来已久的传说,也可以用来解释一些神秘现象,比如失踪的极地探险家,等,不过目前为止还没有被证实。"

"我不相信这样的故事。"阿德里安说,"再这么下去就要扯到尼斯湖水怪和雪人了。"

莫雷点点头。"你当然可以不信。但是想想'疯狗浪'①,水手谈论了几个世纪,没有科学家相信他们。直到几年前,他们真的在卫星图像上发现了那玩意儿。"说到这里,他的眼里闪烁着寻找宝藏一般的兴奋光芒,"要是这件事是真的……如果冰川里确实有一架沉进去的飞机……那可就中了冰川学的大乐透了。"

"肯定会引起轰动。"莱昂支持莫雷的想法。

阿德里安怀疑地看了看二人,然后朝夏洛特点点头,"继续读,上面还写了什么?"

夏洛特再次低头看向日志上潦草的西里尔字母,想集中注意力,却发现很难,"叶戈洛夫中尉仍然发着高烧。我们告诉他,他的飞机不见了。他跟我们讲述了蜘蛛腿袭击他的荒诞故事,还说肯定是蜘蛛将飞机带走了。"

发热。没错,夏洛特也一度感觉自己是烧糊涂了。

"接下来一天。"她粗略地读了一下天气数据,"相对无风,晴朗,零下11摄氏度。终于和总部取得了联系。接到指示,要寻找有关飞机下落的线索。帕维尔和我今天下午又爬上了冰川。不幸的是,最后一卷照片损坏了。"她清了清嗓子,"横线,下面接着写道:很难说飞机会降落在哪里。一架喷气式飞机在光滑的冰面着陆需要很长

---

①指平静的海面上突然出现的大浪。

的滑行距离,叶戈洛夫中尉实际的着陆点可能比他说的还要更往北。也就是说,飞机已经坠毁在海湾里。帕夫洛夫把我们的报告发了出去。收到消息,海军舰艇已经上路,很快会来接走中尉以及调查此事。"

她翻到下一页。"第二天,下雪,微风。中尉咳嗽得很厉害,帕夫洛夫认为他得了肺炎。可用的药品已经所剩无几,希望船能快点来。"她跳过了没什么实质内容的两天,"6月20日,多云,零下14摄氏度,小雪。'SOKOL'号到港了。30人划着小船过来,带走了中尉。医生似乎很担心他的情况,分别询问了帕维尔和我。一架直升机把士兵们带去高地搜查。没有飞机的踪迹,海里也没有。"字迹变得更加潦草,仿佛是作者偷偷写下的,"6月21日,一个军官直接问我们是不是帝国主义走狗。他怎么能这样指控我们!但看来他们也找不到原因来解释那架图波列夫截击机的失踪。一个士兵告诉我,叶戈洛夫中尉涉嫌间谍活动,正在接受调查。"

安吉拉摇了摇头,"我不明白。既然我们能通过雷达在空中看到那架飞机,那些人当时应该也能找到它才对啊。"

"不,不是这样的。"莫雷说,这个问题似乎让他觉得好笑,"要有干涉合成孔径雷达才行。这个技术是二十世纪九十年代才开发出来的。"

夏洛特有些狐疑地往前翻了一页,接着又翻回去,以确保这中间没有被撕掉的纸页。"这个人大概有一周没有再写日志。"她确认道,"6月29日,他又开始写了:岛上再次只剩下了我们。我们受到了批评,因为我们好几次没有准时报告天气数据。对我来说,这似乎是一个噩梦。一架飞机怎么会就那么消失了?"

莱昂几乎有些坐不住了,"但我们知道它在哪里!"他指着莫雷身旁装着那叠卫星图像的文件夹,"再让我看看。如果真的是飞机,它在冰里肯定没有陨石沉得那么深,那就有可能找到它。"

"找它干什么? 把它挖出来?"阿德里安问。

"把尾翼挖出来就够了,最好上面还印着苏联的红星标志。"

夏洛特合上了日志,"我们直接过去看看吧。"她抬起头,朝窗外望去,仍然能看见一阵阵夹杂着冰雪的白色狂风,"等天气好转之后。"

莫雷从文件夹中取出一张卫星图像,"没问题。"他指着图像上的坐标网格,"只要按照GPS数据,在黑点周围十米范围内钻探——砰!"

"你确定?"阿德里安说,"都过去半个世纪了,上面形成的冰盖厚度肯定超过五米。"他们手头的钻机仅够五米的深度。

莫雷狡黠地微笑着,"很可能已经形成了超过五米的冰盖。但在过去十年里,很多冰都消失了——很多。很可能我们走过去时,发现飞机已经露出地面一半了。"

"这个啊。"阿德里安听起来没什么兴趣,"我看是浪费时间。"

"那不如这样想,"莱昂插嘴道,"我会用相机记录下一切:气候研究人员的探险队发现了失踪的苏联喷气式飞机。这是个不错的题材,能拍出不少很棒的照片——研究人员身着五颜六色的衣服站在永冻冰层上。人们喜欢在报纸上看到这样的新闻,甚至能上头版。"

"永冻冰层?"莫雷嘟囔着,"这里的冰可不是永冻的。"

"你们都会出名的。"莱昂继续说,没有在意莫雷的话,"想象一下,你下次为一个项目申请经费,是普通的气象学家阿德里安·卡扎尔博士更有说服力,还是'著名'气象学家阿德里安·卡扎尔博士呢?"

莫雷哈哈大笑,"嘿!说得太对了!"

阿德里安怀疑地看了一眼莱昂,"而且你还能从中赚到不少钱,是不是?"

莱昂耸了耸肩,"如果我是你,我就不会瞎操心别的事。"

又一阵强风吹来,小屋再次剧烈摇晃。风钻进门闩的缝隙,发出可怕的呼啸声。

"好吧,我同意。"阿德里安终于妥协了,"等天气转好吧。"

两天后,暴风雪戛然而止。从他们上岛以来,厚厚的云层第一次散开,露出了蓝天。

"太好了。"莫雷说。众人开始整理装备。

"真是适合拍照的好天气,要去的话就现在吧。"

只有安吉拉在犹豫，"除了碍事，我什么都干不了。"

"你听到他之前说的话了，"阿德里安朝着莱昂所在的方向点了点头，"你是想当普通的生物学家安吉拉·麦克米伦，还是'著名的'生物学家安吉拉·麦克米伦？"

"靠找到一架喷气飞机出名吗？我还是更想通过发现一种未知植物出名。"

莱昂第四次还是第五次检查了他的相机，插话道："那你现在告诉我，上一次有人因为发现植物而出名是什么时候？"

安吉拉答不上来，"就算这样，我去了又能干什么呢？攀登冰山跟散步可是两码事，那里全是陡峭又光滑的冰层……我留在这里，准备一桌热饭等你们回来不是更好吗？"

"我还是希望你能跟我们一起去，"摄影师还想说服她，"哪怕是出于视觉上的考虑。仅由三个人组成的探险队看上去太寒酸了，而且，你那件鲜绿色派克大衣能给画面增色不少。"

这么说安吉拉就能理解了，简单直接。"好吧，"她说，"那我跟着去。"

夏洛特检查了她的装备。直线距离只有四千米，听起来不远，实际上要花一整天。最主要的挑战是攀登冰山。莫雷说，他第一次差点儿没命。所以他们带上了装满热茶的保温杯、坚果和水果能量棒，当然还有科考设备：带钻杆的探针钻、样品容器、各种钩子、铁锹、标记漆、无线电浮，等。

除此之外，莫雷还坚持让他们都带上救生衣。

"带救生衣干吗?"夏洛特抗议道。

"因为说不准到时候会出现什么样的冰川现象。"

"我的背包已经够沉的了。"

"救生衣又不重，只是有点占地方。"这些救生衣是由坚硬的人造塑料泡沫制成的，设计上完全没考虑到女性的身体构造。其实还有更先进的救生衣，遇水后才会自行膨胀，不用时只是厚厚的一卷，像一根大香肠，但超出了阿德里安的预算。

"莫雷说得对。"阿德里安说，"飞机能沉下去的地方，人也有可能沉下去。"

夏洛特不情愿地摇了摇头，"可是都过去半个世纪了。"

"是没错，"阿德里安背上背包，接着说，"但那个时候的极地冰川要比如今坚固得多。"

最后大家各退一步，把救生衣绑在背包上出发，等爬上冰川后再穿上。

他们沿着山脚走了好长一段路，绕过岛屿南端的小山，又向东朝着冰川走去。他们在白雪覆盖的崎岖岩石之间找到一条陡峭的小路，陡得仿佛是为滑雪准备的。

不到十分钟，夏洛特就浑身是汗。

走在这里，每一秒都必须高度集中精神，稍微迈错一步就会滑下去，之前的艰难跋涉就白费了。夏洛特根本不敢想滑下去会受多严重的伤。很快,队伍里只剩下粗重的喘息和冰爪抓在白茫茫的山体上发出的咔咔声。上方高耸的悬崖上,积雪不时被风吹散,落到他们身上,像一团团闪闪发光的薄雾。有时,脚下的冰会随着他们的脚吱嘎作响,让人感觉仿佛走在宝石上。

他们走过一些散发着蓝色幽光、深不可测的裂缝。两侧的岩石看起来就像静止不动的雪崩。雪、雨、冰、风在这里创造了无数奇异的雕塑,在阳光下像钻石一样闪闪发光。眼前的一切让他们感觉仿佛跋涉在人类未曾涉足的化外之境。

路程过半,他们第一次停下来休息。"这是我们能找到的最轻松的攀爬路线了。"阿德里安气喘吁吁道。之前和他一起探过路的莫雷,此时已经没法开口说话。他脸色发青,呼吸急促,只顾着坐在地上喘着气,像一条搁浅的鱼。

唯一一个没喘气的人是莱昂·范·霍恩。一路上,他有时匆匆地走到前面,以便从上面俯拍探险队;有时跑回下面仰拍;之后再次毫不费力地追上众人,只为了拍下他们气喘吁吁的侧面特写。

"太棒了!"他似乎根本不知疲倦,"你们做得很好!"

"告诉我,"过了几分钟,夏洛特喘匀了气,向莱昂问道,"像你这样的人,会单纯因为喜欢一个地方而去旅行吗?不考虑如何拍摄照片,或者把照片卖给谁这种事。"

"不会,"莱昂干巴巴地说道,夏洛特发问的时候,他已经把镜头对准了她,"这就是这份工作的代价。要么接受,要么就留在家里,这是我当年的导师告诉我的。"

"行吧,这样挺好。"说到这里,夏洛特突然想到了弘司,还有他曾经告诉她的关于谋生的话:大多数工作都会扭曲人们原本的生活,而他想让人们摆脱这一切。

她似乎第一次有些理解弘司了。

不过她现在不想去想弘司,现在不是时候。冰雪和冷风已经把她的脸冻僵了,太阳就那么半死不活地悬在地平线上,她浑身的肌肉都在酸痛,肺也快冒烟了,何况一会儿还得接着走。"来吧,"她催促道,"接着走。"

并非所有的东西都是冰封静止的。在到达高原之前,他们路过了冰雪融化形成的涓涓水流,从冰川断裂处蜿蜒成细细的银线,最后又消失在裂缝中。

"是了,"莫雷喘着气说道,"果然在消融,这可不太妙,很不妙。"

一行人终于爬到冰川顶部,站在一片看着不太真实的、冰冷寂静的广袤白色平原边缘。在这里,人类存在的唯一证明只剩下风塔的残骸,耸立在他们左侧的山脉最高峰上,只余几根被冰雪覆盖、几乎无法辨认的钢管。苏联的测风仪器曾在那里检测过极地风暴。

他们喝了半天热茶,肺部疼痛感渐渐减轻。莱昂仍旧还在几人周围来回跑动,从各个角度用相机对准他们的脸。

"好了。"莫雷说着,从外套里掏出挂在脖子上的GPS装置。他预先设定好了目的地,接下来只需要朝着标定的位置前进就行了。

"剩下的事情就是散步。"

他这话说得太早了。覆盖着岛屿的冰盖中心高，四周低。所以前进时必须不断走上坡路。尽管幅度不大，但连续爬坡也消耗了许多力气。

夏洛特放慢脚步来到安吉拉身边，安吉拉正机械地蹒跚而行。"告诉我，"在确定三个男人听不见之后，她问道，"你和莱昂……有进展吗？"

"我和莱昂？"

"嗯，在阿姆斯特丹的时候你就说过，你挺喜欢他的。"夏洛特没有看安吉拉，而是盯着自己呼出的白气，"在赫尔辛基，你说你得先闻闻他的味道……"

安吉拉笑了，"我早就不闻他了。送给你吧，我之前就看出来你喜欢他。"

对话很幼稚，就像小女孩一样，甚至有点卑鄙。但沉迷于她和莱昂可能发生点儿什么的幻想可以让这段旅程甜蜜起来，她根本控制不住自己。

所以当莱昂的相机再次对准她时，夏洛特笑了，乌黑发亮的眼睛透过镜头挑逗着他。她能看到镜头另一侧的欲言又止，大概想知道她这是什么意思。她的意思可太多了！

她想，也许应该找借口和莱昂来一次横跨冰川的探险，两个人加一顶帐篷。睡袋可以连在一起吗？她见过有些款式的睡袋，拉开两侧拉链就能和另一个连在一起，拼出一个大睡袋。不知道他们带来的睡袋是不是这种。

这里空旷无垠，让人感叹自然的壮美。在这片荒芜、一成不变的土地上，似乎连时间都被冰封了。这就是自然的力量，能让人回到最原始的状态。和一个男人独处，一个她喜欢的男人，那经历一定很棒。

夏洛特看着摄影师，他动作很敏捷，几步就找到了最佳的拍摄角度。他操作相机的姿势也很优雅。莱昂朝她笑了，似乎听到了她的心声，似乎也喜欢他们之间的暧昧气氛。

她的心跳愈发加快，绝不仅仅是因为一直在爬坡。

今天阳光灿烂，好在她涂了防晒霜，可惜没有让莱昂帮她涂。下一次，也许还有机会……

这些小女孩心思很幼稚，甚至有点卑鄙，但她很享受这一切。

面前的地面上有些东西在闪闪发光，打断了她的思路。夏洛特停下脚步，弯下腰来。这回既不是表面光滑、被冻住结冰的气泡，也不是风霜形成的奇怪雪雕，而是个金属玩意儿。很普通，是一种镀铬的钩子，可能是门把手之类的。但这里为什么会出现这样的东西？

说不定它来自失踪的喷气飞机？她伸手想捡起来，莱昂叫住了她，"夏洛特！"

她站起身，看见他使劲朝她挥手，"快过来！我们在这儿呢！"

她已经落后了。其他人都站在莫雷周围,莫雷正拿着GPS指着地面,看来他们已经到了目的地。

"过来!"莱昂又喊道,"我想拍到所有人!"

她快步走过去,差点儿跑起来。众人已经摆好姿势,跑到他们身边时,她因为气喘咳嗽起来。要是别人看到这个架势,估计会以为他们发现了北极点。夏洛特加入他们,摘下了兜帽,散开头发,尽管很冷,但她知道这样在镜头里才好看。

她忘了跟其他人说刚才她发现的那个金属制品。

"肯定就在这附近。"莫雷又说了一遍,手里握着GPS向旁边走了一步,又走了一步,想找出显示目的地距离为零的地点。

阿德里安已经在准备试探性钻探。他让所有人放下背包,穿上救生衣,然后拿出冰钻的各个零件开始组装。

"这画面太好了。"莱昂兴奋地叫道,"正在工作的研究人员,太棒了!"他不停地拍着,相机嗡嗡作响。在阳光的照耀下,无尽的冰面闪闪发亮,衬得天空愈发蓝了。

"这么做没有意义。"夏洛特系好又硬又难受的救生衣,嘟囔道,"这里的地面跟混凝土一样硬。"

"谁知道钻下去之后会发生什么呢。"

"能发生什么?这都过去四十多年了。"

"谁都不知道。"他坚持道。

"然后呢？如果我们中有谁掉进水里了怎么办？溺水倒不至于，不过肯定会冻死。"

阿德里安显然不想考虑这些，只说了一句"安全第一"，就又研究他的钻杆去了。

莱昂像狩猎的豹子一样在众人周围徘徊，不停地拍照，只不过这只豹子穿了一件鲜红的外套。"女士们！"他喊道，"或许你们可以……"他举起相机，后半截话听不清楚了。

"什么？"安吉拉朝他喊道，"说清楚点！"

"你们俩能不能做点什么，摆出一起工作的样子！"莱昂挥了挥手，"现在这么看会让人觉得，所有活都是阿德里安在做，你们只是站在一边。"

夏洛特和安吉拉对视了一眼，安吉拉笑出了声，"本来就是他在做啊。"

"等一会儿！马上就不是了！"阿德里安喊道，他转向夏洛特，"我和莫雷开始打第一个洞时，你可以准备样品盒。"他又看向安吉拉，"而你可以，嗯，找地方举起一根标记杆，就像在指引我们一样。"他指着大约五米外的一个点，"比如那里。"

于是莱昂站在一旁等着。即便隔着一段距离，大家也能感觉到他的不耐烦。

"这么钻孔不会损坏飞机吗？"夏洛特问，"如果它真的在这下面的话。"

阿德里安摇了摇头,"这是冰钻,钻不开金属。"

"嘿,朋友们!太阳随时可能被云挡住!"莱昂再次喊道,"我的要求并不高,对吧?做点什么就行,只要不是干站着。"

"知道了,知道了!"阿德里安环顾四周,冲着还拿着GPS设备溜达的莫雷问:"你那儿怎么样了?"

"我建议在这里钻第一个洞。"莫雷咳嗽着,指着他脚下的位置,"然后像棋盘格一样隔十米再钻一次,应该就足够了。"

"行,就这么办。"阿德里安说着,把还没有装好的钻杆递给了他。

"嘿,看看我在这里找到的东西!"莱昂突然又大声叫道,"这些是什么?"

夏洛特转过头,看见摄影师正弯下腰伸出手。她意识到,他正站在自己之前发现金属挂钩的地方。同时,她也意识到那个东西不可能是失踪的图波列夫截击机的零件——任何碎片都不可能躺在冰面上四十年而不被冰雪覆盖。

她正打算说些什么,就听到莱昂尖叫了一声,像是受了惊吓,并且很痛苦。

阿德里安转过身去,"莱昂?"

莱昂没有回应。他依旧保持着之前的姿势,站在那里,伸出手,一动不动。

"莱昂!"

有那么一刻,夏洛特觉得莱昂只是在跟他们开一个愚蠢的玩笑。

但紧接着,安吉拉朝莱昂跑去,其他人也抛开手头的事跟了过去。莱昂仍然没有动。随着距离越来越近,他们渐渐发现了原因。

他被什么东西刺穿了。

安吉拉突然停下,用手捂住了嘴。阿德里安紧随其后,惊呼道"我的天!"莫雷踉跄着后退几步,仿佛被一个看不见的沙袋撞了一下,接着转身吐在洁白的雪地上。

就在莱昂的手接触地面的位置,三根反着光的尖刺从冰面伸出来,刺穿了他的身体,像叉子扎着一块点心。一根刺扎进他的右手,从小臂中间穿出来,又刺入右眼下方;另一根穿过莱昂的右边膝盖,从后腰穿出来;最后一根扎进他的左边大腿,从臀部正下方穿出来。

这景象堪比最恐怖的噩梦。

"天哪!"安吉拉终于回过了神,颤抖地惊叫,"天哪!天哪!"

更糟糕的是,莱昂此刻还活着。他甚至没有流血,雪地上没有一滴血水。夏洛特继续朝他走去。她不知道自己在做什么,头脑一片空白,就像空无一人的极地荒漠。她的心脏跳得很慢,好像被什么重物压住了。

莱昂注视着她。

"我……好痛……"她听见了他气若游丝的声音。

这是莱昂·范·霍恩的最后一句话。下一刻,他开始迅速干瘪。

他的眼睛失去了焦点,脸垮了下去,皮肤因骨骼、肌肉和脂肪的溶解而起皱。他们眼睁睁地看着这一切。不过几秒钟,他的头就只剩下干瘪脱水的苹果大小,嘴变成了一个小洞,眼睛消失了,面容无法辨认。接着,他的整个身体也逐渐消失,大腿塌陷,双脚脱离了冰面,迅速萎缩。

其至他身上的衣服、相机和被他推到额头的雪镜也被什么东西吸走了。鞋子先是缩成黑色的小疙瘩,最后同样消失了。

最后,地上只剩下那三根差不多一人高、带着锋芒的尖刺,上面覆盖着一些闪闪发亮的东西,让人联想到一群被激怒的超音速的钢铁蚂蚁。

突然之间,夏洛特想起,她好像在什么地方见过这东西。

"离开这里!"她朝着另外三个人大喊,"快!"

3

撤退到感觉比较安全的距离后,他们停了下来。正如莱昂之前所说,此时的太阳被云挡住了,但光线还是能穿过云层,恰好有一束光落在莱昂……被吸走的地方。

尖刺似乎渐渐变小了,缩回了它们原本所在的冰层里。

"那是什么?"莫雷气喘吁吁地问道,他的脸色像雪一样苍白,"见鬼,那到底是什么东西?"

"没人会相信我们的。"阿德里安说,"该死,没有人会相信这一切。"

安吉拉颤抖着,在四人之中,她是被吓得最狠的。她的脸上满是泪水,流到兜帽边缘结成了冰。

夏洛特希望自己能像安吉拉那样哭出来,但是此刻,她的内心仿佛被冻住了,什么感觉都没有,唯一能做的就是思考。她唯一能想到的就是:弘司!一个想法一遍又一遍地冲击着她的神经:这一切都与弘司的机器有关!

但她该怎么和其他人提这件事呢?这里只有她认识弘司,再说她也不能跟他们讲述她在帕柳克岛上的见闻。

之前的她还觉得世界的面纱被揭开,她终于真正活了一回。现在这种感觉已经消失了,只剩下一场噩梦。谁愿意活在噩梦里呢?必须想尽办法逃脱!

"该死——"阿德里安停顿了一下,发出一阵含糊不清的哀号,"他们会说是我们把他推下悬崖的!我们会被指控谋杀,关进俄罗斯的监狱……我现在就想象得到!"

"连相机也消失了。"莫雷闷声闷气地说。

"魔鬼岛!"阿德里安挥动着双手,"萨拉德科夫的别名是魔鬼岛,你知道吗?"

"不知道……"莫雷瞪大了眼睛摇摇头。

"那个副驾驶说的。他还讲了一通他对这个名字由来的猜测,挺蠢的。妈的!他居然说对了!"

"魔鬼岛……"莫雷重复着这个名字,"真玄乎。好吧,现在该怎么办?"

一把钢刀从不到二十米远的冰面上戳了出来,好像是在回答他。紧接着又是另一把,距离更近。

"快跑!"夏洛特尖叫道,除了跑他们还能做什么?

于是他们又跑起来,拼命朝着来时的方向跑去。钢制的刀片就像致命的陷阱，不断从他们身后的冰层中刺出。

幸好是在身后。那些追着他们的东西似乎无法跑到前面拦住他们，又或者直接瞄准。

"得分头跑！"阿德里安喘着粗气，大喊道，"起码得有一个人去无线电设备那里，发消息呼救！"

周围不再像他们来时那么寂静，耳边是沉重的喘息声，似乎全都传到遥远的冰川，又传回来。追击他们的刀片在身后不断"唰唰"刺出冰层。

"呼救？"夏洛特回头喊道，"你想得倒是好！等到救援过来了……"她没有把话说完，因为没必要，大家都懂。

她看向周围，不知是自己的错觉，还是他们真的甩开了那些怪物。利刃似乎在后退，已经跟不上他们的速度了。但随后，它们改变了策略：不再只是戳出冰面两米左右，而是更高。三米，五米，十米，然后向他们倒下来，想抓住逃跑的猎物，不过都没有命中。

莫雷惊叫着踉跄一下，摔倒了。

阿德里安就在他身旁，及时扶住了他。两个刀片像金属怪兽一样从他们身后的冰层中挣脱出来，砸向他们——不过又扑了个空，没有够到阿德里安和莫雷。两人再次逃脱。

弘司！夏洛特依然想着他。那些尖刺移动的方式，还有上面闪烁着的银色微光，完全就是她在帕柳克岛上见过的机器的改良版。一定是有人复制了弘司的机器，还做了进一步的开发。

但目的是什么？

夏洛特在冰雪之间挣扎奔跑，感到自己好像被困在梦魇里，怎么也跑不出去。

弘司……他之前告诉她，他的机器哪去了？对了，他给它编了一个程序，让它脱离运输箱，跳进海里，这样它就会被海水分解掉。

但如果它其实并没有照做呢？如果它仍能正常……运转怎么办？如果它自行进化了呢？一台能自我复制的机器，会随着时间的推移，以机械的方式自行改良、适应环境吗？可是……它是怎么跑到这里来的？为什么偏偏是这个小岛？这说不通。

安吉拉尖叫起来。夏洛特转过身，她现在浑身都被汗水浸湿了，累得几乎站不住。她看到安吉拉身后的冰面上伸出了一只巨大的钢刀，像蝎子的尾刺一样扑向她。

夏洛特看得出来，安吉拉已经吓蒙了——她举起手臂，好像投降就能幸免一样。那个东西朝她落下来的时候，她只是震惊地站在那里。

然后，她竟然躲了过去，仿佛有一只看不见的手拉了她一把。触手没有击中她，砸到了地面上，冰块飞溅。

"救生衣！"阿德里安大喊，"可以当雪橇用！"说完他便扑倒在冰面上，向前滑行，速度比奔跑快了起码一倍。

这么做的确有用，因为他们一直在下坡。夏洛特还在犹豫着要不要加入滑行队伍。她跌跌撞撞地跑着，身后传来撞击声和嘎吱声，离她很近，近得她根本不敢回头。她只好学着其他人，边跑边向前扑去，身子重重摔在地上，感觉肺部的空气快被压没了，全身几乎失去知觉。下一刻，她发现自己正飞快滑行，但也完全失控，只能任由地心引力摆布。冰雪迸溅到脸上，膝盖反复摩擦撞击着地面。

但起码不用再听到那些可怕的东西从冰面伸出来的声音了。能听到的只有救生衣在冰面上摩擦的沙沙声。她紧闭双眼，什么也看不见，只能感觉到冰晶扑面的刺痛感。这奇怪的感觉更像是在一条白色的隧道中穿梭，而不是滑过冰盖。

有人在喊着什么，是阿德里安。具体听不清楚，只能听到他在一遍又一遍重复着，声音越来越急切。

突然之间，她听明白了："转身！双腿向前！控制住！"

夏洛特睁开眼睛，抬起头，很快发现了问题：她正在全速滑下冰川，但冰川延伸向北冰洋。如果不能及时刹车或者拐到来时经过的裂缝处，她就会直接从冰川边缘一头扎进冰冷的海水。

速度太快了，根本刹不住。她伸出双臂，把戴着手套的双手按在冰面上。没用。她又试了一下用脚，冰面上有了些刮擦，但也没有慢下来太多，更别提控制方向了。

她已经能看到不远处黑压压的海面，时间不多了。

转身或许有用！她努力翻转身体，将一只脚抵在冰面上，变成侧躺的姿势。速度终于慢了下来。夏洛特无助地挣扎着，继续向前滑行，终于抓到一块不知道是冰还是石头的东西，借力转过了身。

她仍然俯卧着,但现在是倒退着滑行了。她抬起头看过去,看到数十片利刃闪闪发光。

地面上的一处凸起把她撞飞了,她飞到空中,背部朝下狠狠摔到地上。她用力把靴子戳到冰面上,碎冰四处飞溅,不过滑行的方向变了。她感觉自己就像冬奥会的滑雪选手一样,只不过没有滑雪板,只有一块可怜的塑料板,而且奖品也不是金牌,而是她的生命。

就这样,她滑进了来时那两块岩石的缝隙间,辛苦得仿佛过了一百年。

穿过缝隙后,就没必要控制滑行了。这一段路能依靠的只有重力、惯性和纯粹的运气。夏洛特埋下头,她被抛起又落下,甩来甩去,这里撞一下,那里磕一下,滚了几圈,外套已经被划破了,雪打在脸上。一开始还知道痛,之后就麻木了,唯一能感受到的,就是自己在一直往下滑,越来越远。

我随时可能撞断脖子,她想,但起码也比被那些东西吸干要好。

她没有撞断脖子,最终扎进了一大堆冰雪之中。过了一会儿,她听到有人喊:"嘿,夏洛特!你还好吗?"

是阿德里安。她回过神来,挣扎着爬起来。头很痛,肯定已经撞青了,感觉头晕目眩。她低下头确认自己能否站起来,发现救生衣已经支离破碎,只剩下些原本用于固定塑料板的织带还挂在身上。

夏洛特抬起头,阿德里安站在不远处,用力挥舞着手臂。另外两人——莫雷和安吉拉——已经步履蹒跚地朝着小屋走去,样子也很惨,像被魔鬼一路追杀到这里的。

是的,没错。夏洛特转过头,望着山脊间的那个缝隙,不愿回忆自己是如何从那几百米陡峭的坡道上滑下来的……魔鬼的银色利爪已经不见。他们逃出来了。

"夏洛特!"阿德里安朝她走过来。他想做什么?扶她一把吗?但她已经站起来了。她试着迈出了一步,感觉仿佛地面在移动,小岛在倾斜。

"来吧。"他伸手小心扶住她,仿佛她是易碎的瓷器。除了有几处伤口,她感觉还好,于是推开了他,解开救生衣的系带,取下仅存的残骸。

"好险啊!"她说着,不禁想到了已经遇难的莱昂,以及他那一头维京海盗一样狂野的金发、他充满好奇的蓝色眼睛,还有他玩世不恭的笑容。

这一切都不在了,消失了,被吸走了。

"是啊!"阿德里安说,"活见鬼!"

每走一步都伴随着疼痛,就好像在她意识不清醒的时候被人用锤子砸了一遍似的。

"有人受伤吗?"她问道,"我是说,滑下来的时候。"

"你是最快的,'咻'的一下越过了我们所有人。"他用手在空中画了一道弧线，"等我们都滑到了下面，你还扎在上面那堆雪崩的积雪里。"

"我感觉也是这样，就像被雪崩击中了似的。"但好歹现在都过去了。只要不再发生更糟糕的事就行。

两人走进小屋时，莫雷和安吉拉已经在里面待了五分钟。阿德里安正要伸手推开门，门却自己开了，有个巨大的东西挤了出来。是折叠着的充气船。莫雷和安吉拉正在把它往外推。

阿德里安后退了一步，"你们疯了吗！"

"去他妈的傻逼心灵鸡汤！"莫雷一边把充气船往外推，一边骂道，"去他妈的'做你害怕的事'。写这玩意儿的家伙根本不知道什么叫害怕！"

"是啊，我也这么觉得。不过你们现在闹的是哪一出？"

"还能是什么？"莫雷答道，"我要离开这个岛！"

"到哪儿去？"

"先离开再说！"他喊道，看起来好像随时都会发疯。一堆塑料和橡胶堵住了门，阿德里安和夏洛特帮助二人将船弄到空地上，然后就任他们自己折腾了。

"该死，"阿德里安推开起居室的门说道，"我就知道莫雷早晚得发疯……"他从床底下拿出无线电设备，打开电源，接上绷在天花板上的天线。外面依稀可以听到莫雷的叫喊："不，该死，不要用气泵！那样太慢了！用这个，压缩空气瓶，这是紧急情况用的！"

阿德里安拨动控制器,把麦克风递给夏洛特。她蹲在设备前的地板上,流利地说道:"求救,求救。罗加切沃基地,这里是萨拉德科夫。紧急求救。能听见我们说话吗?"

她松开了通话键,侧耳倾听。然而除了震耳欲聋的噼啪声以外什么都没有。那是电流的嘈杂声,仿佛有一群带电的蝗虫正在接近。

"是信号干扰。"阿德里安站在她旁边说,"那些该死的东西在干扰无线电。"他表情严肃地抿着嘴,"继续,多试几次,试试所有可能的频段。"

夏洛特于是转到紧急频道,改用英语说道:"Mayday,Mayday,Mayday①。这里是萨拉德科夫岛。"她弯着腰对着麦克,"有人听到吗?紧急求救,我们正处于致命危险中。这里是萨拉德科夫岛,坐标:北纬八十九度四十九分——"

"我的天!"阿德里安惊呼道,"你快看!"

夏洛特停了下来,看到阿德里安惊恐地望着窗外。她起身看过去。有什么东西正闪着银光,从山顶倾泻而出,像熔岩一样势不可挡。不同的是,它泛着冰冷的光芒。

不管那是什么,肯定是冲着小屋来的。

---

①Mayday是国际通用的无线电遇难求救信号。"Mayday"一词原为"救我"的法语"m′aider",所以英语发音变成了"Mayday"。用无线电发出Mayday呼唤,是指遇上了威胁生命的实时危险情况。

4

"快离开这里!"阿德里安颤抖着从牙缝里挤出这句话。

二人准备动身,但无线电肯定要带上。夏洛特关上开关,拔掉天线,合上盖子,扣上锁。与此同时,阿德里安在房间各个角落快速穿梭,拆下天花板上的天线绕在手上,然后一股脑塞进外套口袋。"走!"

他们快速瞥了一眼窗外,那闪着银光的玩意儿已经很近了。

夏洛特站起来,两人迅速跑出门。阿德里安一边跑,一边从她的手中接过装着无线电设备的箱子,"这么看来,搭充气船逃跑也不坏。"

船已经充好气下到水里,莫雷正往小屋的方向走来,看到他们的时候,愣在了原地。"我们还需要汽油!"他朝二人喊道。

"晚了!"阿德里安朝他喊道,"快到船上去!"

"可是油箱已经——"

"别管那么多了!"

莫雷还想说什么,但他看到了他们身后的东西,于是没有再说下去,露出极度惊恐的表情。

夏洛特转过身来。银色的洪流已经抵达小屋——小屋坍塌了,瞬间化成粉末。

无须多言。他们越过岩石,几乎用上了毕生最快的速度,跌跌撞撞但没有摔倒。刚才还忙着修理舷外机的安吉拉赶紧把船推到水面上,一行人爬上船,先是两个姑娘,然后是莫雷,最后阿德里安用力一推,跳上了船。莫雷启动发动机,掉转船头面向大海,开出几百米。

"暂时应该够远了。"阿德里安说着,蹲下身打开一个连接在船舱内侧的袋子。夏洛特看到里面装着各种求生装备,还有一副小望远镜,"我们还是得看看岛上发生的事。"

莫雷熄掉发动机,"油箱已经差不多空了。妈的,之前应该加满的,那样的话——"

"那样的话怎么了? 就算油是满的,我们能开到乌沙科娃岛去吗? 隔着一百三十海里的公海呢。"阿德里安拉好求生袋的拉链,举起望远镜,"小屋已经没有了,就像从来没存在过一样。"

安吉拉颤抖着朝他伸出手,他把望远镜递了过去。

"再试一次吧。"夏洛特说,"无线电紧急求救。"

夏洛特全力对抗着恐慌情绪。安吉拉和莫雷还没来得及装好平时作为甲板的折叠式板条框,所以他们和冰冷的海水之间真的只隔了船底一层薄薄的塑料。她的膝盖冻得冰凉,能感觉到船下汹涌的波浪,令人毛骨悚然。

她稳了稳心神,集中精力,打开无线电设备的盖子,按下开关,等着绿色信号灯亮起。阿德里安从口袋里掏出天线接到设备上。

结果和之前一样,信号干扰还变得更强了。

"那是个什么怪物?"安吉拉放下望远镜问道。

"是个机器。"夏洛特说,"一种特别的机器。"

"会吃人的机器?!"

"机器只会按照设定好的程序做事。"

阿德里安盯着夏洛特,"你是怎么知道的?"

我觉得这台机器——或者说它的前身——曾经为我端过咖啡,夏洛特暗想道。但发生了这么多事,现在还能跟他们说实话吗? 不可能。况且这也不是实话,它只给她织过围巾。要是说出来,别人会以为她疯了。

"我觉得它看起来像一台机器。"思索一番后,夏洛特说。

莫雷从安吉拉手里拿过望远镜:"看看追杀我们的那些尖刺,这东西体型肯定很大,很可能占据了整个小岛。"他说,"但是碾碎小屋的并不是触手之类的东西,看起来更像是一种黏性液体,从山上流了下来。"

"这台机器由许多小部件组成,部件之间能相互协作。"夏洛特补充道，"在我看来是这样。"应该说是微型部件。弘司花了六年的时间设计出了仅由几个原子组成的机器，成品应该就是这个样子。

万一有人先他一步做出来了呢？

莫雷放下望远镜，"太可怕了。不可能回岛上，不然不知道还会碰上什么。"他环顾四周，最后目光落在充气船上，仿佛第一次看到它。他用力地咽了口唾沫，"但不上岸又该怎么办？燃料只有一点，没有食物，也没有水……"

可怕的寂静在船上蔓延。

"必须不断尝试紧急呼救，"过了一会儿，阿德里安说道，"也许干扰信号不会一直持续。"但从他的语气里可以听出，他认为成功的机会十分渺茫。

安吉拉清了清嗓子，"我们前天发了最近一次例行报告。也就是说，下一份要在五天后发出。如果罗加切沃在五天之后没有收到，说不定再等个两三天就会意识到我们出事了。也就是说，我们还得坚持一周。"

"一周！"莫雷惊叫道，"待在这个玩意儿里？"

"海难遇难者能坚持得更久。"

"但肯定不是在北冰洋。"莫雷揉了揉大腿，"我现在已经快冻死了！"

一周？夏洛特也觉得他们四个人不可能在这艘简陋的充气船上撑那么久。不说别的，单是一丁点儿饮用水都没有，就足以宣告他们只能等死了。但这话她没有说出口。

"我能看看吗?"她朝着莫雷伸出手。

莫雷把望远镜递给她,"给。不过要小心,看久了会头昏眼花。"

夏洛特费力想要拿稳望远镜。船在她下面随着波浪摇晃,船上却没有扶手之类的可以抓住。岛上又平静了,要不是知道不久之前那里还有一座小屋,根本看不出发生过不寻常的事。

她甚至更希望此时还能看到那些危险的机器。但小岛看起来如此无害,让人恍惚以为自己之前反应过度。难道危险已经过去,完全没必要在这冰冷的海面上漂着了吗?

还是说——这个念头更加令人不快——此刻的宁静只是因为危险正在别的地方、在他们看不见的地方酝酿?夏洛特想象着锋利的刀片从海底升起,直直戳向他们的小船。

她把望远镜还给阿德里安。莫雷仰面躺在船上,张着嘴剧烈喘息着,浑身发抖。不知道因为恐惧还是寒冷,又或者二者兼而有之。夏洛特分不清这两种感觉。

她靠在船舷上,背对着小岛头朝后仰。莱昂在她眼前消失的景象萦绕在脑海中:他的身体就像熟过头的水果一样干瘪萎缩,越来越小,越来越干,而他们却束手无策……

她闭上眼睛,想着那样死去会不会很疼。

有人碰了碰她的肩膀,吓了她一跳。是阿德里安。

"我睡着了吗?"她有些迷茫地抓了抓头。头很痛,显然是因为之前的瘀伤。

"你还打呼噜了。"阿德里安说,"现在是凌晨五点,我和安吉拉刚换了岗。"

夏洛特看向周围。他们依旧在船上,所以之前的一切并不是一场噩梦。莫雷睡在向下凹陷的黑色底板上,脸色发青,呼吸急促。安吉拉坐在船舵旁边,揉着两只胳膊。至于小岛——

"那是怎么回事?"夏洛特看到一千米之外的小岛,倒吸了一口凉气。太阳斜挂在小岛后面,几乎沉到了地平线以下,在光秃秃的南岸投下长长的阴影。小岛完全变了个样子。

"我们大概一个小时前就发现了。"阿德里安说着,把望远镜递给她,"那个机器似乎正在重建整座岛。"

夏洛特撑起身子,把望远镜举到眼前。原本锯齿状的山坡变成了巨大、光滑的钢筋结构,有一百米甚至更高,不过不再是一座山,而是变成了一座堡垒。海滩……消失了,原本的位置上是一块几千米长、泛着寒光的不规则钢板。

一切都在不断运动。山坡上有东西在聚集、变化,时而像一门炮,时而像雷达天线,时而又无法辨识。但无论哪种形态,造成的压迫感都是实实在在的。

她嘴巴发干,咽了口唾沫,心想着要是这时能喝上一杯热乎乎的浓咖啡,让她干什么都行。"我还是感觉跟做梦一样。"

"那东西肯定已经在岛上待了一段时间了,只不过我们没发现。"阿德里安说,"一到晚上,海岸就会落到阴影里,而且有一阵子天气阴云密布。"

"你们怎么没叫醒我?"夏洛特活动了一下紧绷着的两肩,感觉已经冻僵了,"我感觉快冻死了。"

"我们叫了半天,可就是叫不醒你,只好放弃了。"

对此夏洛特一点记忆都没有,"你们试过接着发无线电出去吗?"

"试过了,还是没戏。"

好一会儿都没有人说话。船不停地摇晃,海水懒洋洋地拍打在船舷上。这种沉默令人毛骨悚然。接着安吉拉爬过来,"我怕你们俩会冻死,"她颤抖着说,"不过,那样死去或许更幸福些。"

"我在想,肯定会有人捕捉到的。"阿德里安说,"我是说这个干扰信号。他们会在所有的频段上监视海岸,这就意味着早晚会来人。一架救援飞机或者侦察机之类……"他拍了拍装着求生装备的袋子,"我们有三发信号弹。"

岛上突然传来刺耳的爆炸声,所有人都转过头去。

"已经是第三次了。"安吉拉说,"不过之前的声音没这么大。"

夏洛特盯着这座已经变成古怪的钢铁梦魇的小岛,迫切希望能够远离这里。她的身体冻僵了一半,坚持不了多久了。

也许对他们来说,鼓起勇气再回到岸上去才是最好的办法,无论之后会发生什么。

"什么声音?"莫雷坐起来,结结巴巴地说,"该死……好冷。我听到了……伙计……你们听见了吗?"他停了下来盯着小岛。"妈的!"他大叫道,"那他妈的到底是什么玩意儿?"

"那些东西正在重建这座小岛。"阿德里安把望远镜递给他。

莫雷却没有接过去。"看上去就像超人堡垒。"他说话愈发混乱,"而我们连氪星石都没有!"

又一声巨响传了过来,这回似乎连天空都被震得颤抖了。

"该来的还是来了!"莫雷感叹道,"冰川滑坡。"

"你是说,那个声音是滑坡?"阿德里安问道,"是滑坡弄出来的巨响?"

莫雷伸出手,抓住那条穿在船舷周围小孔里的绳子。"不。"他面无表情地回答道,"是这整个该死的冰原都在滑落,抓稳了!"

5

最开始是一阵隆隆声,距离很远,就像异常响亮的雷声。不久之后,仿佛有一群疯子正把数千只装满石头的橡木桶滚下楼梯。突然间,他们看到了一个微小、毫不起眼却十分可怕的变化——有什么东西消失了,而在此之前,他们一直以为那只是岩石上的一小片积雪。

那是冰原的一部分,一旦开始滑动,便势不可挡。仿佛天地间的一切都在分崩离析。周围的一切都在低频颤动,他们能感觉到,连自己的胃都在跟着一起颤抖。

"我们不会直面危险。"阿德里安想了一下,大声说道,"向北滑落的那部分冰盖会落进海湾,引发的海浪会被两座悬崖挡住。而向南边落入海里的冰盖,到了我们这儿就只剩下一点余波了。"

"谢天谢地!"莫雷喊了一声,紧紧抓住绳子,头靠在船舷的压力管上。

夏洛特也学着他的样子靠在管子上。阿德里安还在大声喊着什么，但周围的响声盖过了一切。

小船仿佛被一只看不见的手举起来抛到空中，又摔回水里。夏洛特反复对自己说，这只是余波，我们并不在危险区域。

但随后，一个大浪狠狠地砸过来，就好像有人打翻了游泳池，把一池子刺骨的冰水浇到他们头上。这一瞬间，夏洛特完全是麻木的，只感觉到自己漂在了水中，如果不是抓着绳索，肯定已经被冲走了。又一个大浪打过来，绳索被冲击得猛烈晃动，她的手腕几乎要扯脱臼了。然后，夏洛特发现自己又回到了小船上，冰冷的海水已经淹没了半艘船。

"该死！"有人喊道。是阿德里安，他就在她旁边，嘴里不停地咒骂，怒气冲冲地将水往外舀。大部分脏话夏洛特都是生平第一次听见，让她对阿德里安刮目相看。

小船随着海水上下颠簸，人坐在里面，就像在设计糟糕的过山车上被甩来甩去。夏洛特有些好奇，其他人都只能勉强抓住绳索，阿德里安是怎么腾出手来做别的事的？海水在他们周围肆虐，一浪接一浪，噩梦般地怒吼着、撞击着，水花四溅。这个时候，阿德里安竟然还在往外舀水。

我们不会直面危险，只有一点余波。亏他说得出来。

过了大约几个小时，大海终于再次平静下来。事实上，也许仅仅过了几分钟，但感觉无比漫长。就是这么一会儿，她浑身湿透，但是不觉得冷，只觉得全身僵硬，仿佛有人给她脖子以下的身体打了麻醉针。

"最糟糕的已经过去了。"有人说道，不知道是阿德里安还是莫雷。无所谓，反正他们不会直面危险，只会感受到一点余波。

周围到处都是浮冰。夏洛特抬起头，费力转动，目光所及全是大块碎冰，随着波浪时不时撞在一起，好像它们也在为刚才的剧变发火。

夏洛特不由自主地哆嗦着，现在她感觉到了寒意正在蔓延，无情地侵蚀着她的身体。

已经过去了，她安慰着自己，发现双手没什么知觉了。这样下去，连下一个小时都撑不过去，更别提一周了。

"或许……"她开口道，却剧烈地咳嗽起来。稍微平复之后，她接着说道，"或许我们应该回到岸上，你们觉得呢？或许那东西已经不打算追我们了。"就算还在追，至少也能死得痛快点。她暗想。

一旁的阿德里安停止了舀水，目光在她和小岛之间来回了几遍，恐惧写满了整张脸，"但岸上什么都没有了，小屋没了，我们的东西也都没了……"

话音未落，又响起了隆隆声。

"哦，不！"安吉拉尖叫道，"可别再来一次了！"

阿德里安和莫雷面面相觑。"这次又会怎样？"阿德里安一边咳嗽一边问道。他也浑身湿透了。

莫雷迷茫地摇了摇头，脸色苍白，一句话也没说。

声音越来越大，可以清楚地听出这个声音与之前的不同。这次是从地下传来的，是地底深处的震动传到了地面上。周围的海面也明显泛起了涟漪，好像有人把一把巨大的音叉放进了水里。

声音从隆隆声变成尖厉刺耳的呼啸。有东西像鞭子抽打一样噼啪作响，每一声巨响都掠过北冰洋的海面，在天空中回荡。

一个高大细长的东西从钢筋山脉后面蹿了出来，像一张巨大的弓射出的箭一样飞到天上，在他们头顶点燃，发出刺眼的光。呼啸声消失了，那东西越升越高。令人窒息的几秒寂静过后，是震耳欲聋的轰鸣声。

"火箭！"阿德里安大叫道，"那是个火箭！"

没人反对他的说法。不然还能是什么呢？他们看着耀眼的亮点越飞越高，然而既没有消失，亮度也没有明显的减弱，就像一个巨人正在用焊枪烧灼着苍穹。

有人发出了怪声，是莫雷在疯狂地欢呼。"得救了！"他气喘吁吁地叫道，"我们得救了！"

"莫雷？"阿德里安抓住他的肩膀摇晃，"你疯了吗？"

莫雷咧着嘴笑了，"你们还不明白吗？马上就会有人过来了！无论是飞过来还是开船过来，因为他们肯定也看到了！"

莫雷说得对。不到半个小时，就有三架喷气式飞机组成的编队轰鸣着飞了过来，远远地绕着萨拉德科夫岛盘旋了一圈。阿德里安点燃了一发信号弹。其中一架飞机拐弯飞了过来,在他们上方短暂地摆动了一下机翼,不知道是不是看到他们了。

但紧接着,飞机又飞走了,天空恢复了宁静。

"现在怎么办?"安吉拉问。

"他们还会过来的。"莫雷的声音里充满了希望。

夏洛特不受控制地颤抖着,浑身发热。有人在俯身和她说话,是安吉拉?她的头发也都湿了,双眼通红,浑身发抖。夏洛特听不懂她在说什么,只能听出是一种陌生的语言。夏洛特此刻格外渴望有人能够把她抱在怀里,用她的母语对她说些话:别担心,我在这里,我会照顾你,一切都会好起来的。

一切都在摇摆,一切都很冷。时间静止了,寒冷吞噬着她,吸走了她的生命力,把她冻成了一块石头。没有人过来。几个小时过去了,每一秒都像一年。

终于又有声音了,是一架从天而降的飞机。直升机将冰冷的空气吹到她同样冰冷的衣服上,冻得她几乎喘不过气来,心跳都快停止了。

一双手抓住她。有人把她举起来,把一根粗大的绳子绕在她的身上,她被抬到空中,越来越高,耳边传来震耳欲聋的嗡嗡声,她能感到周身颤动着的寒冷空气。嘈杂中有人对她喊着什么,但她什么也听不懂,一个字也听不懂。她向后倒去,眼前一片漆黑,之后便失去了意识。

她再一次睁开眼,是在一张白色的床上,周围是令人难以置信的温暖,一切都很好。然后她的眼前又黑了下去。

明亮的光线。她被摇晃着,无休无止。不知道为什么,这种摇摆的感觉让她害怕。夏洛特睁开眼睛,看到一张熟悉的脸。是阿德里安。

"谢天谢地!"他说,"我还以为你再也醒不过来了!"

夏洛特眨了眨眼,想坐起来。这时她才注意到左臂上插了一根管子,连着一个装着清澈液体的点滴袋,"发生了什么事?我们在哪儿?"

"在一艘俄罗斯的船上,名字我没听懂。似乎是某种破冰船,反正很大。"

她终于记起了之前发生的事:小岛,莱昂,那些机器,逃跑,充气船,还有巨大的波涛。"他们救了我们。"

"至少把我们从水里捞了起来。"

夏洛特看了看四周。这是一个有十张床的医疗站,其中三张看上去有人用过。如果算上自己的话,就是四个人。"其他人呢?"

"去食堂吃东西了。我留在这里,因为你一直在床上翻来覆去,像在做噩梦,还用各种语言说胡话。他们给你注射了些药。你是我们几个里冻得最厉害的,你一直不醒可能就是因为这个吧。"他指着她的手臂,"我要叫医生过来给你拔针吗?那样我们也可以去食堂了，我很饿。"

夏洛特现在不饿。她仔细看了看阿德里安。他穿着深蓝色的印有俄文的运动服。她又低头看了看自己，差不多的衣服，只不过没有外套，只有一件深蓝色T恤，对她来说太大了，空荡荡的。

"还发生了什么?"她问道，"那个小岛怎么样了?"

阿德里安叹了口气，"不知道。他们盘问了我们，但我们说的东西不知道他们听懂了多少。不管怎么样，现在有人照料我们，而且外面有很多船和潜艇，很壮观。"

"去看看吧。"她起身，坐到了床的边缘，因为动作太快头晕目眩，不得不停一会儿。

"等等，我去告诉他们一声。"阿德里安跑到门边。那是一扇巨大的钢制门，上面装着沉重的门闩，他将头探出去，朝某人喊了一声。

夏洛特不想等，估计了一下离她最近的舷窗有多远，感觉输液管的长度足够了。于是她支起身子，抓住床头的支架，想借助船摇晃的惯性直接蹭到那扇厚厚的圆形窗户前去。

窗外，在极昼仿佛没有尽头的黎明中，有一整支舰队。夏洛特眯起了双眼，不只有俄罗斯的船只。是她看错了，还是——?

"喂!"阿德里安回来了，拉着她的胳膊，"医生马上就过来。"

夏洛特指着窗外的一艘潜艇，巨大的深色指挥塔耸立在波浪之间。"那不是美国的国旗吗?"

"什么?"他也朝着窗外望去,"还真是!"就像所有夏洛特认识的美国人一样,阿德里安·卡扎尔也觉得美军的存在令人安心。

医生过来了,是一个长着招风耳的年轻男人,看上去不太专业,好像上个星期才毕业一样。但等夏洛特坐回床上,他就熟练地拔掉了针头。"在这里等一下,"他的英语像是从嗓子眼里挤出来的,"舰长来了,他想……问你们几个问题。"

阿德里安做个鬼脸,等医生拿着吊瓶走出去之后,他说:"好吧,在完事之前我不会饿死。"

不到五分钟,又进来一个男人,告诉他们他是舰长弗拉基米尔·科罗丹。他有一双冰蓝色的眼睛,穿着一件普通的制服。只有从和他一起的三个男人充满敬畏、唯命是从的举止里才能看得出他真正的军衔。

"他们跟我说,你会说俄语?"他对夏洛特问道。

"是的。"夏洛特用俄语回答道,"没错。"

舰长稳如泰山地站在她的床脚边,但手指在床架上急躁地敲打着。"那么我想请你再告诉我一遍发生了什么事。你朋友说的事情太离奇了,让我怀疑我们的人是不是真的会英语。"

随行者之一低下了头,显然之前是他负责翻译的。

夏洛特点点头。尽管她更希望把发生的一切都忘掉,但这是获救的一点代价。于是她讲了一遍,并回答了他提出的问题。

"问问他,外面那艘船是不是真的是美国的。"阿德里安在问话结束后对她说道。

舰长多少还是会点英语。不等夏洛特翻译，他便直接说道："是的，那是美国第六舰队的一艘潜艇。显然美国方面也注意到了火箭。由于在俄罗斯领空未经宣告就发射火箭违反了裁军条约，我们只好允许他们介入，以证明我们与此事无关。"说到这里，他脸色发黑，"在我年轻的时候，这样的事件足以引发第三次世界大战了。"

一个卷发的士兵出现在门口，长得像个穿着制服的小天使。他气喘吁吁地向舰长敬了个礼，显然是一路小跑过来的。"舰长！他们到了！"

科罗丹点了点头，"好的，谢谢你。我马上就过去。"他看向阿德里安和夏洛特，"请你们尽快到舰桥上会合。"然后看向站在二人身后的医生，"尽你所能治疗她，这很重要。"又对刚刚低下头去的那个翻译说，"你带他们过去。"

说完他就离开了，身后跟着另外两个随行的男人。

医生又给夏洛特做了遍检查，似乎对她的情况感到满意。"你恢复得很好，身上没有冻伤。"他用俄语跟夏洛特说话，不用再说英语显然让他松了口气，"在你下船之前，我会给你一瓶药膏，然后告诉你如何护理脚上的伤口。"

夏洛特只是点了点头。脚上的伤口？她都没注意到，现在才发现几根脚趾被包扎起来了。

她套上汗衫。因为脚上缠着绷带，她穿了一双男式运动鞋，但鞋子对她来说还是太大，只能勉强趿拉着。两人跟着那个习惯性垂着头的男人出了房间。看着他的后脑勺，夏洛特发现有好几块圆形的斑秃。

舰桥有舞厅那么大，到处都是亮着的电脑屏幕，人们坐在灯光昏暗的控制台旁安静地忙碌着。科罗丹舰长在后面放了一张大桌子，显然是临时加上去的。踏上舰桥时，还有两个拿着钻头和螺丝刀的人从桌板下面钻出来。将桌子固定在地板上的螺钉闪闪发亮，一看就是崭新的。

莫雷和安吉拉已经等在那里，站在一群穿着淡蓝色军服的人旁边。和夏洛特之前见到的深蓝色军服完全不同，这些人远远地包围着他们，露出不信任的眼神。

他们是美国士兵，袖子上绣着金色条纹。两拨人差不多是死对头，难怪夏洛特感觉这里散发着火药味。

一个美国人走过来自我介绍道："指挥官约翰·彭罗斯，美国海军少校。"他语速很快，说完向夏洛特伸出手，"你一定是玛尔露小姐。"

夏洛特点点头。他的手温暖、干燥、有力。"幸会。"

"如果我的消息没错的话，这位就是卡扎尔博士了。"

"叫我阿德里安就行。"阿德里安连忙说道。

"恐怕，"指挥官继续说道，"你们得把之前讲的再说一遍。我们会做记录。别担心，不是为了找你们的茬儿，只不过我们需要建立全面的事件档案。没人能解释清楚这里到底发生了什么,所以每条信息,即便是最微不足道的,都至关重要。"

"好的。"阿德里安说。他很高兴,面对着这位指挥官似乎就像回到了祖国一样。

舰长朝他们走过来,用俄罗斯口音浓重的英语说:"彭罗斯指挥官,请你和你的人就座。我们准备好了。"

"谢谢你,舰长。"彭罗斯冷冷地应道,并对他的士兵们示意,"那座岛上有什么新消息吗?"

科罗丹同样冷淡地点了点头,"温度还在继续升高。现在已经超过了15摄氏度。零上!"

彭罗斯皱起眉头,"也就是——"

"大约60华氏度,指挥官。"阿德里安插嘴道,"对于这个地区来说,这个数值简直不可思议。我能问一下是如何测量出来的吗?"

"他们有一台红外摄像机。"彭罗斯指着一群站在控制台另一端的屏幕周围、面色凝重的俄罗斯人,"我们也提供了一些帮助。来吧,坐下。"

终于,莫雷和安吉拉跟他们说上了话。"嗨,夏洛特。"安吉拉小声说着,用胳膊搂了搂夏洛特,"你还好吗? 到鬼门关走了一圈,是不是?"

"我什么都不记得了。"夏洛特说,"不过很高兴不在充气船上。"

"小心他们这里的咖啡，"莫雷对她嘀咕道，"能把你的五脏六腑都烧掉。"他脸色苍白，看来对此深有体会。

他们坐在了一起。美国代表团坐在他们右边，左边的座位暂时空着。俄方代表依旧站在科罗丹周围等待指令，他正手持电话专心听着，偶尔说一句"是的"。

"这样挺好。"一个面前摆着笔记本电脑、身材魁梧的士兵敲了敲桌子，"这样一来，我们就能参与其中了，总比守在会议室里强吧？"

"他们主要是想向我们表明，他们没有遮掩。"彭罗斯指挥官说，"我只希望是真的。"

终于，俄方的人坐了过来。科罗丹身边坐着一名口译员，把舰长的俄语翻译成让人听不懂的英语。不过这问题不大，因为彭罗斯的身边也坐了一名翻译，把俄语翻译给他听。

"我刚接到了莫斯科的电话。"舰长解释道，"国际空间站的机组人员成功追踪到了从萨拉德科夫发射的飞行物的轨迹。根据传输到俄罗斯科学院的数据，它的速度已经达到了五十一千米每秒，而且还在加速。"他的翻译心算能力显然要优于英语发音，翻译时不假思索地就将速度转换为"三十英里每秒"。

彭罗斯揉了揉下巴，"所以这个速度相当快？"

"大概是音速的五十倍。"科罗丹面无表情地说。

"如果起飞角度正确的话，这个东西已经达到了第三宇宙速度。"一名戴着细框眼镜的俄罗斯军官补充道,"这就意味着,足够离开太阳系,进入星际空间。"

美方指挥官看向那个拿着笔记本电脑的士兵,"我们也收到了这个数据吗,中尉?"

那个瘦高的年轻人用手指敲了几下键盘,"是的,长官。刚收到。空军太空司令部仍在继续追踪,它现在已经越过了登月轨道,飞行速度是——"他惊呼了一声,"哇,六十英里每秒!驱动装置似乎仍在运行。"

翻译把这句话翻译成俄语后,科罗丹点点头,"你也看到了,这个飞行物的性能远远超过了所有目前可能的技术。这既不是俄罗斯的火箭,也不是美国的。"

"我明白。"尽管彭罗斯这么说,但他的语气听起来似乎还是在疑惑。他清了清嗓子,接着说道:"所以问题是,那到底是什么东西?"

"外星人!"莫雷脱口而出。

没有人反驳他,恰恰相反,几乎所有人都在点头。

6

夏洛特吓了一跳。外星人？他们在说什么？这事跟外星人有什么关系？是弘司——这跟弘司的机器有关！

还是说，她完全搞错了？

彭罗斯指挥官揉了揉脸，看上去很疲惫。"好了，各位，"他看了一眼周围的人，"这个时刻可能会载入史册。所以我们尽量不要表现得太蠢。"他向拿着笔记本电脑的士兵点点头，"吉姆，把卫星图像给我们的东道主看看。"

年轻的中尉在键盘上敲击了一会儿，然后掉转屏幕，让所有人都能看到。屏幕上的东西乍一看像一种奇怪的当代艺术，再一看就像有人用显微镜拍摄了一个弹孔。

"在过来的路上，我们收到了这张图像。"指挥官解释道，"这是萨拉德科夫岛的照片。可以看到，大概在岛的中央位置有一个几英里深的洞——"

"打扰一下，长官。"阿德里安打断了他的话，"会不会是弄错了？我们也研究了岛上的卫星图像，包括地形的雷达扫描图，没有看到这个洞。"

"现在有了。"彭罗斯干脆地说道，"这些图像是三个小时之前拍到的。"他向前倾了倾身子，指着洞口边缘一个交错的半圆结构说道，"我们的专家说这些是磁线圈。从图上只能看到一部分，因为卫星拍照时没有完全在洞口上方。他们说，这东西是某种垂直的直线加速器，可以将飞行物弹射到太空。相当于枪管，现在飞走的那个东西就是子弹。"

科罗丹双臂交叉，茫然地听了一会儿，点了点头，"所以驱动装置可以等到火箭升空之后再点火，这样启动装置不会受到任何损坏。"

"是的。这反过来可能意味着，接下来可能还会有更多的火箭。"

夏洛特缓缓向后靠去，注意力完全集中在塑料靠背传来的冰凉触感。她没有在做梦吧？她抬起头，看见舰桥大窗外灰蒙蒙的北冰洋毫无生气地泛着波浪，漂浮的冰块像散落的牙齿一样闪闪发光，潜艇钢制的指挥塔在海面上沉重地摇晃着。

她没有了反驳他们的冲动。说不定她的想法和军方的想法，两者都是正确的。

"我们接到指令，将派遣一支小分队登陆那座岛，检查那里的装置,并采集材料样本。"俄罗斯舰长说道,"既然你们的总统和我们的总统通了好几个小时的电话,也许你已经知道了,我得到授权,让你们派一队人一起参与行动。"

彭罗斯点点头,"谢谢你,舰长。我们很乐意接受这个提议。"

"我不认为这是一个好主意!"阿德里安脱口而出,"这座岛很危险,可以说是致命的! 它刺穿了我们中的一个,把他吸干了!"

俄罗斯舰长和美国指挥官几乎同时不悦地看向他。

"我很理解你的担忧,年轻人,"彭罗斯说道,"但处理危险本来就是我们的工作。不用担心,我们受过最好的训练。我们知道该怎么做。"

说完,他和科罗丹对视一眼,科罗丹点了点头,也用英语说道:"没错。"

两拨人之间剑拔弩张的气氛突然消失了。看起来,他们还是能达成共识的。

为登陆做准备的同时,军方开始记录阿德里安一行人的口供。一名美国士兵和一名俄罗斯士兵分别在会议桌上安装了摄像机。美国人将他的摄像机连接到电脑上,俄罗斯士兵用的则是插磁带的大型录像机。阿德里安排在第一个,其他人则被要求在舰桥的另一侧等候传唤。

"这可不妙。"莫雷丧气地说。他们并排站在窗边,看着下面人来人往的甲板。一架直升机被拖出机库,一排黑色的充气大船准备就绪,身穿厚实保暖衣的人们正在搬运武器。与此同时海面上冒出了越来越多的船,都是船头装配着机枪和天线的小型灰色舰船。

安吉拉颤抖着抱着胳膊,"我想在家待着。"

阿德里安结束之后,她主动站出来当了第二个,好像等她录完口供别人就能把她送回家似的。

阿德里安对登陆也没什么信心,"他们正在监测那座岛,能在其中一个监视器上看到。"他朝控制台的方向指了一下,"而且还在记录岛上的活动,认为既然外星人已经飞走了,我们就可以去回收他们留下的基地。不过,我觉得这事儿行不通。"他的眉头因为担忧皱得更紧,"俄罗斯人还跟我说,用定向麦克风可以收取萨拉德科夫岛上出现的声音。他们说,那是一种像一群昆虫发出来的低沉的嗡嗡声。"

莫雷叫道:"我跟你们说,肯定会出问题的。"

安吉拉刚录完口供回来,登陆行动就开始了。小船被放到水里,士兵们爬了上去,直升机也轰鸣着飞远。一名俄罗斯士兵走过来请他们在会议桌旁就座,说这是为了安全起见。

科罗丹舰长站在舵手旁边,看样子这是他惯常站的位置。他高昂着头,向舵手发出简短的指令,盯着雷达屏幕上的情况,同时不断通过手里的对讲机与彭罗斯指挥官通话。彭罗斯指挥官此时正在他的潜艇上关注着行动进展。听上去,科罗丹的英语和他的翻译半斤八两。

窗外已经没什么可看的了，五艘黑色充气船向小岛驶去，灰色的海水泛着银光，一架直升机掠过灰蒙蒙的天空，留下模糊的影子。

夏洛特很想知道现在几点。她已经失去了时间感，就算别人告诉她现在是清晨，她也一样会相信。舰桥上没有时钟吗？她看到了很多显示小时数和分钟数的屏幕，但每个显示的都不一样。

"我们正在接近海岸。"扬声器里传来嘶哑的声音，"这里的景象相当奇怪，整个岛多了一层钢板，就像《星球大战》里的死星……"

"他在说什么？"阿德里安问夏洛特，于是她翻译了一遍。

留在船上的美国士兵听到关于《星球大战》的比喻都笑了。"没准他们还能碰见达斯·维达①呢。"负责摄像的美国兵说。

"这东西造得非常奇特。"扬声器里继续传来声音，与此同时，一些屏幕上显示出直升机上的拍摄画面：充气船抵达岸边，里面的人跳出来，把船拉上岸，动作干净利落。"钢板表面有波纹状的复杂图案，可以稳当地在上面行走。从这里，我们可以看到一个像是大门的东西。米勒中尉建议我们先去那里看看。"

"你们所有人一定要待在一起，不要分散开。"科罗丹回复道，"不论发生任何事情。"

现在可以看到大门了。如果没错的话，就在昨天，那里还只是南部山腰上一片光秃秃的岩石。那些占领小岛的东西在几个小时

①达斯·维达（Darth Vader），是电影《星球大战》里的头号反派。

内就将其完全重建了。

屏幕上可以看到士兵正穿过闪闪发光的平原,像黑色的蚂蚁一样行进。此外,还可以看到门前的壁垒处有些动静。接到科罗丹的指令,直升机上的摄影师拉近了镜头:那里没有哨兵,也没有东西冲出来拦截登陆小队,而是壁垒本身在变形。

奇怪的金属结构从上面冒了出来,一眨眼就分叉,扭曲,变得或厚或薄或平,甚至还会变色。

"难以置信……"有人倒吸了一口气。夏洛特甚至觉得能听到舰桥上所有人鸡皮疙瘩掉了一地的声音。

有几秒钟,舰桥上一片寂静,直到扬声器里传来一声让人血液凝固的尖叫。

"米哈伊洛夫中尉!"科罗丹对着对讲机咆哮着,"请报告!"

"舰长,我是尤兰上尉。"另一个气喘吁吁的声音传了过来,"中尉他……他直接消失了,沉到了地下。我……我们不知道究竟是怎么回事。看起来好像——啊!"

"上尉?"

声音消失了,再没有回应。

科罗丹重重一拳砸在控制台上,"发生这样的事为什么没有图像传过来? 直升机呢!"

直升机上的摄影师疯狂地摇晃着镜头,寻找着登陆的士兵,然后把镜头拉近,使他们可以看清整个海岸区域。

然而那里一个人都没有。所有士兵——包括充气船和武器——都消失了。

"见鬼了!"科罗丹用俄语咒骂道,"其他相机呢?"

留守在控制台的士兵立刻忙起来,找到了一段录像。尽管是在远处,但至少可以看到一部分发生的事情。录像里,人们惊恐地举起手臂,一瞬间就沉入了地面;还能看到充气船……解体了,它们在一瞬间就瘪了下去,缩成一团,下一刻仿佛融化一般消失在地面。

"直升机!"科罗丹命令道,"掉头回来!所有船只,远离那座岛!"

就在这时,通过直升机摄像机的画面可以看到城垛发出一道闪光,紧接着屏幕就暗了下去。透过窗户,可以看到直升机坠落了,但并不是像电影中那样盘旋着下坠,恰恰相反,当飞机坠落时,似乎被分解成了无数细小的云团,这些云团落到钢制堡垒的墙壁上,与之融为一体,就像水银滴落在一片汞湖里。

"给我接莫斯科,"科罗丹对他的无线电操作员命令道,"我要和乌利亚科夫上将通话。"

接下来安静了一阵子。舰长离开了,舵手左右转动着船舵,其他军官都凝视着天空发呆。

"天哪,该死!"负责视频通信的美国兵喃喃自语道,"帕特里克·米勒有两个女儿,一个五岁,一个两岁,汉娜和劳伦。我都不敢想……"

科罗丹舰长回到舰桥，面容严峻，显然是下定了什么决心。他没有左顾右盼，径直走到船舵旁的位置，下令道："K-107和K-334驶向小岛，做好准备，抵达最佳射程就开火，目标是那扇大门。"

有人把对讲机递给他，是彭罗斯打来的。科罗丹接过听筒，听了很久，然后回答道："我明白你的意思，指挥官，但我接到了最高长官的明确命令。"短暂停顿之后，他接着说道，"对不起，我很抱歉。我理解科学研究的需要，但国土安全的优先级高于一切。"显然，指挥官知道了俄方的进攻计划，并且持反对意见，"指挥官，我应该不需要提醒你，现在是在俄罗斯领土上吧？是的，对不起，我接到的命令就是这样。相信如果我们调换了位置，你也会这样做的。"

"现在两拨人又要剑拔弩张了，"莫雷嘀咕着，"真是一点儿也不意外。"

舰长派出的两艘船已经就位。"全力开火！"科罗丹毫不犹豫地发令，下一刻就听到炮声如雷。炮弹嘶吼着朝岛上飞去，打在钢铁堡垒上，竟然出乎意料地打出了一个巨大的窟窿。舰桥上爆发出一阵欢呼。

"保持火力，"他继续下令，"炮弹打光为止！"他也因为刚刚的成功而兴奋起来。

两艘船不停地开火，但似乎攻击不再起作用。窟窿没有变大，而且似乎正在逐渐缩小。

"停止攻击！相机，拉近些！"

烟雾散去后,摄像头对准了开火攻击的区域,及时捕捉到了钢壁和门上的窟窿、裂缝和一切损伤自行修复的画面。还有人们倒吸一口气的声音。

"太疯狂了!"莫雷喃喃道,"外星科技!天,我们目睹了什么!"

"我倒是宁愿没机会看到这些。"安吉拉说。

科罗丹摘下帽子,抓了抓灰白的头发,又把帽子戴上。他拿起麦克风,"所有船只:敌人显然能够自行修复,我们不知道这种能力有多强,但要尽力把它逼到极限。编队所有船只,调遣全部火力。潜艇,使用导弹;护卫舰,使用大炮和火箭炮。目标暂时仍然是那个看起来像门的结构。在得到进一步的消息之前,姑且假设那扇门是外星人的弱点。重要的是,要尽可能同时击中目标,使攻击效果最大化。行动立即开始。科罗丹舰长,完毕。"说完,他向一个应该是负责调配船只的军官点点头。

他们所在的船也加入了第二次攻击。夏洛特感觉到船开始移动,发动机和各种机器的运转让他们脚下的甲板开始震动。她感到强烈的不安。

如果可以的话,她恨不得阻止这一切。身体不由自主地绷紧了,她看着科罗丹舰长站在那里,下颌向前,用力押着脖子注视小岛,仿佛可以靠意念击败它一样。

消失在岛上的那些士兵里,有跟他关系很好的吗?还是说,他的表现仅仅只是一个肩负着所有手下性命的指挥官正常的愤怒?

夏洛特突然意识到，即便是这样的攻击也是徒劳的。莫雷已经不再说丧气话。他彻底放弃了，一动不动地坐着，盯着桌面上的一些小孔发呆。安吉拉不安地咬着下唇。阿德里安像往常一样皱着眉头，怀疑又充满兴趣地关注着事态发展。他或许是四人里唯一一个心甘情愿待在这里的人。

最先到达攻击位置的船只发来了报告。负责控制台的操作员低声将信息传达给舰长，表情出奇的平静。

"开火。"科罗丹终于下了令，语气同样冷静。

话音刚落，大炮巨大的后坐力震得整艘船晃动起来，仿佛一群疯狂的巨人正在用巨大的锤子敲击船体。一道道弧线裹挟着浓烟朝钢铁堡垒射过去，不计其数，小岛顷刻间便被烟雾笼罩了。

夏洛特歪着脑袋。这些俄罗斯人真能把这个岛炸成废墟、消灭潜伏在那里的可怕科技吗？她感到热血沸腾。这应该是唯一的方法吧。光凭这些炮弹的后坐力，就能让人感觉到强大和毛骨悚然。

但突然间，控制台前爆发出一阵嘈杂。有人跳了起来，叫喊着，手忙脚乱。最重要的是，舰长此时紧握话筒，不停地喊着："撤退！撤退！所有的船都撤走，立刻！"

"哦，我的天！"夏洛特听到阿德里安在一旁低声叫道。她再也坐不住了，匆匆走到窗前，几乎不敢相信她透过远处的烟雾和爆炸的蘑菇云所看到的：一根像巨大的蜥蜴舌头的银色物体从钢铁堡垒上分离出来，朝离得最近的一艘船伸展过去，在空中和海面无情地猛冲、延伸。终于够到那艘俄国船时,船体开始变化:它停止了攻击,外层坍塌了下去,船身则隆起变宽,连颜色也变了,已经看不出战舰的样子,变成了噩梦般的第二座堡垒。

不仅如此,这个环形的堡垒建筑上还多了一样东西,那是第一艘被攻击的船的残骸。之前人们的骚动就是因为第一艘船出事,然后舰长才下令撤退的。她所在的船也向后退去,船尾方向的小岛渐渐退出视野。

在科罗丹舰长的命令下,四人被带离舰桥,回到医疗站。这里显然是唯一可用的休息室。士兵给他们送了一些吃喝。之前负责给他们录口供的美国和俄罗斯士兵也来了,打算接着录口供。不过,这两个人显然难以集中精力。

"现在是什么情况?"阿德里安问道。录口供的俄罗斯士兵是个肌肉健硕的年轻小伙子,他摇了摇头,盯着夏洛特,看不出他到底是在表示自己不知道,还是接到了命令不能乱说。美国士兵是个浅色头发、满脸雀斑的得克萨斯人,在追问之后透露道,据他听说,他们正在等待支援,之后俄方和美方会分别派一名海军将领过来接管指挥权。他似乎坚信在那之后一切都会好起来。

"船不会那么快开过来,"美国士兵又说道,"像那样的航母,加上护航舰队,最多只能以三十节①的速度航行。除此之外,北冰洋的

---

①即每小时30海里。1海里约为1.852千米。

航线也不好走……所以最先赶来的美国航母应该是哈里·S.杜鲁门号，但也要等到下周了。不过，俄罗斯总统现在允许我们在距离最近的岛屿——叫什么来着？乌沙科夫还是乌沙科娃？总之允许我们在那里建一个临时空军基地。第一批C-17运输机已经上路，它们会在冰面上降落，建一个停机坪，为士兵搭建一些帐篷，还会设立战斗机的加油设施。这些运输机会一起飞过来，以便在空中为彼此加油。"

听到这里，夏洛特打了个冷战。听起来太像好莱坞电影了。她不禁想，要是布鲁斯·威利斯能扮演美军指挥官就好了。

录完口供后，他们勉强睡了几个小时。再次醒来就听说两位大人物刚刚抵达，想请他们去舰桥，向新的指挥官再讲一遍整件事。

两位将领站在舰桥中央，身边围着各自的参谋，正在听科罗丹舰长和他的士兵根据录像和其他记录讲述目前的情况。

海军少将丹尼斯·J.怀特科布长得一点也不像布鲁斯·威利斯。他长着一张让人联想到煎饼的脸，握手的时候让人感觉他的手像面团。虽然制服上挂满了金色的穗带和勋章，但他看起来却更像个整天坐办公室的。"太他娘的糟糕了，对不起，女士们，原谅我的用词。"他一开场就这么说道，粗鄙得让人怀疑他是否真的有资格胜任这个位置。

俄罗斯这边的新任将领是乌利亚科夫上将，他似乎认为自己一句英语也不会说是件很光彩的事。他膀大腰圆，看起来脾气不怎么好,站在舰桥正中央时,仿佛他就是这里的主人。满是痘印的鼻子红红的,可能是被冻的吧,但看起来就像头天晚上喝了一整晚,今早还没醒酒。此时,他正面无表情地听着翻译转述美军少将冗长的发言:华盛顿方面认为,一定要隔离那座岛,以便进行科学调查。美方将提供所有必要的资金、技术、设备和专家支持,当然,成果将与俄方共享。"总统坚信,这不仅是一个学习全新科技的机会,更需要肩负起历史的责任,慎重处理这一发现,最大程度让全人类受益。而且别忘了,我们面对的很可能是外星人遗留下来的东西,是一种与我们相似但比我们更先进的外星文明。所以要更加谨慎,以防现在的行为影响到将来可能的文明碰撞。"

听过问候时的脏话,他这么好的口才让夏洛特吃了一惊。如果换一身衣服,他绝对能当一名优秀的牧师。

"我只对一件事感兴趣,"乌利亚科夫粗暴地打断道,"这个岛上的东西对俄罗斯到底有没有危险?如果它是个危险,那我会尽我所能去消除它。"

怀特科布有些错愕,显然没有料到对方的反应如此生硬。"可是……我们的总统已经和你们的总统达成了共识——"

"你们的总统远在天边。"乌利亚科夫再一次打断他,"我们的总统也远着呢,看不到现场情况。身处后方确实可以思虑周全,但一切要以现场情况为准。我们就是他们在现场的眼睛和手。你的总统得听你的,我的总统得听我的。"他挥了挥手,"好了,开工吧。"

怀特科布露出个假笑，"这么说的话，我们其实没有冲突，这正是我们的提议：深入科学调查，把所有相关领域的国际专家请来，封锁并保护那座岛……"

"封锁？你打算怎么封锁？"乌利亚科夫皱着眉说道，"小岛只是一块碰巧露出水面的岩石而已。你们自己就有潜艇，你们去探查过那座岛在水下的部分了吗？"

美军少将眨了眨眼，"嗯……据我所知，我必须——"

"好吧，我已经派了我们的一艘潜艇，"乌利亚科夫说，"去探查那座岛的基底。应该随时会有消息传回来。"

夏洛特和其他人面面相觑。他们待在这里做什么？那些人似乎对他们不感兴趣，他们只会碍事。

不知道怀特科布是从哪里赶来的。听他的话，他几个小时前还在美国总统的办公室。但华盛顿与这里离得那么远，直线距离至少七千千米。

"上将，K-104呼叫。"控制台前有人说道，应该是无线电操作员。

乌利亚科夫接过连着长长的螺旋电话线的听筒。这时夏洛特才注意到，这位海军上将站在科罗丹舰长之前的位置。"我是乌利亚科夫。"他听着那边的报告，点了点头，"很好。把图像传过来。"他转向怀特科布，指着其中一块显示屏，"有发现。"

事实证明，"有发现"这个表述太轻描淡写了。屏幕亮了起来，镜头里是水下光秃秃的岩石和浮冰投下的阴影,一副仅由白、蓝、灰和黑色组成的枯燥画面。但又出现了些东西,在夏洛特看来很像海底电缆或海底管道。然而都不是,这东西比电缆或管道大得多,是一道名副其实的钢墙,从小岛的方向延伸而来。镜头越过一道岩石凸起造成的缝隙,视野宽阔起来,他们看到,后方还有更多这样的结构,似乎是小岛上的巨大钢筋结构一直延伸到了深海。这些金属制成的手臂绵延数里,像树根一样向四面八方蔓延。潜艇停了下来,镜头对准其中一条的前端,可以看到它正在向前蠕动,越来越长,越来越粗。

"现在怎么说?"乌利亚科夫转向美国人,"你们打算怎么封锁?根本做不到,你们想得太简单了。"

怀特科布盯着屏幕,上面正重播着最后的画面。他面带沮丧。

"这不仅对俄罗斯来说是危险,对整个世界都是。"俄罗斯上将昂起头说,"我将请求总统允许我们使用核武器,把那个岛炸飞。"

7

这句话就像电击一样，让所有人都打了个寒战。

"上将!"怀特科布急得喘气，"请不要草率行事! 我们总统有一些科学顾问，都是知名的学者，他们认为这东西可能是源自外星的纳米技术。这是目前唯一说得通的解释。这种技术能为人类未来提供无限可能，超乎我们想象。只要解开这个谜团，那就好比……好比古埃及人能够建造核电站、古罗马人拥有飞机、中世纪就发明出了互联网一样!"

"有意思。"乌利亚科夫上将小声说了一句。翻译没有把他的语气译出来，但夏洛特听得出，他和她一样，想知道为什么美国人刚才不说这些。

原因不难猜测，美国政府的首要目的是掌握这项技术，如果可能的话，成为唯一掌握这项技术的国家。

"另外，"怀特科布继续激动地说，"可能连原子弹都无法摧毁这个东西,我们的专家也考虑过这个问题。"他苦笑道,"不知道是谁想到了核武器。但他们明确地说,即使把所有核弹扔过来,也只能毁掉一部分机器;而即便百分之九十九都被毁掉了,爆炸产生的冲击波也肯定会把一些微小部件吹到平流层去。这些部件会像种子一样,散落到整个半球,落到哪里,哪里就会重现萨拉德科夫发生的这一幕。只不过,到时候被攻击的将会是城市、乡村、工业厂区,它们会到处肆虐。"

"那这些厉害的专家建议我们应该怎么做呢?"

"唯一的办法,"怀特科布答道,"就是控制它。"

乌利亚科夫皱起了眉头,"恐怕更有可能的是,我们被那个机器控制住。"

"这是唯一的办法。"美国海军少将坚持道。

乌利亚科夫面色凝重地盯着地板沉吟了一会儿,然后抬起头来,"不。按照这些金属根须的蔓延速度,不等我们在这里设立临时研究设施,它们就已经抵达大陆了。你说的那些倒是坚定了我的决心。我们必须出击,比我之前计划的更快、更狠。"

"上将……"

"在苏联时期,我们曾引爆过有史以来威力最强的氢弹,两百兆吨。在新地岛,离这里不到五百英里。"他挺直了肩膀,"我们还有一些这样的氢弹,是时候用上它们了。"

夏洛特动了。她没有过多思考,仿佛是被本能驱使着一般,走向两位将领。

没有人阻止她。她是一个美丽的女人，在这群几乎不习惯与女人相处的男人眼中，她是不可侵犯的。

"不好意思打扰你们。"她用俄语对乌利亚科夫说，又转向美国海军少将，用英语说道："不好意思。但有一个人，你务必要问一下，这个人之前曾制造过类似的机器。"

她开口时，所有人都在认真听着，因为她是一个让人难以违抗的美丽女人。

有时候，弘司有种感觉，似乎母亲不想让他去看她，因为他会打扰她的生活。

"你就别操心了。"他重复了一遍，保险起见又从衣柜里拿了一件衬衫塞进旅行包，"你也不用特意请假。我一个人在东京不会无聊的。"

斯蒂尔夫人已经走了，她去萨克拉门托和她姐姐度假，计划在弘司回来的前一天回来。她最关心的是这段时间谁来照顾植物。于是，弘司终于装上了他设计的灌溉系统。仔细埋入地下的小水管通向每一株植物的根茎，管道与湿度传感器相连，由电脑控制，这样一来，植物将得到比人类园丁更好的照顾。

"可你的机器不能和植物说话！"斯蒂尔夫人挑剔道。的确，但他没说出口的是，相比毫无意义的对话，植物更需要合适的水分和给养。

"别忘了带雨具。"母亲在电话里提醒他,"到雨季了。"

弘司翻了个白眼,"我知道!"

"我不能去机场接你,还有一堆工作要处理。"

因为井元先生太抠门了,舍不得多雇一个人,这他早就知道。"你知道的吧? 你没必要做这份工作。"

"我总得有点事做吧。"母亲的回答一如既往,甚至没考虑过换一份工作,显然很享受和井元先生的不时争吵。

"机场的事你不用担心,我没事。"他看了眼手表,"我得走了,趁现在还不堵车。明天见。"

"明天见。"这话在弘司听来就是:好吧,你想来就来吧。

他照例做好了出门前的准备:整理好资料,检查所有房间,关上窗户和灯等。最后,他看了一眼旅行包,和往常一样,行李只装了一半。他拉上拉锁,提起包出了家门。

在过去几年里,他养成了一个不错的习惯,就是在去东京的前一天和罗德尼、艾莉森一起去爬山。他们会整晚讨论这对夫妇最喜欢的话题:如果外太空有智慧生命,为什么没被发现过?

"生命有多少种可能性? 这才是最关键的问题。"结束一顿丰盛的晚餐后,艾莉森总结道。这个罗德尼所爱的女人矮小结实,喜欢下厨,厨艺很好。这从罗德尼身材的变化就看得出来。"这就是矛盾所在,但我找不到原因。假设地球上生命的产生是一个极小概率的奇迹,在宇宙其他地方几乎没有可能,那确实很难找到外星生命。因为根本就不存在。但这样假设对吗?我觉得不对。地球上哪里有生命?答案是哪里都有。高温地区、极寒地区,甚至火山、硫黄湖和海底都有——至少发现了细菌。就连外太空也有!你知道吗?细菌甚至在阿波罗登月舱的外壳上存活了下来。"

弘司摊开手,"这我倒是第一次听说。"

"是一种名叫'抗辐射奇异球菌'的细菌,具有极强的抗辐射能力。在辐射环境下,它的基因会断裂,之后却总能通过自我修复机制正确地重组。"

"那么下一个问题,怎样才能进化出这样的特性?"

艾莉森皱眉,"问得好。只要你环顾四周就会发现,生命的产生是再正常不过的事,它所需的条件很好满足。这就引出了一个更有趣的问题,为什么这些条件在外太空找不到?"

"太阳系外已经发现了两百多颗行星。"罗德尼若有所思地摇晃着杯子里的餐后酒,"四千光年内,几乎可以肯定地说,没发现任何生命存活的迹象。这个距离不短了。"

"等等,"弘司说,"你们这是在大海捞针,难度太大了。电波频段那么多,外星人有几十亿种选择,而且有些频段人类根本没掌握。又或者,它们的通信手段根本不是这个,电磁波技术可能会被淘汰。就像如今人们淘汰摩斯密码一样。"

弘司这位大学好友调皮地笑了,"我就是这个意思。肯定有外星人存在，但他们拒绝和我们接触。因为高度发达的文明会遵循道德准则，放过相对低级的文明。"

"是啊，"艾莉森说，"可能我们对他们来说就是一场真人秀，人类干的那些蠢事早就成了整个星系的笑柄。"她举起酒瓶，"弘司，再来一杯吗？"

弘司挡住杯子，"不了，明天长途航班，横跨太平洋呢。"

"所以你更要再来一杯呀。"不过她还是把酒瓶放到了一边。

和他们俩在一起总是很惬意。至于原因，明天的飞机上有的是时间思考。他们的公寓很小，杂乱无章，挤满了歪歪斜斜的书架、不成套的家具，还有茂盛的盆栽。客厅的墙上挂着星图，还有装裱起来的哈勃太空望远镜拍摄的遥远星系的照片。两人都不太喜欢收拾屋子，但这里让人感觉很舒服——不只弘司这么觉得——这里不时就有朋友来拜访。

也许正是因为这里不完美。一摞木料在露天车位旁放了好几年，罗德尼每次都说，等下次弘司再来的时候，他一定已经盖好车库了。但谁都知道他只是说说。

"如果外星人真的高度发达，"弘司推理道，"可能他们一直就在那里，只是我们没有发现而已。"这个话题讨论过很多次，几乎变成了一种默契的仪式。说起来，今天喝了不少度数不低的红酒，"假如你是一只蚂蚁，你对其他智慧生命充满好奇，但当你爬过停车场时，你能看出停车场是智慧造物吗？甚至，你能认出汽车吗？"

"对丽贝卡来说,这个问题很好回答。"每次艾莉森提到她的姐姐,表情都很痛苦,因为丽贝卡遇到问题总是从《圣经》中寻找答案。更准确地说,是从她的牧师宣称是《圣经》的内容中寻找答案。"如果有外星人,《圣经》一定会有记载,至少有关于它们是否被救赎的内容。既然没有,那就没有外星人。"

罗德尼皱眉,"我觉得美国政府很可能早就和外星人接触了,只是一直保密。像51区啊,罗斯韦尔啊,也许那些传说是真的?"

"那你就不该说得这么大声,"艾莉森笑着说,"他们会让所有找到证据的人闭嘴。"

门铃响了。

艾莉森咯咯笑起来,"看!我说了吧,他们来抓你了。"

罗德尼起身走到窗前,没有跟着笑,"严肃点,门外站着两个西装男,街上还停着一辆黑色大轿车。"

"对啊!是黑衣人!"艾莉森笑得差点从椅子上掉下去。弘司有些明白为什么罗德尼喜欢她了,"他们是来消除你的记忆的!"

但罗德尼一点也不捧场,"很好笑。"他走出餐厅,出去开门。

艾莉森擦了擦刚刚笑出来的眼泪,"可能是来传教的牧师吧。"她吸了吸鼻子,还在笑,"不过也太凑巧了,是不是?"

弘司看了一眼表,已经过了十点,"这个时候来传教?"

外面的人不是牧师。罗德尼回到客厅时,表情比之前更难看了。"他们是国防部的,想和你谈谈,哥们儿。"

"和我？"

"和我的客人，加藤弘司先生。"西装男刚才应该就是这么对他说的。

艾莉森瞪大了双眼，"不是认真的吧？他们在监视我们？"

罗德尼无奈地耸了耸肩，"不知道。我感觉跟做梦似的。"

弘司推开椅子站起来，"我去跟他们聊聊。"

那两人在门口等着，没有像《黑衣人》里那样穿黑色西装，而是浅米色的，更符合加利福尼亚的天气。看得出他们等得不耐烦了，似乎每一分钟都很宝贵。

"晚上好，加藤先生。"二人中个子较高的说道。这个人一头浅褐色的头发，脸上有很多痘印，大概小时候青春痘挺严重，"抱歉这么晚来打扰，但我们有要紧事。"他拿出一张证件，上面写着"尼尔·霍普金斯，国防部，国土安全部"。

弘司看了一眼，不确定这东西是不是真的。看起来很真实。但弘司随时可以花半个小时用一台电脑和一台打印机做一个同样真实的。

"你们怎么知道我在这儿？"他问道。

"我们有我们的方法。"另一个尖嘴猴腮的男人直截了当地说。

高个子男人有些不悦地看了他的同事一眼，然后向弘司解释道："是通过一个叫詹斯·拉斯穆森的人……"他顿了一下，"拉斯穆森，没错就是这个名字。他是你的生意伙伴，对吧？他告诉我们，你今天可能会在这里。"

听上去挺合理。他一直都在向拉斯穆森报告行踪,还跟他说过罗德尼和艾莉森·阿尔瓦雷兹的事。如果有人在谷歌上搜索加藤弘司的名字,第一页就能找到"拉斯穆森投资"。

"好吧。"弘司把证件还给男人,"找我什么事?"

那个叫霍普金斯的男人把证件放回皮制公文包,掂量着,好像还没想好接下来要怎么做。"我们想请你看一些视频录像,在车里。"他说着朝黑色轿车点了点头,"如果你能理解看到的东西,我们就会告诉你剩下的事情。"

"上车之后,"弘司问道,"如果我想下车,你们会放我下车吗?"

男人似乎想极力挤出一个和蔼的笑容。或许需要有人给他的上司提个醒,这个人不适合深夜游说别人去冒险。"我们不是绑架犯,加藤先生。我们代表美国总统来请求你的帮助。"

哇,即使不是真的,这话也相当有说服力。

"好吧。"弘司说,"我去跟朋友说一声。"

回客厅的路上,他从口袋里掏出手机,按一个键开了机,又按了另一个键拨给了拉斯穆森,"是我。是你告诉国防部的人我在哪儿的吗?"

"弘司!"拉斯穆森叫道,背景能听到嘈杂的酒吧音乐,"要不是你一直关机,生活就简单多了!我本来想提前告诉你的,可你知道旧金山和你朋友同姓的人有多少吗?电话本上整整两页!"

"原谅你了,这么说是正经事?"

"我甚至打电话到白宫去确认了,是的。警戒级别在几个小时前已经提高到了红色。在俄罗斯领海发生了一些危机,他们需要你的技术专长。我知道的就这么多。"

"他们现在就守在门前,想让我上他们那辆又大又黑的车。"

"我觉得你可以上车。"

"好吧。谢谢。"他挂断了电话。罗德尼和艾莉森一脸担忧地望着他,"没什么好担心的,"他说,"也就是十分钟的事。"

罗德尼举起他的手机,"我得录下你上车的画面,之后我会打电话给别的人,保持通话,一直到你回来。"他一脸严肃地说,"以防万一。"

两个男人把弘司带到车旁,为他打开后门,和他一起挤进后座。尖嘴猴腮的男人拿出一台必须经过指纹授权才能开启的笔记本电脑,开机之后放到弘司的腿上。"给。"

弘司看着视频,里面的人显然是在北冰洋的一个小岛上,有些镜头还是在水下拍的。

"麻烦你再放一遍。"屏幕变黑之后,他说道。

男人按下重播键。

"这是在哪里拍到的?"弘司问道,"另外,你们想从我这里知道什么?"

他们告诉了他来龙去脉。弘司想了一会儿。"好吧。我得跟我母亲说一声,我有事耽搁不能去看她了。"他看到罗德尼站在客厅的窗户前,手机一直贴在耳边,"还得和朋友们道个别。"

"你的行李,"那个叫霍普金斯的人说,"看上去随时可以出发。"

"我还需要一台电脑,和一个可以连接的多频段无线电。"

"我们会提供。"

他们让弘司下了车,他再次回到屋里。艾莉森睁大了眼睛在走廊里等着他,罗德尼在他进门后也过来了,手里还握着电话。"是怎么回事?"

"我得走了,现在,马上。"他伸手去拿旅行包,"谢谢你们做的一切,我会尽快联系你们。"

"你要走了? 怎么了? 发生什么事了?"

弘司认真地看着他,"你的外星人。看起来,他们来了。"

他们最终被带回了医疗站,不知道外面又发生了什么。但至少不像在准备扔核弹。船只继续在北冰洋中航行,偶尔有浮冰擦着船体漂过,这是唯一可供消遣的东西。

有一次,一个士兵来到医疗站包扎擦破的伤口。夏洛特无意中听到他告诉医生,他们正在等待一架直升机从阿姆杰尔玛空军基地带来"另一个"美国人。

晚餐后不久,直升机终于过来了。尽管从医疗站看不到停机坪的情况,但能听到发动机轰鸣的巨大噪声。一位俄罗斯军官过来用俄语请夏洛特一同前往舰桥。其他人闻声也准备起床,军官又用英语对他们说道:"不,只需要她过去。"

夏洛特没想到,站在舰桥中央,正在与海军将领和军官们说话的,正是弘司。

"你怎么到这儿来了?"弘司走过来跟她打招呼时,她问道。

"得问那些把我带过来的人。"弘司对她笑道,"几个小时前,我还在罗德尼和艾莉森家里。突然来了几个政府的人,开车把我带到一座机场,乘直升机去了一个空军基地。在空军基地,他们安排我上了一架……B-2轰炸机。简直难以置信。我见过这飞机的照片,但是站在实物面前,还是感觉跟科幻电影似的,仿佛角落里马上会冲过来一群黏糊糊的绿色人形怪物……这玩意儿不装载武器的时候,能以音速绕过半个地球,都不用中途加油……"他捋了捋头发,好像是为了确定脑袋还在脖子上,"很有意思。我这辈子再也不想做这样的事了,但不得不说很有意思。"

他出奇地健谈,让夏洛特吃了一惊。他脸色发青,大概确实不舒服,所以才会说话转移注意力吧。

"怎么样?"她继续问道,"你知道这里究竟是怎么一回事吗?"

他鼓起腮帮子,"这个嘛,显然是纳米机器人、纳米科技。只有这个解释,否则就是电影特效了。"

夏洛特想起了莱昂在她眼前消失的景象,"那可不是特效,都是真实发生的。"

"好吧,那……"他顿了顿,"你过来,我刚刚安装了我的一个程序,应该快好了。"他笑了一下,"两个国家的情报机构都要监视这个网络连接,应该会盯着那些二进制代码。无所谓,随他们去吧。"

终于,所有人都坐到了会议桌前,围在弘司周围。弘司面前放着一台笨重的、有点像是军方专用的笔记本电脑。"我在过来的飞机上看了卷宗,里面也写了一些关于萨拉德科夫岛的民间传说,据说这些传说有一千多年的历史。其中一则说的是天地之间的战争,有一个黑天使是天上军队的领袖,坠落到萨拉德科夫岛上后被冰雪掩埋。一旦冰层融化,战火就将重燃。这就是为什么这里永远都是冬天。"

俄罗斯上将点了点头,"这是个古老的西伯利亚传说。"

"我认为,它可能源于真实发生过的事件——一个基于纳米技术的探测器落到地球,为了执行某种任务。"弘司双手交叉,"在我看来,这件事可能是这样的:探测器撞击地面,沉入冰里,一直都在试图重新激活,继续执行任务。我们可以把它看成是一粒种子,内部的纳米机器人储备了一定的基本能量和原材料。但周围有几百万立方米的冰层,无法获得其他的能源,也没有足够的元素可供使用,只有氢原子和氧原子,所以任务无法继续。因此它们做了前期准备,一直在等待。"

"等什么?"怀特科布问道。

"等待新东西出现。"弘司说,"特别是碳元素。"

"碳元素?"

"碳是能够形成四个分子键的最小原子,在纳米技术构造中起着决定性作用。"面前的电脑屏幕上出现了一些东西,他停下来思考了一下,迅速按了几个键,"像荷兰记者的这起事件,"他一边敲击键盘一边说道,"人体的含碳量为10.7%,也就是说,75千克的体重含碳量为8千克,约$4×10^{26}$个碳原子。"

怀特科布不置可否地哼了一声,"你不是想告诉我们,一个人体内所含的碳,足以让一个30平方千米的小岛完全被钢铁覆盖吧?"

"当然不是。只要有一定量的碳,它们就能无限获取所需的所有元素。冰块里没有多少资源,临近的岩石估计也早被开发过了——我猜想,在吸取那个记者的身体之前,它们已经获得了相当数量的碳原子,那八千克只是个导火索。"

夏洛特有些不舒服。在她的记忆里,莱昂·范·霍恩是一个讨人喜欢的冒险家,喜欢开一些无聊的玩笑。而在这些人眼中,他却只是八千克的碳。

"萨拉德科夫岛,"乌利亚科夫上将说,"早在斯大林时期就进行过矿产资源勘察,那里除了岩石什么都没有。"

"不值得人力去开发而已。"弘司说,"但从纳米的尺度来看,到处都是资源。一旦这些纳米机器人渗透到海洋中,就不再存在资源短缺了。因为海水中含有所有可以溶于水的元素。也许这个含量很低,但只要有足够的海水和足够的能量,就可以提取它们所需的一切。"

"足够的能量,这才是关键。"这话引起了怀特科布的兴趣,"总统的顾问之一,叫德雷克斯勒还是什么的,他说关键在于这些纳米机器人从哪里获得能量。没有能量它们什么都做不了。"

弘司点了点头。"没错。我怀疑它们的能量来自地球内部。这些纳米机器人的探测器可能已经往地下延伸了几千米,从温差中提取能量。"

"从地球内部?那样也行?"怀特科布怀疑地说,"能获得足够的能量?"他指着小岛的方向,小岛在地平线上闪着钢铁的寒芒,就像《指环王》中魔多的堡垒。

弘司面无表情地看着美军少将,"鲜为人知的事实在于,地球内部几乎和太阳表面一样热,自地球形成以来,几十亿年都没有明显降温。所以,是的,我相信它们能从中提取到足够能量。"

乌利亚科夫身体前倾,激动地说:"这是不是就意味着,可以直接切断这些机器的能量来源?只要能找到办法切断这些通往地底的……探测器!"

弘司一边听着翻译的转述,一边皱起眉头,"问题是,要怎么做。千万别以为那就是一两根深入地下的粗管子,很可能有几百万根,细到肉眼看不见,就像菌类伸出的菌丝。"

"一颗原子弹就能炸掉所有菌丝。"

"这种不一样。这些纳米机器人无疑能储存能量。所以即便在能量中断后,比如地下核爆炸之后,它们还是能重建。"弘司打量着面前的电脑屏幕,"坦白说,我甚至怀疑核弹是否有爆炸的机会,很可能纳米机器人会在爆炸之前把它分解掉。"他清了清嗓子,把电脑拉向自己,"现在,如果你不介意的话,我的程序已经加载好了。我要进行一些尝试。"

"能问问是什么尝试吗?"但从怀特科布的语气里,能听出来这既不是问题,也不是请求。

"我要建立与纳米机器人的联系。"

"那你打算怎么做?"

弘司想了一下,"用你能理解的方式来解释,可能要花上几个小时。但实际操作就几分钟,而且不一定有用。我觉得最好还是让我先试一下,稍后再解释。"

怀特科布和身边的人交换了一下眼神,耸耸肩,"好吧,那你先试试。"

弘司已经开始了,手指在键盘上翻飞,眼睛盯着屏幕上诡异的图表和快速变化的数字序列。旁边有一个通过电线与电脑连接的装置,是一个橘红色的盒子,上面闪烁着各种发光二极管,正忙碌地运行着。

有人说了一句,那是个多频段无线电装置。夏洛特不知道那是什么,也不想知道。她现在只想离开这里。

外面乌云密布,雨雪刮擦着舰桥的侧窗,船摇晃得更猛烈了。夏洛特不寒而栗,她想起了充气船上的那几个小时。

她感觉自己依然困在噩梦里,不过至少没那么冷了。

她又看向弘司。他到底在做什么?向纳米机器人发送无线电信号?发给那些来自外太空的机器?它们能理解吗?

负责监控小岛的军官大喊一声:"岛上有动静!"然后俯身调整了镜头视角,"大门打开了!"

一时间所有人都聚到他身后,盯着监控屏幕,除了弘司。弘司还在工作,对其他事情不闻不问。果然,大门已经敞开了一半左右,露出一道通往山体内部的黑暗裂缝。乌利亚科夫上将下令加强警戒,以防门后面冒出大炮之类的东西。

"无线电信号中断,"另一名军官说,"没有进一步活动。"

所有屏幕上都出现了小岛的画面,距离、角度各不相同。夏洛特这才发现,在巨大的钢门表面能看到细微的活动,一直不断。此前人们都想当然地认为那是反光。

怀特科布转身对弘司说:"恭喜你,加藤先生。看样子你把那东西关掉了。"

弘司抬起头来,"既然这样,可以派一架直升机把我送到岛上去吗?"

"你说什么?"

"到岛上去。"弘司耐心地重复了一遍,"我要跟那些机器人直接接触。"

怀特科布咳嗽了一声，"会不会太早了？我们都不知道这个场面会维持多久，而且——"

"不会持续很久，"弘司拔掉多频段无线电插头，缠好了电缆，"所以不能浪费时间。"

"你看过那些视频，知道登陆小分队遭遇了什么吧？"

"我看了。"弘司把无线电放在电脑上，"我需要一件暖和点的衣服。"

怀特科布喘了口气，"衣服！你可真有胆量！"

乌利亚科夫听完翻译的话，也点了点头，粗声说道："很好，安排最少的直升机机组人员，别让他们降落，在空中用吊绳把他放下去。"

有人给弘司拿了印有北方舰队标志的厚厚的海军大衣、配套的裤子和靴子，还有一个背包来放电脑和无线电。弘司面无表情地穿戴好。外面直升机已经在旋转预热发动机了，暴风雪还在继续。

军官们不知道该为弘司感到遗憾还是该为他加油。而且，他们似乎不太愿意让一个平民去做这种事。

"祝你好运。"怀特科布挤出一个笑容。有人敞开了门，冰冷的北风吹了进来。

弘司走到夏洛特面前，把背包背在肩上，"祝我好运吧。"

"保重。"她用日语对他说。

　　他的脸上笼罩着一层阴云。"我不知道是什么原因让它停下来的。"他用日语小声说道，"不是我干的，不要告诉任何人。"说完，他跟着护送士兵上了直升机，门在他身后砰的一声关上。

8

直升机在风雪中奋力前行,弘司目不转睛地盯着小岛。

他无法相信自己多年来梦寐以求、一生为之努力的东西近在眼前,而且还是在这样一个神奇的地方。其他人看到的是铜墙铁壁,伫立在北冰洋边的巨大堡垒。而他看到了背后数以万计、多到语言无法描述的纳米机器人集成在一起,在指令下协调配合。这是帕柳克岛小型机器人的无限微缩版,这样的结构此前只在他的电脑屏幕上出现过。不借助设备的话,单靠肉眼是看不见的,只能靠想象力。原本,它们只会永远存在于弘司的电脑上。但因为这场意外,它们真的出现了,就像细菌和病毒,虽然看不到,却切实存在。当然,这些纳米机器人比病毒还小得多。

海面下不断生长的宏伟的造物正是纳米机器人力量的体现,从周边环境提取原子,不断自我复制。严格的组织性、完美的配合,加上明确的计划和方案,让它们能建造一切。小到复制自身,大到比如这个岛——三十平方千米的岩石已经完全被闪闪发光的钢铁覆盖。但这不值一提,因为它们的能力是无限的。只要接到命令,它们甚至可以重建整个星球,几乎没有人能阻止它们。

它们所做的仅仅是对原子进行排列,但这就足以创造奇迹。其实一切科技都是这样:有效地排列原子。人们制造的手斧,就是用石块与石块相击,直到碎片脱落。碎片由很多原子组成,只不过早期人类还无法描述那样的数量。后来,人们开采金属,就是在寻找具有某些性质的原子。人们还学会了排列这些原子——通过一种叫作锻造的工序。最后是现代精密制造,比如将硅片抛光到前所未有的纯度,并对其进行化学处理,生产出性能无比强大的计算机处理器。

但比起这门技术发展到巅峰所带来的可能性,这些都不算什么。只要能操纵单个原子,从这里拿起来,放到指定的位置,人类就掌握了最优秀的技术。一块煤和一块钻石的区别就在于碳原子的排列。而与那些只有通过纳米技术才能造出的分子相比,钻石都不足挂齿。

弘司不敢相信,这架直升机正带着他去考察有史以来人类所接触的最先进的科技。他花了数年时间研究这门技术的理论支撑,总结出了他认为普遍适用的基本原则,不过只有几条。与创造出这座闪闪发光的银色巨兽的知识体系相比,与那些灰蒙蒙云团、铅灰色波浪之中格外诡异的构造相比,他只是刚入门而已。

他也不明白为什么它们会停止活动。他当时做了什么？他当时只是观察了一下军方所谓的"干扰"，想着把它理解为控制信号，是不是通过这个信号来联系中央控制元件。他运行了几个自己编写的模型识别程序。软件运行时，他一直担心在这之后，他的二进制代码会被俄美两方的计算机专家反编译，继而被商业间谍投入各种软件。要是詹斯知道了，肯定又会跟他唠叨专利和损失的利润。

总之，他通过程序确定了一些他认为有意义的模型，然后尝试性地发出互补的信号序列。这真的没什么特别的，他也没指望收到无线电应答之外的其他反应。然而它们停止活动了。这完全出乎意料，他也搞不懂是怎么回事。

小岛越来越近，一个被铬包裹着的超大防御堡垒，上面有闪闪发光的城垛和坚不可摧的防御工事。这景象让他喘不过气，甚至让他忘记自己要来做什么。不过他本来也不知道。他没有计划，只有一台连着无线电设备的电脑。唯一确定的是，他无论如何都要踏上这座岛，哪怕付出生命的代价，否则他不会甘心。

副驾驶解开安全带，来到他所在的后排，示意他同样解开安全带，并让他套上一个从腋下绕到背部的套索。胸前的位置有一个大钩子，士兵把绞盘缆绳穿到钩子上，然后哗啦啦推开舱门。纷飞的雪立刻飘了进来。他冲着弘司喊了几句什么，在发动机的噪声下，弘司分不清他说的到底是俄语还是英语，但不重要，他听懂了：他要靠这个绞盘降下去。

弘司最后检查了一次,确认一切准备就绪,装着电脑的背包固定在套索上方,以免损坏。他点了点头,迈出机舱。

刚下降了几米,气流就猛烈地向他扑来,几乎将他撕碎。刺骨的寒冷让他清醒,知道这一切不是做梦。他吊在轰鸣的直升机下一条颤动的钢缆上。钢缆被士兵迅速放开,他一路下坠,很快他就会成为世界上最孤独的人。如果发生不测,也不会有人来救他。他想起在加州的时候特工给他看的视频:人们以难以想象的方式痛苦尖叫着溶解、死去,数十亿个纳米粒子把他们分解成碳原子、氢原子、氧原子,把他们骨骼中的钙原子一个个运走,以此来构建新的功能部件。

弘司向下看去,地面越来越近,就像一块完美无瑕、刚被打磨过的钢板。

双脚触到了地面。什么事也没发生。他仔细看了看,发现钢板上到处是飘落的雪花,甚至还没有融化。他松了口气,迅速放下背包,解开套索,对着空中挥了挥手。带着套环的绳索"嗖"的一声被拉了上去。不等完全收回去,直升机就掉头轰鸣着离开了。

他站在原地。现在怎么办?他把背包背到肩上,看了看不远处巨大的门。大门敞开着,像一张邀请函。好吧,反正他不想留在外面。既然来了,就要尽可能深入到机器的核心吧。里面肯定比室外暖和。

他迈开步子,沿着光滑的斜坡艰难地走向那条大概五十米高、五米宽的又窄又黑的裂缝。越靠近大门,他越是回想起盂兰盆节的传说:通往冥界的入口。他有些激动,虽然他不知道进去后该做什么,又或者会碰到什么事。很可能什么都不会发生。

弘司再次转身,回头望向远处那些几乎与天空和大海融为一体、停在安全距离的灰色船只——当然这个安全距离只是猜测。他突然想起他们给了他一个对讲机,于是从口袋里掏出来。这个对讲机很笨拙,看起来就像早期的手机,要脱下手套才能打开。

"我是加藤,"他对着对讲机说,"我要进去了。"

没有回复,他又把对讲机塞回口袋,戴上手套,再次深吸一口气,跨过门槛,走了进去。

尽管舰桥上很暖和,随着时间的推移,夏洛特还是有些冷。就这么坐着,透过窗户望着灰蒙蒙的暴风雪和单调的永无止境的极昼,换谁都会开始哆嗦。雪已经停了,但风刮得更猛了,海面上掀起一层层冰冷的浪花。

但她没有别的事可做。时间一分一秒地过去,等待让人变得焦虑。他们的船在小岛面前来回游荡,超长焦镜头拍摄着岛上发生的一切。但自从弘司走进大门,就什么都看不到了。一切都记录在案,但如果之后有人看到这份记录,肯定会觉得很无聊。

舰桥上有人小声交谈,有人喝咖啡,还有人转动开关、敲击键盘、弯着腰看地图。但其实所有人都在等待,就像警惕的猫,一有动静就会一跃而起。

但会有什么动静呢？难道真的有外星人从大门里走出来？说不定还是跟弘司一起？是充满敌意地挟持弘司，还是友好地解释之前的误会？"带我们去见你们的总统吧!"它们也许会这么说，接踵而来的便是更多误会和对峙。

夏洛特不断挠着头，免得在空荡荡的会议桌旁变成一块石头。一旁是头戴金色装饰的军帽、胸前挂着五颜六色勋章的美军少将。他正在舰桥的另一端用一部笨重的手机打电话。他的人站在周围保护着，以防俄罗斯人偷听。

夏洛特跟自己说，就算那里面有外星人，也应该早就飞走了，也许马上就要离开太阳系了。又或许，它们从一开始就只派了这些执行未知任务的纳米机器人。这都是几千年前的事了，说不定在这期间它们已经灭绝了。

弘司进去之后发了两次消息。据他说，他穿过了一个看起来像是巨大的工厂的大厅，看不到一个人，没有生命迹象，什么动静都没有，一切都是静止的。他问是否收到了他拍的照片，这引起了骚动，因为他们一张照片都没收到。

照片会不会有问题？这引起了不小的轰动，因为事实上，的确一张照片都没有传回来。一名俄罗斯军官跟夏洛特解释说，弘司所携带的无线电设备是特殊的军用型号，信号极强，而且所有信息都是加密传输的，只需按一下按钮，内置摄像头就会发送照片。但最后一次的通话效果极差,声音失真且时不时断开。最重要的是,距离上一次通话已经过去很久了,令人不安。

探险队的其他人居然也过来了。阿德里安说,他们无法忍受待在医疗站一无所知,恳求了很久,终于获准到舰桥上来。夏洛特想解释谁是弘司,岛上的纳米机器人又是怎么回事。但她讲不清楚,大家一脸迷茫。不过她的注意力被偶然飘过来的几句话吸引了。听起来,疑虑占了上风——如果弘司一直不传消息回来怎么办?他可能早就死了,消失得无影无踪,就像登陆队一样。

没有人提起莱昂·范·霍恩,毕竟没有他死亡过程的录像。如今,没有录像是很难让人信服的。

"我不喜欢这样!"乌利亚科夫上将越来越频繁地咆哮。他瞪着下属,眼神让士兵们心虚,好像这样的局面都是他们的责任。

"……我们怎么办?"夏洛特又听到美军那边在说话,"要等多久?"

他们的想法不难猜测。他们说,就算弘司只是平民,也应该清楚这里有一群人急切等着消息。如果里面收不到信号,他就该原路出来报个信,证明他还活着,或者至少告知下一次通信是什么时候。所以,要是他一直没有消息,那只能说明他要么被困住了,要么死了。或者就是太蠢,因为不满意被强拉过来,故意在这个时候给他们添堵。

没人知道现在该怎么办,否则早就不愿意等了。就这一点,人们还是没有讨论出结果。

"上将!"一个负责监视屏幕的士兵突然喊道。

乌利亚科夫向前探了探下巴,"直接说!"

"K-104报告说,海底的……嗯,金属造物有变化。"他一边报告一边听着耳机里的声音,"它们似乎正在消失。"

"据我所知,我们所有的潜艇都配备了摄像头。"乌利亚科夫喊道,"K-104那边呢?"

"稍等,我收到了图片信号。在这里。"士兵按了一下按钮,多个屏幕上出现了水下的画面。在聚光灯的照射下,可以看到一个从岛上延伸出来的细长金属物体闪闪发光,同时还在收缩。

乌利亚科夫站在一块屏幕前,双手背在身后,倾身查看屏幕上的一切。"很好。"他最终开口道,"自从我来到这里,这是第一个好消息。"

"他做到了!"怀特科布重重地拍了一下手,"那个家伙把这鬼东西控制住了!"

另一名负责监控的士兵侧过头报告说:"岛上有动静,是堡垒。"

所有人都吸了一口气。这时刚好打过来一个巨浪,船晃了晃。

"摄像头哪儿去了?"乌利亚科夫喊道,他是唯一没有愣在原地的人。

屏幕上的图像变化了,镜头被切到发现动静的那片区域。此前一直棱角锋利、泛着金属冷光的堡垒顶部的城垛,现在明显柔和、圆洞起来,仿佛笼罩在薄雾中。之前锃亮闪光的钢筋变得通红,似乎正在融化、坍塌,接着就这么消失了。

"妈的!"怀特科布少将脱口而出,"这玩意儿正在瓦解!"

的确。整个堡垒正在变成灰烬,被风暴吹散,速度越来越快。很快,第一块巨石重新露出来,大门只剩下模糊的轮廓。两道用两艘战舰和士兵改造的、延伸到海里的防御设施,此时溶解在了水里,把水染成血一样的红色。

乌利亚科夫让直升机在小岛上空盘旋,从空中拍摄。拍到的景象也是一样的:之前堡垒耸立着的地方,一缕缕浅灰色、红粉色的灰烬被风吹起。深入地下几千米的发射管也不复存在,只在岩石上留下一个幽深的孔洞。旋翼造成的气流吹拂到山体高处,仿佛有一把无形的扫帚扫过,掀起无数碎屑。

整个过程只持续了大约半个小时。先前看似坚不可摧的一切都消失了,萨拉德科夫岛现在仿佛火星表面。

"那里有个人!"

一个镜头聚焦到曾经的大门所在的位置,现在是山体上一个巨大的黑暗洞穴,就像一个年迈巨人掉光牙齿的嘴。一个人影从洞里踉跄地走了出来,披着已经不成形的布片。是弘司,手里还拿着一块键盘的碎片,显然是电脑残骸。随着镜头拉近,可以清晰地看到他冷得发抖。所剩无几的衣物只能勉强蔽体,无法抵御北极圈的寒冷。就在这时,在他身后的山上,一段被纳米机器人打穿的通道坍塌了。

这一切都出乎他的意料。他想停下来喘口气，但距离山体和山洞这么近，还是很危险，只能顶着寒风继续往外走。他低头看了看手，手指冻得发青，但仍然紧紧攥着电脑残骸。

他终于停下，朝着舰船所在的方向挥了挥手。他们会看到，对吧？

来了。在他身后，一架直升机从山脊那边飞过来，准备降落。弘司跌跌撞撞地跑过去。飞机降落后，一个士兵跳下来，把他扶上飞机。舱门把寒风挡在了外面。弘司裹上了一条毯子，尽管还是止不住地哆嗦，但很快会暖和起来的。

美国海军少将丹尼斯·J.怀特科布在机坪上等着他，身边是几名手下，看上去身经百战的样子，眼神中透着冷静和坚毅。

"欢迎回来，加藤先生。"怀特科布说道，"恐怕有不少事情你得向我们解释。"

群星之岛

1

萨拉德科夫岛事件

联合调查委员会

主席:参议员理查德·科菲(美)

副主席:部长阿纳托利·米哈伊洛夫(俄)

文件级别:机密

证人证词摘录

莫雷·曼(美)

主席:请用一两句话总结一下萨拉德科夫岛上的事。

证人:在一个冰层中困了上千年的外星探测器,由于全球气候变化、冰川消融而重获自由,激活了。

主席:激活之后,你是否以某种方式影响了之后发生的事?

证人:没有。

证人证词摘录

夏洛特·玛尔露(法)

主席:你和加藤先生是什么关系?

证人:我们是朋友,从十岁起就认识了。从那时起,我们偶尔会见面。

……

副主席:你出于什么原因加入的探险队?作为一名古人类学家,到一个极地小岛上做什么?

证人:我的作用主要是翻译,其他人不会俄语。

……

主席:萨拉德科夫岛上发生事故时,你为什么会想到加藤先生?

证人:我知道他正在研究的项目,觉得他是最有能力处理探测器的人。

副主席:请详细讲讲,他在研究的项目是什么?据我了解,起码跟外星人没有关系,对吧?

证人:没有。他在研究机器人。

副主席:那和这次事件有什么关系?

证人:他研究的机器人很特殊,由很多微型机器人组成,能根据不同的配置组合在一起。大概这么大。

(证人比出手掌大小的轮廓)

大约六年前,加藤先生向我演示过它们的运行方式。虽然没有达到预期效果,但那些机器人还是很神奇。前往萨拉德科夫岛之前不久,我去找过他,他向我展示了他正在研究的新一代机器人的模拟程序,比之前更小,只由少量原子构成。

主席:展示过实物吗?

证人:没有,我说了,他只有电脑模拟程序。他说,想真正建造出这些机器人,还存在根本性的技术障碍。

主席:什么障碍?

证人:照我的理解,事实上没有办法按照他的需求来排列原子。

……

副主席:据我所知,既然是纳米技术,这些造物应该小到肉眼不可见。你身处与世隔绝的极地孤岛,面对着极其神秘的事件,为什么立刻想到跟纳米机器人有关?

证人:是它们的动作。

(证人停顿了一段时间,似乎在平复情绪)

它们的刀片,还有刺穿莱昂·范·霍恩先生的动作,我从中看出了一种模式……不,是一种运动,一种非常独特的、像波浪一样流动的运动方式。

（停顿）

总之，一看到那种动作，我就想到了弘司和他的机器人试验。有那么一瞬间，我甚至以为是他的机器人产生了自我意识，以某种方式来到了这个岛上。我没有想到纳米机器人，那是怀特科布先生最先想到的。

主席：海军少将怀特科布？

证人：是的。据他说是华盛顿的专家团提出的。

主席：能具体描述一下那些刀片的动作吗？

证人：是一种微光，沿着刀片流动，起码看起来是这样。当年弘司的机器人移动的时候，也能看到微光，好像有什么东西在流动。有点像有人打倒了一桶银球，只不过它们不是球状的，而是一些平滑的方块。而且也并不滚动，而是以互相叠加的方式前进。

（停顿）

见过一次你就知道了。只要见过，就肯定能辨认出来。至于刀片……

（停顿）

打个比方，在装满水的水槽里拍打一下，就会看到涟漪。之后如果看到海洋，你就知道波浪和水槽里的涟漪本质上是一样的，都是水的运动。所以刀片上的微光让我想到了弘司的机器人。

……

副主席：回到之前的问题，当天为什么想到跟两位海军将领提起加藤先生？

证人：只是直觉。非要说的话，那就是我蒙的。其实我说到加藤先生的时候有些夸大，因为我不想他们用核弹。

夏洛特到达莫斯科，发现母亲在机场等她。她意识到一切终于都结束了，本想大哭一场。但她忍住眼泪，高兴地拥抱了母亲。幸好母亲没给她介绍什么对象，因为这一刻，她可能真的愿意随便嫁一个。

"你还是这么喜欢冒险。"母亲只说了这么一句。

"这是最疯狂的一次。"夏洛特承认。

"希望你得到教训了。"

"得到了，真的。"

夏洛特感到内疚，她扔下其他人跑了回来。两个大国争执不下，美国想把他们扣留在华盛顿，俄罗斯则希望在圣彼得堡继续调查。最终，他们选择冰岛作为中立国，证人被带到雷克雅未克的一家酒店进行问询。尽管做了严密的保护措施，但媒体还是探听到了风声，新裁军协定的传言不胫而走。

尽管公众的兴趣在消退，但调查仍在继续。没完没了的问询最终让夏洛特受不了了，为了逃离，她无耻地利用了外交官女儿的身份。离开之前，她在所有文件上一一签了名，包括保密协议、放弃索赔声明等一大堆东西。之后，她便乘最近的一班飞机离开了。

现在她终于回来了——但几天后,她便发觉自己想得太美:母亲似乎变得冷漠刻薄,对她也疏远了,只在意礼节和面子,不表露任何情感。而父亲也只跟她客套,然后匆忙跑去工作。在家的时候,父亲总是努力做出开心的样子,说些废话,拒绝认真地谈话。对于夏洛特的北极冒险,他只提了一句杜马主席曾向他打听过夏洛特的下落。

她每天昏昏沉沉,比以往任何时候都更明白为什么自己从小就想离开这个家。但她能去哪儿?她已经不再相信只要换个地方,就能填补她所缺失的。

最后,夏洛特给布兰达的母亲打了个电话。她说她在波士顿住得很好,还给了夏洛特布兰达在布宜诺斯艾利斯的新号码。是的,他们搬去阿根廷之后一切顺利,连杰森也喜欢那里。

布兰达接到夏洛特打来的电话高兴得尖叫起来。"我们都很喜欢这儿!"她在电话里开心地说,"我们有一座大房子,车道上种满了棕榈,还有一个茂盛的花园……大学里的人也很好……不过杰森从早到晚都在发牢骚,可能他在学校里面碰到了什么事。我只好给他买了个游戏电脑——还是叫游戏机来着?总之,说好了只能玩西班牙语游戏。也许这能对他有些帮助。"

布兰达是第一个对夏洛特在魔鬼岛的经历感兴趣的人。不过夏洛特顾忌到保密协议,不想在电话里聊,说好了下次见面再讲。

"那就直接过来吧!"布兰达兴奋地说,"你可以住在客房,我们有好几间呢。"

布兰达又告诉夏洛特,他们还准备了第二间儿童房,准备收养一个来自孟加拉的女孩,名叫拉米塔,今年9岁。

"比杰森大?"夏洛特说,"这样会不会尴尬?"

"是啊,但没办法。"布兰达的语气突然陌生起来,夏洛特听出了痛苦,"你还记得帕里马扬吧? 那个喜欢跑到我家院子往我们身上泼水的男孩。他现在在加尔各答的一家银行工作,跟孟加拉有很多生意往来。通过他,我们了解到一家在库尔纳附近破产的缝纫厂。拉米塔就是被执行的财产之一。你能想象吗? 这孩子五岁的时候,工厂老板从她父母手中买下了她。让她每天工作十小时,完全当奴隶用。她父母没了音信,或者根本不想让她回去……"即使横跨了两块大陆和一片海洋,也能清晰地听到布兰达喘了口气,试图平复情绪。

"可怕的故事。"夏洛特觉得自己说了一句废话。

"是啊,这就是为什么我们会领养她。所以杰森只能尽快适应多了一个姐姐。"

尽管这消息很惊人,但却救了夏洛特。这提醒了她每个人都有各自的难处,让她振作起来,不再消沉。她决定离开莫斯科,回到波士顿,照看她的公寓,继续她的研究项目。等一切上了正轨,她就去阿根廷看望布兰达和汤姆。

萨拉德科夫岛事件

联合调查委员会

主席:参议员理查德·科菲(美)

副主席:部长阿纳托利·米哈伊洛夫(俄)

文件级别:机密

证人证词摘录

加藤弘司(日)

主席:所有建筑物的解体——所有东西都化为尘埃——其实是一种自我毁灭机制,我理解得正确吗?

证人:是的。纳米机器人拆解了它们所建造的一切,然后互相拆解,直到什么都不剩。

主席:你是如何触发自我毁灭机制的?

证人:很简单,毕竟毁灭是最简单的事。

主席:你没有回答我的问题。

证人:纳米机器人发出的无线电信号包含一个一直重复的序列,每一次结尾都有停顿。我将这个序列解读为一个问题,随后的停顿是在等待回答。由于纳米机器人在不久之前停止了所有活动——正如我所说,跟我没关系——我猜测,它们一定是意识到自己失控了,所以发出问题,询问是否应该自毁。类似于我们的火箭在脱离轨道后自毁一样。

主席:我不太理解。为何会有询问自毁的机制?

证人:因为它不能自我评判。一个火箭可以判断自己是否偏离了预定轨道,这很简单。但对纳米机器人来说,它们很难判断自己所做的事是否正确。

主席:你在发送信号的时候就知道你会触发自毁机制吗?

证人:不能说确定,但我就是知道。

主席:怎么知道的?

证人:直觉。

……

主席:你认为这个探测器来自哪里?

证人:肯定来自某种技术远超我们的智慧生命,至少他们发射探测器的时候是这样。

主席:你认为这些智慧生命可能已经不存在了?

证人:是的,这种可能性很大。

主席:为什么?

证人:探测器到达地球至少花了几千年。之后降落在一个无法按计划执行任务的区域,又休眠了大概几千年。如果那个发出探测器的文明一直在发展、进步,现在肯定有能力亲自来一趟。

……

副主席:在你看来,那个探测器发射出去的火箭是用来做什么?为了收集地球上的土质样本吗?

证人：我不这么想。土质样本完全可以实地研究，再把结果数据传送回去，这样更快也更安全。我怀疑那是个探测器的复制品，现在已经在去往下一个星球了。

副主席：复制品是什么意思？

证人：有一个理论概念叫"冯·诺伊曼探测器"。向太阳系发射一种自动化机器，这种机器会在适合的地点着陆，就地取材，复制出至少两个与自身完全相同的副本。在执行实地勘测等任务之前，探测器会先把两个副本发射到临近星系。这样，至少有两个探测器重新出发，而它们又会变成至少四个，数量随着指数增长越来越多。就算把其他假设条件设定得保守些——比如不考虑超过光速驱动——也会得出这样的结论：只需50万年就能完全探索银河系这样的星系。

副主席：冯·诺伊曼探测器？

证人：以数学家约翰·冯·诺依曼的名字命名的，他在自我复制型机器上有重要理论贡献。不过他本人从未提出将这个理论用于太空旅行。

（两位主席与工作人员进行了简短的讨论）

副主席：所以你认为，萨拉德科夫岛上的东西就是那种探测器？

证人：是的。如果能掌握纳米级别的自我复制，建造这样的探测器完全不成问题。

……

主席：你认为这件事背后的来龙去脉就是这样吗？一个外星智慧文明派了探测器来探索整个星系，而这个文明本身已经灭绝，或者起码衰退了？

证人：没错，就是这样。

萨拉德科夫岛事件
隔离报告

萨拉德科夫岛探险队的幸存者（即：阿德里安·卡扎尔，博士；夏洛特·玛尔露；莫雷·曼，硕士；安吉拉·麦克米伦，硕士），及参与事件并在岛上逗留数小时的技术顾问加藤弘司，在返回后接受了11天的隔离。

在此期间，他们接受了医学检查，以检测身体组织中是否存在异物。

检测项目

• 全身计算机断层成像（生殖器官区域除外）

• 全身超声检查

• 全身磁共振成像

• 血液、淋巴、尿液成分光谱分析

- 体液显微检查

- 抗体变化检测

结论

没有发现异物

萨拉德科夫岛事件

联合调查委员会

主席:参议员理查德·科菲(美)

副主席:部长阿纳托利·米哈伊洛夫(俄)

文件级别:机密

证人证词摘录

加藤弘司(日)

主席:所以你从一开始就不认为这件事与外星生命体有关?

证人:是的,在我看来这是一种技术造物,一种机器人。

主席:源自外星?

证人:结论是这样。

主席:你来到这个北冰洋的极地岛屿,面对外星技术,不但没有像其他人一样不知所措,还马上看明白,甚至想到了处理方法。我想了解的是,为什么? 在我看来,你的反应不合常理。

证人:我解释过很多次了,我没有想到办法,它是自行停止的。我只知道,它本质上是一台以纳米技术为基础的机器。

主席:那你为什么会知道这个呢?

证人:因为我在这个领域研究很多年了,看出了一些基本模式。顺便说一句,我不是唯一想到这一点的人。据我所知,美国总统的顾问团也有人看出来了。

主席:这样理解正确吗?通过你的研究,你已经预见到了这样一种外星技术,至少预见到了它的理论支撑?

证人:其实没那么神奇,需要我具体解释一下吗?

主席:请讲。

证人:对于地外文明,人们一直认为要建立联系就必须从交换数学思维开始。数学原理是抽象的,且不以生命形式为转移。在宇宙中的任何地方,足够智慧的生命体都会以同样的方式来理解数学——符号不同,原理一样。一加一永远等于二,无论你如何表达,无论你用什么计算系统,只要智慧生命发展出了数字的概念,就能自然而然理解数学。那如果再进一步,以机器的存在作为前提条件——既然能与地外文明交流,机器的存在就合情合理——可以假设,每个文明都会在某一时刻制造出一种处理数据的机器。图灵机是最具通用性的计算机,把所有任务归纳成三个操作——写、读和可移动的读写头。这是我们已知最基本的信息处理方式,即便是完全陌生的地外文明,也一定有类似的概念。它们会使用其他术语,但原理是一样的。现在再跳一步,不管信息处理,转向一般的工业加工:如何制造物品,如何重塑物质? 我的研究旨在得出这个领域的基本原理,可以说是为物质加工创造一种通用的语法。我想证明所有加工程序都可以简化为一些基本操作,比如分离、连接、加热、冷却、识别、分类、压缩、产生能量、传导能量、控制、固定、转动、钻孔,等。

主席:那就是"加藤机"了。

证人:你说什么?

主席:你刚才提到了图灵机的例子。

证人:哦,是这样。如果你喜欢这么叫的话。

在问询的间隙,他们会把弘司带到酒店的早餐室,那里的百叶窗无论昼夜都是放下的,以防有人拿着长焦镜头在外面转悠。弘司从自动售货机上买了一杯咖啡,在机器嗡嗡着打咖啡的时候,他透过百叶窗的缝隙向外看了看。最早的大批媒体早已离开,只剩下几个记者坚守阵地,冻得发抖。示威者也只剩下小部分执着的人,挥舞着"世界禁止核武器,马上!"和"我们要和平"的横幅。最开始几天,他们与冰岛警方发生了一些暴力冲突。参议员科菲向这些人解释说,这不是裁军谈判,是美俄两国就联合科学项目的磋商,但基本没人买账。

"哗"的一声,咖啡打好了。弘司用指尖夹着纸杯走向一旁的椅子坐下来,喝了一口,舒服地闭上眼向后靠在椅背上。

"你看上去累坏了,加藤先生。"美国政府指派给他的年轻律师说道。

"是啊。我很累,没怎么睡过。我不太习惯睡这么软的床。"

他们告诉弘司,他是作为证人过来的,并非被告。律师在场是为了避免他说出任何对自己不利的话。一切都安排得很好。他们一行人被单独分开,以防私下交流。每人都有专人监督。自从在俄罗斯驱逐舰上遇到夏洛特后,弘司就再也没见过她,听说她已经离开了。他也不认识探险队的其他成员。

"老实说,"律师说,"你有的时候看上去心事重重,好像有所保留。我是你的律师,有什么是我该知道的吗?"

弘司看着他,他说话的方式倒是很有意思。"没有。"他说,"没什么事。"

他们觉得给他指派一名日本裔律师是个好主意。但约翰·竹石是土生土长的西雅图人,日本化程度相当于某大型快餐连锁店到处宣传的东京汉堡。他的日语还算过得去,但除此之外根本不了解日本的生活方式和文化。不过有一点,以美国人的标准来说,约翰·竹石对别人的事有一种超乎寻常的敏锐嗅觉。

"这份工作有意思吗? 当律师?"弘司问道,"这个问题我早就想问了。美国有那么多律师,都是因为钱吗?"

竹石扬起了眉毛,"我不是那种能挣钱的律师,那种人不会为政府工作。"

"我不是那个意思,只是想知道这个工作是不是有趣。"

"有的时候挺有意思的。"

"现在怎么样?"

竹石咧嘴笑了一下,"还好吧。我基本上只需要坐这儿就行了。过后我还能跟别人讲,我去过雷克雅未克。"

"如果不需要谋生、钱不成问题的话,你还会干这个吗?"

年轻律师又笑起来,"不会。"

"那你会做什么?"

"搞音乐,爵士乐。"他眼睛亮起来,"我在一个爵士四重奏乐队演奏单簧管。大家都有时间的时候,我们每周聚会排练一次,每季度登台表演一次,通常会选一个能容纳二十多人的小俱乐部。如果你对爵士乐有些了解的话,我们做的是戴夫·布鲁贝克风格的音乐。"

弘司摇了摇头,"完全不了解。"

"不会吧,你肯定知道《自我陶醉》,这是代表作。"他哼了一段弘司从未听过的旋律,"我们还有粉丝呢,不过太少了,没法靠这个谋生。"他眼中的光芒消失了,"所以我们各自都干着本职工作,没办法频繁排练,所以也没法进步。很可能以后我们会只剩下工作,放弃音乐。"

弘司若有所思地点了点头。很少有人有机会去做他们热爱的事。做不到的原因只有一个：贫穷——有时是眼下的贫穷，有时是放弃了谋生手段后可预见的贫穷。

弘司的注意力回到咖啡上。约翰·竹石猜得对，他的确有心事。但不是竹石所怀疑的原因。他是没有把握，不确定他的宏伟计划是否能成功。这才是他没睡好的原因，并不是因为床太软。

萨拉德科夫岛事件

联合调查委员会

主席：参议员理查德·科菲（美）

副主席：部长阿纳托利·米哈伊洛夫（俄）

文件级别：机密

证人证词摘录

阿德里安·卡扎尔（美）

副主席：为什么决定将萨拉德科夫岛作为科考目的地？

证人：这个岛在北冰洋上位置特殊，拥有上千年稳定的冰原。我们要研究气候变化对这样的冰原产生的影响。

副主席：看它是否正在融化？

证人：简单来说是这样的，不过也有一些其他的研究目标。

副主席：你是美国人，为什么没有选美国或加拿大的极地岛屿？

证人：嗯，美国在极地地区的岛屿并不多，而且早就被研究过了。加拿大也一样。由于北极地区几乎有一半都在俄罗斯,欧亚大陆北部的气候条件也与美洲大陆北部有很大的不同,我认为用美国惯用的方法来研究俄罗斯极地岛屿很有意义。

副主席:好吧。但为什么偏偏选了萨拉德科夫?这个岛离北极那么近,又那么小,在很多地图上根本找不到。为什么不选别的,比如东西伯利亚的岛屿?

证人:是的,我们也可以去那些地方。我也不知道我怎么想到了这个岛,可能之前有人跟我提过吧。

萨拉德科夫岛事件

联合调查委员会

主席:参议员理查德·科菲(美)

副主席:部长阿纳托利·米哈伊洛夫(俄)

文件级别:机密

证人证词摘录

安吉拉·麦克米伦(英)

主席:作为生物学家,你参加这次探险的动机是什么?

证人:从卫星图像中得知,萨拉德科夫的海岸已经好几年没再结冰了。我想观察生物会以怎样的方式、怎样的速度占领这片不毛之地。可惜我观察到了相反的事。

主席：这是什么意思？

证人：为什么我会坐在这里？因为小岛被那些机器虫占领了啊，它们根本不是生物。如果它们没有停下来，现在整个世界都被吃掉了，对吧？

回家的感觉有点不真实，开车行驶在回家的林荫道上，头顶是阳光和蓝天，弘司感觉就像做了一场梦。他听着脚踩在碎石上的声音来到家门口，门开了。斯蒂尔夫人探出头来，严肃而关切地看着他。

"他们终于放你回来了。"她说道。

"是啊。"弘司应道。

"一切顺利吗？"

"都很好，就像我之前跟你说的。"他在隔离期间获准给斯蒂尔夫人打了电话，告诉她自己会迟一些回去。有警卫守着，所以他只能按照官方说法说明缘由：因为和一种有害病毒的携带者有过接触，现在必须隔离，确认没被感染才能出来。他又补充了一句，让她不要担心，这只是走个形式，他很确信自己没事。

"需要我给你做些吃的吗？"

"晚一点吧。"弘司说，"我现在有些事要做。"

他没有去工作室，而是先走进了相邻的一个房间。他打开一个衣柜的隔层，里面是一台老式的黑白小电视机，看起来就像有人把它放在这里,然后忘记了。

但这只是掩人耳目。电视机上有一根细细的电缆连接着一个弘司亲自安装到墙里、小心隐藏起来的巧妙装置:一台监视工作室的摄像机,通过一根比头发丝还细的光纤电缆连接着。这种电缆通常用于内镜检查和血管手术,末端只是暗色木头中间一个微小的点,不是金属,也不会辐射出能量,能避开任何信号追踪器。摄像机一直开着,计算机会分析其摄录的图像,记录所有运动变化。弘司正在查看这些记录。

他猜对了,政府的人在这段时间来过,拿走了他硬盘里的东西。他们拧开了他的电脑后壳,拿出硬盘,拷走了内容。这些人可能也用了同样小心的方式在这栋房子安装了各种昂贵的监控设备。

一切都是有组织有计划的。

他用快进从头到尾看了一遍。当初没有安装录音设备是很明智的,使用麦克风肯定会被这些人发现。况且他也不需要知道他们聊了些什么,知道他们在哪里放置了监控就够了。他花了半个小时才找出并关掉了所有设备。当然,这样做相当于暴露了自己有安全系统,并且逃过了他们的侦察。但这已经不重要了。

确认没有被监控后,他开始恢复数据。在一次跟詹斯·拉斯穆森的谈话后,弘司便开发了一套完整的数据安全例行程序。从此,每当他要离开家一段时间,他就会运行这一套程序,雷打不动。虽然会花一些时间,但大部分都是自动的:一个例行程序会将他所有的数据分解成多个数据包,而单个数据包本身没什么用处。他又用最安全的加密技术对它们加密,再存放于不同的数据港,主要是在太平洋地区。另一个例行程序则用来处理电脑中遗留的东西:入侵者在硬盘上读取的所有内容都是一些误导性文件,一个能自行升级的复杂程序会保证这些文件的所有细节,包括创建和修改日期、临时文件、错误调试日志、缓存、电子邮件以及加密措施都能以假乱真,使那些专家相信这就是弘司正在研究的内容。

弘司删除了硬盘的所有内容,运行通信程序下载数据包。这个过程需要几个小时,之后才能重新投入工作。在这期间,他把精力投入了地下室的实验室,连斯蒂尔夫人都不知道这个实验室的存在。当然政府的人就不那么好糊弄了。一个和工作室相似的监控系统显示,入侵者也造访了这里。

他们没发现他已经很久没有进过实验室了吗?还是他们根本不在乎?弘司去拿工具箱时,第一次感到了些许愤怒。

进入实验室的通道位于冥想室墙上精装柚木嵌板后面。只要门关着,斯蒂尔夫人就不会进来。弘司关上了冥想室的门,按下伪装成固定嵌板的锁定装置,并检查了后面的钢制门上的密码锁。密码锁完好无损,看不出被动过的痕迹。这些情报人员很聪明。他输入密码,推开了门,把嵌板拉了下来,再次关上入口。实验室各处的荧光灯随即亮了起来。

他又花了一个小时处理掉这里的监控监听设备,更加生气了。

把所有垃圾丢进垃圾桶后，他不得不先整理情绪，做了几次深呼吸。这是一个重要时刻，也许是他一生中最重要的时刻，他现在不能做错任何事。

稳定情绪之后，他开始工作。在回来的路上，他路过一家大型电子商店，用现金买了一台多频段无线电，确保任何手段都追踪不到。他把无线电放在水槽旁边的排水板上，连上旁边的电脑，打开了两台设备。

开机时，弘司不由得想起了萨拉德科夫岛。那里很冷，他当时很无助，他无比震惊地发现自己能控制纳米机器人，仿佛是他自己开发的一样。其中一些甚至能遵从那些他为帕柳克岛上的机器人综合体编写的指令。

在雷克雅未克的时候，他整夜失眠正是在思考原因。难道他开发出了一套通用的逻辑代码，而他自己却没意识到？应该不是。像"10011110"这样的序列能有什么普遍性，能让他与来自不知道多远的外星人对话？他自己也不知道为什么当时选择了这种代码，但他清楚地记得，这个决定非常随意。

这种巧合太让人惊讶了，好比来自另一颗恒星的智慧生命往地球发送探测器，而探测器上有一块刻着莎士比亚十四行诗的牌子——根本毫无可能。一定有别的原因，只是现在还不清楚。不过目前也不需要清楚，反正他的指令起了作用。

弘司从柜子里拿出一包高纯度显微镜载玻片，去掉封条，把透明盒子放在已经启动的电脑旁,启动通信程序,输入一系列指令备用。

接着,他戴上薄薄的乳胶手套,捻出一片载玻片,走到镜子前,右手把玻璃片举到额头前,左手按了一下回车,发出第一组指令。信号范围只有两米,实验室外面根本监测不到。

弘司什么也没感觉到,但在镜子里,他看到皮肤上浮现出一个小小的黑点,只比软头铅笔在额头上轻点留下的痕迹大一点。如果不是眼睁睁地看着它出现,根本注意不到。弘司屏住呼吸,慢慢把载玻片向上推,在小点处停下,用另一只手按下回车。

小点移动了,离开他的皮肤表面,沿着玻璃片滑动了大约半厘米。

完成了。弘司小心翼翼地拿下载玻片,放在一块绿色泡沫橡胶上。这才喘了口大气,双手颤抖。这个小点是大约十万个纳米机器人的"综合体",如果没出错的话,这个星球上就只剩这一点了。在萨拉德科夫岛上,他命令它们留在他额头的组织中,在一段时间内不接受其他指令。之后,他向其他纳米机器人下达了自毁的指令。

这个方法奏效了。他们一行人在隔离期间接受过彻底检查,确认体内没有夹带任何东西。但弘司从一开始就知道,这些检查是查不出它们的。他唯一担心的是额头皮肤中的纳米机器人是否还在。尽管做了预防措施,但可能它们还是自毁了。如果真的是这样,他也察觉不到。

现在他知道了,它们没有自毁,仍然存在,服从了他的命令。一旦他完全解读、完全理解了它们,它们就会彻底服从于他。它们将是一颗种子,未来将从这里长出来,超越人类最疯狂的梦想。而他,加藤弘司,将是创造这个新世界的人。他一生的梦想已经触手可及。现在他知道,命运是站在他这边的。

最近,一条新闻报道了一架私人飞机在中美洲的坠毁事件。其中有三人身亡,科技企业贝内特集团的首席执行官兼董事长詹姆斯·贝内特二世、公司首席财务官弗兰克·里齐奥和这架飞机的飞行员。飞行员的名字没有提及。

在波士顿之外,这条新闻没有引起关注。

2

　　这是葬礼后贝内特集团董事会第一次开会,也是詹姆斯·迈克尔·贝内特三世第一次坐上这张漆黑会议桌的主位。

　　一位董事僵硬地站起来,这是营销部负责人曼努埃尔·埃斯特拉达。"贝内特先生,"他说,明显不乐意当出头的那个,"我代表董事会向您父亲的去世表示深切地哀悼——"

　　"谢谢。"詹姆斯·贝内特三世应道,"非常感谢,我很感激你们的关心。但生活还在继续,竞争对手也不会休息。我们开始吧。"他身体前倾,胳膊放在桌子上,双手交叠,就像他父亲那样,"我会尽快适应新角色,关于公司之后的运转,我会根据你们的报告做决定。先在这里口头说一下,纸质报告最晚后天交,最多五页。写出重要数据、进展和困难。"他看着仍然站着的营销部负责人,"或许从你开始,曼努埃尔?"

　　会议比预定时间长了半小时。董事会起身准备离开时,新任的年轻老大又说:"艾伦,顺便耽误你几分钟。"

艾伦·克罗克特是人力资源总监,一个矮胖的男人,长得像只斗牛犬。他同时负责公司的安保工作。

"关上门。"会议室只剩下他们时,詹姆斯·贝内特三世说道。克罗克特照做了,又回到会议桌旁。

"你知道杰弗瑞·柯德威尔吗?"

克罗克特想了一下,"这个人怎么了?"

"他是一个经理,来自亚拉巴马州,毕业于伦敦政治经济学院,在新加坡的顾氏企业担任北美和南美地区总监多年。"詹姆斯·贝内特三世伸出食指指向克罗克特,"找到他,我想和他谈谈。这件事是最高机密。"他收回手,拿起手边的一个文件夹,"这是目前的所有信息。"

将单个纳米机器人分离出来,在原子力显微镜下观察它们,是一项挑战弘司的耐力和注意力的工作。虽然与大多数分子相比,纳米是非常大的实体,但肉眼仍然看不到。要观察到确切的形态,只能一个原子一个原子地扫描,再通过软件将测量结果转成图像。由于测量过程总会有干扰,必须进行很多次,识别和清除系统错误。这意味着数个小时在仪器前高强度工作,一秒钟都不能分心。

他惊恐地发现,它们与自己设计的机器人有不少相同之处。分析软件所呈现的大多数图像都能与他仍处于理论阶段的纳米功能组直接对应,只有少数例外。连他自己都开始怀疑,说不定他在另一个星球上有个外星人孪生兄弟,或者他的灵魂伴侣住在某个外星人体内。难道他,加藤弘司,在不知情的情况下成了外星文明的接收者?想到这里,他不得不停下手头的事,闭眼深呼吸,让自己冷静下来,提醒自己这不是斯蒂芬·金的小说。

他对自己说,理性来看,他的设计并非绘图板上的灵光一闪,而是进化算法的产物。换句话说,它们几乎是自行产生的,只不过他的模拟程序给了它们诞生的机会。正如受几何定律所限,正多面体只有五种——正四面体、正六面体、正八面体、正十二面体和正二十面体——考虑到原子的各种特性,这些纳米机器人或许就是唯一可能的纳米机器人。

不过这无法解释控制代码的问题。好在,他不需要马上弄清楚所有事。

时隔多年后重新来到布宜诺斯艾利斯,夏洛特感觉就像在做梦。变化太大了!不过虽然变了许多,这座她少女时代所熟悉的城市仍然闪耀光芒。五月广场,那是她曾经只能偷偷去的地方,因为经常发生示威活动,外交官的女儿不能参与;佛罗里达街,那里有很多昂贵的精品店,母亲能逛很久;七月九日大道,依然宽阔得令人目眩,法国大使馆就坐落在那儿……此刻她在街上闲逛,仿佛同时看到了两座城市:过去的布宜诺斯艾利斯和现在的。也许这对比造成了不小压力,再加上那熟悉的闷热以及不时涌起的回忆,过了一会儿她就头疼不已。

她如约在方尖碑前和布兰达见了面。她远远就看到老朋友似乎心事重重,是不是探戈那扣人心弦的旋律也影响到了布兰达?那旋律一直都埋在这座城市的浮华之下,就像一颗不停跳动的心脏。但她们拥抱的时候,感觉又回到了从前。

"我本来想去机场接你的。"布兰达仍然抱着她。

"你在机场接过我很多次了。"

"可从来没有在埃塞萨接过。"

"那等我走的时候,你可以送我。"

"不可能的,我根本就没打算再放你走。"她松开了夏洛特,拉起她的一只胳膊仔细端详着她,"既然你在北极没有冻出毛病,我们可以去吃特色冰淇淋。随便点,我请客。"

她们乘出租车去了冰淇淋店。"你的西班牙语已经相当流利了。"夏洛特在车上说道。

"带着浓重的美国口音。"布兰达没有接受夸奖,"汤姆的西班牙语倒真的很好,因为他每天都必须跟学生说话。"

她们点了精致装饰的冰淇淋杯,用小勺一边吃,一边聊彼此的近况。夏洛特当然要讲她在俄罗斯的冒险。尽管美国或俄罗斯的特工不大可能打扮成冰淇淋店的顾客来监视她,她还是不太敢在公共场合讲得太具体。而且,她也不再有那么强烈的倾诉欲了,也不想给其他人造成负担。在雷克雅未克的时候,她濒临崩溃,急着想找人倾诉。但现在生活回到正轨,一切一如既往,她反倒觉得自己的经历太极端、太离奇,不知道怎么开口。时间过得越久,她越觉得没法把那些事讲给别人听。没有经历过的人是不会理解的。有时候回想起来,她自己都不敢相信那一切是真的,反而更像是一场噩梦遗留下来的记忆。

于是她只给布兰达讲了前往目的地的复杂路线、莫雷的怪癖、如何应对北极圈刺骨的寒冷,等。最后她说了莱昂的死,还有军方长时间的调查,但没有透露具体细节。

"但为什么是在雷克雅未克?"布兰达问。夏洛特只是耸了耸肩,于是她放弃了,转而说起她以为夏洛特和阿德里安回来的时候会变成一对儿,"不知道为什么,我总觉得他喜欢你。而且你们俩很般配。"

夏洛特戳了戳杯底那团尚未融化的香草冰淇淋,不由得想起了莱昂,以及他穿着大衣魅力四射的样子。"阿德里安? 不,他像个大哥哥,仅此而已,而且我不觉得他这样是因为害羞。"

"也许他喜欢男人?"

夏洛特想了一下,这种可能性很低,"应该也不是,也许他只为了气象学而活吧。"

之后布兰达给夏洛特讲起了搬家,一些她在阿根廷还没有适应的生活日常,还有收养拉米塔的经过。"要是没有帕里,我们都不知道该怎么办。多亏他我们才知道该找哪些政府部门,什么时候要在护照里夹上钞票……获准接走她之前,我们还飞了两次孟加拉的达卡。幸好找到了一个跟杰森处得很好的保姆,不然根本走不开。"

"拉米塔现在和你们相处得怎么样?"

布兰达晃了晃脑袋,"才过了几周,还不好说。她只会说孟加拉语,这是个问题,还有……算了,希望我们能处理好吧。"

"肯定会的。"夏洛特说。

该回家了。"今天的闺蜜时间结束。"布兰达有些意犹未尽地说,她们又叫了一辆出租车。"我不敢在这里开车,可能永远都不敢。你看看他们怎么开的!仿佛交通规则只是可有可无的建议。"

到了家,杰森过来问好,但不让夏洛特亲吻他的脸。夏洛特用西班牙语问候他时,他一溜烟跑走了。汤姆还没回来。布兰达带她参观了客房、几个主要房间和花园,然后两人坐到厨房喝起了咖啡。

那个叫拉米塔的女孩不知什么时候出现了,从角落里探出一张窄窄的、黝黑的、害羞而好奇的脸。夏洛特一看过去,她就躲起来了。但最后还是好奇心占了上风,小女孩紧挨着墙壁飞快地钻进厨房,躲到布兰达身后。布兰达苦笑着用一只胳膊搂住她。在这个安全距离下,她开始观察着客人。

夏洛特探出身子,用孟加拉语问她:"你叫什么名字?"

瘦弱的小女孩惊讶地眨了眨眼,低声说道:"拉米塔。"

"你好吗,拉米塔?"

"我很好。"小女孩更紧地靠着布兰达,抬头感激地看了她一眼。布兰达则睁大了眼睛,"你会说孟加拉语?什么时候开始的?"

夏洛特回忆了一下,"我们在德里那会儿有几个园丁是孟加拉人,我好像总是在花园里听到这种语言。"

"你真是我们的救星!我们和这孩子沟通有些问题,很难受。她能听懂我的话,但我听不懂她的话。如果她有什么不舒服的地方,我都不知道她究竟哪里难受,就像养了一只宠物一样。"

夏洛特看向拉米塔,这个女孩的确像一只害羞的小动物,仿佛被虐待了很久、承受了很多痛苦。"反正我会待上一段时间,可以和她多聊聊。"

"太好了!"布兰达看向养女,"你要不要吃点东西呀,一块蛋糕好不好?"

拉米塔没有说话,只是睁大了眼睛点了点头。

"要吗?说出来。"

"要。"女孩小声说道,表情依然有些恐惧,仿佛只要说话就会受到惩罚一样。

"现在只要看到有地方在卖打折T恤,我就会难受。"当拉米塔坐在一旁吃蛋糕时,布兰达说,"一美元一件,谁能从中赚钱?肯定不是缝制它的人。我现在没法买便宜衣服了。在我眼里,每件衬衣、每条裤子背后都有一个拉米塔,从日出工作到日落,蹲在闷热的房间里,满手的伤。"

"缝纫厂不是倒闭了吗?"

"是啊,但那只是其中一座。那样的缝纫厂太多了,成千上万。许多行业的公司都会用到类似的生产线。"

夏洛特又想起弘司和他的计划,用机器人制造机器人,最终让世界上人人富足,不再有贫困。这是个相当疯狂的计划,但至少它是善意的。而且,也许也没那么疯狂。她看着拉米塔,想着此时此刻,不知道还有多少这样的孩子在难以形容的恶劣条件下辛苦工作,只为了让富裕国家的人有东西可买。

伯恩特伍德湖位于加拿大萨斯喀彻温省的北部,离最近一条有路牌的公路有五十多千米远。对于习惯了大城市的人来说,就算沿着路牌也未必找得到。要找到这片湖,必须开一辆好的越野车,对当地了如指掌。很少有人同时具备这两个条件。

而对于愿意在寒冷的北方过冬、享受宁静和孤独的极少数人来说,这里是备受青睐的隐居之处。一些人在周围的树林里未经许可搭建了小木屋。不过,就算有人在这里做私酿酒也没人会在乎。在湖边钓了一天的鱼之后,来一小杯烈酒很不错。

尽管很偏僻,但其中一间小木屋前却有一个网络摄像头,可以随时监控伯恩特伍德湖的东北部和湖中的小岛。这是互联网论坛上自称"北部之光"的学生安装的,他还配了一个太阳能电池,以便为摄像头所连接的电脑提供电力。还有一根无线电天线,通过草河省立公园北部边缘的接收器连接到互联网。他有一个叔叔,在克兰伯里波蒂奇附近的公园工作。叔叔帮他安装了第二根天线,隐秘地接入公园管理处的电话网。

"北部之光"在温尼伯大学读信息技术专业,他喜欢这样随时查看"他的湖"。由于对自己的装置十分骄傲,他没有给网站设置密码,全世界都能看到。这改变了伯恩特伍德湖的命运。

弘司的工作室曾经运行着一堆模拟程序,现在变成了控制室,就像老电影登月桥段中的NASA控制中心。唯一不同的是,这里只有弘司一人面对所有显示器。

在其中一个屏幕上,他看到了加拿大萨斯喀彻温省北部的伯恩特伍德湖。这是通过一个由许多服务器组成的大型匿名网络连接的。这个网络中的大多数服务器都不在美国,所有没人会发现他曾在可疑的时间段连接过名叫"北部之光"的钓友的网络摄像头。这很重要。

另一块屏幕显示的是一个图像界面,以便看到他派遣的纳米机器人正在做什么。它们正在忙碌,一开始就自我复制了一千亿次,现在执行起任务来速度很快。看着它们,弘司大概猜到了它们在萨拉德科夫岛上做了什么。据报告,那次事件中的它们动作也很快。起初他还不敢相信。根据他的计算,要达到那样的效率,自我复制必须飞快进行。但现在,他发现实际情况比他计算出来的还要快。

最有意思的是,他甚至不需要离开家。他之前做了各种复杂的计划,比如要去哪里、如何掩盖行踪,但其实完全没必要。对于这个由纳米机器人组成的超复合体,只要传递正确的指令,将它们放在实验室的地板上,它们就会自行出发执行任务——甚至连放到地上的动作都是多余的,因为它们可以从弘司存放它们的烧杯中直接出发,没有任何一种材料拦得住。这些机器人能轻松拆解装甲、屏障、通电栅栏上的原子,打出一条通道,之后再把挪动的原子全部归位——这是运输单位的基本程序,完全不需要额外命令。

唯一算得上问题的是,如何引导它们穿过岩石、土层、水流和道路。虽然功能强大,但它们无法通过GPS定位。对于来自宇宙未知之处的机器人来说,这样的要求似乎有点高。弘司只好亲自指挥它们。为此,他稍微修改了它们的程序。这对弘司来说是一个很好的练手机会,因为他的计划在今后肯定有地方需要修改。

那么,放出这些机器人后,要如何与它们联系呢? 当然可以通过无线电,这是标准方式。但那样会有暴露的风险,政府的人肯定还在继续监视他。弘司想到一个简单却出奇有效的方法:给这个超复合体留一根用铜原子和铁原子制造的极细的、只有用显微镜才能看见的电话线,与工作室里一台纳米级信号发射器连接。只要将多频段无线电设置到最低发射功率,放在信号发射器旁,就能隐蔽地与外面的超复合体联系。

当然,正式放它们出去之前,弘司先测试了几遍。开始几次毫无意外地失败了,失败得很彻底。但最终还是成功了他命令一组复合体前往他宽阔的别墅的尽头,在那里建造一个纯铁的小方块。之后弘司穿过花园,真的看见了方块,正好躺在栅栏的拐角处。

接下来就简单了。尽管没有GPS,但它们对距离和方向的测量能精确到微米,只要尽可能精准地确定工作室与目标区域的距离,下达"先向北走2507千米318米12厘米,再向东走1689千米781米3厘米"的命令,它们就能到达伯恩特伍德湖中的小岛。之后,他让它们在目的地建造一根立在地面上的红色长棍。很快,他就通过网络看到了立在小岛中央的棍子。

一次成功。顺利得让他有些不安。

他没有让纳米机器人全速前进,因为没这个必要。他也不知道它们最快能走多快——也许几个小时就能走到目的地?他把时间定在一周后,让他有足够时间为接下来的事做心理准备:在目的地执行来地球之前便预装在它们存储器中的程序。这个程序弘司一点都没有修改,想看看在不受影响的情况下如何运行。

尽管没必要,但他还是再次检查了摄像头,然后下达了启动命令。

它们立即以惊人的速度工作起来。能量探头深入地下,熟练无比。这次的探头数量比之前更多。同时它们开始自我复制,数量翻了一倍,接着是八倍、六十四倍,很快达到2^{50}倍。定位单元像细细的树根一样四散延伸数千米,寻找矿物。运输单元沿着这些轨道飞驰,牵引着勘探单元、挖掘单元、切割单元,以及最重要的——能收集、装载原子,运到目的地后再单个拆卸的分子结构。所需的原材料很快收集完毕,以原子为单位储存起来。

挖掘单元负责向地下深处挖掘。其余单位将挖掘出的泥土等分解成单个分子,或储存起来供后续使用,或直接丢弃。在这之后,第一项建造工作开始了:成群的纳米机器人将铁和碳原子输送到洞口,再由另一群机器人将这些原子组装成围绕着洞口的具有复杂内部结构的钢环。另有一些机器人负责建造管道、巨大的蓄能器,以及特殊的控制模块。

岛屿中央径直向地下延伸的洞仍在加深,一百米,两百米,五百米,一千米,两千米……到五千米半才停下来,建造出一块底板。四周的岩层被拆解,运输到底板上,又被分解成原子用来组装火箭。最终,火箭会将满载纳米机器人的探测器送入太空。此时,负责生产能量的单元还在向蓄能器加载能量,直到达到最大值。

弘司痴迷地看着火箭的建造过程,仔细研究其中的设计细节,其中的巧思让他惊叹不已。幸好有实时录像,因为这个机器每立方厘米所涉及的技术谜题,都比一个人终其一生所能破解的还要多。

不过,深洞本身并不是什么难解的谜题,只是一个简单的直线电机。快速连续的磁场会以任何生物都无法承受的加速度将火箭抛向空中,因为火箭上没有活物,所以速度不是问题。火箭会以三倍音速的飞行速度离开洞口,之后点燃发动机,进一步加速,不到两分钟就能飞入太空。看上去火箭很快就会发射了。

就在这时，第三个屏幕闪了一下。是一个简单的消息窗口，连着厨房的一台小电脑，以便斯蒂尔夫人在必要时给他发送消息。

"加藤先生，你有一位访客。一位叫玛尔露的小姐刚刚进来，问是否可以和你谈谈。"

"其实，"身材健硕的女管家对夏洛特说，头上的金色卷发梳得一丝不苟，就像用胶水固定住了一样，"我根本不该打扰他。他说除非发生了紧急情况，比如火灾、有人受伤、警察来了或者总统打来电话——这是他的原话。因为他正在进行一些非常重要的工作，任何中断都可能意味着一切白费。"她仍旧弯腰看着那台放在厨房操作台上、垫着叠好的餐巾的白色电脑，旁边是一排大小不一的胡椒磨。电脑上，光标正在她刚刚发送的消息后面闪烁着。"但你以前来过，我想他不希望我把你打发走。"

是啊，夏洛特想着，希望如此。她在厨房吧台的凳子上坐了下来，面前是斯蒂尔夫人为她准备的一杯咖啡。她小心地轻拿轻放，仿佛一旦发出声音就会搞砸一切。但她固执地认为，大概弘司真的不想她就这样被打发走吧。来的路上，她想过要不要先打个电话，问问他是否方便。但她没有打，因为害怕他会拒绝，到时候怎么办？所以她直接来了，想着只要站到他面前，可能就不那么容易被拒绝了。

不过这么做似乎也没用。打个电话起码还有声音,而她的到来仅仅是一条从厨房发到工作室的文字消息。

斯蒂尔夫人不耐烦地敲击着大理石板台面,等待着弘司回复。夏洛特突然意识到,连斯蒂尔夫人也不知道现在该怎么办。她可能刚刚还在做家务,现在却有个不速之客坐在她的厨房里,她什么都忙不成了。

"他在做什么重要工作?"夏洛特问道,她知道女管家不会告诉她。不过就算不说,她也能想象得到:弘司在萨拉德科夫岛上亲眼见到了那些纳米机器人,而他不久前才跟她说过,那种机器人无法制造。如果他正在研究那些机器人,那也合情合理。

"我不知道。"斯蒂尔夫人说,"我只知道,他没日没夜地工作,从来没这么严肃过——不见任何人,所有信号都被屏蔽了。我不能开门,几乎不准我打扫任何地方……"她拿出一块布来擦拭台面,尽管这样做完全多此一举,"还有那些安保人员,一直在房子周围巡逻。就在那边,你看到了吗?那两个拿着枪的男人,还有一条狗,就是他们。哦,你过来的时候肯定碰见他们了。挺吓人的吧?"

夏洛特耸了耸肩,这样的安保措施她从小就习惯了。"他们也不过是在工作而已。"

"是的,当然。但是拿着武器——我跟你说,我买东西回来的时候,他们不让我直接通过,每次都会检查我的车,以防有人偷塞炸弹或监听装置。我也不知道原因,反正加藤先生自从回来之后就一直担心被窃听。"她叹了口气,"他总是在最不可能的时间从工作室走出来,饿得像狼一样。不过这也难怪。我给他做些快餐,他狼吞虎咽地吃完,就又消失了。他回来后一直这样,很高兴他还记得吃东西,至于健康……这种生活方式太不健康了!"

"他总是有点极端。"夏洛特回想起他们在东京的时光,想起他小小的房间,所有东西一丝不苟地摆放着,只有各种工具随处乱放。她又想起了他的大学宿舍,陈设简洁得像苦行僧。她最近常常回想起大学,那时的他执着地追求过她,做事方式总是不同寻常。嗯,弘司绝对不是普通人。

斯蒂尔夫人回到那台玩具一样的白色小电脑面前,显然,还是没有回复。"也许他睡着了,"她说,"他总归需要睡觉的。"

夏洛特点点头,喝了一口咖啡。

当初他坚称,他们不断重逢是因为命运,她一直没当回事。他说他们注定要在一起时,她也以为只是说说而已。这种话很多男人都会说,为了把姑娘哄上床。不过在弘司这里却不是这么回事。因为是她主动把他拖到床上的,而他却说他想要的不只是上床。

现在她也不知道该怎么想了。这么多年来,她第一次产生了怀疑。或许弘司的想法是正确的,他们真的注定要在一起,尽管不那么浪漫,或许他们之间的感情不只是儿时好友……她从未认真考虑过与弘司的关系。每次他一开口,她就觉得太荒谬了,根本不值得细想。但现在,她第一次试着想了想,如果和弘司在一起,他们会怎样生活,是否会有孩子……孩子!她吓了一跳,她竟然连孩子都想到了!

如何在一个发明家身边生活,这是个问题。她是否想要这样的生活,又是否能够承受,她也不知道。

"来了,"斯蒂尔夫人叫道,"回消息了。"

弘司只回了四个字:现在不行。

这四个字就像一记耳光打在脸上,夏洛特甚至感到脸已经红了起来。突然间,所有的幻想、希望和疑虑都显得荒谬可笑。在一个人放弃之前,你能把他拖多久?在他选择了结之前,你有多少次选择了别人?突然间,她确定就是在雷克雅未克,她越过了他的底线。她逃离了冰岛,甚至没有尝试和弘司道个别。而他没有原谅她。

"好吧。"她说,在她听来自己的语调很陌生,"不打招呼就过来,遇到这情况挺正常。那下次吧。"她挤出一个笑容,感觉僵硬得像面具一样。

"需要给他留个字条吗?"女管家提议道,看上去有些内疚,"我给你找找能写字的东西,信封什么的——"

"不用了,谢谢。我觉得……就这样吧。"夏洛特看了一眼手表,从包里拿出她在旧金山租的车的钥匙,"我得走了。动作快的话,还能赶上去波士顿的晚班飞机。"

波士顿。她也不知道自己干吗要去那里。

一开始,弘司根本没注意到有一条消息在闪烁。他点开消息,却没有看,而是快速打出一条回复,以确保不再被干扰,接着转头继续看伯恩特伍德湖地下深处的实时监控。这一连串的动作都发生在一瞬间。

就是现在。要开始了!最后一批支架松开,火箭马上就会悬停在磁场中,不过也不会持续太久,毕竟存储的能量有限……

来了!加速了!可以清楚看到,蓄能器在两三次震动后将全部能量倾注到磁线圈中,推动火箭离开轴心,向上弹射,速度之快令人难以置信:1马赫[①]——声爆肯定把整个发射场都震翻了。2到3马赫——火箭飞出洞口,发动机被点燃。弘司屏住呼吸,这一秒仿佛被无休止地延长了。但没有反弹道导弹来拦截,火箭顺利飞行。高度达到了一百千米——两百千米,还在加速——四百千米。现在他可以确认火箭已经飞入太空了。

火箭传送回基地的无线电信号,以及发射地通过两千千米长的细细的数据线传回给他的无线电信号每秒钟都在变弱。弘司面无表情地追踪着航线。现在到了他修改程序的时候了。他决定……

是的,火箭改变了航线。尽管只是偏了几度,但足以让它保持在黄道面上,继续向木星前进。这正是他所希望的。

深深的满足感和深深的疲惫感交织在一起,弘司发出指令,让

---

①马赫,即马赫数,流场中某点的速度与该点处的声速之比。

基地终止了与火箭的无线电通信,随后触发自毁机制,让纳米机器人首先拆解整个发射基地,然后是从基地连接到他这里的数据线,最后是它们彼此,直到什么都不剩。

他没有等到所有的事情全部完成,就断开了通信,以及与网络摄像头的连接。他沉到沙发里,双手按摩着太阳穴。他这才意识到,自己刚才有多紧张。

而这只是个开始,真正的挑战还在前方等着他。

与发生在俄罗斯北冰洋的事件不同,这次的火箭发射没有被公众忽视。相反,尽管事情发生在美洲大陆最偏远的地区之一,知晓这件事的人还是出奇的多。网上还流出了有人用手机拍的视频,镜头摇摇晃晃,拍下了火箭由喷射的火焰推动升空的全过程,与以往电视上常见的火箭发射截然不同。当然,网络摄像头的所有者被要求将他服务器上的内容提供给警察当局。有新闻报道意味深长地说,其中的日志文件目前正在评估中,同时播放了火箭从洞中发射的慢动作剪辑。但画面中除了一个模糊的圆柱形轮廓出现又消失外,其实什么也没有。

摄像头还拍到了火箭发射造成的破坏:竖井的坍塌不仅导致小岛整体下陷,还吸走了湖里所有的水。各大新闻媒体派去的直升机在泥浆和死鱼上空盘旋。加拿大总理谴责了这一事件,并反复强调,加拿大政府与此事无关,政府将不遗余力查明真相,对肇事者进行起诉。然而一位评论员对此番言论提出了疑问：该根据什么法律起诉肇事者？毕竟，加拿大并不禁止私人发射飞行器，尽管这主要是因为几乎没有人会这么做，而非出于法律考虑。基本上，唯一可行的罪名就只有刑事毁坏了，但首先要找到证据才行。伯恩特伍德湖不处于自然保护区，针对保护区所设的法规也并不适用。

美国总统在一份声明中向加拿大总统保证，他将全力支持加方搜寻所谓的"颠覆性行为"肇事者。他坚定地表示，不能容忍美洲大陆被利用，成为某种可能危及世界和平的行动的开端。

第二天就有人找上了门，这在弘司的意料之中。一个面目狰狞的马脸男人站在门口，名叫埃尔默·加勒特，弘司在雷克雅未克就见过他，他曾代表参议员问过他几次话。与他同行的还有两个政府的人，弘司没记住名字。另外，那个梦想做个爵士单簧管手的年轻律师约翰·竹石也来了。几个人对他说，加拿大发生了与俄罗斯类似的事件，想找他问些问题。

弘司请他们进了门，告诉他们，自己听说了。

"关于加拿大的事，你都知道些什么？"加勒特问道。在他递给弘司的名片上，职务一栏写的是"特别调查员"。

"就是电视上看到的那些。"弘司说，"还有在互联网上流传的短片。"

"你怎么看这件事？"

弘司耸了耸肩,"看起来还有许多外星探测器等着被激活。"

几个人都点了点头,显然他们也想到了这种可能,这是很合理的推断。

"事情发生的时候你在哪里?"加勒特继续问道,还拿出一个小记事本。弘司总觉得他是在模仿亨弗莱·鲍嘉电影里的场景。

"就在这里。"弘司如实说道,"我这段时间哪儿也没去。"

加勒特在本子上写了几笔,又问道:"谁能够证实呢?"

"我的女管家。"

3

"如果我们假设,"亚当森说,"是加藤弘司造成了萨斯喀彻温省的事件呢?"

说完他便意识到这话说得不合适,时机也不对。在入口大厅伏击他的老板也不是一个好主意。罗伯塔·雅各布斯惊愕地看着他,甚至有些害怕,好像他想强奸她似的。

"比尔!"她从牙缝里挤出他的名字,带着强烈的不满,"你不觉得你对这个人太过执着了吗?"

"在俄罗斯的时候,他让那些东西停住了。既然他能做到这一点,再启动它们也完全可能。"

雅各布斯刚刚平复下来,听到这话又恼怒了。"加藤弘司,"她说道,每说一个字语气便更重一分,"在证词里已经说了,他不知道外星人的探测器为何停止。我们分析了他发送和接收的无线电信号,证明他没撒谎。在那个岛上,他成功触发了机器的自毁机制,这没错。但他也给我们和俄方提供了相应的命令代码,以防其他探测器活动。至于加藤先生能做什么,不能做什么,我希望你能尊重事实,而不是被你的想象力带偏。他的研究也有专家检查过了。"

"这是什么意思? 哪门子的专家?"

"中情局公认的纳米技术领域的专家,他们拷贝了他的整个电脑数据库,对其中的数据进行了研究。现在满意了吗?"

亚当森咽了口唾沫,"我很肯定——"

"其他所有人都很肯定不是他。"雅各布斯打断了他,"不好意思,亚当森先生,我还有个会。"

她快步走向出口。亚当森望着她离开的背影。他应该庆幸自己就职于政府机构,这要是在公司里,他早被解雇了。不过惩罚还是免不了。两天后就有人通知他,他被调往另一个部门,立即生效。

"太空殖民计划!"当晚,亚当森坐在姐夫的客厅里,还是不敢相信,"DARPA[①]居然参与这种闹剧,而且要我来负责!"

米奇·詹森皱起眉头,"太空? 这不是NASA的事吗?"

"看吧! 你也会这么想。"亚当森喝了一口手中的百威啤酒,啤酒已经焐热了,不好喝,"这就是一份做做样子的工作,把沙子从院子的一角运到另一角再运回来。"

电视上正在放新闻,声音被调低了,但只看画面就知道,还是关于萨斯喀彻温北部被毁掉的那片湖。

---

①美国国防部高级研究计划局。

"我敢打赌,肯定是那个加藤下的套。"米奇·詹森用下巴指了指电视,"他实际知道的肯定比我们了解到的多,他电脑上的数据——如果你问我的话,那都是假的。"他喝光了啤酒,把易拉罐捏在手里,"不过也没有人问我。"

"他们还在监视他吗?"

米奇缓缓地摇了摇头,"加藤弘司的名字已经正式从嫌疑人名单中删掉了,有关部门都接到了通知。总统在袒护他,甚至正在考虑该授予他什么奖章,以表彰他在萨拉德科夫岛的作为。"他举起易拉罐瞄准,用力扔进电视机旁边的一个纸箱,"这个人现在是个大英雄了,他没什么好怕的了。"

杰弗瑞·柯德威尔仍然不知道该如何处理眼前的一切,他甚至不知道该往哪儿看。

一方面,他面前的桌子放着一张纸,是一份劳动合同,工资那一项所写的数字是他现在年薪的五倍左右。五倍!拉瑞·顾去世后,他被顾氏企业开除,而现在,青黄不接的日子要结束了。

当然,表面上并不是被开除的,因为这样不光彩。但公司那些人很擅长说服某人主动辞职。

他不得不变卖房产,当然,得到的钱很少。匆忙间紧急出售房子通常卖不出好价格。之后,南希跟他离了婚,他就一分钱都不剩了。管他呢,反正她对他来说也太年轻了。但从那以后,任何工作机会他都得接受，不管合不合心意。这是标准的事业滑铁卢。而眼前这份合同是他回到战场的机会，能让一切重回正轨，让他振作起来。

所以他才反复确认纸上的数字。

同时，他又忍不住去看坐在办公桌另一边的男人。那张无比丑陋的由钢铁和玻璃打造的办公桌与装饰着天然木质嵌板的办公室格格不入，就像一架喷气式飞机停在绿色食品店里一样。

当然，早在詹姆斯·贝内特三世上飞机前往波士顿之前，柯德威尔就对他有所了解了。只要在网上翻半小时，足以找到不少他在华丽的招待会、优雅的派对和其他社交场合的照片。照片中的年轻人、英俊、快乐，简直就是美国梦的写照。

现在的图像处理软件太厉害了。这是他终于与这位新任董事长握手时的第一个想法。眼前的詹姆斯·贝内特三世是网上那些照片的扭曲版，因饮酒过度而面部臃肿，身材也不匀称，头发稀疏而缺乏光泽，眼神飘忽。简而言之，一点也不招人喜欢。考虑到合同上的数字，他也不是非要为喜欢的人工作。毕竟现在雇主也不怎么样。

贝内特说明了情况后，他清了清嗓子说："坦率地说，贝内特先生，我离开之前与顾氏企业签署了一份保密协议。严格来讲，对于你刚才讲的事，我不该发表任何评论。"

贝内特眉毛一挑，十分戏剧化地做了个轻蔑的表情，"你真以为那些亚洲人会派律师给你发信,在美国的法院告你吗?"

"不是律师,是杀手。"

"这样。"贝内特把玩着镀了铂金的圆珠笔,他就是用这支笔在合同上写下了那个极富吸引力的数字,"其实,我对加藤先生在新加坡做了什么不感兴趣。我感兴趣的是,他现在在做什么。据我所知,这不涉及保密协议吧?"

"我也这么认为。"柯德威尔点了点头,好让贝内特明白他知道什么事情属于秘密,而他绝不会泄密。

实际上,他不担心杀手追杀。毕竟他只是一个小虾米,而且那种事他是经历过的,知道如何应对。他早年生活并非一帆风顺,与黑帮有瓜葛,曾在最后一秒成功跳出一辆车,那辆车在下一秒就被子弹打成了筛子。他清楚如何把合适数额的钞票送到合适的人手中来解决问题,即便有时这种方式会导致别人意外死亡,但他也学会了接受这样的事实。

"我具体要做什么?"他问道。

贝内特似乎一直在等这个问题,"你会成立一个独立的部门,在公司架构之外,只对我负责。你会得到足够的预算,可以随意处置。当然我也希望你能保密。但最重要的是,柯德威尔先生……不,杰夫,我希望你能帮我查清加藤弘司正在做什么。如果可能的话,把他本人带过来。我要控制他所取得的一切成果,一点都不漏掉。这么说吧,我宁愿他根本不工作,也不愿意他为别人工作,你能明白吗?"

"完全明白。"柯德威尔缓缓地点头,脑子里把贝内特的话过了一遍。要是在古代,这样的任务是要签生死状的,因为有可能会采取——这么说吧——非常手段来完成任务。

贝内特咧开嘴,像鲨鱼一样笑了。"明面上我对此一无所知,我也不会一直盯着你。"鲨鱼的笑容又扩大了一圈,"据我所知,对于非常规手段,你是有经验的。"

柯德威尔扬起眉毛,"我很惊讶你知道。"

"我有我的渠道。"贝内特说话的方式有些怪,似乎带着些谄媚。

管他呢。"我明白了。"柯德威尔说着,拿过合同。贝内特把镀铂金的圆珠笔递给他签字,在他看来,这是个好兆头。

组建一个好的团队,获取必要的信息,制订计划,总共花了三周时间。排练和做好准备又花了三周。之后,第一组人在离加藤弘司住所不远的松林中就位,望远镜对准了宽敞的别墅。

"那房子曾经属于一个乡村歌手,还挺有名气。"一个男人一边说,一边看着不透光的窗户、上锁的阳台门和一个闲置的游泳池。

"真的? 谁啊?"旁边的人问。

"想不起名字了。"他放下望远镜,"鲍勃,那个唱《他的手中有全世界》的歌手叫什么来着? 前奏是一段钢棒吉他那个?"试着模仿吉他的声音,但开了个头就放弃了,"还是一首热门金曲呢……二十多年前。"

"约翰尼……约翰尼什么的。我知道你说的是谁。"叫鲍勃的人说道,"他以前住在这里?"

"没错。"

"酷。"

这群人监视着房子,摸清每天的日程:园丁什么时候来,什么时候走;守卫什么时候休息,什么时候换班——按照规定,不能在同一时间休息,不过守卫们没有遵守。他们看到一个瘦小的日本人从房子里出来过一次,跟园丁说了几句话,又消失在屋子里——正是他们研究过的那些照片上的那个男人。女管家是个金发碧眼的老妇人,他们发现她出门后一直没有回来,便把这个信息传给了第二组人。第二组调查后发现女管家帕特里夏·斯蒂尔去看望她姐姐芭芭拉了。她姐姐住在萨克拉门托,嫁给了一位卖有机水果和蔬菜的杂货商。

"很好,现在少了一个证人。"柯德威尔了解情况后说道,"动手吧。"

第二天早上,随着两辆车的到来,正准备换班的夜班守卫们迎来了一个并不愉快的惊喜。两辆车都是黑色的,深色车窗,车门上印有一家安保公司的标志。车里走出的人穿着眼熟的制服,戴着印有上届总统候选人面孔的硅胶面具,一下车就立即射杀了所有的狗,然后将枪口对准了这些守卫。不到十分钟,守卫就被绑了起来,蒙着眼睛,扔进了花园的小棚子。

冒牌守卫走向房子。他们知道哪里有警报系统,也知道如何关掉。几个人分散到房子周围,剩下的则借助一些开门工具,很快就打开了好几扇门。但进门前没料到的是,房子里什么都没有,空旷得可怕。在数不过来的房间中,大多数根本没家具。一个房间的地板上放着一张带薄被的床垫,另一个房间里有一张扶手椅。只有厨房和隔壁的餐厅里摆了一些常规家具。

距离大门最远的地方有一个大房间,从这里可以看到花园和后面山谷的壮丽景色,一些桌子被摆成U形。桌面中间放着几块灰色的小塑料片。仔细一看,原来是电脑键盘上的按键,有人把它们摆成了两个英文单词:

FUCK YOU

罗德尼·阿尔瓦雷兹看了一眼时间,已经过了半夜十二点,又是这个时候。艾莉森去凤凰城看望朋友了,她不在的时候,无论他怎么努力都没法躺下睡觉。就看最后一个网页,他十分钟前就跟自己这么说了,结果又点开了更多页面。明天到办公室,他肯定又会打哈欠打到下巴脱臼。

到此为止吧。他毅然关上电脑,站起来伸个懒腰,突然内疚地意识到他忘了收拾洗碗机。他琢磨着是不是明早再来,不过很快便确定这样不行。早上的时间很紧,而且多半没睡醒,什么都干不了。况且,不等他下班,艾莉森就会回来。

那就现在快点弄吧。他快步走进厨房,打开洗碗机的门,里面闻起来很干净,但已经冷却了。第一步,从餐具盘里挑出所有勺子,放到炉灶旁放餐具的抽屉里……

就在他把所有的餐刀都拿在手里的时候,门铃响了。

此时是半夜十二点五十。罗德尼蹑手蹑脚地走过走廊,透过门上的猫眼向外看去。

是弘司。

什么情况?罗德尼开了门,"这个时间点来骚扰有正经工作的人不太合适吧?"

弘司微微一笑,"这样接待老朋友也不太合适吧?"他指着餐刀,餐刀拿在罗德尼手里,像一束鲜花。

"睡前家务。"罗德尼说着,敞开大门,"我正打算睡觉呢。进来吧,好久不见。"

弘司进了门,步子像以往一样干脆而急促,让罗德尼想起那些讲日本武士的老电影。弘司提了一个小包,看起来就像……无家可归。罗德尼想不到别的形容词,他也不知道自己为什么会有这种感觉。

"是啊,"弘司说,"好久不见。上次来这里还被粗暴地打断了。"

"没错。"罗德尼很内疚,之前他简短地回了弘司报平安的邮件,但一直没抽空按约定给他打电话,最后干脆忘记了。"当时那些政府的人那么着急,是有什么严重的事吗?"

弘司点点头,"是的。"

"哇。"罗德尼看了一眼周围,还好他今天稍微收拾了一下,这样艾莉森才不会一回来就尖叫着跑走。当然,与她负责家务的时候比起来还是差很多。"来客厅吧,我弄点东西喝。咖啡,茶,还是喝啤酒?"他打开了灯。其实这么看房间也没那么差。

"不用了,谢谢。"弘司坐到沙发上,把包放在一旁,"我不会待太久的。"

"没事,这有个把手,拉开就是一张床——"看到弘司摇头,罗德尼说到一半止住了,"好吧,就是个提议。"他坐到弘司对面,把手里的刀放在茶几上。不知道为什么,他预感他即将听到一些自己不想听的东西,"那么,发生了什么事? 如果你可以说的话。"

"本来不能说,不过不重要了。"弘司说,"我被人盯上了,不知道是谁,所以我干脆直接消失了。"

"被人盯上了?"听起来不太妙,但不知为何,罗德尼感觉弘司突然出现不是这个原因,"你干了什么?"

弘司没有直接回答,而是拉开包的拉链,拿出一个小塑料盒。"罗德尼,这就是你要找的外星人——它们已经在地球上待了几千年了。"他举起盒子,打开盖子,"看。"

"你说啥?"罗德尼目瞪口呆,探身朝盒子里看去。但什么都没看到。除了一块像是锈斑一样的小黑点。

608

他担忧地看向这位大学时期的好友，"你还好吧？"

弘司不耐烦地点点头，"我说的就是这个小黑点。那不是污垢，而是几百万个非常微小却又非常强大的机器人。这些外星机器人早在几千年前就来到地球了。"接下来所讲的内容冲击力太大，根本不适合睡前听。听起来似乎省去了很多细节，只留下最震撼的片段：极地岛屿，俄罗斯潜艇，一个碎成灰烬的钢铁堡垒。

罗德尼极其怀疑他是在电脑前睡着，做了一个离奇的梦。他眨眨眼，想着要不要掐自己一下。"停！"他叫道，"把你刚才说的放慢再讲一遍，我有点没跟上。极其微小的机器人——行吧，我买账。但是你说的强大又是什么意思？"

"它们是纳米机械，罗德。可以在原子层面上操纵物质，可以拆卸或者建造任何你想要的东西。只要有命令，甚至可以重塑或摧毁整个世界。"他盖上盖子，"我尽可能地研究它们，发现了大约三百种不同的类型。控制单元有一个中央存储器，是一种由金属原子组成的基因，里面存储了数量惊人的成品蓝图和施工程序，其中几个我已经成功分析出来了——但总数是几百万，数量很恐怖。里面的内容远超空间探测器执行任务所需的东西，它展示了某个技术文明极其卓越的成就，就好像它们把所有发明都存在里面了一样。"

"追杀你的人是想要这个。"

"以及机器人本身。"

"可以建造你想要的一切。"罗德尼皱起眉头，听起来还是像做梦,"老实说,我没法想象,真的做得到吗?"

弘司点点头,似乎还有点高兴,"你想看看吗?"

"看什么?"

"它们如何建造东西,比如建好你的车库。"

罗德尼笑了,弘司用了"建好"这个词,这意味着他已经开始建造了,这是日本式的礼貌。"好啊。"他笑着说,"我倒真想看看。"

弘司又从包里拿出一件东西,是一根他发明的魔法棒,不过似乎做了不少改动,可能是新型号。"那就过去吧!"他站了起来,一手拿着魔法棒,一手拿着塑料盒,大步朝门外走去。罗德尼急忙起身追了上去,在大门口赶上他,"等一下,你要做什么?"

"给你建车库啊。"

"现在? 大半夜?"

"别担心,它们声音很轻。"弘司打开门,走了出去。外面只有一轮下弦月投下的光芒。罗德尼跟着弘司来到他和艾莉森停放汽车的地方,自从住到这儿之后,每年新年他都下定决心要在这里建一个车库。但目前为止,他只买了几根用来搭框架的木料——好几年没动过,可能已经朽了。

"好了,你划一个范围吧。"弘司说道。

这什么情况? 罗德尼已经确信这不是梦了,但仍然觉得荒诞。不过就顺着弘司的意思来吧。他用步子量出一段距离,"这里是后墙。"他用手比画了一下,"这里是侧墙,前面是车库大门。"

弘司把魔法棒举到正中间,让两端的摄像头拍摄左右两侧。一个绿灯闪烁了一下,他放下魔法棒,按下一个按钮,魔法棒发出一束淡红色的激光。他用光束在地上描出了罗德尼比画的范围:一个长方形,围着罗德尼的旧本田,又给艾莉森的车留出空位。他又用激光束在房子外墙上画了一个轮廓,车库的一侧将紧挨那里。不知道为什么,这模样就像拿着光剑的绝地武士。

"这样行吗?"弘司问道。他又举起魔法棒,按下另一个按钮。魔法棒射出车库的全息草图,那光线让人想起迪斯科舞厅。

一个用光做的车库? 行吧。"行,差不多。"罗德尼肯定道。

"好的。"弘司关掉激光,把塑料盒子放在地上,又按了一个按钮。

接着……什么也没发生。

太荒唐了,可能弘司终于发疯了。这也正常,他一直是工作狂,从不休假,也很少休息。"外面有点冷,你不觉得吗?"罗德尼小心翼翼地说,"要不我们回屋子吧。"

"可以啊,"弘司赞同道,"不过你得先看看。"

"看什么?"

"这个。"弘司指着停车位的边缘说道。罗德尼这才注意到一条黑线,肉眼可见地在变宽、变高。真的有东西长出来! 月光下,苍白的墙壁在诡异的寂静中升起,一点一点地实体化,就像电影特效。这场面在电影里出现不足为奇,但现在他们没在电影院。

"纳米机器人在工作了。"他听到弘司说,"我让他们分析过建筑材料、木头、钉子、塑料,还有其他一些常见材料。它们记住了这些分子结构,现在要做的就是获取需要的原子,再排列起来。碳、氢、氧、铁、硫,等,都是随处可见的元素。而且这远远不是它们的最快速度,我还没搞清如何达到最快。"

罗德尼看着眼前的一切,惊讶得难以言表,"太牛了!告诉我,我不是在做梦。"

不到三分钟,几面墙就建好了,紧接着它们开始建造屋顶。先是框架,接着是盖板,再之后是上面的砖瓦,一切都精准无误。最后,一扇车库门被建在入口处,从上到下浮现出来,就像慢慢垂下的帘子。

"完成了。"弘司说,"现在,你是唯一一个让外星机器人建了车库的SETI研究人员。"

他从地板上捡起两个东西递给罗德尼,罗德尼接过来,看出是遥控器。他按下其中一个标着"开"的按钮,大门抬了起来,安静、优雅又平稳,跟那种只有百万富翁才负担得起的昂贵车库一样。"外星机器人?"

"是一种探测器,冯·诺伊曼探测器。"弘司蹲下身子,往小塑料盒里看去,好像在等待着什么,"在外面的某个地方,有一个科技远超我们的智慧文明。那是几千年前的事了。他们发射的火箭速度甚至能达到光速的一半,这些火箭中携带着探测器,抵达目的地后,探测器会立刻制造出更多的火箭和探测器,飞往其他星系。"

"然后呢? 复制出火箭之后,这些机器人又做什么?"

"我还不知道。"那些小得难以置信却又强大得难以置信的机器人似乎都回来了,弘司盖上盒子,装进包里,站了起来,"我还在琢磨那部分程序。"

"第一次听到你理解不了别人写的程序。"

"首先,这些'别人'是外星人。其次,这不是普通的编码或面向对象程序,这些是基于代理的、近似神经元的极其多层次的控制程序。而且,不光要解读,还必须模拟出来,才能弄清楚这些程序的目的。"弘司咳嗽了一声,"我回来之后,就把这当成爱好了。"

罗德尼眨了眨眼,又看了看车库,车库的样子和他想象的完全一样。他又看了看手中的两个遥控器,心想最好把门开着,这样艾莉森明天就可以直接开车进去了,她肯定会吓一跳。

"我开始明白那些人为什么要追杀你了。"他说。

4

水俣湾。弘司在汤之湖的一个大型度假村里租下一套公寓,紧挨着海边。现在是淡季,大部分窗户前的百叶窗都紧闭着。走在度假村里,你会感觉自己走在一部末世电影里:一场全球性瘟疫消灭了大部分人类,而你是为数不多的幸存者之一。

虽然环境不太好,但起码没人认识他。他总算得到了清净,这正是他需要的。而且,这里离外公外婆住的地方很远,碰到他们的可能性不大。

那些人是否会追到这里来? 或许吧,但总归能增加他们的工作难度。在日本,他可以隐匿在人群中,那些人却格外显眼。为了安全起见,弘司抵达东京后就没有使用过信用卡,也没在东京看望任何人,包括他母亲,以免连累她。他在自动提款机上取了尽可能多的现金,厚厚一大捆,让纳米机器人对这些钞票进行原子分析。如果之后需要更多的钱,能让机器人复制出来,短时间应该没有问题,不会有人注意到这些钞票的序列号是一样的。

这就是他所要解决的问题核心。显然,纳米机器人也可以重新排列墨水的原子,形成新的序列号,只要发出正确的指令就行。但他做不到,甚至无法想象如此精细化的指令应该如何进行。他无法单独排列每一个原子,一个人没有这样的心力,也没这么多时间。以这种方式来生产哪怕最微小的物体也要花上几个世纪。不,原子结构的逻辑需要一种组织形式,在这种形式中,顶层元级的控制单元触发子控制单元,子控制单元又触发下一层级,层层传递给纳米机器人,而它们所做的只是将一个特定的原子在不超过光的波长的距离里移来移去。

他改造了一根魔法棒,用来控制纳米机器人。这比携带笨重的多频段无线电和手动输入命令序列要稍微方便些,但也有其局限性。而且,他还远没有探究出这些机器人的全部能力。

就拿他给罗德尼建的车库来说,尽管造出来只花了几分钟,但编写控制命令却花了近一个月。最后加载到魔法棒中的程序在使用之前只缺少几个变量,也就是车库的具体尺寸。毕竟测量尺寸是他设计魔法棒的初衷。换句话说,他完全可以给罗德尼建一个十米或一百米宽的车库,再多花几分钟罢了。

但这个程序只能建车库,而且只有一种类型,也只有象牙色。

当时,他刚完成这个程序,就在监控系统中发现了入侵者。他曾考虑过派安保人员去追踪那些人,把他们赶走。但那又如何呢,既然有人要抓他,就一定还会回来,下一次他们会做得更聪明。是时候藏起来了。他把斯蒂尔夫人送走,享受假期也是她应得的。等她回来后,会接受他离开的事实并料理好家中的一切,反正她的工资不会停。弘司命令纳米机器人拆解并回收他所有的电脑,自己通过纳米机器人制造的通道离开住所,又让它们销毁了通道,就像从来没存在过一样。

这类事情相对容易,只要调用相应的功能就行了。例如对一个物体进行原子层面的分析。他把这个例行程序嵌入自己编写的程序中,只需要用魔法棒的激光扫一扫物体就能触发。挖出一条通道,把物体拆解成原子,这也只需要敲几下键盘,适当地动动魔法棒,看起来真的很像魔法。

但这仅仅是管中窥豹。每个基础复合体的控制单元都携带巨量的成品结构库,就像细胞携带的基因一样,而他根本还没开始研究,只有少数例外。比如,建造一个带发射台的基地,在分析基本程序设计时自然就会分析到,毕竟这是探测器最主要的任务。另外,许多建造序列都是用来制造大型精密机器的,但弘司不知道这些机器有什么用。必须先造出来才能研究——冒着可能会造出炸弹的风险。

还有一个他几乎完全没涉足的领域:通过纳米技术制造新型材料。他让机器人用木头建造罗德尼的车库,而木头的原子结构来自对弘司工作室天花板上的橡木梁的分析;塑料覆层仿照的是园丁棚;车库门本身,包括自动系统,也都和弘司家的五车位车库一模一样。

虽然能做到这些也很好,但浪费了纳米技术的可能性。如果能将原子精确地放在指定位置,就可以生产出自然界中没有的、有着不可思议特性的材料。弘司这些年密切关注的纳米技术领域里,人们已经开发出了"纳米管",一种由碳原子组成的管子,轻如羽毛,却比钻石还硬。而这毫无疑问只是个开始。

罗德尼的车库墙本可以比人的头发还薄,却可以轻松抵御手榴弹的攻击。只要找到方法,造起来会更容易、更快。不过那样的车库太引人注目了。

雨不大的时候,弘司会在海边散几个小时的步。天空苍白而模糊,大海则泛着金属般的暗灰色,像一块铸铁。

这样过了一段时间他才发现,自己的公寓是整层楼唯一住了人的。走廊的电梯前摆了一个大大的海水鱼缸,里面孤零零地游着一条样子很丑的鱼,似乎无聊得要命,因为每次电梯门一打开,它就会游到玻璃前,打量来人,像是因为景象的变化而感到高兴,而非单纯被电梯的照明灯吸引。

在长时间散步的过程中,弘司想了很多事:关于他自己,关于他的生活,关于他到底为什么要做这件事,是什么在驱使他——感觉就是这样,他被什么东西驱使着。

比如说,为什么会来水俣湾?如果只是单纯藏起来,日本任何城市都合适,甚至比这里更好。但他偏偏选了水俣湾这个他外公外婆所在的城市。何况他们一直不怎么喜欢他,他也不怎么喜欢他们。

当然,他也可以列举出一些合乎逻辑的理由。首先,水俣湾不是东京。他在东京可能会碰到很多认识的人,这些人可不像他的祖父母,只有看医生的时候才出门。其次,多亏了小时候那些他不怎么喜欢的旅行,他对这里还算熟悉,省去了很多麻烦。例如,他对这些度假村了如指掌,因为小时候偶尔会幻想自己有一天在这里度假。第三,这里没什么人认识他,就算觉得他有些奇怪,也会当成正常住客一样对待。

但即便这些理由听起来很好,很有逻辑,弘司却清楚地感觉到,这只是一半的真相。灰暗的天空下,他走在沙滩上,两只脚轮番陷在灰色的沙子里,风把海盐吹到了他嘴上。他想,要找出另一半真相。

有时,他觉得在海滩上散步还不够,就会走得更远,去邻近的居民区。在那里,他漫步在狭窄、陌生的小巷里,不管怎么努力,却总是迷路。有一次,他来到一片宽敞的墓园,被坟墓的幽深寂静所吸引,徘徊了很久。他跟自己说,这就是人类的最终命运,终止所有功能,将构成躯体的所有原子还给更大的整体。

也是在这里,他终于意识到是什么吸引他来水俣湾:对久美子阿姨的记忆。小时候他曾经那么怕她,如今每每想起她,想起那个充满激情、却被病痛折磨的不幸生命,他就会深深地难过。她在病床上躺了那么多年,饱受说不出来的恐惧。久美子阿姨就是他对原子产生兴趣的诱因。他选择到这里来,的确再合适不过。

他还想到跟罗德尼在他家的那晚。回想起来,他担心拖累罗德尼和艾莉森,但又不愿瞒着罗德尼,关于萨拉德科夫岛,关于纳米机器人,以及来自太空的使者……罗德尼·阿尔瓦雷兹曾渴望写一篇星际舰队最高指导原则的论文作为毕业论文,穷尽一生都在热切地仰望星空,一直被那个问题所困扰:我们在宇宙中的兄弟们究竟在哪里,那些来自遥远星系的同胞为什么从不发声? 这件事,他最有权利知道。

那天晚上,他们在一起坐了很久。罗德尼有无数问题,但弘司几乎都回答不了。探测器是从哪里来的? 不知道。纳米机器人中可能存有探测器的信息,但弘司还没发现。建造并发射探测器的是什么样的生物呢? 他们长什么样? 呼吸氧气还是别的什么? 对于这些问题,弘司只能告诉他,其中一些建筑程序可以建造类似于飞行器或车辆的东西,内部空间对人类来说要么太大,要么太小,因此可以合理地推测,他们和我们长得不一样。

"有点失望啊,"罗德尼道,"不是鲸鱼大小的水生生物,不是有着我们完全无法理解的奇怪社会结构的昆虫类生物,不是单纯由能量构成的生命体,仅仅是……瓦肯人①?"

---

①瓦肯人是虚构科幻剧集《星际迷航》中的一种外星人。他们是发源于瓦肯星(Vulcan)的智慧外星类人类族群,以信仰严谨的逻辑和推理、去除情感的干扰而闻名。

"或者克林贡①人。"

"那就更失望了,我们甚至已经知道了他们的语言。"罗德尼半开玩笑半认真地说。谁知道呢?弘司曾读过一篇文章,说克林贡人的语言是一位语言学教授为第四部《星际迷航》电影虚构出来的,但现在关于这种语言的学术论文比许多实际存在的人类语言还要多。

"也许智慧进化所受的限制远比我们想象的多。"弘司思索着。他们本该多花一点时间来讨论这个话题,但罗德尼没有接话,反而缠着弘司讲萨拉德科夫岛的事。

"听你这么说,那些探测器仿佛打算征服地球啊。它们有这个能力,是不是?没人能阻止这些纳米机器人吧?"

"除非人们掌握了相同的技术。"

"所以,在它们看来我们可能还很落后。"

"相当落后。但它们确实停下来了。也许之前的一切只是一种防御措施,确保火箭不受干扰地制造和发射。"

罗德尼皱起眉头,摆弄着茶几上的餐刀,"但这不合逻辑啊。冯·诺伊曼探测器至少得再发出两个探测器才行。"

"没错。"弘司肯定道。

确实奇怪:他依然记得岛上所有动静陡然停止的那一刻。他当时有种奇怪的感觉:它们是由于惊愕才停下来的。他知道,不管纳米机器人多么全能,也不会有惊愕的情绪。而且几乎就在停下来的

---

① 克林贡人(Klingons)是《星际迷航》虚构宇宙中一个好战的外星种族。

同时,带有自毁代码的无线电信号就发出来了。直到今天,他也没想明白这是怎么一回事。

看到纳米机器人在弘司的命令下建造车库,罗德尼很兴奋,"照你的意思,你甚至能在我家花园里放一个火箭!"

"你拿火箭做什么?"

"嗯……时不时去月球上过个周末,艾莉森肯定喜欢……或者偶尔去看看国际空间站。"

弘司不想给罗德尼泼冷水,告诉他这样的玩笑会给他和艾莉森带来危险,"听起来可能有点奇怪,但对我来说,让它们建车库才是更大的挑战,光是调出预设好的程序没什么难的。"

"好吧,起码建个车库没那么可疑。"

"顶多就是明早把隔壁邻居吓一跳。"

罗德尼苦笑道:"哪有什么邻居? 这里的人都只关心自己的事。"

他们聊到凌晨三点半,罗德尼给他煮了一杯很浓的咖啡。喝完之后,弘司便离开了,往北走。

他在车里睡了一路,最后在西雅图订了一张去日本的机票。在售票处,他什么都没想,直接出示了他的日本护照,没有想过会不会有人找到他,追过来。不过,他还是故意讲了一大堆关于日本文字和日本人名拉丁化的问题,然后让柜台把机票上的名字写成了"高藤浩史"。

他就这样来了日本,带着他的笔记本电脑、最重要的程序和数据、改良后的魔法棒,以及纳米机器人。但老实说,他也不知道现在要做什么。钱不是问题。就算有一天复制钞票风险太大,他还可以直接制造钻石,这对纳米技术来说再简单不过了,之后可以找人把钻石卖掉。

关键的问题是,要如何利用这些纳米机器人带给他的知识和机会。他比以往任何时候都更接近自己一生的梦想,但不知为何,他失去了被命运引导的安全感,取而代之的是种被抛弃的感觉,一切只能靠自己。而他不想余生都在逃亡中度过。

几天后,他从海边散步回到公寓,走出电梯,与鱼缸里那条孤独的鱼对视一眼,突然有了想法,知道该做什么了。

在沙滩上徘徊的无尽时光结束了。他待在房间里不再出门,让人给他送饭。他给管理处打了个电话,表示愿意为此支付合理的费用,剩下的就不用他再操心了。他的电脑又开始不间断地工作,弘司只在电脑进行复杂的分析模拟时才稍微睡一觉。他比之前更彻底地检查记录纳米机器人信息的程序库,寻找任何可用的程序。

弘司打算着手建造一台甲基汞收集器。纳米机器人逐渐繁殖、漫游并分散到全世界所有海域,寻找甲基汞分子,将这些分子运送到几个指定仓库中。这个过程会持续到海水中再也没有这种导致水俣病的毒素为止。

这并非人类最紧迫的问题。之所以选择这个项目,是因为一旦成功,结果将十分显著——整个地球上的一种毒素被完全净化。而且,这也是一个挑战,借此能学到很多关于纳米技术的知识。另外,这么做也是为了纪念不幸的久美子阿姨。

几天后,他想出一个看起来可行的方案。他将第一次亲自改造这些纳米机器人——当然,要借助其他纳米机器人的帮助。他会建造一个专门寻找甲基汞的勘探元件。甲基汞对硫有很高的亲和力,能以正电离子的形式与氢氧根离子或氯离子结合。这就意味着,一旦勘探元件定位了甲基汞,就要用切割元件打破离子键,再用运输元件把甲基汞运到收集器中。接下来是难点:如何把装满的收集器运送到仓库。他需要能在洋流中移动纳米级结构,把它们带到指定位置的推进系统;一个能确定仓库位置的导航系统;放置仓库的合适位置;以及在仓库中等待收集器、帮助卸下甲基汞、将汞从甲基中分离出来的机器人。最后还要为逐渐变多的汞腾出储存空间。还有一个这类技术常见的问题:能源供应。纳米复合体必须定期下沉到海底,向地核伸出数千米长的触须,为自己补充能量,才能继续工作。每一个问题都很难解决。很多时候,弘司完全没头绪。想到自己拥有世界上最强大的工具,却不知如何运用,他有些沮丧。

他疯狂搜索程序库,浏览高级文明留下的各种难以置信的科技。他好几次遇到一个让他实在想不通的建筑程序。在模拟中运行命令序列后,出现的东西既像海绵,又像奇异的网状血管。这是用来做什么的？他不知道。这东西的生长方式让他浮想联翩，但没有哪个想法完全合理。通常这时候，他会耸耸肩，直接跳到下一个程序。但他心里仍旧一直在琢磨这东西，无法忘记。他突然有了一个想法，利用电脑运行小规模模拟的间隙，在网上查找关于水俣病的最新研究。

查到的信息没多少。研究这种疾病的人本来就不多，未来也基本不会增加。因为随着环境标准的提高，这种疾病已经不再流行。水俣病的致病机理在于，甲基汞被胃部迅速吸收，进入血液，穿过血脑屏障，停留在中枢神经系统和大脑中，引起麻痹、耳聋、部分失明、运动障碍、抽搐和精神错乱等症状，无法治愈。

进入十二月份，弘司完成了他的工作。度假村渐渐挤满冬季和圣诞节度假的客人。度假村的人也开始奇怪，为什么他待了这么久。他很清楚这会成为问题，但他顾不上了。

一个寒冷的早晨，天刚破晓，弘司来到海边，拿出他的汞收集器。他累得筋疲力尽，幸好接下来不需要做太多事。把一块由纳米机器人复合体组成的方块丢进海里，然后从外套里拿出魔法棒，按下发出启动信号的按钮。仅此而已。剩下的一切完全由纳米机器人自己完成。

仅凭肉眼什么都看不到。但弘司还是站了一会儿，望着身后山峦上太阳在淡紫色的朝霞中升起，想着下一步该做什么。他又看向海浪，这时正在涨潮，每一个浪头都离他的鞋子更近一些。海浪在碎石块和鹅卵石之间泛起泡沫,闪闪发光,仔细冲刷着每一粒沙子。就在这一刻,弘司突然明白了那个让他不断想起、像是网状血管的东西到底是什么。

当然,他必须先检查一下,针对这个构造对模拟器进行适当的调整。但他知道,他的猜想一定会被验证。归根结底,人脑也是一种物质结构。思想是以脑电波的形式传达的,如果能在所有神经元旁边插入极其纤薄的植入物,就可以提取到这些脑电波。这正是这种网状构造的功能,沿着神经通路,将传感器附着在源头位置上。

纳米机器人和大脑之间的连接!只有这样,才能完美地、绝对地控制这些几乎无所不能的工具。这也是唯一能驯服它们、利用它们全部力量的方法。弘司突然意识到,这是他了解纳米机器人余下所有秘密的唯一途径。但问题是,一旦踏上了这条路,他还有退路吗?

从之前的自我封闭状态中走出来,像获得了解放。弘司觉得自己像被冻住后解冻了一样。度假村的餐厅变得拥挤而吵闹,但这丝毫没有影响他的心情。相反,他喜欢这种隐身在人群中的感觉。他看着年老的夫妇、年轻的一家子还有吵闹的孩子们,觉得格外顺眼。他不再是唯一一个在海滩上散步的人了。孩子们穿着厚厚的、五颜六色的外套,或在沙滩上嬉戏,或朝着水里扔石头,或放风筝,他们的父母则在一旁微笑注视。到了晚上,他坐在吧台前,听着头顶壁挂电视播放的节目、其他人的聊天、老虎机的响声,还有台球桌上的咔嗒声,感到说不出的惬意。

就是在这里,弘司得知了那场灾难。

电视屏幕上出现了一个饱经风霜的男人,头戴蓝色针织帽,激动地用手比画着。"到处都是! 到处都是! 一直到地平线!"他叫喊着。弘司没懂他指的是什么事情,皱了皱眉。啤酒来了,他拿起杯子喝了一口,味道不错。电视画面切到一片海滩,上面布满了白色的东西。一群身穿防护服、头戴呼吸面罩的人正在把这些东西往卡车上铲。

那些白色的东西,是死鱼。

弘司放下杯子,突然有一种大难临头的预感。

"这对渔业来说是一场灾难。"一个西装革履、戴着眼镜的男人说道。他是东京大学的教授。

"科学家普遍认为这是一种未知的传染病,"电视里的特别报道的主持人说,"这一点已经根据其传播模式得到证实。将发现大量死鱼的报告地点标在世界地图上,可以很明显地看出,这种传染病发源于日本南部沿海地区。"画面上出现了一幅图来佐证这一说法。"联合国为此召开了特别会议,"主持人补充道,"寻找病原体的工作已经全面展开。"

弘司僵坐在那里,惊呆了。他做错了事,错得相当严重。

他付了钱,没有喝完剩下的啤酒便离开酒吧朝自己的房间走去。一路上,他努力忍住跑起来的冲动。虽然现在房间都订满了,走廊里却十分安静,空无一人。他回到房间,拿起魔法棒和另一个作为汞收集器的复合体,走到电梯口的鱼缸前。鱼儿注视着他,仿佛预感到了接下来会发生的事。

"对不起了,伙计。"弘司痛苦地低声说道,"但我必须要确认一下。"

他把纳米机器人放进水里,激活它们,在一旁等待。什么都没发生。为了不那么显眼地站着,弘司在电梯旁从来没人坐过的小椅子上坐下,拿起旁边陈列的一本宣传册,佯装看书。那条鱼仍然目不转睛地盯着他。

正当弘司心想,复合体是否能在鱼缸中找到足够的原材料进行自我复制时,事情发生了:鱼儿闭上了眼睛,不受控制地抽搐了几下,然后翻了个身,肚皮朝上浮在了水面上。

弘司放下小册子,起身回了房间。是他的错,他没想到海鱼的体内也会储存甲基汞。海水的各种污染物都会被海鱼吸收。他派出去的机器人太过微小,无法区分水和鱼的身体组织,它们会把那些动物体内的汞分离出来。如果做得太频繁,就会连带着杀死这些动物。

自毁指令完全没有用。因为在水下,纳米机器人根本无法接收无线电波。

弘司没日没夜地工作了七天,才做出另一个能够捕捉和摧毁汞收集器的复合体。与此同时,神秘的鱼类死亡事件已经蔓延到了全球,引起公众和科学界的广泛讨论。专家们预测,未来世界食物供应的情况会很严峻。有几种鱼类的数量已经受到了严重威胁,但对于致病的病原体,至今没有找到。

圣诞节前一天早上,弘司放出并激活了他的捕猎复合体,随后结账离开了度假村。

他回到东京,发现母亲没在家。门口遇到的邻居告诉他,她去了墓地。弘司发誓自己从没见过这位邻居,但她还是认出了他。

"哪个墓地?"弘司问道,"她去墓地干什么?"

"青山灵园。"满脸皱纹的小老太太说,"你可以从广尾坐地铁到惠比寿站。"

青山灵园是东京最负盛名的墓地。葬在这里的人不仅相当有钱,运气也很好,才能抽签得到一个位置。他母亲在那里做什么?

她真的在那里,正在照料着一块墓地。墓地上立着一根狭窄的灰色大理石柱,上面是一盆沙拉碗大小的植物。"啊,你来了。"她跟弘司打了个招呼,手上依然在忙活着。

弘司走近了一些,看着石柱上的碑文。这个墓是井元先生的。

"去年八月份的事,心脏病,正好是盂兰盆节那天。太巧了,是不是?"母亲把手中的铁锹放到一旁,站了起来。

"这么说,这就是你的新工作吗?"弘司问。

　　她摘下绿色的橡胶手套,目不转睛地盯着墓碑。"他向我表白了,求了三次婚,要我做他的妻子。我们都这把年纪了！真是个疯子。"她看向弘司,眼角的泪滴像水银珠子一样反着光,"我一直拒绝。我觉得对不起他,现在已经太晚了。"

　　弘司什么也没说,两人沉默地站了一会儿。

　　"有时候我觉得这就是生活的全部。"他终于开口道,"人们总是在不停地意识到自己做错了什么事,却为时已晚,于事无补。"

　　母亲搂着他,他有种感觉,她变矮了。

　　"有你在真好,"她说,"这是个不错的惊喜。"

5

这次飞往布宜诺斯艾利斯的航班比往常更让人疲惫，也许是因为机舱里的空气不好，让她头疼，眼球后面有一种不舒服的压迫感。不过夏洛特还是很高兴。这回有四个人在机场等她，布兰达、托马斯、杰森和拉米塔。

"你是我们共同的圣诞礼物！"一见到她，布兰达就说，"所以我们都过来了！"

夏洛特依次拥抱了几个人，连杰森都没有拒绝。她有点想哭，但不想让人看出来。没有人在圣诞节哭。

拉米塔穿着一件漂亮的衣服，她的英语和西班牙语现在很流畅，但还是西班牙语更好一些。夏洛特在穿过机场大厅时发现，她也不再一味地忍让弟弟了。当夏洛特夸奖拉米塔衣服上面复杂的贴花图案时，布兰达把她拉到一旁，小声说："这是她自己做的，你能想象吗！有一天，她从装旧衣服的袋子里翻出一些剩余的布料，问我她能不能要。当然可以,我说。然后她就向我要了针线,自己缝了衣服!"

"看上去真不错!"夏洛特赞叹道,"说不定以后会成为时装设计师。"

布兰达耸耸肩,"太疯狂了,是不是? 不过她有那样的手艺也不奇怪。"

走出机场,热浪扑面而来。盛夏没能让夏洛特的头疼好转。开车进城的路也让她感觉漫长到没有尽头。

"研究项目怎么样了?"为了转移注意力,夏洛特问托马斯。

托马斯笑了一下,"唉,大过节的不适合说这个。"

"这么糟糕吗?"

"你知道吗,一旦问题涉及谁最先在什么地区、什么时候定居,就立刻变成了政治问题。所以政府就掺和进来了。这么说吧,厄瓜多尔政府对史前历史了解得很一般。"

听到这话,夏洛特笑了,"肯定啊。"

"你怎么样? 哈佛还没有派人来收回你的学位吗?"

"我觉得这是早晚的事。"她突然意识到,提出一项颠覆公认的世界观的理论时,最根本的难处是什么:要提供证明才能成为有名望的学者;要找到证据就必须做研究,但你得不到资金支持,因为你提出的理论太不靠谱。一旦接受了非常规来源的资金——只要找得够久,总能找到一些疯子,愿意赞助最疯狂的项目——你的论文就不会在任何主流期刊上发表,因为他们会指责你受了赞助商的影响。而没有在主流期刊上发表,相当于没发表。这是一个死循环。

终于到家了。一路上,头痛减轻了不少,变成太阳穴隐隐约约、有节奏地跳动,她已经习惯了,肯定很快就会完全消退的。不过现在,臀部又有奇怪的刺痛感,一定是因为坐了太久,先是在飞机上,然后是在副驾驶座上。圣诞节前一天,每个人都像疯了一样开车,换谁都不敢放松。

布兰达家的房子看上去还是老样子,除了花园干燥得可怕。

"你肯定需要时间去适应,"布兰达说,"盛夏里的圣诞节。"

夏洛特眯起眼睛看着晴朗的天空和刺眼的太阳,"我们当年住在这里的时候,圣诞节有这么热吗?我不记得了。"

"童年的一切总是比较好的。"布兰达说着,又侧头看了一眼她的养女,"至少咱们的童年是这样。"

圣诞树矗立在进门的大厅里。夏洛特来之前在报纸上看过白宫的圣诞树,眼前这一棵似乎还要华丽些。礼物都放在了树下,被闪闪发光的包装纸包裹着,让两个孩子相当不耐烦,差一点就用手去抓了。

"我去拿行李箱。"夏洛特对托马斯说,"我也想在树下面放点东西,至少要放几样小玩意儿……"

突,突,突,太阳穴还在跳,她已经习惯了,心想等会儿得跟布兰达要一片阿司匹林。她蹲下身子,伸手去抓行李箱的把手。突然眼前就黑了下去。

眼前又有了光亮,和一种她熟悉的味道,她一下子想不起来在哪里闻过,是一种刺鼻难闻的味道,就像是放了太多清洁剂。

布兰达也在,圆圆的脸,还有她一辈子都平顺不了的棕色的卷发。"一切正常。"她说,"不用担心。"但她看上去分明很担心。

但夏洛特相信她,她是她最好的朋友,从没骗过她。她说了句"好吧"就又睡过去了。

下一次醒来时只剩下她一个人,这回她的脑子很清楚,知道自己在医院。哦,对了,脑袋,这才是关键……她的头发没了。头顶摸上去光秃秃的,只有几个地方新长出了一点头发茬。后脑勺的部位贴着一块巨大的绷带。

"我怎么了?"她问走进病房的护士。

护士摆了摆手,用西班牙语说:"对不起,我不会说英语。"

"我想知道我怎么了。"夏洛特用西班牙语重复了一遍。

这个身材纤细的黑皮肤女人有些悲伤地笑了笑,"不好意思,这你得问医生。"

不一会儿,医生过来坐在她床边,询问她感觉怎么样。这位医生戴着一副老式眼镜,眼镜后面的脸上有几百条深深的皱纹,一副苦大仇深的样子。再加上他格外突出的眼袋,整张脸很像一只忧郁的狗,一只斗牛犬。

"我不知道。"夏洛特坦白道,"我什么都感觉不到,不知道为什么。"她摸了摸绷带,"你们给我做了手术?"

"我们不得不这样做。"他的皱纹更深了,看上去也更悲伤了,"你的脑干上有个肿瘤,大约有这么大。"他用手大致比画了鸡蛋的大小,"它压迫着你的大脑,所以才导致你昏迷。我们切掉了可以切掉的部分,但不幸的是,肿瘤还剩下一大半。"

夏洛特等待着某种感觉涌上心头——害怕,恐慌,恐惧什么的。但都没有。只有巨大的、无动于衷的空虚。

"听起来……不太好。"她终于说道。

"不止听起来,实际上也不太好。依照任何现代医学的标准,你的肿瘤都无法手术,可能已经转移了。现在唯一能尝试的就是强效化疗。"

"治好的希望有多大?"

"很小。"

她终于有了感觉,是一种轻柔的、安静的悲伤。"我才三十四岁啊。"夏洛特轻声说。

医生怜悯地看着她,仿佛她是他的亲人。"很遗憾,小姐,在这种情况下,年轻并不是优势。如果得了癌症,年龄越大,前景才越好。人年轻的时候细胞分裂的速度非常快,你明白吗?"

"化疗什么时候开始?"

"就最近这几天,只要你的术后伤口恢复得好。"

第二天早上,夏洛特的母亲出现在病房里。母亲! 看到她站在自己床边,夏洛特竟有种不真实感。

"我们会带你回巴黎。"她用法语对夏洛特说。

夏洛特被她吓到了,巴黎? 让母亲照顾自己? 在那间像是家族历史博物馆——不,家族墓地的房子里?"我不想去巴黎。"

"别说傻话了,你得找全世界最好的医生,而且要快。"她的语气十分坚定,好像只要她们走得够快,就能把肿瘤留在阿根廷寻找另一个宿主一样,"你父亲正在和主治医生谈话。"

"可我不想回去。"夏洛特又重复了一遍。

母亲不敢相信地看着她,"你这是什么意思?"

"意思就是我就待在这里。"

"这里?"夏洛特听出了母亲的潜台词:这里? 在世界的尽头? 和这群野蛮人一起?

布兰达终于再次出现了。"你妈妈怎么了?"她问道,"我在走廊碰到了她,她很……我不知道,你们吵架了?"

夏洛特咽了口唾沫。"布兰达?"她轻声请求着,仿佛在提什么无理要求一样,"我想……我可以……?"

布兰达睁大了双眼,"你说什么?"

"我可以再跟你们待一阵子吗?"

布兰达哽咽了,搂着她的脖子说:"你想待多久都可以。"

新年期间,直飞美国的航班全部订满了,弘司只好去夏威夷转机,要停留三个小时。这三个小时得想办法打发。他首先留意了一下摄像头和追兵:摄像头一大堆,追兵倒是没有。要么是因为没人追他,要么是他不知道如何从人群中识别出那些人。

充分安抚自己的强迫症后,他去了中转区的一家餐厅。飞行过程中没什么可吃的东西,现在就算能吃一个汉堡也好。这个时间餐厅没什么人。和弘司隔着两张桌子的位置坐着一位带两个孩子的女人,两个男孩正忙着吃薯条和一些蘸着酱汁的烧烤。女人看了他半天,不是正常看陌生人的眼神。

弘司也看了看她,发现这个女人自己认识。

"多萝茜?"他惊讶道。

女人笑了。那是一个奇怪的笑容,同时夹杂着痛苦和轻松。"你好啊,弘司,说实话,我本来不确定……"

他简直不敢相信。"你在这里做什么?"他看着两个小男孩,年纪大的那个大概六七岁,"这是你的孩子?"

多萝茜点了点头,"内特和马修。"

"这么说你结婚了。"

"是啊。可惜吉姆提前几天回去了,不然你就能见到他了。他是信息技术专家,每次新年前后总要加班。我们来这儿跟他父母一起过圣诞。孩子们很喜欢这里,尤其是海滩。"

"可以想象。"他想象不到。

"那你呢?"她看着他问道。

他怎么样?"就那样吧。"弘司说。

"你……"她咬着嘴唇问道,"你过得幸福吗?"

弘司看着她,她无疑过得很幸福。

"不,"他坦白地说,"不,我并不幸福。"一点也不。他停顿了一下,回想他们之间的过去,还有他当年做的事,"多萝茜……对于当年的事,我很抱歉。我没有别的办法,但我本该处理得更好。"

多萝茜莫名其妙地看了他一会儿,然后跟他说,没事的,她没有怨恨。然后,她就要去赶飞机了,至少她是这么说的,飞往波特兰。

而他一个小时后才飞往洛杉矶,有足够的时间去思考,上飞机后还在继续想,如果当年跟夏洛特的重逢不是巧合的话,这次偶遇会不会是个巧合呢? 一心纠结于这件事似乎并不明智。弘司清晰地感觉到,命运似乎想告诉他些什么,只是他想不明白。

他还想知道,多萝茜如今对当时的事是怎么想的。那个星期天早晨,他粗暴地甩了她。现在她会庆幸吗? 毕竟她和吉姆幸福地结了婚,还有了内特和马修。或者说,她还是有些遗憾,哪怕只有那么一点,藏在心里的某个角落? 他真的想知道。

但是没那么多时间,刚才的情况也不适合问这样的问题。尽管他记下了她的电话,知道她住在俄勒冈,但不知为何,他知道,自己永远都不可能问出口。他默默希望这个吉姆只是他的替代品,不想打破这个幻想。况且他也没兴趣认识这个人。回头看看这几十年，看着发生过的那些事，他意识到一切清晰有序，每一件事、每一个决定都是合理的，必然的，仿佛事先做过周密计划。但这也没什么用。在洛杉矶降落的时候，他还是像起飞前一样迷茫。

下飞机后他依然在沉思。等发现有几个男人在等他时，已经太晚了。

这个人叫布德，喜欢别人叫他"智囊"。他把对讲机举到嘴边，"找到了，他正在海关排队等着查验护照。"

他敢肯定这就是他们要找的人。日本人相貌上的区别很难分辨，但他一直疯狂研究那些照片。即使贴着假胡子、戴着墨镜，他也能认出这个人。

柯德威尔这件事做得相当聪明。他利用在国土安全局的关系联系到负责收集来美旅客信息的部门，还考虑到日本人名的不同拼写方式。这很不容易，只有柯德威尔才想得出来，毕竟他在亚洲生活过相当长一段时间，清楚所有的花招。

太容易了，甚至有些无聊。

布德再一次举起对讲机，他们使用的是加密频道。当然，这是违法的。"布德呼叫所有人。等他出海关后，就去抓住他。蓝组在右边过道待命，黄组在左边过道。记住，尽可能低调。"

其实没必要说，因为他们在来的路上已经把计划详细过了一遍。但这些手下头脑简单四肢发达,还是加强一下记忆吧。

加藤站在柜台前,把护照和绿卡交给海关官员。官员检查了这两样东西,点了点头,又把所有的东西还给他,朝他挥了挥手。

"他过来了。"智囊布德通报道。

但加藤一定是察觉到了什么。他既没有往右走,也没有往左走,而是以迅雷不及掩耳之势钻过一个隔离带,顺着隔离带后面的楼梯跑了上去。布德不知道楼梯通向哪里。

妈的。现在可不无聊了。

"智囊呼叫所有人,他发现了不对劲,现在从移民局后面的楼梯往上去了。有人知道那上面有什么吗?"

噼啪声过后,对讲机传来咯咯笑声,"那上面什么都没有。"

"什么意思? 既然有往上的楼梯,上面肯定有东西啊。"

说话的人是谢尔盖,他两周前还在这里当扒手,比建造机场的建筑师更清楚地形。"1号航站楼的办公区关闭后,海关办公室应该会搬过去。不过得等到十月份左右。目前,上面只有空房间和锁着的门。"

"有出口吗?"

"没有。"谢尔盖又咯咯笑了,"那是个死胡同。我们的朋友掉陷阱里了。"

那就又无聊了。"好吧,去抓他。黄组跟我走,蓝组掩护。"

他在楼梯旁等着,一只手插在口袋里握着枪,以防那家伙冲出来反抗。尽管会引人注意,但一点小骚动总比被他逃掉了强。必要的话,柯德威尔会想办法摆平的。不过还没到那个地步。

黄组的四个人转眼就到,布德扯开隔离带,他穿的是官方的工作服,胸前还挂着证件,所以没人注意他。几个人上了楼梯。

过道的确是空的,大部分门还套着保护膜,连锁都是封起来的。在确认安全后,他们转过第一个拐角,看到了更加空旷的过道。

谢尔盖咧嘴笑了。"到头了。"他说,"下一个拐角就是尽头。"

布德也跟着笑了。他清了清嗓子,"加藤先生?我们知道你在这里。我们不会伤害你,只想带你去见一个希望和你谈谈的人。"

没有回应。他向谢尔盖打了个手势,谢尔盖朝拐角处看了看,又转过身来,"你确定他在这上面?"

布德也亲自看过后,心里默默地骂了一句娘。整个过道都是空的。尽头只有一堵象牙白的木板墙,一个人影都没有。

"妈的!"他叫道,"快,赶紧往回走!他肯定是躲进哪扇门里了!"

"他怎么做到的?"谢尔盖烦躁地问,"都是相当高级的安全锁。海关用的,你明白吗,他们可不会在这上面省钱!"

"肯定是躲在哪里。"

"你真的确定他上来了?"

"你找打吗,谢尔盖?"

他们跑回楼梯口,一一检查所有的门。他们打破了一扇没有封条的门,门后面只有一个堆满建筑材料的大房间,连空调都还没安装,也没有隔板。确实没有其他出口,也没有任何痕迹。加藤仿佛凭空消失了。

"智囊"布德突然明白为什么柯德威尔之前告诫他"千万要提防那家伙耍花招"。他说的肯定就是这个。

弘司站在木板墙后一动不动,屏住呼吸。幸好,他在魔法棒和纳米机器人的帮助下及时藏到了木板墙后面。他听到那些人追过来,激烈争论,又走开了。紧接着,他听到了一阵撞击声。显然,他们正在破坏路过的一扇门,应该是怀疑他藏在门背后。

他低头看着魔法棒的显示屏,无声地按下按钮,选着预存的控制序列。存储器空间有限,那个制造通道的程序在他开发捕猎复合体时移回了电脑里。他不该这么做。不过,幸运的是,建车库的程序还留着。更幸运的是,它成功打造了一个极其畸形的车库——没有屋顶,只有一扇车库门,正对着走廊尽头,从地板天花板死死封住,让他藏身。

太危险了,差一点就被发现。

不过,至少这证明他能认出追踪者。他在夏威夷的担心是多虑了。这次他第一时间认出来了。不过,下次他们可能会做得更隐蔽。而且,肯定会有下一次的,这一点毋庸置疑。

外面不知何时安静下来。弘司又等了两个小时。站在这个狭小的藏身之处非常难受。空气变得越来越稀薄时,他触发了程序,让纳米机器人将它们挪动的原子重新归位。几分钟后,木板墙就消失了。

走廊上没人。他从楼梯脚下的隔离带下钻出去,一个警卫过来质问他进去干什么,没看到这里禁止通过吗。

"还以为那边有洗手间。"弘司回答道。

"洗手间在左前方。"那人指了一个模糊的方向,"跟着指示牌走就行。"

弘司道了谢,消失在人群中。

他必须做出决定。

6

弘司透过车窗,望着外面安静的郊区街道,还有罗德尼和艾莉森·阿尔瓦雷斯的家。他过去常来这里做客,今天将是最后一次。

两个人都在家。他看到了他们,发现他们已经安然用起了那个车库,仿佛已经用了很久。这让他很高兴。他瞥了一眼副驾驶座上的报纸,头版印着一篇文章,标题为《鲨鱼正在灭绝?》,这让他不太高兴。

目前还没人查到线索,但这只是个时间问题。在一篇关于水俣病的文章中,弘司曾读到,鲨鱼体内储存的甲基汞尤其多,有些鲨鱼的肉中甲基汞的含量过高,只要吃五克就会超过人体每日最大耐受剂量。难怪这些动物会成为收集器的主要受害者。

他叹了口气,下了车。每一步都很沉重。

他的到来让他们很惊讶,但同时也真心欢喜。艾莉森迎了出来,"可我的炉子上只有意大利面,早知道你会来——"

"意大利面就很好了。"弘司宽慰她。

"还有关于车库、关于外星探测器，罗德都告诉我了。不过说实话，要不是突然多了个车库，我一个字都不会相信……一整个车库啊！等会儿我有一百万个问题想问你。"

弘司笑了，"我不用站在门口回答吧？"

"当然，天哪，我真是个糟糕的主人！快进来！等等，我还要拿盘子和餐具……罗德，你能把红酒开一下吗？"

三人坐在了餐桌旁。没想到意大利面条完全足够三个人吃。"我总是煮双倍的面条，剩下的用来做上班吃的沙拉。"艾莉森解释说，"还有西红柿酱，只要稍微用心一点，其实很好做。"

"很好吃！"弘司肯定道。

"那你多吃点。"她用叉子指着他说，"因为这之后你要把外星探测器的事全说出来，一点都别放过。说实话，我还想劝你让我们公开这件事。如果能拿出证据，证明外星人在几千年前就派了一个探测器来到地球，那就是本世纪最轰动的发现。谁能比我们SETI协会更有资格宣布这件事呢？我们之所以存在，就是为了寻找外星智慧生命。罗德尼肯定答应你不说出去。但为什么不能说啊？你真的得跟我好好解释一下！"

"我来就是因为这个。"弘司说。

"先让他把饭吃完，艾莉。"罗德尼盯着面前的碗碟，"你买了新的餐具吗？"

艾莉森眨了眨眼,疑惑地看了丈夫一眼。"别转移话题,我买新餐具不都是要先问你吗……哦!"她也低头看向盘子,"太奇怪了。我用的就是我们平时的盘子。但它突然像金子一样反光了,是光线的原因吗?"她端起盘子,"而且它真的变重了!"

"是金子。"弘司说道。是时候让他们知道了。

罗德尼皱了皱眉头,"这又是你的新把戏,是不是?"

"什么把戏?"艾莉森问道。

弘司点点头,"此时此刻,这里有数以亿计的纳米机器人,它们在我体内、在地里、在我周围的空气中。过来的路上,它们就把附近所有的金原子收集齐了。我坐在餐桌前这会儿,它们通过一根穿过你家地板和一条桌腿的微细的运输管把这些金原子运上来。连桌板本身也有纳米机器人在活动,将构成盘子陶瓷的原子由内而外一点点替换成金原子,一切完成后,就能看到金子的光泽。现在你们有三个金盘子了。"

两人目瞪口呆地盯着他。

"算是我给你们的纪念品吧。"弘司补充道,心里却想:这是我的临别礼物,因为今晚是我们最后一次见面。

艾莉森眨了眨眼,看着盘子,用平板的声音说道:"我都不知道瓷器是用什么做的。"她的反应奇怪而不恰当,这恰恰说明了她内心的震惊。

"瓷土、长石和石英。"弘司说,"大量的硅和氧,还有一点钠和铝。"

"那这些……纳米机器人,又怎么知道不能把意大利面变成金子呢?"

"意大利面条是由淀粉制成的,是多糖,很容易和盘子区分。"

艾莉森捂着脸,深吸了一口气。"天哪!"她松开双手,"盘子在我吃着饭的时候变成了纯金的! 太诡异了,我都不知道该说什么。"

罗德尼上下打量了一下弘司,"你是怎么控制它们的? 我都没看见你的魔法棒。"

"用不着魔法棒了,现在这些纳米机器人直接接入我的大脑。可以说,它们能直接读取我的想法。"

"接入你的大脑?"罗德尼眼睛瞪得滚圆,让人担心眼球会掉出来,"你开玩笑吧?"

"是真的,罗德尼。我发现了一个功能,能将我的每一个神经元连接到一个端口——"

"你是说外星科技可以和人脑连接?"罗德尼眼里发光,似乎这离谱的话让他想发火。

弘司把餐具放在一旁,若有所思地动了动身子。他知道,今晚就是告别了。"我可以解释,"他说,"但你不会喜欢的。"

"你只管说,喜不喜欢让我来操心。"

"那个探测器并不是我们所想的那样。实际上,它完全是另一回事。"

然后,他讲了起来。

一周后，在一次例行的夜空观测中，天文学家在双鱼座发现了一个明亮的物体，移动速度非常快。没过多久，人们就确定它正直奔地球而来。

人们用望远镜对准了它。图像显示，那是一个细长的物体，至少有二十千米长，截面直径至少五千米。一个庞然大物。如果与地球相撞，就意味着世界末日。

具有航天能力的国家元首们互相商量了一番。对于这类大型撞击，各国多少准备了一些应对计划。这些计划被人从积满灰尘的抽屉里翻出来，但其中大多数内容已经完全过时了。

虽然有关当局竭力保密，但没办法，还是泄露了一些信息。网上出现陨石与地球相撞的传言，政府发言人拒绝对此发表评论。与此同时，军方正在计算他们核导弹的射程，从前的敌对国破天荒地结成联盟。卫星和雷达天线全都瞄准了这个不断接近的物体。

有一件让每个听到的人都脊背发凉的事，计算机模拟清楚表明，这个正在接近的物体并不会与地球相撞。因为，它刹车了。

7

就是今天！电脑提醒了他，不过他本来也不会忘。

詹斯·拉斯穆森走到办公室的保险柜前，打开保险柜，拿出了上次见面时加藤弘司交到他手里的航空信封。他告诉拉斯穆森一个日期，又说："如果到时候我还没有给你消息，请打开它。"

他拆开信封。里面有一张纸和一张刻录光盘，纸上是弘司整洁而优美的笔迹。他读了一遍信，几乎喘不过气来，于是又读了一遍：

如果一切都如我所料顺利进行，那么在过去的几天里，应该有一个非常大的物体朝着地球移动。可能官方还没有公开，但传言应该有了。这是真的。

在所附的光盘中，我录制了一个简短的报告，解释了背后所有的事情。请把这个文件发给所有新闻媒体，再放到互联网上。

这是怎么回事？拉斯穆森从封套中取出光盘，放入光驱，开始播放录像。

加藤弘司出现在屏幕上。他坐在冥想室窗前那把扶手椅上，背景是花园。他的表情很严肃，手里拿着提词卡，里面大概是他准备的关键词，但他没有看。

"你们中的大多数人应该还记得加拿大萨斯喀彻温省北部的神秘火箭，"他开始了，"那是我干的。是我建造了发射台，发射火箭，然后又拆除。很抱歉，这给那个地区造成了很大破坏。但多数人不知道的是，在此之前，这样的事件已经发生过一次，在俄罗斯的一个岛上。当时，官方宣称那是导弹试验，在短时间内压下了所有报道。我想在接下来的几分钟里告诉你们这是怎么一回事，以及它与正在接近地球的这个物体有什么关系。"

他讲述了在萨拉德科夫岛发生的一切，讲述了数千年前撞击地球并被困在永冻冰层中的探测器，讲述了它被激活后发生的事，以及他是如何留下了一些纳米机器人来供自己研究。他还简单地讲了他在自我复制机器人领域的研究，以及他的研究经验如何帮助他破解纳米机器人的工作原理。

"最近那个朝着地球飞来的飞行物其实是一个空间站，可供至少一百万人生活，是一批纳米机器人建造的。我把它们送到木星和火星之间的小行星带，那里有一颗行星的运行轨道。行星破碎后，剩下的小行星上有各种各样的原材料。纳米机器人按照我的命令进行了开采。它们先是自我复制,直到数量足够——这里的'足够'是万亿数量级的,多到几乎没有合适的数词,只能靠幂数来计量。之后,它们就在小行星带的微光中、在虚无的宇宙之中建造空间站。建成之后,纳米机器人对空间站发出了发射命令便撤退了。空间站在推进器的帮助下朝着地球移动。根据我的计算,应该会在几周之后进入一条稳定的地球轨道,时刻准备供我们移居使用。

"我很想说这个空间站是由我建造的,但事实并非如此。准确地说,每一个纳米机器人复合体的控制单元都包含了一个信息存储器,相当于生物细胞内的基因。我们的基因可以说包含了我们的整个进化史,即便有些身体部位如今已经不再需要,但数据仍然保存在基因中,只是不再使用。同样道理,这个信息存储器包含了许多蓝图,尽管它们当初被送入太空执行任务时,根本用不上这么多蓝图。蓝图有几百组,很难破译,光是弄清蓝图构建的是什么东西就需要几十年。就算全部弄清,我们对这些纳米机器人的能力也只认识了一小部分。

"这个空间站的蓝图来纳米机器人的创造者。不过,他们没有附上适用说明。所以进入的人务必要小心。我的模拟表明它没有危险,似乎没有搭载武器之类的东西。但无论什么人踏入这个空间站,面临的状况都和中世纪的人登上一架喷气式飞机一样,面对的是完全陌生的东西。

"你们可能会问,我为什么要这么做。原因很简单:我想指明一个方向。这个空间站大到在世界任何地方的夜空中都看到,所涉及的技术远超人类。因此,我呼吁所有航天国家都向这个空间站派出考察队,研究它究竟如何运转。这个空间站,将给我们人类提供无尽的学习机会。

"而这仅仅是个开始。只要学会如何使用这些纳米机器人,它们就能为我们带来难以想象的福祉。在原子层面操纵物质的技术,应用潜力是无限的——能源和原材料再也不会短缺,能百分之百回收垃圾,不再有人挨饿,也再没有人再需要做自己不喜欢的工作。我们可以把地球变成一个天堂,而且不需要付出太多努力。"

他停顿了一下,看上去似乎说完了,但又突然想起什么,"对了,还有一件事,这个空间站并非全部——小行星带中的纳米机器人已经在着手建造下一个居住空间,它们还在继续自我复制。几年后,只要我们愿意,全人类都可以移居到宇宙中。"

录像就此结束。

拉斯穆森闭了一会儿眼睛。原来这就是他的秘密。一直以来,他总是感觉弘司并没有告诉他一切,但现在……所有谜团都解开了,一切都说得通了。

但真正让他喘不过气的不是这个,而是信的结尾那一行:

詹斯,如果你读到这里,那么很可能意味着我们不会再见面了。我想让你知道，非常感谢你为我所做的一切。我一直把你当作朋友。生意上的事只是我们之间的游戏。

祝好。

弘司

航天飞机上的安全带不需要自己来系。比尔·亚当森看着那个穿着俄罗斯联邦航天局（简称ROSKOSMOS）工作服的男人摆弄着他的安全带，再次惊讶事情怎么发展到了现在这一步。

起因是在局长办公室的那次谈话。那是多久以前的事？几天前，或者几周，几个月？随便吧。他当时在自己的办公室，被秘书近乎歇斯底里的电话叫过去，发现罗伯塔·雅各布斯当时不是一个人。房间里还有几个男人，都上了岁数，一看就是重要人物。其中一个人长得就像西德尼·波蒂埃[①]的孪生兄弟，身着军服，胸前挂了长长的一排勋章绶带。

雅各布斯介绍了一圈，但他根本没听进去，接着又说："太空殖民现在归你管。"

机器人才该归我管！这话他没有说出口，而是问道："能具体说一下吗？"

"西德尼·波蒂埃的孪生兄弟"不耐烦地看着他，"意思是你要上天去。"

---

①美国演员、导演、作家、外交官，全世界第一位黑人奥斯卡最佳男演员。

当他告诉朗达时,她简直要崩溃了,"你不是宇航员,比尔,他们不能让你这么做!"

"医生说,我的身体够健康。"

"他们要你飞到外星人建造的飞船上?"

"总得有人去做。"亚当森说道,努力掩饰着自己内心的欢呼。太好了!加藤,这个拒绝加入他的机器人21项目的傲慢日本人肯定做梦也没有想到,他竟然会帮自己这么大一个忙。

在飞往拜科努尔的航班上,他意识到自己即将搭乘一架全新的航天飞机,这让他突然有了顾虑。他问别人,航天飞机是否已经测试过了。

"当然。"那人回答道。

"测试了几次?"

"一次。"

这是因为一切必须尽快进行。作为国际合作项目,他只能希望没有人把英制和公制计量单位搞混。航天飞机安装在一枚巨大的俄罗斯运载火箭上,副驾驶是一个名叫鲍里斯的,金发碧眼,看上去冒冒失失的俄罗斯人。他将在爬升阶段负责驾驶火箭。之后会由飞行员杰克逊来驾驶航天飞机。

"兄弟们,"鲍里斯对着用来与控制中心通话的耳麦说,"我们准备起飞怎么样?可不能让中国人领先一步。"

其实倒计时早就开始了。舱门关闭上锁,检查清单也都一一核对过,一切按部就班,让人很放心。飞船上有八个人,四个美国人和四个俄罗斯人,从政治角度看平等且平衡。只不过,只有一个是女人,是一位名叫伊莲娜的俄罗斯工程师。

终于发射了。亚当森仿佛被一拳锤到了椅子上。这种感觉他听说过。他身下的柔软的材料,顿时觉得像岩石般坚硬。呼吸变得费力,几乎喘不过气。周围的一切都在隆隆作响,但声音没有他想象的那么大。总体来说,那种震动和声响就像在乘坐铁轨生锈且特别漫长的过山车。

然后,所有的压力一瞬间消失。他的胃翻涌着,有东西撞击他的喉咙。好在他几乎什么都没吃。这时突然传来爆炸声,就像有什么重要的东西出故障了一样。

"运载火箭已脱离。"鲍里斯说道。

"我接管驾驶。"杰克逊说。

航天飞机的推进器轰鸣起来。比之前的声音大,但还可以忍受。亚当森费力吸了一口气。他本来用不着遭这份罪的,加藤弘司真该下地狱。当年派对上他竟然公然拒绝他,仿佛他的项目只是一个不值得认真对待的愚蠢游戏。明明项目团队都是精英中的精英!加藤弘司如此自负,该死的!

最糟糕的是,事实证明,加藤弘司的选择是对的。

终于完成爬升,推进器安静了,失重感袭来。听说这容易让人反胃,机舱里有大量呕吐袋。但他没感到恶心,反而很兴奋。当然,安全带不能解开,飞机依然在飞。但他可以把圆珠笔放到面前的空中,用指尖轻轻推它,让它在空中旋转。有意思。

他想起以前电视上看过的宇航员执行太空任务的画面,还有父亲给他讲过的"阿波罗11号"的事情。"那时我们以为从此以后什么都有可能,"父亲不止一次这样说,两眼放光,"我们以为,这是探索宇宙的开端,没有什么能阻挡人类。我那时坚信,我的孩子会生活在月球上,我的孙子会登陆火星,曾孙们将向着更远的星星进发。"

亚当森一直觉得父亲想得太天真了。对他而言,登月让人想起平克·弗洛伊德的《1968年夏天》、嬉皮士、自由恋爱、致幻药,还有"权利归花"反战运动。那时候,整个美国都在狂欢——当然,这些回忆都是被人们美化过的。

但此时此刻,他坐在飞往不可思议的天体的航天飞机上,第一次理解了父亲的想法。探索宇宙的开端,就是这样!

"它在那儿。"杰克逊突然说。

透过舷窗能看到一个比星星大得多的亮点,那就是空间站,位于1800英里高空的绕地轨道上,是这次任务的目的地。

亮点渐渐现出圆形轮廓,很快超过了月亮,随着他们的接近不断变大。空间站是座庞然大物,相比之下,航天飞机就像一只飞向卡车的苍蝇。就算是航空母舰或者超级邮轮,在这座越来越近的飞天城市面前也只是个小不点。

弘司在录像中说,这个巨无霸是由千万亿个纳米机器人一个原子一个原子组装起来的。他极力想象那场面,但想不出来。现在,确实一切皆有可能。但这都是偷来的,亚当森郁闷地告诉自己。加藤弘司只是利用了外星人的技术,仅此而已。

他们飞到了那东西的上方。亚当森想起《星球大战》里卢克·天行者等待攻击死星的那一幕:宏大的场景塞满了稀奇古怪的装置、天线、机器……

"感觉达斯·维达就要出现了。"伊莲娜说,飞行员笑着表示赞同。

看来想到一块去了。不知为什么,这让他有些感动。眼睛里有泪水,他不由得眨了眨眼。该死的,他竟然在佩服弘司!他其实一直都很佩服他,只是从未承认过。加藤弘司就是那个他注定要遇见的天才,只是他从未正视这件事,将他视作威胁……这太蠢了。加藤已经成功了,他将创造历史,引领人类走向全新的美好未来。而他,比尔·亚当森,还在怨恨他,怨恨想到这个主意的是那个瘦弱的日本人,而不是自己。既然他能想得到,自己为什么不行?

空间站在缓慢旋转,雷达证实了这一点,航天专家们也预料到了。让如此巨大的圆柱形空间站旋转是有意义的,这样才能在空间站内部产生人造重力。但这也意味着对接困难。

杰克逊操控着航天飞机围绕空间站。推进器发出的震动听起来就像有人用锤子在敲打船体。他们正在靠近枢纽区域。

"那里看起来像一个对接区。"飞行员说道。不仅如此,那还是一个闸口。枢纽是一根略微突出的圆柱体,不与空间站一同旋转。以空间站为参照的话,它在朝反方向旋转。随着航天飞机接近,一扇巨大的舱门流畅、优雅地打开了。

"休斯敦,看到了吗?看样子是在欢迎我们。"

"祝你们好运。"控制中心说。

航天飞机驶入闸口。亚当森屏住了呼吸,这里大得足够容纳一艘游轮。闸门在他们身后滑动着关上。好一阵子什么也没发生。接着,另一扇舱门在他们面前打开。

"有空气了。"随机工程师声音中不无惊讶,"是氧氮混合物,气压仅略低于海平面。"

"与地球的无线电通信断开。"副驾驶报告说。

"那我们直接进去吧。"杰克逊说道。航天飞机又推进了一下,他们进入了舱门后面巨大的大厅。有什么东西轻轻地抓住了飞机,引导他们软着陆。

"看样子是一种磁力效应。"飞行员说。

安全起见,四个人会先穿着宇航服出去。这是原定计划,目前还找不到任何理由违背。比尔·亚当森也是其中一个人。唯一的原因就是,他在几个月前调到了太空殖民部,这在当时是一种惩罚。

他很高兴身边有经验丰富的宇航员帮他穿上宇航服。尽管仓促训练过,但毕竟不是在失重状态下。穿过出舱的气闸时,他很兴奋。伊莲娜坚持女士优先,于是她成了第一个进入这个陌生天体的人类。

太空服的磁力鞋底发挥了作用。虽然这样走路不太适应,感觉就像身体倒挂着前进一样。他们一步一步向前。门在他们面前打开,他们进入新的房间、走廊,还有大厅。首先要把一切拍下来,进行描述和记录。目前为止,他们与航天飞机的无线电通信没受到影响。支柱、墙体、结构元件、推拉门……一切都薄得惊人。用手触摸测试压力却发现它们非常坚固。最重要的是,这些造物精密得令人难以置信。他们一眼就发现,某条楼梯上那些像意面一般细的扶手直径一模一样,这样的结构不容许一点误差。

当然,亚当森想着,如果所有东西都通过单个原子排列而成,这也算不了什么。与此相比,所有传统的制造工艺——锻造、铣切、车削、打磨、抛光、钻孔……都不过是粗制滥造,只比远古时代的石斧有稍许改进。

一部电梯出现。"我们得冒个险。"伊莲娜向航天飞机报告。电梯的操控很简单,亚当森住过不少酒店,操控面板比这复杂得多。随着电梯下降,他们可以清晰感觉到重力,或者至少是重力的幻觉。这就是旋转主轴产生的离心力。如果试着转头就会发现,与地球上的重力还是有所不同,平衡感会有些异样。

他们进入一个有巨大窗户的房间,从地板到天花板都嵌着一尘不染的玻璃板。除此之外……

伊莲娜低声念叨着什么,听起来像是俄语,语气非常虔诚。

空间站是空心的。目光所及之处,整个圆柱体内部都被金属覆盖。房屋、道路、湖泊布满内壁,一直延伸到他们头顶。一个由闪闪发光的金属构成的弯曲的世界,遵循着一套完全不同的几何理论。脚下的地永远走不完,无论怎么走都感觉身处山谷最低处,只不过这个山谷在上方完美闭合。

"一艘方舟。"亚当森听到自己说,这一刻他意识到,这是他的人生巅峰,这辈子最高光的时刻,"一艘星际方舟。我们只需要登上来就可以了。"

这里有水、有空气,完全可供人类生活。他们能在这个世界建立新家园,尽管一开始不太适应。因为随时可以看到这个世界的任何一处,只要抬个头就可以向世界对面的朋友打招呼。但既然人类适应了地球,就一定能适应这里。

伊莲娜叹了口气,"要获得足够的土壤来种植农作物、饲养牲畜可不容易。也许这里有制造食物的机器?"

亚当森盯着她,一脸惊愕。没错! 他之前一直理不清头绪,此时忽然明白为什么眼前的一切让他不安:这里没有任何活物。没有动物,没有植物,连土壤都没有。这也是合理的。自从负责无聊的太空殖民项目,他学到一样东西:土壤很重要。这些黑色或棕色、地上随处可见、被轻蔑地称为"泥巴"的东西,是植物、灌木和树木生长的基础,一点也不简单。恰恰相反,耕地是一个由矿物质、有机分解产物、微生物组成的高度复杂的系统,人们远远没有充分了解。

他也明白了为什么这里没有土壤,因为纳米机器人做不出来。对它们来说,制造无比精密的电脑芯片、具有惊人特性的建筑部件,甚至餐巾纸或者钻戒,都是小菜一碟。但构建出活的细胞却超出了它们的能力。在细胞中,极其复杂的流程会持续高速地运转,比如蛋白质的产生、废物的排泄。所以它们不可能一个原子一个原子组装出来。这相当于制造一个正在全速运转的发动机。

尽管生物与死物都是由原子构成的,但生物需要生长发育,这是生命产生的唯一途径。这与来自外星的纳米机器人所遵循的方法截然不同,也与加藤弘司在自己的研究中采取的方法截然不同。

无论纳米机器人是多么完美的工具,仍然有其局限性。

"他在录像中没有说的是,"国防部部长在国家安全委员会特别会议上说,"只要他想,他可以轻易摧毁这个世界。这是一种前所未有的武器,加藤弘司是有史以来最危险的人。我们必须不惜一切代价把他留住。"

周围的人都点了点头,没人反对。

"好。"总统终于说,"不惜一切代价,随时向我汇报进展。"

许多国家元首都接受了类似建议,发布了类似的命令。事实上,在弘司的录像发布后的几天内,世界上所有情报机构都在不择手段地寻找他。

当然,寻找他的不只是情报机构。

孤独之岛

1

　　化疗很可怕，是夏洛特这辈子最可怕的经历。他们给了她抑制恶心的药，但她仍旧感觉恶心、痛苦和虚弱，但这还不是最糟糕的。

　　她躺在床上，手臂上插着静脉注射管，感觉好像血管里住着一个敌人、一个恶魔，从刚刚产生细胞的远古时代就以液体形态侵蚀着单细胞生物，她的细胞则只能在这剧毒且有腐蚀性的环境中挣扎。在这段任由敌人摆布的时间里，她觉得自己被抛回了一切生命的起点、一切时间的起点，仿佛背叛了自己的身体，仿佛自己是一座投降的堡垒，敞开欢迎一个古老的敌人。

　　布兰达来了，想安慰她、支持她，但不知从何时起，夏洛特受不了任何人待在身边，连布兰达也不行。她只好劝走她，留下自己和恶魔独处。

漫长的第一次治疗结束时，托马斯过来接她。当时她觉得自己既像天使又像幽灵，像一团游荡在副驾驶的光。她不断举起双手，每次都惊讶它们竟然不是透明的。

"我不知道这么做对不对。"布兰达给她煮了稀薄的汤水，这是她能想到的唯一她能吃的东西，"感觉……太不对了。"

"这也是一个机会，夏洛特。"布兰达绝望地说，"就当是一次机会吧。"这句话在夏洛特脑海中回荡。她需要多少次机会？她有过多少次机会？这一刻她觉得，反正已经错过那么多次，这一次又能怎样？

第二天，她剩余的毛发开始脱落。她头上只有几处刚长出来的青茬，给她洗完澡后，青茬没了。每次擦干脸时，她的眉毛和睫毛也都会留在毛巾上。三天之后，她就像婴儿一样光洁。她站在镜子前，感觉自己像在看一个人体模型。

医生很惊讶，这种事一般要第二次化疗后才会发生。不过，每个人的反应都不一样。毛发还能长回来，她不必担心。

"我不担心头发。"夏洛特说。我担心的是我自己，这句话她没说。看着医生布满烦恼纹的脸，就知道他也是这么想的。

操心头发的还有母亲。她一次又一次打电话，劝夏洛特去巴黎，说她认识技艺精湛的假发设计师，很优秀！以她的身体状况，跨大西洋的长途飞行很勉强，只为了买一顶假发就更荒谬了。但母亲不依不饶，每次打来电话对夏洛特来说都是折磨。

日子一天天过去，每天她起床都感到身体沉重，一举一动都很费力，连躺着休息都觉得累。每天晚上，她早早睡去，觉得自己就像一块拧巴的抹布。很快就到了第二次治疗的时间。

"也许这次你的反应没那么大。"负责化疗的女医生说，"很多人都是这样，会习惯的。"

但她没有习惯。第二次依然是噩梦，而且更加可怕了。

一周后，布兰达轻轻地敲了敲她的门，"夏洛特？"

夏洛特吓了一跳，她本来坐在椅子上想读点什么，结果打起了瞌睡，"嗯，怎么了？"

"对不起，我不是故意吵醒你，看起来你在——"

"不，没关系。我……这书挺无聊的。"她把书放到了一边。

布兰达犹豫了一下，"你那么擅长各种语言，可以帮个熟人翻译点东西吗？"

夏洛特看着她的朋友。布兰达已经开始长白头发了，之前都没注意到。真奇怪，她怎么活得这么糊涂。她擅长语言吗？还行吧。但翻译……"我从来没做过，"她回答，"不知道行不行。"

"试一试吧？"布兰达拿出一张纸，是一封用西班牙语写的信，"是关于一桩离婚官司的。汤姆的一个女同事嫁给了一个法国人，是个赛车手，你能想象吗！他在为难她，没人知道到底为什么。"她把信递给夏洛特，"要翻译成法语。"

　　她试着翻译。因为需要靠单词的发音来理解内容,她便关在房间里大声朗读,从中琢磨单词的意思。涉及法律的细节必须准确,所以必须集中精力。她感觉周围的世界都在下沉,时间也静止了。她忘记了她的身体、她的虚弱感、她的恐惧,眼中只剩下那封信和自己写下的、修改的、划掉的和重写的字。

　　忘我工作期间,她的内心发生了一些变化。不知过了多久,她抬起头来,感到一种前所未有的平静。这感觉一开始让她惊讶,好像一直有台机器轻轻地嗡嗡作响,却突然安静下来。但她又意识到,从来没有什么机器,是她的心静了下来。这是她人生中的第一次。

　　她环顾四周,看着窗子,看着她身边的木桌,看着床和上面手工缝制的毛毯。一切都在那里。这些被人制造出来的东西在她到来之前就在,她离开之后,它们会继续存在。而她,夏洛特·玛尔露,即将死去。就是这样,她的人生要结束了。总的来说,她不介意在布宜诺斯艾利斯结束生命。

　　她不会再做化疗了,她只想好好度过剩下的日子。

　　当夏洛特拿着翻译好的信走进客厅时,布兰达惊讶地看着她,似乎也看到了她身上的变化。

　　"帮我个忙,"夏洛特说道,"帮我在城里找栋房子好吗?"

　　他们最终选定了贝尔格拉诺。那个社区对于独居女人来说比较安全,离布兰达和汤姆居住的努涅斯也不远。只要她需要帮助,他们中的一员可以立马赶到她身边。这是布兰达允许夏洛特搬走的条件。

她从老夫妇那里租到一间通常租给学生的房间。老妇人来自德国,很高兴用得上念书时学到的法语,但她很快发现还是用西班牙语方便些。房子坐落在一条绿树成荫的安静街道上,离卡比尔多大街的距离刚合适,既避免了交通和人群的喧闹,又让夏洛特能步行购物,至少能买到些必需品。这正是她想要的。

最棒的是,她的房间在底层,有单独的露台,从那里可以看到一座长满荒草的神秘花园。她决定,在这里度过她剩下的大部分时间。

房间配有家具,大部分家具成色都很好,不过有些她不怎么喜欢。笨拙的黑橡木橱柜与其他摆设不搭配,书桌太窄了,还有那面镶嵌着讨厌的金色边框的镜子。她说服房东允许她自费更换。她在家具店、古董店和市集逛了几天,货比三家、仔细挑选。令她自己都惊讶的是,她一点没觉得疲惫,精神反而变好了。她请搬家工人帮她把挑好的东西运回去;把白色的新衣柜放在她想要的位置,紧挨着书架,又把一面墙刷成她喜欢的桃红色,挂上新窗帘,添置了很多五颜六色的盆栽。人生第一次,她给自己置办了一个家。

"太美了!"房东布兰科太太对布置好的房间惊叹不已。夏洛特只是笑了笑,终于完成了。但现在,她又开始头痛欲裂。

第二天,她又去找了阿莱安德罗医生。医生一脸担忧地看着她,告诉她头痛是因为肿瘤在长,进一步压迫她的大脑。他问她是不是要……

"不。"夏洛特说,"我只想要点止痛药。"

他给她开了药片,说明书列出来的副作用警告比她的手臂还要长,但这药的确有用。她很小心地不让自己过度疲劳。每次出去买东西之后,总要躺上半个小时。

后来她发现了一家冰激淋店,那里的意式浓缩咖啡做得很好。从那时起,她总是特意停在那里休息。这是她最后一个夏天了,现在不吃冰激凌,就没有机会了吧?

那种内心的沉默和寂静从未离开她。出门在外的时候,她看着熙熙攘攘的人流,感觉自己不再属于人间。大多数人都行色匆匆,脸上带着不满、贪婪或是愤怒,似乎没有意识到活着本身就不可思议。夏洛特看得津津有味,她清楚地记得,自己也曾和他们一样。

最后,她开始写信给以前的朋友、恋人们,给每一个她能想到的,觉得还有些话要解释、要交代的人。

她写了一封信给盖瑞,寄到他在贝尔凯恩的旧地址,因为她没有他在伦敦的地址。她告诉他自己的近况,说自己时常会想起他们在莫斯科相识的场景,还有在伊斯坦布尔桥下的那个晚上。她被他对工作的执着,还有他买下那把仿造的大键琴时的坚定深深打动。她说自己一直爱着他,很高兴能与他相识,也希望他和莉莉丝一切都好。

她写给了阿德里安，为了感谢他组织领导了那次探险。他是唯一一个直接回了一封长信的人，言辞中充满同情。他说自己为她感到难过，希望她能平安。她读到他的信时先是哭了，到附言的时候又破涕而笑——阿德里安还替莫雷问候了她，因为莫雷在重新整理他的书架时不慎从梯子上摔下来，造成前臂复合性骨折，这让他的字迹比之前更糟糕了。

她还写给了詹姆斯。这是一封很难写的信，花了她好几天时间。她终于向他坦白，她一直怀疑他有外遇——当然每个女人都会怀疑——但她一直无视，因为那是他的生活，与她无关。她还说，她觉得自己当年很蠢，现在她很清楚，她的行为其实纵容了他。因为他总是会放弃其他女孩回到她的身边，这让她获得了一种说不出来的满足。她很后悔没有从一开始就跟他说清楚，他们之间的问题她自己也有错。

她本想写一封信给弘司，却怎么也写不出来。她感觉有很多话想说，同时又无话可说。她努力用语言来描述对他的感觉，最后只写出支离破碎的句子，重新阅读时已经看不懂了。为什么他们一直没有像他渴望的那样成为情侣？他们一直都很亲密。她想说他们的关系与其说是情侣，更像是兄妹，但每次这么想的时候，她的心就会隐隐作痛。这封信她重写了无数次，一直没有写完。

"是的,就是她。"柯德威尔点了点头,把照片还给詹姆斯,"她当时和他在新加坡。"

詹姆斯咬紧了牙,下颚嘎吱作响,无法控制这种焦虑。"那她为什么会去,他说过吗?"

柯德威尔耸了耸肩,"都是说那个发明家会和他的缪斯一起来。我也不知道那是什么意思。"

"他的缪斯?"

"你认识那个女人,是吗?"

詹姆斯用照片的棱角刮着下巴,"是啊,我当然认识,而且,我还知道她现在在哪里。"他把照片放回文件夹里,"加藤迟早会去看她,我敢肯定。召集你的人,过去蹲守!"

四月即将结束,布宜诺斯艾利斯的夏天也进入尾声。天气预报说,还会有几天好天气,但之后就会进入雨季,气温也会随之下降。这是她生命中最后一个夏天,夏洛特每晚都尽可能待在室外。她裹着毯子坐在小阳台上,听着远处传来鸟鸣和孩子们的喧闹,望着树上已经开始变色的叶子,沉浸在自己的思绪中。她常常打瞌睡——为了缓解脑袋里的压力,她一直在服用止痛药,这让她比之前更容易疲惫。

一天晚上,她被突然站到她面前的人惊醒,吓了一跳。那是一个身材并不高大、却很结实的男人,有些眼熟。她不是被吓到了,毕竟现在没有什么事好怕,只是被他走进阳台时踩到地板的嘎吱声惊醒了。她认出了眼前的人:弘司。

"你好,夏洛特。"他说。

她一动不动地盯着他。他的头发在夜色里泛着银色的微光,眼睛周围出现了细纹。"我不是在做梦吧?"

他笑着摇了摇头,"不是。"

那是一个悲伤的微笑。后来,她时常会想起这个笑容:他早就料到会发生什么事。

2

"他在布宜诺斯艾利斯？"国防部部长看了看中情局局长亲手递过来的一页报告，抬头盯着他，"你确定吗？"

"我还要再怎么确定？"中情局局长有些不满自己遭到质疑。但部长仍然死盯着他，这种沉默让人难受，于是他叹了口气，"最近阿根廷海关抓到几个人，都是试图携带武器和监听设备入境的美国人。他们通知了大使馆，我们在那里的人出面做了交涉。在其中一个叫布德·米勒的人身上发现了加藤弘司的照片。"

"我知道了。再对他……深入问询。"

中情局局长将地中海脑袋微微偏向一边，"这群人受雇去那执行任务，要盯着一个叫夏洛特·玛尔露的女人。他们说，加藤早晚会出现在她那里。"

"受雇？谁雇的他们？"

"波士顿的一家公司，贝内特集团。"中情局局长轻蔑地挥了挥手,"显然,这位董事长想把加藤和他的技术据为己有。现在他和他的那些涉案员工要承担不怎么愉快的法律后果。不过最关键的是,我们的人接替了他们去盯着那位女士。她是前法国驻阿根廷大使的女儿,所以必须极其谨慎。而加藤居然真的出现在了她的住处。"他看了看手表,"就在一个小时前。"

"好的。"国防部部长拿起电话,"是时候行动了,启动所有预案,通知你下面的人,我去跟总统谈谈。"

远处,有人不断按着汽车喇叭。不知从哪里传来锅子乒乒乓乓的撞击声。一架飞机滑过天空,留下一道红金色的轨迹。夏洛特艰难地从椅子上站起身,就像一个虚弱的老太婆,"我们进去吧,天凉了。"

"当然。"弘司说。她注意到,他整个人都紧绷着,时刻准备扶住她,免得她摔倒。但他又在努力掩饰,不想让她发现自己的想法。

"我没事,"她说,"你要不要喝点什么? 我可以做杯咖啡。"

"咖啡就行。"他点头。

进屋之后,他四处张望,她则在小小的嵌入式厨房里摆弄着水壶和咖啡粉。"这里挺不错的。"过了一会儿,他又补充道,"一切看起来都很……很像你的风格。我想象中你住的地方就是这个样子。"

"真的吗?"她有些惊讶。

"不过你这里没有沙发。"他又笑着加了一句。

她想起了当年在弘司家里关于沙发的讨论,感觉那已经是上辈子的事了。"你可以马上给我造出来一个,不是吗?"

"要我造一个吗?"他认真地问。

"不用。"夏洛特说,"首先,你也看到了,我这儿没有放沙发的地方了——"

"那只能说明你在日本待得还不够久。"弘司插话道。

"……其次,我希望身边都是人做的东西。尽管不那么精确完美,但现在我觉得这样更美。我连机器制造的东西都不想要了。"

"为什么?"

"因为机器没有感情,它们不在乎自己的任务是造一张桌子,还是杀一个人。"

弘司扬起了眉毛,"是的,的确如此,对机器来说是一样的。"他的声音里带着一丝痛苦。

她把咖啡杯放在小桌子上,又拿来咖啡壶和糖罐。"坐吧。"她指着椅子说,自己也坐到旁边跟写字台配套的椅子上,"你怎么过来了? 你之前躲去了哪里? 自从那个空间站出现,全世界都想为你庆祝呢。"

"不只是庆祝。"夏洛特给他倒咖啡的时候,弘司说。

他的语气很郁闷。是啊,夏洛特想,大概人们也想得到他的知识,这是肯定的。只是,这一切都离她很远,她不再关心新闻、报纸和电视了。

"不管怎么说,见到你真好。"她说,"我本来想给你写信来着,不过……嗯,结果你竟然来了,我很开心。"她不禁眨了眨眼。为什么她不能定格幸福的瞬间?为什么时间流逝得如此无情?"你看,我身体状况不太好。"

"我知道。"弘司说,"所以我来了。"

"为了见我最后一面。"

"不,"他说,"为了治好你。"

"治好我?"她摇了摇头,有些愤怒,"没人能做到。"

"我可以。"

她看着他,研究他眼神里的认真,再想起过往的种种。是的,既然弘司这么说,那他真的可以。"你怎么知道我病了?"她突然想到,"还知道我住在哪里?"

"一个叫盖瑞·麦克格雷的人告诉我的。"他喝了一口咖啡,"我试了你给我的所有号码。有一个在苏格兰的人,他说他认识你,知道你在哪里。"

"原来是这样。那他有没有说他最近怎么样?"

"我猜他压力有点大。电话里有个婴儿在他后面拼命尖叫。"

这么说他们有了一个孩子,至少一个,而且还住在贝尔凯恩。奇怪,伦敦的拍卖行呢?也许盖瑞还会回信给她,到时候再说吧。

"这回你没有打电话去问我母亲?"

"现在这个情况,给大使官邸打电话不方便。"弘司只说了这么

673

一句,四周看了看,"我们开始吧。我想把床往前移一点,这样我可以坐在床头旁边,可以吗?"

夏洛特点了点头,有些懵,"你到底想做什么?"

"简单来说,我要把手放到你的头上。"

"会有用吗?"

"放心吧。"他把床斜着拉到房间对角,把椅子放在床头板旁,"你只要躺下就行了,仰面躺着。"

她愣了一下,"没别的了?"

"可以把头巾摘掉。"

好吧,这也没什么。她解开系在脖子上的结。她的睫毛又长出来了,但头上还和之前一样,只有寥寥几处青茬。在他面前摘下头巾,感觉就像脱光了衣服。不过,反正她脱光的样子他也看过。她小心地叠好头巾,放在桌上,那是她在一个以物易物的市集上从一个女人那里买来的蜡染。然后她躺到床上。

"你只要躺着就行,放松。"她听到他的声音说。他用手环住她的后脑勺靠近手术疤痕的位置,"这需要点时间。"

"好的。"被人触碰的感觉很好,但她还是觉得惊讶。弘司一直是个崇尚科学的人,一个彻头彻尾的理性主义者。他这样的人竟然会寄希望于古老的迷信,这让人……很失望。

就在这时,她突然感觉到一种奇怪的灼热感,似乎是从他的手上传来的,渗入她的头颅,像一股热浪在身体里蔓延。她吓了一跳。

"马上就会过去,"她听到弘司说,"只有一开始会这样。"

布宜诺斯艾利斯的警察局长费尔南德斯·拉雷塔对当晚的突发状况极为不满。他当时正穿着自己最好的一套燕尾服和妻子在听歌剧。中场休息时,内政部部长的人把他从科隆剧院拽了出来。现在他错过了《唐璜》的精彩结局,坐在内政部部长的办公室里,听两个美国人用蹩脚的西班牙语混着难懂的英语激情发言。

这两人是哪里来的?有人介绍过,但那时他被这突如其来的无礼打扰弄得太烦躁,根本没仔细听。但其中一个人有些面熟,皮肤呈橄榄色,秃顶,剩余的头发灰白卷曲,是美国大使馆的员工。好像叫米勒之类的。没错。

他整理了一下衣领,想跟上谈话的内容,是关于某个在布宜诺斯艾利斯的日本人。天哪,这些美国佬怎么什么事都要插手! 与此同时,他还在想他的妻子,他离开那会儿,她对他的怒目而视。唉!回到家肯定又是一出好戏,现在还是不去想比较好。他努力集中注意力倾听谈话。

"搜捕罪犯和其他危险人物是阿根廷的内务。"内政部部长说,"正如你们也不会允许我们的警察,"他朝拉瑞塔斯点了点,"在美国的领土上追捕任何人。"

"是的。"米勒说,"但是这个人太危险了,你们对付不了他。"

"是这样的。"弘司解释道,"我的身体里携带着几十亿特殊纳米机器人的部件,总质量接近一克。我把手放到你身上之后,纳米机器人的运输单元就通过我的皮肤将这些部件送进了你的皮肤里,直达血液循环系统。同时送进去的连接单元会将这些部件组装起来。你可以把它们想象成是你血液里的潜水艇,大小和病毒差不多。它们现在在猎杀你体内所有的癌细胞。"

夏洛特倒吸了一口气,这话给了她太大的希望,有些不敢相信。不过,她的确感觉到了一些东西,至少她认为自己感觉到了——像一阵阵刺痛,穿过她的身体,集中在她的脖子上。

她想说点什么,却突然有一种沉重感涌了上来,一时间想不起原本打算说什么。是什么重要的事吗? 还有什么重要的事呢?

她惊醒了。"它们是怎么知道的?"她叫道。

"什么?"她听见弘司问道,他的手依然放在她头上。

她反应过来,"我刚刚睡着了,是不是?"

"是的。不过没关系的,别担心。"

"身体是我的,可我就这么睡着了……"这时她想起了那个让她惊醒的问题,"你的那些'小潜水艇'怎么知道哪些是癌细胞?"

"原来是这个问题。"她听得出来弘司笑了笑,"癌细胞有很多可供判断的特征。例如,跟你身体里的大多数其他细胞不一样,它们是不死的。"

"癌细胞是不死的?"这在她看来很荒谬。

"当然,这恰恰是问题所在,它们可以无限分裂。大多数正常的人体细胞做不到这一点,大约复制五十次就到头了。"

听起来合乎逻辑,但又自相矛盾——不死的东西即将成为她的死因?"你说大多数人体细胞。是不是也有不死的人体细胞?"

"是的,例如生殖细胞,还有一些干细胞。但这两种细胞类型都很容易识别,比如说,生殖细胞只有一半的染色体。"

原来她一点也不了解自己的身体。她想象着一些微小的机器在她体内巡逻,检查她的细胞,然后确定消灭的对象,"如果它们弄错了呢?"

"它们不会弄错的。"他的手依旧温热,稳稳地放在她头上,"我和它们有联系。"

"联系?通过你的手吗?"

"其实是通过无线电,不过皮肤的接触会提高接收效果。"

她不必了解这些吧?她觉得很奇怪。她体内正在发生些变化,她却不知道到底是什么,"我好像发热了?"

"那是白细胞在产生反应。"弘司平静地解释道,"机器不会直接溶解掉癌细胞,那样太危险,会产生很多废物,超出身体的承受能力。相反,它们会进入细胞,引发细胞凋亡。这是细胞自主的毁灭机制,接着就会被你的白细胞吞噬。所以你的白细胞水平会持续升高一段时间。剩下的物质会被'小潜水艇'运到你的膀胱或者肠道,不过速度就没那么快了。你体内肿瘤的总质量不过几百克。除了尿液会略微变色之外,你什么都不会察觉。"

"你是怎么知道这些的?"夏洛特惊讶地问道。

"在我过来之前,我已经试验过两次。第一次是个老人,然后是一个十岁的孩子。他们俩本来时日无多,试验后都恢复了健康。"

夏洛特浑身一颤。"原来你真的可以治疗癌症。弘司,你一定要把这个贡献给全人类,这可比一个空间站重要多了! 治疗癌症,我的天哪……"

"没有你想的那么简单。"

"为什么?"

"因为要做到这一点,你必须像我一样了解纳米复合体,并且愿意与它们融合。"他叹了口气,"必须要有个总控制,我的整个大脑都被纳米线路贯穿了。我直接在脑中接收纳米机器人发出的信号,只需要一个念头,就能指挥它们,让它们按照我的意思去工作。"

夏洛特吓了一跳,转身愕然地看着他,"你不是认真的吧? 那个岛上的那些东西……现在都在你的脑子里?"

"我没有别的办法。"他轻轻地拍了拍床,"躺回去吧。我还得持续观察你体内的情况。"

她不情愿地躺下,努力让自己不去想起莱昂。这一切都显得不真实,也许只是她做的一个梦吧。

"弘司!"下一次醒来时,她立马大喊,"这怎么可能呢? 这些机器都来自太空,为什么你能用大脑来控制它们?"

弘司的手微微动了动,抚摸着她的太阳穴,"因为你说对了。"

"我? 什么说对了?"

"在我们之前,地球上就已经存在过人类,那些纳米机器人,就是他们建造的。"

费尔南德斯·拉雷塔感觉是时候说点什么了。不能放任几个不知道哪里来的外国人抹黑阿根廷警察的名声,得回敬些狠话才行。"恕我直言,先生,"他开口道,"但我怀疑你是否有资格做出判断。坦白地说,你对这个可疑的日本人语焉不详。'危险',我一直听你这么说,但依据又是什么? 你得拿出确凿的证据。"

那个米勒听到这话,瞪大了眼睛。哈哈! 他肯定没料到会有人这样反驳他们!

"教授?"叫米勒的美国人转向他的一个同伴,一个有着威严鹰钩鼻的男人,"你来?"

男人点了点头,看了眼手表,又想了想,好像在脑子里算计什么。他的脸上闪过一丝微笑,匆匆穿走到房间另一侧,望向内政部长办公室窗外黑暗的内院,"劳烦你到我这里来,拉雷塔先生。"他做了一个邀请的手势,用带着墨西哥口音的西班牙语说道。

好吧,尽管费尔南德斯·拉雷塔有些懵,但起码得保持礼貌。于是他站起来,走到系着波洛领带的教授身旁。

"请你抬头看向天空。"

费尔南德斯·拉雷塔顺着教授所指的方向看去,夜空中有一个明亮的、模糊的点,如果仔细看的话,会发现它正在缓慢移动。

"你知道那是什么吗?"

拉雷塔耸耸肩,"当然,是那个空间站,人类未来的栖息地。"

"没错。我们在找的那个日本人建造了它。"

"所以呢?"这让他很是不解,不过没有表现出来,"有人能建出来那样的东西挺好的。为什么你们说他极度危险?"

"因为加藤先生,"教授解释道,"没有亲手建造这个巨大的建筑,那会让他忙上十万年。他借助了源于外星的纳米机器人,他不知怎么就学会了控制它们。你了解这种能自我复制的纳米机器的工作原理吗?"

拉雷塔不屑地看了他一眼。现在是要口头考试吗?"嗯,就是在报纸上读到的那些,它们能将单个的原子组装起来制造东西。"

"没错。但最重要的在于,它们能不断自我复制。问题是,它们所用的原子不是凭空出现的,而是要从环境中提取。"教授转身,一只手背在身后在房间里踱步,另一只手比画着,一副在阶梯教室讲课的样子,"想象一下这样的机器失控了。它们的数量会呈指数级增加,谁也无法阻止。要是在这间办公室里,在部长先生的办公桌上发生这种事会是什么样?那些机器会从周围的环境开始分解:办公桌的垫板、桌板、上面的台灯。因为它们的设计最大限度地提高了效率,所以一切都将以惊人的速度发生。可能一次呼吸之后,整张桌子便会消失,变成纳米机器人。然后呢?你觉得它们不会碰人类吗?人类也是由原子组成的,动物、植物……万物都是如此。只要是原子,它们就可以提取,用来制造更多的复制品。接下来就不是几个纳米机器那么简单了。数量会相当大,有一个写字台那么多,会发展得更快。在你们都来不及反应之前,部长先生就会被分解,还有你、我,我们所有人。然后是这个房间,这座大楼,整个地区,无限蔓延下去,速度也越来越快。最重要的是,"他依次看了看在场的人,"根本没有人能阻止。"

内政部部长松了松衬衫的领子,"但这只是一种理论上的可能性,对吧?"

教授故意慢慢地摇了摇头,"恐怕并不是。"他指了指天空,"想想那个空间站。你看过照片了。那些机器确实存在,明显可以正常工作。而加藤先生,是唯一一个能支使它们的人。只要他想,他就可以把它们放出来,在几个小时内用它们的复制品覆盖整个地球,耗尽所有资源。这将是世界的末日,比起这种绝对的终结,一场全球核战争只是挠痒痒而已。在以前,这只是纳米技术科学家的噩梦,他们称之为'灰色黏质'①。但自从加藤先生的空间站问世之后,这就不再是理论,而是一种实实在在的可能性。假设他这一分钟决定动手,世界上没有一个人能活到明天。要我说,这比任何人拥有的权力都大。"

----

①灰色黏质(gray goo),是一种假想的世界末日情景。在该情景中,世界毁于纳米技术,被拆解成一堆无用的微粒。

"好吧。"内政部部长咽了口唾沫,"告诉我你们打算怎么做,需要什么。"

这是一个梦。她突然间完全确定了。时间静止,世界消失,只剩下她和弘司的声音。

"你还记得圣徒岛吗? 还有那把你坚持要摸的黑曜石刀?"

当然。"记得啊,那是我想研究古人类的原因,我的学术生涯也因为它走偏了。"

弘司似乎不在意她的回答。"我当时抓着你,还记得吗? 你摸到刀子就尖叫起来,掉进水里……"

她不由得笑了,"感觉像是一百年前的事了。"

"虽然没有证据,但我相信那把刀不仅是初代人类时期的造物,还和发明纳米机器人的人有着某种关系。而通过你的触摸……"他顿了一下,"不过我没法证明,没人证明得了,只能猜测。应该说,我太想找到一个合理解释。在见到那些纳米机器人之前我就已经那么的了解它们。我在你家后院荡秋千那会儿就有了初始想法,想到可以制造机器人的机器人。当然只是个想法而已,小孩子总会有各种天真的想法,长大就忘了。但它是一片土壤,一旦有种子落下,就会生根发芽。而种子正是通过你传递给我的,通过那把谜一样的刀。我的大部分发明可能都不是我的发明,不过是初代人类早就掌握的东西,被重新发现了而已。"

"所以这个探测器是十几万年前从地球发射的,又在我们这批人类的时代回来了?"

"不是同一个。既然带了纳米机器人,这个探测器肯定是当初那个的复制品。"

"我懂了。最初的探测器发现地外行星后,在上面着陆,制造更多带有探测器的火箭,寻找其他行星,如此重复。之后,其中一个火箭碰巧飞回了地球。"

"就是这样。"

夏洛特花了些时间来思考这件事,或许中途又不小心睡过去了,总之仿佛过了很久,她才想起来问道:"那最早期的人类……如果能发明出那样的东西,那些纳米机器人……科技一定很先进吧?"

"毫无疑问,是的。"弘司说。

"这样的话……"她停顿了一下。是的,弘司的话让她产生了共鸣,他的猜测一定没错,"这样一个文明肯定会留下更多痕迹吧,肯定在某个地方还埋藏着……什么伟大的机器,又或者是一条道路之类的。"

"我还记得我们在波士顿周边的那次远足,十万年可是很长的一段时间,足以使任何遗迹化为尘埃。"弘司说道,"但还有一种可能:因为纳米机器人。"

"什么?"

"也许初代人类像我们一样好战——嗯,这是肯定的。可能发生了一场纳米战争,又或者发生了一场意外,一切失控了。别忘了,纳米机器人不仅可以用原子来建造各种东西,还能将各种东西拆解成原子。"

夏洛特想了想,"你的意思是,纳米机器人摧毁了整个文明,而石器时代的人类是之前的幸存者?"

"你可以造出大量纳米机器人,让它们把每一块高纯度硅变成尘埃,这样一来电脑就不能用了。你还可以摧毁一切纸质的东西,那就是所有书籍、所有图书馆、所有知识的终结。而且,纳米机器人也能摧毁一切金属制品⋯⋯能做的太多了。"

"也可以杀掉所有人类。"

"是的。"

"这样的话,为什么还会有人类幸存下来?"

弘司重重地叹了口气,"我不知道。我没有找到那时候的历史记载,只有一些蓝图。我也只是结合这些东西推测出来的。如果是发生了战争冲突,双方都会有纳米技术。而如果是意外的话⋯⋯能想到的原因就更多了:紧急救援,纳米机械军团的厮杀。或者干脆只是巧合。"他犹豫了一下,"这也仅仅是我的想法,但是⋯⋯有些病毒看起来,就像遗留下来的纳米机器。"

"病毒?"

"是的,病毒不能算活物。可以说,它们仅仅就是攻击细胞的机器,通过耗尽细胞资源来实现自我复制。很难想象在生命进化过程中为什么会产生病毒这样的东西。不过,如果它们是人造的,就说得通了。"

这让夏洛特突然想起多年前,她还过着另一种生活时思考了很久的一个难题。"基因瓶颈。"她说。

"什么?"弘司不解地问。

"二十世纪九十年代以来,人们一直在研究人类基因组,发现世界各地种群之间的联系要比预期的密切得多。如果统计线粒体基因中来自母体的遗传物质就会发现,如今活着的人类全都是大约七万年前几千个祖先的后裔。"

"人类学对此是怎么解释的?"

"有一种理论认为,这与七万四千年前苏门答腊岛上的多巴火山爆发有关。那是一次异常剧烈的喷发,足以影响全球气候。这个理论说火山喷发导致了漫长的寒冷期,在这期间,智人几乎灭绝。"夏洛特深吸一口气,"但你描述的这种战争……当然也是有可能的,时间对得上。"

"放到整件事里也说得通。"弘司说。

"什么意思?"

他似乎在思考,"萨拉德科夫岛上的纳米机器人突然停止扩张,我一直说我不知道它们为什么会停下。你还记得吗?"

"我怎么忘得了。"

"自从和它们融为一体,我就可以访问它们所有的程序。我这才知道,到底是什么阻止了它们——它们自己。它们意识到自己身处地球,程序于是便命令它们停止活动,并发出自毁请求。"

"自毁?"夏洛特惊讶地重复道。

"这是一种安全机制。"

她想了想弘司的话,却没有理解,"为什么一个不小心回到地球的探测器要自毁?只要关掉就行了啊。或者它们可以调查地球,不需要发生那么惨的事。"

"这是有原因的,一个非常简单的原因,"弘司说着,呼出一口气,听起来像在喘息,"也是最可怕的原因。"

布宜诺斯艾利斯的夜幕降临。午夜的车流变得稀疏,所以封路不是大问题。不过不能持续太久,因为很快就要天亮了。接着是早高峰,拖到那时就有麻烦了。

指挥官何塞·瓜尔内里坐在副驾驶座上,腿上放着一块写字板,上面是一张对折的布宜诺斯艾利斯市区地图,贝尔格拉诺及周边地区。他一边听对讲机里的报告,一边用一支粗红笔在地图上标出封路和改道的情况。

"第四组,罗德里格斯。"听筒里传来声音,"长官,我们这里有个人正因为路障发疯呢,是个送报纸的,急着把报纸送出去。"

瓜尔内里按下通话键:"让他考虑一下是否愿意死于枪战,出现在明天的报纸上。"

似乎奏效了,那边没有声音再传来。

"第一组呢?"他又问道,"有什么进展?"

"窗前一直亮着灯,除此之外看不到别的,没有动静。"

"定向话筒呢?"

"偶尔有一男一女轻声聊天,有时英语,有时好像在说日语。已经安静了好半天了。"

"他们上床了吗?"

"不知道。就算有,我们也没听到。"小组长清了清嗓子,"趁现在安静,我们可以进去实施抓捕。也许他们已经睡着了。"

"不行。"瓜尔内里回道,"现在不能进去。"他想了一下,又拿起对讲机,"这里是瓜尔内里,再次提醒大家,无论如何都要等他出来。前法国驻阿根廷大使的女儿就在那栋房子里,谁也别给我惹麻烦,明白吗?"他的手下自然明白。

不过,瓜尔内里强烈感觉到原因不止如此。虽然他并不清楚事情的来龙去脉。"我不希望有人闯入公寓。"这是警察局长亲口跟他说的,"如果那些美国人执意那么做,你要用一切手段阻止,明白吗?玛尔露大使是我的好朋友,如果他的女儿出了什么事,我就没脸面对他了。"

美国特工那边都安排好了,他们守在街对面的房子里。瓜尔内里派了四个可靠的人跟在他们身边,说是为了保护他们,其实是为了盯着这些特工,免得他们做蠢事。

"还有一件事你得保密,指挥官。"警察局长补充道,"美国人想抓到这个人,为此他们说了些没边儿的故事,疯狂得超出想象。虽然我觉得他们在胡扯,但内政部部长已经准许他们出动更多人。"局长表情僵硬地说,"如果布宜诺斯艾利斯警方能独立完成这项任务,我将非常感激,瓜尔内里指挥官。把那个人给我带过来,要活的。"

这正是瓜尔内里所想的。

"关键在于,"弘司说,"他们发射探测器出去,并不是为了探索其他星球。"

"那是为了什么?"

"为了摧毁它们。"

寒意在夏洛特的身体里蔓延。"为了摧毁?但是要怎么——"她顿住了。她当然清楚那些纳米机器人如何摧毁一个星球。她在萨拉德科夫岛上目睹了一切。如果当时没有停下来,他们根本没有生还的可能,一丁点儿都没有。"太可怕了。"

"这些探测器类似病毒,只不过是针对行星。它们的任务很简单:降落在一个有生命的星球上,将整个生物圈拆成原子,改造成火箭,再由火箭携带着复制品飞往更远的太空,如此重复,直到宇宙中什么都不剩。"

"他们是有意这么做的?"

"是的。"

"怎么会有人这么做?"

弘司深吸了一口气,"这我就不知道了。我只知道事情就是这样。我了解探测器的基本程序,它们清清楚楚被编写成了那样。至于原因,只能靠推测。"

他把手从她头上拿开。在夏洛特看来,他的手放了整整一夜。弘司接触过的皮肤感到一丝凉意,空落落的。

"我在想,可能他们跟地外智慧、跟来自宇宙的敌人发生了战争,到最后,除了使用这种武器之外别无选择。也可能他们太绝望,所以根本不在乎后果。又或者,这是最后幸存下来的人类对太空的毁灭性报复。不管出于什么原因,探测器一定是匆忙建成的。设计者甚至来不及创建一个只包含探测器所需程序和蓝图的新信息矩阵,而是直接套用现成的东西,外加一个自毁程序,简单迅速。就像我把它们接入大脑之前造出那些纳米机器人一样,精致和高效不重要,能用就行。"

夏洛特轻轻揉了揉太阳穴,努力理解弘司的话,"他们用纳米机器人发射火箭去摧毁外星文明……都发射到哪里去了?"

"到处都是,四面八方。"

"然后呢? 这样的火箭到达一个太阳系,找到一个存在生命的星球,在上面着陆,大肆破坏……"

"然后在几天之内,这个星球上所有生命都会被消灭。地壳会被改造成新的火箭,直到某种重要元素不够用了为止。但到了那时,数以百万计的新探测器已经造好并发射出去,寻找下一颗需要毁灭的行星。就算每个探测器每次旅程要花几千年,宇宙中现在肯定也有了数万亿个这样的大杀器。毁灭的浪潮在几十万年前就从地球蔓延出去。火箭的速度可以非常快,如果路程够远,可能比光速的一半还要快。所以无论怎么计算,结论都一样,半个银河系已经被悄无声息地毁灭了。这就是为什么我们从未接触过地外文明:因为它们都没了,我们的祖先把它们灭掉了。"

她坐了起来,转身面对他,努力忍住晕眩感带来的不适。"肯定不会是全部吧。在某个星球上的某个地方,肯定会有某种生物及时做出反应……"

"我也不知道该不该抱这样的希望。"弘司沉声说道,"但这种可能性微乎其微。"他抬起手,朝窗外指了指,"想想我们走过三百万年的那次徒步。就算某个星球上孕育出一个物种,能有朝一日开发出一种技术来阻止纳米机器人。但一旦探测器到达那个星球时,只需很短时间就能终结整颗行星的命运。而这些探测器会冲向任何一个存在生命的星球,哪怕还处在进化初期。这意味着,这个星球有几十亿年时间是毫无防御能力的。这些探测器的到来必然意味着一个有生命的世界变成荒漠,同时还会出现几百万个新的探测器。而这个循环,"他又补充道,"永无止境。我们不可能将它们全部捕获,也没办法阻止它们行动。如果有一天我们发展出星际旅行,无论去到那里,都只能看见一片死寂。"

"到最后,剩下的就只有地球。"夏洛特喘息着说道。

"看看我们对待地球的方式吧,说不定最后地球也会毁灭。"

没错。她感觉乌云像黑雾一样在她身边升腾,"已经你治好我了吗?"

"是的。"

"那些'小潜水艇'怎么办?它们留在我体内吗?"

"不,它们会溶解成无害的分子,你会在接下来的几天里把它们排出体外。"

她叹了口气,"你为什么要治好我,让我带着这些可怕的知识活下去?"

"我治好你,是因为做得到。能力意味着义务。而告诉你这些事,是因为这样我就不是唯一一个知道这些的人了。"弘司的眼神中流露出一丝痛苦,"我也告诉了罗德尼和他的妻子,但看他们的反应,我不确定他们会不会说出去,说不定一辈子都不会说。"

夏洛特突然想到了之前脑子里闪过的问题,"萨拉德科夫岛上的纳米机器人为什么知道自己在地球上?是如何确定的?"

"它们制造和发射的火箭能发现这一点,通过观察星座。这花了一段时间,毕竟几十万年过去,星星的位置发生了改变。火箭确认后就会发射相应的信号。事实上,火箭中有一个模块,专门负责确保它着陆的星球不是地球,不然会有更多探测器落在地球上。我猜测,落在萨拉德科夫岛上的那一个可能是什么地方坏掉了。"说到这里,弘司突然抬起头,似乎听到了什么只有他自己才能听到的声音,他站了起来,"我得走了。"

夏洛特吓了一跳,向他伸出手,"怎么了? 你刚来不久啊。"

"他们找到我了。"

"找到你? 谁?"她本来做好了听到更多离奇事情的准备。

但弘司只说了一句:"警察。他们设好路障,准备埋伏我。"

"你怎么知道的?"

他举起一只手,动了动手指,比画了一个看起来像是云的形状,"这么跟你说吧,我的小间谍到处都是。"他走向阳台的门,"再见了。"

她坐在那里,有种这一刻就要死去的感觉,"再见? 这话是什么意思?"

他犹豫了一下,走了回来,走到她面前,低头看着她,带着一种让她终生难忘的温柔,将她的脸捧在手中,专注地看着她,仿佛要将她的容貌永远印在心上。

"我已经成为万物之主。"他轻声说道,"我一直以为我可以借此创造一个美好的未来,但我错了。我拥有太多知识和太多力量,它们让我无法继续留在这个世界上。"他放开了她,"我们不会再见面了,就是这个意思。"

692

3

弘司走出夏洛特家的时候,天已经亮了。

他们就在那里,他知道,尽管那些人藏得很好。他假装没发现,走到租来的车前,开锁,上车,发动发动机,仿佛毫无知觉。

头顶上方,在那些对准他的监视器观测不到的地方,盘旋着一群纳米元件。小到甚至不需要螺旋桨就能悬空,就像蜂蜜表层的气泡一样。它们聚合在一起,形成了一只大眼睛,弘司可以通过这只眼睛来俯瞰城市。一开始与这个天空摄像机连接时,还需要适应一下双重视觉,现在他已经用得很熟练,能一边驾驶汽车,一边俯瞰自己在街上行驶。他就是通过这种方式看到警察如何部署、如何设置路障、如何在所有的出口处安排全副武装的人员。他也知道那些人已经发现了他的位置,准备捉住他。

他们注定不会成功。唯一的问题是,能不能在他们徒劳的尝试中,避免对任何人造成不必要的伤害。

对弘司来说,那些巨大的路障其实相当有利。只要从狭窄的小巷子钻出去,开到印加大道,应该就没问题了。

"他过来了。"小组长一边说,一边做了个手势,"就是现在,快!"

穿着防弹背心和头盔的特勤警察一一就位。几个小时的等待终于结束,这让他们松了一口气。街道前面的某个地方传来一辆汽车渐渐驶来的声音。

两个人在路障后几米处的路面上抻开带刺的铁链,以防万一。能看到车灯越来越近了。

"瞄准。"小组长下令道,"听我命令开火。"

八个人把步枪架到肩膀上,八根枪管同时对准了那辆丝毫没有减速、朝着路障冲去的可怜汽车。

"他看得见我们吧,是不是?"小组长有些不安地嘀咕着,挥手赶走几只蚊子,"安东尼奥,发灯光信号。"

安东尼奥把沉重的手提探照灯举过头顶,来回摆动。探照灯的光束中可以看到无数飞舞的蚊子。蚊子? 小组长有些惊讶。大清早有这么多蚊子?

汽车看上去仍然没有要刹车的意思。

"瞄准他的轮胎。"小组长下令。

枪管挪了一下方向。现在到处都是蚊子,就像步枪吸引了它们似的。这些玩意儿到底在搞什么鬼？

"开火！"

扣住扳机的手指动了动，但扳机却在按动下直接碎掉了。下一秒，连枪管都变成了黑乎乎的粉末。

"我的天！"一个警察惊呼。

随后，路障也坍塌了。车子飞快地冲过来，人们急忙闪到一旁，刚好能瞥见方向盘后面的男人，表情看上去那么平静，仿佛根本没注意到他们。

带刺的铁链同样变成尘埃，而那些蚊子不知何时消失不见了。

费尔南德斯·拉雷塔震惊地放下电话听筒，看向内政部部长和那几个美国人。"他们说，瞄准他的时候，枪全都变成了……灰尘。"

内政部部长惊讶得合不拢嘴。几个小时前，他松开领带，脱掉外套，解开了衬衫最上面的两颗纽扣，现在看上去完全不像个部长。警察局局长则恰恰相反，此时他有些愤怒，这一整晚他特意去了好几次盥洗室整理仪容。那几个美国人也好不到哪里去，衣着凌乱。还有他们嚼的口香糖，很让人讨厌，仿佛是在极力坐实外国人对美国人的刻板印象。

"你是说……灰尘？"米勒用英语又确认了一遍。

拉雷塔尽力用最流畅的英语复述了一遍特勤警察指挥官告诉他的事情，包括那辆车甚至没有刹车减速，小组长因此下达了射击轮胎的命令。还有关于蚊子的事。

"那不是蚊子，"教授插话道，"是能将铁原子从金属结构的晶体复合材料中剥离的微型飞行器。看来你们的人已经见识到了纳米技术。"他若有所思地揉了揉鼻子，"太神奇了，我真想知道他到底是怎么控制的，我真的很好奇。"

"美国的科学家认为，他的弱点应该跟控制系统有关。"瓜尔内里听见无线电听筒里传来警察局长阴沉的声音，"他必须一心二用，开车和控制蚊子。无论怎样，他毕竟只是个人类，没法同时应付太多的对手。"

"我明白了。"指挥官说，"必须从多方同时对他发动攻击，越多越好。"

"正是如此。他现在在哪里？"

何塞·瓜尔内里低头看了看地图，尽管他心里已经知道答案了。"正沿着印加大道向西走。"他的目光沿着地图上的线条看去，"可以尝试在马尔维纳斯战役十字路口拦截他。那里的空间相当大，有足够的射击区域。"尽管那里也有很多高层住宅楼，但在布宜诺斯艾利斯的这个地区，到处都是这样。

"好。"警察局长说，"就这么做。"

瓜尔内里切换了无线电频道，一边继续思考，一边下达命令。动作必须要快。"直升机！看着他，不要让他离开你的视线，但暂时不要有其他动作。一旦他接近路口，就做好射击准备。"说完，他转动旋钮，切到下一个频道，"负责火箭筒的人就位，告诉他，如果打偏，殃及旁边的楼，我会把他撕成两半。"咔嗒，下一个频道，"装甲车移动就位，要快！"咔嗒，"我需要尽可能多的狙击手分布到各个位置，范围尽可能广。"咔嗒，"在接下来的二十分钟里，我不希望看到哪怕一条流浪狗出现在印加大道和马尔维纳斯战役十字路口，人就更别想了。是，我知道，马上就要早高峰了，我也知道有公交车，但我不在乎，就算是救护车拉着总统生病的孩子，在得到我的批准之前也不能通过。清楚了吗？"

"他来了。"有人说。

所有人都听见了声音。一辆孤零零的车在宽阔的印加大道上行驶着，早就无视了一切限速规定和红绿灯。

还有两百米。

"全体做好准备。"瓜尔内里指挥官下令道。

拿火箭筒的人瞄准了汽车。他躲在一个广告牌下，灯箱海报在他的头顶不停滚动。他敲了敲戴在耳朵上的耳机，确保无线电的嗡嗡声仍然存在，可以随时接收指令。

负责设置路障的小组长抬起头，看到十字路口旁一栋棕白相间公寓楼的七层升起了百叶窗。他示意一个手下过去守在公寓的大门前。

载着突击部队的装甲车缓缓从旁边的小巷驶了出来。

还有一百米。

狙击手锁定了越来越近的汽车。

之前一直在高空远远追踪着嫌犯的直升机,此时降低高度,缩短了距离。

"注意……"指挥官的声音在所有对讲机中响起。

就在这时,十几双紧紧贴在望远镜上的眼睛全都看到,那辆车发生了一些变化。它正在……变形。

"什么情况——"

仅仅用了几秒钟,车头灯消失,车辆的轮廓似乎融化了,变成新的形状。本来是一辆中型轿车,现在却陡然飞起来,升高了五米,雷鸣般呼啸着冲过十字路口。

一切快到没人来得及反应。拿火箭筒的人闭上眼睛,狙击手不由得把手指从扳机上放下,装甲车也停下了。警察们站在原地,盯着那架飞行器,看着它大致沿着印加大道又飞行了一段,然后迅速上升,消失在晨光中。

弘司在低空飞行,依稀能看到牧场的栅栏、老式的风车、黑牛和破旧的房子在下方掠过。渐渐的,这样的景象越来越少,本就贫瘠的牧场草皮变得更加稀疏,道路也只剩下满是砂石的土路。随着他越飞越远,农业的痕迹也越来越少。这意味着他的方向是对的,潘帕斯山脉就在前方,风景会越来越干燥贫瘠,直到一片盐湖出现在视野里。

弘司一边控制着飞行器,一边留意是否有人跟踪,紧张到了极点。其实他根本不会开飞机。他既没有经过专业培训,也没有相应的执照。他一直希望自己用不着这么做,直到最后关头。对于这架在纳米机器人的程序库里所能找到的最小的飞行器,他只实践过几次,在国境线上短暂地来回飞了几次。

目前没有发现追兵,不过现在视线有限,因为以这个飞行速度,空中的纳米摄像头无法跟上,他被迫放弃了。一旦失去中央控制,那些微小的装置就会随风飘散,最终解体,化作尘埃。

但他知道那些人仍在追捕他。对此他丝毫不抱幻想,长此以往,早晚会被抓住。不过这对他来说也无所谓。他需要的只是片刻的平静,仅此而已。最终,所有的一切也都会归于平静。

午夜后不久,一架平时驻扎在哥伦比亚帕兰克罗美军基地的空中预警机开始在拉普拉塔河口巡航,监视阿根廷的空中交通。关塔那摩湾海军基地则派出两架C-130"大力神"运输机,搭载120名全副武装的美国海军陆战队伞兵,预计将在大约三小时后到达行动区域。美军第22海军陆战队远征部队也在位于北卡罗来纳州的勒琼营做好了战斗部署。

大西洋上空的一个美国F-15战斗机飞行中队刚刚在空中加油

完毕,就接到了命令:"S-B中队获准进入阿根廷领空。目标位于南纬35度47分,西经61度53分,正以约500英里每小时的速度向西南方向移动。完毕。"

中队长重复了一遍坐标,进行确认。

"针对目标设定航线,迫使其降落。不可摧毁目标。重复,不可摧毁目标。完毕。"

"不可摧毁目标。"中队长再次重复道,"收到。完毕。"

接着,他向整个中队发出起飞信号。下一刻,编队的第一架战机带头翻转机身,向海岸方向飞去。

他们过来了。喷气式飞机飞得很低,速度快得要命。弘司屏住呼吸,紧紧抓住操控杆,本能地低下头。

他们并没有向他射击,至少暂时还没有。他们轰鸣着盘旋在他上方,距离非常近,似乎企图抓住他。突如其来的噪声震耳欲聋,小小的飞行器在喷气机造成的空气旋涡中摇晃颠簸。他感到害怕。他不能坠机,绝对不能!

接下来又来了两架飞机。原本在他身后的地平线上的黑点,正在以惊人的速度变大,悄无声息,显然在以超音速飞行。如果他没看错的话,那是F-15战斗机,速度可以达到2.5马赫。

弘司看着面前的控制面板,那些仪器看上去更像是由外星文明建造的,而非被遗忘的初代人类。第一次命令机器人制造这架飞行器的时候,他详细研究过,试图弄清每个控件的作用。他是这么想的,如果有朝一日真的需要用到的话,事先弄清楚是必要的。因此他知道有一个……嗯,一个能让动力倍增的开关。从技术上来讲,完全可以轻易地将那些F-15战斗机甩开。

但弘司不敢那么做。以八百千米每小时左右的速度驾驶飞行器已经让他倍感吃力,他根本不相信自己能控制4马赫以上的速度。于是他反其道而行,撤掉了推力,降低了高度。

接下来,两架喷气式飞机轰鸣着飞到他上方,似乎很满意这么快就能迫使他降落。但弘司对纳米机器人下了指令,将飞行器改装成了一辆大型越野车。

这次不像之前在城市里那样顺利。纳米机器人开始分解发动机以构建汽车马达,推力也因此停止了。这时他距离地面还有一米左右,因此重重地摔在地上。但不管造成了什么损伤,纳米机器人都能在眨眼间修复好。一分钟后,弘司便在地上全速行驶了,车后扬起了一大片尘土。

圣罗莎·德·托伊的驻军士兵一边吃着早餐,一边热烈地讨论即将到来的竞技比赛。一名中士兴奋地冲进来,用一个金属餐盘敲打着临近的一张桌子,让所有人安静下来听他讲话。他宣读了刚刚接到的命令,是直接从阿根廷国防部发来的。

国防部竟然没有忘记这个位于无人区边缘的小基地!过去的

几年里,由于装备、维修资金等申请迟迟没有音信,士兵们觉得国防部早就不记得这里了。

餐厅里响起此起彼伏推拉椅子的声音,呼喊声、脚步声,最后是大门关上的声音。不到十分钟,一队人便集结完毕前往圣罗莎机场,准备在那里登上两架C-130运输机。其余的士兵则爬上基地里速度最快的吉普车,沿着14号公路一路向西飞驰而去。

见到通报中提到的、大草原上扬起的那一片尘雾后,他们开始减速。

"我的天!"一名士官脱口喊道,"那是什么东西?"

他的手下此时也在想同样的问题。不过,不管制造这团尘雾的是什么,看起来它都正在这片荒芜的草原上如履平地般地飞驰着。

但命令就是命令。他们接到的命令,就是抓捕驾驶这辆载具的人。

"一半的人继续前往143号公路路口,从那里向南,截断他的去路。"士官一边伸手示意人员划分,一边命令道。

这一半的人听完惊讶得扬起了眉毛,开到十字路口还要三个小时,就算开得飞快,也还要花上两个半小时。

"另外一半,"士官继续说道,"在草原上继续跟着他。行动!"

吉普车队行动起来。一些人提高车速朝西边开去,很快消失在视野之外。其他人则颠簸着开上斜坡,驶入草原,汽车咆哮着越过尘土飞扬的干草、盐碱地、裸露的地皮和贫瘠的荆棘植被。士兵们尴尬地交换眼神——要不了半个小时,他们全都会颠得恶心想吐。

"他不可能永远这么跑下去。"士官说道,"最晚到盐河边,我们就会把他抓住。"

但所有人都心知肚明,这话就连他自己都不相信。

靠着将飞行器变成越野车的把戏,他短暂地转移了那些飞行员的注意。就算那些人当时被他唬住,也没有迟疑太久,转身就又朝着他飞了过去。

弘司不知道他们会对他做什么。据他所知,F-15战斗机主要是为空中作战设计的,最主要的装备是空对空导弹,能通过红外感应器发现并锁定目标,这类武器对地上行驶的汽车毫无办法。

那么就剩下……

新一波攻势很快来了。战斗机内置六管20毫米全自动机炮,每分钟能发射六千发炮弹。弘司急忙躲闪,在最后一秒躲了过去,一连串爆破声伴随着尘土朝他袭来。

他们要传递的信息很明显:不许动!

是时候回应了。弘司把车开回原本的方向,同时放出一些纳米机器人。它们钻进他身后的地面,以最快的速度工作起来。

纳米机器人花了一点时间来完成任务。它们要建造的东西需要很多不同的材料,不是一下子就能找齐的。两架喷气飞机完成了几千米范围内的扫荡,回到航线。就在这时,在弘司的身后,从地面上升起了两根细长闪光的金属棒。

"来吧……"弘司有些紧张地喃喃着。那些飞行员无疑会在第二波攻击中直接瞄准他。

战斗机呼啸而来，轮廓越来越大。只有亲眼见过才知道这些机器有多吓人。

身后的金属造物像延时摄影中的花朵一样逐渐舒展，看上去就像萨尔瓦多·达利的作品。花朵变成两门火炮，比F-15战斗机早了一秒开始射击，炮弹在空中划出一道亮紫色的线。一架飞机的机翼被击中了，打了个转，勉强维持平衡，拖着黑烟飞走了。另一架飞机见状，也跟着掉转方向离开。

弘司环顾四周，又看向天空，同时一直踩着油门。看起来不错，视野范围内没有飞机了。

很好。他命令纳米机器人拆掉火炮。他看了看后视镜，想根据后方扬起的尘土来判断与追兵的距离。那些人根本没机会追上他，但万一追上了……

吉普车以最快的速度在贫瘠的土地上飞驰。士兵们试着进一步加速，只有一辆车抛锚，这是个好兆头。

他们的目光追随着前方草原上空盘旋的战斗机，它们一次又一次地飞向远处那团扬起的尘土的源头。他们能听到飞机上机炮"哒哒哒"开火的声音，很刺耳，就像一百把斧子同时在砍硬木头。

"美国人,"士官戴着耳机,对话筒另一端的人说道,"别问他们为什么开火,换成我们的空军也一样!"

随后,诡异的紫色烟雾升起。一架飞机摇晃起来,冒起了黑烟,另一架很明显也被吓住了。

"胆小鬼!"一个声音喊了一句,其他的士兵跟着笑了起来。是啊,大家都知道,这帮美国人全是懦夫。

飞行员也不愿细想那是什么武器。在炮火的震荡下,脑子早就成糨糊了,根本没精力想这种问题,连前方的视野也令人迷惑。向下俯视地平线的时候,地平线就像升高了一样。

"到143号公路了吗?"士官低声问道,"这不可能吧。"

前面的确有些东西,不过并不是143号公路。他扭了扭脖子,又揉了揉眼睛,不敢相信地看着前方。吉普车越开越近,减慢速度,最后停了下来。

"他妈的!"士官一恢复语言能力,便脱口骂道,"真是活见鬼……那是什么东西?"

"一堵墙?"吉普车司机小心翼翼地说。

士官生气地拍了他头顶一巴掌,"这我也看出来了,你个蠢货!一堵墙,没错!但它怎么会在这里?而且这么突然?"

他推开车门,爬上发动机盖,双手叉腰环顾四周。"太荒谬了……"他喃喃自语。那实实在在是一堵墙,有两层楼那么高,从地平线的一端一直延伸到另一端,径直横穿了干燥的草原。

国防部部长极为不满,"动用全部空军? 就为了对付一个人? 难道他们都疯了吗?"

"尽管只有一个人,但他是个不同寻常的对手。"一个美国人说着,把电脑放在他面前,屏幕上显示着一副鸟瞰图。"这里就是那片草原。"

"这我看出来了。"国防部长不耐烦地说道。

"还有这个,"美国人面无表情地切换到了下一张图片,"还是同一片草原,这是十分钟之前的样子。"

"什么?"部长的头低了下去,死死地盯着那幅航拍照片,"那是什么东西?"

"虽然没有中国的长城那么长,但一样宽。"

"一堵墙……?"部长一副惊恐的样子,"这怎么可能?"

"就像我说的,他虽然是一个人,却是个不同寻常的对手。"

国防部部长眨了眨眼睛,明显地颤抖着。"那好吧。"他伸手拿起了电话,"不过,我们动用空军到底有什么用?"

半个小时后,支援赶到。天空中出现了更多的黑点,多到他数不清。

敌人太多了,弘司根本应付不来。他无法对抗那么多飞机,也无法解除那么多的炸弹,更无法击退四面八方的攻击。尽管纳米机器人威力强大,但必须要控制得住才行。更何况,除了打一场毫无胜算的硬仗,他还有更重要的事情要做。

弘司停了车,环顾四周。那么就在这里吧。他深吸一口气,关掉发动机,对纳米机器人下达了一个他按捺了很久的命令。

车子在他身边消融,先是融为一体,然后渗入光秃秃的盐碱地,消失得无影无踪。就这样,他孤零零地站在一望无际的平原上,站在这片似乎比世界上任何地方都更加高远辽阔的苍穹之下。这片苍穹,将永远沉寂下去。

这一刻,四周一片寂静。先前逼近的黑点仿佛只是光线造成的视觉。弘司闭上了双眼。他知道,这样的情况不会持续太久。

他下达了下一个命令。

此时,在空中预警机上,负责接收高空飞机和无人侦察机行动区域图像的航空图像分析员简直不敢相信自己看到的一切。

"该死!"他盯着屏幕。尽管只是低声嘀咕了一句,他的上司还是听到了。

长官有些不悦地朝他走过来,"你很清楚,在我这儿不能使用这样的语言……我的天!"

这下子,所有人都抬起了头。几个人好奇地离开座位,走到两人身后,随后所有人都围了过来,看到屏幕后全都目瞪口呆。

屏幕上展示的是潘帕斯草原,是阿根廷最贫瘠、最荒凉的地区。地面又干又秃,连牛在那里都找不到可以吃草的地方。在一条十字线标记着的位置,直到刚才,还有一个男人孤零零地站在那里。

但他消失了。在他的周围,一些奇特的东西从地上长出来。那是一个巨大的、让人看不懂的建筑结构,有圆顶、塔楼、城墙、横梁,还有电路、裂缝、线圈和形成复杂曲线的天线。它变得越来越大,目测直径已经达到了几百英尺,大到足以吞没大多数体育场馆。但它仍在继续生长,像一束变异的西兰花,一个扭曲的斗兽场,一片受了辐射生长过剩的珊瑚礁,最后成了一个没有眼睛、却有上百万颗牙齿的怪物,正等待着它的猎物。

"我知道那是什么。"一个负责雷达的士兵低声说道。他清了清嗓子,大家都一脸茫然地看向他。"那是'曼德博集合'[①],我能认出来。我家电脑的屏保就能用3D软件做出这东西的效果。"

弘司一直对曼德博集合很着迷:从有限的过程中推导出无限的多样性。不仅是有限的,甚至还是可控的。选用任何一种经典的编程语言,只需要几行就可以完成最基本的底层代码。建造这座将他包围起来、充满阿拉伯风情和奇怪结构的巨型建筑所需的指令序列,是他使用过的最短的。

---

①曼德博集合(Mandelbrot set)或译为曼德布洛特复数集合,是一种在复平面上组成分形的点的集合,以数学家本华·曼德博的名字命名。无论怎么放大,它的细节都依旧精妙,而这瑰丽的图案仅仅由一个简单的公式生成。因此有人认为曼德博集合是"人类有史以来做出的最奇异、最瑰丽的几何图形",曾被称为"上帝的指纹"。

不知道它从外面看起来是什么样子。纳米机器人在建造过程中主要使用了硅和氧这两种最常见的元素,因为即便是在潘帕斯草原这样荒芜单调的地方,也能轻易地找到大量的硅和氧。两种元素的相互作用产生了一些类似于石英的东西,这就是为什么这座建筑在阳光的照射下闪闪发光,宛如一颗巨大的宝石。

已经有足够的光线射进来,不必分散精力去制造光源。弘司伸手摸了摸他所在的洞穴内部覆盖着的精致拱梁、股线和花纹。触感冰凉,锋利无比。这不奇怪。单纯从数学上讲,曼德博集合是无穷大的,人们可以将其中任何一个部分放大,无论多么微小,总会存在更加精细的结构,虽然相似但始终无法预测。从数学角度上讲它是无限的。但从物理上讲,它必须要有尽头。只要达到单个原子的尺度,就不可避免地到了头。换句话说,在原子层面所形成的点、线、面,全都比手术刀还要锋利。

这应该足以拖住追兵,好让他有时间去做剩下的事。

他把所有的事情都在脑海里过了一遍,确定自己没有遗漏任何事。

关于那些留在小行星带中的纳米机器人——在他一路前往布宜诺斯艾利斯的某个晚上,他路过危地马拉,在泛美公路旁的一个荒废的山谷里架起天线,与它们进行了无线电通信。这花了他很长的时间,让人神经紧张,毕竟从地球到小行星带的无线电传输需要好几个小时。不过,最后纳米机器人还是报告并确认接收到了自毁指令。毋庸置疑,这些机器在此之后立即开始了无情的相互厮杀。

到现在,他可以确定,小行星带中的纳米机器人已经一个都不剩了。它们之前一直在建设的第二个人类栖息地,也永远不会完成了。

至于第一个栖息地,也就是那座空间站,最后会变成什么样子——已经不是他要考虑的问题。

现在,一直跟在他身边的纳米机器人也开始相互拆解。它们建造的东西仍会存在,但不会再有新东西出现。再也不会有了。

他已经删除了他所有的旧程序和数据,包括存在数据港里所有的备份,也包括储存着纳米机器人信息矩阵的程序库。

就算他有所遗漏,或者特工们无意间得到了一份副本,研究人员也会面临与他得到纳米机器人之前同样的问题:没法制造出纳米机器人,因为压根儿没有第一批可以用来自我复制的原始样本。

而制造纳米机器人的知识,他并没有存放在任何地方。他会直接带进坟墓。

弘司看着脚下的地面,有大约一平方米还保留着原本的草地,纳米机器人在建造时特意绕开了这个位置。

那么,这里就是他人生旅途的终点,也是他梦想的终点。很快,最后一个纳米机器人也会毁灭,那个让全人类获得无限财富的未来也会随之破灭。这原本是他的梦想,结果却变成了一场梦魇。

"也就是说,他给自己挖了个散兵坑。"美国总统一句话总结了国防部部长的报告。他刚和阿根廷总统通完电话,他们一致认为,两国应该共同努力,联手控制局势。

散兵坑?国防部长不知道这个措辞是否合适。这个词让他想到了自己爷爷讲过的故事,爷爷参加过世界大战,见识过壕沟和战壕里的战斗。散兵坑是用简陋的工具在地上挖出的坑,用来抵御敌人的攻击。按照他的说法,那无疑是个肮脏又可怕的地方。

"嗯,"他说道,"算是散兵坑的豪华版吧。"

"你们打算怎么办?难道要把这东西炸了?"总统若有所思地摸着下巴,"可能的话,最好保留下来。这是曼德博集合,对吧?而且直径有半英里,要是没了可就再也见不到了。"

"更确切地说,是立体版的,数学家称之为'曼德博球'。"国防部长犹豫着要不要纠正总统在尺寸上的错误。事实上,加藤弘司的堡垒只有一千六百英尺,勉强有三分之一英里。"不,我们暂时不打算轰炸,那样风险太大。我们在等海军陆战队,让他们试着潜入进去。他们接到命令,只有在自卫的时候才会开火。"

建造堡垒的纳米机器人最后一次活动起来。它们给他做了一张带白边的榻榻米,一桶墨水,一支毛笔和几张宣纸,又把他身上的衣服变成了一件白色的和服。

他在洛杉矶的一家日本商店里看到了这些东西。上次拜访完罗德尼、启程南下之前，他已经扫描过了。说不定那东西现在还在店里，那家店似乎生意不太好。

随着纳米复合体彼此拆解，弘司感觉到他与周围的纳米机器人联系越来越少，最终归于沉寂。

现在剩下的只有他体内的纳米机器人，不过也不会剩下太久。

弘司坐到榻榻米上，摆出切腹的正坐姿势：脚跟朝外，脚尖并拢，背部挺直，双膝之间间隔一拳远，胸部和肩膀放松，全身重量落在下腹部。他想起了曾经教给他这些的父亲，突然感到悲哀，为父亲，也为自己。

转念他又告诫自己，光荣地死去没什么不好。

他拿起宣纸和毛笔。是时候写下他的辞世诗了。他停顿了一下，整理好思绪。寥寥数字便足以总结他的一生，这很简单。他用毛笔蘸了墨水，先写了日文，然后在下面附上了英文翻译。

他感觉到解脱。太令人惊讶了。突然之间，他似乎轻易摆脱了物质世界的枷锁。

还有一件事。他拿起第二张宣纸，写下了指示……不，是他对那些会找到他的人的请求。除了请求他别无他法，他的愿望能得到重视的希望不大。至少要尝试一下，这也算是他用一生得出来的结论吧。

弘司把这张纸也放在一边，双手放在腿上，手指放松，呼吸着。是时候发出最后两个指令了。对纳米机器人的最后一个命令是，让它们一直自我拆解,最终不可挽回地变成碎片,再也无法构成新的纳米复合体。这让他很遗憾。他喜欢这些分子大小的机器所呈现的美学,曾耗费无数小时研究和欣赏它们呈现出的结构——只要理解了基本原理,就一定会对它们的构造逻辑叹为观止。它们的蓝图中蕴含了宇宙诞生之初的无数可能性。

但一切都过去了。弘司解开上半身的衣服,露出肚脐以下一掌宽的位置,双手放在丹田所在的地方。然后,他下达了倒数第二命令,结束一切。

左手依然放在丹田上,同时他伸出右手,看着一个黑点在掌心处浮现出来,迅速变大,变成一把刀……

尾 声

　　他从未去过布宜诺斯艾利斯，也从未想过要去，更别提乘坐头等舱飞过去。何况，他的手提行李包里还装了那么一个奇怪的物件。

　　在海关柜台，一个面目凶恶的男人指着他的包，做了一个无比明确的手势，要求他打开。轮到他崭新的外交护照派上用场了——海关官员扬起眉毛，甚至咧嘴挤出了一个笑容，欣然放行。"欢迎你！祝你在阿根廷过得愉快！"

　　他会习惯这种出行方式的。

　　他穿过机场大厅，看到出口外停着一排出租车。"你会说英语吗？"他问第一个司机。

　　"会的，会的。"司机急切地保证，赶紧下车绕到另一侧为他打开车门，"请。"

　　这大概就是这个司机会讲的全部英语了，无所谓。他上车后，把一张纸条递给司机,上面写着一个地址。

一路大概花了半个小时,大多数时候车子都行驶在宽敞的公路上。沿途遍布郁郁葱葱的树木。布宜诺斯艾利斯是一座绿化程度相当高的城市,还有很多摩天大楼。不过,楼宇之间总穿插着一些棕榈树,绿叶繁茂,野蛮生长。

出租车停在一条街上,街道两旁只有几幢半掩在繁茂花园里的古旧小别墅。"到了。"司机指着其中一栋房子说。

他按照计价器付了车费,又额外给了一张纸币作为小费。等到出租车开走后,他才过了马路。

大门上挂着"R.&L.布兰科"的铭牌,旁边有一个门铃。下面的一个黄铜铭牌上还刻了"C.玛尔露""特鲁科托拉"的字样,还有一个指向低矮的白色花园大门的箭头。大门后面是一段用石板铺成的小路。

他顺着小路绕到房子背面,进入一座阴暗的、杂草丛生的花园。阳台上,一个女人正坐在一张小木桌前写着什么。她穿着一件连衣裙,身材纤瘦,有些皮包骨头,顶着一头只有火柴棍长短的黑色短发。可以看出她曾经非常漂亮。

她静静地抬起了头,显然是听到了脚步声。"你好。"她用西班牙语说。

来人清了清嗓子,突然觉得自己的西装和皮鞋与这里格格不入。"你好,玛尔露小姐,"他说,"我叫威廉·亚当森。我……嗯,可以说,我来完成加藤弘司的遗愿。"

弘司。一听到这个名字,她的心就剧痛起来。她还是没有走出来——当然没有。她最多只能做到偶尔强迫自己不去想起他。

她看着站在阳台下的身材魁梧的男人,他的手放在四级台阶的木质扶手上。他可能快四十岁了,戴着一副无疑很昂贵的时髦眼镜,说话的时候喉结显眼地上下跳动着。

"亚当森。"她重复了一遍,"不好意思,我没听过这个名字。"

他紧张地握着木栏杆。"我们当年差不多同一时间在波士顿上学。你在哈佛,我和弘司在麻省理工。他读大四的时候我已经在读博士了。"他的眼神有些飘忽,"不过说实话,我和弘司在大学期间几乎没什么联系。我们是……嗯,怎么说呢……竞争者。他和我一样都在研究机器人,只不过我们的追求截然不同。"

夏洛特不知道这是怎么回事。他过来找她,是希望在她这儿找到弘司留下的什么文件吗?"我和麻省理工的人没什么交集,"她说,"除了弘司之外。"

他点头表示理解,"是的,我明白。我说这些是因为……事情就是这样。至于我自己,我从学生时代开始就在为美国政府工作,在这个位置上,我一直关注着弘司的动向。可以说,随着时间的推移,我成了他的崇拜者。现在回想起来,我不得不承认,他的想法和方法都具有开创性。"

717

"但这对他来说没什么好处。"

男人眨了眨眼，看向四周，仿佛有那么一瞬间迷失在了过去。"是啊，可以这么说。好吧，我来这里，肯定会勾起你一些悲伤的回忆。既然如此，那我能直截了当地问一下，你对他的死因了解多少？"

夏洛特耸耸肩，"我知道的也就是报纸上那些。在那之后，许多人跑过来询问他生命的最后那晚发生了什么。我只能大概把事情拼凑一下。"

"你去看过那个'球'了吗？"

她摇摇头，"我早晚会去的，不过最近几个月我的身体状况……不太稳定，不适合做那样的旅行。"医生已经确认过，她的肿瘤完全消失了，他们称之为自发缓解。他们解释说，这种情况的确偶有发生。"我只知道，士兵们最终冲进去时，发现他已经死了。他应该是穿了一件白色的和服，也就是说，那是一种自杀仪式。这些事到处都有报道。"

他点点头，"是的，我也读到了。但有一件事知道的人并不多，他其实留下了遗言。"

"遗言？"她坐直了身子，感觉脊背一阵刺痛。这个词让她像触电般振奋起来。

"是留给你的。"

夏洛特摸了摸头，这是她烦躁或激动时的习惯动作，但从前的长发已经不在了。她吃力地深吸一口气，"请上来吧。"她指了指通常给客人坐的那把椅子，"请坐。"

他小心翼翼地坐下来，仿佛担心会把椅子坐断似的。然后，他打开了放在膝盖上的公文包。

"我们的专家说，在日本文化里，以切腹这种方式自杀，当事人依照惯例会写一首诗，也就是所谓的辞世诗。"他拿出一张用透明塑料膜仔细包裹的宣纸，"这就是他写的。而且很明显，是留给你的。"他把宣纸递了过去。

夏洛特用双手接过来，突然感到非常虚弱，止不住地颤抖。宣纸的上半部分写的是日语，字迹很漂亮，下半部分则是英语：

夏洛特，

我们本可以做到的！

她用手捂住了嘴，明显感到心脏停了几拍——先是因为看到他的字迹，然后是因为这首诗。

"谢谢你。"她终于喘上了一口气，然后把那张宣纸放到一边，"谢谢。"

"这还不是全部。"他急忙说道，又从包里拿出一个扁平的木盒子，"我得先说明一下，情报机构坚持要彻底检查弘司留下的所有物品，说白了，也包括他的尸体。对于我们应该在何种程度上执行他的遗愿,有关部门也进行了激烈的讨论。尽管我从一开始就主张完全尊重他的遗愿,但坦白说,最后……好吧,总之他们没有在这两样东西上找到任何战略意义,所以我才能把它们带来给你。"说完,他打开了盒盖。

盒子里放着一把长匕首,或者说是一把短刀,刀刃微微弯曲,大概有三十厘米长。

"这就是所谓肋差,"亚当森解释道,"一种日本格斗短刀,通常用来切腹。"

夏洛特略带惊恐地看着这把刀,刀柄是由带花纹的金属制成,刀身闪闪发光,毫无瑕疵。"他就是用这把刀自杀的吗?"

"嗯……并不是。当人们发现他时,他手里就握着这把刀,但人已经死了,身上没有伤口。事实上,他是窒息而死的。"

"窒息?"

亚当森叹了口气,"看样子,他最后命令纳米机器人提取了他血液中的铁元素,制造了这把刀。没有铁,血红蛋白就会停止工作,氧气传输也会停止,接着就是窒息。"

她伸出手,"我可以摸一下吗?"

"当然可以,它现在属于你了。"他把木盒递给她,"小心一点,它比看起来要轻得多,重量只有八分之一盎司多一点,换算成公制还不到四克。"他又补充道。

她的手悬空停住,"四克?"

"这是人体中全部的铁。其实只勉强够做出一枚小钉子,但这把刀的结构却让人惊叹。我们对它进行了透视、测量和分析,发现它主要由无数个微小的空腔构成,但强度却极大。这是一个极佳的纳米技术应用实例,用于制造新材料。我们现今所掌握的技术就能实现。很多人想留住它,不过,它现在属于你了。"他把盒子递给她,她接了过去。

她轻轻握住刀柄,感知到这把刀所承载的感情和记忆,震惊地闭上了眼睛。

弘司! 他就在这里,她能感觉到。握着这把用他的血造出的短刀,她仿佛把他的一生都握在了手里:他的憧憬,他的渴望,他的梦想……她感受到他深爱着她,并且只爱她,泪水夺眶而出。

她睁开眼睛,小心拿起刀。果然像羽毛一样轻,但它所承载的回忆却又是那么重。等她眨着眼睛擦掉眼泪后,才发现亚当森正关切地看着她。

"你现在打算怎么办?"他问。

夏洛特明白,他这是在担心,生怕他一离开,她就会把刀刃插进自己的心脏。

她温和地笑了。她当然不会那么做。弘司给了她第二次生命,她会好好珍惜这份礼物。

"也许,"她把羽毛一样轻的刀放回盒子,"我会试着写下我们的故事。故事里有他,也有我……让我们拭目以待吧。"